HEYNE <

CHRISTOPH MARZI

London

EIN URALTE-METROPOLE-ROMAN

WILHELM HEYNE VERLAG
MÜNCHEN

Der Verlag weist ausdrücklich darauf hin, dass im Text
enthaltene externe Links vom Verlag nur bis zum Zeitpunkt
der Buchveröffentlichung eingesehen werden konnten.
Auf spätere Veränderungen hat der Verlag keinerlei Einfluss.
Eine Haftung des Verlags ist daher ausgeschlossen.

Verlagsgruppe Random House FSC®N001967

2. Auflage
Originalausgabe 10/2016
Redaktion: Uta Dahnke
Copyright © 2016 by Christoph Marzi
Copyright © 2016 dieser Ausgabe by
Wilhelm Heyne Verlag, München,
in der Verlagsgruppe Random House GmbH,
Neumarkter Str. 28, 81673 München
Printed in Germany
Umschlaggestaltung und -illustration: Ann-Kathrin Hahn,
DAS ILLUSTRAT, München, unter Verwendung
mehrerer Motive von Shutterstock
Satz: Christine Roithner Verlagsservice, Breitenaich
Druck und Bindung: CPI books GmbH, Leck

ISBN: 978-3-453-31665-2

www.heyne.de

*Für
Erna Bickelmann
(1931 – 2015)*

»Die Welt ist voller offensichtlicher Dinge,
die nie jemand wahrnimmt.«

Arthur Conan Doyle, *Der Hund der Baskervilles*

Erstes Buch

1. Kapitel

Die verwehte Metropole

Die Welt ist gierig, und viel zu oft entschwindet einem die Zuversicht im Sturm der wankelmütigen Ereignisse, die weder bei Tageslicht noch im Nachtland angesiedelt sind. Emily Laing, die ihren Namen neuerlich trug wie einen alten Mantel, wusste, wie finstere Winterstürme sich anfühlten, wenn man sie nicht kommen sah. Sie wusste genau, was das Leben einem antun konnte, wenn man unvorsichtig war. Nichts aber hatte sie auf das vorbereitet, was an jenem merkwürdigen Tag im Dezember geschehen sollte, als kalte Winde eisig die kleine Stadt berührten und mehr als nur einen kurzen Augenblick im Leben so vieler verwehten.

Die junge Frau wartete auf dem Bahnhof in Cambridge, wahrend sich über ihr der Himmel öffnete und schwere Schneeflocken in die Dämmerung entließ, verlorene Träume wie jene, die sie selbst so oft berührte. Niemand auf dem überfüllten Bahnsteig schenkte ihr Beachtung, und das war gut so. Am liebsten blieb sie unauffällig. Sie war nur eine gewöhnliche Reisende, eine von vielen, die neben Touristen, Studenten, Büro- und Bankangestellten im Feierabendverkehr auf den Zug warteten. Eine junge Frau, deren leuchtend rotes Haar ihr tief ins Gesicht fiel und ein Auge, das linke, vor den Blicken der Passanten schützte. Noch immer, nach all den Jahren, war ihr Mondsteinauge ein Geheimnis, das sie so gut zu verbergen suchte wie nur möglich. Es erinnerte sie an so viele Dinge, an die sie nicht erinnert werden wollte. An die Zeit, in der sie ein Kind gewesen war und sich noch wie ein Kind gefühlt hatte, damals, in dem Waisenhaus in London namens Dombey & Son, dicht am Fluss gelegen, bei den Docks in Rotherhithe.

Sie seufzte wehmütig und zugleich erleichtert. Ein Kind war sie jetzt nicht mehr, ein Mädchen vielleicht doch, noch nicht wirklich eine Erwachsene, gewiss aber kein Teenager mehr. Vierundzwanzig, das war ihr Alter, und so fühlte sie sich; wenn sie daran dachte, dann fragte sie sich, wo all die Jahre nur hin waren. Und ihr Zuhause? Es gab so viele Orte. Kaum einer von ihnen war ihr länger treu geblieben. Hampstead Manor, Streatley Place, Berry Street. Ja, sie gehörte zu jenen, die nicht wirklich wussten, wo sie hingehörten. Aber sie wusste, was sie zu tun vermochte, und deswegen war sie hierhergekommen. Manchmal war zu wissen, was man tun konnte, schon sehr, sehr viel. Manchmal war zu tun, wozu man in der Lage war, einfach nur kräftezehrend.

Die Uhr zeigte 17:40.

Sie rieb sich die Hände.

Lange würde es nicht mehr dauern.

Emily beobachtete ihren Atem, der in kleinen Wolken vor ihrem Gesicht schwebte. Sie sehnte sich nach dem warmen Abteil des Abendzuges. Sie wusste, dass sie nicht unbedingt einen Sitzplatz ergattern würde, aber die Wärme im Zug würde sie für alle Unannehmlichkeiten entschädigen. Sie würde laut Musik hören, dabei die Augen schließen und nach und nach dieses äußerst ungute Gefühl, das sie bei dem Besuch in der Lensfield Road beschlichen hatte, vergessen.

Es war nicht gerade ein außergewöhnlicher Fall gewesen, nur ein kleines Kind, das sich gefürchtet hatte. Im Dunkeln, in der Schule, des Nachts. Ein Junge, der manchmal geschlagen wurde und zu oft die dunklen Winkel im Keller des großen Hauses mit den kleinen Türmen und dem Efeu an den Wänden erblickt hatte.

»Können Sie ihm helfen?« Mrs. Whitmore, die besorgte Mutter, war während der gesamten Sitzung zugegen gewesen. »Er ist ein so lieber Junge«, hatte sie mehrmals betont. Mr. Whitmore, der schattenhaft schrecklich durch die Träume des Jungen geisternde Vater, war geschäftlich unterwegs gewesen.

»Ich werde tun, was ich kann«, hatte Emily versprochen. Das sagte sie immer. Sie hatte festgestellt, dass es die Menschen beruhigte. Sie hatte behutsam die Gedanken des Jungen betreten und ihn dort, in jener seltsamen Welt, die fortwährend in Bewegung war, bei der Hand genommen, ein Stück des Weges geleitet, Timothy Whitmore, gerade acht Jahre alt, blass, still, schüchtern. Tiny Tim hatte sie ihn in jener Welt genannt, als könne schon allein das ihm Schutz und Liebe gewähren, und ihm gezeigt, wie er dem Schatten seines leiblichen Vaters entrinnen konnte. Sie hatte ihn gelehrt, durch die Tür zu gehen, die sie gemeinsam mit ihm gesucht hatte, und hinter sich zu lassen, was ihn bedrückte. Die Tür war gewissermaßen der Schlüssel, um mit den schlimmen Dingen fertigzuwerden.

»Es geht ihm jetzt gut«, hatte Emily der Mutter gesagt. »Er wird keine Angst mehr haben.«

»Sie ahnen ja nicht, wie dankbar ich Ihnen bin.«

»Timothy ist derjenige, dem Sie dankbar sein sollten«, hatte Emily nur festgestellt, mehr war nicht nötig gewesen. Mrs. Whitmore wusste ganz genau, worauf sie anspielte. Es lag wohl in ihrer Natur, nicht nachzufragen. Menschen wie sie, das wusste Emily, taten das nie. Sie stellten keine Fragen, weil sie die Antworten, die sie kannten, nicht hören wollten.

»Wie auch immer, ich danke Ihnen.«

»Seien Sie auf der Hut.«

Mrs. Whitmore hatte nur den Blick gesenkt. »Ja. Das werde ich sein.«

Nichts wird sich ändern, hatte Emily traurig gedacht. Das tat es nie. Zu oft sah sie Dinge wie diese. Mrs. Whitmore hatte einen Mann, der immerzu Macht ausübte. Über alle, die das Pech hatten, ihr Leben mit ihm teilen zu müssen. Macht über seine Frau, den kleinen Jungen, vermutlich auch die Angestellten seiner Firma, der Whitmore Trading Company. Die Angst war sein Verbündeter, so lief das immer im Leben. Nein, wahrlich, nichts würde sich ändern.

»Seien Sie auf der Hut«, hatte Emily erneut betont. Dann hatte sie sich empfohlen und eilig das Haus verlassen, noch bevor Tiny Tim wieder aufgewacht war. So hielt sie es stets. Das war das Beste. Tiny Tim würde sich kaum an sie erinnern und schnell vergessen, dass sie bei ihnen im Haus gewesen war. Mr. Whitmore würde abends heimkehren, und was auch immer sich dort in der Lensfield Road No. 7 normalerweise zutrug, würde sich erneut zutragen. Emily konnte das nicht verhindern, nein, nur Mr. und Mrs.

Whitmore konnten das tun. Aber sie hatte dem Jungen gezeigt, welchen Weg er gehen konnte, um dem zu entrinnen, was ihn verfolgte. Würde er das nächste Mal zur Strafe ein paar Stunden allein im dunklen Keller verbringen müssen, würde er zumindest gewappnet sein. Er würde wissen, was zu tun war, und an den Ort gehen, den Emily ihm gezeigt hatte, jenen Ort, den sie vorhin gemeinsam aufgesucht hatten, und dort würde er verweilen und sich ausruhen können, um Kräfte zu sammeln, ja, er würde der Angst die Stirn bieten. Das war alles, was sie tun konnte. Es war vermutlich nicht viel, aber es war ihre besondere Gabe.

Sie erinnerte sich an das düstere Waisenhaus in Rotherhithe, an Mr. Dombey und seinen Sohn, an Mr. Meeks und an die Schläge, die man ihr verabreicht hatte, an den Rohrstock, der das kleine Mädchen, das sie damals gewesen war, mitten ins Gesicht getroffen und sie das linke Auge gekostet hatte. Sie erinnerte sich an das kalte Glasauge, an das sie sich nie hatte gewöhnen können, an die Gemeinheiten der anderen Kinder. »Einäugige Missgeburt«, so hatten manche sie genannt. Zuweilen erinnerte sie sich so sehr an alles, was geschehen war, dass sie sich nichts sehnlicher wünschte, als dass jemand mit ihr tun würde, was sie seit ein paar Jahren mit den Kindern tat, um ihren Lebensunterhalt zu verdienen.

Sie seufzte, versucht, Tiny Tim zu vergessen, und war doch den Bildern gegenüber machtlos, die sie nach jeder dieser Sitzungen mit sich nahm wie einen Schmerz, den zu teilen sie den Kindern versprochen hatte. Timothys tiefe Seelenängste und die bedrohlichen Schatten aus seinen Träumen würden sich aus ihrem Herzen verflüchtigt haben, noch bevor der Zug in King's Cross einfuhr, sicherlich, das würden sie. Im Augenblick aber, jetzt und hier, auf dem Bahnsteig, da waren sie noch bei ihr wie ein bitterer Geschmack, den sie nicht loswerden und erst recht keinem anderen aufbürden konnte.

Selbst Professor Nickleby nicht. Obschon der von ihrer Gabe wusste.

»Wie fühlen Sie sich?«, hatte er kaum eine Stunde nach ihrem Besuch bei dem kleinen Timothy wissen wollen.

»Fragen Sie nicht«, hatte sie geantwortet.

Charles Nickleby bekleidete einen Lehrstuhl am Magdalene College in Cambridge. Er war es, der sie im Namen der Familie Whitmore um einen Besuch gebeten hatte; auf sein Anraten hatte man Emily konsultiert. Er besaß einen verwinkelten Buchladen in der Pembroke Street, der allerlei kostbare vergilbte Ausgaben beherbergte und so etwas wie eine inoffizielle Zweigstelle der uralten Bibliothek des Trinity College war. Bevor sie zum Bahnhof gefahren war, hatte Emily einen kurzen Abstecher dorthin gemacht, um eine seltene alte Ausgabe von *The History of the Unnamed* zu erstehen.

Nickleby hatte ihr den Band sorgsam in Paketpapier eingepackt. »Wittgenstein wird begeistert sein.«

»Ja, er steht auf so was.«

Emily musste bei der Erinnerung daran lächeln. Einerseits voller Zuneigung, weil sie an ihren Mentor dachte, und andererseits voll Melancholie, weil niemand hier auf dem Bahnsteig ahnte, wer sie war und was sie zu tun vermochte. Sie war nur jemand, der auf den Zug wartete, eine Studentin vielleicht, gedankenverloren, unauffällig. Ihre Hände waren in den Taschen des tiefblauen Mantels vergraben, den Kragen mit dem Kunstfellbesatz hatte sie hochgeschlagen, die alte Tasche mit dem Buch hielt sie eng an den Körper gepresst. Sie hörte laut Musik über die Ohrstöpsel, Belle & Sebastian, betrachtete dabei die Welt um sich herum und klammerte sich an den Gedanken, dass alles einen Rhythmus und eine Melodie hatte – auch wenn beides zuweilen ganz und gar verzerrt war und schrecklich entstellt –, sogar die Schneeflocken und die Lokomotiven, die auf den abgelegenen Gleisen Güterwaggons rangierten.

Die Menschen, die mit ihr auf dem Bahnsteig standen, beachteten sie nicht. Sie warteten einfach, wie sie, jeder in das vertieft, was sein Smartphone ihm offerierte. Sie alle flüchteten sich in eine Welt jenseits dieser, ein digitales Land, so anders als alles, was Emily kannte. Keiner schaute den anderen an. Es war gespenstisch, wie wenig Beachtung die Menschen einander schenkten. Jeder trug seine kleine Scheinwirklichkeit mit sich herum und hütete sie wie ein Geheimnis. Anders als Emily, die es bereits wahrlich zur Genüge erfahren hatte, ahnte keiner von ihnen, wie die Welt wirklich war.

Emily blickte die Gleise entlang in die Dunkelheit. Die Lichter der Stadt leuchteten hell, bald würde die Nacht sich überall ausgebreitet haben. Ja, in den Gesichtern vieler Menschen war es schon Nacht, sie konnte es sehen. Es war eine Nacht, die sie in ihren Alltag ließen, eine Nacht, die auch Emily vor einiger Zeit verspürt hatte, tief in ihrem Herzen, als sie nach London zurückgekehrt war.

Sie schaute zur Anzeigetafel hinauf. Dann auf die Zeiger der Uhr daneben.

Noch immer nichts!

Die Zeit verging wieder einmal quälend langsam.

Sie senkte den Blick, lauschte der Musik, wippte mit dem Fuß im Takt, wartete. Mehr konnte sie nicht machen. Die Musik tat gut, denn sie löste andere Gefühle in ihr aus, brachte positive Assoziationen mit sich. Emily fing schon an, Tiny Tim zu vergessen. Denn das musste sie. Gerade so, wie sie all die anderen Kinder vergaß, denen sie zu Hilfe eilte. Sie vergaß die Namen, vergaß die Gesichter, vergaß die Geschichten.

Nur so funktionierte es. Nur so konnte sie mit dem, was sie sah, leben.

Die eisige Luft auf dem Bahnsteig kroch ihr in den Mantel und ließ sie erschauern. Emily wickelte sich ihren langen grünen Schal um den Mund und atmete leise in die warme Wolle. Das half ein wenig, die Kälte abzuwehren.

Ungeduldig ging sie auf dem Bahnsteig auf und ab. Am Morgen war bereits der erste Schnee gefallen, und Emily malte mit der Stiefelspitze ein Muster in das Weiß, das den Bahnsteig an manchen Stellen bedeckte.

Sie schaute erneut auf die Uhr, dann wieder zur Anzeigetafel. Sie schaltete die Musik aus.

Der dämliche Zug müsste längst da sein, aber es wurde nichts angezeigt. Er hatte Verspätung, ganz klar, aber außer ihr schien das niemanden zu kümmern. Was seltsam war, denn normalerweise gehörte Emily zu denen, die sich problemlos in Geduld übten. Die Geschäftsleute waren üblicherweise die Ersten, die übel gelaunt und unruhig wurden und sich beschwerten.

»Entschuldigen Sie«, sprach sie den Mann, der neben ihr stand, an. Er sah aus wie ein Bankangestellter, ungeduldig, mürrisch, gehetzt. Ein Hauch von Arroganz umspielte seinen Mundwinkel wie eine unsichtbare Tätowierung, die er sein Leben lang tragen würde. »Kann es sein, dass der Zug ein wenig Verspätung hat?« Sie wies auf die Anzeigetafel. »Vielleicht habe ich etwas verpasst.« Sie deutete auf die Ohrstöpsel. Höflichkeit brachte einen manchmal weiter.

Der Mann schaute auf. »Sieht aus, als wäre er pünktlich.« Er vergewisserte sich mit einem Blick auf sein iPhone. Dann hakte er nach: »Wohin, sagten Sie, möchten Sie?« Er widmete ihr nur einen möglichst kleinen Teil seiner Aufmerksamkeit. »Vielleicht sind Sie auf dem falschen Gleis.« Die Arroganz selbst hier, zwischen den Worten.

»Nach London.« Teufel, wohin sonst?

Der Mann starrte sie nur an. Und Emily ahnte, dass etwas nicht stimmte. Sie kannte Blicke wie diesen.

»London«, wiederholte sie, diesmal langsamer.

»Nie davon gehört.«

Er sagte das so beiläufig, dass sie zuerst überhaupt nicht verstand, was er ihr da mitgeteilt hatte.

Höflich versuchte sie es ein zweites Mal. »Der Zug nach London. Ist dies hier der richtige Bahnsteig?« Sie rang sich ein zaghaftes Lächeln ab. »Nach London.«

Etwas stimmte nicht. Nein, etwas stimmte hier ganz und gar nicht.

»Lon-don?« Er sprach es unbeholfen aus, zuckte mit den Schultern. »Wie ich Ihnen bereits sagte – ich habe noch nie von einem Ort namens … London … gehört.« Er machte eine bedauernde Geste. »Tut mir leid.« Er wandte sich wieder seinem iPhone zu.

Doch Emily dachte nicht im Geringsten daran, lockerzulassen.

»Sagten Sie gerade, dass Sie noch nie von London gehört haben?« Meine Güte, die Frage klang vollkommen verrückt.

Der Mann ließ sie unbeantwortet, sagte stattdessen: »Hier kommt in genau neun Minuten der Zug nach Dover.«

»Ich muss aber nach London«, sagte Emily laut.

»Wo soll das sein?«

»London?«

»Ja.«

Sie schluckte. Was meinte er? Was war hier los?

»London ...«, begann sie und konnte hören, wie sich Aufregung in ihre Stimme einschlich. Natürlich hätte es sein können, dass der Mann sich auf ihre Kosten einen Scherz erlaubte. Aber das tat er nicht. Sie mochte den Kerl nicht, weil er so arrogant war, doch er war aufrichtig. Sie spürte es, sie wusste es. Die Situation war absurd, verkehrt und falsch, einfach vollkommen falsch.

Dass ihr Zug Verspätung hatte, war eine Sache, dass es aber ...

»Es tut mir leid«, unterbrach der Mann ihre Gedanken, wahrscheinlich, um die Sache zu einem raschen Ende zu bringen, »aber ich habe noch nie ...«

»Sie haben noch nie von London gehört?« Sie konnte es nicht einmal fassen, diese Frage überhaupt gestellt zu haben. »Dies ist doch England, oder nicht?« Der Spott in ihrer Stimme war kaum zu überhören.

Der Mann trat eilig einen Schritt zur Seite. Emily wusste, was das bedeutete. Er hielt sie für verrückt. Eine Spinnerin. Natürlich.

»Ist dieses London eine kleine Ortschaft im Süden?«, fragte er.

Was sollte das jetzt werden?

»London«, wiederholte sie trotzig.

Ihr wurde flau im Magen. Sie zitterte, die Knie wurden ihr weich.

Der Mann zuckte die Achseln, vertiefte sich wieder in sein iPhone.

Emily blieb beharrlich. »Die Hauptstadt.«

Der Mann distanzierte sich weiter von ihr. »Sie meinen Oxford.«

»Nein, ich ...«

Oxford?

Sie stockte. Der Mann meinte es ernst. Wollte er ihr gerade mitteilen, dass Oxford die Hauptstadt des Vereinigten Königreichs war? Was, in aller Welt, dachte er sich dabei?

»Es ...« Sie sah, wie sich die Zuganzeige einschaltete. Die Buchstaben flatterten wie aufgeregte Vögel, ehe sie zur Ruhe kamen: Luton. Dover. Alle auf dem Bahnsteig machten sich bereit. Keiner hatte ein Problem mit der Anzeige. Nur sie.

»Ich sagte doch, der Zug ist pünktlich«, hörte sie den mutmaßlichen Bankangestellten sagen.

Emily versuchte, einen klaren, vernünftigen Gedanken zu fassen. »Tut mir leid«, sagte sie zu dem Mann. Das hier führte zu nichts. Der Zug fuhr nicht nach London, und was der Mann ihr gesagt hatte, entbehrte jeglicher Logik.

»Vielleicht sollten Sie ...«

Sie ließ den Mann auf dem Bahnsteig stehen und ging zu den Fahrplänen. Schönen, altmodischen Fahrplänen hinter einer Glasscheibe. Sie beugte sich vor und suchte nach der Verbindung, derentwegen sie hier war. Nichts! Eine Stadt namens London wurde dort nirgends erwähnt.

Kein einziger Zug fuhr von Cambridge nach London. Ihr Puls ging schneller, und ihre Gedanken überschlugen sich.

Sie trat einen Schritt zurück.

Wie konnte das sein?

Sie begann schneller und schneller zu atmen. Panischer. Sie spürte, wie ihr Herz raste. Sie musste sich dringend beruhigen.

»Alles in Ordnung mit Ihnen?«, erkundigte sich höflich eine ältere Dame, die neben ihr stand.

»Fragen Sie nicht«, flüsterte Emily.

Sie kramte ihr Sony aus der Tasche. Für alles gab es eine Erklärung. Jedes Rätsel konnte ergründet werden.

Dann googelte sie London. Doch sie bekam kein einziges Ergebnis. Nichts! Das war verrückt. Es war schlichtweg nicht möglich. Sie schickte die Suchanfrage erneut los, wieder mit demselben Ergebnis.

Kein einziger Treffer!

Was, zur Hölle, war hier los?

Ihre Finger tippten schneller, tauchten ein in die digitale Magie der Landkarten. Doch auch Google Maps zeigte ihr nichts anderes. Nur eine Landschaft, die so nicht wirklich sein konnte. Es stimmte einfach nicht, was sie da sah. Es war falsch, eine Lüge. Völlig unmöglich.

Dort, wo London hätte sein müssen, war ... nichts. Gar nichts. Ein Wald, vielleicht, und Wiesen. Ein Fluss. Grüne Flächen jedenfalls, Wildnis, was immer das zu bedeuten hatte.

»Verdammt.«

Mehr als dieses Wort zu stammeln war ihr nicht möglich. Meine Güte. London, verschwunden?

»Das ist verrückt.«

Sie öffnete ihre Kontaktliste und wählte eine Verbindung. Lauschte. Nein, diese Telefonnummer sei leider nicht vergeben. Sie wählte andere Kontakte an. Spürte, wie ihre Hände zu zittern begannen. Keine der Telefonnummern, die sie wählte, existierte. Wittgenstein, Eliza Holland, Aurora Fitzrovia, Neil Trent, Edward Dickens – alle, die sie kannte und die, genau wie sie, in London lebten, schienen soeben zusammen mit der Stadt verschwunden zu sein.

Was ging hier nur vor?

»Kommt schon!« Sie ging ihre Kontaktliste durch, ebenso aufgeregt wie verzweifelt. Einen Kontakt nach dem anderen wählte sie an. Nichts! Restaurants, Geschäfte, Buchläden, Institutionen. Alle Kontakte, die sie gespeichert hatte, probierte sie aus. Kein einziger war registriert.

»Die Nummer, die Sie gewählt haben, ist nicht vergeben.«

Was sollte das?

Die Nummern hatten auf einmal keinen Sinn mehr. Keiner ihrer Kontakte existierte mehr. Das war die Logik, die dahintersteckte. Eine Logik, auf die Emily sich nicht einlassen wollte.

Sie suchte online nach der Hauptstadt Großbritanniens – und fand nichts als Hinweise auf Oxford. Eine Fülle von Informationen, die zu lesen ihr auf die Schnelle nicht möglich war.

»Nicht möglich.« Ihre Stimme war ein krankes Flüstern, in der Kälte begleitet von einem zarten Nebel und ihrem tosenden Herzschlag, geboren aus Furcht und Panik. Die Stadt, in der sie lebte, war verschwunden. Die Menschen, die sie kannte, ebenso.

Und jetzt?

Was sollte sie tun?

Ein lautes Dröhnen riss sie in die Wirklichkeit zurück. Bremsen quietschten. Der Zug nach Dover fuhr ein.

Es gibt keine Zufälle!

Fluchend ging sie ins Bahnhofsgebäude zurück. Doch auch hier herrschte nach wie vor lediglich das übliche Getümmel der Rushhour, gab es nur Menschen, für die, was auch immer hier passierte, anscheinend die Normalität war. Keiner wirkte verunsichert, nicht ein einziger schaute sich, wie sie selbst, fragend um.

Sie seufzte.

Entdeckte schließlich auf der anderen Seite der Bahnhofshalle, gleich neben den Fahrkartenautomaten, eine große Landkarte in einem Schaukasten. Na, immerhin! Doch die Insel, die den Hauptteil Großbritanniens bildete, sah anders aus, als Emily es gewohnt war. London fehlte, das erkannte sie schon von Weitem.

Mit großen Schritten durchquerte sie die Halle, blieb vor der Landkarte stehen.

»Verdammt!«

Dort, wo London hätte sein müssen, gab es nur eine Kleinstadt namens St. Albans, sonst nichts. Gar nichts! Guildford war noch da, Maidstone ebenso, dazwischen aber lag nichts. Da war nur der Fluss, die Themse, mit ihren typischen Windungen, doch das war auch schon alles.

»Ich bin nicht verrückt«, murmelte Emily. »Ich weiß, dass es London gibt.« Wilde Gedanken bestürmten sie, keiner davon in Vernunft verwurzelt, allesamt Mutmaßungen, Befürchtungen, panische Fantasien.

Nein, sie war nicht verrückt.

Oder doch?

Sie musste an ihre Mutter denken, an die Besuche in Moorgate. Ihre Mutter hatte Probleme gehabt. Psychische Probleme. Emily wusste, warum. Sie glaubte jedoch nicht, dass ihr das gleiche Schicksal blühte.

Dummes Zeug!

Beruhige dich, redete sie sich in Gedanken gut zu. Ja, sie musste jetzt ruhig werden. Panik führte zu nichts.

London.

Sie starrte die grüne Fläche auf der Landkarte an. Sie versuchte zu verstehen, was sie dort sah. Tat es aber nicht.

Die Stadt der Schornsteine am dunklen Fluss. Ihre Heimat, irgendwie – auch wenn sie das so oft geleugnet hatte. All die vom Regen ersäuften Gassen und Straßen, wo sich der Nebel, den die Themse so kalt gebar, um die rußig schwarzen Hälse der riesigen Häuser wand. London, mit seiner U-Bahn und dem, was sich dahinter verbarg, den wundersamen Märkten, den magischen Orten voller Gefahren, den sonderbaren Wesen, von denen sie längst nicht alle kannte, den verschlungenen Pfaden, die oft eine Herausforderung waren, und natürlich den Menschen, die dort unten lebten und von denen sie einige ihre Freunde nennen durfte. Das alles sollte verschwunden sein?

Sie wandte sich von der Karte ab, starrte die vielen Menschen in der Bahnhofshalle an, und was sie ahnte, wurde zur lähmenden Gewissheit. Sie würde die Leute nicht noch einmal fragen müssen, nein, das wäre unnötig. Keiner von denen würde sich an eine Stadt namens London erinnern. Der dunkle Fluss war noch da, nicht aber die Stadt.

»Es ist ein Rätsel«, hätte Wittgenstein gesagt. Wittgenstein, der ebenfalls fort war. Wie all die anderen auch.

»Ein Rätsel«, sagte Emily laut, denn manchmal half es,

Dinge laut auszusprechen. Insbesondere dann, wenn man Angst hatte. In der Hand hielt sie ihr nutzlos gewordenes Sony. Keine der Nummern, die sie gespeichert hatte, führte irgendwo hin. Also verstaute sie es in ihrer alten Tasche und holte tief Luft.

Cambridge.

Sie war hier gestrandet, einfach so. Nun ja, zumindest fühlte es sich so an.

Emily Laing dachte an ihre Wohnung in Seven Dials, an ihre Freunde, ihr Leben. Es war nicht möglich, dass eine ganze Stadt samt aller Menschen verschwand.

Und das bedeutete … was? Was sollte sie jetzt tun?

Sie beschwor vor ihrem inneren Auge das Bild ihres geistigen Mentors herauf. Schwarzes Haar, stechender Blick, eine lange Nase. Mürrisch, ruhig, allzeit neugierig. Wie eine Fledermaus wirkte er, wenn er den schwarzen Mantel trug, den er am liebsten mochte.

»Nachdenken«, würde Wittgenstein ihr raten. Er würde sie streng anschauen, als wäre sie noch immer das unwissende kleine Mädchen, das er vor Jahren am Fuße einer Rolltreppe in der U-Bahn-Station Tottenham Court Road aufgegabelt hatte. Mit seiner tiefen Stimme würde er langsam, jedes einzelne Wort betonend, sagen: »Denken. Sie. Nach. Miss Laing.«

Denken Sie nach!

Also beschloss sie, genau das zu tun. Denn eine vernünftige Alternative gab es nicht.

Am Ende tat Emily Laing das einzig Sinnvolle. Sie ging zurück in die Pembroke Street zu Charles Nickleby, in der Hoffnung, dass der Gelehrte, sofern er den Laden nicht schon geschlossen und verlassen hatte, um nach Hause zu gehen, ihr vielleicht helfen könnte.

Doch ihre Hoffnung, basierend auf einem Trugschluss, wie sich schnell herausstellte, war vergeblich. – Niemand vermisste die Stadt namens London, weil niemand wusste, dass die Stadt jemals existiert hatte. Der alte Mann war da keine Ausnahme.

»Ehrlich gesagt, Miss Laing, weiß ich nicht, was ich von all dem, was Sie da gerade gesagt haben, halten soll.« Charles Nickleby starrte sie mit seinen kleinen Äuglein verwirrt an. Er kraulte seinen Backenbart, zog ein Gesicht, steckte sich eine Pfeife an, paffte, blies Rauchkringel in die Luft. »Was Sie da behaupten, ergibt, gelinde gesagt, da bin ich ehrlich, überhaupt keinen Sinn.« Der Geruch nach edlem Tabak lag wie eine Farbe auf allem, was sich in dem Buchladen befand. Jedes Buch schien ein Echo dessen zu sein, was Professor Nickleby Genuss bereitete. »Verstehen Sie mich nicht falsch, Miss Laing, ich neige natürlich dazu, Ihren Ausführungen Glauben zu schenken, und sei es nur, weil Sie ein sehr glaubwürdiger Mensch sind. Wir kennen uns schon eine ganze Weile, doch ...« Hier machte er eine kurze Pause, sog erneut an der Pfeife. »Doch, das müssen Sie mir zugestehen, erscheint Ihre Geschichte mehr als nur seltsam.«

Emily wusste nicht, was daran seltsam sein sollte. »Ich lebe in London«, sagte sie. »Dort gehöre ich hin. Das wissen Sie doch auch. Sie selbst haben mich von dort hierher nach Cambridge gerufen!«

Charles Nickleby, klein und gedrungen, mit einem roten, freundlichen Gesicht, gab höflich und dennoch skeptisch zu bedenken: »Aber es gibt diese Stadt nicht.« Er ging im Laden auf und ab, die Hände auf dem Rücken verschränkt. »Sehen Sie sich alle diese Bücher an«, sagte er ruhig, »in keinem einzigen werden Sie die Stadt, deren Namen Sie mir genannt haben, finden.« Er sah aus wie eine jener lebensprallen und zugleich karikaturhaft anmutenden Figuren aus einem viktorianischen Roman, wie nicht zuletzt John Leech sie in der Mitte des 19. Jahrhunderts gezeichnet hatte. »Da beißt die Maus keinen Faden ab«, resümierte er. »Ich habe noch nie zuvor von einem Ort namens London gehört.«

Emily schüttelte den Kopf. Das konnte nicht sein.

Sie kannte Charles Nickleby schon seit Jahren. Er war Literaturwissenschaftler, früher Archäologe gewesen, mittlerweile quasi Antiquitätenhändler, ein Vermittler seltener Bücher. Wenn man auf der Suche nach Wissen war, so tat man gut daran, einen Abstecher nach Cambridge ins *Quincunx* zu machen. Nickleby war ein ruhiger alter Herr, behäbig, seiner Pfeife verfallen, nicht zu zählen die Unmengen von Teesorten, ohne die zu leben ihm wohl unmöglich war. Er war jemand, dem man vertrauen konnte. Jemand, dem man die Weltgewandtheit ansah; jemand, der trotz seiner beruhigenden Behäbigkeit, welche die Farbe von braunem Tweed hatte, im Gespräch erahnen ließ, was für ein abenteuerlustiger junger Mann er einmal gewesen sein musste.

Emily hatte ihn von Anfang an gemocht. Ihn und den Laden mit dem seltsamen Namen.

Quincunx.

Wittgenstein hatte sie einst hierher geführt. Damals, als sie noch seine Schutzbefohlene und Schülerin gewesen war, hatte sie ihn auf einigen seiner zuweilen rätselhaften

Reisen begleitet. An einem windigen, regnerischen Apriltag hatte sie das *Quincunx* zum ersten Mal betreten, leicht verschnupft und vollkommen durchgefroren, und Nickleby hatte ihr sofort die nassen Sachen abgenommen und eine heiße Schokolade für sie zubereitet.

Nichts hatte sich seit damals verändert. Das dachte sie immer, wenn sie den Laden betrat. Und auch jetzt wirkte alles hier drinnen auf sie so real wie vorhin noch – die labyrinthischen Regalreihen, die niedrige Decke, die alten Möbel, das schummrige Licht, das knisternde Kaminfeuer –, und doch fühlte sie sich wie Alice, die gerade in das Kaninchenloch gefallen war und weiter und weiter stürzte, hinab in eine Welt, in der »oben« unten und »unten« oben war, wo alles falsch und nichts richtig wirklich war.

Sie biss die Zähne zusammen und sah den Professor herausfordernd an. »Lassen Sie mich es Ihnen zeigen.«

Dann ging sie zu einem Regal, wo einige der Werke jenes berühmten viktorianischen Autors, den Emily unter Weglassung seines allgemein bekannten ersten Vornamens sowie seines nicht minder bekannten Nachnamens in Gedanken stets nur John Huffam nannte, standen. Eines nach dem anderen nahm sie in die Hand, blätterte darin herum. Fast ausnahmslos hatten diese Romane auch London zum Schauplatz. In den Abgründen der Metropole an der Themse folgte man den Charakteren auf ihren Wegen. Man litt an ihrer Seite, erlebte das Grauen der Kinderarbeit und das Elend in den Armenvierteln. Es waren Klassiker, die fast jedes Kind in England kannte. Der geizige Alte, dem in der dunklen Weihnachtsnacht drei Geister erschienen. Der Junge, der sich unglücklich verliebte. Das

Waisenkind, das von einem Gauner das Diebeshandwerk erlernte und sich schlussendlich dann doch für sein Gewissen entschied.

Sogar im Waisenhaus hatten die Kinder sich manchmal diese Geschichten erzählt, nicht zuletzt, weil sie, trotz des Elends, so voller Hoffnung gewesen waren. Doch von einer Stadt namens London war in den Ausgaben, die Emily jetzt und hier in den Händen hielt, nicht die Rede. Kein Wort. Es waren die gleichen Geschichten, aber die Stadt, in der sich so vieles zutrug, war Oxford. Ein Oxford, das, folgte man oberflächlich und eilig den Schilderungen, viel größer und labyrinthischer wirkte als der Ort, den Emily unter dem Namen kannte.

»Das sind nicht die richtigen Geschichten«, flüsterte sie. Das Rätsel, sofern es eines gab, wurde immer komplexer, immer grundlegender. Sie klappte das letzte Buch, das aufgeschlagen in ihrer Hand lag, zu, sodass eine Staubwolke aufwirbelte, ehe sie es in die Höhe hielt. »Das hier ist falsch.« Sie wusste nicht, wie sie es anders hätte erklären können.

Falsch, das war es. Einfach nur falsch.

Nickleby, der gute Ohren hatte, fragte: »Wie meinen Sie das?«

»Es gibt kein London in den Büchern.«

Er schaukelte durch den Raum wie ein Schiff auf See und klatschte, freundlich triumphierend, in die Hände. »Sagte ich doch.« Er ließ sie nicht aus den Augen, auch wenn es so aussah. »London ist keine Stadt, die jemals existiert hat.«

Emily ließ sich nicht beirren. Sie stellte das Buch, das sie noch in der Hand hielt, ins Regal zurück und suchte weiter.

Suchte immer hektischer, immer aufgeregter nach Büchern, die sie kannte. Nach Geschichtsbüchern, die von Persönlichkeiten und Ereignissen berichteten, aus denen Kinofilme und Fernsehserien erschaffen worden waren. Elisabeth, die jungfräuliche Königin, Cromwell, der Lordprotektor, Guy Fawkes, der Pulververschwörer, Königin Viktoria, die Galionsfigur des Empire. Es war ein Kampf, den sie nicht gewinnen konnte. Jack the Ripper, die Whitechapel-Aufstände. Sie blätterte dicke, fette Wälzer durch, warf Folianten um, las, was ihr in die Finger kam.

Nickleby beobachtete sie die ganze Zeit, schwieg aber, wofür sie ihm dankbar war.

Schließlich hielt sie inne. »Wie kann das sein?« Sie klappte das letzte Buch, in dem sie geblättert hatte, resigniert zu.

Nirgends war, soweit sie gesehen hatte, auch nur in einer Randnotiz eine Stadt namens London erwähnt. Als hätte es sie wirklich und wahrhaftig nie gegeben. Alle Ereignisse, die in den Büchern geschildert wurden, hatten an anderen Orten stattgefunden. Die meisten von ihnen in Oxford. Aber keines in London, keines in der Stadt am dunklen Fluss.

»Ich lebe dort«, sagte Emily, als würde diese Beteuerung ihr irgendwie nützen.

»Sie leben in Oxford«, stellte Nickleby trocken fest.

Emily starrte ihn an. »Warum sagen Sie das?«

»Weil es die Wahrheit ist.« Er nannte ihr die Anschrift. »Die Telefonnummer steht in meiner Kundenkartei. Schauen Sie nach, wenn Sie mir nicht glauben.« Er seufzte. »Wählen Sie die Nummer, und Sie hören Ihre eigene Stimme, auf dem Anrufbeantworter.«

Ihr schwindelte. Nein, sie würde nicht nachschauen. Sie würde diese Nummer ganz bestimmt nicht wählen.

Sie schüttelte den Kopf. Nein, das würde sie auf keinen Fall tun.

»Miss Laing, wir kennen uns nun seit vielen Jahren.« Seine Stimme war so warm wie der Tabakgeruch. »Sie leben in Oxford.« Er seufzte ein weiteres Mal, diesmal sogar laut. »Wie kann ich Ihnen nur helfen? Was ist denn geschehen, dass Sie auf einmal so verwirrt sind?«

Sie erwiderte nichts.

»Vorhin waren Sie noch so gefasst.«

Emily versuchte unruhig, sich zu konzentrieren, doch es gelang ihr nicht, auch nur einen einzigen klaren Gedanken zu fassen. In ihrem Kopf herrschte ein wildes Durcheinander aus Fragen, Rätseln und Befürchtungen.

»Was tue ich dort?«, brachte sie schließlich mühsam hervor. »In Oxford, meine ich.«

»Sie sind eine Trickster«, stellte der Professor fest, als wäre damit alles gesagt.

Sie musste wieder an Tiny Tim denken. »Ich weiß.« Dann schüttelte sie energisch den Kopf. »Aber das hat nichts mit dem zu tun, was *hier* passiert. Nein, meine Freunde leben in London.« Auf einmal funkelte sie den Mann in ihrer Verzweiflung wütend an, gerade so, als trüge er die Schuld an dem, was passiert war. »Keiner von ihnen ist erreichbar. Sie sind fort, so sieht es doch aus. Einfach so, vom Erdboden verschluckt. Vergessen und verloren.« Draußen heulte der Wind. »Verweht. Verweht wie die ganze verdammte Stadt.« Nicht einmal der dürftigste Hinweis auf eine Antwort auf dieses Rätsel kam ihr in den Sinn. »Ich kenne Oxford, natürlich, eine kleine Stadt, in keiner Weise mit London zu vergleichen.« Sie dachte an die Londoner U-Bahn und das nicht immer ungefährliche Labyrinth, das es jenseits der U-Bahn zu erkunden gab, jene Wege, die zu den seltsamsten Orten und durch die verrücktesten Gegenden führten. »London.« Sie ließ sich den Namen auf der Zunge zergehen.

Der Professor blickte nachdenklich zum Fenster hinaus. Draußen schneite es noch immer. Dicke Flocken wehten vor dem Schaufenster aus dem Licht der Straßenlaterne ins Dunkel.

Emily ließ sich in den großen Sessel neben dem Kamin sinken. Das Feuer prasselte, und alles wirkte so gemütlich und unendlich gut. Draußen hatte sie geglaubt, erfrieren zu müssen, so kalt war die Nacht geworden; die Nacht, die sie umgab, und jene, die in ihr war.

Der Winter, dachte Emily, *ist wirklich eine seltsame Jahreszeit, das war er schon immer.*

Für sie allerdings war er in all den Jahren kaum mehr als eine Kulisse gewesen, ein Hintergrundbild, vor dem sich ihr eigenes Leben entfaltet hatte.

»Was immer auch geschehen mag«, hatte ihr einmal jemand gesagt, »sieh es als ein Abenteuer und niemals als Schicksal.«

Und daran hatte sie sich gehalten.

Jetzt saß sie hier, tatenlos, keinen einzigen Schritt weiter. In dem Laden, den sie schon unzählige Male zuvor besucht und der sich nicht verändert hatte, oder zumindest nicht so wie ihre Welt.

»Wittgenstein lebt in London«, sagte sie unvermittelt, und sogleich fühlte sie sich einsam. Mit ihrem Mentor an ihrer Seite hatte sie so viele Abenteuer bestanden.

Nickleby wirkte verwirrt. »Wer?«

»Wittgenstein.«

»Nie von ihm gehört.«

»Sie scherzen.«

»Nichts liegt mir ferner, Miss Laing. Wer ist er?«

War das die Möglichkeit? »Mortimer Wittgenstein. Sie kennen ihn seit Jahren.« Was redete sie denn? Seit Jahrzehnten!

Der Professor schüttelte, aufrichtig bedauernd, den Kopf. »Miss Laing, es tut mir so leid, das müssen Sie mir glauben, aber ich kenne niemanden, wirklich niemanden, der diesen Namen trägt.« Er grübelte nach. »Was sollte ich mit ihm zu schaffen haben?«

»Er ...« Sie sprang auf, schnappte sich das Buch aus ihrer Tasche. »Hier, das habe ich für ihn erstanden. Er hatte es bei Ihnen geordert.« Sie atmete tief durch, rang um Fassung. »Wie kann es sein, dass Sie sich nicht an ihn erinnern?«

Nickleby zuckte die Achseln und strich sich mit seinen kleinen Fingern durch den Bart. »Ich fürchte, Miss Laing, ich kann Ihnen da wirklich nicht weiterhelfen. Wie Sie bereits feststellten, haben wir es hier wohl mit einem Rätsel zu tun. Sie müssen mir glauben, dass ich Ihnen die Wahrheit sage. Ich treibe keinen Schabernack mit Ihnen. Es gibt kein London. Und ich kenne keinen Mortimer Wittgenstein.« Jetzt warf er ihr einen äußerst besorgten Blick zu. »Dass Sie, meine gute Miss Laing, so felsenfest überzeugt sind, dass ich derjenige bin, der sich irrt, und nicht Sie selbst, ist, das müssen Sie mir zugestehen, kein Beweis für irgendetwas.«

Emily nickte. »Alle diese Bücher hier«, sagte sie, »erzählen andere Geschichten als die, die ich kenne.«

Alles ist falsch, falsch, falsch.

Nickleby nickte und fragte sie: »Und was sagt uns das?«

Emily schwieg.

Falsch!

»Gar nichts«, schlussfolgerte der alte Mann. »Leider, leider. Gar nichts.« Er wirkte traurig, weil er ihr nicht helfen konnte. Er hielt die Pfeife in der Hand und deutete mit ihr auf die Bücher. »Wenn das, was Sie sagen, wirklich die Wahrheit ist«, murmelte er, »dann geschieht Seltsames um uns herum.« Er nahm ein paar Züge. »All die Bücher in den Regalen sind so, wie sie immer waren. Nichts wurde verändert.« Er ging zu den Büchern, berührte sie. »Sie, Miss Laing, sind, wie es den Anschein hat, bisher der einzige Mensch, der glaubt, dass die Wirklichkeit eine andere ist.« Er schaute sie an. »Das ist seltsam.«

Dass es seltsam war, wusste Emily mittlerweile. Was sie suchte, waren Antworten, keine weiteren Fragen. Der erneute Gedanke an ihre Mutter war dabei wenig hilfreich und alles andere als ermutigend.

Sie sagte: »Ich muss zurück nach London.«

»Das es, soweit ich weiß, nicht gibt.«

»Humbug!«, schimpfte Emily, plötzlich wieder aufbrausend. »London hat es schon immer gegeben.«

Nickleby zog eine Augenbraue hoch.

»Es ist die Stadt, in der ich lebe.«

»Sie sprechen von einem Ort, der nicht existiert. Einem Ort, an dessen Existenz nur Sie glauben.« Er wirkte nun regelrecht irritiert. »Ja, Miss Laing«, sagte er eindringlich, »und Sie sollten sich fragen, warum das so ist!«

Sie schüttelte den Kopf. Nein, es musste noch andere Menschen geben, denen auffiel, dass etwas falsch war. Eine

Metropole, so riesig wie London, konnte nicht einfach in der Erinnerung von Hunderttausenden verweht werden, als habe es sie nie gegeben.

»Was soll ich tun?«

Nickleby lächelte zum ersten Mal, seit sie den Laden betreten hatte. »Das ist doch mal eine Frage, die ich gern beantworte.«

»Nun?«

»Sie sollten sich ausruhen, Miss Laing.« Er deutete nach draußen, auf die nächtliche Straße. »Es ist kalt. Sie können gern im Laden übernachten. Bei diesem Wetter fahren die Züge nicht mehr lange. Es fällt zu viel Schnee. Sie können morgen nach Hause fahren.« Emily wusste, dass er Oxford meinte. Absurd! »Ich kann Ihnen die Couch anbieten, die drüben in dem kleinen Hinterzimmer steht. Ein paar Decken sind auch da. Das Feuer hier vorn im Kamin kann ich über Nacht brennen lassen. Ich selbst aber, muss ich gestehen, habe heute eine Verabredung.« Er lächelte in höchstem Maße verschmitzt. »Eine Dame, die ich ins Kino ausführe.« Der Professor wirkte äußerst entspannt und zufrieden. »Wir philosophieren, müssen Sie wissen. Es ist eine späte Liebe, könnte man sagen.«

Irgendwie fand Emily es beruhigend, dass er sich so freute. Solange es noch Liebe gab, war die Welt nicht verloren.

»Das wäre sehr nett«, nahm sie das Angebot an. Das *Quincunx* zog sie einer Pension oder einem Hotelzimmer vor. Es erinnerte sie an damals, als sie ein Kind gewesen und nach ihrer Flucht aus dem Waisenhaus zum allerersten Mal in Hampstead Manor aufgewacht war. Der Beginn eines neuen Lebens, ja, das war es gewesen, ihr erstes Zuhause, ein Anwesen im Stadtteil Marylebone, erfüllt von wohliger Wärme und einem Licht, das Waisenkinder sonst nur hinter den Fenstern fremder Häuser sahen. »Das wäre wirklich wunderbar.«

»Das, Miss Laing, denke ich auch.« Dann, dezent und ohne ein weiteres Gespräch zu suchen, überreichte er ihr den Zweitschlüssel für die Ladentür, nahm Gehstock und Hut, schlang sich einen Schal um den Hals und schlüpfte in einen braunen Mantel. Mit einem Lächeln empfahl er sich, trat hinaus ins Schneegestöber und in die Nacht, zog die Tür hinter sich zu und schloss sie ab.

Emily Laing blieb allein zurück, müde und erschöpft, ihre Zuversicht so verweht wie die Stadt, deren Verschwinden ihren Verstand und ihr Herz in gleichem Maße marterte.

Es gibt keine Zufälle. So lautete Wittgensteins Motto. Doch wenn dem wirklich so war, welchen Sinn ergab dann das, was gerade passierte? Emily ging die Regalreihen ab und betrachtete die Buchrücken. Sie zog wahllos und gedankenverloren ein Buch aus dem Regal, blätterte darin herum und stellte es zurück ins Regal. Nein, sie wollte gar nicht länger darüber nachdenken. Sie musste Ruhe finden, und morgen war schließlich auch noch ein Tag.

Emily seufzte, machte das letzte Licht im Laden aus und ging ins Hinterzimmer. Dort warf sie ihren Mantel über einen der Sessel und stellte ihre Tasche daneben auf den Boden. Es gab ein kleines Spülbecken, und auf dem Regal darüber standen Gläser, eine Kanne, Becher und Teetassen. Emily füllte sich ein Glas mit Wasser und trank es so schnell aus, dass sie beinah Schluckauf bekommen hätte. Sie stellte das leere Glas in die Spüle. Ein wenig zu schlafen, ja, das würde guttun. Die Couch sah gemütlich aus. Sie ging zu ihr hinüber und setzte sich, streifte die Stiefel ab, bewegte die Zehen.

Das Kaminfeuer vorn im Laden knisterte, und die Wärme, die durch die geöffnete Zwischentür zu ihr nach hinten drang, war wohlig. Emily machte es sich auf der Couch bequem, wickelte sich in eine der Wolldecken, schloss die Augen und fiel bald in einen unruhigen, von seltsam schemenhaften Gestalten heimgesuchten Halbschlaf, in dem viele bekannte Gesichter auftauchten, nicht zuletzt das des jungen Mannes, Tristan Marlowe, der vor einiger Zeit noch ihr Freund gewesen war. Jetzt war er das nicht mehr.

Sie seufzte, als wäre es erst gestern gewesen, dass sie beide in befremdlichem Einvernehmen beschlossen hatten, von nun an getrennter Wege zu gehen, drehte sich auf den Rücken, kam zu sich und schlug die Augen auf. Sie starrte die Zimmerdecke an und ließ ihren Blick dort ruhen, auf der Verkleidung aus dunklem Holz, während sie an damals zurückdachte.

Es hatte eine Zeit gegeben, da hatte sie seinen Namen getragen, als wäre es der ihre gewesen. Einfach so, weil ihr danach gewesen war. Wenn jemand sie nach ihrem Namen gefragt hatte, dann hatte sie nicht ihren Nachnamen gesagt, sondern seinen genannt.

Doch das war vorüber. Ein für alle Mal.

Sie hatte in ihrer jugendlichen Verträumtheit geglaubt, dass die Liebe immer so schnell stirbt, dass es einem wie ein Drama vorkommt, aber das war ein Trugschluss gewesen. Die Liebe, das hatte Emily erfahren, stirbt langsam, jeden Tag ein wenig mehr, kaum merklich. Und irgendwann ist sie fort, so, als sei sie nie da gewesen. Danach legt man sich ein neues Leben zu, wie man sich im Laden neue Kleidungsstücke kauft und so jemand anders wird.

Genau das hatte sie getan. Nachdem sie lange genug in New York gelebt hatte, das so völlig anders war, war sie in die Stadt der Schornsteine zurückgekehrt. Ihr Leben hatte neu begonnen. Das einzig Erschreckende daran war die Erkenntnis gewesen, wie einfach es doch war, wieder neu zu beginnen.

Damals hatte sie nicht nur Geld verdienen müssen, sondern sich auch nach einem Sinn gesehnt. Den Kindern zu helfen war in der Situation naheliegend gewesen. Sie konnte ihnen beistehen, wo ihnen sonst niemand zu helfen vermochte, die Grausamkeiten, die das Leben für die Kinder bereithielt, erträglicher machen.

Letzten Endes hatte sie dies alles nach Cambridge geführt.

Sie betrachtete im Halbdunkel des zu ihr nach hinten dringenden Feuerscheins die Habseligkeiten, die ihr geblieben waren. Den Mantel, der dort über dem Sessel hing, neben der Couch. Die abgewetzte Ledertasche, die auf dem Boden stand, mit ihrem persönlichen Kram, den sie allzeit mit sich herumtrug, und dem Buch, das sie für Wittgenstein erstanden hatte.

Sie seufzte.

Hörte ein Klopfen. Das Geräusch riss sie unsanft aus ihren Erinnerungen. Offenbar klopfte jemand an die Ladentür.

Sie schaute auf die Uhr an der Wand. Es war kurz vor acht. Der Laden längst geschlossen. Bekam Nickleby zuweilen noch Gäste um diese Uhrzeit?

Emily, die wusste, dass man allzeit im Leben – und erst

recht in Situationen wie dieser – wachsam sein musste, pellte sich aus der Decke, stand leise auf und schlich auf Socken und mit klopfendem Herzen vorbei an all den Bücherregalen durch den Laden. Niemand wusste, dass sie hier war, logisch, denn alle Personen, die sie kannte, waren ja nicht mehr da. Was die Sache um keinen Deut besser machte. Sie mochte keine ungeladenen Gäste, weil sie selten etwas Gutes brachten.

Oder vielleicht wusste doch jemand, dass sie hier war. Womöglich derselbe jemand, der auch wusste, dass sie eine Stadt namens London kannte. Jemand, der nicht wollte, dass sie dem Geheimnis dahinter auf die Schliche kam.

Sie erhaschte einen ersten Blick durch die Scheibe der Tür nach draußen, sah eine dunkle Silhouette vor dem Hintergrund des schummrigen Laternenlichts.

Wer mochte das sein? Jemand mit Beweggründen so dunkel wie die Nacht. Jemand, der hier war, um sie zu finden.

Oder auch nicht.

Emily, die sich in ihrem Leben schon ganz anderen Herausforderungen gestellt hatte, unterdrückte ihre düster lauernde Angst und trat beherzt auf die Tür zu. Die eben noch so bedrohliche Gestalt entpuppte sich als eine kleine alte Dame, die, seelenruhig wartend, dort draußen im dichten Schneegestöber stand, nun noch einmal an die Tür klopfte und sich vorbeugte. Als sie Emily sah, lächelte sie.

»Ich bin Mrs. Pumblechook«, rief sie durch die Glasscheibe, »Charles Nickleby schickt mich.« Dann hielt sie einen Korb in die Höhe. Ein darüber ausgebreitetes rot kariertes Küchentuch verbarg den Inhalt. »Er dachte, Sie seien vielleicht hungrig.« Sie lächelte neuerlich und, wie es schien, gutmütig. »Außerdem meinte er, Sie benötigten unter Umständen ein wenig Beistand.«

Emily erwiderte das Lächeln. Charles Nickleby war zuweilen ein komischer Kauz, aber er hatte das Herz am rechten Fleck. Dass er jemanden schickte, der sich ihrer, an seiner statt, annahm, passte zu ihm.

Sie schnappte sich den Schlüssel, den der Professor ihr dagelassen hatte, und öffnete, als hätte sie nie auch nur die geringsten Bedenken gehabt, die Tür.

Sofort wehte eisig kalte Luft mit ein paar Schneeflocken in den Laden.

»Kommen Sie doch rein.« Sie trat einen Schritt zur Seite.

Die alte Dame tat wie geheißen, und Emily schloss rasch die Tür hinter ihr. Dann besah sie sich die späte Besucherin unauffällig. Sie trug einen altmodischen Mantel, dunkelmausgrau, und auf dem Kopf einen Hut, der bunt, gewagt und lustig zugleich wirkte. »Wir sind Nachbarn, Charles Nickleby und ich«, erklärte die alte Dame fröhlich und deutete hinüber auf die andere Straßenseite. »Und er hat so schnell ein schlechtes Gewissen.« Ihre Wangen waren von der Kälte gerötet wie reife Äpfel. »Er sagte, dass er eigentlich hätte bei Ihnen bleiben müssen, aber er habe diese Verabredung, der er schon seit einiger Zeit entgegenfieberte.« Sie kicherte, wie nur eine alte Lady es tun konnte. »Alter schützt vor Torheit nicht, das sagt man doch?« Sie knöpfte sich den Mantel auf. »Vor der Liebe auch nicht.« Sie trug eine Brille, hinter der ihre Augen größer wirkten, als sie es waren.

»Kann ich mir gut vorstellen.« Emily schmunzelte leise. Sie stellte sich Charles Nickleby bei seinem Rendezvous vor und fragte sich, wie die Dame seines Herzens wohl aussehen mochte. War sie jemand, der zu ihm passte? Eine Akademikerin? Büchernärrin? Eine Frau mit Marotten, die seinen das Wasser reichen konnten?

»Er lebt schon viel zu lange allein, der gute Charles.« Mrs. Pumblechook klopfte sich den Schnee vom Mantel. »Er ist ein so gebildeter Herr. Kaum zu glauben, dass nicht schon vorher jemand zugegriffen hat.« Sie stellte den Korb auf den Boden. Unter dem Tuch war nichts zu erkennen. »Ich wusste ja nicht, was Sie mögen, und da ich selbst nicht die Zeit hatte, etwas zu kochen, bin ich einfach zu Ghaalib um die Ecke gegangen, Ghaalib Ramay, der hat dort einen pakistanischen Imbiss.« Sie bückte sich, griff tief in den Korb und hielt Emily eine Plastikschale hin. »Biryani mit Gemüsecurry«, sagte sie, »und zum Nachtisch etwas Shahi Tukray.«

Emily konnte nicht anders, als dankbar zu lächeln. Sie wusste augenblicklich, was sie so vermisst hatte. Ja, sie hatte Hunger, und es war keine Untertreibung, als sie sagte: »Sie schickt der Himmel.«

Mrs. Pumblechook nickte gütig. »Wenn Sie möchten, dass ich Ihnen beim Essen Gesellschaft leiste, bleibe ich. Ansonsten mache ich mich auf den Weg nach Hause. Das Wetter ist heute Abend wirklich äußerst unwirtlich. Der Schneefall soll bis zum Morgen dauern, sagten sie im Radio. Und Glätte kann ich nicht leiden. Ohne Stock und mit den Schuhen, die ich trage, sind glatte Straßen eine Todesfalle.« Sie seufzte. »So ist das im Alter, Miss Laing. Überall lauern Gefahren.«

Nicht nur, wenn man alt ist, lauern überall Gefahren, dachte Emily.

Trotzdem. Ein Gespräch wäre nicht übel. Es würde sie ein wenig auf andere Ideen bringen. Mrs. Pumblechook wirkte zudem wie jemand, dessen Gesellschaft guttun würde, auf eine ähnliche Art und Weise, wie ein heißer Tee guttut.

»Falls es später glatt ist, begleite ich Sie hinüber zu Ihrem Haus«, versprach Emily also, ohne weiter nachzudenken. Sie führte die Besucherin schweigend durch den Laden nach hinten, knipste dort eine altmodische Stehlampe mit einem vergilbten pergamentfarbenen Schirm an, machte eine einladende Geste und nahm selbst mit dem Biryani und einer Gabel, die Mrs. Pumblechook ihr aus ihrem Korb reichte, auf der Couch Platz, auf der sie vorhin eingenickt war. Mrs. Pumblechook setzte sich ihr gegenüber in den Sessel.

»Sie sind nicht von hier«, stellte Mrs. Pumblechook fest. »Sie kommen aus Oxford, nicht wahr?«

»Wie kommen Sie darauf?«

»Sie wirken wie jemand aus der Hauptstadt.«

Emily nahm, leicht irritiert, zwei Bissen von dem Biryani, ehe sie sich nicht länger zurückzuhalten vermochte. »Haben Sie schon einmal von einer Stadt namens London gehört?«, platzte sie heraus, selbst auf die Gefahr hin, unhöflich oder verrückt zu wirken, weil sie es einfach nicht lassen konnte, an ihrer Sicht der Dinge festzuhalten.

Ohne zu zögern, erwiderte die alte Dame: »Niemals.«

Emily nickte resigniert. So viel also dazu.

»Wieso fragen Sie?«

»Nur so«, murmelte Emily und aß weiter, versuchte, sich auf die Gegenwart zu konzentrieren. Sie war wirklich hungrig, und das Gemüsecurry schmeckte unglaublich gut. Sie spürte, wie die Gewürze sie wärmten.

»Sie sehen aus wie jemand, der allein ist«, stellte Mrs. Pumblechook fest. Sie hatte die Hände im Schoß gefaltet.

»Sie sehen eine Menge«, erwiderte Emily, in diesem Punkt um Unverbindlichkeit bemüht, und dachte, dass Alleinsein nicht unbedingt immer von Nachteil war.

»Gibt es da nicht jemanden in Ihrem Leben, der auf Sie wartet?«

»Keinen Freund, wenn Sie das meinen.«

»Das ist schade, nicht wahr?«

»Es ist, wie es ist«, murmelte Emily ausweichend.

»So ein hübsches junges Ding wie Sie«, sagte die alte Dame. »Ein Jammer ist das, wirklich.«

Emily zwinkerte ihr aufmunternd zu. Nachbarn, das wusste sie, waren wirklich oft sehr seltsam, und diese Dame hier bildete da wohl keine Ausnahme. Emily fragte sich, ob Charles Nickleby sie wirklich mochte oder ob sie nur eine Nachbarin war, mit der er auskommen musste. Emily nahm an, dass die Fragen, die sie stellte, gut gemeint waren, aber sie mochte sie dennoch nicht.

Den Rest des Biryani nahm sie schweigend zu sich.

»Cambridge«, brach Mrs. Pumblechook schließlich das Schweigen, »kann kalt sein im Winter. Wenn der Fluss so richtig zufriert, hat man das Gefühl, dass die ganze Welt eingefroren ist.«

Überrascht blickte Emily auf. Was meinte die alte Dame damit? Warum sah sie Emily so eindringlich an?

Emily verspürte urplötzlich einen ungewöhnlich starken Anflug von tiefer Müdigkeit. Die alte Dame erschien ihr, wenn sie darauf achtete, ein wenig unscharf. Die Farben des Raums waren auf einmal matt, und das Kaminfeuer vorn im Laden prasselte irgendwie leiser.

»Sie sehen müde aus«, stellte Mrs. Pumblechook fest.
Emily nickte schwach. »Ja, es war ein langer Tag.« Sie musste ein Gähnen unterdrücken.
»Womöglich ist es an der Zeit zu gehen«, sagte Mrs. Pumblechook. Sie sagte nicht, für wen es an der Zeit war zu gehen. Weder das noch wohin zu gehen es an der Zeit war. Sie sah Emily nur abwartend an, mit diesen vergrößerten Augen, durch Brillengläser, die viel zu dick waren.
»Wissen Sie, Miss Laing, an Winterabenden wie diesem kann so viel passieren.«
Wie aufs Stichwort klopfte es neuerlich an die Ladentür.
»Bleiben Sie sitzen, ich öffne«, säuselte Mrs. Pumblechook.
Erschrocken und zugleich benommen, stellte Emily fest, dass es ihr auch gar nicht möglich gewesen wäre, aufzustehen und zur Tür zu gehen. Als sie es versuchte, merkte sie, dass sie sich kaum bewegen konnte, und sobald sie sich bewegte, schwindelte ihr. Ihr Körper fühlte sich kraftlos an, ihr Verstand ebenso. Sie war wie gelähmt. Alarmiert und voll übler Vorahnungen folgte ihr Blick der alten Dame, die sich langsam aus dem Sessel erhob, ihr die Schale aus der Hand nahm, sie auf den Boden stellte und dann mit kleinen, kaum vernehmlichen Schritten durch den Laden zur Tür ging, schließlich stehen blieb. Emily hörte, wie sie die Tür öffnete, spürte, wie die eisige Luft bis zu ihr nach hinten drang.
»Mrs. Pumblechook«, sagte jemand, der sich exakt wie Mrs. Pumblechook anhörte.
Die Angesprochene antwortete in höchstem Maße erfreut: »Oh, Mrs. Pecksniff, was führt Sie zu dieser späten Abendstunde noch in die Pembroke Street? Kommen Sie herein.«

Emily vernahm wie aus weiter Ferne, wie die Ladentür wieder geschlossen wurde und der Schneesturm verstummte. Auch der eisige Luftzug erstarb.

»Sie haben mich doch hierherbestellt«, sagte Mrs. Pecksniff, die offenbar eingetreten war, »haben Sie das etwa schon vergessen?«

Mrs. Pumblechook lachte gutmütig. »Ich werde alt, denke ich zuweilen. Da vergisst man Dinge.«

Beide kicherten: »Ja, ja, die Jahre!«

Verwirrt dachte Emily, dass sie sich wirklich sehr ähnlich anhörten. Außerdem beschlich sie ein ganz, ganz mieses Gefühl. Böse Ahnungen wie diese trogen sie nie. Was bedeutete, dass sie in ernsthaften Schwierigkeiten steckte. Sie musste hier weg. Oder zumindest die Polizei herbeirufen. Ihr Handy aus ihrer Tasche fischen und den Notruf wählen – immer vorausgesetzt, dass wenigstens die Nummer noch dieselbe war.

Sie versuchte, ihren Arm auszustrecken, ihre Finger zu bewegen, aber vergeblich. Die Zehen, den Kopf, doch nichts davon gelang ihr. Nur ihr Atem ging schneller.

Ihr Herz raste vor Aufregung.

Sie hörte vom Laden her Schritte, die langsam lauter wurden.

»Miss Laing, darf ich Ihnen jemanden vorstellen«, sagte Mrs. Pumblechook, als sie in Emilys Gesichtsfeld kam.

Emily starrte die beiden Damen, die sich ihr näherten, an. Sie versuchte, den Mund zu öffnen, aber die Lippen versagten ihr den Dienst.

Mrs. Pecksniff sah genauso aus wie Mrs. Pumblechook. Sie mussten Schwestern sein. Wenn nicht sogar Zwillinge.

Emily dachte fieberhaft nach, was die beiden wohl von ihr wollen könnten. Sie beschloss, ihnen diese Frage zu stellen, doch nur ein Stöhnen entrang sich ihrer Kehle.

»Machen Sie sich keine Umstände, mein Kind«, sagte Mrs. Pecksniff mit der Stimme von Mrs. Pumblechook, ebenso ruhig, ebenso gütig. »Mrs. Pumblechook hat Sie betäubt.« Bedauernd nickte sie. »Ja, Sie ahnen es, das Essen. Biryani mit Curry. Die Gewürze kaschieren die Substanz, die wir benutzt haben.« Mrs. Pecksniff trug ähnliche Kleidung wie Mrs. Pumblechook, war aber noch etwas kleiner, wenngleich sie ansonsten wie eine Kopie der anderen Dame aussah. »Es ist kein Gift, müssen Sie wissen. Wir sind keine Mörder.«

»Es ist nur ein Mittelchen. Pflanzlich.«

»Ein Mittelchen zum Zweck.«

Die beiden beugten sich über Emily. Zwei alte Damen, elegant und vornehm, dezent wie ein Tee am Nachmittag aus den besten Porzellantassen, so sanft wie ein Gedicht von W. H. Auden, leise vorgetragen wie eine Geschichte zur Schlafenszeit.

»Sie sind nicht nachtragend, Miss Laing, oder? Nein, das sind Sie nicht.«

Mrs. Pumblechook öffnete ihre Handtasche und kramte darin herum. Einen kurzen Augenblick später hielt sie eine Spritze in ihrer Hand. Sie hielt sie hoch, sodass Emily sie gut sehen konnte, dann zog sie die Plastikkappe von der Nadel ab. Sie begutachtete den Inhalt der Spritze und beförderte mit gezieltem Fingerschnippen mögliche Luftblasen aus der Injektionsflüssigkeit heraus, derart geübt, als hätte sie Entsprechendes schon Hunderte Male zuvor getan. Dann erst wandte sie sich erneut Emily zu, die nicht anders konnte, als mit wachsender Panik und vor Schreck geweiteten Augen jede ihrer Bewegungen zu verfolgen.

»Vertrauen«, sagte Mrs. Pumblechook, »kann zuweilen sehr, sehr hilfreich sein.« Sie lächelte. Mrs. Pecksniff lächelte auch. Sie lächelten wie zwei Spiegelbilder, die sich gefunden hatten.

Emily stöhnte auf, als die alte Dame, die bestimmt nicht die Nachbarin von Charles Nickleby war, sich entschieden zu ihr herunterbeugte. Sie hielt ihr die Spritze vors Gesicht und wirkte auf einmal ganz und gar nicht mehr harmlos.

»Entspannen Sie sich«, schlug Mrs. Pecksniff vor, »dann wird es weniger schmerzhaft.«

Was haben Sie mit mir vor?, wollte Emily fragen. *Wer sind Sie? Was soll das alles?* Aber sie brachte wieder nur ein verzweifeltes Stöhnen hervor.

»Ruhig, ruhig, junges Ding«, säuselte Mrs. Pumblechook in einem Tonfall, so sanft und einlullend wie ein Kinderlied. Emily roch ihr Parfüm, als sie ganz nah war. Rosen, so süß.

Mrs. Pecksniff stand auf einmal hinter Emily, und ihre Hände umfassten Emilys Schultern so fest, als seien sie in einem Schraubstock gefangen. »Ruhig, ganz ruhig«, hauchte sie, »dann wird alles gut.«

Emily versuchte sich aufzubäumen, doch ohne Erfolg. Sie spürte den Einstich der Nadel am Hals. In Windeseile war da eine Wärme, die in ihr pulsierte, eine Hitze, die eisig kalt und heiß zugleich war.

Sie spürte, wie ihr Herzschlag langsamer wurde.

»Folgen Sie uns«, sagte Mrs. Pumblechook fürsorglich. Emily erkannte ihr eigenes Gesicht, das sich in den dicken

Brillengläsern der Dame spiegelte. Sie sah die Furcht, das Entsetzen.

»Ja, folgen Sie uns«, hörte sie auch Mrs. Pecksniff sagen. Dann stand diese ebenfalls vor ihr.

Emily stöhnte kläglich.

Die beiden Damen schauten einander an. Sie standen nebeneinander, Zwillinge, ja, es musste so sein. Die netten alten Damen, die aus dem Nichts gekommen waren, um sie zu holen. Emily hatte furchtbare Angst, doch das, was sie ihr injiziert hatten, stimmte sie auch gleichgültig und schläfrig.

»Lassen Sie uns verreisen, Miss Laing. Nach London.«

»In die Stadt der Schornsteine.«

Mrs. Pumblechook und Mrs. Pecksniff begannen, leise und versonnen eine kleine beschwingte Melodie zu summen. Etwas, was Emily kannte. Irgendein Stück von Gilbert & Sullivan, in dem es um Seeleute ging. »I'm Called Little Buttercup«, ja, so hieß es, sie erinnerte sich daran, dass Wittgenstein es in seinem Haus gehört hatte, als sie dort gelebt hatte.

Und dann, schwerelos und beschwingt, als wäre ihr Mentor wieder bei ihr, schloss sie die Augen, und so verwehte das Leben an jenem Abend auch Emily Laing, dorthin, wo es weder Nachtland noch Tageslicht gab, an jenen Ort, wo Rätsel geboren und selten gelöst werden.

2. Kapitel

Piccadilly Mayfair

Das Geräusch der einfahrenden U-Bahn weckte Emily. Schwülwarme Luft wehte aus dem Tunnel, dann blinzelte sie und sah in die Scheinwerfer des Triebwagens wie in zwei große runde Augen, die auf sie zukamen. Das schrille Quietschen der Bremsen vermischte sich mit der Ansage aus den Lautsprechern, die vor der Lücke zwischen U-Bahn und Bahnsteig warnten. Emily wusste nicht, wo sie war, doch ein einziger Blick genügte ihr, um sich Klarheit zu verschaffen. Tottenham Court Road. Dies war die Northern Line, Richtung Morden, im Süden. Vor wenigen Monaten erst waren die Renovierungsarbeiten in diesem Teil der Station abgeschlossen worden.

»London«, murmelte sie benommen.

Wie war sie hierhergekommen?

Die Melodie, die Mrs. Pumblechook und Mrs. Pecksniff gesummt hatten, ging ihr nicht aus dem Kopf.

I'm Called Little Buttercup.

Aber von den beiden kleinen alten Damen war nichts zu sehen.

Emily seufzte leise.

Ihre Gedanken schälten sich nur langsam aus dem Nebel dessen, was die beiden ihr in Cambridge verabreicht hatten. Emily fasste sich an den Hals, und die Einstichstelle der Nadel schmerzte noch immer ein wenig.

»London.«

Okay, sie hatte das nicht geträumt. Es war passiert. In Cambridge. Man hatte ihr gesagt, es gebe keine Stadt namens London. Doch dann hatten sich die beiden alten Damen mit ihr auf den Weg dorthin machen wollen, und das, obwohl Emily sich nicht mehr hatte rühren können.

»London«, murmelte sie und schüttelte ungläubig den Kopf. Die Stadt, an die sich niemand hatte erinnern können, die Stadt, die, wie sie geglaubt hatte, verschwunden war, getilgt aus allen Landkarten und sogar aus dem Internet – hier war sie also wieder.

Sie betrachtete ihre Umgebung und stellte fest, dass ihre Sinneswahrnehmungen und ihr Denken noch nicht ganz zueinandergefunden hatten.

Du bist gerade erst aufgewacht, rief sie sich ins Gedächtnis zurück. *Sie haben dich betäubt und jetzt ...*

Sie schüttelte den Kopf.

Noch immer hatte sie den schwachen Geruch des Ladens in der Nase, das Kaminfeuer, die alten Bücher. Das heulende Geräusch des Windes in den Ohren, der die dicken Schneeflocken gegen die Ladentür und das Schaufenster wehte. Cambridge. Das Quincunx. Die beiden alten Damen. Das Geheimnis der verschwundenen Stadt.

»London«, wiederholte sie. Sie war hier, kein Zweifel.

Die U-Bahn hielt an, die roten Türen öffneten sich, und die Fahrgäste quollen aus dem Inneren, strömten lärmend und eilig wie immer zu den beiden Ausgängen – von denen einer nach oben führte und einer rüber zur Northern Line, die dort tatsächlich in Richtung Norden fuhr –, und dann waren sie so schnell verschwunden, wie sie aufgetaucht waren.

Die U-Bahn hatte die neuen Fahrgäste geschluckt, die Station verlassen, und es herrschte Stille.

Abgesehen von den normalen U-Bahn-Geräuschen, die so gängig und allgegenwärtig waren, dass man sie schon gar nicht mehr beachtete.

Emily seufzte und streckte die Glieder, fühlte die Benommenheit, die ihren Körper noch immer im Griff hatte. Sie war müde. Ansonsten schien alles in Ordnung zu sein. Sie trug ihren Mantel. Irgendjemand musste ihn ihr übergezogen haben. Sie griff in die Manteltaschen. Handschuhe, Taschentücher, Lippenfettstift, alles war noch da.

Dann schaute sie auf die Uhr.

21:24.

Sie stutzte.

Nein, das war nicht möglich. Sie war vor kaum mehr als einer dreiviertel Stunde noch in Cambridge gewesen. Dann hatte sie, dank der beiden alten Damen, das Bewusstsein verloren. Und nun war sie in der Tottenham Court Road? Ausgeschlossen! Niemand hätte es schaffen können, sie in so kurzer Zeit nach London zu bringen.

Setz das als nächsten Punkt auf die Liste der Rätsel des Tages, sagte sie sich.

Nun war der Bahnsteig menschenleer. Emily registrierte die gähnenden Schlünde der engen Tunnel zu beiden Seiten des schmalen Bahnsteigs. Die Plakate an den Fliesen der Wände, die diverse Musicals im West End ankündigten. Einen Cola-Automaten, der schmutzig aussah und mit Graffiti übersät war. Sie fühlte sich an die Welt erinnert, die jenseits der Tunnel lag. An jene Regionen, die von denen, die dort wandelten, als die uralte Metropole bezeichnet und teils geliebt, teils gefürchtet wurden.

Als Emily merkte, wie ihre Gedanken abdrifteten, versuchte sie sich zusammenzunehmen. Inzwischen ärgerte sie sich, dass sie den alten Damen so grenzenlos naiv auf den Leim gegangen war. In einer Situation wie der ihren hätte sie besser aufpassen müssen. Unachtsamkeit war nie gut, und selten bekam man die Gelegenheit, den einmal gemachten Fehler wieder zu beheben. Hätten die beiden alten Damen Gift verwendet, dann würde sie jetzt nicht einmal mehr diesen Gedanken nachhängen, die neuerlich durcheinanderwirbelten wie die Schneeflocken, die sie noch vorhin, wie sie glaubte, draußen vor dem Quincunx gesehen hatte.

Wer waren die alten Damen gewesen? Mysteriöse Zwillinge mit geheimnisvollen Absichten? Emily hatte sich an zwei andere Personen erinnert gefühlt, aber die beiden waren keine alten Damen gewesen, sondern … jemand – oder etwas – anderes.

Sie rieb sich erschöpft die Augen. Drehte den Kopf.

Neben ihr auf der Bank stand ihre Tasche. Na, immerhin! Sie überprüfte den Inhalt. Geldbörse, Telefon, Schlüssel – alles, was da sein sollte, befand sich noch in der Tasche. Nichts fehlte. Auch das Buch, das sie für Wittgenstein erstanden hatte, war noch da. Sie schaute an sich hinab, bemerkte einen kleinen Spritzer heller Soße auf ihrem Pullover.

Gemüsecurry.

Sie war also tatsächlich in Cambridge gewesen, sollte sie jemals daran gezweifelt haben. Nickleby und Tiny Tim waren keine Illusion gewesen, natürlich nicht. Doch wenn dem so war, welche Bewandtnis hatte es dann mit der verschwundenen Stadt? London existierte und war nicht im Mindesten verweht. Alles war hier, alles war genau so, wie es sein sollte. Aber in Cambridge hatte niemand die Stadt der Schornsteine gekannt. Dort war einfach alles anders gewesen. Das hatte sie sich nicht eingebildet. Nein, nie und nimmer hatte sie sich das eingebildet.

Was war bloß passiert? Sie hängte sich die Tasche über die Schulter, hielt sich fast ein wenig an ihr fest und schaute sich um.

Sie hatte das Gefühl, auf der Hut sein zu müssen. Alles hier sah so aus wie immer, aber das konnte täuschen. Sie war allein auf dem Bahnsteig, aber der nächste Zug würde in wenigen Minuten eintreffen, und wer weiß, was dann geschehen würde.

Ja, es war Zeit zu gehen!

Sie verließ den Bahnsteig und bewegte sich mit schnellen Schritten durch die langen, sich windenden Gänge mit den knalligen Mosaikbildern, die wenigstens etwas Farbe in den tristen Untergrund zauberten. Es roch nach Abfall und abgestandener Luft, in den Ecken nach warmer Pisse, Müll und Moder. Das stetige Brummen der Luftzufuhr war die einzige Musik, die zu so später Stunde hier unten spielte – die fahrenden Straßenmusiker waren anderswohin weitergezogen.

Die Fußgängertunnel erschienen ihr endlos. Außer ihren eigenen Schritten hörte sie keine anderen, doch das war gut so. Wittgenstein hatte sie in der Hinsicht Wachsamkeit gelehrt. Man wusste nie, was hier unten die Nacht durchstreifte.

Als sie an dem Knotenpunkt mit der langen Rolltreppe, die nach oben führte, ankam, wurde sie eines Mädchens gewahr. Die Kleine kauerte auf dem Boden und weinte. Emily hatte das Gefühl eines Déjà-vu. Nein, diesmal war es sogar eine richtige Erinnerung. Ihre eigene Erinnerung an damals, als sie ein kleines Mädchen und auf der Flucht gewesen war. Hier, an eben dieser Stelle, hatte Mortimer Wittgenstein sie damals gefunden. Er hatte sich ihrer angenommen, und von da an war ihr Leben ein anderes geworden. Wie lange war das jetzt her? Ewigkeiten, so schien es.

Umso verwunderlicher war es, nun diese Kleine zu sehen.

Sie trug eine Daunenjacke mit kunstfellverbrämter Kapuze. Darunter ein geblümtes Cordkleid, dazu schwere helle Boots, Jeans, einen hellrosa Schal, sehr Hippie, sowie eine selbst gestrickte grüne Mütze. Es sah aus, als habe sie sich diese Kleidungsstücke, die alle nicht wirklich zueinanderpassten und ihr darüber hinaus auch ein wenig zu groß zu sein schienen, wahllos geschnappt und in aller Eile übergezogen.

Jetzt kauerte sie erschöpft auf dem Boden zwischen der Rolltreppe und einer Bank, als fürchtete sie, dass jemand sie entdecken könnte. Ihr helles Haar lugte unter der Mütze hervor, die Augen waren wie die einer kleinen Katze auf der Flucht.

»Hab keine Angst«, sagte Emily leise, als das Mädchen sie bemerkte. Die Kleine musterte sie wachsam, ihr Körper wirkte angespannt, als wolle sie jeden Augenblick davonlaufen. »Ich tue dir nichts«, fügte Emily hinzu und blieb stehen, wo sie war. »Wenn du Hilfe brauchst, dann sag es mir.«

Die Kleine betrachtete sie argwöhnisch. »Er wird kommen«, stellte sie schließlich fest. »Er ist unterwegs.«

Emily ahnte nicht, was sie damit meinte. »Es ist niemand hier.«

»Er wird mit dem nächsten Zug kommen.«

»Ich komme gerade vom Bahnsteig«, sagte Emily. »Es ist alles in Ordnung.«

»Sie verstehen das nicht.« Das Mädchen schüttelte den Kopf. »Er ist unterwegs. Er ist hinter mir her.«

Emily trat behutsam auf das Mädchen zu. »Du hast vermutlich recht, ich verstehe das nicht.« *Ich verstehe im Augenblick gar nichts*, dachte sie. »Aber ich kann dir helfen.«

»Wie?«

Emily lächelte. »Ich kann bei dir bleiben.«

Die Kleine erwiderte das Lächeln. Ihr Gesicht war schön wie ein Lied, das man zum ersten Mal hört, und seltsam wie ein Tanz, von dem man nur geträumt hat. *Wie die Stadt, wenn der Nebel sich lichtet*, dachte Emily, *und sich die ersten Sonnenstrahlen in der Themse brechen.*

»Wer ist hinter dir her?«, versuchte sie es ein weiteres Mal. Hier unten gab es viele Geschöpfe, die einem nachstellen konnten. Emily hoffte inständig, dass es keines von denen war, an die sie dachte.

»Der Augenmann«, wimmerte die Kleine und schaute sich um. Sie hatte offenbar große Angst.

»Wer ist das?«

»Ein Mann. Glaube ich. Er sieht aus wie einer. Und er hustet.«

Auf einmal waren Cambridge und das, was gewesen war, vergessen. Es gab nur noch das Hier und Jetzt. Emily wusste, dass sie womöglich im Begriff war, einen Fehler zu begehen, weil sie sich selbst in dem kleinen Mädchen wiederzuerkennen glaubte, jene Emily Laing, die Dombey & Sons und dem fürchterlichen Mr. Meeks gerade entkommen war. Sie wusste, dass schon allein das vielleicht ein Fehler war, ja, aber sie wusste ebenfalls, dass es nicht von Belang war. Fehler, auch das wusste sie schon lange, waren dazu da, dass man sie machte. Und das Mädchen benötigte zweifelsohne ihre Hilfe. Was also gab es da noch nachzudenken?

»Warum nennst du ihn den Augenmann?« Der Name beunruhigte Emily. Namen konnten mächtig sein, und sie war sich sicher, dass der Augenmann nicht umsonst so genannt wurde.

»Er hatte keine Augen«, sagte die Kleine leise, als könne der Augenmann sie hören. Sie zitterte. Emily schätzte sie auf elf oder zwölf Jahre, und sie kam ihr verwirrt vor, was nicht nur an der Kleidung lag.

»Wie meinst du das?«

»Er hat sie aufgenäht«, erinnerte das Mädchen sich. »Die Augen, meine ich. Es sind nur ein paar schmutzige Stofffetzen, die mit Fäden ans Gesicht genäht sind. Auf dem Stoff sind die Augen aufgemalt. Pechschwarz, wie mit Filzstift.«

Emily schluckte. Das klang nicht gut.

»Einen Mund hat er auch nicht.«

Emily wollte gar nicht mehr hören, was den Augenmann sonst noch so ausmachte.

»Warum ist er hinter dir her?«

»Ich weiß es nicht. Er kam ins Waisenhaus.«

Ins Waisenhaus? Konnte es sein, dass sich das Vergangene auf eine sehr seltsame Art und Weise wiederholte? Master Wittgenstein war in diesem Augenblick vermutlich in Hampstead Manor, in seinem Haus in Marylebone, und an seiner statt war sie nun hier, das Mädchen von einst.

Emily wusste nur zu genau, was Wittgenstein dazu sagen würde.

Es gibt keine Zufälle.

»Wie heißt du?«, fragte sie das Mädchen.

Die Kleine schwieg.

»Ich bin Emily Laing.«

Die Kleine zögerte. »Piccadilly Mayfair«, flüsterte sie. »Das ist mein Name.«

Emily lächelte. »Ein sehr schöner Name«, sagte sie und dachte: *ein sonderbarer Name*. Aber er passte zu dem Kleidungsstil und auch zu dem Gesicht, das so ungewöhnlich anmutete.

»Dort wurde ich gefunden«, erklärte die Kleine.

In Mayfair also. Am Piccadilly Circus. »Du bist ein Findelkind?«

Sie nickte.

Ein Luftstrom wehte lauwarm und abgestanden den Tunnel entlang. Sofort zuckte das Mädchen ängstlich zusammen.

»Er kommt.«

»Das ist nur die Central Line.« Emily hörte, wie in der Ferne der Zug in den U-Bahnhof einfuhr. »Es ist alles in Ordnung.« Trotzdem ertappte sie sich dabei, wie sie sicherheitshalber in alle Richtungen schaute. Man konnte ja nie wissen.

»Er kommt aus Walthamstow«, sagte die Kleine mit

brüchiger Stimme. »Ich konnte ihn einfach nicht abschütteln.«

Der Stadtteil lag in einem der nordöstlichen Außenbezirke.

»Ich hab es versucht. Aber irgendwie hat er eine Art sechsten Sinn und mich immer wieder aufgespürt. Und jetzt möchte ich einfach nur fort von hier«, sagte sie, »aber ich weiß nicht, wohin.«

Emily, die noch immer kaum wusste, wie ihr gerade geschah, schlug spontan vor: »Du kannst mit zu mir kommen.« Sie wartete auf eine Reaktion. »Das ist unter den gegebenen Umständen wohl das Beste.« Um Missverständnissen vorzubeugen, fügte sie hinzu: »Für heute jedenfalls. Morgen sehen wir dann weiter.« Sie hatte nicht die Absicht, auf unbestimmte Zeit ein Findelkind zu beherbergen. Sie würde gleich morgen früh Wittgenstein konsultieren. »Was meinst du? Ist das ein Plan?«

Piccadilly Mayfair sagte zuerst nichts, dann starrte sie fasziniert an Emily vorbei. Die folgte ihrem Blick. Erst dann hörte sie das leise Fiepen. Neben der Rolltreppe, gleich hinter Emily, saß eine Ratte auf dem Boden. Sie hatte sich aufgerichtet, sodass es so aussah, als lausche sie aufmerksam dem Gespräch.

»Mina?« Emily war froh, sie zu sehen, wenngleich sie keine Ahnung hatte, warum die Rättin sich zu dieser Stunde in der U-Bahn-Station Tottenham Court Road herumtrieb.

Ich bin gekommen, so schnell ich konnte. Die Rättin wirkte gehetzt. *Die Nachricht, die uns erreichte, klang sehr dringlich.*

Emily verstand nicht, was sie ihr sagen wollte. »Welche Nachricht?«

Eine Trafalgar-Taube, erklärte Lady Mina, *hat sie überbracht.* Die Rättin rümpfte die kleine Nase. *Wittgenstein ist unterwegs.* Ihre schwarzen Knopfaugen funkelten neugierig. *Es sind einige Dinge geschehen. Irgendetwas ist mit einem Zug passiert.* Sie sagte nicht, was, und Emily beschloss, nicht danach zu fragen. Es gab immer irgendetwas, was Wittgensteins Aufmerksamkeit beanspruchte. *Ich bin losgelaufen, so schnell ich konnte.*

»Wer hat die Taube geschickt?«

Die Rättin blinzelte fragend. *Ich dachte, du seist das gewesen.*

»Nein, ich war es nicht«, gestand Emily.

Die Nachricht war mit deinem Namen unterzeichnet.

»Oh.« Das war seltsam. »Weiß du, wo ich war?«, fragte sie die Rättin, möglichst beiläufig.

In Cambridge. Traumfängerei. Das Übliche eben. Mina kletterte ihr am Hosenbein hinauf und unter dem Mantel entlang, bis sie, wie in den alten Zeiten, auf ihrer Schulter saß. *Hast du dem Jungen helfen können?*

Emily nickte. Ihr Ausflug nach Cambridge als solcher war also definitiv Realität gewesen und auch den Ratten nicht verborgen geblieben.

Wer ist das?, wollte Mina plötzlich wissen.

»Ich bin Piccadilly Mayfair«, erklang die Stimme des Mädchens hinter Emily. Erst da begriff diese, dass die Kleine ihre Unterhaltung mit Lady Mina offenbar aufmerksam verfolgt hatte.

Das war verwunderlich. Sie drehte sich zu ihr um. »Du verstehst Ratten?«

Piccadilly nickte.

Okay, noch eine Neuigkeit also. »Seit wann kannst du Ratten verstehen?«

»Schon immer.«

»Hast du mit ihnen zu tun?«

Das Mädchen schüttelte den Kopf.

»Kennst du die Stadt unter der Stadt?«

Piccadilly Mayfair sah sie verwirrt an.

»Also nicht.«

Die Kleine schüttelte erneut recht entschieden den Kopf. Offenbar wusste sie wirklich nicht, wovon Emily sprach.

»Hör zu«, sagte Emily, an Lady Mina gewandt, »ich habe eine lange und, so viel sei vorausgeschickt, wirklich seltsame Geschichte zu erzählen.« Sie deutete hinüber zu dem Tunnel, aus dem die lauter werdenden Geräusche kamen, dann auf das Mädchen neben der Rolltreppe. »Aber dies hier ist wohl nicht der geeignete Ort. Piccadilly glaubt, dass ihr jemand folgt.«

»Der Augenmann.«

Klingt nicht gut, piepste Mina.

»Sehe ich auch so.«

Ich habe noch nie zuvor von einem Wesen gehört, das man so nennt.

»Nur ich nenne ihn so«, sagte Piccadilly. »Weil er …«

Emily hatte genug von dem Gerede. »Wir sollten nicht warten, bis er auftaucht.« In der Ferne kündigten laute Schritte die nahenden Menschen an. Emily reichte dem Mädchen die Hand. »Kannst du laufen?«

»Meine Füße tun so weh«, sagte Piccadilly.

»Du wirst es schaffen«, entgegnete Emily, für ihre Verhältnisse ungewöhnlich energisch. »Sag mir mit fester Stimme, dass du es schaffen wirst.« Sie zog Piccadilly auf die Beine. »Du wirst es schaffen.«

Die Hand der Kleinen war kalt und zitterte. »Ja«, wiederholte sie zögerlich.

Emily wusste, dass sie jetzt nicht nachgiebig sein durfte. Die Kleine wirkte erschöpft, aber sie musste laufen, und oft genug, das wusste Emily, vermochten die richtigen Worte, wenn man sie nur hinreichend entschieden wiederholte, Körper und Seele auf eine Weise zu beflügeln, dass man ihnen am Ende womöglich seine Rettung verdankte. »Sag es!«

»Ich werde es schaffen«, sagte Piccadilly lauter und lächelte scheu.

»Siehst du, geht doch«, stellte Emily fest.

»Komm, lass uns die U-Bahn verlassen.« Wenn das Mädchen recht hatte und der Augenmann hinter ihr her war, dann sollten sie in der Tat von hier verschwinden.

»Los!«

So bestiegen sie die Rolltreppe und fuhren langsam aufwärts, vorbei an all den Werbeplakaten. Kühle Luft wehte ihnen von oben in die Gesichter. Die Rolltreppe ging über mehrere Stockwerke, war außerordentlich lang. Beim Blick nach oben konnte einem fast schwindelig werden.

Wachsam schaute Emily zurück.

Schon strömten die ersten Menschen auf die Rolltreppe zu. In Anzügen, Mänteln, Jacken, mit Schirmen, Taschen, Laptops und Einkaufstüten. Eine graue Masse aus Leibern, die sich unaufhörlich weiterschob.

Dann, plötzlich, erstarrten sie alle, einfach so. Alle Menschen, die dort unten waren, hielten mitten in ihrer Bewegung inne, gerade so, als habe jemand sie abgeschaltet. Die Rolltreppe hielt ebenfalls an, mit einem gewaltigen Ruck, der Emily überraschte.

»Was ist denn jetzt los?«, stieß sie ungehalten hervor.

Das Mädchen schrie auf.

Schau!, meinte Mina.

Die Menschen am Fuß der Rolltreppe waren tatsächlich allesamt stehen geblieben, schwiegen gespenstisch und taten auch sonst nichts mehr. Mit einer Ausnahme. Einer von ihnen stand gebückt da und machte sich an dem Notschalter der Rolltreppe zu schaffen. Funken stoben auf, ein Zischen war zu hören.

Die Leute warteten regungslos und stumm.

Worauf?

»Der Augenmann macht, dass sie so sind«, sagte Piccadilly. »Er hustet, und dann tun sie, was er will.«

»Klingt ja äußerst verlockend«, erwiderte Emily mürrisch. »Komm!« Sie packte das Mädchen am Handgelenk und zog es hinter sich her. Sie hatte keine Lust herauszufinden, wer der Augenmann war und was genau er zu tun vermochte, wenn er hustete. Wonach sich ihr Herz sehnte, war ein Augenblick der Stille, einfach nur Ruhe. Sie war gerade erst in London angekommen, nach einem anstrengenden Tag und einem ziemlich strapaziösen Abend, und hatte nun schlichtweg die Nase voll.

»Er ist hier«, hörte sie Piccadilly flüstern.

Emily achtete nicht auf sie.

Es war mühsam, eine stehen gebliebene Rolltreppe hinaufzulaufen. Emily hatte das noch nie gemocht. Die Stufen waren viel zu hoch, und alles wirkte wie verzerrt. Das Ende der Röhre, ganz, ganz oben, schien immer weiter in die Ferne zu rücken.

Sie warf einen Blick zurück und wurde einer großen Gestalt gewahr, die dort unten inmitten der Leute stand.

Ihr Gesicht sah seltsam zerfleddert aus, irgendwie lumpenartig. Etwas Genaues konnte Emily nicht erkennen.

»Das ist der Augenmann«, wimmerte das Mädchen. »Er wird nicht aufhören, bis er mich hat.«

»Humbug!«, schimpfte Emily.

In dem Moment setzten sich die Leute ganz plötzlich alle wieder in Bewegung, und zwar gleichzeitig, fast synchron. Die Masse grauer Leiber erwachte erneut und ruckartig zum Leben und schob sich vorwärts. Sie strömte auf die Rolltreppe zu, und dann, mit einem Mal, setzte sich auch die Rolltreppe wieder in Bewegung.

Falsche Richtung, piepste Mina.

»Verdammt!«, fluchte Emily.

Jemand ließ die Rolltreppe abwärts fahren, sodass sie Piccadilly, Mina und Emily nun in die Tiefe trug.

Der Augenmann, der wie ein Fels in der Brandung der Leiber stand, rührte sich nicht vom Fleck. Was immer er auch vorhatte, Eile verspürte er keine. Die Menschenmenge indes, die jetzt entgegen der Fahrtrichtung der Rolltreppe die Stufen hinaufdrängte, bewegte sich nun noch viel schneller und näherte sich ihnen auf die Weise ebenso rasch wie beharrlich.

»Das«, meinte Emily, »ist nicht gut.«

Sie wusste weder, wer oder was der Augenmann war, noch, was er beabsichtigte. Aber sie wusste, dass sie auf ein weiteres unliebsames Abenteuer keine Lust hatte. Sie konnte die Stofffetzen mit den aufgemalten Augen erkennen. Da, wo sein Mund sein sollte, war ein Stofffetzen mit einem dick gemalten Lächeln, nur eine gebogene Linie, kaum mehr.

Dann, mit einem Mal, hielt die Rolltreppe wieder an.

Ich hab da ein ganz mieses Gefühl, piepste Mina.
Ein heftiges Rucken.
»Du schaust dir die falschen Filme an.«
Emily taumelte nach vorn und wäre beinahe gestürzt. Sie fand ihr Gleichgewicht wieder, fluchte, drehte sich um, packte das Mädchen am Handgelenk, ohne abzuwarten, was weiter passieren würde, und rannte die Stufen hinauf in Richtung Ausgang. Der Atem brannte ihr in der Kehle, und sie hatte jetzt Angst. Sie spürte die Aura des Augenmannes und wusste, dass er nicht zu den Guten gehörte. So viel war klar.

Piccadilly hechtete hinter ihr die Rolltreppe hinauf.
Mina piepste: *Sie kommen!*
Emily dachte nicht daran zurückzuschauen. Sie spürte, wie sich die Menschenmasse die Treppe hinaufzwängte. Sie hörte die vielen Schuhe auf dem Stahl der Rolltreppe, schneller und schneller werdend, und spürte, wie die Treppe vibrierte unter dem Getrampel.

»Sie machen, was er von ihnen verlangt.«
Dieses Kind!
»Schau nach vorn«, keuchte Emily, »und lauf!«
Die Kleine gehorchte.
Oben angekommen, hasteten sie durch ein weiteres Gewirr von Gängen, die kein Ende zu haben schienen. Das Labyrinth der Station war auch hier gefliest.

Endlich erkannte Emily vor ihnen die große Halle, die nach draußen führte. Dort roch es nach frischer Farbe und neuem Putz. Bis vor wenigen Wochen war das alles eine riesige Baustelle gewesen, doch jetzt war die Station so gut wie neu.

»Wir haben es gleich geschafft«, machte sie sich selbst

und ihrem kleinen Schützling Mut, wenngleich sie keine Ahnung hatte, wie sie dem Augenmann, falls er sie einholte, begegnen sollte.

Piccadilly Mayfair hielt sie noch immer am Handgelenk gepackt. Wenn Emily sie ansah, kam es ihr so vor, als erblicke sie sich selbst. *Die Welt*, dachte sie, *ist gierig, und viel zu oft verschlingt sie Kinder wie Piccadilly mit Haut und Haaren.*

Sie richtete den Blick wieder nach vorn. Aus der Halle vor ihnen kam ihnen seelenruhig ein Mann entgegen. Er trug einen eleganten Mantel und einen Seidenschal mit einem dunkelroten Muster, dazu einen Gehstock, den er genüsslich schwang. Er wirkte vornehm, irgendwie fehl am Platz hier unten, in der U-Bahn.

Emily, die wusste, dass es vermutlich nichts bringen würde, den Mann zu warnen, beschloss, einfach an ihm vorbeizulaufen, und zog Piccadilly hinter sich her. Was hätte sie ihm auch sagen sollen? *Hüten Sie sich vor dem Augenmann?*

Nein, sie mussten dringend nach draußen gelangen, durften sich keinesfalls mit Erklärungen aufhalten.

Der Gentleman musterte die Rättin auf ihrer Schulter, und ein wissendes Lächeln umspielte seine schmalen dunklen Augen, wie Emily zu erkennen glaubte.

Doch dann waren sie auch schon an ihm vorbei, und Emily fragte sich, ob sie den Mann nicht vielleicht schon einmal gesehen hatte. *An sein Gesicht*, dachte sie, *werde ich mich nicht erinnern, wohl aber an sein Lächeln*. Es machte ihr Angst, obwohl sie nicht genau wusste, warum; möglicherweise, weil es so ausgesehen hatte wie das Lächeln eines Mannes, der Genuss darin fand zu lügen.

Sie hatte Seitenstiche, hielt an, schnappte nach Luft.

Hinter sich hörte sie Hunderte von Schritten auf dem Betonboden und blickte über ihre Schulter zurück.

Der elegante Gentleman war stehen geblieben, sah zu ihr hin, zwinkerte ihr zu und lächelte verschlagen. Dann wandte er sich um und breitete gebieterisch die Arme aus.

Die Geste des Mannes hatte etwas Theatralisches, aber sie funktionierte, auch hier in der U-Bahn, dem Augenmann zum Trotz. Die Menschenmenge, die den Gang entlangstürmte, blieb wie von Zauberhand stehen.

Na, wunderbar! Noch einer von ganz ähnlicher Sorte. Nur dass er diesmal ihnen in die Hände zu spielen schien.

Emily blickte sich rasch wieder nach dem Mädchen um. »Komm!«

Sie wusste nicht, wer der Fremde war, aber er hatte ihre Verfolger aufgehalten, und sie mussten die Situation nutzen, wenn sie hier unbeschadet herauskommen wollten. Nur das zählte jetzt.

Sie durchquerten die Schalterhalle und stürmten nach draußen in die eisige Winternacht.

Es schneite dicke Flocken, und Emily Laing, die das Mädchen mit dem seltsamen Namen nicht losließ, wusste, dass sie, wenn sie nur nicht aufgaben, jetzt bald zu Hause sein würden.

Die Wohnung, die Emily seit einiger Zeit ihr Zuhause nannte, befand sich in Seven Dials, jenem kleinen Viertel mit der sternförmigen Kreuzung, gelegen in der Nähe der Charing Cross Road, dort, wo die Gassen eng sind, gepflastert mit kleinen Steinen, und Laternen das Licht wie Inseln im Nirgendwo werfen. Bunte Geschäfte verschiedenster Art findet man hier, allesamt klein, mit hübschen Schaufenstern, von geübter Hand dekoriert, aus der Zeit gefallen und altmodisch vergilbt wie ein Foto von Instagram.

Die Luft roch nach den Schneeflocken, die wie Watte durch die Nacht schwebten, und der Himmel war dunkel, mit einem hellen Schein, wie man ihn oft, hebt man den Blick, in Winternächten über den Städten sieht. Die Geschäfte waren geschlossen, nur aus den Pubs drang Musik nach draußen, vermengt mit einem gedämpften Gewirr von Stimmen. Über den Straßen und Gassen waren Girlanden gespannt, Weihnachten stand vor der Tür. Überall in der Stadt glitzerte und funkelte es, Tannenbäume und dicke Mülleimer mit Weihnachtsmannfratzen standen an jeder Ecke. Hier in Seven Dials war es kaum anders, aber Emily hatte sich daran gewöhnt.

Nach all den unliebsamen Überraschungen des Abends sehnte sie sich nach einem Ort, an dem sie sich würde ausruhen können, einem Platz, an dem es einfach nur warm und ruhig war, so abgeschieden von der Kälte der Stadt, dass sie endlich über die vergangenen Stunden würde nachdenken können.

Dass sie gerade eben noch in Cambridge gewesen war, das wollte ihr nicht in den Kopf. Etwas stimmte nicht, und sie wusste, dass sie herausfinden musste, was das war. Die Ereignisse des Abends erweckten den Eindruck, nichts miteinander zu tun zu haben, aber Dinge wie diese waren trügerisch.

Emily sog die eisig kalte Luft ein, atmete tief durch, betrachtete die Straße vor sich. Schnee bedeckte den Boden, und nur wenige Fußspuren waren zu sehen. Kaum jemand war zu dieser Stunde mehr unterwegs, nicht bei diesem Wetter.

Der Schnee fällt schnell, dachte sie, spürte den kleinen Körper der Rättin auf ihrer Schulter. Mina war schweigsam, aber wachsam, wie es der Ratten Natur war. Es tat gut, sie bei sich zu wissen.

Das Mädchen, das tapfer neben ihr durch die Nacht eilte, gab ihr nichts als Rätsel auf. Die ganze Zeit über trottete Piccadilly – oder Picca, wie sie das bunte Mädchen insgeheim zu nennen begonnen hatte – hinter ihr her. Die Kleine sah müde aus, bleich, wahrlich erschöpft, was kein Wunder war, zog man in Betracht, was sie alles hinter sich haben musste. Der Augenmann war eine Erscheinung, der Emily ganz bestimmt nicht noch einmal begegnen wollte. – Wobei ihr klar war, dass es sich unter Umständen nicht würde vermeiden lassen, solange Picca in ihrer Nähe war, an der er ein besonderes Interesse zu haben schien. Aus welchen Gründen auch immer.

Doch würde sie es vorziehen, wenn sie beide dann besser bei Kräften wären.

Ja, es war an der Zeit, sich auszuruhen.

»Da ist es«, verkündete sie.

Piccadilly folgte ihrem Fingerzeig und nickte erleichtert.

»Endlich daheim«, murmelte Emily. Denn genau das war es, was sie dachte. Sie war endlich daheim.

Daheim. Zu Hause.

Worte, ja, und dennoch viel mehr.

Emilys Wohnung befand sich in der Monmouth Street, im dritten Stock. Im Erdgeschoss gab es eine gemütliche Teestube, die unter dem Namen Chesterton's Perfect Brew weit über die Grenzen des Viertels hinaus bekannt war. Hier, in diesem Gebäude, hatte Emily Laing ihr Leben neu begonnen, als sie nach London zurückgekommen, in die Stadt ihrer Kindheit heimgekehrt war.

Sie öffnete die Haustür und atmete zufrieden den Geruch nach Holz und Teppichboden ein. Ein enges Treppenhaus führte nach oben, die Stufen knackten leise bei jedem Schritt – ein Geräusch wie prasselndes Kaminfeuer, geflüstert und doch lebendig.

»Willkommen in meiner Welt«, sagte sie, als sie oben angelangt waren. Alles sah unauffällig aus. Die Holztür, die Fußmatte, der Blecheimer, in dem ein klassischer schwarzer Regenschirm stand.

Piccadilly Mayfair sah sich neugierig um, als Emily die Wohnungstür öffnete und ihr den Vortritt ließ.

Lady Mina sprang, sobald sie drinnen waren, auf die Kommode und wuselte im dämmrigen Licht, das von der Straße hereinfiel und alles in Schatten tauchte, davon. Für Gelegenheiten wie diese hatte die Rättin ein eigenes Kissen vor einem der Wohnzimmerfenster; dort schlief sie am liebsten.

»Sie ist von innen größer, als es von außen den Anschein hat«, scherzte Emily und fragte sich, ob Picca die Anspielung auf die TARDIS verstand.

»Das ist oft so«, sagte Picca gedankenverloren.

Emily beobachtete sie. Jetzt, da sie in Begleitung des Mädchens und der Rättin hier war, fiel ihr auf, wie selten sie Besuch empfing. Die Wohnung war ihre Zuflucht vor der Welt der verängstigten Kinder, ein stilles, heimeliges Refugium. Die Einrichtung war spärlich. In jedem der drei Räume bedeckte ein Teppich ohne Muster die ausgetretenen Holzdielen, im Schlafzimmer lag eine Matratze auf dem Boden, daneben stand eine altmodische Stehlampe. Drei alte Schrankkoffer standen sauber aufgereiht an den Wänden; in ihnen befand sich alles, was Emily an Kleidung besaß.

Auf den Schrankkoffern lagen Bücher oder standen Kerzen, Blumentöpfe mit wild wuchernden Pflanzen.

»Sind Sie gerade erst eingezogen?«

»Nein«, sagte Emily, »ich lebe immer so.« Mehr musste die Kleine nicht wissen.

»Aber das sind alles Koffer. Man benutzt Koffer nur, wenn man verreist.«

»Nein, nicht ausschließlich.« Manchmal war das Gefühl, nicht gebunden zu sein, schon ausreichend. »Nicht ausschließlich«, wiederholte Emily leise.

Die Kleine nahm das zur Kenntnis.

Emily hatte keine Lust, sich mit dem Kind über ihre Einrichtung oder ihren Lebensstil zu unterhalten. Alles war so, wie es sein sollte. Punkt. Im Wohnzimmer ein niedriger Tisch, darum herum Sitzkissen. Große Kerzen auf dem Boden.

»Das sieht irgendwie japanisch aus«, meinte Picca.

»Das sieht japanisch aus, weil es das ist«, antwortete Emily.

Piccadilly nickte nur. Sah sich weiter um, stakste durch die Wohnung, blieb vor der Glastür zum winterlichen Dachgarten stehen. Ihr Gesicht spiegelte sich durchsichtig in der Scheibe.

»Das sieht schön aus«, sagte sie.

Draußen, auf der Dachterrasse, lagen große runde Steine, die jetzt im Schnee versanken. Im Sommer war hier alles von dichtestem, wildestem Grün umwuchert. Kieselsteine auf dem Boden, die großen Steine dazwischen, ein Brunnen, Wasser, das plätschert, ein Ort der Meditation. Eine Welt, die man barfuß erleben musste. Warmer Sonnenschein, die fernen Geräusche der großen Stadt, oft feiner Nieselregen, eine andere Jahreszeit, ein anderes Lebensgefühl.

Emily mochte die Ruhe hier oben, selbst jetzt im Winter. Der Schnee lag auf allem wie eine Plüschdecke, dämpfte die Geräusche und verbarg die Welt vor sich selbst.

»Es ist so friedlich hier«, stellte Picca fest und wirkte nicht mehr gar so verloren. »So ruhig.« Mit verträumtem Blick drehte sie sich um und betrachtete erneut den Raum. »Sie machen Musik?«

»Manchmal«, gab Emily zu. Die alte Geige war noch immer bei ihr, das dunkle Holz voller Kratzer, die auf ein langes Leben hindeuteten. Sie erinnerte sich an den Tag, an dem sie diese Geige zum ersten Mal erblickt hatte. In einer fernen Stadt, in Prag, in einem Laden, dessen Besitzer ein Gerümpelschreiber gewesen war. Dort hatte sie die Geige entdeckt und bis dahin nicht einmal gewusst, dass sie Geige spielen konnte. Sie hatte den Laden ohne die Geige verlassen, doch dann, als alles gut geworden war, hatte ihr Tristan die Geige zum Geschenk gemacht. Tristan, den sie eine ganze Zeit lang aus tiefstem Herzen geliebt hatte. Tristan, der nicht mehr bei ihr war.

Tristan.

Noch immer hatte der Name einen Klang, an den sie sich gern erinnerte. Worte waren wichtig, das waren sie immer schon gewesen. Ex-Freund klang wie ein schneller Schnitt mit einem scharfen Messer.

Doch Dinge passierten. Manchmal merkte man das erst später.

»Ich spiele nicht gut, aber ich mag es, Geige zu spielen«, erklärte sie.

»Im Waisenhaus gab es ein Klavier«, sagte Picca. »Manchmal durfte ich darauf spielen.« Sie lächelte schüchtern. »Auch nicht sehr gut.« Schnell suchte sie Emilys Blick. »Aber es hat mir gefallen.«

Emily nickte, dachte weiter an Tristan. Viel zu oft, wenn sie allein war, fragte sie sich, wie es ihm wohl ging. So vieles hatten sie gemeinsam erlebt. Er war in Gotham geblieben, als sie den Entschluss gefasst hatte, nach London zurückzukehren, und dort war er wohl noch immer, doch hatten sie sich aus den Augen verloren. Das Band, das sie verbunden hatte, war nicht gerissen. Nein, so dramatisch war das nicht gewesen. Es war eher so, als hätten sie es beide losgelassen, jeden Tag ein wenig mehr, bis sie festgestellt hatten, dass es sie nicht mehr beieinanderhielt.

»Sie sehen nachdenklich aus«, stellte das Mädchen fest.

Vergangenes ist vergangen.

Das hatte Tristan selbst gesagt. Es lohnte nicht, nach hinten zu schauen, wenn der Weg vor einem lag.

Emily seufzte.

»Morgen werden wir jemanden aufsuchen«, schlug sie vor, »der uns vielleicht helfen kann.«

Piccadilly nickte.

»Aber heute Nacht bleiben wir erst mal hier. Ich bin müde, und du bist es auch.«

Schweigen antwortete ihr.

Ich werde jetzt ebenfalls ein wenig schlafen, verkündete Mina.

»Danke, dass du bleibst«, sagte Emily und lächelte. Es war gut, die Rättin bei sich zu haben.

Das versteht sich von selbst. Lady Mina blinzelte, schloss die Kulleraugen und schlief augenblicklich auf dem Kissen ein.

Emily betrachtete Picca und versuchte, aus ihr schlau zu werden. Sie war schön und nett und doch so rätselhaft wie die Stadt in den Wintermonaten.

»Worüber denkst du nach?«, fragte Emily.

Das Mädchen stand auf der anderen Seite des Wohnzimmers vor dem Fenster und schaute nach unten auf die Straße. »Glauben Sie, dass er mich finden wird?« Ein Wagen fuhr leise rumpelnd durch die Nacht.

»Nein.« Emily hoffte inständig, dass in dieser Nacht nicht noch mehr passieren würde. »Nein«, sagte sie, jetzt selbstsicherer. »Wir werden schlafen. Lady Mina wird über uns wachen.« Die Rättin fiepte leise im Schlaf, wie nur kleine Ratten es zu tun vermögen.

»Ich habe Angst.«

»Es ist in Ordnung, Angst zu haben«, sagte Emily. »Angst macht dich vorsichtig.«

»Sie fühlt sich kalt an.«

»Die ganze Welt«, erwiderte Emily Laing, »fühlt sich zuweilen kalt an.« Sie schenkte dem Mädchen ein Lächeln voller Zuversicht. »Aber die Menschen können einander wärmen.« Es war so einfach und doch so schwer. »Ich bin bei dir.« Sie trat hinter ihre Schutzbefohlene, legte ihr sacht die Hand auf die Schulter. »Wir sind uns über den Weg gelaufen. Du bist nicht allein«, sagte sie. »Das könnte ein Anfang sein, oder etwa nicht?«

Picca biss sich auf die Lippe und nickte. »Danke.«

»Weißt du was? Ich mache uns einen heißen Tee.«
Emily ließ Picca dort stehen, den Blick auf die Monmouth Street gerichtet, und ging in die Küche, ließ Wasser auf dem Gasherd aufkochen. In der Zwischenzeit schnitt sie eine Ingwerwurzel in kleine Stücke, presste eine halbe Zitrone in zwei Becher aus und fügte ein wenig Honig hinzu. Dann goss sie alles mit dem kochenden Wasser auf und kehrte mit den Bechern auf einem Tablett ins Wohnzimmer zurück.

»Du kannst auf der Couch schlafen«, schlug sie vor und reichte Picca ihren Tee. Auf der Couch lag eine warme Decke.

»Sie sind nett.« Picca nahm auf der Couch Platz.

»Dieser Meinung ist nicht jeder«, dachte Emily laut und musste schmunzeln, weil ihr der Gedanke gefiel.

Sie ließ sich auf einem grünen Sitzkissen nieder, stellte das Tablett neben sich ab, faltete unauffällig die Hände und atmete ruhig ein und aus.

Picca trank von ihrem Tee.

»Wie wäre es mit einer Geschichte vor dem Einschlafen?«, schlug Emily vor. »Du erzählst mir deine Geschichte. Ich kenne meine eigene schon viel zu gut, also ist es an dir, mir etwas Neues zu erzählen.«

»Ich weiß aber nicht viel.« Picca wirkte hilflos, und jedes dieser Worte schien ihr nur schwer über die Lippen zu kommen.

»Erzähl mir, was du weißt.« Das wäre zumindest ein Anfang.

»Dieses ganze David-Copperfield-Zeugs?«

Emily schürzte die Lippen. »Ja, so in etwa.«

»Da gibt es nicht viel zu erzählen.«

»Ich mag kurze Geschichten«, erklärte Emily und war gespannt, was sie zu hören bekommen würde.

Picca starrte sie an. Dann zog sie die Beine an die Brust, schlang die Arme um sie und seufzte tief. »Ich wurde am Piccadilly Circus gefunden, als ich ganz klein war«, begann sie und wiegte den Oberkörper bei jedem Wort ein wenig vor und zurück. »Im Herbst. In meiner Erinnerung jedenfalls ist es immer Herbst. Keine Ahnung, warum das so ist. Irgendwie muss ich immer an bunte Blätter denken.«

»Du kannst dich also daran erinnern?«

»Nein, nicht wirklich«, gestand Picca zögerlich und mit leiser Stimme. »Ich wurde nur gefunden. Das ist alles. Bei Waterstones.«

In dem riesigen Buchkaufhaus? Sechs Stockwerke, gefüllt mit allem, was angesagt, beworben und verkäuflich war. Ein seltsamer Ort, verglichen mit den angestaubten Läden, die Emily bevorzugte.

»Jemand hat mich dort einfach samt Kinderwagen stehen lassen. Man hat mich in der Abteilung mit den Klassikern gefunden, ganz in der Nähe der Bücher von Charles Dickens.«

Wie passend! »Wie alt warst du da?«

»Ein Jahr vielleicht, keine Ahnung. So genau vermochte das niemand zu sagen. Jedenfalls kam ich kurz darauf nach Walthamstow, ins Waisenhaus von Dr. Cruikshanks.«

Cruikchanks Heim für Verlorene Kinder, Emily hatte davon gehört. Es war kein Waisenhaus wie jenes, in dem sie aufgewachsen war.

»Kennst du Rotherhithe? Unten am Fluss?«

»Ich bin sicher mal da gewesen.«

»Ich habe dort in einem Waisenhaus gelebt«, sagte Emily. »Ist schon lange her.«

»Gibt es das Waisenhaus noch?«

»Nein.«

Picca hatte Augen, die an die Farbe der Themse stromaufwärts im Sommer erinnerten.

»Das Heim war mein Zuhause. Die anderen Kinder waren so was wie meine Familie«, flüsterte sie mit brüchiger Stimme. »Jetzt kann ich nicht mehr zurück.«

»Warum nicht?«

»Es ist nicht mehr sicher. Der Augenmann …« Picca verstummte plötzlich, schaute zum Fenster.

Emily verstand. »Ist Dr. Cruikshank … Ist er ein guter Mensch? Warst du gern dort?«

Picca nickte. »Er ist sehr gut zu den Kindern. Er kümmert sich um sie.«

Emily seufzte. »Das tun nicht alle, musst du wissen.« Sie dachte an den Stoffbären, dem sie ihren Namen verdankte. Er war ihr einziger Freund gewesen, damals, bevor sie Aurora kennengelernt hatte. »Made by D. B. Laing, Singapore« hatte auf dem Etikett gestanden. Waisenkinder, das wusste sie, kamen oft auf die abenteuerlichste Art und Weise zu einem Namen.

»Er hat uns vor dem Einschlafen immer aus Büchern vorgelesen«, erinnerte sich Picca versonnen. »Und er hilft allen bei den Schularbeiten.« Dann wurde sie ernst. »Ich weiß nicht mehr, was vorher war. Bevor ich gefunden wurde, meine ich. Das klingt verrückt, aber es ist so. Ich war noch klein, klar, aber manchmal erinnert man sich doch.« Es war fast ein Flehen, verzweifelt und resigniert. »Ich weiß einfach nicht, was vorher war.«

»Da ist kein Bild, nicht eine einzige Erinnerung?«
Kopfschütteln.
»Piccadilly Mayfair«, sagte Emily und schaute sie an.
»Picca.«
Sie überlegte, ob sie ihr dabei helfen sollte, nach den Erinnerungen zu suchen. Sie kannte die Kleine nicht, und es war nicht gut, in jemandes Verstand einzudringen, ohne sich vorher informiert zu haben.
»Und bisher ist nichts Sonderbares passiert?«
»Nein.«
»Keine Besuche von Ratten?«
Picca sah Emily skeptisch an. »Nein, keine Ratten.«
»Hast du gewusst, dass du sie verstehen kannst?«
»Die Ratten? Nein, woher denn auch?« Ihr Blick wanderte hinüber zu dem Kissen, auf dem Lady Mina schlief. »Warum hätten sie mit mir reden sollen?«
Das war ein berechtigter Einwand. »Du bist noch nie in der Stadt unter der Stadt gewesen?«
»Nein.«
Emily blieb weiterhin vorsichtig.
Aber früher oder später würde sie dem Mädchen die Frage stellen müssen. Warum also warten? »Kannst du Dinge tun?«
»Dinge?«
»Nun ja, Dinge, die andere Kinder nicht tun können.«
»Sie meinen zaubern? Wie in den Büchern?«
Emily musste schmunzeln. »Nein, zaubern wohl kaum.«
Picca schüttelte enttäuscht den Kopf. »Tut mir leid, nein, ich glaube, ich bin ganz gewöhnlich.«
»Niemand ist ganz gewöhnlich. Am allerwenigsten jene, die von sich behaupten, ganz gewöhnlich zu sein.«

»Mag sein, aber ...« Die Kleine senkte den Blick.

Emily nippte an ihrem Tee. Mitternacht war schon vorüber. »Okay.« Sie fühlte die Müdigkeit, die sich in ihr regte. »Erzähl mir von gestern!«

»Gestern ist der Augenmann im Waisenhaus aufgetaucht.« Piccas Blick wurde unruhig, als sie den Namen nannte.

»Hattest du ihn vorher schon mal gesehen?«

»Nein.«

»Was hat er getan?«

Picca sah nervös zum Fenster hinüber. »Ich war unterwegs gewesen, um ein paar Besorgungen zu machen. Nach der Schule. Einkäufe bei Tesco um die Ecke, nichts von Bedeutung.« Sie atmete tief durch. »Als ich zurückkam, nun ja, da standen sie alle nur herum. Im Esszimmer, im Flur, im Treppenhaus. Die anderen Kinder, meine ich. Die Erwachsenen auch. Dr. Cruikshanks und Molly Rahman, die sich mit um die Kinder kümmert, und Mr. Ward, der Hausmeister. Sie sahen alle aus wie Schaufensterpuppen, völlig regungslos. Sie atmeten, ja, aber das war auch schon alles. Ich ging zu einem Jungen und berührte seine Haut. Sie war warm, alles in Ordnung mit ihm, nur ... er bewegte sich nicht.«

»Was hast du getan?«

»Ich habe mich umgeschaut. Blöd, ich weiß. Da habe ich den Augenmann entdeckt.«

»Wie hat er reagiert?«

»Er hat gar nichts gemacht. Er stand nur da, im Treppenhaus, oben im ersten Stock, und hat mich angesehen.«

»Aber er hat keine Augen.«

»Sie sind bloß gezeichnet, aber wenn er einen ansieht, dann weiß man, dass er es tut.«

Emily nickte. Sie dachte an die Gestalt in der U-Bahn-Station Tottenham Court Road, und ihr fröstelte.

»Und dann bin ich abgehauen, so schnell ich konnte.«

Emily erkannte die Furcht in Kinderaugen, wenn sie dort aufflammte.

»Die anderen Kinder haben sich daraufhin plötzlich wieder bewegt. Sie kamen mir hinterher«, erinnerte Picca sich. »Aber ich bin einfach weitergelaufen und ...« Sie stockte, rang nach Luft, stieß hervor: »... ich war schneller. Ich hab vielleicht zweimal zurückgeschaut, und dann bin ich einfach nur noch gerannt.« Sie sah Emily an. »Ja, ich war schneller. Vielleicht lag das allerdings auch daran, dass die anderen so langsam waren. Ich meine, sie rannten nicht einmal, um mich zu fangen. Sie kamen mir lediglich hinterher. Seelenruhig. So, als hätten sie alle Zeit der Welt, um mich zu schnappen. Der Augenmann schien auch keine Eile zu haben. Er blieb vor dem Haus auf der Straße stehen und schaute mir nach. Fast so, als würde er genau wissen, dass er mich irgendwann kriegen würde.«

Was sie da hörte, gefiel Emily gar nicht. »Und dann?«

»Ich bin zur nächstbesten Haltestelle gerannt und in den ersten Bus, der anhielt, eingestiegen. Am Finsbury Park bin ich dann umgestiegen, weil ich dachte, dass es gut sei, so oft wie möglich die Richtung zu wechseln. Um ihn zu verwirren. Später bin ich zu Fuß in der Stadt herumgelaufen. Ich dachte mir, dass es so schwieriger für ihn sein würde, mir zu folgen. Aber dann hat er mich doch gefunden. Ich bin weggelaufen und in die U-Bahn gesprungen, drüben in der Charing Cross Road, und als der Augenmann auch in die U-Bahn stieg, da habe ich sie schnell wieder verlassen, bevor sich die Türen schlossen. Ich habe die nächste Bahn in die andere Richtung genommen und bin in der Tottenham Court Road ausgestiegen. Irgendwie verließen mich dort die Kräfte. Und der Mut. Ich wusste, dass er kommen würde. Der Augenmann. Dass er mich finden würde. Ich konnte nur weinen. Ich wusste, dass er nicht ruhen würde, bis er mich gefunden hat.«

»Du hast keine Ahnung, was er von dir will?«

Sie schüttelte den Kopf. »Ich habe nichts gemacht«, sagte sie.

»Aber du kannst die Ratten verstehen«, erwiderte Emily. »Doch du sagtest, dass du noch nie von der Stadt unter der Stadt gehört hast? Von jenem Ort, der die uralte Metropole genannt wird?«

»Nein. Wie sollte ich?«

»Vielleicht werden wir dorthin gehen.«

Die Kleine sah sie erschrocken an. Emily dachte an den Tag, an dem sie zum ersten Mal in die Tiefe gegangen war. Wie lange war das jetzt schon her? So viele Jahre. Viel zu viel war in dieser Zeit geschehen.

»Ja, aber nicht heute«, suchte sie das Mädchen zu beruhigen. »Erst einmal solltest du schlafen – und ich auch.«

Aber das Mädchen blieb unruhig. »Und wenn der Augenmann kommt?«

»Ich glaube nicht, dass er dich hier findet.«

»Und wenn Sie sich irren?«

»Ich glaube nicht, dass ich mich irre«, antwortete Emily.

Piccadilly überlegte. »Aber sicher sind Sie sich nicht.«

Emily seufzte. Dieses Kind! Sie trank noch einen Schluck

Tee, grübelte, sagte: »Ich habe dich vorhin gefragt, ob du Dinge tun kannst, die andere nicht tun können.«

»Weil ich die Ratten verstehe?«

Emily nickte. »Nicht viele tun das.«

»Sie können es auch.«

»Ich kann sie verstehen, weil ich ein Wechselbalg bin.« Emily mochte dieses Wort nicht. Dennoch benutzte sie es. »Meine Mutter war ...« Sie suchte nach einer passenden Umschreibung. »... außergewöhnlich. Lediglich mein Vater war ein normaler Mensch.«

»Ihre Mutter war kein Mensch?«

»Sie war elfischer Abstammung.«

»So wie in den Filmen.«

Dieses Kind! »Nein, anders«, sagte Emily. »Aber ähnlich.« Sie verzog das Gesicht und machte eine wegwerfende Handbewegung. »Es ist jetzt nicht von Belang, was mit meinen Eltern geschah. Wichtig ist, dass ich bestimmte Dinge tun kann. Dinge, die andere nicht können. Ich bin eine Trickster.« Sie wartete einen Augenblick, bevor sie erklärte: »Ich kann, wenn ich es möchte, in das Bewusstsein anderer Menschen eindringen und sehen, was sie sehen.«

Picca schien kein Problem damit zu haben, die Existenz einer solchen Fähigkeit zu akzeptieren. »Klingt schräg.«

»Es ist schräg«, antwortete Emily. »Aber damit verdiene ich mein Geld.«

»Ich bin keine Trickster«, sagte Picca nach einem Moment des Nachdenkens. »Ich weiß nicht, was ich bin. Wer ich bin.«

»Wenn es dir nichts ausmacht«, tastete Emily sich vorsichtig an sie heran, »dann könnte ich versuchen, etwas herauszufinden.«

»Das könnten Sie tun?«

»Normalerweise ja.« Sie dachte an Tiny Tim. An die Tür, den Keller. Piccadilly Mayfair gehörte anscheinend zu den vielen Kindern, die von ihrer Furcht in einer Art Kellerverlies gefangen gehalten wurden. Emily könnte ihr die Tür zeigen, wie sie es bei Tiny Tim getan hatte. »Wenn du möchtest, werde ich es versuchen.«

»Ist es unangenehm?«

»Für mich oder für dich?«

Picca sah sie entsetzt an.

»Keine Angst, es ist wie ... Tagträumen. Für dich. Und für mich irgendwie auch. Ja, wie gemeinsames Tagträumen.«

Das Mädchen blieb skeptisch. »Und wie funktioniert das?«

»Du entspannst dich«, sagte Emily. »Du schließt die Augen, wenn dir das hilft. Es ist wie Meditieren.«

»Ich habe noch nie meditiert.«

»Es ist einfach. Manchmal warte ich, bis die Person, die ich begleite, schläft.«

Picca überlegte, rieb sich die Augen, seufzte. Schließlich sagte sie: »Okay.« Ganz kleinlaut klang es, aber es war ein Okay.

Emily wartete nicht, bis sie es sich anders überlegte. »Wenn du ganz ruhig bist, dann besuche ich dich.«

Picca schloss die Augen. Sie blieb aufrecht sitzen, zog die Beine noch ein wenig enger an die Brust, von beiden Armen umschlungen. Sie zitterte, doch Emily vermied es, sie zu berühren. Sie wartete, bis Piccas Atem langsamer ging und sie zu dem Rhythmus eine Melodie vernahm. Dann wechselte sie mit der Leichtigkeit eines Schmetterlingsflügelschlags ins Bewusstsein des Mädchens.

Normalerweise traf sie nach dem Wechsel denjenigen, dessen Bewusstsein sie betreten hatte. So war es bei Tiny Tim gewesen und bei allen anderen auch. Sie folgte der Person, und gemeinsam suchten sie die Tür, die an den Ort führte, der wichtig war. So lief es immer ab. Wenn nicht, dann nur, weil sie sich damit begnügte, den Blickwinkel der anderen Person einzunehmen und zu sehen, was sie gerade sah.

Emily hatte das schon viele Male zuvor gemacht.

Dieses Mal jedoch war alles anders.

Es war ein Schock. Schmerzhaft, überraschend.

Piccadilly Mayfair war nirgends. Da war nur eine Bilderflut, wild und ungestüm. Alles flammte auf einmal auf. Londons überfüllte Straßen, Gassen und Plätze, schräge Dächer, der dunkle Fluss; Schnee, Regen, Sturm und Sonne, alles durcheinander und gleichzeitig. Weiße Nebel, leise wispernd, Efeu, lebendig. Eine Feuersbrunst, lodernd wütend und heiß. Ein Heer aus Golemkriegern, singende Engel, hungrige Wölfe. Tunnel voller Menschen. Und Ratten. Kämpfe, Aufstände. Die Menschen in der Kleidung vieler Jahrhunderte. Und dann war da ein Gemälde von Piccadilly Mayfair, nur dass sie darauf älter aussah, und Klauen, die wütend die Leinwand zerrissen. Schreie, aufgemalte Augen, Blitze, grelles Weiß und …

Hilfe!

Emily schnappte nach Luft. Fast hätte sie geschrien. Ihr war eisig kalt. Ein Gefühl, als habe der uralte Themsewind ihr Herz gestreift, bemächtigte sich ihrer. Sie fühlte sich leer und wie erschlagen.

»Was ist passiert?«, hörte sie Picca fragen.

Mühsam kam Emily wieder zu sich und sah sich um.

Die Kleine saß noch immer so da wie eben, als Emily in ihr Bewusstsein gewechselt war.

»Ich weiß es nicht.« Emily rang um Fassung. »So etwas ist mir noch nie passiert.«

»Was haben Sie gesehen?«

»Nichts, was einen Sinn ergibt«, flüsterte Emily. »Es war vollkommen chaotisch.«

Ratlos schwiegen sie beide.

Dicke, feste Schneeflocken wirbelten derweil durch die Nacht.

Dieses Mädchen, dachte Emily, *ist ein Rätsel, und ich habe keine Ahnung, wo ich den Schlüssel zu ihr finden könnte.*

So saßen sie da und schauten den Schneeflocken zu.

Schließlich stand Emily auf. »Du hast deinen Tee noch nicht ausgetrunken.« Sie reichte dem Mädchen den Becher, und Picca leerte ihn rasch.

Emily nahm ihn ihr wieder ab, stellte ihn auf das Tablett am Boden. »Jetzt schlaf«, sagte sie, bemüht, trotz allem gelassen zu klingen. Sie war müde und wollte nicht mehr reden.

Piccadilly streckte sich auf der Couch aus, und Emily deckte sie sanft zu.

Drüben, auf dem Kissen am Fenster, träumte Mina Rattenträume.

Emily wandte sich zum Gehen, da ergriff Piccadilly Mayfair überraschend ihre Hand. »Passen Sie jetzt auf mich auf, Miss Laing?«

Emily, die wusste, dass man ein Versprechen nie leichtfertig geben durfte, sah der Kleinen tief in die Augen. »Ja, Picca«, sagte sie. »Ich passe auf dich auf.«

Das Lächeln des Mädchens war wie die aufgehende

Sonne über Kensington Gardens, aufrichtig und warm und mehr, als Worte je zu sagen vermocht hätten. Dann schlief Picca ein, so schnell, wie sie gerade noch ihren Tee getrunken hatte.

Emily betrachtete sie noch eine Weile, ehe sie sich fürs Bett fertig machte und in ihr Schlafzimmer zurückzog, wobei sie die Türen zwischen den Räumen offen ließ und ihre Matratze so hinlegte, dass sie ihren rätselhaften kleinen Gast auf der Couch im Wohnzimmer jederzeit sehen könnte, sollte irgendetwas oder irgendwer sie in dieser Nacht heimsuchen.

Als ihr schließlich die Augen zufielen, da war ihr Schlaf traumlos, doch ihr Herz schlug so schnell, wie es das lange nicht mehr getan hatte.

3. Kapitel

Rätsel und Geheimnisse

In der Nacht schlief Emily nur wenig und unruhig. Andauernd wurde sie von Geräuschen aufgeschreckt: einem Auto irgendwo in der Nähe, teils gedämpften, teils unkontrolliert lauten Stimmen, wenn die Pubs ihre Besucher in die Nacht entließen, dem Wind, der an den Fenstern rüttelte, Piccas leisem Wimmern im Schlaf.

Emily konnte den Gedanken daran nicht abschütteln, dass sie der Kleinen nicht hatte helfen können, und das Gefühl, nun für sie verantwortlich zu sein, lastete auf ihr.

Unwillkürlich musste sie an Aurora Fitzrovia denken, ihre beste Freundin, und an die Verantwortung, die Aurora bald übernehmen würde.

Seit ihrer gemeinsam durchlittenen Zeit im Waisenhaus in Rotherhithe waren sie unzertrennlich gewesen. So viel war in den letzten Jahren geschehen, so vielen Gefahren hatten sie gemeinsam getrotzt. Jetzt stand Aurora vor dem größten Abenteuer ihres Lebens. Einem Abenteuer, an dem Emily Laing nicht teilhaben würde – oder bestenfalls am Rande, als Zuschauerin. Vielleicht aber auch als Patin.

Sie seufzte. Ja, das Leben ging mit schnellen Schritten

weiter, jeden Tag, und Emily mochte das Gefühl nicht, dass im Augenblick alles außer Kontrolle geriet.

Sie stand auf, ging leise zu den Wohnzimmerfenstern, um nach draußen zu schauen.

Nichts.

Du bist nervös, stellte Mina fest und hob ihren Kopf vom Kissen. Die kleine Rättin war äußerst genügsam und kam mit weniger Schlaf aus als ein Mensch. *Leg dich ruhig hin, ich pass schon auf. Du siehst schrecklich erschöpft aus.*

Emily nickte ihr dankbar und verschlafen zu, gähnte und kroch wieder ins Bett. Doch obwohl sie Mina vertraute, war es ihr unmöglich, die ersehnte Ruhe zu finden. Sie dachte an Cambridge und die beiden alten Damen. An das Mädchen, den Augenmann, den unbekannten Helfer in der U-Bahn-Station Tottenham Court Road. Schon immer war London ein Ort voller Rätsel und Geheimnisse gewesen, doch diese erschienen ihr schlichtweg unlösbar.

Der Morgen dämmerte bereits, da schreckte Emily kurz auf, vernahm das verhuschte Getrippel von Rattenpfoten auf dem Boden und seufzte.

Bis später, piepste Mina.

Emily murmelte etwas, dann döste sie wieder ein.

Als sie schließlich die Augen wieder öffnete, war Picca schon wach, und draußen war es hell.

Emily blinzelte ins Licht des Wintertages, streckte sich, sah der Kleinen dabei zu, wie sie den Frühstückstisch deckte. Picca trug ihre bunte Wollmütze jetzt auch hier in der Wohnung. Mit nackten Füßen lief sie zwischen dem Kühlschrank und dem Esstisch hin und her, flink und behände, darauf bedacht, leise zu sein.

»Mina ist fort«, verkündete sie, als sie bemerkte, dass

Emily erwacht war. Der Duft nach Kaffee hatte die ganze Wohnung durchdrungen. Wunderbar!

»Wo ist sie hin?« Emily räkelte sich, stand auf.

»Sie wollte die Nase in den Wind stecken.«

Emily runzelte die Stirn. »Das hat sie gesagt?«

»Ja, genau das.«

Das sah Mina ähnlich. »Die Nase in den Wind stecken«, bedeutete nichts anderes, als die Augen aufzuhalten und die Ohren zu spitzen. Vermutlich war sie schon in der Stadt unter der Stadt, stellte ihre Fragen und zog Erkundigungen ein.

»Du hast Frühstück gemacht. Danke.« Emily war froh, auf die Weise keine weitere Zeit zu verlieren. Sie wusste nicht, was in der Stadt vor sich ging, und das machte sie nervös.

Sie zog sich schnell an, ganz in Schwarz – ihr war heute danach.

Dann frühstückten Picca und sie, um sich zu stärken, und machten sich anschließend schnellstmöglich auf den Weg nach Marylebone.

Draußen war es eisig kalt. Der Schneefall hatte aufgehört, doch war alles weiß. Der Himmel war von einem tiefen Grau, die Wolken kündigten neuen Schnee an.

»Wohin gehen wir?«, wollte Picca unterwegs wissen.

»Zu demjenigen, der mir geholfen hat, als es mir so ähnlich ging wie dir.« Emily deutete nach vorn. »Dafür müssen wir noch einmal die U-Bahn nehmen.«

Das Mädchen schwieg, sah Emily abwägend an, dachte vermutlich an ihre Flucht aus dem Untergrund. Dann biss sie sich auf die Unterlippe, nickte und trottete weiter neben Emily her, blickte sich dabei jedoch wachsam um.

Emily tat es ihr gleich, konnte aber auf ihrem Weg nichts Verdächtiges entdecken.

Auch in der U-Bahn war alles wie immer. Die Menschen standen dicht an dicht gedrängt, keiner achtete auf den anderen.

Nach einem Mal Umsteigen und keine zwanzig Minuten später verließen sie die U-Bahn am Regent's Park. Von dort war es zu Fuß nicht mehr weit – nur ein paar Straßen, und sie waren da.

»Hampstead Manor.«

Emily blieb auf der anderen Straßenseite vor einem altehrwürdigen viktorianischen Haus stehen, einem Anwesen, an dessen grauer Fassade dichter Efeu emporrankte. Hohe Fenster, ein spitzes Dach, schattige Erker – unter der dicken Schneeschicht sah es erst recht aus, als sei das Gebäude geradewegs einem Roman entsprungen.

»Komm!« Emily überquerte die Straße, ging die Treppen hinauf, klingelte an der Tür, wandte sich noch einmal an Picca und sagte erklärend: »Mein Mentor ist Alchemist. Er weiß ungeheuer viel seltsames Zeug und kennt jede Menge seltsamer Gestalten.«

Bevor sie weitersprechen konnte, wurde bereits die Tür geöffnet.

Eine rundliche Frau stand dort im Türrahmen. Sie lächelte. Ihre roten Wangen glühten erwartungsfroh. »Miss Laing, wie schön, Sie zu sehen.« Wittgensteins Haushälterin, die gute Seele des Hauses. Sie war diejenige, die sich um alles kümmerte. Um all die banalen und alltäglichen Dinge, für die Wittgenstein weder ein Auge noch die nötige Geduld hatte.

»Peggotty, ist er da?«

Sie trug eine Schürze, jedoch keine Haube. »Seit ein paar Stunden erst. Er war die ganze Nacht unterwegs.« Sie beugte sich vor, flüsterte verschwörerisch: »Irgendetwas stimmt nicht. Er ist besorgt, so wie früher, als er Sie gefunden hat. Na ja, und mir sagt er ja nichts. Ist wortkarg wie immer, hat sich in seinen Salon zurückgezogen und wälzt alte Bücher.« Sie seufzte.

»Ich kann es mir vorstellen«, sagte Emily.

Jetzt erst wandte sich Peggotty dem Mädchen zu. »Und wer, junge Dame, bist du?« Ihre gutmütigen, wachsamen Augen hatten nichts von jener Wärme eingebüßt, die Emily schon damals so beherzt willkommen geheißen hatte.

»Piccadilly Mayfair«, sagte Picca schüchtern.

»Ein Waisenkind«, fügte Emily hinzu. »Ich habe sie gestern zufällig gefunden. In der Tottenham Court Road. Dort, wo Wittgenstein auch mich gefunden hat.« Peggotty starrte sie überrascht an. »Ich weiß, wie das klingt, Peggotty. Sie ist in ernsthafte Schwierigkeiten geraten, könnte man sagen, und dann ist sie mir über den Weg gelaufen.« Sie zuckte die Achseln. »Ich habe mich ihrer angenommen.« Emily hielt es für durchaus angemessen hinzuzufügen: »Es ist kompliziert. Alles. Deswegen bin ich hier.«

»Bei Miss Laing bist du in guten Händen«, sagte Peggotty zu dem Mädchen. Dann trat sie zur Seite und ließ die beiden herein, nahm ihnen Mantel und Jacke ab. »Sie kennen den Weg«, sagte sie, an Emily gewandt.

»Allerdings«, erwiderte Emily und setzte sich in Bewegung.

Picca folgte Emily stillschweigend, während die gute Peggotty in einem der Korridore verschwand, um weiter ihrem Tagwerk nachzugehen.

»Es ist so still hier«, bemerkte Picca.

»Ja, das ist es.«

»Es sieht aus wie in Downton Abbey«, flüsterte Picca beeindruckt.

Emily musste schmunzeln. »Stimmt, so sieht es aus.«

Sie atmete den schweren Geruch des alten Holzes im Treppenhaus tief ein, dachte an die Erinnerungen, die in diesen Mauern allgegenwärtig waren, an das Leben im viktorianischen London, die Whitechapel-Aufstände und an die anderen Dinge, von denen Wittgenstein ihr erzählt hatte, an seine Abenteuer als junger Alchemist.

»Hier habe ich früher einmal gelebt«, erklärte sie dem Mädchen und entsann sich der Erkundungsgänge, die sie als Kind heimlich unternommen hatte, um sich mit dem Haus vertraut zu machen – ihre *Expeditionen*, ja, so hatte sie sie genannt. »Wenn Wittgenstein nichts dagegen hat, wirst du eine Weile hierbleiben, während ich Nachforschungen anstellen werde. Peggotty wird in der Zeit für dich da sein. Sie wird sich um dich kümmern.« Mit eiligen Schritten erklomm sie die Treppe. »Doch vorher sprechen wir mit Wittgenstein.« Oben angekommen, waren sie fast da. »Du wirst ihn gleich kennenlernen.«

Emily fragte sich, welche Angelegenheiten den alten Mann wohl in der Nacht aus dem Haus getrieben hatten.

Sie erreichten die Tür zum Salon.

Ein kurzes Klopfen, dann trat Emily, mit Picca im Schlepptau, ein.

In dem großen Raum entdeckte sie zunächst niemanden. Durch die Fenster sah man auf den Regent's Park, wo die großen, kahlen Bäume sich unter ihrer Schneelast im eisig kalten Wind wiegten. Die sanfte Wärme des großen Kamins, in dem ein Feuer brannte, stand in angenehmem Kontrast dazu. Überall im Raum stapelten sich Bücher: auf dem Boden, in den hohen Regalen, auf dem massigen Schreibtisch, den dicken Teppichen, den Dielen. Dazwischen standen unzählige gut gedeihende Pflanzen. Drüben, neben dem Kamin, ein mannsgroßer Globus aus Holz, dessen Welt sich von jener, die Emily zu kennen geglaubt hatte, unterschied. Hier fand man Regionen, die nicht auf den normalen Karten verzeichnet waren: die uralte See mit ihren geheimnisvollen Inseln, gewaltige Gebirgsketten mit Tälern, in denen, wie man sagte, die Zeit ruhte. Es war ein Globus, der Geheimnisse preisgab und einen umso nachdenklicher stimmte, je länger man ihn betrachtete. Dahinter, versunken in einem Sessel, die Gestalt eines Mannes mit schwarzem Haar, das ihm bis zur Schulter herabhing. Sein Gesicht war nicht zu erkennen, weil er in ein Buch vertieft war. Als Emily die Tür hinter sich schloss, hob er leicht den Blick.

»Miss Laing.« Seine Stimme war tief, und er sprach langsam.

»Wittgenstein!«

Er hielt das Buch in die Höhe, sodass sie es sehen konnte.

»Sie lesen ein Kinderbuch?«

»Warum, in aller Welt, sollte ich Ähnlichkeit mit diesem Lehrer haben?« Er wirkte mürrisch, legte den Roman beiseite. Dass er wirklich begonnen hatte, das Buch über den Zauberer mit der Brille zu lesen, freute sie. So etwas tat er normalerweise nicht unbedingt. »Die Ähnlichkeit ist oberflächlich.« Emily konnte sich ein breites Grinsen nicht verkneifen. Der Vergleich mit dem Lehrer für Zaubertränke war nur ein Scherz gewesen, irgendwie. Irgendwie aber auch nicht. »Sie kennen meinen Humor.«

»Seit wann«, konterte er, »haben Sie denn Humor?« Er erhob sich von seinem Platz. »Aber Sie haben jemanden mitgebracht.« Er trug einen schwarzen Hausmantel mit rotem Muster, elegant geschnitten, wie ein Relikt aus der Zeit des Orient-Express. Bei jeder Bewegung raschelte der Stoff leise. »Ich bin begeistert.«

»Das ist Picca«, stellte Emily ihre Begleiterin vor, »Piccadilly Mayfair.«

Picca trat vor, neigte leicht den Kopf, sagte: »Hallo.«

Er kam auf sie zu und sah Picca mit diesem irren Blick an, den er immer hatte, wenn er neugierig war. »Du bist sehr bunt«, stellte er fest.

Picca warf Emily einen fragenden Blick zu, aber dann sah sie ihrem Gegenüber fest in die dunklen Augen und lächelte, vielleicht, weil auch sie die Ähnlichkeit, auf die Emily angespielt hatte, erkannte.

»Mortimer Wittgenstein«, stellte er sich vor und neigte nun seinerseits höflich den Kopf, »und was immer dir Miss Laing von mir erzählt hat – es ist nur zur Hälfte wahr.« Er grinste. »Aber damit sollten wir nicht beginnen, nicht wahr?« Er liebte es, auf den Punkt zu kommen. »Es gibt einen Grund, weshalb sie mit dir hergekommen ist.« Er seufzte. »Es gibt immer einen Grund.«

»Es gibt Neuigkeiten«, sagte Emily. »Seltsame, beunruhigende Neuigkeiten.«

»In der Tat, die gibt es«, erwiderte er, »allerorten, will ich meinen.«

»Inwiefern?«

»Sie machen den Anfang.« Er bot den beiden Platz in

zwei Sesseln am Kamin an. Picca und Emily setzten sich, er blieb stehen. »Nun, Miss Laing, worum geht es?«

Emily berichtete ihm unverhohlen und in aller Offenheit von ihrem Besuch in Cambridge und dem, was ihr dort widerfahren war. Sie ließ kein Detail aus. Sie berichtete ihm von Tiny Tim, Nickleby, London, der verwehten Metropole, den alten Damen. Von ihrer Rückkehr in die Stadt der Schornsteine, der Begegnung mit Piccadilly Mayfair, ihrer Flucht und dem eleganten Gentleman in der U-Bahn-Station, dem sie ihr Entkommen verdankten.

Wittgenstein hörte sich alles an, ließ aber in keiner Weise erkennen, was er davon hielt.

Emily kannte diesen Gesichtsausdruck; nur zu oft hatte ihn gesehen. »Nun? Was meinen Sie?«, fragte sie deshalb, als sie mit ihrem Bericht am Ende war. »Ich bin hier, und alles ist, wie es sein sollte. Bin ich also verrückt, oder könnte es sein, dass an dieser Sache etwas dran ist?«

Wittgenstein seufzte, durchquerte den Raum. Vor dem Globus blieb er stehen und betrachtete ihn. »Was Sie da erzählt haben«, begann er nachdenklich, »entbehrt jeder Logik. Es tut mir leid, das so unverblümt sagen zu müssen.«

»Alles andere hätte mich gewundert.«

»Dennoch ...« Er drehte sich um. »Es ist ein Rätsel. Und Rätsel sind dazu da, dass man sie löst.« Er musterte sie eindringlich. »Diese Geschichte ist zu verrückt und abstrus, unlogisch und eigentlich nicht glaubhaft. Würde ich Sie nicht so gut kennen, wie ich es zweifelsohne tue, dann ...«

»Würden Sie mich nach Moorgate schicken?«
»Nicht sofort.«

Emily griff in ihre Tasche und reichte ihm das Buch, das

sie bei Professor Nickleby in Cambridge erstanden hatte. *The History of the Unnamed.*

Wittgenstein nahm es entgegen, als sei es gefährlich. »Ist das für mich?« Neugierig betrachtete er es.

»Sie hatten mich gebeten, es Ihnen mitzubringen.«

Er drehte das Buch hin und her, berührte den Schriftzug. »Habe ich das?« Er dachte nach. »Ich kann mich nicht daran erinnern, Sie darum gebeten zu haben.«

»Dachte ich mir.«

Er blätterte darin herum, schnupperte an dem Papier. »Nichts dergleichen habe ich getan, Miss Laing.« Seine dunklen Augen musterten sie. »Aber Sie glauben, dass ich es getan habe?«

»Ich bin mir sicher.«

»Genau da liegt unser Problem.«

»Sie kennen Professor Nickleby?«

»Natürlich kenne ich den alten Nickleby.« Wittgenstein legte das Buch auf einen Stapel anderer alter Bücher. »Aber ich habe Sie niemals darum gebeten, mir dieses oder ein anderes Buch mitzubringen.«

»Genau das meinte ich mit ›rätselhaft‹.«

Er starrte sie an. Grübelte. Dann wandte er sich dem Mädchen zu, das ihnen die ganze Zeit über schweigend zugehört hatte. »Piccadilly Mayfair ist ein seltener Name, selbst in der Stadt der Schornsteine. Und du kannst die Ratten verstehen.«

Er trat auf das Mädchen zu, bat sie, die Mütze ab- und das Haar zurückzunehmen. Dann betrachtete er eingehend ihre Ohren und ihr Gesicht. »Elfischer Abstammung scheinst du aber nicht zu sein«, stellte er fest.

Sie schüttelte verwirrt den Kopf.

»Wer sind deine Eltern?«

»Ich kenne sie nicht.«

Wittgenstein warf Emily einen bedeutungsvollen Blick zu. »Irgendeine Vermutung?«

Emily verneinte, berichtete von ihrem grässlichen Versuch, das Bewusstsein des Mädchens zu betreten. »Es war ein Schock. Ihr wahres Ich war unauffindbar.«

Wittgenstein verschränkte die Arme hinter dem Rücken und lief im Salon auf und ab. »Recht viele Rätsel auf einmal«, murmelte er. »Etwas stimmt hier nicht, und Piccadilly Mayfair spielt, so viel ist klar, womöglich eine Rolle dabei. Was meinen Sie, Miss Laing?«

»Sehe ich genauso.«

»Sie kennen meinen Standpunkt, Miss Laing.« Er dachte nach, lief weiter auf und ab. »Wenn offenbar kein Zusammenhang erkennbar ist«, sinnierte er leise vor sich hin, »dann heißt das noch lange nicht, dass es keinen Zusammenhang gibt.« Er hob den Blick zu Emily. »Zu viele Dinge geschehen im Moment. Seltsame Dinge, von denen ich Ihnen lieber unter vier Augen berichten würde.«

»Hat das etwas mit Ihrer Exkursion letzte Nacht zu tun?«

»Das könnte sein. Aber lassen Sie uns über diese Angelegenheiten später reden.« Er wandte sich Picca zu. »Zurück zu dir, Mädchen.« Er lächelte kurz. »Was sollen wir mit dir anstellen, hm?«

»Vielleicht könnte sie, während ich das Waisenhaus aufsuche, um mit Dr. Cruikshanks zu sprechen, hierbleiben«, schlug Emily vor. »Peggotty kann ein Auge auf sie haben und sich um sie kümmern. Es ist zu gefährlich, sie da draußen herumlaufen zu lassen. Derjenige, der Picca finden wollte, ist gewiss noch immer auf der Suche nach ihr.«

»Haben Sie eine Vermutung, um wen oder was es sich bei dem Augenmann handeln könnte?«

»Nicht die geringste.«

Wittgenstein trat auf das Mädchen zu. »Und du, Piccadilly Mayfair?«

Die Kleine schüttelte den Kopf und zog sich die Wollmütze wieder auf.

»Mina ist unterwegs, um die Nase in den Wind zu halten«, sagte Emily.

»Gut. Also bleibt Piccadilly am besten vorerst hier. Und wir stellen erst einmal Nachforschungen an«, erklärte er. »Dann kommen wir zurück.«

Wittgenstein ging eilig zur Tür, rief nach Peggotty. Er sah Emily unternehmungslustig an. »Lassen Sie mich Ihnen unterwegs von der letzten Nacht erzählen. Jetzt ist es an mir, so zu klingen, als wäre ich möglicherweise irre.«

»Was ist passiert?«

»Rätsel und Geheimnisse«, verkündete er.

Dann war Peggotty auch schon da. Sie war ein wenig außer Atem, als sie den Salon betrat. Treppensteigen war noch nie ihre Lieblingsbeschäftigung gewesen.

»Das Kind überlasse ich Ihnen«, sagte Wittgenstein zu ihr. »Sie heißt Picca. Tragen Sie Sorge, dass es ihr gut geht. Miss Laing und ich haben derweil Dinge zu erledigen.« Er zog den Hausmantel aus, warf ihn über die Armlehne eines Sessels. »Wir werden bald wieder da sein.«

»Sorgen Sie sich nicht«, bat Emily, der Peggottys Minenspiel nicht entgangen war.

»Was ist denn los?«, wollte die Haushälterin wissen. Sie stand dicht neben Picca, legte dem Mädchen die Hand auf die Schulter.

»Das Spiel, liebe Peggotty, hat wieder begonnen«, antwortete Wittgenstein, der Zitate mochte. »Miss Laing und ich müssen los.«

Und so brachen sie auf, wie damals. Als sei kein Tag vergangen.

Wittgenstein, mit Schal und in seinem schwarzen Mantel, war in Eile, und Emily folgte ihm, wie sie es schon so oft getan hatte. Zunächst ging es mit großen Schritten die Marylebone Road hinab.

Schneeflocken schwebten wie Andeutungen in der Luft, und Emily wartete darauf, dass er etwas sagen würde.

»Je eher wir erfahren«, begann er nach einer Weile, »worum es hier geht, desto besser.«

Er warf ihr einen beiläufigen Blick zu. »Sie kennen mich. Ich bin immer besorgt, wenn ich etwas nicht verstehe.«

Die Unruhe, die sie bei ihrem Mentor spürte, übertrug sich auf Emily. Doch wenn er ihren Ausführungen keinen Glauben schenkte, weshalb dann die Aufregung?

»Finden Sie heraus, was es mit dem kleinen Mädchen auf sich hat. Ich glaube nicht nur, dass es sich hier um keinen Zufall handelt, und das nicht bloß, weil es keine Zufälle gibt, sondern ich glaube, die Kleine könnte der Schlüssel sein.«

»Sie glauben, dass Picca etwas mit meinem Besuch in Cambridge zu tun hat?«

Er schnaubte. »Nein, natürlich nicht.« Ein Taxi hupte wütend, als Wittgenstein über die Straße lief, auf dem Weg zur U-Bahn-Station. »Ihr Besuch in Cambridge war allein Ihre Sache.« Auf der anderen Straßenseite angekommen, blieb er kurz stehen und schaute dem Taxi hinterher. »Freundlich wie immer, diese Stadt. Wie Sie sehen, ist London noch immer da. Genau da liegt das Problem. Ich war hier in London, Miss Laing, die ganze Zeit über. Die Stadt ist nicht verschwunden. Sie war nicht verschwunden.« Er ließ den Blick schweifen. »Diese Gegend hier, der Park, der Himmel über uns, die Kirche dort drüben, das Wachsfigurenkabinett. Nichts Außergewöhnliches hat sich zugetragen. Oberflächlich betrachtet, jedenfalls nicht.«

»Aber ich weiß, was ich erlebt habe«, beharrte Emily.

»Das mag sein, aber wenn Sie die Einzige waren, die es so erlebt hat, dann ...«

»... muss es nicht weniger wahr sein.«

Er sah sie an, setzte an, etwas zu sagen, verkniff es sich aber.

Emily seufzte.

Sie wusste nur zu gut, wie sich das, was sie erzählt hatte, anhören musste. Niemand, der bei Verstand war, würde so etwas für möglich halten. Aber konnte es sein, dass sie sich das alles nur eingebildet hatte? Allein an diese Möglichkeit zu denken machte sie schon wütend. Nein, sie hatte das alles erlebt. Es war wirklich passiert.

»Es ist, was es ist«, brachte es Wittgenstein, wie immer, auf den Punkt und riss Emily damit aus ihren Gedanken. »Ein Rätsel. Schauen Sie sich um, Miss Laing. Sie sind der einzige Mensch hier, der glaubt, London sei vom Erdboden verschwunden gewesen. Ist das etwa seltsam? Ja, das ist es. Ist es die Wahrheit? Es kann die Wahrheit sein. Es klingt verrückt, aber viele Dinge im Leben klingen verrückt und sind es nicht. Am Ende ist es ein Rätsel, nicht mehr, nicht weniger. Die Wahrheit liegt viel zu oft im Auge des Betrachters.«

»Das heißt?«

»Es fällt mir schwer, Ihren Ausführungen Glauben zu schenken. Sie machen keinen Sinn. Sie entbehren jeder Logik. Alles, was Sie gesagt haben, klingt, offen gestanden, vollkommen verrückt. Sie haben auch nicht den geringsten Beweis, der Ihre Aussage untermauert. Der Besitz des Buches, das ich, wie erwähnt, nicht geordert habe, und dieser Curryfleck, der angeblich von dem Essen der beiden Damen stammt – sehen wir den Tatsachen ins Auge –, das sind keine Beweise, Miss Laing.« Er sah sie von der Seite an, zwinkerte ihr zu. »Aber ich bin, wie Sie ja wissen, offen für alles.«

Emily nickte.

»Sie verstehen? *Ein Skandal in Böhmen.*«

»Welcher Skandal?«

Er rollte mit den Augen. »Die Geschichte.«

»Natürlich.« Emily grinste. Manchmal war es wirklich einfach, ihn zu foppen. Er wusste, dass sie Arthur Conan Doyle gelesen hatte, weil sie die Originalausgaben der Bücher aus seiner Bibliothek stibitzt hatte, damals, als sie klein war.

»Es ist ein schwerer Fehler, Theorien aufzustellen, bevor man Tatsachen hat. Dann fängt man unmerklich an, die Tatsachen zu verdrehen, bis sie zu den Theorien passen, statt die Theorien an die Tatsachen anzupassen.« Er schaute auf die Taschenuhr in seiner Westentasche. »Genau darum geht es hier. Die meisten Menschen und, wir wissen es beide, viel zu viele Wissenschaftler begehen genau diesen einfältigen Fehler immer und immer wieder. Sie erstellen vorschnell Theorien und suchen dann nach den Fakten, die ihre Theorien bestätigen.«

Es war nicht schwer, die nächste Frage zu stellen.

»Heißt das, Sie haben bereits eine Theorie?«

Er schaute sie ungeduldig an. »Hören Sie mir denn nicht zu? Nein, ich habe keine Theorie. Natürlich nicht, wie könnte ich auch? Ich habe ja nicht einmal die Idee zu einer möglichen Theorie. Alles, was ich tun kann, ist, die Fakten zu sammeln. Mina tut das Gleiche in der uralten Metropole. Wir sammeln Hinweise, und zwar alle, die wir finden können.« Vor ihnen tauchte die U-Bahn-Station Baker Street auf. »Alles, was ich damit sagen möchte, Miss Laing, ist Folgendes: Ich nehme Ihre kuriose Geschichte in meine Sammlung der Tatsachen auf, aber ich werde mich davor hüten, voreilig eine unhaltbare Schlussfolgerung zu ziehen.«

Emily konnte sich ein Grinsen nicht verkneifen. »Also glauben Sie mir.«

»Warum nur müssen Sie das immer so genau wissen? Aber nehmen wir an, Sie haben recht«, kam er zum Kern ihrer Unterhaltung zurück. »Sie sind wirklich in Cambridge gewesen, und die Stadt London, diese riesengroße alte Metropole, in der wir uns augenblicklich aufhalten, war für alle verschwunden ...« Er stieg die Treppe zur U-Bahn-Station hinab.

»Sie war nicht verschwunden. Sie hatte niemals existiert.«

»Ähnliche Situation«, sagte er. »Was wären mögliche Schlussfolgerungen, die wir treffen könnten, hm?«

Emily zuckte mit den Achseln, warf Wittgenstein einen fragenden Seitenblick zu.

»Die möglichen Erklärungen sind, das muss ich zugeben, durchaus beunruhigend: Die Stadt ist noch immer verschwunden. Oder aber sie hat nie existiert.«

Emily runzelte die Stirn. »Aber wir sind hier.«

Er nickte. »Ja, weil wir nicht wissen, dass sie verschwunden ist.«

»Wohin ist sie verschwunden?«

»Keine Ahnung«, antwortete er, »aber wenn dem so wäre, wenn London vor den Augen der Welt verschwunden wäre, einfach so, dann, folgt man der Logik, müsste die Stadt jetzt genau dort sein, wohin sie verschwunden ist.«

Emily begann zu verstehen. »Und wir ebenso.«

»Weil wir ja hier sind.«

»Mitten in London.«

In der Ferne hörte Emily einen Zug einfahren. Warme Luft strömte ihr durch die Tunnel entgegen.

Die Stadt unter der Stadt war zum Greifen nahe.

Wittgenstein sah sie ernst an. »Ich sagte ja, das ist eine beunruhigende Möglichkeit.« Er zückte seine grüne Travelcard. »Alles, was wir um uns herum erleben, ist zwar hier, aber ›hier‹ ist nicht da, wo es sein sollte.«

Emily schlug den Kragen ihres Mantels herunter. »Und glauben Sie an diese Möglichkeit?« In der U-Bahn war es meistens wärmer als draußen.

»Ganz ehrlich? Ich glaube bisher an gar nichts«, erwiderte er, »denn ich weiß viel zu wenig, um mir ein Urteil bilden zu können.«

»Macht Sinn.«

Sie erreichten eine Gabelung.

»Fahren wir noch ein Stück gemeinsam?«, wollte er wissen.

»Wenn Sie mir sagen, wohin.«

»Eigentlich will ich ins Britische Museum, zur Recherche, aber ich möchte heute ungern am Oxford Circus umsteigen. Besser nehmen wir die Metropolitan Line, auch wenn das einen ziemlichen Umweg bedeutet«, sagte er. »In King's Cross können Sie umsteigen. Ich werde den Rest oberirdisch mit Bussen zurücklegen.«

»Nichts dagegen einzuwenden«, meinte Emily, die an Wittgensteins gelegentliche Skurrilitäten gewöhnt war.

So nahmen sie die älteste U-Bahn-Linie der Welt in Richtung Aldgate. Auf dem Bahnsteig standen die Menschen dicht gedrängt, Berufsverkehr, wie wunderbar. Die beste Zeit des Tages, um die Achtsamkeit zu meucheln.

»Wer waren die beiden alten Damen, die Sie betäubt haben?« Wittgenstein schaute sich das Plakat zu einer Filmpremiere am Leicester Square an.

»Mrs. Pecksniff und Mrs. Pumblechook?«

Er wandte sich wieder Emily zu. »Sie erwähnten deren Ähnlichkeit mit den beiden Gesellen, die uns früher so oft über den Weg gelaufen sind.«

»Mr. Fox und Mr. Wolf?«

Er nickte.

»Sie sahen den beiden nicht ähnlich.«

Wittgenstein warf ihr einen vielsagenden Blick zu. Mr. Fox und Mr. Wolf waren zwei zwielichtige Gestalten, die hin und wieder ihren Weg gekreuzt hatten. Nie ahnte man rechtzeitig, wann sie auftauchen würden. Nie wusste man, was von ihnen zu erwarten war.

»Diese beiden in Cambridge waren eindeutig Frauen«, wies Emily auf den wohl augenfälligsten Unterschied hin.

Wittgenstein nickte leicht geistesabwesend. »Wie dem

auch sei, es ist müßig, darüber zu reden. Denn auch hier, Miss Laing, stellen wir uns die falschen Fragen.«

»Was sind die falschen Fragen?«

»Wir fragen uns, wer die beiden alten Damen waren.«

»Ist das denn nicht wichtig?«

»Es ist nicht unwichtig. Entscheidender aber ist doch, dass wir uns fragen müssen, warum sie das getan haben. Warum sind sie bei Ihnen aufgetaucht? Und, viel wichtiger noch, warum haben sie Sie betäubt? Es muss einen Grund dafür geben. Es gibt immer einen Grund. Warum sind Sie danach hier in London aufgewacht? In der U-Bahn.«

»Ich habe keine Ahnung.«

»Deshalb«, sagte er, »ist das hier ein Rätsel. Cambridge, die alten Damen, die Begegnung mit Piccadilly Mayfair.« Er hatte die Hände in den Taschen seines Mantels vergraben, dann zog er eine Hand hervor, betonte jedes seiner Worte mit einem Fingerzeig. »Rätsel, Miss Laing, das sind sie, Rätsel, aber keine Zufälle!«

Laut und donnernd fuhr der Zug in den U-Bahnhof ein. Zeit also, die richtigen Fragen zu stellen. »Was ist hier passiert? Warum waren Sie gestern Abend unterwegs?«

Der Zug kam zu Stillstand, die Türen öffneten sich, Menschentrauben ergossen sich auf den Bahnsteig, drängten zum Ausgang, während andere Leute in den Zug hineinzugelangen versuchten. Emily und Wittgenstein schlossen sich der Masse an, zwängten sich in die U-Bahn.

»Es erscheint ein wenig unangemessen, gerade hier über die Vorfälle zu reden.« Er suchte sich einen Platz direkt neben dem Ausstieg. »Am gestrigen Abend ist, so wurde mir berichtet, ein Zug verschwunden.«

»Wie meinen Sie das?«

»So, wie ich es sage.« Er wirkte jetzt genervt, warf den anderen Fahrgästen überhebliche Blicke zu. »Wort für Wort.« Er fluchte leise. »Ein ganzer Zug ist verschwunden. Hat sich sprichwörtlich in Luft aufgelöst. Fort, nicht mehr auffindbar, verloren.«

»Wo ist das passiert?«

»Im Norden. Auf der Central Line, Richtung Epping. Der Zug hielt in Snaresbrook an. Dort stiegen die Leute aus und ein, das Übliche. Die Kameras des Bahnhofs haben nichts Ungewöhnliches aufgezeichnet. Der Zug setzte sich in Bewegung und kam nie in South Woodford an.«

South Woodford, davon ging Emily freimütig aus, war die nächste Station. »Wo ist er abgeblieben?«

»Das ist das Rätsel, das ich letzte Nacht zu ergründen versuchte. Mit wenig Erfolg. Um genau zu sein, sogar absolut erfolglos. Es gibt keine Spur, keinen Hinweis. Wir haben die Strecke untersucht. Nichts! Der Zug ist einfach verschwunden. Piff, paff. Wie bei einem Zaubertrick. ›Vom Erdboden verschluckt‹ trifft es womöglich besser.«

»Sie haben den perfekten Ort gewählt, um mir das zu sagen.«

Wittgenstein zog ein Gesicht. »Sagen Sie mir jetzt nicht, dass Sie das unheimlich finden.«

»Warum sollte ich?«

Er schaute sie lange an, zeigte den Anflug eines Lächelns.

Draußen, vor dem Fenster, huschten Signalleuchten vorbei. Irgendwo gab es Türen, meist aus schwerem Eisen; Türen, durch die man in die uralte Metropole gelangte.

Ein unsanftes Rucken.

Dann hielt der Zug in der Great Portland Street. Fahrgäste stiegen zu, andere aus. Der Zug setzte sich erneut in Bewegung, raste in die Dunkelheit des Tunnels.

»Wie kann denn ein ganzer Zug verschwinden?«, wollte Emily wissen.

»Die Strecke zwischen den beiden Bahnhöfen«, erklärte Wittgenstein geduldig, »ist nicht lang. Es gibt keine anderen Gleise, auf die er hätte umgeleitet werden können. Und die Fleischfresser, die in den letzten Wochen in der Nähe von Woodford gesehen wurden, hat man vor wenigen Tagen geschnappt. Die Kerle scheiden als mögliche Verantwortliche also aus.«

Emily hatte von den Fleischfresserbanden gehört, kleinen Gruppen marodierender kranker Gleisarbeiter, die des Nachts auf der Suche nach Fleisch durch die Tiefen der Tunnel streiften, gelegentlich auch die oberirdischen Trassen nicht verschonten, und sich Beute suchten. Aber wenn man die erwischt und gefangen gesetzt hatte und sie nicht der Grund für das Verschwinden des Zuges sein konnten, musste es eine andere Ursache geben.

»Sie sind dort gewesen und haben alles untersucht?«

»Ja.«

»Was gibt es sonst noch?« Emily kannte Wittgenstein gut genug, um zu sehen, dass dies nicht alles war.

»Einige der Flüsse, die unter London verlaufen, fließen verkehrt herum.«

Der Zug neigte sich in einer Kurve.

Emily kannte die meisten Flüsse. Man hatte sie unter die Erde verlegt, um die Stadt besser planen zu können, damals, als London schon nicht mehr jung gewesen war. Ihre Läufe folgten jetzt künstlichen Wegen, und sie speisten Zisternen, ja, ganze unterirdische Seen. »Was meinen Sie damit?«

»Ich meine, was ich sage. Sie fließen jetzt in die entgegengesetzte Richtung. Falsch herum, wenn Sie so wollen.«

»Alle?«

»Die meisten. Westbourne, Effra, Poultry, Tyburn und Fleet. Das sind diejenigen, von denen ich Kenntnis habe. Aber, um aufrichtig zu sein: Ich glaube, dass es noch weitere Flüsse gibt, die nicht mehr in die richtige Richtung fließen.«

»Aber wie ist das möglich?«

»Ich habe keine Antworten, Miss Laing, nur Fragen. Es ist nicht möglich, das ist die logische Antwort. Ich bin ehrlich: Es ergeht mir nun ähnlich wie Ihnen. Aber Sie werden mir zugestehen, dass im Augenblick viele, viele seltsame Dinge auf einmal geschehen. Dass Sie nach einer Nacht wie der letzten, in der ein Zug verschwunden ist und sich die Fließrichtung der Flüsse geändert hat, in Marylebone auftauchen und behaupten, London sei verschwunden, passt da doch gut ins Bild. Wie ich bereits sagte: Wir tragen gerade die Tatsachen zusammen. Nicht mehr, nicht weniger.«

Der Zug fuhr, nachdem er zuvor noch am Euston Square gehalten hatte, in King's Cross ein.

»Vielleicht hat die Stadt ein wenig die Orientierung verloren.«

»Konzentrieren Sie sich auf die Tatsachen, Miss Laing, statt wild zu spekulieren«, warnte Wittgenstein.

Dann öffneten sich die Türen, und beide verließen den Zug.

King's Cross war noch hektischer als die anderen Bahnhöfe, was womöglich daran lag, dass der Bahnhof ein Zwilling von St. Pankras war. Aus allen Richtungen strömten die Menschen durcheinander, geschäftige Leiber, der Herzschlag der Stadt. Wittgenstein ging zielstrebig voran, Emily lief ihm hinterher. An einer Kreuzung blieb er stehen, hier trennten sich ihre Wege.

»Treffen Sie mich später im Britischen Museum«, schlug Wittgenstein vor. Er warf seiner einstigen Schutzbefohlenen einen eindringlichen Blick zu. »Und passen Sie auf sich auf.«

»Versprochen«, antwortete Emily. Mehr konnte sie nicht sagen, denn Wittgenstein war schon auf und davon.

Wie so oft zuvor hatte Emily auch dieses Mal das Gefühl, ihr Mentor führe noch etwas anderes im Schilde. Darüber nachzudenken aber, auch das wusste sie, war müßig. Also machte sie sich auf den Weg zur Victoria Line, um der Lösung der Rätsel und Geheimnisse, die sie so sehr beschäftigten, hoffentlich einen Schritt näher zu kommen.

Walthamstow Central war ein Bahnhof im metallisch anmutenden Runddesign der späten Neunzigerjahre, überall Glas, bis hoch hinauf unters Dach, Fenster, in denen sich die dichten Wolken spiegelten, Formen, die an altmodische Science-Fiction-Filme erinnerten, ganz und gar unpassend für diese Gegend, wie Emily fand.

Walthamstow lag im Norden Londons, eine Vorstadtortschaft mit langen Straßen ewig gleich aussehender Häuser; kleine Vorgärten und Briefkästen, allesamt ordentlich aufgereiht wie Schulkinder am frühen Morgen vor der Bushaltestelle um die Ecke. Im Zentrum, gleich in der Nähe des Bahnhofs, feine kleine Geschäfte, eine Welt, in der alles in Ordnung zu sein schien. Die Gegend erinnerte Emily an Hampstead Heath, wo ihre Pflegeeltern, die Quilps, wohnten. Aurora und Neil hatten dort ebenfalls ein kleines Apartment.

Emily wählte Auroras Nummer. Als niemand sich meldete, schickte sie eine knapp gehaltene WhatsApp. Ihre Freundin würde sich melden, das tat sie immer. Andererseits hatte Aurora im Augenblick andere Sorgen.

Emily stapfte durch den Schnee, der auf den Gehwegen an vielen Stellen noch liegen geblieben oder aber nie geräumt worden war. Es war kalt, und Emily fragte sich, was genau sie hier eigentlich machte. Darüber nachzudenken hielt ihr die ganze Absurdität der Situation vor Augen. Sie schickte auch eine Nachricht an Eliza Holland, und sei es nur, um sich zu vergewissern, dass mit ihr alles in Ordnung war.

Nach ein paar Minuten zu Fuß erreichte sie die Woodbury Road. Am Anfang der Straße ging sie an einem kleinen Spielplatz vorbei. Schaukel, Rutschbahn, ein kleines Häuschen. Der Rest war unter dem Schnee verborgen.

Cruikshanks Heim für Verlorene Kinder befand sich ganz in der Nähe. Ein großes Grundstück mit viel Rasen, im Sommer vermutlich sehr beschaulich mit Gartenmöbeln und Spielsachen, jetzt ein Schneefeld, dessen Ende nur vom ebenfalls schneebedeckten Gartenzaun angedeutet wurde. Bäume, Gebüsch, das Haus recht groß und alt, mit zwei Türmchen und hohen Fenstern. Die kürzlich gebauten Schneemänner bewachten das Anwesen, ihre Kohleaugen vermutlich hellwach, die Karottennasen mit Eiszapfen versehen. Eine Kinderwelt, so weit entfernt von

Dombey & Son, wie man es sich nur irgendwie vorstellen konnte. Weihnachtsschmuck in den Fenstern, Girlanden über der Tür, ein Mistelzweig. Über der Klingel ein von Kinderhand gemaltes Schild, vor der Tür eine Fußmatte, auf der »Here comes the Sun« stand.

Emily klingelte.

Eine junge Frau öffnete ihr.

»Guten Tag. Wie kann ich Ihnen helfen?«

»Ist Dr. Cruikshanks zu sprechen?«

»Selbstverständlich. Ich bin Molly Rahman«, stellte sich die junge Frau vor und ließ Emily herein.

Molly Rahman führte sie am Essensraum vorbei, die Treppe hinauf, einen langen Korridor entlang, zu einer Tür, auf der in verschiedenfarbigen Lettern »Büro« stand. Auf dem Weg dorthin begegneten sie einer Reihe von Kindern, die Emily mit großen Augen anstarrten. Sie spielten in den angrenzenden Zimmern, machten Hausaufgaben, malten, bastelten, lasen Bücher.

»Entschuldigen Sie«, flüsterte Molly Rahman, »aber die Kinder denken, Sie seien ihretwegen hier.«

Emily nickte nur.

Die Trostlosigkeit, das hatte sie damals am eigenen Leib erfahren müssen, umgab Waisenhäuser wie ein Geruch, den man nicht loszuwerden vermochte. Emily spürte sofort, dass hier Kinder lebten, die sich Tag für Tag der Hoffnung hingaben, dass irgendwo und irgendwann ein anderes, ein besseres Leben auf sie wartete. Sie kannte den Ausdruck in den Gesichtern. All die Farben und liebevoll ausstaffierten Zimmer würden daran nichts ändern können. Am liebsten hätte sie laut und deutlich klargestellt, dass sie nicht hier war, um sich ein Kind auszusuchen, sondern nur ein paar Fragen an den Leiter dieser Einrichtung hatte und bald wieder verschwinden würde, um nie mehr zurückzukehren; aber natürlich tat sie nichts dergleichen. Sie wusste, dass sie das nicht übers Herz bringen würde. Sie konnte sich noch daran erinnern, wie der Geschmack von Hoffnung ihr damals die Bitternis der langen Tage und kalten Nächte erträglich gemacht hatte, so erträglich, wie es unter den Umständen nur möglich gewesen war. Sie dachte erneut an Aurora, die ihre einzige und beste Freundin gewesen war – ja, es immer noch war –, und an Mara. An Mara zu denken tat ihr besonders weh. Mara, die ihr Leben in Rotherhithe begonnen hatte, verloren gegangen war, wiedergefunden wurde und …

»Guten Morgen, junge Dame!«

Molly Rahman hatte die Tür geöffnet, und ein großer Mann, der vor einem Regal voller Bücher gestanden hatte, kam nun auf Emily zu. Sie schreckte aus ihren Gedanken auf.

»Danke, Molly.«

Die Angesprochene nickte, verließ den Raum und schloss die Tür hinter sich.

»Ich bin Emily Laing«, stellte sich Emily vor.

Gilbert Cruikshanks war ein herzlicher Mann mit wirrem, schon greisem Haar, einer dicken Nase, einer lauten Stimme und so lebendigen Augen, dass sie sich selbst hinter den dicken Gläsern seiner altmodischen Brille nicht verstecken konnten. Er trug eine grüne Hose und einen grünen Pullunder, ein grünes Hemd und eine grüne Krawatte.

»Grün macht gute Laune«, erklärte er, als er Emilys Blick bemerkte. »Gerade in der dunklen Jahreszeit, wie ich Dezember und Januar zu nennen pflege, ist es wichtig, jeden Tag eine andere Farbe zu tragen.« Er bedeutete ihr, in dem Sessel, der vor dem Schreibtisch stand, Platz zu nehmen. »Und, nebenbei bemerkt, die Kinder mögen es.«

Er setzte sich hinter seinen Schreibtisch, während auch Emily sich niederließ, und dann trug sie ihm ihr Anliegen vor.

Als sie geendet hatte, nahm Cruikshanks die runde Brille ab, rieb sich die Augen und seufzte. »Das hat die Kleine Ihnen gesagt?«

»Nichts anderes.«

Er griff in eine der Schreibtischschubladen und zog eine Mappe daraus hervor. »Wissen Sie, was das ist?« Er reichte Emily die dünne Mappe über den Tisch hinweg. »Das hier ist Piccadilly Mayfairs Akte. Für jedes Kind führen wir eine. Bitte, schlagen Sie sie auf!«

Emily tat wie geheißen.

»Sie ist leer«, stellte sie fest.

Da war nichts, außer einem einzigen Blatt, das eigentlich wohl die Stammdaten betraf, auf dem aber außer dem Namen und vielen Fragezeichen in allen Rubriken keine weiteren Einträge verzeichnet waren.

Cruikshanks nickte. »Wissen Sie, warum sie leer ist?«

»Ich hoffe, Sie werde es mir sagen.«

»Es gibt nichts zu berichten.«

Emily klappte die Mappe zu und blickte Cruikshanks fragend an.

»Piccadilly Mayfair kam gestern zu uns. Am frühen Morgen.«

Emily stutzte. Hatte sie richtig gehört? »Sie kennen sie

erst seit gestern Morgen?« Mit dieser Neuigkeit hatte sie nicht gerechnet.

»Kennen ist, denke ich, ein wenig übertrieben.« Seine Stimme klang warm, und Emily stellte sich vor, wie er den Kindern abends vor dem Einschlafen Geschichten vorlas. »Sie wurde in unsere Obhut übergeben, und eine Stunde später ist sie verschwunden.« Er senkte den Blick, stieß die Luft aus, schaute sie betreten an. Offenbar war es ihm peinlich, dass eines seiner Kinder sich unbemerkt aus dem Staub gemacht hatte. »Sie wirkte sehr erschöpft, als man sie herbrachte. Durcheinander. Ich wies ihr ein Zimmer zu, sprach mit ihr. Sie war recht verwirrt und verängstigt. Also riet ich ihr, etwas zu essen und anschließend ein wenig zu schlafen, das würde ihr guttun. Dachte ich.« Seine Finger spielten mit einem spitzen Bleistift, ehe er begann, kleine Zeichnungen auf einem Notizblock, der griffbereit vor ihm lag, anzufertigen. »Aber als meine Mitarbeiterin am Nachmittag nach ihr schauen wollte, musste sie feststellen, dass sie fort war. Wir haben sie überall gesucht, doch vergebens. Wissen Sie, manchmal verstecken sich die Kinder nur, weil sie sich fürchten.« Er schaute sich um, deutete auf die Fotos an den Wänden, die allesamt Kinder zeigten. »Wir geben uns wirklich viel Mühe, dies alles freundlich und hell zu gestalten, aber Kinderaugen, müssen Sie wissen, sehen das zuweilen anders. Die Welt ist anders, wenn Kinder sie betrachten. Vieles, was in den Augen Erwachsener harmlos erscheint, ist für Kinder Furcht einflößend.«

»Ich weiß«, sagte Emily, die erst einmal begreifen musste, was sie da gerade gehört hatte.

Picca war also erst gestern hier aufgetaucht!

»Wie geht es ihr?«, erkundigte sich Cruikshanks.

»Sie hat mir eine gänzlich andere Geschichte erzählt«, gab Emily zu, ohne Details zu verraten. »Sie behauptete, schon seit Jahren hier zu leben.« Das war die kurze und knappe Version.

»Das ist nicht wahr.« Der Mann in Grün schüttelte beherzt den Kopf. »Warum behauptet sie das?«

Emily zuckte die Achseln. »Wo kam sie her?«

»Jemand brachte sie zu uns. So läuft das immer.« Cruikshanks zeichnete, während er sprach, nun kleine Figuren auf den Notizblock. »Erwähnte ich vorhin, dass die Kleine ihren Namen nicht kannte?«

»Sie erwähnten, dass sie verwirrt war.«

»Da, nun wissen Sie es. Sie kannte ihren Namen nicht, das arme Kind. Konnte sich an nichts erinnern.«

»Deshalb haben Sie ihr einen gegeben.«

»Das tun wir normalerweise nur, wenn unsere Findelkinder Neugeborene, Säuglinge oder noch im Krabbelalter sind und nichts auf ihren ursprünglichen Namen hindeutet, sofern sie denn einen hatten.«

»Wer brachte sie hierher?«

»Es waren zwei nette alte Damen«, erinnerte sich Cruikshanks. »Sie gehörten zum Zirkusvolk.«

Emily stockte der Atem. »Zwei alte Damen?«

»Ja. Mrs. Pecksniff und Mrs. Pumblechook. Aus Mayfair, wie ich bereits sagte: Zirkusvolk.« Als er Emilys skeptischen Blick erkannte, fügte er hinzu: »Als solche gaben sie sich jedenfalls aus. Mehr kann ich Ihnen dazu leider nicht sagen.«

War das denn die Möglichkeit?, dachte Emily. Was hatten die beiden alten Damen aus Cambridge mit Picca zu schaffen? Und wieso Zirkusvolk?

»Sie wissen von der Stadt unter der Stadt?«, fragte sie Cruikshanks entgeistert. Das Zirkusvolk lebte in dem Gebiet unterhalb von Mayfair. Der Piccadilly Circus dort war berühmt für seine sonderbaren und unberechenbaren Attraktionen.

»Natürlich kenne ich die uralte Metropole«, antwortete Cruikshanks. »Was dachten Sie denn?!«

»Piccadilly Mayfair ...«

»Sie wurde genau dort gefunden«, bestätigte er. »Und dies, will ich meinen, unter äußerst seltsamen Umständen.«

Seltsame Umstände. Nun, das passte. »Wann wurde sie gefunden?«

Cruikshanks kritzelte weiterhin auf seinen Notizblock. »›Wann tauchte sie auf?‹ träfe es wohl besser.« Er schaute Emily lange an. »Mitten in einer Vorstellung ist sie aufgetaucht. Die beiden Damen erzählten davon; es hatte den Anschein, als seien sie zufällig im rechten Moment zugegen gewesen. Sagt Ihnen der Name Somerset Septimus etwas?«

»Nie von ihm gehört.« Was auch nicht weiter verwunderlich war, denn Emily interessierte sich nicht sonderlich für das Zirkusvolk, die Artistik und die Vorstellungen voller Magie und billiger Tricks. Mumpitz und Budenzauber, würde Wittgenstein sagen, und sie schloss sich ihm da an.

»Er lebt und arbeitet im Zirkusland«, sagte Cruikshanks. »In der Sphäre.«

Davon hatte Emily gehört.

»Es passierte wohl während eines magischen Tricks.« Er zuckte die Achseln. »Die Details kenne ich nicht, aber die sind auch nicht von Belang.«

Vielleicht doch, dachte Emily, sagte aber nichts.

»Wichtig ist, dass er das Mädchen den beiden alten

Damen übergab. Septimus, meine ich. Warum? Um ehrlich zu sein, auch das weiß ich nicht genau. Vielleicht kannte er die beiden Damen ja, vielleicht erschienen sie ihm aber auch einfach nur vertrauenswürdig. Nun ja, ich selbst fand sehr wohl, dass sie etwas Fürsorgliches hatten.« Er räusperte sich. »So also kam das Mädchen zu uns. Die Kleine erinnerte sich an nichts und kannte nicht einmal ihren Namen. Was hätte ich also tun sollen? Ich benannte sie auf die Schnelle nach dem Ort, an dem sie aufgetaucht war.«

»Piccadilly Mayfair.«

»Genau. Ich benötigte einen Namen für die Akten. Ordnung, wissen Sie, muss sein.«

Emily hatte noch immer große Mühe zu glauben, was sie da gerade gehört hatte. »Was ist aus den beiden alten Damen geworden?«

»Sie sind gegangen, nachdem sie sich vergewissert hatten, dass dies ein schönes, gutes Waisenhaus ist.«

»Haben sie eine Anschrift hinterlassen?« Jemand, der es mit der Buchhaltung so wichtig nahm wie Cruikshanks, würde doch bestimmt darauf geachtet haben, die Daten zu sammeln, hoffte Emily.

Er suchte in der Ablage nach etwas, fand es. »Außer der Visitenkarte des Magiers«, sagte er, »leider nichts weiter.« Er legte die Karte auf den Tisch.

»Somerset Septimus. Magie im Mondlicht.« Na ja, genau so etwas hatte sie erwartet. Das Bildmotiv passte zu ihrer Vorstellung. *Budenzauber*, dachte sie, *nicht mehr*. Doch wohin brachte sie das jetzt?

Emily saß still da und dachte nach.

Picca hatte sie belogen!

Nichts von dem, was ihr das Mädchen erzählt hatte,

entsprach der Wahrheit. Doch was hatte das zu bedeuten? Warum hatte sie das getan? Glaubte sie, dass Emily nicht zu trauen war? War sie einfach nur vorsichtig? Und, weitaus bedeutsamer als diese Fragen: Was hatten die beiden alten Damen aus Cambridge mit dieser Sache zu tun? Verdammt, das Einzige, was sie mit Sicherheit zu sagen vermochte, war, dass es einen Zusammenhang geben musste zwischen Picca und dem, was sich in Cambridge zugetragen hatte. Das war dann aber auch schon alles.

»Es tut mir aufrichtig leid«, entschuldigte sich Cruikshanks, »Ihnen nicht besser helfen zu können. Ich bin zutiefst beschämt, dass wir sie verloren haben. Das ist vorher noch nie passiert. In all den Jahren, ich gebe Ihnen mein Wort, habe ich noch nie eines der Kinder verloren. Ich achte auf sie, auf alle, müssen Sie wissen. Wir sind eine gute Heimstätte.«

»Ja, das glaube ich Ihnen.« Nach allem, was sie gesehen hatte, tat sie das wirklich.

Draußen klarte der Himmel kurz auf. Sonnenstrahlen erhellten den Raum, bevor die nächste Wolke wieder Schatten brachte.

Emily seufzte. Sie würde also hinunter nach Mayfair gehen müssen. Sie zauderte. Sie hatte die uralte Metropole seit einiger Zeit gemieden, aus vielfältigen Gründen, von denen die wichtigsten persönlicher Natur waren. Nach allem, was sie früher erlebt hatte, stand ihr der Sinn nach einem normalen Leben. So gewöhnlich wie möglich sollte es sein. Die uralte Metropole zu meiden war ein erster Schritt in diese Richtung gewesen.

»Ich befürchte, junge Dame, ich habe mehr Fragen aufgeworfen als beantwortet«, sagte Cruikshanks.

»Sie haben mir trotzdem geholfen«, sagte sie höflich und erhob sich. Es gab keinen Grund, noch länger hier zu verweilen. »Ich danke Ihnen für das Gespräch.«

Cruikshanks erhob sich ebenfalls, kam um den Schreibtisch herum, schüttelte ihr zum Abschied die Hand. »Passen Sie auf das Mädchen auf.« Seine Miene wurde auf einmal sehr düster. »Irgendetwas stimmt nicht mit ihr.«

Sie tauschten noch ein paar höfliche Floskeln aus, dann verließ Emily das Waisenhaus. Sie mochte Orte wie diesen nicht, auch dann nicht, wenn sie bunt waren.

Draußen ging es ihr gleich besser. Die kalte Luft brannte ihr zwar im Hals, doch dafür war sie frisch und klar wie die Melodie eines Vogels am frühen Morgen. Emily beschleunigte ihre Schritte. Sie wollte jetzt zu Wittgenstein und ihm die Neuigkeiten mitteilen. Und sie würde Picca zur Rede stellen. Denn irgendetwas war hier wirklich ganz und gar nicht in Ordnung.

Plötzlich fühlte sie sich in gleichem Maße erschöpft und aufgedreht. Sie schaute nach, ob sie eine SMS erhalten hatte. Aurora? Fehlanzeige. Eliza? Ein flinker Gruß, weil die Antiquarin von einem Termin zum nächsten hetzte, was insofern beruhigend war, als dass es zeigte, wie normal das Leben in London seinen Bahnen folgte.

Ein Stück die Straße hinunter kam Emily an dem Spielplatz vorbei, den sie vorhin schon passiert hatte. Ein Junge stand dort in dem Unterschlupf unter der Rutschbahn und schaute zu ihr herüber. Emily kannte diesen Blick. Zögern und Furcht lagen darin verborgen. Sie winkte ihm zu, aber er winkte nicht zurück. Sie blieb stehen, lächelte. Er tat nichts. Dann, schließlich, hob er die Hand und winkte zurück. Sie beschloss, zu ihm zu gehen.

»Hallo, du.«

Schweigen. Seine dunklen Augen waren groß und verträumt. Es war der gleiche Blick wie bei den Kindern in Cruikshanks Heim für Verlorene Kinder.

»Ich bin Emily Laing«, stellte sie sich vor und wartete.

»Peter«, sagte er leise.

»Hallo, Peter.«

»Peter Spragg.«

Sie nickte. »Bist du aus dem Waisenhaus?«

»Ja.«

»Ich war auch einmal ein Waisenkind«, sagte sie.

»Und jetzt?«

»Bin ich groß.« *Aber nach wie vor ein Waisenkind*, dachte sie. Das konnte man nie abschütteln.

Sie blieb vor dem Unterstand stehen.

Der Junge trug einen alten Schal und eine Mütze mit langen Ohrenklappen. Er erinnerte sie an den Faun, der unter der Straßenlaterne im Wald von Narnia auf Lucy wartete.

»Möchtest du reden, Peter?« Sie trat auf der Stelle und schaute sich um. Keine Spuren im Schnee, nur die des Jungen, der von der Straße zum Unterstand gegangen war. Schnee lag in den Spuren, sodass die Ränder unscharf wirkten.

»Sie sind wegen des Mädchens hier, stimmt's?«

»Du kennst sie?«

»Nein. Sie war neu.«

»Ich weiß.«

»Sie kam gestern zu uns, und dann ist sie wieder abgehauen.«

»Weißt du, warum?«

Er schwieg, dann murmelte er: »Was hat der Doktor gesagt?«

»Cruikshanks?«

»Ja.«

»Der weiß von nichts.«

Der Junge nickte. »Hm, dachte ich mir.«

»Was dachtest du dir?«

Er holte tief Luft, atmete langsam aus.

Emily senkte die Stimme und sagte betont ruhig: »Ich habe sie gefunden. Gestern Nacht. Es geht ihr gut.«

Erleichterung machte sich im Gesicht des Jungen breit. »Echt, jetzt?«

Sie nickte.

»Und ich hab gedacht, dass er ...« Der Junge zögerte.

»Wer?«

Leise, fast flüsternd, antwortete er: »Dieser Mann.«

»Da war ein Mann?«

»Gestern, im Waisenhaus. Er hatte keine Augen.« Vorsichtig sah er sie an, versuchte zu erraten, was sie wohl von seiner Aussage hielt. »Das klingt bescheuert, oder?«

»Nein, es klingt nicht bescheuert«, versicherte ihm Emily. Es klang beängstigend. »Erzähl mir von diesem Mann.«

»Er hatte einfach gar keine Augen«, erinnerte sich Peter. »Er hat gemacht, dass sie es nicht mehr wissen.«

Emily dachte mit Grausen an ihr Erlebnis in der U-Bahn-Station Tottenham Court Road am vergangenen Abend, an die Menschen auf der Rolltreppe, deren Erinnerungen er vermutlich genauso manipuliert hatte. »Warum weißt du davon?«

»Ich habe mich versteckt.« Er begann jetzt, schneller

zu reden. »Ich habe am Fenster gesessen, in meinem Zimmer im ersten Stock. Das tu ich oft. Schau mir die Straße an, die Autos, die Leute und so. Da hab ich ihn gesehen. Als er zum Haus kam.« Er blies sich in die Hände, sein Atem bildete kleine Wölkchen vor dem sommersprossigen Gesicht. »Aber vorher habe ich ihn nicht gesehen. Ich meine, er hätte doch irgendwo herkommen müssen. Von da …« Er deutete die Straße hinauf. »… oder da.« Er wies in die andere Richtung. »Ich meine, er war auf einmal da.« Er stockte. »Wissen Sie, ich kann mich an meine Eltern erinnern. Ich habe Eltern gehabt. Sie sind tot, weil es einen Unfall gab.« Er sagte nicht »weil sie einen Unfall hatten«. Emily bemerkte solche Dinge, und sie hasste es, wenn ihr das auffiel. »Meine Mama sagte immer, dass man böse Menschen erkennen kann. An den Augen. Und wenn man sie erkennt, dann soll man sich verstecken. Das hat sie immer gesagt.« Er hatte Tränen in den Augen, als er das wiederholte. Tapfer wischte er sie sich weg. »Der Mann hatte keine Augen. Er hatte was anderes im Gesicht. Papier. Oder so was wie Stofffetzen. Keine Ahnung. Ich hab mich schnell versteckt, unterm Bett. Woanders konnte ich nicht hin.«

»Das war gut«, lobte ihn Emily.

»Er war hinter ihr her«, sagte Peter. »Hinter dem neuen Mädchen. Warum sollte er sonst gekommen sein?«

Emily wusste nichts darauf zu erwidern. »Warum hat ihn keiner gesehen?«

»Er hat was mit ihnen gemacht. Mit allen. Keine Ahnung, was. Mit dem Doktor auch. Wie im Fernsehen, in den Gruselfilmen.«

Er atmete jetzt schneller, war spürbar aufgeregt. »Erst war

alles auf einmal ganz still. So ist es sonst nie. Jedenfalls tagsüber nicht. Und als ich dann plötzlich ganz viele Schritte gehört habe, die immer leiser wurden, als würden sie sich entfernen, bin ich unter dem Bett hervorgekrochen und vorsichtig ins Treppenhaus geschlichen.« Er ballte die Hände zu Fäusten. »Hab mich umgeschaut.« Er schluckte. »Aber da war niemand mehr. Ich bin oben ans Fenster gerannt, und erst da hab ich sie alle gesehen. Das neue Mädchen ist weggelaufen, und sie wankten hinterher. Die Erwachsenen und alle Kinder, nur dass sie langsamer waren und wie ferngesteuert. Fast wie eine Zombie-Armee.« Seine Stimme zitterte. Der ganze Junge zitterte.

Emily nickte.

So ähnlich hatte Picca ihr das auch berichtet.

»Als sie später ins Waisenhaus zurückgekommen sind – das heißt, alle außer diesem grässlichen Mann und dem neuen Mädchen –, da waren sie wieder normal. Das ist alles, mehr kann ich nicht sagen.«

»Danke, Peter, du hast mir sehr geholfen.«

Emily ergriff die Hand des Jungen. »Er kommt nicht wieder zurück«, versprach sie. »Er war wirklich nur des Mädchens wegen hier.«

Die Hand des Jungen zitterte stark.

Es weckte so viele Erinnerungen in Emily, dieses Zittern. Zu viele. Jedes Mal, wenn sie die Furcht eines Kindes zu spüren vermochte, war sie selbst wieder ganz klein. Ja, dann war Emily wieder die einäugige Missgeburt in Rotherhithe, als wäre kein Augenblick seither vergangen, kein einziger.

»Wird es irgendwann besser?«, fragte Peter. »Das Leben, meine ich. Wenn man ein Waisenkind ist.«

Emily drückte seine Hand, ganz fest, noch fester jetzt. »Das wird es, Peter Spragg. Das wird es.« Manchmal, das wusste sie, konnte eine Lüge Wunder wirken. Manchmal musste man lügen, um Herzen nicht zu verletzen.

Peter lächelte und entspannte sich merklich. »Danke.«

»Wofür?«

»Danke dafür, dass Sie das gesagt haben.«

»Vergiss es niemals.« Emily ließ die kleine Hand los. »Und jetzt lauf zurück ins Warme. Denk nicht mehr an den Mann ohne Augen.« Sie schlüpfte ins Bewusstsein des Jungen, sah sich selbst auf einmal durch seine Augen und tat, was sie konnte, in einem Wimpernschlag, flüchtig, heimlich und schnell.

»Welchen Mann meinen Sie?«, fragte Peter. Mehr hatte sie ihm nicht geben können.

»Lebe wohl«, sagte Emily leise. Und ohne noch ein weiteres Wort mit dem Jungen zu wechseln, ging sie los. Nicht ein einziges Mal schaute sie dabei zurück.

4. Kapitel

Leben, selbst in toten Augen

Emily war sich nicht sicher, ob es eine gute Idee war, allein dorthin zu gehen, aber Piccadilly Circus war normalerweise kein gefährlicher Ort. Nicht zu dieser Uhrzeit und auch zu keiner anderen Uhrzeit. Es gab viele andere Örtlichkeiten in der Stadt unter der Stadt, die allein aufzusuchen nur als leichtsinnig und Wahnsinn umschrieben werden konnte. Das Zirkusland indes, wie die Gegend genannt wurde, war ein buntes Fleckchen im Herzen der Stadt. Die berühmten Vorführungen in der Sphäre gab es erst am Abend, allabendlich, um genau zu sein. Tagsüber verfeinerten die Artisten ihre Nummern und trainierten. Als Aurora und Emily noch klein gewesen waren, hatten sie immer davon geträumt, diesen Ort einmal aufzusuchen, aber Wittgenstein war kein Freund von Zirkusveranstaltungen, und so hatte es sich einfach nicht ergeben.

Besser spät als nie, dachte Emily, als sie die U-Bahn bis Green Park nahm. Gedankenverloren und Musik hörend, schrieb sie eine SMS an Aurora. Sie wollte sie unbedingt bald treffen, sich persönlich vergewissern, dass alles in Ordnung war mit ihrer Freundin, mit ihr reden, am besten stundenlang, so wie früher in der Dachkammer im Haus ihrer Pflegeeltern, drüben in Hampstead Heath. Eliza Holland wollte sie ebenso treffen. Wie überhaupt alle ihre Freunde. Es war absurd, dass sie am vergangenen Abend noch gedacht hatte, dass sie keinen von ihnen je wiedersehen würde. Auch vermisste sie Tristan Marlowe. Sie gestand es sich nur ungern ein, aber in Situationen wie dieser wäre es gut, jemanden zu haben, an dessen Schulter man sich anlehnen konnte, wenn einem danach war.

In Green Park stieg Emily um und nahm die Piccadilly Line bis zum U-Bahnhof Piccadilly Circus. Dort gab es ein Gate, das hinab ins Zirkusland führte, eine alte Pforte. Die Menschen strömten aus der U-Bahn in Massen den Ausgängen zu, keiner achtete auf den anderen, alles war wie immer. Niemand bemerkte, dass Emily vor dem Plakat stehen blieb. Werbung gab es hier unten an jeder Wand. Ein Clown mit einer grinsenden Fratze und wildem, knatschrotem Haar war auf einem Plakat zu sehen. »Lächeln macht lebendig« stand dort geschrieben und »Der Zauber lebt noch immer«. Sie berührte das Plakat und spürte, wie durchlässig es war. Man musste nur kurz die Augen schließen und sofort wieder öffnen.

Als sie sich gleich danach umdrehte, sah sie durch das Antlitz des Clowns nach draußen auf den Bahnsteig. Keiner hatte bemerkt, dass sie nicht mehr dort war.

Sie befand sich jetzt in einem Abstellraum hinter dem Plakat. Das Plakat war die Pforte.

Ein Gate konnte jede nur erdenkliche Form besitzen. Eine Glühbirne erhellte den Raum. Jede Menge Gerümpel stand herum. Ein paar rostige Eimer, staubige Kisten mit Werkzeug, Kabeln und anderem technischen Zeug.

Es gab hier keinen Gatekeeper, das kam vor. Nicht alle Pforten waren immerzu bewacht, nicht zwangsläufig. Die Vorgehensweise diesbezüglich war von Grafschaft zu Grafschaft verschieden.

Abends würde bestimmt einer der Zirkusleute mit dem Programm des Abends die Gäste empfangen, doch jetzt war alles ruhig und verlassen. Es roch so, wie es immer hier unten roch, nach abgestandener Luft und Dunkelheit, den fernen Flüssen und der Tiefe, die endlos zu sein schien.

Sie verließ den kleinen Abstellraum hinter dem Plakat und folgte dem Tunnel, der gleich dahinter begann und an dessen Decke Glasfaserkabel entlangliefen, bis zu einer Kreuzung, die mehrere Meter unterhalb der tiefsten U-Bahn-Linie liegen mochte. Kühle Winde wehten hier, pfiffen leise.

Emily schaute sich vorsichtig um. Eigentlich hatte sie nichts zu befürchten, aber es war klug, es nicht darauf ankommen zu lassen. Dies war die uralte Metropole, eine Welt mit anderen Regeln als jenen, die im London weiter oben galten.

Vor ihrer Zeit in New York war sie regelmäßig hier unten gewesen, in den Schächten, die bis tief unter die Erde reichten. Den langen, oftmals engen Versorgungstunneln, großenteils zwischen 1850 und 1980 erbaut, und den anderen, älteren, deren Erbauer längst in Vergessenheit geraten waren. Emily hatte Katakomben erblickt, in denen Höhlenmalereien fremdartige Wesen zeigten, für die niemand mehr Namen hatte. Es gab riesige Gewölbe und Röhren und verborgene Korridore hier unten. Pfade, die ineinander übergingen. Orte, an denen rege Handel getrieben wurde, wo tätowierte Prostituierte ihrem Gewerbe nachgingen, Halsabschneider und Tunnelstreicher um Dinge feilschten, die sie im Abfall der Stadt gefunden hatten und deren Wert den einstmaligen Besitzern nicht bekannt gewesen war. Alles hier unten folgte einem Rhythmus, den man schwer verstehen konnte, wenn man nicht selbst dem Takt folgte, jenem Takt, der ein Herzschlag war, nicht mehr, nicht weniger, und die Luft war schwer vom Gewicht der Stadt, die lebendig über allem lag.

Wer sich hier unten verlief, das wusste Emily, konnte ein schnelles Ende finden. Es war nicht ungefährlich hier unten. Das weit verzweigte Tunnel- und Wegesystem, welches gewissermaßen das Verkehrsnetz der großen Stadt nachahmte, konnte einen in die Irre führen. Fallen, die schnell zuschnappten, lauerten überall. Die Pflanzen, die in der Finsternis gediehen, waren allzeit hungrig. Es gab Flüsse hier unten und Grafschaften, große Märkte und absonderliche Abteien. Sogar Wassermühlen fanden sich in der Nähe der Themse und der anderen Flüsse. Frühere römische Tempel wurden zu Abwasserkloaken, und alles war am Ende verbunden durch das Schienennetz der U-Bahn. Es gab U-Bahn-Linien, an die sich kein Lebender mehr zu erinnern vermochte. Und Himmel, die einst die Engel beherbergt hatten, aber jetzt verwaist waren.

»Es ist die Stadt unter der Stadt«, so hatte Wittgenstein es ihr damals erklärt. »Die uralte Metropole.«

Sie war so klein gewesen und in diese Welt hineingestoßen worden.

Seit ihrer Rückkehr nach London hatte Emily den Untergrund gemieden. Nur gelegentlich war sie hinabgestiegen, um die Dinge zu erledigen, die nicht aufschiebbar gewesen waren. Zu unberechenbar war das, was man hier unten vorfinden konnte. Nie wusste man mit Sicherheit, was sich hinter der nächsten Biegung eines Tunnels verbarg. Die Catherine Street, in der schlüpfrige Schriften verkauft wurden, wurde von Kindern gemieden. In King's Moan, wo die Fallwinde heulten und Gasthäuser, Zeitungsbuden und Tavernen den Tagesablauf diktierten, gab es Diebe, die Messer nicht nur zum Aufschlitzen der Geldbeutel und Taschen ihrer Opfer benutzten. Es gab Vogelhändler in Seven Dials, Wagenbauer in Long Acre, Bildschnitzer in der Euston Road, Tuchhändler und Leichenbrenner in der Tottenham Court Road, Spinnen nahe Arachnidas Gabel. Quacksalber und Knochenbrecher hatten sich seit Königin Viktorias Herrschaft in der Finsbury Street eingenistet, Hutmacher in der Borough Low und der Tooley Street. Die Tunnelstreicher lebten in Hidden Holborn, die meisten Engel hatte man vertrieben.

Die Vorstellung, dass unter der Erde eine andere Welt existiert, hatte Emily, als sie noch jünger war, geängstigt. Aber dann war es für sie zur Normalität geworden, die unterirdischen Wege mit Wittgenstein zu beschreiten.

Doch selten war sie allein hier unten gewesen. So wie jetzt.

Piccadilly Circus und die Zirkuslande indes waren normalerweise nicht gefährlich. Sie befanden sich direkt unter der U-Bahn-Station. Man musste nicht sehr tief hinabsteigen. Vielleicht zwei Tunnelschichten unter dem am tiefsten gelegenen Gleis befand sich der Eingang zur großen Sphäre.

Emily brauchte keine zehn Minuten, um dorthin zu gelangen. Sie folgte dem Tunnel mit den dicken Stromkabeln an den Wänden. Statt eines Irrlichts benutzte sie ihr

Handy als Taschenlampe – als Kommunikationsmittel funktionierte es hier unten ohnehin nicht.

Der Tunnel endete vor einer kreisrunden Tür aus Holz, die bunt angemalt war. Die Laternen, die hier an den Wänden baumelten, waren ebenfalls bunt. Rotes und grünes Licht ließ den Tunnel freundlicher erscheinen.

Emily klopfte.

Drinnen hallte ihr Klopfen laut wider.

»Wer ist da?«

»Eine Besucherin«, sagte Emily laut.

Die Tür wurde geöffnet.

Ein junger Mann in elisabethanischer Kleidung stand vor ihr. »Seid uns willkommen, junge Lady«, begrüßte er sie. Er trug die breite Halskrause, die ein Markenzeichen der Zirkusleute war und diesem Ort, wie auch dem Platz in der Stadt am Tageslicht, ihren Namen gegeben hatte. »Ihr seid früh, muss ich sagen. Doch bestimmt ist es nicht die Vorstellung, die Euch herführt.«

»Ich suche ein Gespräch mit Somerset Septimus.«

»Aber gern, tretet ein«, sagte der Mann höflich. Er trug eine weiße Perücke, war stark gepudert und geschminkt.

Emily folgte seiner Einladung, und noch während sich die Tür hinter ihr schloss, sah sie die Sphäre.

»Ihr wart noch nie zuvor hier«, stellte der junge Wächter fest.

Emily lächelte. Vermutlich sah man die Verwunderung jedem an, der sich zum ersten Mal in diese kunterbunte Zirkuswelt verirrte. Denn das, was Emily hier vor sich hatte, war weit mehr als ein gewöhnlicher Zirkus.

Die Sphäre war unglaublich groß. Eine Höhle, gewaltig, alt und weitläufig. Die Ausmaße konnte man nur erahnen, wobei die Schatten einem suggerierten, dass alles noch größer war, als es den Anschein hatte. Von der Decke, hoch oben, baumelten, befestigt an schweren Ketten, ausgediente U-Bahn-Wagen herab. Sie schaukelten leicht hin und her; bei manchen waren die Räder abmontiert worden.

»Dies sind die Zuschauerplätze.«

Sie waren bunt und magisch, mit allen Farben des Regenbogens bemalt. Zwischen ihnen waren Girlanden gespannt, Trapeze und Seile, an denen Laternen hingen, Drähte, um darauf zu balancieren.

Unten, auf dem Boden, befand sich die Zeltstadt, wild und farbig und voller Leben. Artisten, die ihre Nummern einstudierten, Bären, die auf Bällen balancierten, uralte Feuerschlucker, die Flammen spuckten und verschlangen. Zwischen den Zelten und den Zuschauerplätzen schwebten Plattformen in der Luft, manche groß, die meisten klein. Emily hatte keine Ahnung, wie sie in der Luft gehalten wurden, so raffiniert mussten sie aufgehängt sein. Auf den Plattformen fanden die Vorstellungen statt, soweit sie gehört hatte. Manche waren selbst zu dieser Tageszeit schon besetzt, andere waren verwaist, und nur die Gerätschaften, die auf ihnen standen, gaben einen Hinweis auf das, was sich hier am Abend ereignen würde.

Doch jetzt, am Mittag, herrschte eine Mischung aus Ruhe und kreativem Chaos im Zirkusland, und jeder, der hier lebte und arbeitete, hatte zu tun. Allesamt trugen die Artisten, Künstler und Clowns jene altmodische Kleidung wie aus den Zeiten der ersten Regentin, Elizabeth I. – Wams und Überrock die Männer, lange Kleider und Röcke die Frauen. Es war eine fremde Welt, eine, die daran erinnerte, wie es früher überall in London gewesen sein mochte.

»Dort«, erklärte ihr der junge Mann, »müsst Ihr hinabsteigen.«

Emily befand sich auf Höhe der schwebenden Plattformen. Jetzt sah sie die Strickleiter, die in die Tiefe führte. Na, klasse. Klettern! Sie hasste das, aber offenbar gab es keinen anderen Weg hinab ins Lager der Artisten. Zumindest nicht für sie.

»Ich danke Euch«, sagte sie, dann machte sie sich an den Abstieg.

Es ging etwa zehn Meter hinab. Sie kletterte langsam, vorsichtig, man konnte nie wissen.

Je weiter sie nach unten kam, umso lauter wurden die Geräusche: Rufe, Musik, Lachen und Fluchen. Wesen aus den hintersten Winkeln der uralten Metropole, die mit roten Augen aus Käfigen in die ihnen genommene Freiheit blickten, fauchten und zischten. Emily hätte nie gedacht, dass man die Kreaturen aus Hounslow und Ealing hätte dressieren können, aber anscheinend war dies manchen Menschen möglich.

Unten angekommen, machte sie sich auf den Weg zum Zelt des Magiers. Um es zu finden, musste sie jemanden fragen. Sie sprach einen Harlekin an, der dabei war, vor seinem Zelt mit lebendigen Katzen zu jonglieren.

Er unterbrach seine Übung, um Emily Antwort zu geben. »Somerset Septimus?«, wiederholte er und grinste dabei sein breites, schneidendes Harlekingrinsen. »Sie sind schon der dritte Besucher, der heute zu ihm will. Sieht so aus, als wäre die ganze Welt an ihm und seiner Nummer vom vorgestrigen Abend interessiert. Nach der Sache mit dem Mädchen ist das wohl kein Wunder. Die Leute stehen auf so was.« Er beugte sich zu ihr. »Sind Sie auch deswegen hier?« Einige seiner Katzen saßen in Eimern und sahen neugierig zu ihnen herüber.

»Wegen des Mädchens?« Emily fragte sich, wie die fertige Nummer am Ende wohl aussehen mochte.

Der Harlekin lachte. »Wegen der Magie.«

»Ich glaube nicht, dass ich verstehe, was Sie meinen.«

»Ach, kommen Sie, das war vorgestern die Sensation der Vorstellung. Der alte Trick mit der Frau im Bild. Sie haben davon gehört, sonst wären Sie nicht hierhergekommen. Nicht um diese Tageszeit.«

»Der Zauberer ...«

»Magier«, verbesserte sie der Harlekin.

»Wo liegt der Unterschied?«

»Ein Zauberer kann zaubern. Ein Magier wirkt Magie. Der eine verfügt über besondere Kräfte, der andere nicht.«

Emily verstand nicht recht, auf wen jetzt was gemünzt war.

»Was genau ist passiert?«, fragte sie.

»Oh, es ist kein Geheimnis. Die Zuschauerränge waren alle ausverkauft, als es passierte. Jeder hat gesehen, was passiert ist. Deswegen ist es kein richtiges Geheimnis. Aber ein Mysterium. Ha! Das ist es, so wahr ich hier mit den Katzen jongliere.« Er erinnerte Emily an die Typen mit der Guy-Fawkes-Maske aus Plastik, die so oft in der City und in Canary Wharf gegen die Geldverschieber in den großen Banken demonstriert hatten. »Nur die wenigsten haben begriffen, was sie gesehen haben.« Er lächelte. »Aber so ist das oft im Leben, nicht wahr? Wir sehen Dinge, und wir verstehen sie nicht.«

Das große Problem des Lebens, dachte Emily. »Ich habe nur Gerüchte gehört.«

»Über das Mädchen?«

»Über das, was passiert ist.«

»Und Sie sind hier, um Genaueres zu erfahren.«

Sie nickte.

»Nun gut, dann hören Sie zu. Ich will Ihnen die Nummer beschreiben.« Er war wirklich ein sehr redseliger Harlekin. »Da ist dieses Gemälde, auf dem London zu sehen ist. Die ganze Stadt, wunderbar, irgendein altes Bild. Dann kommt eine hübsche Frau auf die Bühne, leicht bekleidet, Sie kennen das. Sie stellt sich vor das Bild, und Meister Septimus breitet ein großes Tuch über ihr und dem Bild aus, rezitiert seine Zaubersprüche, *Hokuspokus*, *Abraxasbawa*, *Expelliarmus*, so ein Zeug eben, und dann, wenn er das Tuch zur Seite zieht, ist die hübsche Frau nicht mehr da.« Die Katzen, mit denen er jonglierte, sahen jetzt entnervt aus, fand Emily. »Aber, aber«, fuhr er fort, »wo ist sie?« Er legte den Kopf ein wenig schräg. »Na, sie ist in dem Bild. Sie steht irgendwo in dem Bild herum. Man kann sie erkennen, wenn man näher herangeht. Jedes Mal lässt er einen Zuschauer – und manchmal auch mehrere – nach unten auf seine Bühne kommen, damit sie sich davon überzeugen, dass die Frau, die sie eben noch gesehen haben, nun in dem Bild steckt.«

»Das ist ein Trick?«

»Was glauben Sie denn? Natürlich ist es ein Trick.« Er schüttelte den Kopf. »Die Zuschauer sind jedes Mal ganz begeistert, völlig aus dem Häuschen. Am Ende macht er dann alles wieder rückgängig. Die Frau steht da, tänzelt herum, alles ist in Ordnung. Das Bild ist so, wie es am Anfang war.«

Emily konnte sich die Nummer lebhaft vorstellen. »Aber vorgestern lief es anders?«

Er jonglierte mit zwei Katzen, während er sprach, dann mit dreien, mit vieren, am Ende mit fünfen. »Die ungeraden Zahlen«, meinte er, »sind am schwierigsten zu jonglieren.« Er ließ die Katzen nicht aus den Augen. »Und Sie haben natürlich recht. Vorgestern lief es zuerst so, wie es immer läuft.« Die Katzen gaben jetzt Geräusche von sich, die in Emilys Ohren wie Katzenmusik klangen. »Es macht Ihnen doch nichts aus, wenn ich weiterarbeite?« Der Harlekin grinste, sehr schwarz-weiß. »Seine Gehilfin kommt«, fuhr er fort, »das Tuch wird über das Bild samt Gehilfin ausgebreitet, er zitiert seine Zaubersprüche, zieht das Tuch weg und ...« Eine der Katzen landete in einem Eimer.

»Und?« Emily, mittlerweile wieder ein wenig ungeduldig, versuchte, sich nicht von all den fliegenden Katzen ablenken zu lassen.

»Das Bild war fort, die Frau ebenso. Dafür stand ein kleines Mädchen dort, wo das Bild gewesen war.«

»Ein neuer Trick?«

»Glaube ich nicht. Septimus war von allen wohl am grundlegendsten überrascht. Er konnte es nicht verbergen. Die Zuschauer kapierten das nicht, natürlich nicht, weil die meisten die Nummer nicht kannten. Für sie war es okay, denn es war ja was Magisches passiert. Bild weg, Mädchen da. Schön, alles gut. Aber für Septimus war es ganz und gar nicht in Ordnung. Er und alle anderen hier, also alle, die seine Nummer in- und auswendig kannten, wussten natürlich, dass etwas schiefgelaufen war.«

»Was ist mit der Gehilfin geschehen?«

»Die war genau da, wo sie auch hingehörte. Wie gesagt, es geht hier um einen alten Trick. Die hübsche Gehilfin war dort, wo sie immer war, wenn sie verschwand. Septimus arbeitet, wie alle Magier, mit optischen Täuschungen und Falltüren.«

Emily nickte. Budenzauber, sie hatte es geahnt.

Der Harlekin fuhr fort: »Aber welcher Magier verrät schon seine Tricks, hm?!« Er seufzte. »Ja, sie tauchte wieder auf, natürlich.«

»Verstehe.«

»Gut.«

»Und was geschah mit dem kleinen Mädchen?« Es war Zeit, wieder auf den Punkt zu kommen.

Der Harlekin zuckte die Achseln. »Sie war verwirrt. Hatte keine Ahnung, wie sie hierhergekommen war. Und was sollte Septimus mit einem Kind anfangen? Er ist nicht der väterliche Typ. Er ist Künstler. Sein Leben gehört seiner Kunst, seinen Tricks, der Magie, und keiner Familie.«

»Das heißt?«

»Er hat sie jemandem übergeben, der sich um sie kümmern wollte. Keinem von uns. Das heißt, keinem vom Zirkusvolk.«

So viel also dazu.

»Zwei nette alte Damen, die im Publikum saßen, haben sich ihrer angenommen. Haben angeboten, der Kleinen Obdach zu gewähren.« Eine weitere Katze landete in einem der Eimer. »Was will man mehr, hm? Tja, und mehr weiß ich auch nicht. Ist das wichtig?«

Emily schüttelte den Kopf.

»Wer hat außer mir noch nach der Sache gefragt?«

»Ein Mann. Er sah sehr elegant aus.« Er beugte sich zu Emily, flüsterte: »Na ja, er trug elegante Kleidung.« Er hob belehrend den Zeigefinger. »Wie Sie sicherlich wissen, ist das nicht ein und dasselbe.« Er grinste. »Aber er war ein

Gentleman, ja, ganz gewiss. Sehr höflich. Doch er hatte Augen, die ... Wie soll ich sagen? Nun ja, die voller Tücke waren.« Der Harlekin warf jede der verbliebenen Katzen in einen Eimer und beendete die Nummer damit offenbar. »Dann, vor etwa einer Stunde, glaube ich, erkundigte sich eine ältere Frau nach dem Magier. Sie sah ein wenig aus wie eine nahe Verwandte des Mädchens. Ja, sie sah der Kleinen ähnlich, glaube ich.«

»Woher wissen Sie das?«

Er deutete nach oben, dorthin, wo Emily die Sphäre betreten hatte. »Sie kamen alle auf demselben Weg, den auch Sie genommen haben. Piccadilly Circus, durch das Plakat, die Strickleiter hinunter. Ich arbeite schon den ganzen Morgen über an dieser Nummer. Katzen sind schwierig, wissen Sie. Schwieriger als andere Tiere.«

»Sie könnten mit Hamstern jonglieren«, schlug Emily vor.

Der Harlekin starrte sie an. »Ich mag meine Katzen.«

Sie zuckte die Achseln. »Sie haben sie also beide nach Somerset Septimus gefragt.«

Er nickte. »Genau wie Sie.«

»Und wohin haben Sie den Mann und die Frau geschickt?«

Er deutete hinüber zur anderen Seite der Sphäre. »Dorthin«, sagte er. »Sehen Sie das spitze Zelt mit der Fahne?«

»Das mit den Sternen?«

Er nickte. »Da finden Sie Septimus.«

Die Katzen miauten laut.

»Und nun, meine Dame«, verabschiedete er sich, »ruft die Arbeit.«

Emily bedankte sich höflich bei ihm und ging weiter.

Hinter ihr schnalzte der Harlekin leise mit der Zunge, und erneut flogen kreischend die Katzen durch die Luft.

Seltsam, seltsam, dachte Emily und meinte damit nicht nur die Katzen.

Schnellen Schrittes durchquerte sie die Sphäre. Sie wollte schnellstmöglich wieder von hier verschwinden.

Das Zelt des Magiers befand sich am Rande der Zeltstadt. Es war schwarz-weiß, Sterne leuchteten an seinen Wänden, und oben an der Spitze wehte eine Fahne.

Emily erreichte den Eingang, rief: »Hallo?«, schob, als keine Antwort erklang, zwei Vorhänge zur Seite, neigte den Kopf, bückte sich und trat ein. Sogleich lenkte ein Sammelsurium von Gegenständen ihren Blick auf sich: magische Kisten, Bälle, Kostüme, Gefäße, seltsame Gerätschaften, manche davon riesig. Von innen wirkte das Zelt ein wenig größer als von außen. Spiegel standen überall herum. Es gab ein dynamobetriebenes Radio und einen mächtigen Schreibtisch.

»Mein Name ist Emily Laing«, sagte sie.

Somerset Septimus saß in einem Sessel hinter seinem Schreibtisch. Er hatte die Halskrause geöffnet, aber nicht abgelegt. Auch er trug eine Perücke, blond, dazu eine Sonnenbrille, die nicht zu seinem altertümlichen Kleidungsstil passte. Er war nicht sehr groß, aber auch nicht klein. Ein drahtiger Mann unbestimmten Alters – die Sonnenbrille verbarg zu viel.

»Entschuldigen Sie die Störung«, sagte Emily.

Er hob den Kopf, nickte ihr zu.

Dann trug sie ihr Anliegen vor, bevor er ihr einen Grund, nicht mit ihr sprechen zu wollen, nennen konnte. Als sie fertig war, wartete sie. Jedoch nicht lange.

Er sagte: »Das Mädchen also …«, dann brach er ab. Seine Stimme klang seltsam, als würden viele Münder versuchen, eine menschliche Stimme nachzuahmen. »Wegen des Mädchens sind Sie hier …« Er stand auf, stützte sich mit beiden Händen unbeholfen auf der Schreibtischplatte ab. »Das ist seltsam, deswegen sind wir auch hier …«

Wir?

Emily schaute sich möglichst unauffällig um. Außer ihnen beiden war niemand im Zelt.

Septimus kam auf Emily zu, streckte die Hand nach ihr aus. Die Geste hatte etwas Hilfe suchendes. Alle seine Bewegungen wirkten fahrig und ungelenk. So, als hätte er erst vor wenigen Minuten gelernt, aufrecht zu gehen.

Emily wich einen Schritt zurück. Sie fühlte sich nicht wohl in ihrer Haut. Etwas hier war ganz und gar nicht in Ordnung. Sie dachte an den Mann und die Frau, die bei Septimus gewesen waren. Hatte er mit ihnen gesprochen? Was hatten sie von ihm in Erfahrung gebracht?

»Geht es Ihnen gut?« Emily stellte die Frage nur aus Höflichkeit. Und um Zeit zu gewinnen.

Septimus öffnete den Mund. »Wir tun Ihnen nichts«, sagte er, und seine Stimme klang wie viele.

Wir! Schon wieder!

Emily erschauderte. Nein, das war ganz und gar nicht in Ordnung.

Dann öffnete er den Mund, ganz weit, als müsse er laut gähnen, ein Rascheln erklang, und eine Spinne kam ihm aus dem Mund gekrochen. Sie schob ihre Beine vor, dann folgte der Körper. Es war eine fette schwarze Kellerspinne, wie man sie in alten Häusern zuhauf fand, tief in den Schatten. Im Waisenhaus hatte es viele davon gegeben.

Sie hatten lange schwarze Beine und borstige Haare. Dies hier war genauso eine. Sie krabbelte dem Magier übers Gesicht, unter die Perücke.

Der Körper des Magiers wankte weiter auf Emily zu. Seine Hände versuchten, sie zu packen.

Mit einer instinktiven Handbewegung schlug Emily ihm die Sonnenbrille vom Gesicht.

Manchmal, erinnerte sie sich einer Weisheit der Tunnelstreicher, *findet man Leben selbst in toten Augen.*

»Verdammt!«, keuchte sie.

Dort, wo die Augen des Magiers gewesen waren, erkannte sie nur noch zwei leere Höhlen. Etwas bewegte sich in ihnen.

Spinnen!

Die Augenhöhlen waren voller Spinnenleiber, die umherwuselten. Die ersten von ihnen fielen dem Magier schon aus dem Gesicht, plumpsten zu Boden, gefolgt von weiteren, die nun auch aus Nase und Mund hervordrangen. Immer mehr Spinnen ergossen sich aus den Körperöffnungen des Magiers. Sie krabbelten ihm aus Augen, Nase, Mund und Ohren, sammelten sich auf dem Boden zu einem Teppich aus schwarzen Wesen. Da waren dürre Weberknechte und behaarte Kellerspinnen, Kreuzspinnen, schwarze Witwen, nass glänzende Wasserspinnen. Und dann formten sich die Spinnenleiber zu einem Klumpen, und dieser unförmige Klumpen wurde zu einem Körper mit Armen und Beinen.

»Ein Arachnide!«, murmelte Emily.

»Gift«, zischten die vielen kleinen Wesen. »Gift ...« Worte, geformt aus den Bewegungen unzähliger Mandibeln.

Emily wich zurück. Sie war früher bereits Arachniden begegnet, und das war nicht immer lustig gewesen.

Sie hatte gesehen, wie Arachniden Wölfe getötet, wie sie in den Aufständen gekämpft hatten. Und sie dachte gar nicht daran zu warten, bis dieses Wesen ihr seine Absichten kundtat.

Ihr Blick fiel auf den Leichnam des Magiers, der zu Boden gesunken war. Überall auf seiner Haut waren gerötete Punkte. Spinnengift verursachte einen solchen Ausschlag.

Emily beschloss, keine Zeit zu verlieren. Sie flüchtete aus dem Zelt, bevor die Spinnenkreatur ihr zu nahe kam. Das Herz schlug ihr bis zum Hals. Ja, es war dämlich gewesen, allein hierherzukommen. Leichtsinnig und selbstherrlich. Jetzt schwebte sie in Gefahr, und das nur aus Dummheit.

So rasch, wie es ihr nur möglich war, lief sie durch die Zeltstadt zu der Strickleiter, die sie nach oben zum Eingang bringen würde. Sie blickte zurück. Der Arachnide folgte ihr allem Anschein nach nicht.

Und so verließ Emily Laing an jenem Tag die Sphäre am Piccadilly Circus, nicht ahnend, dass sich zur selben Zeit anderswo in London ein Mann zufrieden eine Pfeife anzündete, weil sich das Mädchen, hinter dem er, wie die anderen auch, seit Stunden her gewesen war, nun endlich in seinem Gewahrsam befand.

Erleichtert ließ Emily sich, nachdem sie das Gate zur U-Bahn-Station passiert hatte, von den Menschenmassen verschlingen. Aber natürlich wusste sie, dass jede Form von Sicherheit trügerisch war – in der uralten Metropole ebenso wie in der Stadt London darüber. Wer auch immer

Septimus auf dem Gewissen hatte, würde sich nicht von einer Menschenmenge davon abhalten lassen, zu tun, was zu tun er im Sinn hatte.

Also sprang Emily, die nicht glauben konnte, dass ihr niemand folgte, in den nächsten Zug, der in den U-Bahnhof einfuhr, blickte wachsam und furchtsam zugleich nach draußen, bis er endlich losfuhr, und entstieg der U-Bahn vier Stationen später am Russell Square, um den Untergrund zu verlassen.

Oben angekommen, gestattete sie sich einen Moment des Verschnaufens. Sie hielt an und schaute sich um, genoss die Schneeflocken, den grauen Himmel, die Häuser mit ihren hohen Fenstern, den Verkehr, die Weihnachtsdekoration in den Schaufenstern. Es sah alles so normal aus.

Bloomsbury.

Sie atmete tief durch, dann ging sie weiter. Bedford Place, Great Russell Street, einmal um den Block, weiter war es nicht. Wie oft war sie diesen Weg schon gegangen? Die kalte Luft hier oben tat gut, erst recht nach dem muffigen Geruch, den die uralte Metropole in den Tunneln ausdünstete.

Als sie schließlich ihr Ziel erreichte, die riesigen Säulen des Britischen Museums vor sich aufragen sah, da beruhigte sie sich langsam. Der griechische Portikus des Museums hieß sie – wie früher – willkommen. Sie stürmte die Stufen der breiten Treppe hinauf, vorbei an dem Studenten, der heute Dienst am Auskunftsschalter hatte, direkt hinüber zum Lesesaal der Nationalbibliothek.

Drinnen empfing sie die raschelnde, raunende Stille, die für Bibliotheken auf der ganzen Welt typisch war.

Tische mit grünen Leselampen überall, an ihnen Suchende, Recherchevolk, Gelehrte, Studenten. Darüber die riesige Kuppel, die sich über allem spannte.

Schon damals, als ihr Mentor sie zum ersten Mal an diesen Ort geführt hatte, war Emily beeindruckt gewesen. Nicht nur von der Architektur, sondern vielmehr noch von dem Wissen, das in diesen Räumlichkeiten versammelt war. Alles hauchte einen antiken Atem. Der Puls der Geschichte, nirgends war er lauter als hier.

Mortimer Wittgenstein, der sich, wie so oft, in dem großen runden Lesesaal aufhielt, erwartete sie bereits. Kein Ort in ganz London passte besser zu ihm, davon war Emily überzeugt.

»Sie sehen gehetzt aus«, sagte Wittgenstein leise.

»Ich liebe Komplimente«, antwortete sie mit ebenfalls gedämpfter Stimme.

Emily musste an ihre erste Begegnung mit Tristan Marlowe denken. Er hatte sie so von oben herab behandelt, mit dieser leicht anzüglichen Arroganz, die Gelehrten wie eine Aura anhaftete. Er hatte ein Monokel getragen, so völlig uncool für jemanden seines Alters, aber dennoch hatte er das Ding geliebt. Emily hatte das Monokel später auch geliebt, wie sie alles an Tristan geliebt hatte. Lange Zeit hatte Tristan nicht erkennen lassen, was er ihr gegenüber empfand, doch am Ende waren sie ein Paar geworden. Inmitten des Schneegestöbers war er aufgetaucht und hatte ihr seine Liebe gestanden. Aber das war lange her, und nun blieb Emily nur noch die Erinnerung an all die Momente, die sie miteinander geteilt hatten. Damals war Tristan einer der Bibliothekare gewesen, jetzt war er fort.

»Meine Güte, Sie denken immer noch an ihn«, sagte

Wittgenstein. Er saß am äußersten Ende einer der Tischreihen, etwas abseits. Vor sich hatte er eine ganze Anzahl von Büchern aufgeschlagen und aufgetürmt. Er war nicht allein. Die kleine Rättin leistete ihm Gesellschaft. Mina Hampstead kauerte auf der Tischplatte und steckte ihre kleine Nase in die Texte.

»Manche Bemerkungen kann man sich verkneifen«, antwortete Emily.

Er sah sie nur an. Sie hasste diesen Blick. Sie hasste es, wenn er recht hatte – und das zumal, wenn er sie mit seiner Mimik wissen ließ, dass er recht hatte.

Sie knöpfte ihren Mantel auf, streifte ihn ab, warf ihn über die Lehne des freien Stuhls neben seinem. »Bereit für ein paar Neuigkeiten?«

Sie ließ sich am Tisch nieder, und dann berichtete sie Wittgenstein und Mina von ihrem Besuch in Walthamstow und in der Sphäre. Sie ließ nichts aus, weder den Arachniden noch die beiden geheimnisvollen Besucher, den Mann und die Frau, die sich ebenfalls nach Picca erkundigt hatten.

Was haben die Arachniden mit der Sache zu tun?, fragte Mina laut. *Normalerweise kümmern sie sich nicht um die Belange der Menschen. Nicht, solange man ihrem Reich fern bleibt.*

»Es erschien mir unklug, zu bleiben und den Arachniden zu fragen.« Emily bekam eine Gänsehaut, wenn sie nur an die Kreatur dachte.

Verständlich, meinte Mina.

»Es war leichtsinnig, allein dorthin zu gehen«, schalt sie der Alchemist. Er wirkte blass und erschöpft. Graue Strähnen durchzogen sein einstmals schwarzes Haar. »Überaus leichtsinnig.«

»Ich weiß.« Sie wollte es sich verkneifen, aber dann sagte sie trotzdem: »Es tut mir leid.«

»Das tut es nicht, Miss Laing«, sagte er. »Und hätten Sie es nicht getan, wären uns einige Dinge unbekannt geblieben. Ich kann es Ihnen also nur halbherzig vorhalten, sich so unbesonnen verhalten zu haben. Außerdem sind Sie jetzt hier. Gesund und munter. Wohlbehalten.« Er schenkte ihr ein schmales Lächeln. »Dennoch sollten Sie in Zukunft vielleicht etwas vorsichtiger sein.«

»Stimmt, es tut mir überhaupt nicht leid. Ich wollte nur höflich sein.«

Er murmelte etwas, was sich wie »Dieses Kind!« anhörte.

Ohne darauf einzugehen, fragte Emily: »Was haben Sie herausgefunden?«

Er tauschte einen Blick mit der Rättin. »Eine Vielzahl widersprüchlicher Dinge«, begann er und seufzte. »Seien Sie vorab schon gewarnt, Miss Laing, denn alles, was ich in Erfahrung bringen konnte, ist … sehr fragmentarisch.« Er wirkte geistesabwesend, während er sprach. Typisch Wittgenstein. Er dachte wohl an vielerlei andere Dinge, während er Emily ins Bild setzte. »Es gibt in den alten Schriften keinerlei Hinweise auf Städte, die sich so, wie Sie es mir vorhin beschrieben haben, in Luft aufgelöst haben.« Er sprach langsam, weil er, das war eine seiner Marotten, beim Reden erneut hinterfragte, was er sagte. »Es gibt sehr wohl Städte, die auf geheimnisvolle Art und Weise vom Angesicht der Erde verschwunden sind, aber keine, die es so heimlich und unauffällig getan hat wie London.« Er schaute auf, hob die Hand. »Aber«, fügte er hinzu, »es gibt da ein paar Hinweise, denen nachzugehen sich möglicherweise lohnt.«

Emily fragte gar nicht erst nach. Sie hatte ihren einstigen Mentor vor sich, dazu den Berg alter Bücher.

»Aber lassen Sie uns zuerst hören, was Mina zu sagen hat«, schlug Wittgenstein vor.

Die Rättin hob die kleine Schnauze. Ihre dunklen Äuglein wirkten hellwach. *Ich habe mich bei den Tunnelstreichern umgehört,* begann sie. *Wie immer sind es nur Gerüchte, die kursieren. Ob man ihnen Glauben schenken sollte oder nicht, sei dahingestellt. Aber jede Geschichte enthält einen Funken Wahrheit, der ein Feuer entfachen kann.*

Rattenweisheiten, dachte Emily.

Die Tunnelstreicher in Hidden Holborn sind jedenfalls beunruhigt, stellte Mina fest, *die Händler der Gilden sind es auch. Ich war in King's Moan und am Ravenscourt. Es ist jemand aufgetaucht, der sich »der Duke« nennt. Niemand weiß, wer das ist. Oder woher er kommt. Er trägt eine Maske, wird gemunkelt. Er paktiert mit dem Lordkanzler von Kensington, hat eine Residenz nahe Notting Hill Gate, so erzählt man sich. Seine Gefolgsleute werden »die Agitatoren« genannt.*

»Die Agitatoren?«

Sie verbreiten Unruhe und Gerüchte, Halbwahrheiten. Sie wispern den Menschen Dinge aus den Schatten zu. Sie sind überall. Das, was sie sagen, macht die Runde. Sie selbst bezeichnen sich natürlich nicht als Agitatoren. Sie haben keinen Namen. Sie sind einfach da.

»Klingt ja verlockend.«

Wittgenstein blätterte in einem der Bücher herum.

Ja, das sehe ich auch so. Manche behaupten, sie hätten magische Fähigkeiten. Worte, die ihre Münder verlassen, so behauptet man, entwickeln bald ein bösartiges Eigenleben. Man sagt ihnen nach, dass sie Worte statt Waffen benutzen, um

Handlanger zu rekrutieren. In den Schenken von Greenwich munkelt man, dass sie andere zu Taten anstiften, ohne dass diesen bewusst ist, was sie tun.

Emily musste an den Augenmann denken. »Aber was haben der Duke und seine Agitatoren mit Piccadilly Mayfair zu tun?«

Die Agitatoren stellen überall Fragen nach dem Mädchen.

»Wer sagt das?«

Jeder, der mit ihnen zu tun hatte. Die Rättin setzte sich auf die Hinterbeine, putzte sich beim Reden die Barthaare. *Die Agitatoren sind inzwischen in fast allen Grafschaften aufgetaucht und haben sich nach dem Mädchen aus der Sphäre erkundigt. Sie suchen nach ihr.*

»Glaubst du, dass der Augenmann einer von ihnen war?«

Mina schüttelte den Kopf. *Der Augenmann war anders. Er war kein Mensch.*

Der Augenmann konnte die Menschen aber beeinflussen, er war fähig, sie dahin zu lenken, wo er sie haben wollte. Wie auch immer. Die Frage blieb letzten Endes: »Was will der Duke von Picca?«

»Das weiß niemand«, sagte Wittgenstein.

»Gibt es denn gar keine Hinweise?« Emily fragte sich, ob der Mann, der ihnen in der U-Bahn-Station Tottenham Court Road die Flucht vor dem Augenmann ermöglicht hatte, der Duke gewesen war. Er war elegant gekleidet gewesen und hätte ohne Weiteres als Aristokrat durchgehen können. Aber weshalb sollte der Duke persönlich auftauchen? Und warum sollte er Picca und ihr die Flucht ermöglichen, wenn er doch hinter dem Mädchen her war? Nein, das ergab keinen Sinn. »Wer ist der Duke?«

»Miss Laing«, gab Wittgenstein zu bedenken, »die Lage in der Metropole ist seit dem Verschwinden der Regentin eindeutig instabil.«

Entnervt herrschte Emily ihn an: »Was habe ich damit zu tun?«

Wittgenstein zog missbilligend eine Augenbraue hoch. »Ich sagte nicht, dass Sie etwas damit zu tun haben.«

»Sie haben es angedeutet.«

»Ich habe es auch nicht angedeutet.«

»Es war dieser Unterton in Ihrer Stimme ...«

»Miss Laing!«

Sie schwieg. Die junge Regentin der uralten Metropole war vor einiger Zeit verschwunden. Ja, jeder wusste das. Eines Morgens war sie nicht mehr auffindbar gewesen. Ihr Anwesen, Manderley Manor, wurde durchsucht, ohne Erfolg. Die rote Garde suchte nach ihr, die Metropolitan Police ebenso. Aber die Regentin blieb verschwunden. Es gab keine Hinweise darauf, wo sie sein könnte. Manch einer munkelte boshaft, sie habe ihr Verschwinden inszeniert. Andere unterstellten ihr eine feige Flucht vor ihren Pflichten. Doch welchen Standpunkt man in dieser Angelegenheit auch vertreten mochte – die Regentin blieb verschwunden, und ihr Verschwinden blieb ein dunkles Geheimnis. Der Lordkanzler von Kensington hatte seitdem die Führung des Senats übernommen, und die Stadt unter der Stadt wurde vom Parlament in der Royal Albert Hall regiert.

Das alles war recht kompliziert und nichts, worüber Emily jetzt und hier sprechen wollte.

»Tut mir leid«, sagte sie kleinlaut. »Aber dieses Thema möchte ich ungern heute anschneiden.«

»Das«, sagte Wittgenstein, »habe ich mir gedacht.

Nichtsdestotrotz könnte sich das Verschwinden der Regentin als ein Grund für das Auftauchen des Dukes erweisen. Laut gedacht und wild gemutmaßt.«

»Ja, ich gebe zu, das könnte sein.«

Mina Hampstead schaute hinüber zum Eingang, durch den auch Emily gekommen war. Erwartete sie vielleicht noch jemanden? Emily kannte den unruhigen Blick der Rättin nur zu gut.

»Fassen wir doch erst einmal zusammen, was wir überhaupt wissen«, sagte Wittgenstein energisch. »Jemand, der sich als Duke bezeichnet, ist plötzlich aufgetaucht und gewinnt, wie es aussieht, an Einfluss in der Stadt. Keiner weiß, will ich anmerken, wer er ist. Ein Mädchen ist aufgetaucht. Keiner weiß, wer sie ist. Die Flüsse fließen falsch herum. Keiner weiß, warum. Sie, Miss Laing, behaupten, die ganze Stadt sei fort gewesen. Sie glauben, dass wir alle verschwunden waren.« Er warf ihr einen skeptischen Blick zu. »Oder aber es ist noch immer so, dass London vom Erdboden verschwunden ist, mit uns allen darin, was, wie ich finde, sehr, sehr erschreckend klingt.« Er holte tief Luft. »Wie auch immer. Auch diesbezüglich wissen wir nicht, was davon zu halten ist. Und, nicht zu vergessen, es ist ein voll besetzter Zug verschwunden.«

»Und keiner weiß, warum.«

»Sie sagen es. Kein Hinweis. Die Metropolitan Police untersucht den Fall nach wie vor.«

Alle diese Geschehnisse, oder zumindest die meisten von ihnen, haben sich erst seit vorgestern zugetragen, sagte Mina. *Das Verschwinden deiner ...* Sie sah Emily an, stockte. *... der jungen Regentin*, verbesserte sie sich schnell, *nicht dazugezählt.*

Wittgenstein fragte: »Was könnten alle diese Dinge gemeinsam haben?«

Emily zuckte die Achseln.

Er zog das Buch, das vor ihm lag, zu sich heran. »Schauen Sie sich das hier an.«

Er wies auf ein Bild. Es war eine alte Fotografie.

»Wo haben Sie die her?«

Er zeigte ihr den Buchrücken – A *History of London in Photography* – und schob ihr das Buch hin. »Piccadilly Mayfair kam mir bekannt vor«, sagte er. »Als ich sie heute Morgen zum ersten Mal sah, da hatte ich das unbestimmte Gefühl, sie nicht zum ersten Mal zu treffen.«

Emily starrte weiterhin das Foto an. Sie las die Jahreszahl.

»Die Macht der Intuition«, meinte Wittgenstein.

»Bitte?«

»Wir verlassen uns viel zu oft auf Fakten. Manchmal ist es besser, sich intuitiv zu verhalten.«

Oh, ja, klar. Wittgensteins neues Steckenpferd. Er hatte es nicht versäumt, Emily mehrmals in den letzten Wochen davon zu berichten. »Was hat das mit Picca zu tun?«

»Sie kam mir, wie ich bereits erwähnte, bekannt vor. Allerdings wusste ich nicht, woher.«

»Das ist sie«, sagte Emily und deutete auf das Foto. Die Jahreszahl unter dem Foto musste falsch sein.

»Ja.«

»Wie kann das sein?«

»Fragen Sie nicht.« Er presste einen Moment die Lippen zusammen. »Wie Sie wissen, habe ich nicht unbedingt viel mit Kindern zu schaffen. Jedenfalls nicht mehr, seit ich erwachsen bin.« Er fand diesen Gedanken offenbar selbst ein wenig amüsant. »Nun denn, ich habe also nachgedacht. Wenn sie mir bekannt vorkam, dann musste ich sie schon einmal gesehen haben, nicht wahr?! Wo aber konnte ich sie schon einmal gesehen haben? Hm? Wann hatte ich viel mit Kindern zu tun? Kindern, die ich nie wiedergesehen habe?«

»Als es um die verschwundenen Kinder von London ging.«

Er schüttelte den Kopf. »Die waren gesichtslos für mich. Nein, es musste zu einer anderen Zeit gewesen sein.«

»In Rotherhithe, während meiner Zeit im Waisenhaus. Sie haben Aurora und mich da gewissermaßen rausgeholt.«

Er nickte. »Daran habe ich zuerst auch gedacht.«

»Oder während meiner Schulzeit.« Emily hatte einige Jahre die *Whitehall Schule für Höhere Töchter und Söhne* besucht, und die Schulleiterin, Miss Monflathers, war für Mortimer Wittgenstein nicht gerade eine Unbekannte gewesen. Mehrmals hatte er sie aufsuchen müssen, weil es Probleme mit Emilys Einstellung zur Schule im Allgemeinen und ihrer Disziplin im Besonderen gegeben hatte.

»Sie sagen es, Miss Laing. Ich schaute also in den Schuljahrbüchern nach.«

Das überraschte sie doch sehr. »Sie haben die Jahrbücher der Whitehall Schule hier in der Nationalbibliothek gefunden?«

Er warf ihr einen belustigten Blick zu. »Seien Sie doch nicht albern. Ich habe in der Schule angerufen und sie gebeten, mir eine pdf der alten Ausgaben zu mailen.«

Auch gut, dachte Emily.

»Und wissen Sie, was ich fand?«

»Sie werden es mir sagen.«

Er suchte nach seinem Handy. »Piccadilly Mayfair war einst Schülerin in Whitehall.«

»Das kann nicht sein.«

Er hielt ihr sein Handy hin, ein altes Gerät mit klobigen Tasten, und rief das Foto auf, um das es ging. »Sie besuchte die Schule sogar zur gleichen Zeit wie Sie.« Es war ein typisches Klassenfoto. Eine Reihe von Kindern, die in die Kamera lächelten. Hinten die Bäume, die den Schulhof säumten. In ihrem Schatten hatte Emily im Sommer oft gelesen oder einfach nur taggeträumt.

»Das ist völlig ausgeschlossen. Dann müsste sie in etwa so alt sein wie ich. Außerdem habe ich sie nie dort gesehen. Wie kann das sein?« Emily zögerte, schaute sich das Foto erneut an, diesmal noch genauer. Sie zog die eckige Lesebrille, mit der sie, wie sie fand, streng aussah, aus ihrer Tasche und setzte sie auf. »Aber das ist Picca. Kein Zweifel.«

»Sie glauben, dass Sie sie nie gesehen haben«, verbesserte sie der Alchemist.

»Ja.«

Glauben ist nicht wissen, sagte Mina.

Ja, das musste Emily zugeben. Die Rättin hatte es wieder mal erfasst. »Also wäre es theoretisch möglich, dass sie dort war. Wenn man einmal von ihrem Alter absieht.«

Emily überlegte. Natürlich, ja, möglich war das. Und sie war dort auf dem Foto. War das nicht Beweis genug?

»Mr. Clay war ihr Tutor.«

Emily schwindelte. Sie konnte sich an Mr. Clay erinnern, natürlich. Klein, flink, vornehm, mit einer öligen Frisur und einer schneidenden Stimme. Kam aus Callander in Schottland und war dafür bekannt, dass er seinen

Schülern andauernd von der Schönheit der Burg in Durham erzählte. »Ein seltsamer Kauz war das.« Ja, sie konnte sich an die Schule erinnern, an viele ihrer Mitschüler. Daran, wie der Klassenraum ausgesehen hatte. Aber an Piccadilly Mayfair aus der Klasse von Mr. Clay konnte sie sich nicht mehr erinnern. Dabei hätte sie Picca doch oft sehen müssen. In den Pausen, der Bibliothek. »Nein, nein, das ist unmöglich. Außerdem müsste Picca dann, wie gesagt, in meinem Alter sein.«

Wittgenstein schnipste mit den Fingern. »Sie sagen es. Aber ...« Es gab immer ein Aber. Emily hasste es, wenn es ein Aber gab.

»Sie ist viel jünger.«

»Und das bedeutet?«

Sie zuckte die Achseln. »Keine Ahnung.«

Er seufzte. »Sehen Sie, mir geht es genauso. Es ergibt einfach keinen Sinn. Nichts von dem, was wir in Erfahrung gebracht haben, ergibt einen Sinn.« Er schaute sich kurz im Lesesaal um, ehe sein Blick zu Emily und der Rättin zurückkehrte. »Oder wir haben nicht gründlich genug nachgedacht.«

Emily versuchte, sich an das Mädchen zu erinnern. Nein, sie war nie und nimmer in Whitehall gewesen. »Was ist mit diesem Foto hier?« Sie wies auf das Foto in dem Bildband, der aufgeschlagen vor ihr auf dem Tisch lag. Es war eine Fotografie aus den Zeiten des Blitzkriegs. Sie zeigte Menschen, die sich in der U-Bahn versteckten, als die deutschen Bomber über London flogen. Menschen mit Angst in den Augen. Darunter auch viele Kinder. Picca war eines von ihnen. »Wie sind Sie auf dieses Foto gestoßen?«

»Ich habe mir in den Chroniken der Stadt Fotos von Kindern angeschaut. Intuition, wie ich bereits erwähnte. Ich hatte einfach das Gefühl, dort etwas zu finden.«

»Wenn das stimmt«, flüsterte Emily gedankenverloren, »dann würde Picca ja schon seit mehr als siebzig Jahren leben.«

Wittgenstein deutete auf ein weiteres Foto.

Emily starrte das Datum unter der Fotografie an. 1862.

Das Zeitalter der Industrialisierung.

Die Stadt der Schornsteine wurde auf den Namen getauft, bei dem sie manche bis heute nannten. Damals war Wittgenstein noch ein Kind.

Emily berührte das Foto mit dem Finger. »Das ergibt noch weniger Sinn. Kein Mensch bleibt ewig ein Kind.«

Nichts ergibt einen Sinn, stimmte Mina zu, *aber das muss es. Denn alles ergibt am Ende immer einen Sinn. Ist es nicht so?*

Emily stand auf und lief zwischen den Tischen auf und ab. Genau das hatte sie auch früher schon getan. Es half ihr beim Nachdenken. »Das ist doch alles Blödsinn«, sagte sie wütend. »Intuition.« Sie sah Wittgenstein an. »Intuition ist gut und schön. Aber diese Fotos? Sie belieben doch wohl zu scherzen. Wie wahrscheinlich ist es, dass Sie sich Kindergesichter auf alten Fotos anschauen und inmitten all dieser Fotos auf Piccadilly Mayfair stoßen?«

Wittgenstein grinste zufrieden. »Vollkommen unwahrscheinlich.«

Emily klatschte ungeduldig in die Hände. Einer der Leser an einem der Nachbartische schaute sie böse an. »Und?«, fragte sie Wittgenstein. Sie merkte es, wenn er sie prüfte. Aber er war nicht mehr ihr Lehrer. Sie war jetzt erwachsen.

»Diese Fotos«, erklärte er, »entstammen diesem Buch.«
A History of London in Photography. Er klopfte mit dem Finger darauf.

»Und?«, wiederholte Emily.

Mortimer hat das Buch nicht auf den Tisch gelegt, sagte Mina, *und ich auch nicht. Keiner von uns hat es im Regal gefunden und hierhergebracht.*

Emily schaute die Rättin an, dann den Alchemisten.

»Verstehen Sie?« Wittgenstein wartete ihre Antwort ab.

Emily überlegte. Sagte: »Jemand anders hat das Buch auf den Tisch gelegt.« Das war die logische Schlussfolgerung.

Wittgenstein nickte. »Mina war noch nicht hier gewesen. Ich hatte mir Chaucer aus dem Regal genommen, dazu einige der alten Chroniken, Geschichtsbücher, den ganzen Kram hier eben. Aber ...« Er klopfte erneut auf das Buch, um das es ging. »Aber das hier? Nein.«

Emily schaute sich das Buch genauer an. Es war neu, kein altes Buch.

»Ich bin kurz nach unten gegangen, in die Cafeteria, um einen Tee zu trinken. Als ich zurückkehrte, lag das Buch auf dem Tisch. Es ist mir nicht einmal aufgefallen. Dann habe ich darin geblättert und bin auf die Fotos gestoßen.«

»Also wollte jemand, dass Sie die Fotos finden?«

»Offensichtlich.«

»Aber warum?«

»Und, vor allem, wer?«, sagte Wittgenstein.

Der Duke vielleicht? Die beiden alten Damen aus Cambridge? – Die beiden seltsamen alten Damen, die Picca nach Walthamstow gebracht hatten, waren hier irgendwo unter oder über der Erde?

Emily versuchte ruhig zu bleiben, setzte sich erneut an den Tisch. »Was wird hier gespielt?«

Wittgenstein zog eine Augenbraue hoch, mehr nicht. »Unternehmen wir doch einen kleinen gedanklichen Sprung«, schlug er vor, und da war dieses Funkeln in den dunklen Augen, ganz so wie früher. »Ich erwähnte doch vorhin, dass ich bezüglich des Verschwindens der Stadt keine Informationen gefunden habe. Nun ja, das war nicht ganz korrekt.«

»Dann haben Sie etwas gefunden?«

»Nur einen Hinweis.« Er betonte: »Eine Möglichkeit.«

»Sagen Sie es mir.«

»Es gibt natürlich Städte, die im Lauf der Geschichte verschwunden sind. Aber wir sprechen hier von Städten, von denen man *gehört* hat. Städten, die allesamt eine traurige Berühmtheit erlangt haben durch ihr Schicksal. Nun ja, oder zumindest ein Mysterium geblieben sind. Städte wie Pompeji, Sodom und Gomorra, Vineta, Ys oder, wenn Sie wollen, Shangri-La. Wir haben von den meisten dieser Städte gehört. Geschichten und Mutmaßungen gibt es viele, aber keine davon interessiert uns. Warum nicht? Ganz einfach. Würde es einen Fall geben wie jenen, den Sie mir geschildert haben, dann hätte nämlich niemand Kenntnis davon. Das, Miss Laing, ist unser Problem. Es kann gar keinen Fall geben, auf den wir uns beziehen können.«

»Was ist mit den anderen Städten? Ich meine, überall hier im Land.«

Wittgenstein sah sie fragend an.

Was meinst du?, wollte auch Mina wissen.

»Was ist mit Cambridge?«

»Ich habe Nickleby angerufen«, erwiderte Wittgenstein. »Und ich habe mit ihm gesprochen.« Er betonte dies ausdrücklich. »Er ging ans Telefon, wenn Sie das meinen. Er hat mir alles bestätigt. Sie waren bei ihm, er hat Ihnen das Buch verkauft, und dann sind Sie nach London zurückgefahren. Er erwähnte mit keinem Wort, dass Sie am Abend zu ihm zurückgekommen sind. Es ist wohl unnötig, zu betonen, dass er auch keine Nachbarin hat, die auf den Namen Mrs. Pumblechook oder Mrs. Pecksniff hört.«

Emily schluckte. »Glauben Sie, dass ich gelogen habe?«

»Haben Sie das?«

Emily war entrüstet. »Wittgenstein!«

»Nein, das glaube ich nicht. Das heißt aber nicht, dass Sie die Wahrheit gesagt haben. Die Wahrheit, Miss Laing, hängt zu sehr von unserem Standpunkt ab. Sie ist keine Konstante. Sie haben mir ehrlich berichtet, was Sie erlebt zu haben glaubten.«

»Das ist nicht das Gleiche.«

»Sie sagen es.«

Erzähl ihr von Liverdale, Mortimer!, piepste die Rättin aufgeregt.

»Was ist Liverdale?«

»Geduld, Miss Laing, alles der Reihe nach.«

Sie seufzte.

»Also ist da doch noch mehr?«

»Ja, Sie sagen es. Da ist noch mehr.«

»Das dachte ich mir.« Sie gab sich Mühe, ein strenges Gesicht zu machen. Die Brille half ihr dabei.

Wittgenstein indes erklärte unbeeindruckt: »Ich fand den Hinweis bei Chaucer.« Er grinste erfreut. »In den Canterbury-Geschichten wurde ich fündig.« Er suchte auf dem Tisch nach dem Buch, in dem Bücherberg, und erklärte, während er das tat: »Geoffrey Chaucer erwähnt in einer seiner Erzählungen über das Leben im England des 14. Jahrhunderts die Geschichte eines Mönchs. Im Jahr 1352, vier Jahre nach dem Kinderverschwinden und der Pestepidemie, traf eben dieser Mönch auf einen Arzt, der ihm einen absonderlichen Fall schilderte. Jener Arzt, so der Mönch, stammte aus einer Stadt namens Liverdale.«

»Nie von ihr gehört«, sagte Emily.

Genau, bestätigte Mina. *Niemand hat je davon gehört.*

»Wir kennen Liverpool, und wir kennen Riverdale, beide in Lancashire gelegen«, sagte Wittgenstein. »Aber eine Stadt namens Liverdale hat nie existiert. Nirgends findet sich ein Hinweis auf den Namen dieser Stadt.« Er fand das Buch, schlug es auf. »Außer bei Chaucer.«

Emily betrachtete die Stelle, die er mit einem gelben Klebezettel markiert hatte.

»Gleichwohl«, fuhr Wittgenstein fort, »war sich der Arzt, ein kluger und gewiss nicht sehr abergläubischer Mann, ganz sicher, aus eben jener Stadt zu stammen. Er hatte geschäftlich in London zu tun, und als er anschließend nach Lancashire heimkehren wollte, da hat er die Stadt auf einmal nicht mehr gefunden. Keiner in seiner Heimat konnte ihm bestätigen, dass es Liverdale je gab; niemand in der Gegend hatte jemals von der Stadt, in der er aufgewachsen war, gehört. Der Arzt wusste nicht, was er tun sollte. Er war verzweifelt. In seiner Verzweiflung reiste er so schnell wie möglich nach London zurück, um sich kirchlichen und wissenschaftlichen Beistand zu holen. Aber niemand glaubte ihm.« Wittgenstein schnaubte. »Meine Güte, natürlich glaubte ihm niemand. Seine Geschichte klang vermutlich ähnlich verrückt wie die Ihre.«

»Na, danke. Was ist mit ihm passiert?«

»Er hat Geoffrey Chaucer getroffen, was, schon für sich genommen, ein kleiner Glücksfall war, hätten wir sonst doch nie von seinem Problem erfahren.«

Emily wartete geduldig.

»Chaucer erwähnt«, kam Wittgenstein auf den Punkt, »im fünften Fragment seiner Geschichten, dass der Arzt vermutlich den Verstand verloren habe. Er sei aufgebrochen, um die verlorene Stadt zu suchen, aber nie wieder gesehen worden.« Er klappte das Buch zu und warf es auf den Berg anderer Bücher. »Das ist alles, mehr steht nicht in den Erzählungen.« Er seufzte. »Ich gehe also davon aus, dass er verrückt geworden ist oder umgebracht wurde. Beides ist sehr wahrscheinlich.«

»Und bringt uns das weiter?«, fragte Emily.

»Nein, aber es zeigt, dass wir ein Problem haben. Eine Stadt, an die sich niemand mehr erinnert, ist für alle Zeiten fort. Wie sollen wir jemals einen Anhaltspunkt finden, wenn es keinen gibt?« Er lächelte vor sich hin. »Wir wissen genauso wenig wie vorher, aber immerhin wissen wir jetzt, dass es einmal einen ähnlichen Fall gab.«

Vielleicht gibt es noch weitere Fälle, gab Mina zu bedenken.

»Vermutlich gibt es noch andere Fälle.«

»Wie ist es möglich, dass eine Stadt einfach so aus dem Bewusstsein der ganzen Welt verschwindet?«

»Das«, sagte Wittgenstein, »ist eine Frage, die weitaus beunruhigender erscheint.«

»Und was hat Picca mit alldem zu tun?«

»Hat sie etwas damit zu tun? Wir wissen das nicht mit Sicherheit.«

Schaut, unterbrach Mina das Gespräch. *Er ist zurück.* Sie richtete sich auf und piepste: *Aber er sieht nicht glücklich aus.*

Das war der Augenblick, in dem Emily, die dem Blick der Rättin gefolgt war, förmlich erstarrte. Sie erkannte die weiß gekleidete elegante Erscheinung. Sie wusste, wer das war. Sie hatte ihn seit Jahren nicht mehr gesehen, weil … Nein, nein, nein, das war unmöglich! Die blonden Locken, die grünlich schimmernden Augen, die spitzen Ohren. Sie schluckte, starrte ihn an, als er vor ihr stehen blieb, und dann, als sie seine Stimme hörte, spürte sie, wie ihr Herz förmlich stehen blieb vor Schreck, Überraschung und Verwunderung.

»Miss Laing, wie schön Sie zu sehen.«

Sie schnappte nach Luft, merkte, wie sie am ganzen Körper zu zittern begann. Zugleich war sie wie gelähmt.

»Du siehst aus wie jemand, der verdammt schlechte Nachrichten überbringt«, sagte Wittgenstein.

Emily spürte, wie ihr Tränen in den Augen brannten.

»Piccadilly Mayfair«, sagte Maurice Micklewhite, »wurde entführt. Und Peggotty mit ihr.«

Ohne Vorwarnung und zum ersten Mal in ihrem Leben wurde Emily vor Schreck ohnmächtig. Und das Letzte, was sie wahrnahm, war das Leben in den Augen des Totgeglaubten – hell und klar, wie damals, als sie zum ersten Mal die Bibliothek betreten hatte.

5. Kapitel

Aurora Fitzrovia

Manchmal waren die Worte, die man in seiner Verzweiflung suchte, nicht genug, um auszudrücken, was einen zerriss. Emily hätte am liebsten laut geschrien, auch jetzt, als sie wieder zu Bewusstsein kam. Maurice Micklewhite war gestorben. Emily wusste das. Doch er war hier, im Britischen Museum, da, wo er hingehörte. Er war Bibliothekar der Nationalbibliothek gewesen, als sie ihn zum ersten Mal getroffen hatte, damals, und nun war er das, wie es den Anschein hatte, immer noch. Aber das war schlichtweg unmöglich. Tristan Marlowe hatte hier gearbeitet, nachdem Maurice Micklewhite gestorben war. Meine Güte, wie gern hätte sie jetzt einige Worte mit Tristan gewechselt, und sei es auch nur, um herauszufinden, ob das, was hier gerade geschah, auch für ihn die normale Wirklichkeit wäre.

»Miss Laing, was haben Sie?«

Sie stöhnte leise, richtete sich auf.

»Miss Laing?« Der Elf schnippte mit den Fingern vor ihrem Gesicht herum.

Nein, das konnte nicht sein!

Unmöglich!

Er war gestorben, an einem fernen Ort, der als die Wüstenei bekannt gewesen war.

»Miss Laing, schauen Sie mich an.«

Sie tat nichts anderes. Seine Stimme zu hören, nach all den Jahren, warf sie in die Vergangenheit zurück, so unsanft wie ein plötzlicher Schlag ins Gesicht.

»Es geht schon«, murmelte sie. Wittgenstein half ihr auf die Beine, und sie nahm auf dem Stuhl Platz, auf dem sie auch zuvor gesessen hatte, atmete ruhig, schaute sich um. Die anderen Besucher der Bibliothek gafften nur neugierig, und sobald sie sahen, dass es ihr wieder besser ging, verebbte ihr Interesse. »Mit mir ist alles okay.«

Wittgenstein reichte ihr die Brille.

»Alles gut.«

Sie setzte die Brille auf, starrte in die Gesichter der Anwesenden und wusste sofort, dass sie nicht sagen konnte, was ihr durch den Kopf ging. Dem Elfen zu verkünden, dass er eigentlich tot war, wäre irgendwie pietätlos gewesen und dumm und, darüber hinaus, vollkommen unglaubwürdig, weil er ja, zweifelsohne, direkt vor ihr stand.

»Es tut mir leid, dass ich mit keinen besseren Nachrichten aufwarten kann.«

Er entschuldigte sich. War das denn die Möglichkeit?

»Schon gut«, gab sie geistesabwesend zurück.

Maurice Micklewhite stand vor ihr, so einfach war das, leibhaftig. Mit diesem Lächeln, das verwegen und schlau zugleich aussah, und der leicht überheblichen Aura eines Elfen. – Wie hatte sie das vermisst!

Doch niemand außer ihr schien sich darüber zu wundern, dass er hier war, so verrückt sich das auch anhörte.

Wittgenstein und Mina gingen mit ihm um, als hätten sie ihn erst vor Kurzem gesehen.

Natürlich, schalt Emily sich in Gedanken selbst, *natürlich*. Sie mussten ihn gesehen und mit ihm gesprochen haben, bevor sie selbst hier im Lesesaal aufgetaucht war. Aber sie allein war überrascht, weil er für keinen der anderen Anwesenden jemals gestorben war.

Ergab das einen Sinn? Mitnichten! Traf es den Punkt? Mit Sicherheit! Würde sie mit irgendjemandem darüber reden können?

Wohl kaum.¯

Er sagte: »Sie waren ohnmächtig.«

»Es geht mir wieder besser.«

»Sind Sie sicher?«

»Es ist ... kompliziert.« Die Stimme versagte ihr den Dienst.

»Sie sehen blass aus.« Besorgt musterte er sie.

Emily dachte an den Tag, an dem er gestorben war.

»Ihnen liegt das Mädchen am Herzen«, sagte Micklewhite.

Emily starrte ihn an.

Dann verstand sie. Nickte geflissentlich. Ja, das machte Sinn. Er glaubte, sie sei Piccas wegen ohnmächtig geworden. Das war die schlimme Neuigkeit, die er soeben überbracht hatte. Piccadilly Mayfair war verschwunden, die gute Peggotty mit ihr.

»Ich mag sie«, sagte Emily, »und ich fühle mich für sie verantwortlich.« Sie wurde ein wenig ruhiger, dachte verwundert: *Es ist wirklich erstaunlich, wie schnell man sich auf eine neue Situation einzustellen vermag.* »Ich dachte, sie sei in Sicherheit.« Davon war sie wirklich ausgegangen.

»Wir leben in seltsamen Zeiten«, sagte der Elf.

»Was ist passiert?«

»Hat Mortimer Ihnen denn nichts gesagt?« Micklewhite schaute den Alchemisten an. »Nein, hat er offenbar nicht. Nun, dann möchte ich dies nachholen. Die Anwesenden verzeihen mir, wenn ich mich wiederhole.« Er senkte die Stimme weiter, sprach noch leiser als sonst hier im Lesesaal ohnehin schon. »Miss Laing, Sie verstehen, dass ich die beiden anderen hier schnell ins Bild setzen musste. Ich konnte nicht warten, bis Sie wieder zu sich gekommen waren.«

Sie nickte. »Kein Problem.«

Maurice Micklewhite strich sich durch die strohblonden Locken, die frech und aufsässig wie eh und je waren. »Nachdem Mortimer herausgefunden hatte, dass besagte Piccadilly Mayfair wohl, wie es aussieht, schon sehr lange unter uns weilt, hielten wir es für das Beste, die Kleine hierher ins Museum zu holen. Das Mädchen allein in Hampstead Manor zu lassen erschien uns zu gefährlich.«

»Wie sich herausgestellt hat, haben wir diesbezüglich recht behalten«, knurrte Wittgenstein.

Micklewhite setzte sich leger auf die Tischplatte. »Ich hatte mich bereit erklärt, die Kleine abzuholen und schnellstmöglich hierherzubringen.«

Emily musste daran denken, wie er früher gewesen war. Sie konnte es noch immer nicht fassen, dass er mit ihr redete.

»Wie damals Aurora«, sagte sie.

Micklewhite lächelte. »Ja, Ihre Freundin.« Er war es gewesen, der Aurora aus dem Waisenhaus geholt hatte. Er hatte sich um sie gekümmert, wie Wittgenstein sich um Emily gekümmert hatte.

»Sie hätte uns einige Fragen beantworten können«, warf Wittgenstein ein.

Ja, Fragen, die jetzt unbeantwortet bleiben, piepste die Rättin.

»Als ich Marylebone erreichte«, fuhr der Elf fort, »öffnete mir niemand die Tür. Dabei hatte ich mich angekündigt. Peggotty ist eine äußerst zuverlässige Person. Wenn sie nicht öffnete, dann konnte nur etwas nicht Ordnung sein. Ich wartete also nicht länger, sondern verschaffte mir auf die altmodische Art und Weise Zutritt zum Anwesen.« Er machte eine flinke Bewegung mit den Fingern. »Zu meinem Erstaunen fand ich das Haus verwaist vor. Nichts deutete darauf hin, dass sich hier etwas Schlimmes zugetragen hatte. Ich rief nach Peggotty, ging von einem Raum zum anderen. Nichts. Erst als ich die Küche aufsuchte, erkannte ich ein nicht unerhebliches Ausmaß an Verwüstung.« Er sprach schnell, wirkte bedauernd, als er hinzufügte: »Es sieht so aus, als hätten die beiden Widerstand geleistet. Jedoch erfolglos.«

»Glauben Sie, den beiden ist etwas zugestoßen?«

Er zog ein Taschentuch hervor, entfaltete es langsam. »Ich habe die hier gefunden«, sagte er und zeigte das Taschentuch herum.

Emily beugte sich vor und betrachtete, was er ihr zeigte. Es war ein Büschel weißer Haare. Sie waren fingerlang und rochen nach wildem Tier.

»Ist das Fell?«, fragte Emily.

»Wolfsfell.«

»Weißes Wolfsfell?«

»Schneewölfe, aus dem Norden.«

Wittgenstein sah ernst aus. »Werwölfe. Auch das noch.«

Micklewhite nickte. »Sie sind größer als die heimischen Arten. Heimtückischer. In Menschengestalt zumeist Albinos.«

Wittgenstein merkte lapidar an: »Aber zumindest sind sie leichter zu finden, wenn man nach ihnen sucht.«

Emily schluckte. Sie mochte keine Wölfe. Werwölfe schon gar nicht. Zu oft hatte sie mit ihnen zu tun gehabt. »Ich dachte, den Wölfen sei es endgültig verboten, in der Stadt zu leben.« Die junge Regentin hatte sie verbannt. Höchstwahrscheinlich aus rein persönlichen Gründen, wie Emily mutmaßte.

»Sie sind hergekommen«, erwiderte Wittgenstein. »Trotz des Verbots.«

Seit wann treibt es die Schneewölfe nach London?, fragte Mina erstaunt. *Wenn ich mich nicht irre, bevorzugen sie die Wälder und Hochebenen Schottlands. Keiner von denen ist jemals in einer Stadt gesichtet worden.*

»Es gibt für alles ein erstes Mal«, meinte Micklewhite.

Wittgenstein zuckte die Achseln. »Peggotty und Picca sind jedenfalls von Wölfen entführt worden. So sieht es zumindest aus.« Woher hätte das weiße Fell sonst kommen sollen?

Werwölfe, welcher Art auch immer, waren nicht gerade zimperlich, wenn es um die Behandlung ihrer Beute ging.

Emily war zutiefst beunruhigt. »Wer hat diese Wölfe beauftragt, das Mädchen zu entführen?« Diese Biester unternahmen, sah man einmal von den blutigen Morden aufgrund ihres unkontrollierbaren Fressverhaltens ab, nur selten Schandtaten auf eigene Faust. »Glauben Sie, das war der Duke?«

»Wir sollten jetzt nicht vorschnell urteilen.« Micklewhite gab sich besonnen und versuchte, sie zu beruhigen. »Das alles sind nur Mutmaßungen, Miss Laing. Außer dem weißen Fell gibt es keine Beweise.« Er ließ das Fellbüschel auf dem Tisch liegen, steckte das Taschentuch wieder ein.

»Wenn es nicht der Duke war, wer sollte es dann gewesen sein?«

Micklewhite stellte die Gegenfrage: »Kennen wir alle Spieler in diesem Spiel?«

»Es ist kein Spiel«, sagte Emily trotzig.

»Vielleicht, Miss Laing, ist es das doch.« Wittgenstein beobachtete sie schon die ganze Zeit über. Er wusste genau, dass sie nicht ohnmächtig geworden war, weil die Nachricht von Piccas Entführung sie schockiert hatte. »Die Frage jedenfalls sollten wir nicht aus den Augen verlieren. Wir glauben, dass nur der Duke an Piccadilly Mayfair interessiert ist. Aber vielleicht irren wir uns in dem Punkt, und es gibt noch andere mit einem ähnlichen Interesse.«

»Außerdem wissen wir nicht, warum der Betreffende sie in seine Gewalt gebracht hat«, sagte Maurice Micklewhite und stellte die Frage, die auch Emily nicht mehr losließ: »Was ist an Picca so besonders, dass jemand hinter ihr her ist?«

Emily gab sich Mühe, den Elfen nicht so anzustarren. Er sah wie ein gewöhnlicher Mensch aus, gehörte aber der gleichen Art an wie Emilys Mutter. Am liebsten hätte sie Micklewhite die ganze Zeit über nur angestarrt. Er sah noch genauso aus wie früher, war nur ein wenig gealtert. Sie dachte an die Wüstenei, in der er den Tod gefunden hatte. Daran, dass er der Vater ihrer besten Freundin war. – Und sie wusste nicht einmal, ob er sich all dieser Tatsachen bewusst war.

Aber nein. Sie konnte ihm nicht sagen, was sie dachte. Wie würde sich das anhören?

Manche Dinge, das wusste sie, musste man für sich behalten.

»Was sollen wir jetzt tun?«, fragte sie stattdessen.

Maurice Micklewhite war voller Tatendrang, wie früher schon. »Wir werden Picca und Peggotty suchen.« Er schnippte laut mit den Fingern, was ihnen einige entnervte Blicke der Leser an den anderen Tischen einbrachte. »Sie in der Gewalt von Schneewölfen zu belassen erscheint mir in keiner Weise eine akzeptable Alternative zu sein.«

Emily versuchte wirklich, ihn nicht zu auffällig anzustarren. Er war von der Frau, die er einst geliebt hatte, getötet worden. Salome war ihr Name gewesen. Das war der Name, an den Emily sich erinnerte. Das war der Name, den Aurora ... Nein, es würde sich zeigen, was Aurora ihr zu dem Thema zu sagen hätte.

Konnte es sein, dass all das, woran sie, Emily, sich erinnerte, in Wirklichkeit gar nicht passiert war? Ergab das einen Sinn?

Sie schluckte.

»Geht es Ihnen wieder besser, Miss Laing?«, wollte der Elf wissen und richtete den Blick erneut auf Emily. »Möchten Sie uns begleiten?«

Er ahnt, dass etwas nicht stimmt, dachte Emily. Micklewhite war schon immer ein geschickter Beobachter gewesen. *Er spürt, dass ich ein Problem mit ihm habe, aber er hat keine Ahnung, warum.*

»Wir sollten keine Zeit verlieren«, gab Wittgenstein zu bedenken.

»Wenn Wölfe sie geschnappt haben, dann lasst uns den Wölfen folgen«, schlug der Elf vor. »Außerdem sollte einer von uns den Duke aufsuchen. Wir finden am ehesten heraus, ob er verdächtig ist, wenn wir mit ihm sprechen. Bisher wissen wir nichts von ihm.« Er wandte sich erneut Emily zu. »Ihre geheimnisvolle Geschichte von der verwehten Metropole, Miss Laing, ist ebenso ein Rätsel, das es zu lösen gilt. Das alles ist, muss ich anmerken, wirklich sehr rätselhaft. Wie ich vorhin bereits sagte: Wir leben in unruhigen Zeiten.«

Emily nickte nur.

»Ich werde den Duke aufsuchen«, schlug Wittgenstein vor. Er stand auf, ließ die Bücher auf dem Tisch liegen.

»Oder jene, denen eine Zusammenarbeit mit ihm nachgesagt wird.«

Er zog sich seinen Mantel an. »Du denkst an den Lordkanzler von Kensington?«

Micklewhite nickte.

Beide sahen Emily an.

»Ich werde mich zuerst mit Aurora treffen«, verkündete die.

Wittgenstein beäugte sie neugierig, schnappte sich seinen Schal, wickelte ihn sich um den Hals.

»Sie ist meine Freundin. Ich muss mir ihr reden.«

Wittgenstein seufzte leicht entnervt. »Schon gut.«

Micklewhite ließ sich, als Auroras Name fiel, nichts anmerken. *Er weiß es nicht*, dachte Emily nur. *Du liebe Güte, er hat keine Ahnung, dass sie seine Tochter ist.* Konnte das sein? Hatte er es etwa vergessen?

Sie würde Wittgenstein geschickt nach den Abenteuern, die sie gemeinsam erlebt hatten, befragen müssen. Was, wenn nichts davon je wirklich passiert wäre?

Ich komme mit dir, sagte Mina zu dem Alchemisten, kletterte flink an seinem Mantel hinauf, machte es sich auf seiner Schulter gemütlich.

»Gut, Schwester«, sagte Wittgenstein. »Lass uns einige Nachforschungen anstellen. Verlieren wir keine Zeit.«

»Lasst uns Wölfe jagen«, verkündete Maurice Micklewhite.

Emily stand ebenfalls auf. Sie fühlte sich noch ein wenig schwach auf den Beinen. Doch nur kurz schwindelte ihr. Sie zog die Brille aus, steckte sie in das Etui in ihrer Tasche, lief hinter den anderen her, in Richtung Ausgang.

»Wo treffen wir uns?«, wollte sie von Wittgenstein wissen.

»Royal Albert Hall«, sagte er. »Sie kennen den Weg.«

Emily nickte.

Und so brachen sie auf, jeder von ihnen mit einem anderen Ziel. Sie verließen die Nationalbibliothek durch den Haupteingang. Draußen auf den Stufen, hinter sich die riesigen Säulen des Museums, verweilte Emily noch einen Augenblick und sah Wittgenstein und Micklewhite hinterher, wie sie, jeder eine andere Richtung einschlagend, im Schneegestöber des anbrechenden Abends verschwanden. Dann lief auch sie los. Denn sie musste eine gute Freundin treffen, die beste, die man sich wünschen konnte, und sie hatte keine Ahnung, wie sie ihr unter die Augen treten sollte, ohne über die Dinge zu reden, über die sie unmöglich würde reden können.

Emily sehnte sich danach, Aurora zu sehen, seit sie aus Cambridge wieder zurück in London war. Die Gespräche, die sie früher, als sie klein gewesen waren, geführt hatten, fehlten ihr. Die langen Nächte, oben in der Dachgeschosswohnung der Familie Quilp, die gemeinsamen Abenteuer in den verschlungenen Tiefen der uralten Metropole. Aurora Fitzrovia war immer schon zugegen gewesen. Ihr hatte Emily sich immer anvertrauen können. »Komme, was wolle«, das war ihrer beider Motto gewesen.

Aurora Fitzrovia und Neil Trent waren seit Jahren schon ein Paar. Sie waren gemeinsam zur See gefahren, damals, bevor Emily London für zwei Jahre verlassen hatte. Sie hatten die Meere bereist, auf einem alten Schiff namens Cutty Sark, begleitet von Lord Nelson höchstselbst. Sie hatten fremde Länder bereist und exotische Abenteuer erlebt, aber keines davon war so umfassend gewesen wie das, das nun vor ihnen lag.

Während Wittgenstein, Mina und Micklewhite ihrer Wege gingen, um Licht in die vielen Rätsel dieser Tage zu bringen, fragte sich Emily nur wieder und wieder, wie sie ihrer Freundin gegenübertreten und dennoch schweigen sollte.

Es war keine leichte Entscheidung, aber sie war sich sicher, dass es nicht richtig wäre, über Micklewhites Tod und plötzliches Wiederauftauchen zu sprechen. Doch konnte sie eine Neuigkeit von einer solchen Tragweite verschweigen? Konnte man so etwas unter den Teppich kehren? Nein. Und ja! Sie musste es tun. Diese Bürde musste sie auf sich nehmen.

Mit diesen Gedanken, die ihr allesamt Magenschmerzen verursachten, ging Emily zu Fuß durch die abendliche

Stadt, bis in die Gegend von Covent Garden. Dort, ganz in der Nähe der Charing Cross Road, befand sich nämlich ein sehr alter Raritätenladen, der Bücher feilbot. Früher waren Emily und Aurora andauernd dort gewesen, hatten in den labyrinthischen Gängen mit den hohen Regalen nach Hinweisen gesucht, die Abenteuer betreffend, die zu bestehen ihnen auferlegt worden war. Eine Zeit lang hatte Emily sogar als Aushilfe in dem Laden gearbeitet. Dort hatte Aurora Neil Trent kennengelernt, Little Neil, wie seine Freunde ihn damals nannten, der Edward Dickens, dem ehemaligen Besitzer, der nun in der Wohnung über dem Laden wohnte, zur Hand gegangen war. Nachdem der gute Edward Dickens sich vor einem Jahr zur Ruhe gesetzt und verkündet hatte, dass er den Laden Neil Trent und Aurora Fitzrovia zu vermachen gedachte, mit allem, was dazugehörte, da war das Leben der beiden ein wenig ruhiger geworden. Jedenfalls von dem Moment an, als sie sich dazu entschlossen hatten, das Angebot des alten Mannes anzunehmen und den alten Buchladen zu betreiben.

»Es ist das, was wir beide wollen«, hatte Aurora damals gesagt.

»Und Neil?«

»Ihm wird die See fehlen, aber ich würde ihm mehr fehlen.«

Manchmal, das wusste Emily, waren die Dinge wirklich ganz einfach. Wenn man sich wahrhaft liebte, dann konnte alles sehr schnell gehen. Man überlegte nicht lange, sondern handelte einfach. Das Herz war stärker als der Verstand. Und so hatten die beiden beschlossen, in London zu bleiben, und sie hatten geheiratet. Aurora hatte ihren Namen beibehalten. Er erinnerte sie an früher, an die dunkle Zeit im Waisenhaus. Sie war ein Findelkind, das man im Stadtteil Fitzrovia gefunden hatte, neben einem Briefkasten, und jetzt wollte sie, dass das nicht in Vergessenheit geriet.

Emily seufzte.

Waisenkinder konnten sich nie ganz lossagen von dem, was einst gewesen war. Sie wusste das.

Das Früher war noch bei ihr, und Aurora erging es ähnlich.

Vielleicht war sie deswegen so zurückhaltend gewesen in den letzten Monaten. Vielleicht hatte sie den alten Laden aus diesem Grund gemieden.

Nun sah sie den Laden schon von Weitem. Warmes Licht erleuchtete ihn. Draußen war es inzwischen dunkel geworden, während der Schneefall aufgehört hatte. Emily stapfte die belebte Straße entlang, all die Menschen auf dem Gehweg nicht mehr als ein matter Hintergrund. Emily trödelte. Sie hatte es nicht eilig, dort anzukommen. Noch immer suchte sie nach den geeigneten Worten.

Vor dem Raritätenladen blieb sie kurz stehen. Dann fasste sie sich ein Herz und trat ein.

Sofort nahm die Atmosphäre des Ladens sie gefangen. Wie damals. Wie immer. Wie ein Zauber.

Sie fühlte sich, sobald sie den Laden betrat, als ob sie heimkehrte. Es roch noch immer nach Papier und nach brüchigem Leder und gebeiztem Holz. Klein war der Laden, dessen neue Inhaber, wie damals der alte Dickens, vermutlich peinlich darauf achteten, dass niemand die hohen Stapel von Büchern umstieß, die sich auf dem schmalen Tresen am Ende des Raumes türmten, denn wenngleich man es beim ersten Hinsehen nicht vermutete, herrschte hier in den vollgestopften hohen Regalen und zwischen ihnen sehr wohl eine Ordnung, wurden die Bücher systematisch erfasst, einander zugeordnet und dargeboten.

»Ich hasse E-Books«, pflegte Aurora zu sagen. Es gab keinen Computer hier, nicht einmal einen Laptop. Die elektronische Welt musste draußen bleiben, hier drinnen war die Zeit stehen geblieben. »Wer lesen möchte, bekommt richtige Buchstaben auf echtem Papier. Wem das nicht gefällt, der kann mir gestohlen bleiben.«

Emily schloss die Tür hinter sich, und die Ladenglocke bimmelte erneut leise. Emily schaute sich um, zog die Mütze aus, knöpfte den Mantel auf.

»Ich bin es«, begrüßte sie ihre Freundin.

Zwei mit grünlichem Plüschpolster bezogene Stühle standen neben dem Tresen mit der riesigen Registrierkasse, die vermutlich immer noch lautstark ratterte und klingelte, sobald ein verkauftes Exemplar über den Ladentisch ging.

Aurora saß auf einem der beiden Stühle, legte das dünne Buch, in dem sie gelesen hatte, beiseite und schickte sich an aufzustehen.

»Emmy!«

»Du kannst sitzen bleiben«, sagte Emily schnell.

Aurora erhob sich dennoch, mit einem leichten Ächzen. »Ich bin nicht krank, nur schwanger.«

Die staubige, von schummrigem Licht durchdrungene Atmosphäre, in der man stundenlang Wörter aufsaugen konnte, war noch die gleiche wie früher.

»Er hat sich bewegt, vorhin«, sagte Aurora.

Emily konnte es nicht vermeiden, ihr auf den Bauch zu

schauen. Das tat sie in letzter Zeit öfter, wenn sie Schwangere sah. Jede Frau, die guter Hoffnung war, ließ sie an Aurora denken. Die sanfte Wölbung unter ihrem Kleid war nun gut zu erkennen.

»Du siehst von Mal zu Mal schöner aus«, sagte Emily. Es war kein Kompliment, es war die Wahrheit.

»Dabei haben wir uns so lange nicht gesehen.« Aurora kam auf sie zu und umarmte sie. »Nur telefoniert, aber das ist nicht das Gleiche.« Sie hatte das dichte Haar mit einem bunten Tuch gebändigt. »Mir ist kotzübel«, gab sie lachend zu. »Aber es ist besser als vor einigen Wochen.« Sie lächelte, und Emily wusste sofort, wie sehr sie sie vermisst hatte.

»Du hast dich nie hier blicken lassen.« Es war kein Vorwurf, sondern eine Feststellung, nicht mehr.

»Ich hatte zu tun.«

Sie sahen einander an.

»Du kümmerst dich noch immer um die Kinder.« Es war keine Frage.

Emily nickte. »Sieht wohl so aus, als würde ich das noch eine Weile tun.«

Das war der Augenblick, in dem Aurora sie einfach umarmte. Emily schloss kurz die Augen, spürte ihre Freundin, die immer noch da war, ihren Atem, den runden Bauch, der sich vorsichtig gegen ihren drückte, und wünschte, er hätte ewig dauern können, dieser kurze Moment.

»Du hast dich verändert«, sagte Aurora.

Emily musste daran denken, wie lange sie sich nun schon kannten. Im Waisenhaus von Rotherhithe hatten sie sich kennengelernt, dort waren sie die Außenseiter inmitten der ausgestoßenen Kinder gewesen. Emily war als die einäugige Missgeburt verschrien, Aurora wurde das Schokoladenmädchen genannt, wegen ihrer Hautfarbe. Kinder, das hatten sie beide damals erfahren, standen in Sachen Grausamkeit den Erwachsenen in nichts nach. Doch dann war das Schicksal unberechenbar dahergekommen, Emily hatte aus dem Waisenhaus fliehen müssen, und Aurora war ihr gefolgt, nur wenige Stunden später.

»Jeder verändert sich«, sagte Emily und zwinkerte ihr zu.

»Ich habe mich nicht verändert, ich werde nur dicker.«

Emily sah sich in dem Buchladen um. »Ja«, meinte sie, »darum beneide ich dich.«

Aurora sagte nichts.

»Ehrlich.«

Aurora wusste offenbar nicht recht, was sie antworten sollte.

Deswegen fragte Emily: »Wie geht es Neil?«

»Er ist im Keller, packt Kisten aus. Ein paar seltene Ausgaben, die uns ein Kunde überlassen hat.«

Gut so. Emily wollte vorerst allein mit ihrer Freundin sprechen.

Die sagte: »Neil hat dich auch vermisst.«

»Ja.«

»Wir sehen uns so selten in letzter Zeit.«

Emily legte ihre Hand sanft auf den Bauch ihrer Freundin. »Ja, ich weiß.« Sie wusste, dass Aurora es hasste, wenn fremde Menschen das taten. Bei ihr machte es ihr nichts aus. »Er ist so hart und rund.«

Aurora umfasste ihren Bauch mit beiden Händen, berührte dabei Emilys Hand und ließ sie auf ihr liegen. »Noch vier Wochen, dann ist es so weit.« Die dunklen

Augen ruhten auf Emily. »Ich hoffe doch, du bist dann auch da.«

Sie weiß es, dachte Emily, *sie weiß, warum ich so lange nicht bei ihr gewesen bin.* Gewiss, sie hatte Aurora in den vergangenen Wochen oft angerufen, aber nur ein- oder zweimal hatten sie sich getroffen, und wenn, dann nur auf einen Tee, weil Emily schnell wieder fortmusste, zu einem anderen Termin – irgendetwas gab es immer, um sich davonzustehlen. Es waren Treffen gewesen, die diesen Namen nicht wirklich verdient hatten. Flüchtige Gespräche, die den faden Beigeschmack von Pflichterfüllung hatten.

»Es ist schön, dass du hier bist«, sagte Aurora aufrichtig.

Emily lächelte, zog ihren Mantel aus, warf ihn, Macht der Gewohnheit, über den freien Stuhl.

»Du siehst müde aus«, stellte Aurora fest. »Was ist los?«

»Arbeit.«

»Nur Arbeit?«

»Nein. Es geschehen wieder seltsame Dinge«, begann Emily.

Aurora sah ängstlich aus, irgendwie.

Sie setzten sich.

Dann erzählte Emily ihrer Freundin von dem, was sich in den vergangenen achtundvierzig Stunden zugetragen hatte. Sie redete und redete, und während sie das tat, spürte sie, wie gut es tat, Aurora das alles zu erzählen.

»Micklewhite wollte die Kleine abholen«, berichtete sie, »aber sie war nicht mehr in Hampstead Manor.« Sie beobachtete, wie Aurora auf den Namen des Elfen reagierte.

»Er wird sie finden«, sagte sie nur, »er hat auch mich damals gefunden.«

Konnte es wirklich sein, dass sie gar nicht wusste, wer Micklewhite eigentlich war? Jahrelang hatte sich Aurora Fitzrovia gefragt, wer ihre Eltern wohl waren, und dann, plötzlich, hatte sie es erfahren. Von dem Moment an hatte sie gewusst, warum auch sie die Ratten verstehen konnte – was Neil Trent nicht möglich war. Maurice Micklewhite war ihr Vater. Nicht mal er hatte das gewusst. Dann war er getötet worden, und Aurora hatte um ihn getrauert. Meine Güte, wie oft hatte Emily sie damals nach Highgate begleitet. Ja, Highgate Cemetery, das war der Ort, an dem seine Grabstätte lag – oder gelegen hatte –, nahe der nördlichen Mauer. Still hatten die beiden Mädchen dort verharrt und die Inschrift betrachtet. Schlicht war sie gewesen:

Maurice Micklewhite
geboren & gestorben
unsterblich in der Erinnerung jener, die sein Leben teilten

Der Grabstein war weiß wie die Kleidung, die der Elf immer getragen hatte. Ein Sockel, auf dem sich die hohe Gestalt eines Engels erhob, die Schwingen weit ausgebreitet.

»Für Elfen sind die Tage ohne Belang«, hatte Aurora damals gesagt. »Nur das Leben, das zwischen Geburt und Sterben liegt, ist von Bedeutung. Man kann ein Leben nicht danach beurteilen, wie lange es angedauert hat. Nur danach, wie es gelebt worden ist.« Das war es, was die Elfen glaubten. »Und der Tod tritt erst ein, wenn sich niemand mehr an den Betreffenden zu erinnern vermag.« Das Vergessen war immer das Ende.

Niemand hatte ihn vergessen, wie hätten sie das gekonnt? Lebte er deswegen noch? Emily wusste es nicht. Aber sie glaubte nicht, dass es das Grab noch gab. Sie war sich sicher, dass sie, ginge sie jetzt nach Highgate, dort nichts vorfinden würde als einen leeren Platz, an dem sich kein Grab befand. Oder aber es befände sich eine andere Grabstätte an der Stelle, an der sie den Elfen damals beigesetzt hatten.

Aber was hatte das zu bedeuten? Wie konnte es sein, dass niemand außer ihr sich an das, was geschehen war, erinnern konnte? Die Tatsache, dass alle anderen an eine Wirklichkeit glaubten, an die ausgerechnet sie selbst nicht glaubte, wirkte, nüchtern betrachtet, sehr bedenklich.

»Glaubst du, dass etwas Schlimmes passieren wird?«, fragte Aurora. »Ich meine, so wie damals.«

Emily zuckte die Achseln.

»Glaubst du, dass ich verrückt bin?«, fragte sie geradeheraus.

»Nicht verrückter als wir alle«, erwiderte Aurora.

»Ich war in Cambridge, und London war verschwunden. Ich bin die Einzige, die das erlebt hat.« Sie musste schlucken, bevor sie weitersprach. »Du weißt, was mit meiner Mutter geschehen ist. Ich habe einfach nur Angst, dass mir das Gleiche passieren könnte.« Sie seufzte.

Aurora ergriff ihre Hand. »Du bist nicht Mia Manderley«, sagte sie.

»Ja, natürlich, ich weiß ...« Noch immer fand Emily es mehr als nur ein wenig befremdlich, den Familiennamen ihrer Mutter zu hören und ihn mit sich selbst in Verbindung zu bringen – jenen Namen, den zu tragen sie sich seit Jahren beharrlich weigerte. Ihre Mutter, Mia Manderley, war eine Tochter eines der mächtigsten elfischen Häuser der Stadt gewesen. Sie hatte, als sie jung war, den schwerwiegenden Fehler begangen, sich in einen Menschen zu verlieben, der obendrein auch noch ein Künstler war und mit seinen Gedanken in den Wolken lebte. Um Politik hatte sie sich nicht geschert. Dabei gab es eine Fehde mit einer anderen Familie, deren Sohn Mia hätte heiraten sollen. Am Ende gab es nur Trauer, Wahnsinn und Unruhen. Emily und ihre Schwester waren fortgegeben worden. Beide waren sie im Waisenhaus Dombey & Son gestrandet. Und dort hatten sich ihre Wege dann unverhofft gekreuzt, wie zufällig.

»… ich bin nicht meine Mutter. Ich habe sie kaum gekannt.«

»Du hast sie gar nicht gekannt.«

Erst im Alter von zwölf Jahren hatte Emily von Mia Manderley, ihrer Mutter, und Richard Swiveller, ihrem Vater, dem Künstler, erfahren, und zu diesem Zeitpunkt war ihre Mutter schon dem Irrsinn anheimgefallen und ihr Vater tot gewesen. Emily hatte ihre Mutter im Sanatorium von Moorgate besucht, wo Mia Manderley am Ende auch gestorben war. Seit jenen Tagen hatte Emily nichts mehr mit dem Haus Manderley zu tun gehabt. Sie hatte sich zurückgezogen, ging ihrer Arbeit nach. Mehr wollte sie nicht.

»Du bist nur du, Emily.«

Emily nickte langsam. »Ich weiß einfach nicht, was ich tun soll.«

Aurora lächelte. »Das Gefühl kenne ich nur zu gut.«

Emily wusste, was sie meinte. »Ich bewundere dich dafür«, gab sie zu.

»Weshalb? Wegen meines Bauchs?« Aurora lachte laut auf. »Der ist ganz schön nervig. Ich kann nur noch watscheln.«

»Wegen des Babys.«

Aurora ergriff ihre Hand, drückte sie.

»Du kannst ihm geben, was wir nie hatten.«

Die beiden schwiegen.

»Was ist mit Mara?«

Emily zuckte die Achseln. »Sie ist fort.« Mara war ihre Schwester und trug den Namen der Familie, seit sie ihn erfahren hatte. Emily hatte sie seit über einem Jahr nicht mehr gesehen. Myriel Manderley, so hatte sie sich lange Zeit genannt. Wo sie jetzt war, wusste niemand. Irgendwann im vergangenen Sommer war Emily Miss Anderson begegnet, der einstigen Haushälterin von Manderley Manor, die sich seit Jahren um ihre Schwester gekümmert hatte, doch auch die hatte nicht mehr tun können, als ihrer tiefen Besorgnis, den Verbleib des Mädchens betreffend, Ausdruck zu verleihen.

»Du machst dir Sorgen um sie.«

»Sie ist meine Schwester«, antwortete Emily, schwieg, fügte hinzu: »Trotz allem, was passiert ist.«

Aurora drückte erneut ihre Hand. »Ich bin sicher, es geht ihr gut.« Dann ließ sie Emilys Hand los.

»Glaubst du, sie …«

»Sie hat viele Fehler gemacht, aber am Ende hat sie die Augen geöffnet. Nur darauf kommt es doch an. Sie hat versucht, wiedergutzumachen, was schiefgelaufen ist. Das ist schon sehr viel.«

»Es war wenig«, flüsterte Emily. Manche Geschichten waren so groß, dass man sie kaum ertragen konnte.

»Du wirst sie wiedersehen«, sagte Aurora.

»Vielleicht, ja.« Emily spürte, wie sich ihr die Kehle zuschnürte. »Ich habe sie damals schon verloren.« Darüber zu reden, was einst gewesen war, brachte nichts. »Und jetzt habe ich Picca verloren. Sie ist noch so klein und oft völlig verängstigt. Weißt du, wie ich damals, als Wittgenstein mich gefunden hat. Sie hat mir vertraut, glaube ich, und jetzt ist sie in der Gewalt von Wölfen. Aurora, das alles kommt mir vor, als würde das Vergangene noch einmal passieren, nur geringfügig anders. Aber mit mir als Person mittendrin.«

Emily fragte sich, warum sie überhaupt hergekommen war. Über die Vergangenheit wollte sie nicht reden, und doch tat sie es. Genau da lag das Problem. Sie redete immer über die Vergangenheit, wenn sie mit Aurora zusammenkam. Vielleicht lag das in der Natur der Dinge. War es nicht mit den meisten Freunden so, die man noch von früher kannte? Sprach man nicht fortwährend über all die Dinge, die längst vergangen waren? Vielleicht hatte sie Aurora auch deswegen gemieden, in letzter Zeit. Weil sie ein Stück Vergangenheit war. Niemand kannte Emily länger als Aurora Fitzrovia. Doch Aurora würde ihre Zukunft bald ohne Emily gestalten. So war das Leben, es war nicht schlimm, es war einfach so.

»Glaubst du mir?«, wollte sie von Aurora wissen. »Glaubst du, dass das, was ich dir erzählt habe, sich so zugetragen haben könnte?«

»Ja. Es klingt sehr mysteriös, aber … ja, ich glaube dir. Du hast gesagt, dass diese beiden alten Damen …«

»Mrs. Pumblechook und Mrs. Pecksniff.«

»Ja, dass diese Damen vorgestern in der Sphäre am Piccadilly Circus aufgetaucht sind. Wenn dem so war, dann muss alles, was du geschildert hast, doch passiert sein.«

»Dachte ich auch.«

»Und sie haben dich wirklich an die beiden erinnert?«

»An Mr. Fox und Mr. Wolf? Irgendwie schon. Und dann wieder auch nicht.«

»Aber was wollen sie?«

Sie wollten, dass ich nach London zurückkehre, dachte Emily, *und dass ich Picca finde.* Aber das behielt sie für sich. Aurora erwiderte sie: »Wir haben nie gewusst, was die beiden anderen im Schilde führten.« Die beiden, die sich Mr. Fox und Mr. Wolf genannt und früher die Stadt unsicher gemacht hatten, hatten es geliebt, unberechenbar und unverhofft in die Geschehnisse einzugreifen.

»Sie waren manchmal auf unserer Seite«, gab Aurora zurück.

»Sie waren auf niemandes Seite.«

»Ich will gar nicht daran denken.«

Da, wieder die Vergangenheit! Nichts von dem, was damals passiert war, war heute wichtig. Warum konnte die Vergangenheit nicht einfach ruhen?

»Es ist so verrückt, dass niemand etwas gespürt hat«, sagte Emily unvermittelt. »Wenn sich seit gestern oder vorgestern wirklich so vieles verändert hat, wie kann es dann sein, dass keiner etwas bemerkt hat. Dass niemand einen Verdacht hegt?«

Aurora senkte den Blick.

Emily kannte diesen Gesichtsausdruck.

»Aurora?«

Sie zögerte.

»Du hast etwas gespürt, stimmt's?«

Sie schüttelte den Kopf. »Nein, ich habe nichts gespürt. Was hätte ich denn auch spüren sollen?«

»Keine Ahnung.« Emily überlegte. »Dass etwas falsch ist. Irgendwas.«

Aurora legte ihre Handflächen auf ihren Bauch, streichelte ihn sanft. »Ich kann nicht sagen, dass ich etwas Bestimmtes gefühlt habe. Aber ...«

Emily beugte sich zu ihr, in der Hoffnung, doch nicht ganz allein zu sein mit dem, was sie erlebt zu haben glaubte. »Aber?«

»Es war so verwirrend, gestern Abend.«

Plötzlich vernahm Emily Schritte, hörte, wie Bücher auf den Boden gestellt wurden. Sie hatte gar nicht bemerkt, dass da noch jemand im Raum war.

»Sie war völlig durcheinander.« Neil Trent kam auf Emily zu und umarmte sie. »Du bist lange nicht mehr hier gewesen.« Emily wollte gerade etwas erwidern, als er sagte: »Die Arbeit, ja, ich weiß. Es ist immer die Arbeit. Bei uns allen.« Er sah verändert aus, so, dass man gar nicht mehr in Versuchung kam, ihn Little Neil zu nennen.

»Seit wann trägst du einen Bart?«

Neil berührte sein Kinn. »Das ist ...«

»Hipster«, sagte Emily scherzhaft.

»Na, wenn du meinst.« Er grinste, doch dann verschwand das Grinsen wieder. Die blauen Augen, die wie die weite See waren, wurden ernst. »Ich weiß nicht, worüber ihr vorhin gesprochen habt, aber ich kann dir sagen, dass es Aurora gestern Nacht nicht gut ging.« Er sah seine Frau an. »Nein, behaupte jetzt nicht, es sei anders gewesen. Denn das war es nicht.«

Emily schaute zwischen den beiden hin und her. »Was ist passiert?«

»Es begann schon am Nachmittag. Sie wollte schlafen,

doch dann wurde sie wach und weinte.« Er ging zu Aurora und küsste sie sanft auf die Stirn, berührte ihren Bauch, lehnte sich gegen ein Regal. »Am späten Nachmittag, als es zu schneien begonnen hatte, wurde es dann richtig schlimm. Sie hatte furchtbare Angst, dass etwas nicht stimmte. Es machte sie vollkommen fertig. Natürlich dachten wir an das Baby, aber sie hatte keine Beschwerden.«

»Wir denken andauernd an das Baby«, sagte Aurora.

Verständlich, dachte Emily und überlegte. Am späten Nachmittag war sie in Cambridge zum Bahnhof gegangen und hatte auf den Zug gewartet. 17:40 Uhr. Konnte es da einen Zusammenhang geben?

»Sie hatte solche Angst, dass wir sogar den Laden geschlossen und überlegt haben, den Arzt aufzusuchen. Aber ihr fehlte ja nichts. Sie hat sich nur gefürchtet.«

»Ich wusste nicht einmal, warum«, sagte Aurora. »Ich hatte plötzlich eine unbändige Angst vor dem, was vor mir liegt.«

Emily dachte an die Geburt. Daran, wie sie sich die Geburt vorstellte. »Ist das denn nicht normal?« Sie hätte ebenfalls Angst, wäre sie an Auroras Stelle.

»Nein, nicht nur die Angst vor der Geburt. Es war auch nicht die Furcht, es könnte Komplikationen geben. Es war ein Gefühl ... so, als wäre ... Ich weiß es nicht. Ich kann es nicht sagen.« Sie holte mühsam Luft. »Ich habe es vorhin nicht erwähnt, weil ich nicht so naiv dastehen wollte. Ich bin mir nicht sicher, was ich empfunden habe. Schwanger zu sein bedeutet, die Dinge viel intensiver wahrzunehmen als sonst.«

Neil Trent wirkte bekümmert. »Die ganze Zeit über war

Aurora so zuversichtlich. Ich meine, all diese Untersuchungen, die wir haben machen lassen. Und es ist alles in Ordnung mit dem Baby. Doch dann, gestern Nachmittag, ohne Grund, war Auroras ganze Zuversicht plötzlich fort.«

»Ich hatte plötzlich einfach nur Angst.«

»Du hast gesagt, die Welt sei irgendwie auf einmal nicht mehr dieselbe.«

»Das habe ich gesagt?«

»Genau das hast du gesagt«, bestätigte er.

»Emmy, es war eine unbändige Angst, gepaart mit der Gewissheit, dass etwas anders war. Ich konnte es mir nicht erklären. Ich kann es immer noch nicht erklären. Aber das Gefühl war da. Die Angst kam über mich wie eine Welle, die niemand kommen sieht. Sie hat mich erfasst und …«

»Ist sie immer noch da?«

Aurora nickte. »Es wird besser, von Stunde zu Stunde.«

»Was hat das alles zu bedeuten?«, wollte Neil wissen.

An den Bart werde ich mich gewöhnen müssen, dachte Emily, und dann erzählte sie Neil von dem, was ihr widerfahren war.

Neil hörte ihr aufmerksam zu. Das hatte er schon immer gut gekonnt, zuhören. Wie oft hatte Emily hier im Laden ausgeholfen. Neil hatte ihr Gesellschaft geleistet und sich angehört, was sie zu sagen hatte. Von Anfang an hatte sie ihn gemocht. »Waisenkinder«, hatte er damals gesagt, »finden sich.« Wie recht er doch hatte. Neils Vater hat sich einst das Leben genommen, weil man ihm die Handelsgesellschaft, die er mühsam und mit seinem Herzblut aufgebaut hatte, weggenommen hatte. Doch vorher, bevor er sich am Mast des Schoners Ismael erhängte, da hatte er beschlossen, seinen Sohn dem Schicksal zu überlassen.

Einem Schicksal, das ihm hoffentlich ein besseres Leben ermöglichen würde. Neils Eltern hatten Neil fortgegeben. »Ausgesetzt«, nannte es Neil. Aber auf die Weise hatte Edward Dickens ihn finden und aufziehen können.

Auch Neil hatte seine Eltern nicht richtig gekannt, wenngleich er genau gewusst hatte, wer sie gewesen waren. Seine frühesten Erinnerungen waren die Gerüche in dem alten Raritätenladen, durch dessen Tür das Schicksal viele Jahre später Emily und Aurora geschickt hatte.

Ja, dachte Emily wehmütig, *Waisenkinder finden sich. Immer und überall auf der Welt.* Vielleicht musste das ja so sein. Dessen eingedenk waren sie Freunde.

»Es gibt keine Zufälle«, sagte Neil jetzt. »Das sagt Wittgenstein doch immerzu.«

»Ja, manchmal.«

»Wir sollten einfach nur vorsichtig sein«, schlug er vor.

Emily hakte nach: »Wir?«

»Na ja, ich denke mir Folgendes: Wenn das, was du da behauptest, stimmt, dann hat sich etwas verändert. Niemand weiß davon. Okay, du weißt davon. Diese beiden Damen aus Cambridge wissen davon. Picca? Vielleicht weiß sie mehr, als sie dir gesagt hat.« Er zuckte die Achseln. »Emily, ich habe keine Ahnung, was los ist. Aber wenn ein Plan dahintersteckt, dann wird – oder werden – dessen Urheber bestimmt nicht wollen, dass ihm – oder ihnen – jemand auf die Schliche kommt. Wenn der oder die Betreffenden erfahren, dass du der Sache nachgehst, dann ...« Er sah sie betroffen an. Den Satz musste er nicht beenden. Emily wusste, was er meinte.

»Ich werde ihnen im Weg sein.«

»Du sagst es.«

»Und …«

»Du bist in Gefahr«, sagte Aurora mit leiser Stimme.

»Wir auch«, sagte Neil.

»Warum wir?«, wollte Aurora wissen.

Er ging zu Aurora und berührte sanft ihr Haar. »Du hast etwas gespürt. Und wenn sie hinter Emily her sind, dann werden sie schnell herausfinden, wer ihre Freunde sind.«

»Du glaubst, sie werden hierherkommen?«

»Nein, ich habe keine Ahnung, wer sie sind und was sie vorhaben.« Er ging auf und ab. »Doch, ja, ich befürchte, das ist als Möglichkeit in Betracht zu ziehen.«

Emily sah die beiden an und bereute es, in den alten Raritätenladen gekommen zu sein. Sie hätte mit Wittgenstein und Mina hinunter in die Metropole gehen sollen. Aber auch dann wäre es sicher ein Leichtes gewesen, herauszufinden, zu wem sie Kontakte unterhielt, mit wem sie befreundet war, wo sie normalerweise verkehrte. Die alten Damen hatten sie in Cambridge gefunden. Sie würden sie auch in London finden, wenn ihnen danach war. Es gab keinen Ausweg aus diesem Dilemma.

»Du musst herausfinden, was hinter alldem steckt.«

Emily nickte wie betäubt. Es war still im Laden. Nur das Klappern der Heizung war zu hören. Es war genau das gleiche Geräusch wie damals im Dachzimmer bei den Quilps, des Nachts. Beruhigend und doch nicht ruhig. Emily betrachtete die Regale und die vielen Bücher darin. Sie wünschte sich, eine normale junge Frau zu sein, eine, in deren Leben nichts, aber auch wirklich gar nichts Aufregendes passierte.

»Warum genau bist du hergekommen?«, fragte Aurora nachdenklich.

»Ich wollte hören, dass ich nicht verrückt bin.« Die Antwort kam so schnell, dass Emily selbst überrascht war.

Aurora sah sie ernst an. »Du bist vollkommen verrückt, das warst du schon immer. Als hättest du das nicht schon längst gewusst.« Der Blick ihrer dunklen Augen ruhte auf Emily. »Um das zu hören, hättest du wirklich nicht extra bei diesem Wetter herkommen müssen.« Sie hatte noch ihren Humor, und das war gut so.

»Ich musste dich sehen, wollte bei dir sein, wie früher.« Herrje, sie hatte es gesagt. »Verschworene Verschwörerinnen«, sagte sie leise. »Pass bloß auf dich auf, das musst du mir versprechen.«

»Ja, natürlich.«

»Ich pass schon auf sie auf«, versprach Neil, und Emily musste an Tristan Marlowe denken und daran, wie unterschiedlich Neil und er doch waren.

»Du bist diejenige, um die wir uns Gedanken machen«, sagte Neil. »Seit du wieder hier bist, in London, meine ich, seit du dich um all die Kinder kümmerst, bist du so verdammt …« Er trat auf sie zu, fischte eine Strähne des roten Haars aus ihrem Gesicht. »Du bist nicht glücklich.«

»Und jetzt passieren wieder seltsame Dinge, und du steckst wieder mitten drin. So wie früher. Ja, Emmy, verdammt, genau wie früher.« Aurora streichelte ihren Bauch, war ihrem Baby ganz nah. »Der Kleine will, dass du für ihn da bist. Wie du früher für mich da gewesen bist. Also sei vorsichtig, hörst du?«

Emily nickte und stand auf. »Ich glaube, ich gehe jetzt besser.«

»Wir haben nicht einmal Tee getrunken«, entschuldigte sich Neil.

Emily winkte ab. »Es sollte ja nur ein kurzer Besuch werden. Ich ...« Sie zog sich den Mantel an, ein wenig zu hastig. Dann hielt sie inne, obwohl sie doch am liebsten schnell fortgelaufen wäre. »Ich passe auf mich auf«, versprach sie.

»Nicht weniger erwarten wir von dir.«

Emily umarmte zuerst Neil und danach Aurora, und das so, als würde sie sich gar nicht mehr von ihr lösen können, und dann, bevor es zu sentimental wurde, verließ sie den Raritätenladen und eilte hinaus in die Dunkelheit und die Kälte.

Waisenkinder, dachte sie, *finden sich immer.*

Sie schaute zurück. Das Licht im Raritätenladen sah warm aus, und das war gut so.

6. Kapitel

Mind the Gap

Der Angriff kam völlig überraschend. Natürlich war Emily vorsichtig, doch selbst das bewahrte sie nicht vor dem, was schon am nächsten Morgen die Zeitungen Londons mit wild mutmaßenden Schlagzeilen füllen sollte. Die Menschen würden über das, was geschehen war, sprechen, hinter vorgehaltener Hand, voller Angst, verunsichert, und die U-Bahn wieder einmal mit anderen Augen sehen.

Nachdem sie den Raritätenladen verlassen hatte, ging Emily zur nächstgelegenen U-Bahn-Station und nahm die Piccadilly Line in Richtung Heathrow. Sie erwischte den letzten Wagen, unmittelbar bevor sich die Türen schlossen.

Die Menschen standen dicht gedrängt im Wagen, das übliche Bild. Es war heiß und eng und muffig.

Emily hatte bisher noch keine Nachricht von Wittgenstein erhalten, also ging sie davon aus, dass sie ihn irgendwie am vereinbarten Treffpunkt finden würde. Jetzt wollte Emily Musik hören, irgendwas von Tori Amos, musste aber feststellen, dass der Akku ihres MP3-Players leer war. Sie fluchte leise, steckte das Gerät in die Manteltasche zurück und sah sich die anderen Fahrgäste an. Neil und Aurora würden später nach Hause fahren, nach Hampstead Heath, wo sie vor zwei Jahren eine kleine Wohnung bezogen hatten. Emily beneidete sie darum. Sie fragte sich, wer von den Fahrgästen, die anonym nebeneinanderstanden oder -saßen, gern nach Hause fuhr. Sie alle wirkten so mürrisch, so bleich und leer. Auf wen von ihnen wartete jemand? Und auf wen wartete nur das Internet, ein Buch oder der Fernseher? Die Gesichter sagten wenig über die Menschen aus, und die Hände spielten andauernd unruhig mit den Smartphones. Es war immer das Gleiche. Vielleicht hatten die Engel deswegen die Stadt verlassen.

Emily tolerierte das Gedränge so geduldig, wie es ihr möglich war. Ihr gegenüber stand ein junger Mann, der ein altes zerfleddertes Taschenbuch las, während er sich mit einer Hand an einer Schlaufe, die von der Decke baumelte, festhielt und im Takt des Wagens hin und her schaukelte. Er schaute kurz auf, als Emily sich an ihm vorbeizwängte, ja, er sah sie sogar tatsächlich an. Dann lächelte er höflich, irgendwie schüchtern, und senkte, bevor Emily ihm im Gegenzug ein Lächeln schenken konnte, schon wieder den Blick, vertieft in was immer er da las.

Sie seufzte.

Keine Musik, kein Platz, keine Ahnung, in was sie da hineingeraten war. Sie hatte wahrlich schon bessere Zeiten gesehen. Untätig stand sie also da und starrte hinaus in die dunkle Tunnelwelt, die gar nichts erkennen ließ, außer ein paar Signalleuchten und ihrem eigenen Spiegelbild inmitten der anderen Fahrgäste.

Der Zug fuhr schnell. Nur fünf Stationen, dann würde sie die U-Bahn verlassen. Wittgenstein würde sie hoffentlich an der Royal Albert Hall treffen, das war der Plan, und mit ein wenig Geschick und auch Glück hatte er dem Lordkanzler von Kensington einige Informationen entlocken können.

Sie gähnte, hielt sich die Hand vor den Mund. Sie war müde. Dabei war der Tag noch nicht zu Ende.

»Entschuldigen Sie?«

Emily schaute auf. Der Mann, der sie angesprochen hatte, trug einen Anzug. Er sah aus wie jemand, der in Canary Wharf arbeitete. Ein Schnösel, arrogant, selbstverliebt, auf eine unterschwellige Art bedrohlich. Die City war voll mit Typen, die genau diese Aura von Geld und Macht verströmten. Sie fragte sich, was er von ihr wollte. Sie mochte den Kerl nicht.

»Miss Emily Laing?«

Sie hatte wirklich ein verdammt ungutes Gefühl, schon bevor sie spürte, wie die Handschelle zuschnappte. Danach wusste sie mit Bestimmtheit, dass sie einen schweren Fehler begangen hatte.

»Wo ist das Mädchen?« Die Stimme des Mannes war tief. Er gab sich nicht einmal Mühe, höflich zu sein.

Emily wusste nicht, ob sie richtig gehört hatte. Sie starrte ihr Handgelenk an, das nun gefangen war; die andere Handschelle war an einer der Stangen, die vom Boden bis zur Decke des Wagens führten, befestigt. Ihre Handschelle war kalt und tat weh.

»Machen wir es kurz. Beantworten Sie mir bitte die Frage.« Der Mann stand dicht vor ihr. Emily reichte ihm gerade bis zur Schulter. Klar und deutlich sagte er leise: »Piccadilly Mayfair!« Sein Atem, der Emily entgegenschlug, roch wie der eines Raubtiers.

»Wer sind Sie?«, herrschte sie ihn an. Sie zerrte an der Handschelle, instinktiv, obwohl sie wusste, dass sie nichts gegen sie auszurichten vermochte. »Was soll das?« Sie wusste, dass er sie nicht würde laufen lassen. Die Menschen, die sie dicht gedrängt umgaben, schienen den Mann nicht zu kümmern. Das machte Emily noch mehr Angst.

»Sie werden sterben«, sagte der Mann in dem Anzug so höflich und beiläufig, dass sie kaum verstehen wollte, was er da gesagt hatte. »Ich werde Sie in Stücke reißen.« Er lächelte, als ob er die Situation auskostete. »Und einige von denen hier«, flüsterte er ihr zu und deutete dabei mit einem Kopfnicken nach rechts und nach links auf all die anderen Fahrgäste, die, wie Emily, nicht die geringste Ahnung hatten, was gleich passieren würde, »einige von denen werde ich wohl auch in Stücke reißen.« Er hatte blendend weiße Zähne. »Nun ja, vielleicht auch alle.« Ein Lächeln, das vermutlich viele erst sahen, wenn es zu spät war. »Vorher, Miss Laing, vorher aber werden Sie mir sagen, wo Piccadilly Mayfair ist.« Er berührte ihr Haar, besah sich eine der roten Strähnen. »Denn wenn Sie kooperieren, werde ich vielleicht nicht alle töten.«

Emily erschauderte. »Wer sind Sie?« Sie spürte, wie Angst in ihr aufflammte und alle ihre Gedanken lähmte.

»Ist das wichtig? Wer ich bin?« Diese kehlige Stimme. Konnte es sein, dass sie in den letzten Sekunden tiefer geworden war? »Sie haben ihr Unterschlupf gewährt«, sagte er. »Jetzt ist sie fort, und ich bin sicher, dass Sie etwas damit zu tun haben.«

»Hab ich nicht, was erlauben Sie sich?« Emily war sich bewusst, dass sich das sehr unangemessen anhörte in ihrer Situation.

»Oh, Sie sind widerspenstig. Das sagte man mir.« Er lächelte zufrieden, rieb sich die Hände. »Ich mag es, wenn Sie sich wehren.«

Emily wich vor ihm zurück, soweit ihr das möglich war. »Nehmen Sie mir die ab!« Es würde nichts nützen, die anderen Fahrgäste auf die Handschelle aufmerksam zu machen und um Hilfe zu bitten. Dies war London, die Stadt des geflissentlichen Wegschauens. Jede Großstadt war so. Es herrschte eine allgemeine Blindheit gegenüber dem, was um einen herum geschah. London war da nicht anders als andere Städte.

Einige der anderen Fahrgäste sahen jetzt, dass etwas nicht stimmte. Sie sahen den Mann, der vornehm, gebildet, wohlhabend aussah, und die junge Frau, den Rotschopf mit der Mütze, die seltsame Frau, die zuvor schon so reserviert und arrogant gewirkt hatte. Ja, Emily wusste, wie sie auf andere wirken konnte. Normalerweise machte ihr das nichts aus; manchmal war es hinderlich. Jetzt warf sie den anderen Fahrgästen, die sie zufällig anschauten, flehentliche Blicke zu. Einige von ihnen, da war Emily sich ganz sicher, sahen bestimmt auch die Handschelle. Und das bedeutete ... was? Ein Mann in dem typischen Canary-Wharf-Look kettete eine junge Frau mit einer Handschelle in der U-Bahn an. Was konnte man da wohl von den Mitfahrenden erwarten? Emily ahnte es. Die Leute verhielten sich wie immer und taten erst einmal so, als hätten sie nichts gesehen. Dann, als Emily immer fester an der Handschelle zerrte, gingen sie auf Abstand, traten ein paar Schritte zurück.

Als würde das etwas ändern.

»Wenn Sie mir sagen, wo Piccadilly Mayfair ist«, sagte

der Mann so sachlich und korrekt, als unterhielte er sich mit ihr über die Börsenkurse des Tages, »dann werde ich vielleicht ein paar der Menschen hier drinnen verschonen.« Er deutete den Gang hinab. »Die Dame dort drüben vielleicht oder die Teenager, die bestimmt auf einen schönen Abend aus sind und nicht wollen, was gleich passieren wird.« Seine Augen waren dunkel wie die Nacht. Raubtieraugen. »Also, Miss Laing, verraten Sie mir den Aufenthaltsort des Mädchens? Dann wird das alles hier nicht so blutig enden, wie es das könnte.«

»Wer sind Sie?«, wiederholte Emily.

»Jemand, der das Mädchen sucht.«

»Woher kennen Sie mich?«

Er sog durch die Nase Luft ein, als nähme er Witterung auf. »Ich bin Ihrer Fährte gefolgt«, sagte er, und es klang wie ein ungeduldiger Seufzer. Er fuhr sich mit einer Zunge, die für einen Menschen zu lang war, über die Lippen. Emily roch erneut den fauligen Atem. Sie sah den winzigen Tupfer roter Wildheit in seinen Augen aufleuchten, wie ein Glimmen, das sich in Windeseile zu einem Feuer entfachen konnte.

Panisch rüttelte sie an der Handschelle.

Der Mann lächelte, und Emilys Blick fiel auf seine Zähne.

Sie keuchte, und der Schweiß brach ihr aus. Sie war an die Stange gekettet, und sie wusste, was gleich passieren würde. Keiner der anderen ahnte etwas, aber sie wusste es. Der Kerl war ein Werwolf, ein verfluchter Lykanthrop. Sie fragte sich insgeheim, ob der Lordkanzler hier seine Finger im Spiel hatte. Normalerweise gebot er über die Wölfe, oder zumindest war das früher so gewesen. Die Regentin hatte die Wölfe aus der Stadt verbannt, doch wer hielt sich hier unten schon an Gesetze und Vorschriften? Der Lordkanzler folgte seit jeher nur den Regeln, die er sich selbst gesetzt hatte. Aber wenn er hiermit zu tun hatte, was war dann mit Wittgenstein geschehen? Steckte er in der Klemme? Hatte er etwas verraten, was dazu geführt hatte, dass der Lordkanzler den Wolf auf ihre Fährte angesetzt hatte? Und überhaupt, warum suchte der Lordkanzler nach Picca? Waren es nicht weiße Wölfe gewesen, die sie aus Hampstead Manor entführt hatten? Es war absurd, dem Lordkanzler etwas zu unterstellen, wofür es keinerlei Beweise gab.

Emily rüttelte und zerrte an der Handschelle. Außer dass sie sich dadurch Schmerzen einhandelte, passierte allerdings nichts.

Sie würde sich nicht losreißen können. Sie würde den Werwolf nicht davon abhalten können, dass er sich verwandelte.

Was also sollte sie tun?

Die Zeit zum Nachdenken zerrann ihr zwischen den Fingern.

»Genug geredet«, knurrte der Mann.

Sie starrte ihn an.

Es beginnt, dachte sie. *Toller Abend. Er verwandelt sich.*

Der Mann wurde plötzlich von Krämpfen geschüttelt. Er sank auf die Knie und kauerte sich am Boden in eine Ecke, als suche er Schutz.

Die Fahrgäste drängten jetzt schon auseinander, die Blicke voller Ekel und Abscheu. Sie hörten nur das Stöhnen, sahen die Zuckungen und dachten an Junkies und Restefresser, Schienenpunks oder Leimschnüffler.

Sie hatten keine Ahnung, was ihnen bevorstand.

»Verlassen Sie das Abteil!«, schrie Emily die Leute an.

Keiner rührte sich. Außer tumben Blicken erntete sie nichts.

»Sehen Sie nicht, was hier passiert?«

Eine Frau rügte sie: »Schämen Sie sich, der arme Mann hat Schmerzen.«

Ja, dachte Emily, *die hat er*. Die Verwandlung war immer schmerzhaft.

»Warum hilft ihm denn niemand?«, fragte die Frau demonstrativ in die Runde. Sie sah aus wie eine Gemeinderatsvorsitzende, die jeden gern und schnell verurteilte, wenn sie dadurch nur ihr Weltbild retten konnte. Was sie jetzt dazu bewog, sich dem Werwolf zu nähern, konnte Emily nicht sagen. Womöglich überschätzte sie sich, missverstand den Ernst der Lage, oder vielleicht war sie auch einfach nur ziemlich dämlich.

Wie auch immer. Jedenfalls beugte sie sich zu dem Gestaltwandler hinunter, und es war ihr Kopf, der als erster durch den Wagen flog, weiter hinten gegen die Scheibe prallte und zu Boden fiel. Der Körper der Frau sackte in sich zusammen. Blut spritzte dunkel aus dem Halsstumpf, troff auf den Boden, bildete eine breite Lache.

Das konnte jetzt jeder sehen, der mitten im Blut stand. Keiner konnte es leugnen.

Das Massaker hatte begonnen.

Der Gestaltwandler heulte auf einmal so laut und schneidend, dass es schlagartig still wurde im Wagen. Es war eine Stille, wie sie sonst nur in den tiefen Wäldern wohnt, in Augenblicken, in denen die anderen Tiere furchtsam den Atem anhalten, weil sie spüren, dass ein Raubtier in der

Nähe ist. Eine Stille, die in Kinderaugen lebt, wenn sie einem Märchen lauschen, in dem es um Wölfe geht. Emily dachte an den Wolf in Rotherhithe, der damals ihre kleine Schwester geraubt hatte. Ja, es war eine Stille wie diese, eine Stille, die zwangsläufig in ein panisches Kreischen explodieren würde. Die Fahrgäste erkannten, was da mit ihnen im Zug war. Sie erkannten es, weil sie früher davon geträumt hatten. Emily sah den Blicken an, dass die Leute nicht glauben konnten, was sie da sahen.

»Es gibt keine Werwölfe«, das sagten die Blicke. »Es gibt keine Werwölfe, und wir haben keine Ahnung, was hier gerade passiert.« Doch diejenigen, die gesehen hatten, wie der Kopf der Frau mit nur einem einzigen, fast beiläufig wirkenden Schlag der krallenbewehrten Pranke vom Rumpf getrennt wurde, schrien los.

Der Werwolf knurrte laut und kehlig. Er kauerte noch auf dem Boden, während seine Gliedmaßen sich weiter veränderten. Die Kreatur, die längst nicht mehr nach Canary Wharf aussah, schwoll förmlich an, Muskelfleisch ächzte, Fell spross aus allen Poren.

Noch ein winziger Augenblick, dann war die Verwandlung beendet: Schwarzes Fell, glühende Augen, Klauen und Zähne.

Als der Wolf sich erhob, kam Bewegung in die Menge.

Die Menschen drängten panisch und blind auf die beiden Ausgänge zu, versuchten, in die angrenzenden Wagen zu gelangen. Dumm nur, dass dies hier der letzte Wagen des Zuges war. Es ging nur in eine Richtung, aber das kapierte kaum jemand. Die Leute drängten einfach nur vorwärts, irgendwohin, weg von der Kreatur, die nur einem bösen Traum entsprungen sein konnte.

Emily konnte nicht genau erkennen, was da passierte, sah nur die Leiber, die unkontrolliert und rücksichtslos vorwärtsdrängten, wobei es keinen Unterschied machte, wer zu Boden ging und wer die Türen erreichte. Denn beide Türen waren, wie es aussah, verriegelt. Und diejenigen, die sich für die hintere Tür entschlossen hatten, mussten wohl zudem bemerken, dass der Zug mit diesem Wagen hier endete.

Niemand konnte diesen Wagen verlassen.

Eine Gewissheit wie eine Grabinschrift.

Emily stöhnte und zerrte sich das Handgelenk blutig vor lauter Angst und weil sie sonst nichts tun konnte.

Der Wolf, der jetzt fertig und ausgewachsen war, verlor jedenfalls keine Zeit. Mit einem Satz sprang er in die Menge, mitten hinein, und begann zu wüten. Rostrote Zerrbilder, die sich für alle Zeit in Emilys Gedächtnis einbrennen würden, flammten kreuz und quer im Wagen auf. Menschen, die vergeblich versuchten, dem Wolf zu entkommen, stolperten übereinander, kauerten sich auf den Boden oder wurden gegen die Fensterscheiben gedrängt, während die Bestie wie tobsüchtig ihre Krallen und Zähne einsetzte. Keiner von ihnen würde entkommen. Der Wolf hieb mit seinen Pranken wahllos auf die Menschen ein. Blut spritzte gegen die Wände, floss über den Boden, benetzte die Sitze, ertränkte die Gesichter. Die Luft roch nach Tod, und der Geruch des Blutes stach Emily in die Nase.

Jetzt schrie sie und zerrte wie verrückt an der Handschelle. Was wollte der Wolf nur von ihr? Er hatte ihr eine Frage gestellt, ja, sicherlich, aber die Antwort hatte er gar nicht abgewartet. Warum schlachtete er die Menschen ab, wenn er es doch nur auf sie abgesehen hatte?

Emily ahnte es. Sie kannte diese Drecksviecher. Er war im Blutrausch, er wollte töten. Alles andere war ihm egal. Er tat, was seiner Natur entsprach. Er hatte Freude daran.

Die wilden Wölfe in der Nacht ...

Jeder kannte diesen Reim.

Fressen den, der zu viel lacht.

Reverend Dombey hatte ihn den Kindern manchmal vor dem Zubettgehen aufgesagt, und keines hatte gelacht.

Emily seufzte. Die Wahrheit, das wusste sie, sah noch viel schlimmer aus. Die Welt war gierig wie die Wölfe, und sie fraß auch die, die nicht lachten. Auch die, die kreischten, die um ihr Leben bettelten, winselten, verzweifelten.

Wie lange sollte das noch so weitergehen?

Erneut sprangen ihre Gedanken zu dem Kinderreim.

Die Wölfe fressen jeden auf ...

So gingen die Zeilen weiter.

Und darum, Kind, lauf weiter, lauf!

Weiter hinten, das erkannte Emily wie in Trance, war es jemandem gelungen, die Tür zu öffnen. Ein schwülwarmer Luftzug und das laute Fahrgeräusch, das von den Tunnelwänden widerhallte, drangen in den Wagen wie rastlose Geister, die einen Weg in diese Welt gefunden hatten, und die Fahrgäste drängten nach draußen. Die ersten stürzten einfach hinten aus dem Zug, schlugen auf den Gleisen auf. Emily hoffte, dass es einige von ihnen schaffen würden, obwohl sie ahnte, dass alle sterben würden. Der Zug war zu schnell, noch immer in voller Fahrt.

Der Wolf tobte unterdessen im vorderen Teil des Wagens.

Emily schaute wieder nach hinten.

Wenn sie es schaffen würde, dorthin zu gelangen; wenn sie es schaffen würde, auf die Gleise zu springen; wenn sie es schaffen würde, sich dabei nichts zu brechen – und, zuallererst, wenn sie es schaffen würde, sich von der Handschelle zu befreien –, wie groß wäre ihre Chance zu überleben?

Vergiss es, sagte sie sich.

Der Wolf würde ihr nachsetzen und sie schnappen. Es gab also nur die Wahl, hier im Zug zu sterben oder draußen auf den Gleisen.

Emily atmete ruhig. Hatte sie aufgegeben? Vielleicht. Ihr wundes Handgelenk war blutig und tat so weh. War aber gewiss nichts im Vergleich zu den Schmerzen, die sie gleich erleiden würde.

Sie schluckte.

Die letzten Schreie erstarben. Keiner in dem Wagen lebte anscheinend mehr. Keiner außer Emily und dem Werwolf.

Der betrachtete seine in Stücke gerissene Beute. Dann lächelte er, so grausam entstellt, wie nur Wölfe es zu tun vermochten. Er schnupperte an den Leichnamen, leckte sich das dicke Blut aus dem Fell.

Hinter ihm, am Fenster des anderen Wagens, jenes Wagens, in den es keiner der Fahrgäste geschafft hatte, stand schreckensbleich und fassungslos ein Schaffner. Die Menschen hinter ihm drängten sich gegen die Tür, um zu sehen, was hier los war, hielten ihre Handys hoch, fotografierten und filmten wahrscheinlich alles.

Das war die Welt, in der Emily lebte.

Spätestens jetzt, dachte Emily, *müsste ein Notruf an die Polizei erfolgen*. Die würde den Zug nicht anhalten lassen, nein, das wäre viel zu gefährlich. Irgendwo würden bewaffnete Polizisten auf einem Bahnhof warten, und bis dorthin müsste der Zug fahren. Das bedeutete, dass keiner den Zug verlassen würde. Verdammt, das bedeutete, dass sie sterben würde. Gleich hier und jetzt.

Die Bestie kam auf sie zu. Grollte. Sah sie mit glühenden Augen an.

Er gibt mir Bedenkzeit, dachte Emily. Sie wunderte sich, dass der Wolf eine solche Kontrolle über seinen Körper hatte. Normalerweise wurde ein Lykanthrop zum wilden Tier, das nur seinen Instinkten verpflichtet war. Aber dieser Wolf hier war groß und stark und schlau.

»Sie ... wurde entführt«, stammelte Emily.

Der Wolf knurrte, spitzte die Ohren.

»Von weißen Wölfen«, keuchte sie. »Schneewölfen. Aus dem Norden.« Unentwegt zerrte sie an der Handschelle.

Der Wolf legte den Kopf schräg, leckte sich das Blut von der Nase.

Warum spielte er dieses Spiel mit ihr? Warum hatte er all die Menschen getötet? Er hätte ihr doch ebenso gut in einer verlassenen Straße auflauern können. Warum also dieses Blutbad?

Noch bevor Emily weiter nachdenken konnte, wurde sie einer Bewegung gewahr. Etwas traf den Wolf am Kopf.

Ruckartig wandte er sich von Emily ab und starrte in die Richtung, aus der das Geschoss gekommen war.

Emily folgte seinem Blick und traute ihren Augen nicht.

Der junge Mann, der ihr vorhin zugelächelt hatte, stand mitten im Gang. Er trug eine abgewetzte braune Lederjacke, die war Emily gar nicht aufgefallen. Rucksack, Schal, Boots. Er musste sich irgendwie versteckt haben. Emily hatte keine Ahnung, wie er das geschafft hatte.

»Was tun Sie da?«, fragte sie. Sie wusste, wie absurd diese Frage klang, hier, in dieser Situation. Andererseits war die ganze Situation absurd. Der junge Mann sah sie an, mit Augen, denen man vertrauen konnte, so dunkel wie seine Haut. *Indisch, vielleicht*, dachte Emily, *oder pakistanisch.* Kurzes Haar, eine Brille. Keiner, der wie ein Kämpfer aussah.

»Was«, wiederholte sie, »tun Sie da?«

Er stand aufrecht im Gang, und dann sagte er etwas, was sie schlichtweg nicht fassen konnte: »Sie retten.«

Der Wolf knurrte, fletschte die Zähne.

»Na ja, ich versuche es jedenfalls«, sagte der junge Mann. Den Wolf ließ er nicht aus den Augen.

Emily stutzte. Hatte er dem Vieh wirklich das Taschenbuch an den Kopf geworfen? Wer war der Kerl? Er sah so was von gewöhnlich aus. Ja, sie wusste, dass es gemein war, so zu denken, erst recht nach dem, was er gerade getan hatte. Aber er sah nicht aus wie … wie … nun ja, nicht wie ein Held. Herrje, wer war denn so bescheuert und griff einen mordlustigen Werwolf mit einem alten Taschenbuch an?

»Hey, du wolltest doch wissen, wo das Mädchen ist«, rief Emily, plötzlich ermutigt, dem Wolf zu. Der drehte den Kopf zu ihr. Seine Augen waren jetzt nur noch gelb. Offenbar war er verwirrt von der Aktion des jungen Mannes.

»Sie ist …«

Die Bestie schaute irritiert zwischen ihr und dem einzigen anderen noch lebenden Menschen im Wagen hin und her.

»Lass sie in Ruhe!«, schrie der junge Mann den Wolf an. Dann machte er laut: »Kscht!«

Was sollte denn das nun schon wieder?

Kscht?
Glaubte er, den Werwolf wie ein Schoßhündchen verscheuchen zu können? »Laufen Sie weg!«, schrie Emily ihn an. Obwohl das vielleicht nichts brachte.
Schicksal, Tod, hält niemand auf.
Der Wolf stand da und wartete ab.
Darum, Junge, lauf nur, lauf!
»Kann ich nicht«, erwiderte der junge Mann und deutete auf den Wolf.
»Wie viele Taschenbücher haben Sie denn noch dabei?« Emily wusste, dass das nicht nett klang, aber … Meine Güte, der Kerl sah zum ersten Mal in seinem Leben einen echten Werwolf und rannte nicht weg. Dabei zitterte er am ganzen Körper. Sie konnte es sehen. Er zitterte wie Espenlaub, aber er wich nicht von der Stelle. »Hauen Sie ab, ich komme schon klar!« Herrje, kaum zu glauben, dass sie so etwas sagte.
Der junge Mann schüttelte beharrlich den Kopf.
Emily wusste, dass der Wolf bald genug haben würde. Er verlagerte unruhig sein Gewicht, sah zu dem jungen Mann, grollte, wandte sich Emily zu.
Jetzt wägt er zwischen uns ab, dachte Emily.
Die gelben Wolfsaugen suchten ihren Blick, und dann wandte der Wolf seinen Kopf dem jungen Mann zu. Ein Nicken, und die Wolfsaugen richteten sich wieder auf Emily.
Sie schluckte. Dachte: *Er bietet mir an, den jungen Mann nicht zu töten, wenn ich endlich rede.* Ja, das war der Deal.
»Okay, okay«, sagte sie gedehnt, »du suchst das Mädchen, ja? Ich kann dir nicht sagen, wo sie ist, aber ich kann dir sagen, was ich glaube …«

Der Zug raste jetzt durch einen U-Bahnhof. Vor den Fenstern wurde es hell, die Gesichter der Wartenden auf dem Bahnsteig schienen kurz auf, dann schwappte die Dunkelheit wieder über den Wagen. Grelle Signalleuchten an den Tunnelwänden, Kabelstränge, dann absolute Finsternis. Der Wolf und all die Leichen spiegelten sich in den Scheiben, grausig und schemenhaft, und die Menschen in dem Wagen vor ihnen waren inzwischen von der Verbindungstür zurückgewichen, als hätten sie endlich kapiert, dass hier etwas ganz und gar nicht in Ordnung war.

»Sprich!«

Es klang eigentlich nicht wie ein Wort, nur wie ein Laut, den ein Kind träumt in tiefer Nacht, bevor es schreiend aufschreckt aus dem Schlaf.

Emily starrte den Wolf an. Sie wusste, dass er sie töten würde. Sie und den jungen Mann. Vermutlich den jungen Mann zuerst, damit sie zuschauen konnte. Er spielte, deswegen war er hier. Der Wolf inszenierte dieses Blutbad, weil … Ja, warum nur?

»Ts, ts, ts«, hörte sie auf einmal eine Stimme, die ihr bekannt vorkam. »Ist das denn die feine Art?«

Der Wolf drehte ruckartig den Kopf in die Richtung, aus der die Stimme gekommen war.

Eine alte Dame trat durch die Tür, die den Wagen von dem vorderen Wagen trennte, stakste über die Leichen der Fahrgäste hinweg. »Ihr Wölfe habt keine Manieren. So mit einer jungen Frau umzugehen.« Wie sie die Tür hatte öffnen können, war Emily ein Rätsel.

»Und dann auch noch eine derartige Sauerei anzurichten. Sieh sich das mal einer an. Sie sollten sich schämen!«

Eine zweite alte Dame folgte der ersten in den Wagen. »Es wird eine kleine Ewigkeit dauern, hier aufzuräumen.« Sie sah aus wie die erste alte Dame, nur ein wenig anders.

Der Wolf knurrte, wirkte aber verunsichert.

Mrs. Pumblechook und Mrs. Pecksniff indes, woher auch immer sie gekommen sein mochten, schienen unbeeindruckt von dem, was hier drinnen passiert war.

»Miss Laing, Sie sollten vorsichtiger sein«, sagte Mrs. Pumblechook. Vielleicht war es aber auch Mrs. Pecksniff, so genau wollte Emily sich da nicht festlegen.

»Ja, viel vorsichtiger«, sagte Mrs. Pecksniff, die auch Mrs. Pumblechook hätte sein können.

»Und wer ist das?«, fragte Mrs. Pumblechook mit Blick auf den jungen Mann.

Und Mrs. Pecksniff fügte süffisant hinzu: »Ein neuer Freund?«

Emily wusste nichts darauf zu antworten; der junge Mann schwieg ebenso. Beide sahen einander nur an, ratlos ob dieser Entwicklung der Ereignisse.

»Aber wir wollen nicht plaudern«, sagte Mrs. Pumblechook.

»Nein, deswegen sind wir nicht hier«, stimmte Mrs. Pecksniff ihr zu.

Bevor Emily verstanden hatte, worum es ging, hielt Mrs. Pumblechook etwas in der Hand, was wie eine kleine Armbrust aussah, und Mrs. Pecksniff, die sich auf einen Stock gestützt hatte, zog eine silberne Klinge aus selbigem hervor.

Ohne Vorwarnung schoss Mrs. Pumblechook auf den Wolf. Der Pfeil traf die Bestie ins Bein. Die Kreatur heulte laut auf, schnappte mit den Zähnen nach dem Pfeil, zog ihn sich aus dem Fleisch, schleuderte ihn mit einer ruckartigen Kopfbewegung von sich und knurrte die beiden alten Damen an.

»Jetzt ...«, meinte Mrs. Pumblechook.

»... könnte es interessant werden«, vervollständigte Mrs. Pecksniff den Satz.

Der Wolf sprang auf sie zu. Mrs. Pumblechook duckte sich so schnell, wie es alte Damen normalerweise nicht zu tun vermögen, und Mrs. Pecksniff stach mit dem Messer nach dem Wolf. Der flog, dadurch kaum gebremst, durch die noch offen stehende Tür in den anderen Wagen. Augenblicklich ertönten Panikschreie von dort.

»Wir hatten den Leuten gesagt, sie sollten das Weite suchen«, meinte Mrs. Pumblechook.

»Aber nein«, fügte Mrs. Pecksniff hinzu, »sie müssen ja immerzu hinschauen, was passiert.«

Beide blickten durch die Tür in den anderen Wagen, während die Schreie noch schrecklicher wurden.

»Jetzt wissen sie es«, meinte Mrs. Pecksniff.

Und Mrs. Pumblechook sagte: »Tja.« Dann hob sie die Armbrust und schoss einen weiteren Pfeil auf die wütende Bestie ab.

»Miss Laing«, sagte Mrs. Pecksniff rasch, »Sie stecken in echten Schwierigkeiten.«

Emily hatte so viele Fragen an die beiden, dass sie überhaupt nicht wusste, wie ihr geschah.

»Passen Sie auf sich auf«, riet ihr Mrs. Pumblechook, und schon verschwanden die beiden durch die Tür in den vorderen Wagen, wo der Werwolf tobte.

Sekundenbruchteile später explodierte etwas zwischen den beiden Wagen und trennte sie.

Ein Sprengsatz?

Emily sah, wie sich der vordere Zugteil schnell immer weiter entfernte, während der Wagen, in dem sie und der junge Mann sich befanden, langsamer wurde und führerlos über die Schienen rollte.

»Wer in aller Welt sind Sie?«, herrschte sie den jungen Mann an.

»Jeeva Smith«, sagte er.

Sie sah ihn fragend an.

»Das ist mein Name«, erklärte er verdattert.

Sie rollte mit den Augen. »Warum haben Sie das eben getan?«

»Hätte ich Sie etwa Ihrem Schicksal überlassen sollen?« Er war bleich, starrte auf die Leichen der anderen Fahrgäste. »Das war ein Werwolf, oder?«

Emily nickte.

»Warum wollte er Sie töten?«

Emily zuckte die Achseln. Sie fragte sich, ob ein einzelner Wagen wie dieser eine Notbremse hatte.

Jeeva Smith schluckte. »Wissen Sie, ich glaube nicht an Werwölfe. Aber das da war einer.«

»Sie sind gut.« Ein analytischer Verstand konnte etwas Schönes sein.

Emily verzog das Gesicht. Ihr Handgelenk war eine Explosion aus Schmerz und Rot.

Der Zug raste weiter über die Gleise. Dann gab es einen heftigen Ruck, als er zur Seite gerissen wurde.

Eine Weiche, dachte Emily. Sie versuchte etwas zu erkennen, jedoch ohne Erfolg.

»Was war das?« Jeeva Smith kam auf sie zugewankt. Der Wagen schaukelte sehr stark.

»Ein Siding«, sagte Emily geistesabwesend. »Ein Abstellgleis.« Gleise wie dieses waren über das gesamte Streckennetz der U-Bahn verteilt. »Nur ein verdammtes Abstellgleis.« Sie dienten nachts und zwischen den Spitzenzeiten als Abstellplatz für Züge. Und sie waren in der Regel recht kurz. Gerade lang genug, um einen Zug zu beherbergen, nicht aber lang genug, um in voller Fahrt zu bremsen.

Jeeva Smith schaute nach vorn. »Mist«, fluchte er laut.

»Was meinen Sie?«

»Ich glaube, das Gleis endet gleich.« Er zeigte in die Dunkelheit, die vor ihnen lag. Mitten in der Nachtschwärze erkannte Emily ein Licht. »Da drüben.« Er lief zu Emily und sagte: »Halten Sie sich fest!« Ohne sie zu fragen, umarmte er sie, drückte sie an sich und hielt sich an der Stange fest, an die Emily gefesselt war.

Emily ließ es geschehen, weil es guttat. Es tat gut, nicht allein dazustehen in diesem verirrten Wagen voller Leichen. Jeeva Smith war kein Held. Er zitterte, wie sie es tat. Aber er war hier, er war nicht fortgelaufen, er hatte einen Werwolf mit einem alten Taschenbuch in Schach gehalten. Emily schloss die Augen, und als der Aufprall kam, da atmete sie viel ruhiger als noch zuvor.

Maurice Micklewhite stand auf dem Gehweg und beobachtete das Anwesen auf der anderen Straßenseite: Hampstead Manor. Die Erker, die grauen Mauern mit den hohen Fenstern, die Schatten dahinter. Stille lag über dem Haus. Dicke Schneeflocken fielen.

Die Straße war zu dieser Abendstunde noch stark befahren. Menschen hasteten die Gehwege entlang, kreuzten die Straße. Niemand schenkte ihm Beachtung. Der Elf fragte sich, ob er vorhin, als er hier gewesen war, etwas übersehen hatte. Er musste etwas übersehen haben.

Er betrachtete die Passanten, suchte nach Hinweisen, sog jedes Detail – den Briefkasten, die Hauseingänge, parkende Autos mit Schnee auf den Dächern, die Spuren im Schnee auf dem Gehweg vor dem Haus – in sich auf. Das Büschel Wolfsfell, das er im Haus gefunden hatte, deutete, zusammen mit der verwüsteten Küche, darauf hin, dass Schneewölfe das Mädchen wie auch Peggotty entführt hatten. Sowohl Wittgenstein als auch er selbst gingen noch davon aus, dass beiden nichts Ernsthaftes zugestoßen war. Denn wer auch immer die beiden in seine Gewalt gebracht hatte, hätte sie schnell töten können, wenn ihm danach gewesen wäre. Wittgenstein hatte recht in der Angelegenheit. Es war ein Spiel. Nur die Spieler waren ihnen nicht alle bekannt. Und was genau war hier vorgefallen?

Als er geduldig die Eingänge der umliegenden Häuser musterte, in die Schatten unter den Erkern und Vordächern spähte, da wurde Maurice Micklewhite eines Restefressers gewahr, der sich dort für die Nacht ein Lager bereitet hatte.

Der Obdachlose hockte, verborgen von den Schatten, im Eingang eines Hauses, das verwaist wirkte. Von dort, wo er saß, dachte der Elf, hatte er einen guten Ausblick auf die Straße und das Anwesen. Womöglich hatte er etwas gesehen.

Er ging zu ihm hin.

»Ich grüße Sie.« Er tat so, als würde er sich umschauen. »Es ist sehr kalt.« Die elegante Kleidung des Elfen ließ keinen Zweifel daran aufkommen, dass er mitnichten an einem Schlafplatz für die Nacht interessiert war.

»Schweinekalt«, sagte der Obdachlose. Er war, bis auf Augen, Nase und Mund, völlig vermummt. Dicke Mütze, Schal, schmierige Decke, Rucksack, Zeitungsfetzen, in den Schlafsack gestopft.

»Sind Sie schon lange hier?«

Der Obdachlose schüttelte den Kopf. »Nee, vorher war Toby hier.«

»Wer ist Toby?«

»Toby is 'n Penner, so wie ich.«

Maurice Micklewhite musterte ihn eindringlich.

»So nennt ihr uns doch«, meinte der Mann kläglich. Er roch nach billigem Alkohol und auch sonst nicht gut.

»Ich habe Sie nicht mit Namen angesprochen, weil ich Ihren Namen nicht kenne.« Es war keine Entschuldigung, nur eine Feststellung.

»Snuffy«, sagte der Mann, »so nennen mich alle hier.« Er hielt eine Tube Klebstoff hoch. »Wegen dem hier, versteh'n Se?« Er kicherte. »Is das YouTube des armen Mannes, sag ich immer.«

Micklewhite nickte nur. »Seit wann sind Sie hier?« Armer Wicht!

»Seit 'ner Stunde. Oda so. Warum woll'n Se das wiss'n?« Die Kälte und der Leim verstümmelten ihm die Sprache.

»Ich bin neugierig.«

»Is nix passiert.«

Micklewhite zog ein paar Geldscheine aus der Manteltasche. Hielt sie dem Mann, der sich Snuffy nannte, hin.

»Aber Toby«, sagte der, jetzt schneller, mit Blick auf die Geldscheine, »ja, Toby, kann ich Ihnen sagen, war ganz schön aufgeregt. Wollte deswegen woanders schlafen. Völlig runter mit de Nerven, ja, das war a.«

»Warum war er aufgeregt?«

»Sagte, dass da drüben komische Sachen passiert sind.«

»Komische Sachen?«

»Ja, unheimliche Sachen.«

Das klang interessant.

»Wo sind die unheimlichen Sachen denn passiert?«

»In 'nem Haus, da aufa annan Seite.« Snuffy nickte. »Ja, hat a gesagt.«

»Was genau ist dort passiert?«

»Na ja, komisches Zeug.«

»Mehr wissen Sie nicht?«

Snuffy verdrehte die Augen. »Jemand hat ihm gedroht«, sagte er. »Er sollte von hier verschwinden und mit keiner Menschenseele drüber reden. Kein Sterbenswörtchen, sonst würd's ihm leidtun.« Er schüttelte bedauernd den Kopf. »Armer Kerl. Keine Ahnung, was da gelaufen is. Toby hatte Schiss, echt, kein Scheiß. Ist fort, als wär der Teufel hinter ihm her.« Er grinste benommen. »Hat mir den Platz hier überlassen, immerhin. Is klasse. Dafür bin ich ihm echt dankbar, kann ich Ihnen sagen, mein Herr. So 'nen feinen Schlafplatz findet man selten.«

Micklewhite reichte ihm die Geldscheine. »Wo würde ich Toby denn finden, wenn ich mit ihm sprechen wollte?«

Snuffy schnappte sie sich rasch. »Toby wollt sich inna piekfeinen Taverne zulaufen lassen. Er wollt rüber ins alte *Cheshire*. Kennen Se, ja?«

Micklewhite nickte. Das *Ye Olde Cheshire Cheese*. »Woran erkenne ich Toby?«

Snuffy zuckte die Achseln. »Sieht aus, wie 'n Toby aussieht. Wie 'n Penner. Erkenn'n Se schon, wenn Se 'n sehn.«

Maurice Micklewhite bedankte sich, machte sich auf den Weg. Er hatte eine Spur, und das war gut so. Warum Zeit verlieren?

7. Kapitel

Knightsbridge

Später, irgendwann, der Moment ein Fragezeichen. Gedämpfte Laute, wie unter Wasser. Schmerzen, tiefdunkelrot wie schäbiger Rost auf altem Eisen.

Sie hustete laut, atmete schwer. Dann erst öffnete sie die Augen.

Der junge Mann kniete neben ihr, seine Hand ruhte auf ihrer Stirn. Er hatte ihr das Haar aus dem Gesicht gestrichen. Verwirrt schaute sie in braune Augen, die nicht von ihr ließen.

»Sie waren bewusstlos«, sagte der junge Mann. »Ich hatte schon Angst, dass ... Geht es Ihnen gut? Können Sie mich verstehen?«

Jeeva Smith, fiel es ihr wieder ein, ja, das war sein Name. Sie erinnerte sich. Daran und an die U-Bahn, die Attacke, das Gemetzel, den führerlosen Wagen, das Siding. Oh, das war gut. Ja, das war gut. Wenn sie sich erinnern konnte, dann war alles mit ihr in Ordnung, erst einmal. Glaubte sie.

Benommen dachte sie an die beiden alten Damen und an den Werwolf und fragte sich, ob sie die Kreatur getötet hatten. Die beiden waren aufgetaucht, um ihr zu helfen. So viel stand fest.

Dann fiel ihr auf, dass sie ihre Hand wieder frei bewegen konnte. Sie hob den Arm und betrachtete ihr wund gescheuertes Handgelenk. Die Abdrücke der Fessel waren ihr in die Haut gebrannt wie ein Mal. Aber sie war am Leben. Die Handschelle, mit der sie der Werwolf an die Stange gefesselt hatte, lag geöffnet neben ihr.

»Was ist passiert?«, brachte sie mühsam hervor. Alles um sie herum war schief, jede Bewegung kam ihr falsch vor. Die Perspektive stimmte nicht, alles war zur Seite gekippt. Der Wagen, in dem sie sich befanden, war seitwärts geneigt, nicht sehr, aber doch so, dass ihr schwindelte. Das dunkle Blut der anderen Fahrgäste sammelte sich in breiten, tiefen Pfützen. Die Leichname waren allesamt zwischen die Sitze gerutscht und lagen dort mit verrenkten Gliedmaßen – sofern die Gliedmaßen noch am Körper waren. Der Wolf hatte wirklich ganze Arbeit geleistet. Verdammte Lykanthropen. Sie hatte diese Mistkerle noch nie gemocht. Immer gab es Ärger, wenn sie auftauchten.

Emily konnte kaum glauben, dass das alles wirklich passiert war. So viele, viele Unschuldige waren auf bestialische Weise gestorben.

»Der Wagen ist entgleist. Er ist gegen den Prellbock gerast und dann entgleist, gegen die Tunnelwand gekippt und auf die Weise gebremst worden.«

Emily stöhnte. Sie hielt sich den Kopf, rieb sich die Schläfen. Atmete ruhig, wie Wittgenstein es ihr beigebracht hatte, damals in dem Loch, als er sie vergraben hatte.

Sie schaute sich noch einmal um.

Überall Scherben, die restlichen Scheiben voller Risse. Ein Licht flackerte, das war die Beleuchtung des Wagens. Aber da war noch etwas anderes. Es war unruhig. Wie ein Blitz flammte es auf, war dann wieder fort und plötzlich woanders, hell und rastlos.

Sie schnappte nach Luft. »Was ist mit der Handschelle passiert?«

Jeeva Smith zuckte die Achseln. »Ich weiß, das klingt jetzt ein wenig verrückt, aber ... Ich habe versucht, die Handschelle zu öffnen, doch ohne Erfolg, und dann war da auf einmal ein Licht, das sich bewegt hat ...«

Sie starrte ihn an.

»Ein schnelles Licht«, erklärte er.

Sie nickte und bereute die Bewegung sofort. »Ein Licht?« Ihre Stimme klang rau. Sie hustete. Ihr war schwindlig und übel. Vermutlich war es besser, den Kopf erst einmal möglichst langsam zu bewegen. »Ein Licht, sind Sie sicher?«, hakte sie noch einmal nach. Sie dachte an das Licht, das sie vor dem Aufprall gesehen hatte. Aber das konnte auch eine Täuschung gewesen sein. »Wie sah es aus?« Ihr Nacken schmerzte. Alles schmerzte. Rot wie Rost, bitter wie Galle.

Sie hustete erneut, widerstand dem Gefühl, sich übergeben zu müssen.

Grell blitzte plötzlich etwas in ihrem Gesichtsfeld auf.

»Da ist es wieder«, sagte Jeeva Smith aufgeregt. »Es war vorhin nach draußen geflogen, aber jetzt ist es wieder da.«

Emily blinzelte.

»Es ... Ich meine, dieses Licht ... Nun ja, es klingt sehr

seltsam, aber es hat in die Handschelle hineingeleuchtet«, sagte Jeeva Smith. »Es sah so aus, als krieche es in das Schloss hinein. Na, und dann ist die Handschelle auf einmal aufgeschnappt.«

Emily starrte erst ihn an und dann das Licht, das wie ein kleiner leuchtender Punkt in der Luft schwebte, zur Ruhe kam, leise summte. »Dinsdale«, sagte sie überrascht. »Was machst du hier?« Die anderen Fragen verkniff sie sich für den Augenblick.

»Sprechen Sie mit dem Licht?«

»Er heißt Dinsdale«, sagte Emily schwach.

Das Licht gab ein leises Summen von sich, dem einer dicken Hummel nicht unähnlich, und flirrte erst um Emilys, dann um Jeevas Kopf herum.

»Er?« Jeeva Smith folgte dem umherflackernden Lichtpunkt mit den Augen.

»Winston Dinsdale. Er ist ein Irrlicht«, erklärte Emily.

»Ist nicht Ihr Ernst.«

»Doch, ist es.«

Das Licht hatte jetzt die Größe einer Kinderhand und keinen erkennbaren Körper.

»Sie behaupten, es gibt Irrlichter?«

»Na, der Werwolf hat Sie doch auch überzeugt, oder nicht?«

Das seltsame kleine Wesen schien aus reinem Licht und konfuser Willenskraft zu bestehen. Es strahlte mit wechselnder Intensität, und das Summen, das von ihm ausging, änderte sich fortwährend, wechselte von dunklen zu hellen Tönen, war mal sanft und leise, mal laut und brummend, wie eine Melodie, die sich nicht wirklich dazu entscheiden konnte, ob sie ein Lied oder nur ein Geräusch sein wollte.

»Okay.« Jeeva Smith nahm das nickend zur Kenntnis. »Sie verstehen ihn?«

»Mittlerweile schon.« Emily lächelte. »Der Dialekt ist gewöhnungsbedürftig.« Sie hatte gehört, dass Irrlichter niemals starben. Manche verloschen, doch meist genügte ein Funke, um sie wieder leuchten zu lassen. »Er meint, er war zufällig hier unten unterwegs«, sagte sie, hielt dann aber inne. Winkte ab. »Vergessen Sie das. Ist zu kompliziert. Er ist da, und er wird uns helfen.« Sie schaute sich vorsichtig um. »Dinsdale ist ein Freund.« Sie überlegte kurz, fügte hinzu: »Aus alten Tagen, ja, sehr alten Tagen.« Dann besann sie sich. »Er sagt, wir müssen weiter.«

Jeeva schürzte die Lippen, und seine Augen wurden schmal. »Glaubt er, dass der Werwolf noch einmal auftauchen wird?«

Sie zuckte die Achseln. »Ich möchte ungern warten und es herausfinden.«

Jeeva reichte ihr die Hand, stützte sie behutsam mit der anderen und half ihr aufzustehen. Als sie sicher auf den Füßen stand, ließ er sie sofort los. Er bückte sich, hob ihre Tasche auf, überzeugte sich, dass sie einigermaßen sauber war, hielt sie ihr hin und lächelte aufmunternd.

»Das mit dem Werwolf und dem Taschenbuch war sehr mutig«, sagte Emily und nahm die Tasche entgegen.

Er nickte nur und machte ein Gesicht, das wohl verwegen aussehen sollte.

»Aber auch dämlich.«

Er verzog den Mund, senkte leicht betreten den Blick, bevor er sie aus den Augenwinkeln ansah.

»Warum hatte der Werwolf es auf Sie abgesehen?«

»Das«, sagte Emily, »ist eine lange Geschichte, die ich

selbst noch nicht wirklich verstehe. Aber Sie können mir glauben, dass ich ebenso wie Sie überrascht worden bin.«

»Aber Sie wussten, dass es so was wie Werwölfe gibt.«

»Hat man mir das angesehen? Haben Sie mich beobachtet?«

Ertappt und ein wenig verlegen antwortete er: »Sie schienen jedenfalls zu wissen, was passieren würde, als der Mann zu stöhnen begann. So, als hätten Sie das schon einmal erlebt.«

»Ich gehe gern ins Kino«, sagte sie rasch.

Er schien zu verstehen, wie sie das meinte. Sagte: »Okay.« Sonst nichts.

Sie schaute ihm fest in die Augen. »Ich bin übrigens Emily Laing«, sagte sie.

»Jeeva Smith«, antwortete er reflexartig, da hörten sie das Heulen. Es war noch weit weg, aber es kam näher.

Emily war sich schlagartig sicher, dass der Wolf überlebt und die Verfolgung noch nicht aufgegeben hatte. Sie dachte an die beiden alten Damen und fühlte sich wie ein Ball in einem seltsamen Spiel, das nicht zur Ruhe kommen wollte. »Wir sollten von hier verschwinden«, schlug sie vor. »Und zwar schnell.« Sie schulterte ihre Tasche, holte tief Luft und strich sich das Haar aus dem Gesicht.

»Nichts dagegen einzuwenden«, meinte Jeeva Smith, und das Irrlicht flog flirrend nach draußen in den Tunnel.

Emily folgte ihm zu dem zersplitterten Fenster und blickte vorsichtig hinaus. »Wo sind wir?«

Ein Summen wie von Elektrizität antwortete ihr, und Jeeva Smith fragte: »Was sagt er?«

»Ein Abstellgleis, okay. Und gleich da vorn ist eine Tür.

Dort geht es weiter. Da müssen wir hin«, übersetzte sie für Jeeva. Das alles hier kam ihr bekannt vor, und sie verspürte keine Erleichterung deswegen. Ganz im Gegenteil.

»Wohin gehen wir?«, hakte Jeeva noch einmal nach.

Dorthin, wo ich nie wieder hinwollte, dachte Emily. »Nach Knightsbridge.«

»Ist das schlimm?«

»Kommt auf den Vergleich an«, erwiderte sie, sah sich noch einmal kurz in dem blutüberströmten Wagen um, und dann kletterte sie nach draußen in den Tunnel. Dort war es kühl, und die Luft roch nach Öl und Metall und abgestanden, aber allemal besser als am Schauplatz des Gemetzels, den sie nun hinter sich ließen.

Emily deutete auf eine eiserne Tür vor ihnen, die schief in den Angeln hing. »Das ist der einzige Weg, der uns bleibt.« Sie drückte auf die Klinke, und die Tür schwang mit einem rostigen Stöhnen auf. Dahinter führte ein Tunnel abwärts in die Finsternis.

Dinsdale schwirrte an ihr vorbei und erhellte die Tunnelwände, die feucht und von einem algenähnlichen Pflanzengewächs bedeckt waren.

»Fassen Sie das am besten nicht an«, riet Emily ihrem Begleiter. »Nachtefeu ist nicht direkt gefährlich, aber unangenehm. Der Ausschlag, den man bekommen kann, treibt einen nachts in den Wahnsinn, glauben Sie mir.«

Jeeva Smith folgte ihr. »Wieso kennen Sie sich hier unten aus?«

»Bin schon mal hier gewesen.«

»Na, das erklärt ja alles.«

Sie blieb stehen und sah ihn an, sagte: »Die Stadt unter der Stadt ist ein dunkler Ort voller Geheimnisse.«

Erneut drang das Heulen des Werwolfs durch die unterirdische Nacht der Tunnel.

»Alles, was man hier unten hört, kann näher sein, als einem lieb ist.«

»Klingt ja verlockend«, bemerkte Jeeva.

»Schlimmer noch sind die Wesen und Dinge«, meinte Emily, »die man nicht hört. Denn die kriegen einen, ohne dass man sie bemerkt.«

Jeeva antwortete darauf nicht. Sein Gesichtsausdruck sprach Bände.

»Er will, dass wir in Panik verfallen und Fehler machen«, erklärte Emily. »Wenn die Beute panisch ist, dann ist sie einfacher zu erlegen.«

»Na, prima«, sagte Jeeva, »ich bin schon halb panisch.«

»Sie können es gut verbergen.«

»Ich bin Lehrer«, sagte er. »Lehrer, Soldaten und Raubtierdompteure müssen ihre Angst bezwingen können.«

Emily musste lachen. »Sie sehen nicht aus wie ein Lehrer.«

»St. James' School. Eigentlich bin ich Assistenzlehrer im zweiten Jahr.«

Sie nickte. »Hier unten kann man sich sehr schnell verlaufen. Nimmt man einmal die falsche Abzweigung, dann endet man womöglich in einem Dead End. Oder einer Grube. Oder Schlimmerem. Genau das will der Werwolf.« Wenn sie allein auf der Jagd waren und nicht im Rudel, dann taten sie das meist.

»Keine Bange«, versprach Jeeva Smith, »ich folge Ihnen, wohin auch immer Sie gehen.«

»Gut.«

Beide folgten sie dem Verlauf des Tunnels.

»Es tut mir wirklich leid, dass Sie da mit hineingezogen wurden«, sagte Emily aufrichtig.

»Wir hätten uns sonst nie kennengelernt«, scherzte Jeeva.

»Ich wäre tot, wenn Sie nicht eingegriffen hätten.« Ja, gut möglich, dass genau das passiert wäre. Emily blieb stehen, hielt sich an der Wand fest. »Nur ein kleiner Schwindel«, erklärte sie. »Geht schon vorbei.« Sie sah in seine braunen Augen, atmete, hätte noch viel länger dort verweilen können, drehte sich um, bevor es ihm auffiel. Wunderte sich über sich selbst.

Dinsdale erhellte den Weg.

Also folgte sie ihm. Weiter und weiter, immer tiefer hinein in die Abgründe der Stadt unter der Stadt.

»Kaum jemand weiß, dass diese Stadt hier unten existiert. Der Ort, zu dem uns der Tunnel hier führen wird, ist nicht ungefährlich.« Emily wusste, dass es nicht der Weg war, den sie sich ausgesucht hatte. Aber es war der einzige Weg, der von dem Abstellgleis fortführte. Es war der Weg, den sie schon einmal gegangen war. Der sie vor Jahren schon fast ins Verderben geführt hatte.

»Was ist das für ein Ort?«, fragte Jeeva Smith.

»Knightsbridge?«

»Ja.«

»Es ist eine riesige Höhle.«

»Tief unter der Erde?«

»Ja, unterhalb des Hyde Parks.«

»Das klingt geheimnisvoll.«

Alles hier unten ist viel zu geheimnisvoll, um sicher zu sein, dachte Emily und sagte: »Die Knightsbridge war schon immer da. So jedenfalls hat man es mir damals erklärt.«

»Damals?«

»Als ich das erste Mal hier unten war. Ist lange her.« Sie warf beunruhigt einen Blick zurück. Von Zeit zu Zeit zerriss das Heulen die Stille in den tiefen Tunneln. »Es kann nicht mehr weit sein.« Sie ließen einige Biegungen hinter sich, dann fiel der Tunnel, dem sie folgten, steil ab. Eine schmale Kloake kreuzte ihren Weg. Vorsichtig stiegen sie über die brackige Brühe hinweg und einige grob in den dunklen, nässenden Fels geschlagene Treppenstufen hinauf, und dann, ohne Vorwarnung, hielt Dinsdale an.

Eine Weggabelung. Das Irrlicht überlegte kurz, ehe es sich für den Weg zu ihrer Rechten entschied.

»Es gab einen Ritter«, erklärte Emily. »Er war aus Stein. Ich weiß nicht, ob er noch existiert. Er bewachte die einzige Brücke, die über den Abgrund führte.«

»Und zu ihm gehen wir jetzt?«

»Ja.«

»Die Brücke ist also unser Fluchtweg?«

»Wenn der Werwolf uns auf den Fersen ist, dann müssen wir die Brücke vor ihm passieren.«

»Wird er uns nicht über die Brücke folgen?«

»Der Ritter testet jeden, der dort vorbeimöchte. Der Werwolf wird es nicht schaffen.«

»Warum nicht?«

»Weil er nicht sprechen kann, wenn er ein Wolf ist. Nicht klar artikuliert.«

»Und der Ritter?«

Emily schaute ihn an. »Sie stellen verdammt viele Fragen, Jeeva Smith.«

»Ich verstehe ja auch verdammt viele Dinge nicht«,

antwortete er. »Wie haben Sie sich denn gefühlt, als Sie das erste Mal hier unten waren?«

Statt ihm auf seine Frage zu antworten, erklärte Emily ihm lieber das Wesentliche: »Der Ritter verlangt, dass man ein Gedicht vervollständigt.«

»Ziemlich abgefahren.«

»O ja, allerdings.«

»Und weil Werwölfe keine Gedichte kennen, wird er uns nicht folgen können?«

»So ähnlich«, seufzte Emily nur und beschleunigte ihre Schritte.

An den uralten Tunnelwänden liefen dicke Telekommunikationskabel mit gelben Markierungen entlang. Dann ließen sie diese Ebene hinter sich, stiegen weiter in die Tiefe. Das Irrlicht flog schneller. Aus der Ferne folgte ihnen das Heulen des Werwolfs, lauter und lauter werdend.

Plötzlich blieb Emily abrupt stehen, weil Dinsdale sie, grell und eindringlich blinkend, daran hinderte weiterzulaufen. Hätte er das nicht getan, wäre sie kopfüber in den Abgrund gestürzt, der sich vor ihnen auftat.

»Wir sind da«, sagte sie. Sie standen am Eingang einer riesigen Höhle, deren Decke und deren Boden niemand erahnen konnte. »Willkommen in Knightsbridge.«

Jeeva hob den Blick und staunte.

»Wow!«

Dinsdale schwirrte aus, damit sie mehr zu sehen vermochten. Die Leuchtkraft des Irrlichts reichte indes nicht aus, um alles, was hier unten war, zu illuminieren.

Man konnte nur dürftig erahnen, wie weiträumig dieser Ort sein musste. Der Raum gehörte noch immer den

Schatten, und nur zwei Meter vor ihnen begann der Abgrund. Früher hatte es hier eine steinerne Brücke gegeben, errichtet aus dicken Quadern, gefertigt vor langer Zeit. Über den Abgrund, aus dem man weit, weit unten das Tosen wilder Fluten hören konnte, hatte sie geführt.

Emily erinnerte sich an diese Fluten, die jeden mit sich rissen, der das Pech hatte hinabzustürzen. Wie an so vielen Orten auf der Welt gab es auch hier unten einen Fluss, der sich Hades nannte und direkt in die Hölle führte.

»Die Brücke ist zerstört«, stellte Jeeva fest.

Emily seufzte entmutigt.

Einen anderen Weg als diesen gab es nicht. Ihr Fluchtweg entpuppte sich als Sackgasse, als eine Falle.

Dort, wo die Brücke gewesen war, klaffte nur der Abgrund. Ein einzelner Pfeiler stand noch da, einsam inmitten der Finsternis. Zerklüftet wie ein alter Zahn, so ragte er aus der Dunkelheit empor, ein trauriges Relikt dessen, was früher einmal als riesige Brücke die Bodenlosigkeit überspannt hatte. Feucht glänzend, farblos und womöglich giftig, umwucherte ihn der Efeu der Tiefen Schlünde, wie die Tunnelstreicher aus Hidden Holborn dieses Gewächs nannten – Nachtefeu, laut Wittgenstein.

»Was machen wir jetzt?«, fragte Jeeva.

Das Heulen wehte durch die Finsternis zu ihnen. Lauter, hungriger.

»Nicht verzagen«, murmelte Emily. Sich selbst zu belügen konnte manchmal ungemein hilfreich sein. Am liebsten hätte sie vor Wut geschrien. Die Brücke war fort. Nur der Abgrund gähnte ihr entgegen.

Aber dort! Ja, der Ritter war noch da.

Der Scharlachrote Ritter war wirklich noch da. Aber etwas war nicht richtig. Etwas war anders.

Die riesige Gestalt, die aus der Dunkelheit des Abgrunds aufragte, stand breitbeinig da. Ruß und Schmutz bedeckten den einst roten Stein, aus dem die Gestalt gehauen war. Ein prächtiger Helm mit spitzem, raubvogelschnabelartigem Visier schmückte den Kopf über den blicklosen Steinaugen, den strengen Mundwinkeln und dem buschigen Vollbart. Ein großer Teil des Gesichts jedoch war abgesplittert, Narben im Stein ließen den Ritter noch grimmiger wirken. Seine eine Hand umfasste den Griff eines langen Schwertes, das an seinem Gürtel hing. Der andere Arm fehlte ihm. An seiner statt ragte ein rostiges Gerüst aus dem Torso hervor, hässliche Stahlträger wie Knochensplitter, eine Prothese, die nie fertiggestellt worden war.

»Es sieht so aus, als sei der Ritter nicht mehr am Leben«, sagte Emily. Aber konnte Stein sterben? Emily wusste es nicht. Sie hatte all die Jahre nicht mehr an den Scharlachroten Ritter gedacht. An viele Dinge, die mit der uralten Metropole zu tun hatten, hatte sie nicht mehr gedacht. Aus gutem Grund.

Jetzt stand sie ratlos da. »Vielleicht läuft das heute anders ab, als ich es in Erinnerung habe. Ich meine, die Überquerung des Abgrunds.«

»Es gibt jedenfalls keine Brücke mehr.«

»Der Scharlachrote Ritter war schon immer an diesem Ort«, überlegte Emily laut. »Niemand weiß, wer oder was zuerst da war – der Ritter oder die Brücke. Die Knightsbridge, das waren immer beide. Sie gehörten zusammen, bildeten eine Einheit.«

Das Gesicht des Scharlachroten Ritters sah anders aus. Entstellter. Verrückter. War es möglich, dass die langen Jahre der Einsamkeit nicht spurlos an ihm vorübergegangen waren? Vermisste er womöglich die Brücke? Waren die beiden wirklich eine Einheit gewesen, von der ein Teil nun fehlte?

Denk nach, sagte sich Emily. *Denk nach!*

Das laute Heulen des Werwolfs ließ sie erschaudern.

Ein Wolf konnte schneller laufen als Menschen. Sehr viel schneller.

Emily schätzte, dass er bald hier auftauchen würde. Vielleicht schon in fünf Minuten? Ihnen rannte die Zeit davon.

»Wie nah ist er?« Jeeva hatte ihre Reaktion bemerkt.

»Fragen Sie besser nicht.« Sie begann auf und ab zu gehen, denn manchmal half das. Sie suchte nach einer Lösung und hatte nicht die geringste Idee.

In Augenblicken wie diesem wünschte sie sich, wieder das kleine Mädchen in Gesellschaft Wittgensteins zu sein, ihres Mentors, der auf alle Fragen eine Antwort wüsste.

»Warum ist dieser Wolf noch immer hinter uns her?«, erkundigte sich Jeeva.

»Hinter mir«, korrigierte ihn Emily. Aber, nein, auch das war nicht richtig. *Er ist hinter Picca her*, dachte sie. Aber warum, das wusste sie nicht. »Eigentlich ...«

Mit einem Mal öffnete die Gestalt des Ritters die Augen. Das Geräusch, wie Stein über Stein schabte, hallte laut in der Höhle wider.

Beide schauten sie den Scharlachroten Ritter an. Erschrocken und voller Ehrfurcht.

Er lebte also doch noch. Er öffnete die Augen und ...

Nein, korrigierte Emily sich, er öffnete nur ein Auge. Das andere Auge fehlte ihm. Warum war ihr das entgangen? Sie schüttelte sich, erinnerte sie der Ritter doch nun an ihr Mondsteinauge. Verlust konnte einen entstellen. Ja, manchmal lagen die Dinge wirklich viel zu eng beieinander.

Sie widerstand dem Drang, ihr eigenes Steinauge zu berühren.

Eine dröhnende Stimme erfüllte die Höhle: »Was ist Euer Begehr, Wanderer in der Dunkelheit?«

Der gleiche Bariton, die gleiche Entschlossenheit, die gleiche Frage, die er damals gestellt hatte. Und trotzdem. Dieses Mal machte ihr die Stimme Angst. Nicht, weil sie so mächtig klang. Nein, sie erinnerte Emily an die Stimme, mit der ihre Mutter in Moorgate zu ihr gesprochen hatte. Damals, als der Wahnsinn sie so fest im Griff gehabt hatte. In der Anstalt, in der sie am Ende den Tod gefunden hatte.

»Wir erbitten die Passage über … den Abgrund«, rief Emily und trat ein wenig vor.

»Es gibt keine Brücke mehr«, sagte der Ritter.

Na, klasse.

»Wir sind bereit, den Wegzoll zu entrichten«, versuchte es Emily.

Der Ritter schwieg.

»Ich war schon einmal hier«, rief Emily. »Und ich bin bereit, den Wegzoll erneut zu zahlen.«

»Es waren schon viele hier.«

Emily zögerte.

»Lief das damals genauso?«, wollte Jeeva wissen.

»Nein, anders.« Sie wandte sich erneut dem Ritter zu: »Beginnt Euren Vers und …«

Der Ritter dröhnte zornig: »Schweigt still!« Er war sehr ungehalten, zweifelsohne. »Die Brücke gibt es nicht mehr. Es war niemand mehr hier. Nur die Finsternis. Ich war allein in der Finsternis, und die Finsternis war allein in mir.«

Emily wusste nicht, was er damit meinte, aber es klang nicht gut. Es klang verrückt und zornig.

»Das war der Plan?«, flüsterte Jeeva besorgt.

Entnervt und ebenso leise entgegnete Emily: »Nein, das war nicht der Plan.«

Jeeva blickte sich um. »Der Wolf wird bald hier sein und …«

Emily hob die Hand, um ihn zum Schweigen zu bringen. »Ich muss nachdenken.«

»Stein, allein«, knurrte der Scharlachrote Ritter.

Was konnte man jemandem anbieten, der allein war? Natürlich, Gesellschaft! Jemand, der allein war, würde nicht mehr allein sein wollen.

»Keine Brücke, kein Überweg«, dröhnte der Ritter, und der Schall seiner Stimme ließ feine Sandkörner von der Decke herabrieseln.

»Wir werden verfolgt«, schaltete sich Jeeva ein.

»Das«, dröhnte der Ritter, »ist nicht von Belang.«

»Für uns schon. Ein Werwolf ist hinter uns her.«

Der Ritter schwieg.

»Der Scharlachrote Ritter ist uralt. Man kann ihn nicht damit beeindrucken, dass man die Werwölfe erwähnt«, sagte Emily.

»Es war den Versuch wert, oder nicht?«

Sie schnaubte, wandte sich wieder der steinernen Gestalt zu.

»Wir könnten Euch Geschichten erzählen«, lockte sie

den Scharlachroten Ritter. Es war ihre einzige Idee. Eine bessere hatte sie nicht.

Der Scharlachrote Ritter ließ plötzlich den Griff seines Schwertes los. Er streckte den Arm über den Abgrund hinweg aus, und die riesige Hand öffnete sich vor Emily und Jeeva.

»Er wird uns tragen?«, fragte Jeeva ungläubig. Die Aussicht, in der Hand über den Abgrund getragen zu werden, war nur begrenzt verlockend.

Emily nickte. »Sieht so aus.« Sie betrachtete die Handfläche. Nur einer von ihnen hatte dort Platz.

Jeeva erkannte es auch.

»Na, dann. Sie zuerst.« Ängstlich schaute er zurück zu dem Tunnel, durch den der Werwolf sich näherte. »Aber bitten Sie den Ritter, sich zu beeilen.«

Emily hoffte inständig, dass er sie beide tragen würde. Nacheinander. Sie trat einige Schritte vor, kletterte auf die Hand, hielt sich mit beiden Armen an einem der Finger fest, und schon wurde sie hochgehoben. Sie sah, wie Jeeva Smith hinter ihr zurückblieb, spürte den kühlen Wind, als der Ritter sie über den Abgrund transportierte.

Dann ging es abwärts, und der Ritter ließ sie auf dem zahnstumpfähnlichen Brückenpfeiler absteigen. Er brachte sie nicht auf die andere Seite des Abgrunds, und sie ahnte, was er vorhatte. Es war ein neues Problem, das sich da auftat, aber es lag nicht in ihrer Macht, das jetzt zu ändern. Dies war nicht der Moment, um eine Beschwerde vorzubringen.

Es war nicht ratsam, dem Scharlachroten Ritter zu widersprechen.

»Nun erzählt Eure Geschichte«, verlangte der Ritter.

»Verzeiht«, begann Emily, und das Herz schlug ihr bis zum Hals, »aber Ihr solltet meinen Begleiter ebenfalls hierherbringen.«

»Erzählt zuerst Eure Geschichte.«

Sie schluckte.

»Mein Begleiter kennt ebenfalls viele Geschichten.«

Der Scharlachrote Ritter sagte: »Ihr beginnt.«

Jeeva stand verzweifelt da, gestikulierte stumm und panisch, deutete auf den Tunnel hinter sich, aus dem das Wolfsgeheul kam, lauter und lauter. Dinsdale war bei ihm, aber Emily wusste, dass ein Irrlicht nichts gegen einen Lykanthropen auszurichten vermochte.

»Der Wolf wird ihn töten«, sagte sie zu dem Scharlachroten Ritter.

»Dann erzählt Eure Geschichte schnell.«

»Wenn Ihr ihn herbringt«, schlug sie vor, »dann können wir beide mehr als nur eine Geschichte erzählen. Wenn der Wolf ihn tötet, bleibt Euch nur meine Geschichte.«

Der Scharlachrote Ritter schien nachzudenken.

»Wenn er stirbt, dann müsst Ihr mir mehr als nur eine Geschichte erzählen.« Aus der Nähe sah sein Gesicht grauenhaft aus. Halbe Gesichtszüge, entstellt durch das Auge, das abgesplittert war.

»Das geht nicht«, gab Emily zu bedenken.

»Ich verlange es!«

»Zwei Menschen kennen mehr Geschichten als einer.«

»Ich werde Euch hier bei mir behalten, bis ich alle Eure Geschichten kenne.«

Mist, so hatte sie sich das nicht vorgestellt.

Der Scharlachrote Ritter neigte das Haupt und starrte sie kalt mit seinem einen Auge an.

Dinsdale schwirrte durch die Nachtschwärze über dem Abgrund, ohne helfen zu können. Auch das Irrlicht war ratlos.

»Beginnt mit Eurer Geschichte«, verlangte der Ritter.

»Nein«, sagte Emily trotzig. Es war ein Pokerspiel, doch sie musste es versuchen. Anderenfalls wäre Jeeva Smith verloren.

Die große Hand näherte sich dem Ort, an dem Emily jetzt stand. »Dann werdet Ihr sterben«, dröhnte die Stimme.

»Wartet, wartet!« Sie schaute zu Jeeva.

Der Wolf war noch nicht da, aber es würde nicht mehr lange dauern, bis er dort eintreffen würde. Emily kannte die Werwölfe. Er würde den jungen Mann sofort töten, einfach nur, weil es ihm Spaß machte.

»Also gut, also gut«, keuchte sie. Meine Güte, sie musste sich schnell etwas einfallen lassen. »Dies ist meine Geschichte.« Ein letztes Überlegen. »Ja, das ist die Geschichte. Sie ist schon alt, und sie geht so.« Sie schnappte nach Luft, ihr Herz raste. »Es war einmal eine junge Frau«, begann sie, »die Worte zu Dingen zu spinnen vermochte, aber sie lebte in einem Land, das allzeit von Dunkelheit umfangen war.« Weiter, weiter. »So kam es, dass niemand die Worte sehen konnte, nicht einmal sie selbst. Sie versuchte Leitern aus Worten zu formen, denn sie wollte zum Himmel hinaufsteigen, um dort das Licht zu suchen, das alles anders machen würde. Doch immer misslang es ihr.«

Jeeva Smith lief unruhig hin und her. Er suchte augenscheinlich nach einem Ausweg, doch man konnte nirgends hinauf- oder hinabklettern. Die Dunkelheit schluckte alle Hoffnung.

Die Zeit raste.

Emily sprach schneller. »Ja, genau. So wanderte sie umher, bis sie eines Tages einen jungen Mann traf, dessen Stimme Musik und dessen Worte Lieder waren. Sie sahen einander nicht, denn die Dunkelheit war überall, doch die Worte und Lieder, die in ihnen lebten, verbanden sich zu etwas Leichtem, das sie beide hinauf ans Firmament trug.«

Der Scharlachrote Ritter lauschte stillschweigend. Ob ihm die Geschichte gefiel, war nicht zu erkennen.

»Dort sahen sie einander, weil alles um sie herum Licht wurde. Und fortan umarmten unzählige Lichtstrahlen das Land, sodass sie für die Menschen wie eine glühende Scheibe aussahen. Und wenn der junge Mann und die junge Frau schliefen, dann wurde jeder Traum, in dem der andere vorkam, zu einem hellen Punkt am Nachthimmel.«

Erneut erklang das laute Heulen des Wolfs, jetzt so nah, dass Emily es mit der Angst zu tun bekam. Sie wollte nicht, dass Jeeva etwas zustieß. Sie mochte ihn. Er war mutig, und die Wärme in seinen Augen hatte ihr gutgetan.

»So wurden die Sonne und die Sterne geboren«, beendete sie die Geschichte schnell, »und wie wir wissen, scheinen und funkeln sie noch immer.«

»Die Sterne sind eine Lüge«, sagte der Scharlachrote Ritter mit dröhnender Stimme.

War das alles, was ihm dazu einfiel?

»Das war die Geschichte. Jetzt, bitte, nehmt meinen Gefährten auf«, sagte Emily rasch.

Da endlich streckte der Scharlachrote Ritter quälend langsam die Hand aus und beförderte Jeeva Smith auf den Brückenpfeiler.

Der junge Mann wankte von der Hand zu Emily, starrte in den Abgrund.

Tief unter ihnen rauschte der Fluss, wild und unsichtbar.

»Das war knapp«, keuchte Jeeva.

Hinter seinem Rücken tauchte der Werwolf in der Höhle auf. Er blieb stehen, duckte sich, nahm Witterung auf und funkelte böse in die Nachtschwärze der Höhle. Seine Augen glühten boshaft und hungrig, und dann verwandelte er sich langsam in den Mann zurück, der Emily in der U-Bahn angesprochen hatte. Er stöhnte und knurrte. Die Verwandlung schien ihm Schmerzen zu bereiten; Schmerzen, die ihn nur noch grausamer machten, glaubte man dem gehässigen Lachen, das durch das Halbdunkel drang, sobald er in Menschengestalt dastand – eine unverkennbare Silhouette in Dinsdales Licht.

»Ich erbitte Passage«, rief er dem Ritter zu. Seine Stimme klang noch mehr nach Wolf als nach Mensch.

Der Scharlachrote Ritter sagte: »Der Wegzoll ist ein anderer. Habt Ihr Geschichten zu erzählen?«

Mit einem Hauch Zufriedenheit in der Stimme erwiderte der Werwolf: »Ja, das habe ich.«

»Dann werde ich Euch zu den anderen bringen«, versprach der Ritter und streckte den Arm aus.

»Nein!«, rief Emily.

Der Scharlachrote Ritter schenkte ihr keine Beachtung.

»Er wird uns töten«, schrie Emily. »Er darf nicht zu uns kommen.«

»Drei Leute kennen mehr Geschichten als zwei.«

»Er wird uns beide töten, und dann habt Ihr nur noch ihn.«

Der Ritter öffnete die Hand für den Werwolf. Emily kannte das Geräusch, wenn die Finger sich streckten.

»Werwölfe sind Lügner«, gab sie zu bedenken.

»Alle Geschichtenerzähler«, sagte der Scharlachrote Ritter, »sind Lügner.«

Jeeva kniete sich hin und untersuchte den Pfeiler, auf dem sie standen. Er prüfte den Rand, zog die Hand aber zurück, als sie mit dem Nachtefeu in Berührung kam. Es gab kein Entrinnen von hier. Der einstige Brückenpfeiler erhob sich mitten aus dem Abgrund. Keiner von ihnen wusste, was sie dort unten erwartete. Das dumpfe Rauschen der Wassermassen war zu hören, der Rest war kaum mehr als ein Spielraum für die düsteren Gedanken Hoffnungsloser.

Dinsdale stürzte zu der Hand und dem Werwolf hinab, beleuchtete gespenstisch die Szenerie.

Mit einem teuflischen Grinsen sprang der Werwolf auf die Steinhand und wurde, wie Emily und Jeeva nun starr vor Entsetzen sahen, in die Luft gehoben.

»Mist!«, schimpfte Emily.

»Toller Plan«, murrte Jeeva.

Die steinerne Hand schwebte über den Abgrund auf den Brückenpfeiler zu. Das Schicksal, das ihnen beiden bevorstand, schien unentrinnbar.

Dinsdale steuerte auf den Werwolf zu, versuchte ihn zu blenden, aber der Mann, der nur ein halber Mann war, schloss lächelnd die Augen und wartete ab. Lange Narben zogen sich über sein Gesicht, seine Kleidung war blutbefleckt.

»Was machen wir jetzt?«, wollte Jeeva wissen, raufte sich mit beiden Händen die Haare, presste die Lippen zusammen.

»Noch einmal nachdenken«, schlug Emily vor.

Jeeva Smith ließ den Werwolf nicht aus den Augen. Ein Knacken von Knochen war zu hören.

Der Mann nahm wieder Wolfsgestalt an. Unter Schmerzen krümmte er sich auf der steinernen Hand. Seine Zähne blitzten bleich auf, wenn Dinsdale vorbeiflog. Die Augen fingen an, gelb und boshaft zu leuchten.

Emily spürte, wie Panik in ihr aufstieg. Der Wolf würde Jeeva zuerst töten, weil er noch immer nicht erfahren hatte, was sie wusste.

Sie schaute Jeeva an, der sie so mutig in der U-Bahn verteidigt hatte. Warum, in aller Welt, hatte er das getan? Einfach so, weil er ein netter Mensch war? Es gab keine netten Menschen. Jeder hatte einen Plan. Alle verbargen sie ihre wahre Motivation. Hatte sie das nicht in ihrem bisherigen Leben hinreichend schmerzhaft erfahren müssen?

Sie schluckte.

Verzweifelte schier.

Sie kannte Jeeva Smith nicht, aber sie wollte ihn nicht verlieren.

Manchmal wusste man Dinge wie diese. Meistens genau im falschen Moment.

Der Werwolf machte sich zum Sprung bereit.

Sie erkannte die Muskeln unter dem schwarzen Fell. Die weißen Zähne blitzten gefährlich.

»Er wird uns töten!«, rief sie dem Ritter zu.

Doch der steinerne Koloss blieb völlig unbeeindruckt.

»Wenn er uns tötet, dann gibt es keine Geschichten.«

Stille.

»Dann seid Ihr wieder allein.«

Keine Reaktion.

»Seht Ihr denn nicht, dass er ein Werwolf ist?«

Der Scharlachrote Ritter senkte den Blick. »Er wird sich wieder in einen Menschen verwandeln«, sagte er, »und wenn er das getan hat, dann wird er mir seine Geschichten erzählen.«

Emily überlegte, wie sie verhindern könnte, dass der Werwolf den Pfeiler erreichte, doch ihr fiel nichts ein.

Die Zeit war fast abgelaufen.

Das Glück rann ihr durch die Finger.

Dinsdale machte verzweifelt einen letzten Versuch, den Werwolf zu blenden. Der aber war offenbar immun gegen die Attacken des Irrlichts. Er stand fest auf allen vieren auf der Hand des Scharlachroten Ritters, die sich unaufhörlich ihrem Standort näherte.

Jeeva kniete sich neben seine Tasche, öffnete sie panisch, kramte aufgeregt darin herum. Bevor Emily etwas sagen konnte, hielt er ein Taschenmesser in der Hand. Er klappte die Klinge aus, stellte sich schützend vor Emily.

»Das wird nicht funktionieren.«

»Dann habe ich es wenigstens versucht.«

Emily legte ihm eine Hand auf die Schulter, spähte über sie hinweg.

Je näher der Werwolf kam, umso mehr Verletzungen konnte Emily an ihm erkennen. Sein Gesicht war blutig und vernarbt, die Schnauze von tiefen, langen Wunden durchzogen. Ein abgebrochener Pfeil steckte in seiner Flanke. Doch trotz dieser Verletzungen schien er über so viel Lebenskraft, Wut und Mordgelüste zu verfügen, dass er die Verfolgung nicht abgebrochen hatte.

»Bitte!«, flehte Emily ein letztes Mal, aber ohne Erfolg.

Der Scharlachrote Ritter brachte den Werwolf zu ihr

und Jeeva, und noch bevor er ihn dort absetzen konnte, sprang der Wolf auf den Brückenpfeiler. Er bewegte sich unglaublich schnell und kraftvoll. Mühelos warf er Jeeva zu Boden, kam hechelnd und mit zurückgezogenen Lefzen über ihn, schnappte mit den Zähnen nach dem Taschenmesser des jungen Mannes, entriss es ihm und schleuderte es wie ein totes Karnickel in die Tiefe. Dann schlug er mit einer Pfote nach Jeevas Gesicht, und der junge Mann schrie vor Schmerz auf. Blut floss ihm aus der Nase, und er keuchte benommen.

Emily schrie ebenfalls.

»Keine Geschichten!«, brüllte sie dem Scharlachroten Ritter entgegen.

Jeeva würgte, unfähig, etwas zu sagen.

Der Wolf hob den Blick zu Emily und knurrte leise: »Die letzte Chance, mir zu sagen, was ich wissen will, Miss Laing.« Er sah sie aus gelben Augen hasserfüllt an. Speichel troff ihm von den Lefzen. »Piccadilly Mayfair. Wo ist sie?«

»Du wirst mich in jedem Fall töten«, sagte Emily laut, »ich kenne deinesgleichen.«

Jeeva starrte den Werwolf hilflos an, gefangen unter dem mächtigen Körper der Bestie.

»Selbst wenn ich dir sage, was du wissen willst, wirst du mich töten«, fuhr Emily fort.

Der Werwolf funkelte sie an. »Rede!« Er setzte eine seiner Vorderpfoten schwer auf Jeevas Brust.

»Du wirst sterben. Deine Verletzungen sind zu schwer«, sprach Emily unbeirrt weiter.

Die steinernen Gelenke des Scharlachroten Ritters knirschten vernehmlich.

»Keine Geschichten!«, rief Emily laut. »Ein toter Wolf und zwei tote Menschen. So wird es enden.«

Jeevas Lider schlossen sich, und er rang nach Luft.

Das war der Moment, in dem die riesige Hand des Ritters den Werwolf packte. Der Wolf, überrascht von dieser Wendung der Dinge, brüllte und knurrte, aber es half ihm nicht weiter.

Der Scharlachrote Ritter hatte sich entschieden. Mit Daumen und Zeigefinger umfasste er den Kopf der Bestie, hob sie hoch über den Abgrund und ließ sie dort für einen kurzen Augenblick baumeln. Dann drückten die riesigen Finger aus rotem Stein zu, und mit einem lauten, feuchten Knacken zerplatzte der Kopf des Wolfs. Eine Wolke aus Blut, Zähnen und Fell stob dort, wo gerade noch der Kopf des Werwolfs gewesen war, in dem Nachtland der Höhle auf, gespenstisch beleuchtet vom Glimmen des Irrlichts, das ganz in der Nähe schwebte. Dann ließ der Ritter den Werwolf los. Der leblose Körper wurde erst von der Dunkelheit verschluckt und kurz darauf, dem Geräusch nach zu urteilen, von den Fluten des Flusses.

Emily schrie entsetzt auf. Der Tod ihres Peinigers war, wenn auch willkommen, so doch unverhofft grausam eingetreten.

Sie kniete sich neben Jeeva Smith, der zitterte und mit vor Schreck geweiteten Augen in die Finsternis jenseits des Pfeilers starrte.

»Nun«, dröhnte die Stimme des Scharlachroten Ritters, »lasst uns mit dem Erzählen fortfahren.« Er fixierte sie mit dem Auge, das ihm geblieben war. »Und hört nie wieder damit auf!«

In diesem Augenblick wurde Emily Laing, die am Ende

ihrer Kräfte angekommen war, zur Gewissheit, was sie die ganze Zeit schon geahnt hatte, nämlich, dass der Scharlachrote Ritter sie niemals würde gehen lassen. Weder sie noch Jeeva Smith. Knightsbridge war das Ende ihrer Reise, und es gab wirklich keinen einzigen Ausweg mehr.

Das *Ye Olde Cheshire Cheese* rühmte sich, einer der ältesten Pubs Londons zu sein. Dorthin also hatte es Toby verschlagen.

Maurice Micklewhite nahm die U-Bahn bis Blackfriars. Von dort aus ging er zur Fleet Street, wo, ein wenig versteckt in einer schmalen Gasse, der Pub die Nachtschwärmer anzog, wie er es seit jeher tat. Maurice Micklewhite trat ein und hielt nach jemandem Ausschau, der Toby hieß und wie 'n Toby aussah.

Es war ein Abend wie jeder Abend in einem Pub wie dem *Cheshire* mit seiner tief hängenden Holzdecke, der leisen schottischen Musik, den gusseisernen Lampen, dem typischen Dämmerlicht – dem Freund eines jeden Trinkers. Kartenspieler an den Tischen, Gemurmel, Blicke. Es roch nach Tabak und Alkohol und den Gedanken derer, die nicht gern redeten. Der Barkeeper, ein vollbärtiger rothaariger Ire mit hochgekrempelten Ärmeln, schob dem Elfen ein Guinness hin, brummte etwas, was nett sein sollte.

»Ich suche jemanden, der Toby heißt und wie 'n Toby aussieht«, sagte der Elf, den Leim schnüffelnden Snuffy imitierend.

Zu seiner Verwunderung wusste der Barkeeper sofort, wen er meinte. »Ist nur einer hier, der wie 'n Toby aussieht«, meinte er. »Schätze mal, dass der auch Toby heißt.« Er grinste breit. »Wenn er schon so aussieht.«

Die Welt, dachte Micklewhite, *konnte manchmal schon seltsam sein.*

Er ging hinüber zu dem Mann, auf den der Barkeeper gezeigt hatte. Der trug Lumpen und saß in einer der hinteren Ecken, versteckt vor den Blicken der anderen Gäste. Toby, der Penner. Vermutlich schämte er sich. Toby, so viel war klar, war niemand, der es sich leisten konnte, in Pubs wie diesen zu gehen. Er konnte es sich normalerweise bestimmt nicht leisten, auch nur irgendwohin zu gehen.

»Darf ich Ihnen Gesellschaft leisten?« Micklewhite setzte sich zu ihm an den Tisch.

Toby starrte ihn an. »Wer sind Sie?« Er konnte seine Angst nicht verbergen.

»Maurice Micklewhite«, stellte sich der Elf höflich vor. »Ich arbeite im Britischen Museum, aber das ist nicht wichtig.«

Der Mann stutzte.

»Sind Sie Toby?«

Er nickte. »Ja, Toby.«

»Der Toby, der Snuffy seinen Schlafplatz in Marylebone überlassen hat?«

Toby wurde kreidebleich. »Hat Snuffy Sie hergeschickt?« Er machte Anstalten, sich davonzumachen, ehe er sich offenbar der Aussichtslosigkeit seiner Lage bewusst wurde und doch an seinem Platz sitzen blieb.

»Snuffy hat mir einen Hinweis gegeben.«

»Für Geld?«

»Nicht umsonst.«

Mit unruhigem Blick suchte Toby nach einem Fluchtweg. »Wer sind Sie?«

»Maurice Micklewhite. Ich wiederhole mich, entschuldigen Sie. Aber Sie, Toby aus Marylebone, Sie kommen mir nervös vor.«

Der Angesprochene schluckte. Hustete. Trank schnell den Rest des Biers aus, das vor ihm stand. Ein Teller mit Fleisch und Kartoffeln stand auch vor ihm auf dem Tisch.

»Sie müssen nicht hastig trinken oder essen.« Micklewhite deutete auf den Teller, der vor Toby stand. Messer und Gabel würde Toby nicht als Waffe benutzen, dafür war er nicht gemacht. Er war harmlos, bloß verängstigt. »Genießen Sie Ihre Mahlzeit.« Der Elf schaute sich um. Niemanden kümmerte, dass sie hier saßen, und das war gut so. »Normalerweise können Sie sich ein Essen wie dieses nicht leisten, nicht wahr?«

Toby nickte beschämt.

»Aber heute schon. Wir wissen beide, warum.«

Toby schluckte. Er begann zu reden, ohne dazu aufgefordert worden zu sein. »Er hat mir Geld gegeben. Damit ich verschwinde. Und mit keinem rede.«

Was offenbar gut funktioniert, dachte Micklewhite. »Wer ist ›er‹?«

»Ein Mann. Er sah elegant aus. Ein richtig feiner Herr.«

»Ein feiner Herr, den Sie in Marylebone getroffen haben?«

Toby nickte hektisch.

Micklewhite musste behutsam vorgehen, denn sein Gegenüber hatte beträchtliche Angst. »Ich werde Ihnen nichts tun, Toby.« Er sah ihm fest in die Augen. »Und ich werde Sie, sobald wir miteinander geredet haben, in Ruhe lassen. Aber ich muss wissen, was Sie gesehen haben.«

Toby nickte erneut, diesmal zögerlich.

»Was hat der elegante Herr gemacht?«, fragte Micklewhite.

»Er kam aus dem großen Haus.«

»Welchem Haus?«

Der Obdachlose beschrieb Hampstead Manor. »Eine Frau und ein Mädchen haben ihn begleitet.«

»Wie sahen die beiden aus?«

Toby beschrieb sie. Piccadilly Mayfair und Peggotty, kein Zweifel.

»Hatten Sie das Gefühl, dass er sie zwang, mit ihm zu kommen?«

Toby schüttelte den Kopf. »Hören Sie, ich habe keine Ahnung, um was es da ging.«

»Sie haben meine Frage verstanden, nicht wahr?«

Toby nickte.

»Könnten Sie dann so freundlich sein und sie beantworten?«

Er schluckte. »Nein«, sagte er dann, »ich glaube nicht, dass er sie gezwungen hat. Sie haben miteinander geredet. So wie man es tut, wenn man keine Angst voreinander hat. Dann sind sie in ein Auto eingestiegen.«

»Was für ein Auto?« Micklewhite gab dem Wirt zu verstehen, dass sie noch ein Bier brauchten.

»Ein schwarzes Auto«, erinnerte sich Toby. »Elegant. Alt. Sah aus, wie die Taxis früher aussahen, Sie wissen schon, damals, als ich klein war, ach ja, und mit dunkel getönten Fenstern. Vorne saß ein Chauffeur oder so was.«

»Wie konnten Sie den Chauffeur sehen, wenn die Fenster so getönt waren?«

»Ich nehme an, dass da einer saß. Der elegante Herr –

der Gentleman – ist ja nicht selbst gefahren, sondern er ist hinten eingestiegen. Und die beiden Männer, die vorher hinten gesessen hatten, sind ausgestiegen.«

Peggotty und Picca waren freiwillig mit dem Gentleman mitgegangen? Das ergab keinen Sinn. Micklewhite hatte die Verwüstung im Haus mit eigenen Augen gesehen. Er selbst hatte das Fellbüschel des Schneewolfs gefunden.

»Da waren noch mehr Männer?«

»Ja, zwei große Typen.«

Micklewhite überlegte. »Warum haben Sie solche Angst? Sie zittern.«

»Mir ist kalt.«

»Es ist warm hier drinnen.«

Toby schwieg.

Micklewhite beobachtete ihn. Bisher erschloss sich ihm nicht, warum Toby so verängstigt war. Das, was er gesehen hatte, war harmlos. Völlig unverfänglich.

»Die haben direkt vor meinem Schlafsack geparkt«, sagte der Obdachlose. »Na ja, und als sie gesehen haben, dass ich da bin und alles, was da passiert ist, beobachtet habe, da ist der feine Gentleman zu mir gekommen.«

»Nicht die beiden Männer?«

»Nee, nur der Gentleman.«

»Was hat er gesagt?«

»Der Gentleman war sehr nett«, erinnerte Toby sich. »Er gab mir Geld, damit ich verschwinde. Mit keinem sollte ich reden.« Schuldbewusst sah er den Elfen an. »Er sagte, dass er mich finden würde, wenn ich das tue. Und dass ich echt leiden würde, bevor er mich für immer zum Schweigen bringt.« Toby wirkte verzweifelt. »Er will mich töten, ganz sicher, der kennt keinen Spaß.«

Nun, das ergab Sinn. Alles andere nicht.

»Was ist dann passiert?«

»Die zwei Männer sind aus dem Auto ausgestiegen. Um mich haben die sich nicht gekümmert. Sie sind ins Haus gegangen. Was sie da gemacht haben, weiß ich nicht. Die anderen, also der feine Gentleman und das Mädchen und die Frau, die sind ins Auto eingestiegen.« Seine Hände zitterten. »Sie sind weggefahren. Das war alles.«

»Haben Sie gesehen, wie die beiden Männer das Haus wieder verlassen haben?«

Toby schüttelte den Kopf. »Bin abgehauen. Snuffy kam vorbei, und ich hab ihm den Platz gegeben.«

Maurice Micklewhite nippte nachdenklich an seinem Guinness. Wie war das, was der Mann da erzählt hatte, zu verstehen? Handelte es sich also nicht, wie sie alle angenommen hatten, um eine Entführung? Warum nur hätten Piccadilly Mayfair und Peggotty einem feinen Herrn folgen sollen? Fragen über Fragen. Keine Antworten in Sicht.

»Wenn er mich findet, wird er mich töten. Stimmt's?«

»Nein«, sagte Micklewhite, »er hat nur gedroht.«

»Und wenn doch?«

Micklewhite zuckte die Achseln. »Wie sahen die beiden Männer aus, die ins Haus gegangen sind?«

»Sie waren groß.«

»Sahen sie wölfisch aus?«

»Sie meinen ...«

»Wie Wölfe.«

Toby glotzte ihn an, überlegte nicht lange. »Nee, natürlich nicht. Es waren Männer. Groß, kräftig. Sahen wie Türsteher aus. Irgendwie gemein. Aber gut gekleidet. Nicht so wie ... ich.«

Gemeine Männer, die wie Türsteher aussahen. Das ergab noch weniger Sinn als alles andere.

»Ich danke Ihnen für das Gespräch, Toby.« Maurice Micklewhite leerte sein Glas in einem Zug.

Stand auf.

»Warten Sie«, sagte Toby schnell. »Da ist noch was. Der eine von den beiden hatte eine Feder am Ohr.«

Micklewhite horchte auf. »Eine schwarze Feder?«

Toby nickte. »Sah bescheuert aus. Steckte ihm in der Haut, glaub ich. Wie ein Piercing.«

Kein Piercing, dachte Maurice Micklewhite, *nur eine schwarze Rabenfeder.* »Das ist gut«, sagte er. »Sie haben mir sehr weitergeholfen.« Er nickte Toby zufrieden zu.

Dann verließ er wortlos das *Ye Olde Cheshire Cheese*, trat hinaus in die Nacht, die still war, selbst hier, nahe der Fleet Street, ging eiligen Schrittes los, unbeirrt, und folgte der Spur der Rabenfeder.

8. Kapitel

Alte Abgründe & neue Rätsel

Emily starrte von dem zahnstumpfartigen Brückenpfeiler, auf den Jeeva Smith und sie sich hatten retten können, in die bodenlose Dunkelheit des Abgrunds und dachte ebenso deprimiert wie hilflos an die Knightsbridge zurück, die ihn vor vielen Jahren, als sie noch klein war, überspannt hatte. Jetzt gab es hier, wohin sie auch blickte, überall nur nachtschwarze Tiefe.

»Beginnt mit Eurer Geschichte!«, forderte der Scharlachrote Ritter den Tribut, der ihm zustand, noch einmal ein. Sein Haupt neigte sich bedrohlich, und das steinerne Auge fixierte den jungen Mann, der, wie Emily, um Fassung rang. »Beginnt!«, dröhnte der Ritter, die Ungeduld wie Steinstaub in seiner Stimme. Das Stahlgerüst, das ihm an Armes statt geblieben war, bewegte sich ein wenig, ächzte, böse wie ein schlechter Gedanke, ein Sinnbild des Wahnsinns, der den Ritter befallen hatte. »Nur jene, die mir Geschichten erzählen, werden leben.«

Jeeva schluckte. Die Verzweiflung war ihm anzusehen. Das pechschwarze Haar war so zerzaust, wie er sich fühlen musste.

Tückische Winde, die an Kleidung, Haar und Körper zerrten, stießen aus der Finsternis auf sie herab, tauchten in die Tiefe, wo sie sich mit dem Tosen der Fluten verbanden und ein schauriges Echo nach oben schickten.

Der Brückenpfeiler, auf dem sie nun standen, war nicht sehr breit, und man musste darauf achten, nicht das Gleichgewicht zu verlieren. Ein unbedachter Schritt zu der einen oder anderen Seite mochte den sicheren Tod bedeuten. Der Boden war glitschig, schwarzes Moos wuchs auf dem groben, unebenen Stein. Hoch über ihnen ragte der Scharlachrote Ritter auf, und es gab keine Möglichkeit, ihm zu entkommen. In den Abgrund hinabzusteigen war ausgeschlossen, weil man nirgends Halt fand. Zudem, erinnerte sich Emily, waren die Seiten des Pfeilers von Nachtefeu überwuchert. Sie hatte einen Blick auf die schattenhaften Pflanzen erhaschen können, vorhin, als sie noch drüben am Rand des Abgrunds gestanden und darauf gewartet hatten, dass der Ritter erwachte.

Dinsdale tanzte munter oben in der Luft. Auf ein Zeichen Emilys hin kam er zu ihr, leuchtete summend.

»Du musst Hilfe holen«, flüsterte Emily. Das war die einzige Chance, die ihnen blieb. Das Irrlicht musste jemanden – irgendjemanden – nach Knightsbridge bringen. Wittgenstein oder Maurice Micklewhite, Tunnelstreicher aus Hidden Holborn, wen auch immer. »Allein schaffen wir das nicht. Der Ritter wird uns niemals fortgehen lassen.«

Das Irrlicht summte eine Antwort.

Emily nickte ihm aufmunternd zu. »Wir halten es schon aus.«

Dinsdale hüpfte auf und ab und glomm dabei unruhig, sirrte wie eine Stromleitung und zeigte sich besorgt.

»Danke«, flüsterte Emily.

Da zerriss ein lautes Knirschen die Stille in der Höhle. »Das Licht darf Knightsbridge nicht verlassen!«, dröhnte der Scharlachrote Ritter. Seine große unversehrte Hand griff nach dem Schwert. »Wenn einer von Euch diesen Ort verlässt, dann werden die anderen sterben.« Staub wirbelte auf, wenn er sprach, rieselte wie feiner Nebel durch die Höhle. »Das ist mein Wort, so wird es sein.«

Emily schaute das Irrlicht traurig an. »Du hast ihn gehört.«

Dinsdale summte verstimmt. Er erhob sich wieder in die Luft, schüttete sein Licht so weit aus, wie es ihm nur möglich war, sodass Emily die Ausmaße der Höhle erahnen konnte.

Sie schaute sich um. Suchte nach einem Vorsprung, auf den sie sich hätten flüchten können; Löchern im Stein, die einem Halt ermöglicht hätten. Zu beiden Seiten des Abgrunds konnte sie die Überreste der einstigen Brücke erkennen. Die Ansätze ragten aus der Höhlenwand und endeten im Nichts.

Nein, verdammt, es gab keine Möglichkeit. Der Abgrund war riesig. Sie mussten eine andere Lösung finden.

»Beginnt!« Ein Rucken mit dem Schwert als Drohgebärde.

Bevor der Scharlachrote Ritter es ziehen konnte, legte Jeeva seine Hand auf Emilys Schulter, sanft und besonnen, und dann, anfangs mit zitternder Stimme, begann er seine Geschichte.

»Es war einmal«, er räusperte sich, fing von vorn an: »Es

war einmal ein Junge, dessen Eltern eine lange Reise angetreten hatten, um ihr Glück in einem fernen Land zu suchen. Dort bekamen sie zwei Kinder, ein Mädchen und einen Jungen.« Er schaute zu dem Ritter auf, vergewisserte sich seiner Aufmerksamkeit. »Das Mädchen und der Junge wuchsen in dem neuen Land auf, und die Sprache dieses Landes war ihnen nie fremd, dafür aber die Sprache, die in der Heimat ihrer Eltern gesprochen wurde.«

Emily beobachtete, während sie Jeeva zuhörte, den Nachtefeu, dessen Ausläufer, je länger sich die beiden Menschen auf dem Brückenpfeiler befanden, immer unruhiger wurden. Wie ausgemergelte Schlangen aus Nacht und Nichts, aus deren Leibern kleine Blätter wuchsen, bewegten sich die Ranken, schoben sich hinauf und über den Rand. Sie zuckten neugierig, ertasteten sich die Welt, die keine Farben hatte, aber zuweilen Nahrung bereithielt.

Emily wusste, dass Nachtefeu ein Problem war. Sie hatte damals in Moorgate Patienten gesehen, die mit diesen Gewächsen in Berührung gekommen waren und sich nie wieder davon erholt hatten.

»Seien Sie vorsichtig!«, flüsterte sie und wies Jeeva auf die Ranken hin.

Der nickte dankend, trat nach einer, die sich um sein Bein wickeln wollte, und fand zu seiner Geschichte zurück.

»Die Eltern des Jungen besaßen ein kleines Restaurant. *Ganesha's Giving*, so hieß es. Der Junge hatte, wie schon erwähnt, eine Schwester, die älter war als er und blind. Sie war nicht von Geburt an blind gewesen. Sie war tapfer und stolz. Eines Winters, der Junge war erst zwölf Jahre alt, ging die Familie abends durch die Straßen der Stadt. Die große Stadt war den Eltern immer noch fremd, weil es hier kalt war und oft regnete, während es in ihrer Heimat immer warm war und viel zu trocken. Der Junge und seine Schwester aber mochten die Stadt, die eine riesige Metropole war, mit all ihren Lichtern und Geräuschen. Es war ein Ort, an dem man so vieles entdecken konnte, eine Stadt, in der sich, daran glaubten die Geschwister fest, irgendwo Magie verbergen musste.«

Emily konnte den Blick nicht von Jeeva lösen, während sie seinen Worten lauschte. In Momenten wie diesem wirkte er, trotz der Anspannung ... verträumt. Ja, genau das traf es. Verträumt.

»An jenem Abend«, fuhr er fort, »kamen sie alle an einen Ort, der Oxford Circus hieß. Der Junge hatte von klein auf geglaubt, dass es hier einen richtigen Zirkus gebe. Einen Platz, überspannt von einem bunten Zelt, mit Elefanten, Affen und Tigern unter der Kuppel. Dass der Zirkus von Ganesh höchstpersönlich geführt wurde, hatte der Junge geglaubt.« Jeeva lächelte versonnen. »Seine Schwester hatte ihm oft Dinge wie diese erzählt.« Jeeva seufzte tief und hielt sich die blutige Nase. »Natürlich«, gab er zu, »sah das in Wirklichkeit alles ganz anders aus. Es war nur ein belebter Ort mitten in der Stadt, mit vielen Autos und noch mehr Menschen. Es gab keine Tiere, nur Schnee und Wind und viele Lichter.«

Emily stand da und ertappte sich dabei, dass sie ihm einfach nur zuhörte, und auch der Scharlachrote Ritter verharrte regungslos.

»Es schneite«, erinnerte sich Jeeva, »es schneite an jenem Tag, so, wie es heute den ganzen Tag über geschneit hat. Die ganze Stadt war ein einziges Wintermärchen. Der Junge liebte den Schnee und den Winter, seine Eltern aber liebten nur den Sommer. Seine Schwester liebte alles, den Winter, den Sommer und alles dazwischen. ›Ich kann viele Dinge nicht mehr sehen‹, sagte sie oft, ›aber den Winter und den Sommer kann ich spüren und riechen.‹« Er rieb sich die Augen, beobachtete den Scharlachroten Ritter, schaute Emily kurz an. »Eigentlich«, erinnerte er sich, »hatte der Junge an diesem Abend gar nicht mit seinen Eltern mitkommen wollen, aber er war in einem Alter, in dem man Dinge wie diese nicht einfach allein entscheiden konnte. Er musste auf die Eltern hören, und so war er dann mit ihnen gegangen. Sie hatten das Restaurant geschlossen, nachdem sie aufgeräumt hatten, während der Junge an einem Tisch im Gastraum seine Hausaufgaben gemacht und die Schwester ihm geduldig geholfen hatte, wenn er einmal nicht weiterwusste.« Jeeva schaute den Ritter an, aber eigentlich, das erkannte Emily, stand ihm etwas ganz anderes vor Augen. »Am Oxford Circus sah der Junge einen Mann, der Klarinette spielte. Er spielte Lieder von Irving Berlin und Cole Porter und bewegte sich dazu so leicht und beschwingt, dass es fast schon wie Tanzen aussah. ›Ich spüre, wie er sich bewegt‹, sagte die Schwester des Jungen. Während die Eltern miteinander sprachen, war der Junge wie gebannt vom Anblick des Mannes mit der Klarinette. Er hielt die Hand seiner Schwester – diejenige, in der sie nicht den Stock hielt –, und ganz plötzlich verspürte er Angst, weil die Augen des Mannes so aussahen, als würden sie lichterloh brennen.« Er schluckte, hielt kurz inne. »Ja«, fuhr er, bevor der Scharlachrote Ritter ihm erneut drohen konnte, fort, »ja, er hatte Angst, aber dann dachte er sich, dass es vielleicht nur die Lichter der vorbeifahrenden Autos waren, die den Pupillen des

Mannes dieses Feuer verliehen und sie in ein gleißendes Flammenmeer verwandelten.«

Jeeva wirkte so verloren, dass sich Emily gut vorstellen konnte, wie er als Kind gewesen war.

»Seine Schwester sagte: ›Das ist ein Engel. Ich kann ihn sehen.‹ ›Du kannst ihn nicht sehen‹, entgegnete der Junge, ›weil du blind bist.‹ Doch sie schüttelte den Kopf. ›Du irrst dich, ich kann ihn sehen. Und du siehst ihn auch.‹ Der Mann mit der Klarinette hob den Blick und schaute die beiden an. Der Junge sagte: ›Das ist bestimmt so, weil wir Kinder sind. Kinder können Engel sehen, das steht so in den Büchern.‹« Jeeva lächelte. »Der Junge, müssen Sie wissen, las viele Bücher.«

Genau das war der Augenblick, in dem Emily verstand, dass er nur ihr allein die Geschichte erzählte. Jedes Wort war für sie bestimmt, und sie war sich sicher, dass er noch nie mit jemandem über den Mann mit den lodernden Flammenaugen gesprochen hatte. Es war sein Geheimnis, das er, aus einem Grund, den sie nicht kannte, mit ihr zu teilen bereit war.

Der Scharlachrote Ritter rüttelte ungeduldig an seinem Schwertknauf.

Rasch fuhr Jeeva fort: »Der Mann hörte auf, Klarinette zu spielen, und kam zu ihnen. Er reichte ihnen einen alten Hut, in den die Eltern des Jungen einige Münzen fallen ließen. Der Junge hatte nur einen Knopf in seiner Tasche, und den gab er dem Mann. Es war ein schöner Knopf, der einmal zu einer Jacke gehört hatte, die dem Jungen lieb und teuer gewesen war.«

Emily wurde von einer Bewegung am Rand der Dunkelheit abgelenkt. Eine dünne Ranke des Nachtefeus schlängelte sich hungrig und gierig auf sie zu. Schnell trat sie mit der Stiefelspitze auf das farblose Gewucher, und sofort zog es sich zurück.

Aber das wird es nicht immer machen, dachte sie. Sie schaute sich weiter um und prüfte die Ränder des Brückenpfeilers.

»›Wir können dich sehen‹, sagte die Schwester des Jungen.« Jeeva erzählte weiter, weil der Ritter jetzt keine Pause mehr duldete. »Der Mann schaute zuerst die Schwester des Jungen an, dann den Jungen, und jetzt sah der Junge es, ganz deutlich: Da waren wirklich lodernde Flammen in seinen Augen. Er bildete sich sogar ein, die Hitze zu spüren. Und die Angst war wieder da.«

Eine weitere Ranke erkundete fordernd den Rand des Brückenpfeilers. *Sie wittert, dass wir hier sind*, dachte Emily. *Sie wird nicht mehr lange warten.* Bis dahin würde sie einen Plan B haben müssen.

Sonst …

Sie schüttelte den Kopf, verwarf den Gedanken.

Lauschte Jeeva.

»Der Junge«, erinnerte der sich, »schaute seine Eltern an, aber keiner der beiden schien sich daran zu stören, dass der Mann mit der Klarinette Augen hatte, in denen heiß ein Feuer brannte.« Jeeva rieb sich mit der Hand über das Gesicht, wurde der Ranke gewahr, die sich seinem Schuh näherte.

»Tritt drauf, dann verschwindet sie!«

Er tat wie geheißen.

Der Scharlachrote Ritter zog sein Schwert. Das laute Geräusch zerriss die Stille.

»So standen sie also da«, sagte Jeeva schnell. »Die

Schwester des Jungen schenkte dem Mann mit den Flammenaugen, der vielleicht ein richtiger Engel war, ein Lächeln. ›Mehr habe ich leider nicht‹, sagte sie und lächelte weiter, denn sie meinte es ehrlich. Der Mann trat auf sie beide zu und machte mit der Hand eine Bewegung, als würde er eine Fliege im Flug aus der Luft schnappen. ›Ich danke dir für das Lächeln‹, sagte er mit einer Stimme, die wie die Musik war, die er soeben gespielt hatte. ›Und dir, Junge, für den Schatz, an dem dein Herz hing. Ihnen beiden für die Münzen.‹ Er lächelte, aber nicht mit den Augen. Als der Junge seine Eltern verwundert betrachtete, sagte der Mann mit der Klarinette: ›Sie sehen mich nicht.‹ Der Junge erschrak. ›Sie sehen nur einen einfachen Mann mit einer Klarinette.‹ Bevor der Junge etwas einwenden konnte, fuhr der Mann fort: ›Die Welt ist voller wundersamer Dinge. Man muss sie nur anschauen und erkennen.‹ Dann lächelte der Mann mit der Klarinette ein Lächeln, das dem Jungen so richtig Angst machte.« Jeeva suchte Emilys Blick. »Und dann war der Augenblick auch schon vorbei. Der Mann, der vielleicht ein Engel war und vielleicht auch nicht, ging seines Weges, genau wie der Junge mit seiner Schwester und seinen Eltern.«

»Das war keine erfundene Geschichte. Sie haben das wirklich erlebt«, stieß Emily hervor.

»Ja, kann sein. Ich bin mir da nicht so sicher. Vielleicht war es nur Einbildung, eine Illusion.«

»Kommen Sie schon. Sie wissen, dass dem nicht so war.«

Jeeva sagte zuerst nichts, dann nickte er vorsichtig. »Damals, an jenem Winterabend, hatte der Junge erfahren, dass Engel in der Stadt lebten, mitten unter den Menschen, die nichts davon ahnten.«

»Und dann hat er es vergessen?«, fragte Emily. Sie kannte dieses Verhalten. Wenn man erwachsen wurde, begann man Dinge zu vergessen. Nur so funktionierte es, das Erwachsenwerden.

»Ja, bis heute. Ist das nicht seltsam?« Jeeva erzählte es noch immer so, als sei es eine erfundene Geschichte. »Der Junge wurde erwachsen, wie das passiert im Leben, und er hat einfach nicht mehr daran gedacht.«

»Es war wirklich ein Engel«, versicherte Emily ihm. »Sie haben sich nicht getäuscht.«

»Woher wollen Sie das wissen?«

»Glauben Sie mir einfach.«

Dinsdale umkreiste den Kopf des Scharlachroten Ritters, lenkte ihn ab.

»Der Junge hat immer gehofft, dass er den Engel eines Tages wiedersehen würde.« Jeeva hielt inne. »Sie haben recht. Als der Junge groß wurde, da hat er geglaubt, sich geirrt zu haben. Es gibt keine Engel, nicht in London.«

Nicht mehr, dachte Emily traurig. Die Himmel waren alle verlassen.

»Der Junge hatte gehofft, dass der Engel seine Schwester heilen würde.«

»So was tun Engel nicht«, sagte Emily.

Jeeva starrte sie verwirrt an. »Jedenfalls ... hat er ihn nie wieder gesehen«, sagte er schnell.

Der Scharlachrote Ritter ließ keine Regung erkennen.

»Das war die Geschichte«, sagte Jeeva abschließend. Er sagte es so laut, dass der Ritter es auch hörte.

Emily beobachtete den steinernen Koloss besorgt. »Er wird uns nicht gehen lassen«, sagte sie.

»Dann müssen Sie noch eine Geschichte erzählen.«

»Mir fällt keine ein.«

»Sie haben keine Wahl.«

»Das wird nicht funktionieren.«

»Warum nicht?«

Der Scharlachrote Ritter erwachte zum Leben. Gleichzeitig bemerkten sie die Ranken, die der Nachtefeu neuerlich und nun verstärkt ausstreckte.

»Was ist das bloß für ein Zeug?«, wollte Jeeva wissen und trat angewidert nach den Ranken, die immer zahlreicher über den Rand des Pfeilers gekrochen kamen. »Es sieht ekelhaft aus.«

»Es nimmt Ihnen die Träume«, sagte Emily. »Es trinkt das, was uns träumen lässt. Stellen Sie sich vor, was passiert, wenn Sie im Schlaf nicht mehr träumen können.«

Er sah sie fragend an.

»Glauben Sie mir, das wollen Sie gar nicht erst wissen.«

»Vielleicht doch.« Er trat fest auf eine Ranke, die sich wie ein Tentakel um sein Bein zu wickeln versuchte.

»Nein«, beharrte Emily. »Ganz sicher nicht.« Sie musste wieder an Moorgate denken.

Der Scharlachrote Ritter baute sich unterdessen vor ihnen auf. Groß und mächtig. Und zugleich wütender. Ungeduldiger. Unbeherrschter.

»Wir müssen ihm eine Geschichte erzählen«, meinte Jeeva.

Emily schüttelte den Kopf. »Wir haben keine Zeit mehr.«

Eine Ranke packte sie am Fuß, wickelte sich um ihren Knöchel, brachte sie mit einem Ruck aus dem Gleichgewicht, und hätte Jeeva sie nicht aufgefangen, wäre sie womöglich gestürzt.

»Dreckszeug!«, schimpfte Jeeva, trat auf die Ranke, und

das Ding ließ Emily los, doch von allen Seiten kroch nun Nachtefeu auf sie zu.

Der Scharlachrote Ritter verlangte lautstark nach einer weiteren Geschichte. »Einer wird sterben, wenn keiner erzählt«, drohte er. »Beginnt! Jetzt!« Er hob das Schwert. »Solange einer erzählt, leben beide.« Emily sah, dass ein Teil seines gesunden Auges abgebrochen war. Ein Auge, ein Arm – der Ritter zerfiel immer mehr. Vielleicht war auch das ein Grund für seinen Irrsinn? Erst war seine Brücke zerfallen und nun er?

»Wenn der Efeu uns nicht umbringt, dann wird er uns töten«, sagte Emily. »Weil irgendwann der Zeitpunkt erreicht sein wird, an dem wir uns nicht mehr wehren können und uns keine Geschichte mehr einfällt.« Keiner von ihnen würde es schaffen, das hier zu überleben.

»Was schlagen Sie vor?«, fragte Jeeva.

Emily trat vor ihn, sah ihm fest in die Augen. Sie berührte seine Schultern. Dann beugte sie sich zu ihm, flüsterte: »Springen«, und noch bevor er verstanden hatte, ob sie das, was sie da gerade gesagt hatte, auch so meinte, spürten sie beide den Wind, der nach ihnen griff und sie in die Tiefe zog.

Oben, weit, weit hinter ihnen, schlug ein mächtiges Schwert aus Stein ins Nichts, und unter ihnen, im Abgrund, lauerten Tod und Ungewissheit.

Der Scharlachrote Ritter brüllte wie tobsüchtig durch die Nachtschwärze.

Emily Laing und Jeeva Smith stürzten, gefolgt von einem aufblitzenden Licht, in die Tiefe. Der Abgrund verschlang sie, und alles war plötzlich nur eine Geschichte, die zu Ende erzählt worden war.

Maurice Micklewhite war am Ende der Spur angekommen. Ravenscourt Market war seit alter Zeit ein Marktplatz, ein seltsamer Ort, an dem Handel mit allem Möglichen getrieben wurde. Dinge, die gefunden wurden, und Menschen, die verloren gegangen waren – hier unten stieß jedes Angebot auf eine entsprechende Nachfrage, und jede Nachfrage wurde durch ein entsprechendes Angebot befriedigt. Es war ein Tunnelsystem voller Stände, die bunt und schäbig, Aufsehen erregend und nichtssagend zugleich waren. Bevölkert wurde Ravenscourt Market von dürren Rabenmenschen, die in ihren alten Roben und mit den typisch gerupften Haaren ihrer Kaste herumstolzierten, nach Geschäften Ausschau hielten, sich als Mittler anboten, Gilderechner und Schurken gleich behandelten. Alles hier hatte seinen Preis, und für einen gewissen Preis erhielt man alles.

Maurice Micklewhite war schon oft hier unten gewesen und hatte dabei zuweilen schon seltene Fundstücke für das Museum erworben. Manchmal sogar noch mit Spuren des Blutes der Forscher, die jene Relikte entdeckt und nach London gebracht hatten, in einem Seitentunnel übers Ohr gehauen und verscharrt worden waren, ohne jemals den Ruhm, den sie sich in den Dschungeln, verlorenen Tempeln oder vergessenen Tälern der weiten Welt erträumt hatten, genießen zu können. Es war kein ungefährlicher Ort, weil jeder, der sich hier unten herumtrieb, auf seinen Vorteil bedacht war. Jeder wollte erhaschen, wofür »Gewinn« nur ein schaler Ausdruck war.

Die Tunnel waren gesäumt von Marktständen aller Art. Es gab Zelte, Bretterbuden, aber auch zersägte Karosserien alter Autos, Teile von U-Bahn-Waggons, mit anderen Metallteilen verlötet, Überreste riesiger Hymenoptera-Nester, die, wie es die Natur für sie vorsah, von der Decke hingen.

Die Händler hier unten waren ein kunterbunt zusammengewürfelter Haufen. Alt, jung, arm, reich. Es gab nichts, was es nicht gab. Und alles konnte verkauft werden. Es wurde gemunkelt, dass sogar Menschen hier unten verhökert wurden. Beweise für Geschäfte dieser Art fehlten aber.

Diejenigen, die keine Rabenmenschen waren, aber in stetem Kontakt zu diesem Markt standen, steckten sich oft Federn in die Haut, um ihre Zugehörigkeit zur Kaste der Händler zu bekunden. Sie mussten nicht zwangsläufig selbst Händler sein. Oft waren sie auch Schatzschergen, Leibwächter, Wechselwechsler, Hehler oder Schlimmeres. Dass einer der beiden Männer, die der Obdachlose drüben in Marylebone gesehen hatte, eine schwarze Feder getragen hatte, war ein eindeutiger Hinweis gewesen. Die Spur, so viel war klar, führte hierher, zum Ravenscourt.

Also hatte Maurice Micklewhite keine Zeit verstreichen lassen und sich schnellstmöglich in die Tunnel unterhalb des Parks begeben. Von der U-Bahn-Station aus war es nicht weit, nur ein Siding und drei stillgelegte Stollen, dann war man dort.

Lediglich zwei Eingänge gab es zu dem Markt von Ravenscourt, und Maurice Micklewhite betrat das Tunnelsystem im Norden, weil dort die Marktstände waren, an denen man für eine bescheidene Summe gute Informationen bekam.

Wie jeder, der öfter hier unten war, so wusste auch der Elf, wer seine Kontaktperson war.

Er trug eine alte Münze bei sich, die er vor Jahren in den alten römischen Ruinen der Region gefunden hatte. Jetzt bot er sie einem Händler an, den er schon lange kannte. »Ich bin auf der Suche nach den Männern«, sagte er, »die den Auftrag in Marylebone übernommen haben.« Es half, wenn man pokerte.

»Welchen Auftrag meinen Sie?« Der Händler war kein Rabenmensch, sondern ein Hutmacher aus der Tooley Street, und Micklewhite hatte schon des Öfteren einen schicken Hut von ihm erstanden.

»Den Auftrag, der heute ausgeführt wurde.« Eine weitere alte Münze wanderte aus Micklewhites Tasche in die Hand des Hutmachers. Der besah sich die Münze, drehte sie hin und her, biss hinein, grinste, ließ sie in seiner Westentasche verschwinden. »Es fällt Ihnen doch bestimmt ein«, mutmaßte der Elf und ließ eine dritte Münze von einer Hand zur anderen wandern.

»Ich weiß nur von zwei Männern, die für einen kleinen Auftrag angeheuert worden sind.« Der Hutmacher lächelte sein typisches Hutmacherlächeln. »Worum es bei dem Auftrag ging, kann ich nicht sagen.«

»Natürlich nicht«, meinte Micklewhite.

»Natürlich nicht«, bestätigte der Hutmacher.

»Wo finde ich die Männer?«

Der Hutmacher deutete den Tunnel entlang. »Dort drüben gibt es einen Mittler für verschwiegene Angelegenheiten aller Art. Könnte sein, dass Sie dort diejenigen treffen, die Ihnen so viele Münzen wert sind.« Er grinste breit.

Maurice Micklewhite nickte dankend. »Es war, wie immer, sehr angenehm, mit Ihnen ins Geschäft zu kommen.«

»Wie immer«, der Hutmacher, der langfristig dachte, tätschelte seine Westentasche, »war es sehr angenehm, dass Sie den Preis so schnell entrichtet haben.« Auch in Zukunft würde er an dem Elfen verdienen, wie auch der Elf Informationen von ihm erhalten würde.

So lief das hier unten. Die Höflichkeit war zwingend; ohne Umgangsformen konnte kein Handel getrieben werden. Nirgends auf der Welt war es anders, nur hier unten war die Währung, in der man zahlte, nicht immer die Währung, in der man zu zahlen bereit war.

Maurice Micklewhite verließ den Hutmacher und schlenderte den Tunnel entlang, hielt die Augen offen. Man konnte nie wissen, wie viele verborgene Augen dem Neugierigen folgten. Am Ende des Tunnels, auf der Ebene des Hutmacherstandes, sah er fünf Kutschen aus dem späten 19. Jahrhundert, die jemand kunstvoll aneinandermontiert hatte, sodass ein einziges Gebäude daraus entstanden war. Über der schmalen Tür, zu der eine kleine Treppe hinaufführte, hing ein Schild mit der Aufschrift »The Secret – Verschwiegene Angelegenheiten aller Art«.

Micklewhite klopfte höflich, trat in gebückter Haltung ein, richtete sich im Inneren der Räumlichkeiten auf. Zwei Schreibtische waren am Boden festgeschraubt, viele Lampen hingen von der Decke, überall sah man Papierkram, Aktenschränke, Nachtefeu in ägyptischen Töpfen – kein seltener Geschmack hier unten, war das Zeug in seiner getrockneten Form doch ein beliebtes Rauschmittel.

Die beiden Männer, die hinter den Schreibtischen saßen, entsprachen voll und ganz der Beschreibung, die Toby Maurice Micklewhite gegeben hatte. Sie waren kahlgeschorene, bullig wirkende Mittelsmänner, adrett gekleidet und so kräftig, dass keiner, der Ärger vermeiden wollte, sich mit ihnen anlegen würde.

»Ich grüße Sie«, begann Micklewhite höflich und schloss die Tür hinter sich. »Ein Auftrag bringt mich zu dieser späten Stunde nach Ravenscourt.«

Die beiden Männer, die ihre Laptops vor sich aufgeklappt hatten, hielten inne, starrten ihn an. Sie musterten ihn wie einen Verdächtigen, und Maurice Micklewhite fragte sich, ob jemand sie über seine Ankunft auf dem Markt in Kenntnis gesetzt hatte.

»Ich fürchte«, sagte der eine Mann, »dass wir Ihnen nicht helfen können.«

Bevor Micklewhite verstand, was er damit meinte, zerkaute er etwas und fiel kopfüber auf seinen Laptop.

»Die Stille befiehlt, wir gehorchen«, sagte der andere Mann und blickte dem Elfen dabei direkt in die Augen, herausfordernd und siegessicher wie ein Schachspieler, der den letzten Zug ausführt. »Die Stille weiß alles.«

Und noch ehe Maurice Micklewhite einschreiten konnte, tat der zweite es dem ersten Mittler gleich, zerkaute etwas, was er schon im Mund gehabt zu haben schien, und fiel mit dem Gesicht auf seinen Laptop.

Der Elf stand nur da, ohne auch nur im Ansatz zu verstehen, welches Spiel hier gespielt wurde. Sprachlos starrte er die beiden an. Sie atmeten nicht mehr.

Die Stille weiß alles.

Was hatte er damit gemeint? Welche Stille meinte er?

Micklewhite ging zur Tür, verriegelte sie, drehte das *Geöffnet*-Schild um.

So viel dazu.

Draußen ahnte keiner etwas von dem, was hier drinnen

geschehen war. Gut so. Das würde alles wesentlich unkomplizierter machen.

Die Stille befiehlt, wir gehorchen.

Seltsam, seltsam. Maurice Micklewhite trat vorsichtig auf die Männer zu, vermutete eine Finte. Aber es war keine Finte. Die beiden waren tot. Blut lief ihnen aus den Mundwinkeln, sickerte in die Tastatur der Laptops.

Die Nachtefeu-Gewächse, die auf den Schreibtischen standen, reckten ihre Ranken nach dem Blut.

Micklewhite schob den Kopf des einen Mannes beiseite. Dann betrachtete er den Laptop. Ein MacBook, typisch! Er scrollte durch die Dateien, fand aber keinerlei Hinweise auf den Auftrag. Verschlüsselungen? Kryptografische Geheimnisse? Ebenfalls keine.

Noch bevor er seine Frage hatte formulieren können, hatten sie freiwillig den Tod gesucht.

Warum?

Wenngleich dies seinen Verdacht bestätigte, es hier mit den beiden Männern zu tun zu haben, die in Hampstead Manor eingedrungen waren, ergab das Gesamtbild der Situation in überhaupt keiner Weise einen Sinn. – Er betrat das Mittlerbüro, und die beiden Mittler, die aussahen, als würden sie es mit jedem aufnehmen können, nahmen sich das Leben, ohne auch nur abzuwarten, was er von ihnen wollte.

Die Stille befiehlt.

Was hatte der Mann damit gemeint? Wem hatten sie gehorcht? Etwa dem eleganten Herrn mit dem tückischen Lächeln, den Toby, der aussah wie 'n Toby, in Marylebone gesehen hatte? Und warum hatten sie Hampstead Manor verwüstet?

Er beugte sich über sie. Nein, sie waren keine Werwölfe.

Das konnte man unschwer an den Ohren und den Augen erkennen. Sie waren auch keine Rabenmenschen. Die Federn, die beide in den Schläfen stecken hatten, waren ein Zeichen, wie eine Tätowierung. Sie waren Mittler, nicht mehr, nicht weniger.

Maurice Micklewhite gefiel das alles nicht.

Die Stille!

Er würde mit Mortimer über diese Wendung der Dinge reden müssen. Und überhaupt wäre es gut, von hier zu verschwinden. Maurice Micklewhite hatte kein Interesse, mit dem Tod der beiden in Verbindung gebracht zu werden. Ravenscourt – und dazu gehörte selbstredend auch der Markt – war eine eigene Grafschaft, deren Gerichtsbarkeit dem Earl unterlag, einem äußerst wankelmütigen Rabenmenschen.

Micklewhite verließ das Kutschengebilde, schloss die Tür hinter sich und ging seines Weges.

Niemand schenkte ihm Beachtung. Das jedenfalls glaubte Maurice Micklewhite.

In den Tunneln, die ihn hinauf zur U-Bahn brachten, war alles still.

Nacht, Kälte, tosendes Wasser. Ein Schlund, der Sog unnachgiebig. Emily schluckte von dem eisig kalten Wasser, hustete, spuckte, versuchte zu atmen. Panisch ruderte sie mit den Armen, in einer Dunkelheit, die nicht einmal erahnen ließ, wo oben oder unten war. Ihre Kleidung war schwer, alles, was sie trug, zog sie nach unten, doch wie durch ein Wunder gelang es ihr, immer wieder aufzutauchen, wenn auch nur für einen Moment, der zu kurz und viel zu flüchtig war, um ein Gefühl von Kontrolle oder gar

Zuversicht zu gewinnen. Sofort, wenn sie oben war, schnappte sie nach Luft, hielt sie an, und nur Sekundenbruchteile später tauchte sie wieder unter und wurde weiter von den Fluten mitgerissen.

Ihre Gedanken waren nur Farben, die ineinanderflossen. Angst, Panik, der Wille zu überleben.

Der Sturz war kurz und der Fluss, wie erhofft, noch genau dort gewesen, wo er früher gewesen war, doch hatte der Hades, der sich hier unten durch die Erde fraß, nichts von seiner boshaften Wildheit eingebüßt.

Emily war sich darüber im Klaren gewesen, was die Entscheidung zu springen, bedeuten konnte: Den sicheren Tod durch Ertrinken, grausame Momente der bitteren Reue, sich falsch entschieden zu haben. Aber die Alternative war gewesen, dem Scharlachroten Ritter zum Opfer zu fallen. Pest oder Cholera.

Sie stieß gegen einen Stein, schrie vor Schmerzen auf, schluckte erneut Wasser, spuckte, hustete.

Die Angst, keine Luft mehr zu bekommen, war ihr Begleiter. Sie war ein Spielball der Fluten, so wie damals, als sie gemeinsam mit Aurora in die Tiefe gestürzt war.

Wo Jeeva Smith abgeblieben war, wusste sie nicht. Irgendwo hier unten musste er sein. Gemeinsam waren sie gestürzt. Sie hatte seinen Schrei gehört, als er in die Fluten eingetaucht war. Dann war sie selbst verschlungen und fortgespült worden. Doch sie hatte ihn nach ihr rufen hören. Kurz nur, aber laut und kräftig. Sie hatte ihm antworten wollen, aber ihre Zeit über Wasser hatte dafür nie gereicht. Der Hades war voller Strudel, die einen um die eigene Achse drehten, bevor sie einen nach unten zogen und endlose Sekunden später wieder ausspien.

Emily spürte, wie die Kräfte sie allmählich verließen. Die Untiefen waren mörderisch, die Felsen spitz und kantig. Auch wusste sie nicht, welche Tiere hier unten lebten und wovon diese Tiere sich ernährten.

Aber Jeeva würde, genau wie sie, versuchen zu überleben. Er würde tun, was sie gerade tat. Und hoffentlich nicht verzweifeln.

Emily keuchte. Dachte: *Beim letzten Mal hast du auch überlebt.*

Sie musste mutig sein. Zuversichtlich.

Irgendwo in der pechschwarzen Nacht hatte sie beim Auftauchen ein Licht aufblitzen sehen. Dinsdale! Ja, er musste hier unten sein und versuchen, ihre Spur nicht zu verlieren. Das Irrlicht würde ihr helfen können, doch dazu musste sie es schaffen, das Wasser zu verlassen.

Eine Welle schwappte über ihren Kopf, eine Stromschnelle hob sie, wie es schien, hoch empor, um sie sodann noch tiefer in die Eiseskälte zu tauchen. Die Luft wurde ihr knapp, die Augen brannten ihr. Hätte sie gekonnt, wäre sie in Tränen ausgebrochen.

Sie erinnerte sich an Jeevas braune Augen, die sie so erschrocken angeschaut hatten, als sie ihn in den Abgrund hinabgestoßen hatte. Überraschung und ungläubige Wut hatte sie in den Augen gesehen. Das und ihr Spiegelbild, nur einen Augenblick lang, aber das konnte sie sich auch eingebildet haben.

Emily wurde hin und her geworfen.

Sie spürte, dass sie nicht mehr lange würde weiterschwimmen können. Der Gedanke, einfach stillzuhalten und unterzugehen, die Ruhe zu genießen, die ewige Stille unter Wasser – dieser Gedanke lockte sie immer mehr.

Nein!

Daran durfte sie nicht einmal denken!

Sie musste durchhalten.

Die Fluten trugen sie weiter. Sie ruderte aus Leibeskräften mit den Armen, die sie vor Kälte kaum mehr spürte. Sie war nicht tot, aber nahe dran. Sie dachte an Tristan Marlowe, daran, dass sie ihn vielleicht niemals wiedersehen würde. Sie dachte an das Waisenhaus, und all die Bilder, die sie zu vergessen gesucht hatte, tauchten wieder auf. Bilder eines Lebens, das sie nicht glücklich gemacht hatte.

Sie keuchte.

Dinsdale flog jetzt hoch über ihr. In seinem Licht erkannte Emily das Ufer. Nur zerklüftete Felsen, die kaum Halt boten, kleine Vorsprünge, die zu weit fort waren, um in der Strömung dorthin zu schwimmen. Was immer sie sah, war nass und glitschig und so beschaffen, dass sie bei dem Versuch, aus dem Wasser zu klettern, zwangsläufig scheitern würde. Nein, das war nicht gut.

Schließlich wurde sie in der Ferne eines flachen steinigen Strands gewahr.

Wie damals.

»Emily«, hörte sie erneut die Stimme des jungen Mannes. »Emily Laing!«

Sie drehte den Kopf ein wenig zur Seite.

»Jeeva«, krächzte sie.

Er trieb neben ihr und sah so erschöpft und halb ertrunken aus, wie sie sich fühlte. Er streckte die Hand nach ihr aus, bekam sie zu fassen. Sie war zu müde, um etwas zu tun. Er ließ nicht los. Sie sah ihn an, dann klammerte sie sich an ihm fest. Er zog sie zum Ufer, oder vielleicht zogen sie sich auch gegenseitig zum Ufer. War das wichtig? Nein, es war nicht von Belang. Entscheidend war nur, dass sie das Ufer erreichten, an dem flachen, steinigen Abschnitt. Sie krochen mit letzter Kraft aus dem Wasser, sanken zu Boden, blieben mit dem Gesicht im Kies dort liegen, atmeten, schlossen die Augen.

Zeit verging. Wie viel, konnte keiner von beiden sagen. Irgendwann kam die Kraft zurück. Die Kraft, die Augen zu öffnen, die Kraft, sich zu bewegen. Es war hell, denn das Irrlicht war bei ihnen.

»Das eben«, keuchte Jeeva, als er die Stimme wiedergefunden hatte, »war nicht nett.« Er spuckte Wasser. »Was, in aller Welt, haben Sie sich nur dabei gedacht?« Er richtete sich mühsam auf, kniete neben ihr. »Ich dachte, Sie wollten mich umbringen.«

Sie lächelte.

»Ich habe geglaubt, wir sterben.« Wasser tropfte von seinem Gesicht. »Wie haben wir diesen Sturz nur überlebt? Das Wasser hätte uns töten müssen.«

»Hat es aber nicht«, sagte Emily. Sie richtete sich auf, kniete neben Jeeva im Kies, atmete erschöpft, während ihr das Wasser aus den Haaren und der Kleidung tropfte. Alles, was sie trug, fühlte sich unendlich schwer an. Emily hatte das Gefühl, einfach wieder zu Boden sinken und schlafen zu müssen. »Der Fluss ist sehr tief.« Sie wollte jetzt nicht streiten. Sie wollte nicht argumentieren. Sie hatten überlebt, das war alles, was zählte.

»Das Licht ist da«, sagte Jeeva und setzte sich hin.

Dinsdale schwebte über Emily, kam näher. Auf einmal wurde ihr ganz warm. *Irrlichter können manchmal wirklich sehr nett sein*, dachte sie. Dinsdale strahlte so warm, dass ihre Sachen im Nu getrocknet waren. Danach war Jeeva an der Reihe.

»Sieht so aus, als würden wir uns doch nicht den Tod holen«, staunte er. »Besser als ein Föhn.« Er zwinkerte dem Irrlicht zu. »Danke.«

»Der Ritter hätte uns getötet. Wenn nicht sofort, dann später. Er war wahnsinnig.«

Dinsdale schwirrte ab und erleuchtete den unterirdischen Strand. Ein Stück weiter stromabwärts lagen die Überreste eines Bootes auf dem Kies. Pflanzenbewuchs gab es keinen.

»Ich war schon einmal hier«, erinnerte sich Emily. »Tief unter der Knightsbridge.« Es gab keine Karten von dieser Gegend. Nur Gerüchte, Geschichten. »Und es gibt Wege, die von hier fortführen.«

Jeeva schaute sich um. »Dann sollten wir die nehmen.«

Emily folgte seinem Blick. In den Schatten nahe einer Felswand erkannte man den Eingang zu einem Tunnel oder einer weiteren Höhle. Überreste von Holzkisten lagen dort herum. Abfall, Müll, Dinge, für die niemand mehr Verwendung hatte. »Es gibt Schmuggler hier unten.«

»Natürlich.« Der Sarkasmus in seiner Stimme war neu.

»Abgebrühte Gestalten, die den Hades befahren und sich den Regeln der Gilden widersetzen.«

Er nickte, musste plötzlich lachen. »Das ist so was von verrückt«, sagte er und erhob sich. »Diese Welt hier unten. Ich meine, ich kann nicht glauben, hier zu sein.« Er rieb sich müde die Augen. »Ich kann es einfach nicht glauben.«

»Ich weiß. Mir ging es damals genauso.«

»Aber es ist kein Traum.«

»Fühlt es sich denn an wie ein Traum?«
Er schüttelte den Kopf.
Dinsdale summte etwas.
»Kennt er den Weg?«
»Ja.«
Jeeva ging zu den Holzkisten und las die Aufschriften. »Die sind von 1873«, stellte er fest und bückte sich. Als er das Holz berührte, zerfiel es. »Fäulnis«, murmelte er. Er ging zum Ufer zurück, schaute der Strömung nach, die hier, an dieser Stelle, sanfter war. In der Finsternis konnte man nicht weit sehen. »Sie sagten, dass dieser Fluss Hades genannt wird.« Er drehte sich zu Emily um. »Hat er etwas mit dem Hades aus der griechischen Mythologie zu tun?«

»Die Hölle«, sagte Emily, »ist hier unten nicht fern.« *Zumindest*, dachte sie, *war sie das früher nicht*. Sie hatte keine Ahnung, wie sehr sich hier unten alles verändert hatte. Sie trat neben Jeeva, betrachtete die Strömung. »Er fließt noch in die gleiche Richtung wie damals.«

»Das muss ich jetzt nicht auf Anhieb verstehen, oder?«
»Nein, es ist kompliziert.«
»Erklären Sie es mir.«
»Später. Ich muss jetzt nachdenken.«
»Denken Sie laut nach, das spart Zeit.«
Entnervt schaute sie ihn an. »Es ist eine lange Geschichte«, sagte sie.

»Das macht nichts, würde ich sagen.«
Sie seufzte. »Lassen Sie uns losgehen. Ich erzähle es Ihnen unterwegs.«

Jeeva erklärte sich damit einverstanden, und so setzten sie sich in Bewegung. Da es nur einen Weg gab, der von hier fortführte, fiel die Wahl nicht schwer. Sie betraten den Tunnel, folgten seinem Verlauf, und Dinsdale flog vor ihnen her und sorgte für Licht.

»Nun?«

Emily begann zu erzählen, angefangen mit ihren jüngsten Erlebnissen in Cambridge. Es tat gut, über alles zu reden, und es half ihr, ihre Gedanken zu klären. Als sie fertig war, sagte sie: »Das ist alles. Zufrieden?«

Jeeva blieb stehen, starrte sie an. »Das ist ...«

»Die Wahrheit«, sagte Emily.

»Wenn das die Wahrheit ist, dann ...«

»Dann ... was?«

Er suchte nach Worten. »Dann ... muss *ich* jetzt erst einmal nachdenken.«

Sie erreichten eine Gabelung, und noch bevor Emily etwas sagen konnte, hatte Dinsdale sich schon für eine Abzweigung entschieden.

Nach einer Weile erreichten sie eine Gegend, in der die Wände goldgelb gefliest waren. Der Tunnel, der bisher schmutzig, höhlenartig und verwaist ausgesehen hatte, wurde breiter und zivilisierter.

»Was ist das für ein Ort?« Jeeva berührte fast ehrfürchtig die kunstvoll gestalteten Fliesen an den Wänden, die aussahen, als hätte jemand die Eleganz längst vergessener Tage eingefangen.

»Croxley.«

»Ist das ein Viertel?«

»Nein.« Gaslampen wurden von Armen aus Messing, die aus den Wänden ragten, gehalten. Um sie herum und vor ihnen wurde alles hell erleuchtet. Der Tunnel war hier so elegant wie die Kulisse eines Historienfilms. »Es gibt hier eine Station mit einer uralten U-Bahn-Linie.«

»Eine Linie, die keiner kennt?«

Emily ging jetzt schneller voran. Wenn das, was sie vermutete, sich bewahrheitete, dann wären sie bald wieder in der normalen U-Bahn. »Als man dies alles gebaut hat, damals, und ich meine die allerersten Tunnel«, sagte Emily, »da hat man an eine eigene Linie für das Königshaus gedacht. Das ist kein Scherz, auch wenn es sich wie einer anhört. Damit die Mitglieder des Königshauses so schnell von einem Ort zum anderen gelangen konnten wie alle anderen, aber nicht zusammen mit dem einfachen Volk, baute man eine eigene U-Bahn-Linie, nur zu diesem Zweck. Das war besser, als die Kutschen nehmen zu müssen. Moderner. Und sehr sicher.«

»Ich dachte, das sei nur ein Märchen. Eine dieser geheimnisvollen Geschichten, die man kleinen Kindern erzählt.«

»Sehen Sie sich um.«

An den Wänden hingen Plakate, die Theatervorstellungen im Jahr 1912 anpriesen.

»Sie haben die Tunnel für die Royal Underground viel tiefer als die anderen Tunnel gebohrt. Und die wichtigsten Orte der Stadt durch sie miteinander verbunden: Buckingham Palace, St. Paul's Cathedral, das Parlament, den Tower und natürlich die schicken Hotels im Westend, wo sich, wie man munkelt, die Prinzen vergnügten.«

»Ich habe davon gehört, als kleines Kind. Es soll unterirdische Bahnhöfe geben, mit Böden aus Marmor und gepolsterten Bänken. Es hieß, goldverzierte Züge würden dort unten fahren.«

»Das ist alles wahr«, sagte Emily. »Croxley ist einer dieser Bahnhöfe.«

»Das ist schräg«, meinte Jeeva.

Ja, dachte Emily, *das ist es wohl*, und fuhr fort: »Später dann, nach dem Krieg, ist das alles aufgegeben worden. Es gab schnellere Möglichkeiten, die Stadt zu durchqueren. Niemand musste mehr die königliche U-Bahn nehmen. Nach und nach kamen dann andere, die diese Strecke nutzten. Tunnelstreicher, Moles, Gildehändler. Nichts, was es hier unten gibt, bleibt lange ungenutzt. Jetzt dient die Linie zum Transport von Passagieren und Waren. Das jedenfalls habe ich gehört. Die Grafschaften der uralten Metropole sind auf die Weise gut zu erreichen. Aber das Königshaus benutzt die Linie schon lange nicht mehr.«

Sie erreichten Croxley Station, einen Bahnhof, der wie ein viktorianischer Salon aussah. Hohe Decken mit kunstvollen Verzierungen, Stuckarbeiten und Kronleuchtern aus richtigem Glas. Die Bänke waren samtgrün gepolstert und die Stühle dick und weiß mit Spinnweben überzogen und mit feinem Staub bedeckt.

»Wie konnte so etwas Prunkvolles in Vergessenheit geraten?«, wollte Jeeva wissen.

»Schreckliche Dinge passieren nun mal«, erwiderte Emily.

Erst da bemerkte Jeeva die Skelette, die, fast zerfallen, am Boden lagen. Sie trugen noch die Fetzen alter Kleidung auf ihren Knochen. Feine viktorianische Mode, Gehröcke, Westen. Die Skelette lagen in den Ecken, dicht an den Wänden, fast so, als hätte jemand sie beiseitegekehrt. Als Emily zum ersten Mal hier gewesen war, hatten sie noch überall herumgelegen.

»Es haben sich wirklich schlimme Dinge zugetragen, damals.« Emily seufzte und erinnerte sich an die Geschichten, die Wittgenstein ihr erzählt hatte und die ihr, dem kleinen Mädchen mit dem Glasauge, große Angst eingejagt hatten. »Eigentlich passierte damals, was immer passiert.« Sie hatte ein neues Auge bekommen, gefertigt aus weißem Mondstein, wunderbar glatt und schön. »Es gab mächtige Häuser, die um die Vorherrschaft kämpften.« Noch immer trug sie das Mondsteinauge, denn es gab ihr die Kraft, über vieles hinwegzusehen, was sie sonst bedrückt hätte. »Es war ein Machtspiel, nicht mehr, nicht weniger. Es ging allen um Reichtum, Wohlstand, Einfluss. Die Folge dieser Intrigen waren blutige Aufstände. Es war fast schon ein Bürgerkrieg, mitten in London. Die Stadtteile kämpften gegeneinander, und am Ende gewann natürlich niemand wirklich. Auch das ist wohl immer so. Es gab viele Tote und am Ende nur eine Art Waffenstillstand. Die Lage beruhigte sich, irgendwann.« Es klang so einfach, wenn man es auf diese Art und Weise erzählte. So belanglos. »Nun ja, das hier sind die Überreste von damals.«

Jeeva hatte ihr aufmerksam zugehört. »Aber davon weiß niemand etwas?«

»Die meisten Menschen sehen nur das, was sie sehen möchten«, antwortete Emily. »Glauben Sie mir, es gibt genügend Hinweise auf die Geschehnisse von einst. Jeder kennt die Geschichte der Morde von Whitechapel.«

»Jack the Ripper.«

»Ja, diese Morde waren der Anfang. Sie setzten eine ganze Reihe von schlimmen Ereignissen in Gang, durch die sich die Stadt veränderte.« Emily lächelte. »Sie sehen also, die Geschichte ist bekannt. Wir sprechen von den Whitechapel-Aufständen. Die Morde im East End waren nur der Anfang. Der Funken, der dazu führte, dass die ganze Stadt sich entzündete.«

Jeeva schaute sich um. »Was ist aus den beiden Häusern geworden?«

Er und Emily betraten den weitläufigen Bahnsteig.

»Sie blieben zerrüttet, bis zum bitteren Ende.« Das war der Teil dieser Geschichte, an den sie nicht gern erinnert wurde. Emily dachte nicht gern daran, weil sie ein Teil dieser Geschichte war. Ja, Mara, ihre Schwester, und sie selbst. Die mächtigen Häuser vom Regent's Park und aus Blackheath hatten all die Jahre um die Vorherrschaft gekämpft. Intrigen waren gesponnen und Attentäter bezahlt worden, und die Drahtzieher waren die Ratten gewesen. Ja, sie und die geheimen Mächte, die hinter ihnen standen. Es hatte Komplotte gegeben, Bündnisse, Verschwörungen. Doch jetzt war das alles nur noch Vergangenheit, nun gab es sie beide nicht mehr, weder das Haus Mushroom noch das Haus Manderley. »Die Regentin der Metropole hat dafür gesorgt, dass sich alles ändert«, erinnerte Emily sich. »Sie hat dafür gesorgt, dass die Zwistigkeiten von einst endeten.« *Auf ihre Art*, dachte Emily traurig. Die Regentin hatte immer alles auf ihre Art machen müssen. Auf ihre ganz eigene Art. Nun war sie fort, und keiner wusste, was mit ihr geschehen war.

»Wer ist die Regentin?«

»Sie ist diejenige, die hier das Sagen hat«, erwiderte Emily. Was sie aber dachte, war: Sie ist der Grund, weshalb ich damals London verlassen habe. Diejenige, die alles ins Wanken gebracht hat. In guter Absicht, wohlgemerkt. Aber wie viele Dinge, die schlimm waren, geschahen in guter Absicht? »Sie wollte die Ordnung in der Stadt stabilisieren, aber das, was sie getan hat, war ...« Sie brachte den Gedanken nicht zu Ende. »Es ist kompliziert«, sagte sie nur, das sollte genügen.

»Was ist das hier für eine seltsame Welt?« Jeeva schaute sich den Bahnsteig an, die Eleganz, den Tod, die Bilder der Vergänglichkeit.

»Wir nennen sie die uralte Metropole. Die Stadt unter der Stadt.«

»Seit wann existiert sie?«

»Sie hat schon immer existiert.« *Vielleicht*, dachte Emily, *ist sie viel mehr London als die Stadt hoch über uns.*

Jeeva schüttelte ungläubig den Kopf. »Das ist so verrückt«, sagte er. »Das alles hier.«

»Ich weiß.«

»Haben Sie eine Ahnung, wie ich mich fühle?«

»Durcheinander«, vermutete Emily.

Er lachte auf. »Ja, durcheinander. Das trifft es ganz gut.«

Sie erwiderte sein Lächeln. »Durcheinander zu sein ist in Ordnung.« Er schlug sich gut, bedachte man, was er in den vergangenen Stunden alles erlebt hatte. Nicht jeder würde damit so gut klarkommen.

»Sehe ich auch so.«

Während sie auf den Zug warteten, schaute Jeeva Smith sich um. Wie ein Kind, so staunte er über all die Details aus einer Zeit, die er nur aus Filmen und Büchern kennen konnte. Lauter Gegenstände, die man sonst lediglich im Museum bewundern konnte, lagen hier, achtlos weggeworfen, herum. »Was werden wir tun, wenn wir wieder in London sind?«, wollte er wissen. »Ich meine, im richtigen London, da oben.« Er deutete zur Decke, die mit Holzplatten vertäfelt war.

»Sie fahren nach Hause und vergessen am besten, was Sie gesehen haben«, schlug Emily vor.

Jeeva starrte sie an. »Ich glaube nicht, dass das geht.«

Sie zuckte die Achseln. »Es ist Ihre Entscheidung.«

»Warum war der Werwolf hinter Ihnen her?«

»Er wollte etwas wissen.«

»Was?«

Sie setzte sich, nachdem sie den Staub, so gut es eben ging, weggewischt hatte, auf eine Bank. »Es geht um ein Mädchen, das sich verlaufen hat. Die Kleine wird gesucht. Sie wurde entführt. Von jemandem, den wir nicht kennen. Der Werwolf glaubte, dass ich die Kleine versteckt halte.«

»Aber das tun Sie nicht.«

»Nein. Wie ich sagte: Sie ist entführt worden. Wahrscheinlich von Werwölfen, Schneewölfen, genauer gesagt.«

»Anderen Werwölfen?« Jeeva überlegte. »Wie viele von diesen Viechern laufen denn frei herum? Und müsste der Werwolf dann nicht wissen, dass ...«

»Ich habe keine Ahnung«, gab Emily ein wenig ungeduldig zu. In den letzten Stunden hatte sie keinen Moment Zeit gefunden, darüber nachzudenken, so schnell war alles passiert und so überstürzt.

»Wer sind Sie?«, wollte Jeeva wissen.

»Emily Laing«, sagte Emily.

»Ja, das sagten Sie, aber was tun Sie? Was haben Sie mit dieser seltsamen Welt zu schaffen?«

»Ich helfe Kindern«, sagte sie. »Ich betreue sie, wenn es ihnen nicht gut geht.« Das war wohl die beste Umschreibung ihres Lebens, die ihr spontan einfiel. Zu sagen sie sei eine Trickster schien ihr, in dieser Situation, undenkbar. Andererseits hätte sie dem jungen Mann gern ein wenig mehr von sich erzählt. Er war ihr nicht unsympathisch, das musste sie sich eingestehen. Zugleich aber wusste sie nicht so recht, was sie jetzt mit ihm anfangen sollte.

»Sie sagten, Sie seien Lehrer.«

»Assistenzlehrer.«

»Welches Fach?«

»Mathematik.«

»Oh.«

»Haben Sie etwas gegen Mathematiker?«

Sie schüttelte den Kopf. »Nein, es ist nur … Sie sehen gar nicht aus wie ein Mathematiklehrer.«

»Sondern?«

Sie zuckte die Achseln. »Irgendwas anderes.«

»Sport?«

»Vielleicht. Sie können gut schwimmen.«

Er grinste gespielt verwegen. Die Erschöpfung und die Anspannung konnte er nur schwer verbergen, aber er gab sich Mühe.

»Ich will ehrlich zu Ihnen sein, Jeeva Smith.« Es gefiel ihr, ihn mit seinem vollen Namen anzusprechen. Irgendwie passte das zu ihm. »Ich habe keine Ahnung, wie sich das alles weiterentwickeln wird. Wenn wir Glück haben, kommt gleich ein Zug. Er wird uns nach South Kensington oder zur Gloucester Road bringen. Aber für Sie wird es das Beste sein, zu Ihrem normalen Leben zurückzukehren.«

Er nickte, sagte: »Wir werden es schon schaffen. Bis hierher haben wir es ja auch geschafft.«

Ein Klatschen zerschnitt die Stille, hallte laut und klar durch den leeren Bahnhof. Emily erschrak. Das Geräusch ließ sie frösteln. Jemand applaudierte. Sie schaute schnell dorthin, wo sie den Ursprung des Geräuschs vermutete.

Ein großer Mann in Anzug und Mantel trat aus den Schatten, drüben am Ausgang mit der Treppe, die sonstwohin führen mochte. Er sah aus wie ein Banker, aber Emily war sich sicher, dass er kein echter Banker war. Ein teurer Anzug allein machte aus einem Mann mit weißen Zähnen, stechenden Augen und einem überheblichen Ausdruck auf dem glatt rasierten Gesicht noch lange keinen Banker.

»Hören Sie nur, Miss Laing«, sagte der Mann. »Diese Zuversicht.« Er kannte ihren Namen! »Dieser Mut, diese Entschlossenheit. Und das alles von einem Mann, der durch und durch gewöhnlich ist, hah! So gewöhnlich, so belanglos, so farblos, dass ihn, würde ich sagen, vermutlich niemand wirklich vermissen wird, wenn er tot ist.« Im fahlen Licht der Deckenlampen funkelten die Augen des Mannes gelb auf. »Ersparen wir uns weitere Unannehmlichkeiten«, schlug er vor, »und kommen zur Sache.« Er blieb stehen, schaute nach rechts, dann nach links.

Zwei weitere Gestalten, diesmal auf vier Beinen, traten langsam aus den Schatten. Anders als der Mann hatten sie bereits Wolfsgestalt angenommen. »Wölfe«, belehrte sie der Fremde, »jagen immer im Rudel.« Er schaute zu Boden, prüfte den Glanz seiner schwarzen Lackschuhe. »Die Kunst dabei besteht darin, zu warten, bis die Beute dorthin kommt, wo man sie haben will.« Er lächelte. »Man muss nur Lärm machen, die Beute ängstigen, damit sie sich in Bewegung setzt.« Er schaute auf, gebot den beiden Wölfen, dort, wo sie waren, zu verharren.

»Sie haben gewonnen«, sagte Emily.

»Natürlich habe ich das.« Er sah seine Gefährten an. »Wir«, korrigierte er sich. Die beiden Wölfe knurrten zufrieden. »Wir gewinnen immer. Das ist unser Geheimnis. Wir sind erfolgreich.« Er warf Jeeva einen abfälligen Blick zu. »Davon, denke ich, verstehen Sie nichts. Lehrer? Und zugewandert.« Er spie das Wort aus. »In den glorreichen Zeiten des Empire, als wir die Zivilisation nach Delhi brachten, da haben wir euch erlaubt, das Gepäck zu tragen. Ihr durftet in unseren Häusern für Ordnung sorgen.« Er rieb sich die Hände, kniff die Augen zusammen. »Heute seid ihr hier, in unserem Land, der uralten Stadt, und unterrichtet die Kinder, deren Urgroßeltern euren Vorfahren gedient haben.«

»Niemand hat Sie nach Ihrer Meinung gefragt«, sagte Jeeva, und Emily merkte, wie er die Hände zu Fäusten ballte.

Der Mann seufzte. »Miss Laing, die Gesellschaft, die Sie sich aussuchen, lässt zu wünschen übrig.«

»Was wollen Sie von mir?«, fuhr Emily ihn an.

Jeeva stand neben ihr.

»Taschenbuchwerfer«, verhöhnte ihn der Mann. »Wer einmal Glück hatte, hat sein Kontingent aufgebraucht.«

Jeeva schluckte. Er schaute Emily an, die ihm zuzwinkerte, und schwieg.

Die beiden Wölfe ließen sie nicht aus den Augen.

Emily zugewandt, sagte der Mann: »Ich möchte Ihnen nur eine Frage stellen, mehr nicht. Es ist ganz einfach. Eine Frage, auf die Sie mir antworten. Die Zeit läuft. Damit biete ich Ihnen beiden die Möglichkeit, aus dieser für Sie etwas misslichen Situation lebend davonzukommen.« Er lächelte jetzt unverkennbar wölfisch. »Wäre das womöglich ein Preis, über den es sich zu reden lohnt?«

Die beiden Wölfe kamen näher, umkreisten sie. Ihr

Knurren war leise, fast angenehm, tödlich und einlullend zugleich.

»Es ist nur eine einfache Frage, auf die ich eine Antwort benötige. Wenn ich die Antwort habe, werde ich verschwinden.«

Emily betrachtete die Wölfe. Es waren Lykanthropen, wie sie vorher schon welche erblickt hatte. Ihr schwarzes Fell war sauber. Sie mutmaßte, dass dies kein Lumpenpack war, sondern gebildete Wesen mit Berufen, die ihnen Reichtum brachten und in denen sie unauffällig agieren konnten. Werwölfe aus Canary Wharf, die ihre Beute mit neuen Methoden erlegten.

»Piccadilly Mayfair«, sagte der Mann. »Wo ist sie?«

»Warum wollen Sie das wissen?«

Der Mann betrachtete Emily, nickte gespielt geduldig. »Sie sind neugierig.«

»Kann sein.« Emily überlegte, wie sie aus dieser Situation entkommen konnten.

»Sind Sie immer so neugierig?«

»Fragen Sie besser nicht.«

»Neugierde«, sagte der Mann belehrend, »kostet nicht nur Katzen das Leben.« Er musterte Emily eindringlich. Dann schlug er sich, wie um ein Versehen zu betonen, mit der flachen Hand gegen die Stirn. »Oh, du liebe Güte, wo sind nur meine Manieren geblieben? Jetzt plaudern wir so angenehm, und ich habe mich Ihnen noch gar nicht vorgestellt.«

Wo blieb der verdammte Zug? Emily fragte sich, ob sie und Jeeva es schaffen würden einzusteigen. Drei Lykanthropen, zwei in Wolfsgestalt, der andere noch ganz Mensch. Sie waren in der Überzahl. Die Wölfe waren schnell. Und sie würden den Fehler, den der erste Wolf vorhin gemacht hatte, bestimmt nicht noch einmal begehen. Ihr Wortführer hier war auch schlauer. Sie konnte es spüren. Er spielte mit ihr. Und, da war sie sich sicher, er würde sie beide töten, wenn er erst hatte, weshalb er hergekommen war.

»Na gut«, meinte Emily, wenn auch nur, um Zeit zu gewinnen, »wenn wir schon so nett plaudern, wie darf ich Sie nennen?«

Der Mann lächelte breiter, als es einem Menschen normalerweise möglich war. »Es gibt viele Namen, unter denen man mich fürchtet«, sagte er. »Aber Sie dürfen mich bei dem Namen nennen, der mir am liebsten ist.« Er trat einen Schritt auf sie zu. »Nennen Sie mich einfach«, sagte er, »Gekko.«

Emily starrte ihn an.

»Gekko ist ein ganz und gar harmloser Name. Nicht für jene, mit denen ich sonst zu tun habe. Aber für alle anderen, und dazu zähle ich Sie beide, schon. Namen können so viel Angst verbreiten, finden Sie nicht auch?«

Emily wechselte einen raschen Blick mit Jeeva. Ein Werwolf aus Canary Wharf, der sich Gekko nannte?

Die Welt war verrückter, als sie gedacht hatte.

»Wo ist Piccadilly Mayfair?«, kam Gekko plötzlich wieder zur Sache. »Lassen Sie uns keine Zeit verlieren. Sagen Sie mir, was ich wissen möchte, und Sie können den Zug, der in zwei Minuten in den Bahnhof einfährt, unbeschadet nehmen. Denken Sie gut nach, wägen Sie Ihre Chancen ab. Die Uhr läuft. Sie sind in fünf Minuten in South Kensington. Gerettet. Sie können die frische Luft atmen. Das Leben genießen. Und wenn Sie vergessen, dass es ein paar kleine

Unannehmlichkeiten gab, dann werden Sie vielleicht, nach einer Weile, auch wieder gut schlafen können.«

»Ich weiß nicht, wo Piccadilly Mayfair ist«, sagte Emily geradeheraus. »Wölfe haben sie entführt.« Das war immerhin die Wahrheit. »Ob Ihnen das gefällt oder nicht, es waren Wölfe.«

Der Mann suchte in ihren Augen nach einer Lüge. »Nein«, sagte er. »Es können keine Wölfe gewesen sein.«

»Warum nicht?«

»Ich kenne meine Wölfe.«

»Vielleicht gibt es welche, die für die andere Seite arbeiten.«

»Welche andere Seite?«

Sie zuckte die Achseln. »Die Seite, die nicht die Ihre ist.«

»Sie irren sich, Miss Laing. Es gibt in London nur ein Rudel.« Der Mann knurrte sie ungeduldig an. Die beiden Wölfe standen geduckt da.

»Vielleicht aber«, hörte Emily jemanden sagen, »irren auch Sie sich.« Dann blitzte eine Klinge auf, direkt am Hals des Mannes, der sich Gekko nannte. Das tiefe Knurren wurde zu einem blutroten Gurgeln, als die Klinge ohne Vorwarnung seine Kehle durchschnitt, schnell und sauber.

Als der Mann zu Boden sank, sah Emily den anderen, der hinter ihm aus dem Schatten trat.

»Sie sind das?«

Es war der elegante Gentleman, der ihr bereits gestern geholfen hatte, in der U-Bahn-Station Tottenham Court Road. Wie für einen Besuch in der Oper gekleidet, ein spitzbübisches Gesicht, nicht abstoßend, nein, ganz und gar nicht, sogar freundlich, strahlend. Schmale, hellgrüne

Augen, das lange pechschwarze Haar zu einem Zopf gebunden. In der einen Hand hielt er eine lange Klinge, in der anderen einen Spazierstock.

»Er hatte recht«, sagte der Gentleman mit einem amüsierten Grinsen. »Neugierde kostet nicht nur Katzen das Leben.«

Bevor Emily etwas erwidern konnte, ließ der Gentleman den Gehstock wie auch die lange Klinge zu Boden fallen, und zwei Messer blitzten auf, so schnell und tödlich, dass die Wölfe zu seiner Rechten und seiner Linken nur noch mit einem überraschten Winseln zu Boden gingen. Die schmalen, kurzen Klingen steckten in ihren Köpfen, genau zwischen den Augen, und sofort setzte ihre Verwandlung ein. Knochen knackten, Fell verschwand, die Gliedmaßen veränderten sich. Sekunden später lagen blutend zwei nackte Männerleichen auf dem Bahnsteig.

»Neugierde«, stellte der Gentleman fest, »kann jeden das Leben kosten.«

»Wer sind Sie?«, wollte Emily wissen.

Jeeva, der ganz bleich geworden war, stellte sich schützend vor sie.

Der Mann hob den Zeigefinger an die Lippen. »Pssst«, flüsterte er. »Keine Fragen mehr.« Er bückte sich, steckte die Klinge, mit der er die Kehle des Mannes namens Gekko aufgeschlitzt hatte, zurück in den Gehstock. »Seien Sie froh, dass ich Ihnen geholfen habe.«

»Aber warum nur?«, murmelte Jeeva kopfschüttelnd und mit großen Augen vor sich hin.

Der Gentleman zwinkerte ihm zu. »Ich bin Philanthrop«, sagte er, frech grinsend. Seine Augen leuchteten. »Der Herr hier hatte nicht den Ruf, einer zu sein.«

Der plötzlich aufkommende Wind kündigte den einfahrenden Zug an.

»Und entschuldigen Sie bitte seine Äußerungen«, sagte der Gentleman, Jeeva zugewandt. »Wölfen aus der Gegend der Canary Wharf, das weiß jeder, fehlt es zuweilen an Manieren. Aber das«, er grinste genüsslich, »hat sich ja nun erledigt.« Zufrieden betrachtete er die Leichname der toten Werwölfe.

Jeeva wusste nicht, was er darauf erwidern sollte. Emily schwieg ebenso.

Der Zug fuhr ein, mit einem lauten, rostigen Grollen. Vier Waggons, gezogen von einer rüstigen 1898er Jackson & Sharp. Der Zug hielt an, die Türen öffneten sich.

»Gute Fahrt«, wünschte ihnen der Gentleman gönnerhaft. »Kosten Sie ihn aus, diesen Moment der Ruhe.«

Emily zupfte Jeeva, der regungslos dastand, am Ärmel. »Wir sollten jetzt gehen«, sagte sie.

Der Gentleman, ihrer beider Retter, grinste noch immer, vollkommen selbstverliebt und überaus zufrieden. »Genießen Sie die Stille.« Er zwinkerte geradezu vertraulich. »Die Stille weiß alles.« Er ließ die beiden nicht aus den Augen, bis die Türen des Abteils sich hinter ihnen schlossen, der Zug ächzend und schnaufend losfuhr und sie alles, was in Croxley Station passiert war, hinter sich ließen.

9. Kapitel

Das Parlament der Heuchler

Rätsel waren dazu da, dass man sie löste.

Genau das war es, was Wittgenstein dachte, als er durch die anbrechende Nacht in Richtung Kensington eilte. Lady Mina saß auf seiner Schulter und genoss die Aussicht. Die Rättin, die er seine Schwester nannte, bevorzugte diesen Platz, selbst in Nächten wie dieser, wenn der Wind kalt vom dunklen Fluss her wehte.

Ein Rätsel war eine Herausforderung.

Mortimer Wittgenstein stapfte mit großen Schritten durch den immer höher auf den Gehwegen liegenden Schnee. Etwas, das spürte er, war nicht richtig. Seit Stunden fiel der Schnee in so festen und dicken Flocken wie schon seit Jahren nicht mehr. Waren es zunächst noch weihnachtliche Bilder, die das schweigende Weiß überall in den Straßen hervorgezaubert hatte, so wurde die Lage mittlerweile unangenehm. Seine Schritte knirschten, Glätte verbarg sich heimtückisch unter dem Weiß. Die Autos hatten Mühe voranzukommen, und die parkenden Fahrzeuge waren zugeschneit, sahen aus wie klobige Wesen aus einer fremden Welt. Die Menschen quälten sich mühsam durch die Straßen. Der dunkle Fluss würde, wenn das so weiterging, bald gefrieren.

Er seufzte. Betrachtete den eigenen Atem, der wie Nebel vor ihm schwebte.

Das Leben, das er, lethargisch und oft müde, in den vergangenen Monaten geführt hatte, war zermürbend gewesen. Doch nun, nachdem Miss Laing mit ihren Neuigkeiten, verschrobenen Ansichten, dem verlorenen Mädchen und der Aussicht auf ein plötzliches Abenteuer in Hampstead Manor aufgetaucht war, loderte das alte Feuer wieder in ihm auf. Er konnte sie wieder spüren, die leidenschaftliche Neugier, die unter all der Trauer während der letzten Monate begraben gewesen war.

Rätsel, ja, dies war ein Rätsel, und zwar eines, das wahrhaft gelöst werden musste. Die Lage, daran gab es keinen Zweifel, war ernst und ein Eingreifen, da war er sich sicher, höchst dringlich. Micklewhite war zum Regent's Park aufgebrochen, um dort nach Spuren zu suchen. Mit ein wenig Glück würde er etwas herausfinden. Die Sache mit der Entführung war seltsam – wie alles andere auch. Dabei glaubte Wittgenstein, dass das kleine Mädchen in der einen oder anderen Weise der Schlüssel war zu dem, was hier vor sich ging.

London.

Hatte es je eine Zeit gegeben, die ohne Geheimnisse gewesen war?

Die Stadt schien in der Eiseskälte den Atem anzuhalten. Es war, als wolle sie unter all dem Schnee Schutz suchen.

Doch wovor?

Wittgenstein strich sich eine Strähne seines langen

Haars aus dem Gesicht. Er sah die Menschen an, die an ihm vorbeiströmten, und fragte sich, ob auch einer von ihnen jenes unbestimmte Unbehagen verspürte. Jeder schaute starr vor sich auf den Gehweg, die wenigsten gingen erhobenen Blickes, sahen die anderen Menschen an. Menschen, alle allein, jeder für sich.

Glaubst du, dass der Lordkanzler uns Auskunft geben wird?, wollte die kleine Rättin wissen. Sie schmiegte sich an seinen Hals und genoss es, dass Wittgensteins Haare sie vor dem Schnee schützten.

»Frag nicht.«

Der Lordkanzler war seltsam. Ihn zu treffen war nie angenehm gewesen. Nicht von dieser Welt, dazu ein Politiker. Besessen davon, Macht zu erlangen, ausgestattet mit all den Charaktereigenschaften, die man einem Schakal zuschrieb.

»Wir werden sehen«, murmelte Wittgenstein.

Lady Mina schwieg.

So folgte er den Straßen, die wie die Adern eines lebendigen Wesens waren. Die Menschen mit all ihren Gedanken waren das Blut, das die Stadt zum Leben, zum Atmen brachte.

Wittgenstein dachte gar nicht daran, sich zu hetzen. Hier draußen, in den Straßen, durch die Nacht laufend, konnte er wenigstens seine Gedanken klären. Nachdenken, ja, genau das war das Problem der heutigen Zeit. Alles war schneller geworden. Die Menschen rannten und huldigten den elektronischen Gottheiten. Niemand nahm sich mehr die Zeit, einfach nur nachzudenken. Alle reagierten nur noch, schnell musste es gehen. Dabei war Nachdenken wie Meditation. Ruhe, Stille, Verharren im Moment.

Zu viel war in den letzten Monaten geschehen.

Das Leben geht weiter, hatte Mina oft beteuert.

»Das Leben ist die Hölle«, hatte er erwidert.

Die ewige Wiederholung ist die Hölle.

»Genau das«, bekräftigte er, »habe ich gemeint.« Wittgenstein hatte im Lauf seines Lebens schon zu viele Menschen sterben sehen. Doch jemanden sterben zu sehen, dem man sein Herz geschenkt hatte, war etwas anderes. Niemand bereitete einen darauf vor, in die toten Augen des Menschen zu sehen, dem man sein Herz geschenkt hatte. Nichts ließ einen diesen Moment vergessen. Es war wie Sterben, nur anders. Passiver. Man fühlte sich hilflos, verraten, und, das Schlimmste von allem, man fühlte sich zurückgelassen. Ein Teil von einem selbst verließ den Körper, und zurück blieb nur eine schmerzende Leere, die mit Beschäftigungen zu füllen ihm schlechter gelungen war, als er gedacht hätte. Er war seiner Arbeit nachgegangen, ja, was hätte er anderes tun sollen. Doch all dem hatte der Hauch von Leben gefehlt.

Wittgenstein blieb stehen, hielt inne. Hob den Blick.

Der Schneefall wurde tatsächlich immer stärker. Die Winter konnten hart sein in London, aber dies hier war ungewöhnlich. Wie alles andere in diesen Tagen auch.

»Etwas ist aus den Fugen geraten«, mutmaßte er grimmig.

Die Rättin schwieg.

»Es ist nur ein Gefühl …«

Dann setzte er seinen Weg fort, gelangte nach Kensington und erreichte schließlich die Royal Albert Hall.

»Jetzt«, murmelte er, »wird es interessant.«

Flackerndes Licht erhellte die Fenster. Die Plakate draußen kündigten eine Reihe von Kulturevents an, doch heute, um diese Uhrzeit, wurde das berühmte Bauwerk – wie so viele andere Gebäude in London auch, die manchmal leer standen – für andere Zwecke genutzt.

Wittgenstein betrachtete den Rundbau einen Moment lang. Erinnerte sich, was hier einst geschehen war. Seufzte.

Normalerweise diente die Royal Albert Hall als Konzerthalle. Das Gebäude war sehr schlicht, der einzige Schmuck der roten Backsteinfassade war ein hübsch anzuschauender Fries, der, wie es überall in den Reiseführern stand, den Triumph der Wissenschaft über die Künste symbolisieren sollte.

Wittgenstein und Mina nahmen den Haupteingang, an dem ein Angehöriger der Garde ihnen Einlass gewährte. Bereits im Foyer hörten sie den Lärm der hitzigen Diskussionen. Ohne Umschweife betraten sie die Halle, die bis zum letzten Platz besetzt war.

Das Parlament der Heuchler, so nannte Wittgenstein die in dem Raum Versammelten, die hier geheime Sitzungen abhielten. Er hatte nichts übrig für Politik. Politik war eine Krankheit, ja, nichts anderes, und Politiker waren wankelmütig und in ihrem Wankelmut gefährlich.

»Sie haben schon begonnen«, sagte er.

Klingt nicht gut, kommentierte Lady Mina die Geräuschkulisse.

»Tut es das jemals?«, fragte Wittgenstein.

Sah das Gebäude von außen eher klobig und unscheinbar aus, so hatte man innen fast den Eindruck, eine Art elegantes römisches Amphitheater zu betreten, mit Säulen und über tausend Sitzplätzen, von denen alle an diesem

Abend besetzt waren. Die warme Luft war erfüllt von lauten Rufen und Pfiffen. Die Scheinwerfer, die oben von der hohen Decke die Bühne beleuchteten, dienten normalerweise dazu, die Bands oder Orchester, die hier spielten, ins rechte Licht zu rücken. Heute illuminierten sie das Parlament der flüsternden Heuchler, das tagte wie ein Sturm, der sich nicht entscheiden konnte, in welche Richtung er wehen sollte.

Anwesend waren die Vertreter der Handelsgilden in ihren Roben, dazu, auf den höheren Rängen, die Boroughs, die Bürgermeister der Stadtteile. Weitere Bürokraten und Speichellecker füllten die hinteren Reihen, Vertreter der schreibenden Zünfte, die alles protokollierten, um später in Windeseile zur Fleet Street zurückzukehren, um die neuesten Schlagzeilen zu produzieren. Gekritzel, das es dann morgen an jeder Ecke zu kaufen gäbe. Alle waren heute hier und diskutierten wild über das Problem, für das es keine Lösung gab. Denn die Regentin war verschwunden, und die Tatsache, dass der Lordkanzler von Kensington es sich nicht hatte nehmen lassen, die Regierungsgeschäfte an sich zu reißen, erhitzte die Gemüter der Boroughs, mal mehr, mal weniger stark.

»Was habe ich dir gesagt?«, grummelte Wittgenstein abfällig und schaute sich um.

Wie immer dominierte die große Gestalt des Lordkanzlers die Säulenhalle. Weißes, hochgeschlossenes Hemd. Dunkler, lederner Gehrock. Ein Gehstock mit einem silbernen Knauf in Form eines Schakals. Dazu kniehohe Stiefel mit silbernen Schnallen. Sein Gesicht war, wie immer, hinter einer silbernen Maske verborgen. Nicht alle hier wussten, dass sein Gesicht das eines Schakals war und dass der Lordkanzler, sprach man ihn darauf an, kaum umhinkam zuzugeben, dass er ein Gott war. Ein Totengott, der aus Ägypten nach England gekommen war, vor langer Zeit.

»Anubis ist in seinem Element, würde ich sagen.«

Er hat nichts von seiner Kraft verloren, meinte Mina.

Er stand vorn auf der Bühne, inmitten der Instrumente, die schon für das morgige Konzert aufgebaut worden waren. Hinter ihm ein großes Schlagzeug, an seiner Seite zwei Bassgitarren in ihren Ständern. Er benutzte keines der Mikrofone; allein die tiefe Stimme genügte, um überall in der Halle gehört zu werden.

»Es ist an der Zeit, eine neue Regentin zu wählen«, rief jemand aus der Menge.

»Seit sie verschwunden ist, bröckelt die Ordnung.«

»Die Handelsgilden verlangen, dass die Gesetze zur Aufrechterhaltung der Märkte verschärft werden.«

»Wie lange wird diese Übergangsregelung noch Gültigkeit haben?«

Wittgenstein seufzte.

So ging es weiter, die ganze Zeit. Den einen ging es um Zölle, Marktgebühren, Gewinne, die alten Handelsrouten in den Gewölben jenseits der U-Bahn; die anderen äußerten sich besorgt über die Sicherheitslage und die Gefahren, von denen man hörte. Die Fleischfresser wurden erwähnt, dann die Tunnelstreicher.

»Züge tauchen nicht mehr auf«, gab jemand zu bedenken.

»Ganze Gegenden verschwinden«, rief ein anderer.

Der Lordkanzler drehte den Kopf, hob die Hände, gebot allen zu schweigen.

Sofort wurde es ruhig in der Royal Albert Hall, allseits wurde erwartungsvoll gelauscht.

Wittgenstein hatte geahnt, dass es so weit kommen würde.

Die junge Regentin war das Problem: Mara Myriel Manderley, die als die jüngste Regentin Londons in die Geschichte der Metropole eingehen würde. Mit ihr hatte der alte Zwist ein jähes Ende gefunden, aber dafür waren viele neue Probleme entstanden. Denn plötzlich war sie spurlos verschwunden, und danach war nichts besser geworden.

»Die Regentin allein«, sagte Anubis, »ist nicht gleichsam auch die Metropole.« Er schaute sich um, ließ sich Zeit. »Wir alle«, hallte seine tiefe Stimme, »sind London. Wir alle sind die Metropole. Es liegt in unserer Hand, das Notwendige zu tun. Es ist an uns, das Richtige zu tun.«

Wittgenstein tauschte einen entnervten Blick mit Mina.

Nur mit halbem Ohr hörte er den weiteren Ausführungen des Lordkanzlers zu und dachte daran, wie beharrlich sich Emily Laing dem Gespräch über den Verbleib der Regentin verweigerte. Ja, sie entzog sich allem, was in irgendeiner Weise mit ihrer Familie und insbesondere mit ihrer kleinen Schwester Mara Manderley zu tun hatte, die einen ganz anderen Weg eingeschlagen hatte als Emily, gewählt von allen, weil sie ein Spross der mächtigen Häuser war, die sich einst jahrelang bekriegt hatten. Politisch vom Lordkanzler eingefädelt, war dies vor Jahren ein äußerst geschickter Schachzug gewesen, um den Frieden in London zu sichern. Kleinigkeiten waren verschwiegen worden. Das, was der Öffentlichkeit zu Ohren gekommen war, hatte allen gefallen. Doch dann hatte die Regentin etwas getan, womit keiner gerechnet hatte. Das heißt ...

offiziell hatte sie natürlich nichts mit den Morden zu schaffen gehabt. Dennoch ahnten alle, dass dem nicht so war. Jedermann flüsterte hinter vorgehaltener Hand, dass sie die Familien ausgelöscht hatte. Dass das, was geschehen war, auf ihren Befehl hin geschah. Wittgenstein hatte seine Ohren überall, und was in den Tunneln und auf den Märkten in der uralten Metropole gemunkelt wurde, entsprach nicht selten der Wahrheit.

Er schloss die Augen, während die gutturale Stimme des Lordkanzlers die Masse der Zuhörer manipulierte, und dachte an damals …

In jener Nacht vor einigen Jahren war es, während die Regentin drüben in Westminster Abbey einem Konzert beigewohnt hatte, in dem großen Anwesen von Blackheath und jenem im Regent's Park zu einem unglaublichen Blutbad gekommen. Angeblich waren es Wölfe gewesen, das wurde später jedenfalls behauptet. Der Zustand, in dem man die Leichen beider Familien gefunden hatte, wies ebenfalls auf Wölfe hin. Sie waren, wie es den Anschein hatte, in die Häuser eingedrungen und hatten in einem unvorstellbaren Blutrausch gemordet und gewütet. Danach gab es, abgesehen von Mara und Emily, keine Angehörigen der großen Häuser mehr. Sie waren alle tot. Nie wieder würde es Konflikte zwischen den beiden Häusern geben, nie wieder würde der Zwist der Häuser die Stadt in Unruhen stürzen. Doch zu welchem Preis hatte das alles ein Ende gefunden? In Pfützen aus Blut schimmerte die Aussicht auf Frieden in London und der uralten Metropole.

Die Regentin zeigte sich anschließend entsetzt über das, was geschehen war. Sie verurteilte die Taten der Wölfe und tat alles in ihrer Macht Stehende, um die Täter zu finden.

Metropolitan Police, Garde und Scotland Yard ermittelten gemeinsam. Man kam zu dem einhelligen Ergebnis, dass es Wölfe gewesen waren. Folglich verbannte die Regentin alle Lykanthropen aus der Metropole. Es wurden Kopfgelder auf Wölfe ausgesetzt, und binnen weniger Wochen fand man keinen einzigen Lykanthropen mehr in der Stadt in den Tiefen.

Seit jenen Tagen hatte Emily keinen Kontakt mehr zu ihrer Schwester.

»Sie hat es angeordnet, ich weiß es.«

Wittgenstein erinnerte sich an den Ausdruck im Gesicht des Mädchens. Kein weiteres Wort hatte sie je wieder darüber verloren.

Wittgenstein öffnete die Augen, betrachtete das Parlament der Heuchler, inmitten dessen er sich befand.

Er wusste, dass sich Emily um ihre kleine Schwester sorgte. Aber sie ließ es sich nicht anmerken.

»Ich habe nichts mehr damit zu schaffen«, hatte sie zwei Tage, nachdem die Regentin verschwunden war, gesagt, und damit war die Sache für sie erledigt gewesen.

Für London indes, die Stadt am dunklen Fluss, die uralte Metropole, war die Sache alles andere als erledigt gewesen. Es gab Kompetenzen zu klären, die Politiker erwachten zu neuer Emsigkeit. Die Regentin war diejenige gewesen, die, unterstützt von der Garde, alle Fäden in der Hand hielt.

Und nun war sie fort.

Wie vom Erdboden verschluckt.

»Der Lordkanzler von Kensington«, hatte man Wittgenstein berichtet, »regiert nun an ihrer statt.« Gefolgt von der Mutmaßung: »Und hinter ihm steht der Duke.«

Jene mysteriöse Figur, die außer dem Titel weder ein Gesicht noch Vergangenheit hatte. Der Duke war aufgetaucht, wie die Regentin verschwunden war. Wie das Kaninchen aus dem Zylinder, so war er auf einmal da. Alle sprachen von ihm, niemand kannte ihn.

Seinetwegen war Wittgenstein nun hier. Er betrachtete die Anwesenden im Saal. Einige der Gesichter kannte er, andere nicht. Die Diskussionen schienen endlos weiterzugehen, die Zeit verstrich, Wittgenstein wurde ungeduldig. Es ging um die Ängste der Heuchler, die sich zum Parlament versammelt hatten. Keiner da draußen ahnte, was hier los war.

Wittgenstein rieb sich die Augen.

»Chesham im Norden ist fort«, sagte auf einmal einer der Bürgermeister. »Ich bin mir sicher.«

Mit einem Schlag war es ruhig im Saal.

»Wie meint Ihr das?«, rief jemand.

»Erklärt Euch«, forderte der Lordkanzler ihn auf.

Der Mann, rundlich und nervös, hatte sich erhoben. »Nun ja, seit Stunden gibt es keine Nachrichten mehr von dort oben.«

Aufgeregtes Gerede und Geraune folgten dieser Bemerkung auf dem Fuße. Laute Rufe, Durcheinander.

»Schickt jemanden dorthin«, schlug der Lordkanzler vor.

»Das haben wir. Niemand kehrt von dort zurück.«

Der Lordkanzler hob, als das Gemurmel und Getuschel noch lauter anschwoll, gebieterisch die Hand. »Ich werde mich darum kümmern«, versprach er dem Parlament, »und Bericht erstatten.«

Und so ging es weiter. Stundenlang, wie es den Anschein hatte.

Politik, dachte Wittgenstein, *ist wie lähmendes Gift.*

Als die Sitzung endlich vorüber war, ließ sich Wittgenstein von einer der Wachen zum Lordkanzler geleiten. Der Schakalgott residierte unter dem Dach der Royal Albert Hall, von wo aus er einen guten Ausblick über ganz Kensington hatte. Der Raum war voller ägyptischer Antiquitäten, Möbel und Gegenstände, die vor Jahrtausenden im Schein der gleißenden Wüstensonne gefertigt worden waren. Lange Stelen voller Hieroglyphen bedeckten die Wände. Auf einem Steinaltar stand ein Laptop. Als Wittgenstein mit Mina den Raum betrat, klappte der Totengott den Laptop zu.

»Master Wittgenstein.« Der Lordkanzler lächelte mit hochgezogenen Lefzen. »Wenn die Stadt in Unruhen versinkt, dann seid Ihr nicht weit.« Die Maske, hinter der er sein Schakalgesicht sonst verborgen hielt, lag neben dem Laptop auf dem Steinaltar.

»Wir beide sind meist dort, wo es etwas zu erfahren gibt«, sagte Wittgenstein ruhig und verbeugte sich leicht.

Der Schakalgott lächelte breiter. »Und das führt Euch her?« Er sah Wittgenstein aus seinen dunkel geschminkten, wunderschönen schmalen Augen an. »Ich muss zugeben, dass einige Dinge geschehen, für die es keine Erklärungen gibt.«

»Das Verschwinden Cheshams?«

Die Miene des Lordkanzlers wurde ernst. »Wenn das stimmt ... Ich habe jemanden entsandt, es zu prüfen.« Er seufzte grimmig. »Wir werden sehen.« Er bedachte Wittgenstein mit einem ungeduldigen Blick. »Die Boroughs haben Angst, die Händler auch.«

Die alten Götter hatten, neben der Ewigkeit in ihren

Herzen, meist nur wenig Zeit. Anubis war da keine Ausnahme. Deshalb erwiderte Wittgenstein geradeheraus: »Ich möchte den Duke kennenlernen.«

»Ihr habt von ihm gehört?«

Wittgenstein nickte. »Nur das, was man sich so erzählt.«

»Und was erzählt man sich so?« Der Lordkanzler musterte ihn neugierig.

»Dass er die Fäden zieht.«

Ein Knurren. »Und sonst?«

»Das ist alles.«

»Das ist schon sehr viel.«

Wittgenstein nickte. »Ist er hier?«

»Er ist überall dort, wo er gebraucht wird.«

»Ihr drückt Euch in Rätseln aus.«

»Weil Ihr geneigt seid, in Rätseln zu fragen.«

Die Tür öffnete sich. Mina piepste leise.

»Er ist immer unterwegs.« Eine Dame betrat den Raum. Sie war ganz in Schwarz gekleidet, trug einen Hut und unter dem Arm einen kleinen Regenschirm, sehr viktorianisch, distinguiert.

»Miss Magwitch«, stellte der Lordkanzler sie vor. »Sie ist die rechte Hand des Duke.«

Die Frau schloss die Tür hinter sich, schritt energisch durch den Raum. Hochgewachsen, streng, tiefrote Lippen, ansonsten blass.

»Seine linke Hand«, sagte sie, »bin ich auch.« Sie verneigte sich flüchtig, grinste süffisant. Ihre Augen waren grün und hellwach. Sie sahen aus wie die Themse bei Nacht, wenn sich die Lichter der Straßenlaternen in den Wellen brachen. »Und Sie, mein Herr, sind …«

»Darf ich vorstellen«, schaltete sich der Lordkanzler ein. »Mortimer Wittgenstein. Alchemist. Ermittler.«

»Alchemist?«

»Und Lehrbeauftragter an der Whitehall Schule.«

Sie neigte den Kopf ein wenig. »Was führt Sie her?«

»Ich bat den Duke um einige Minuten seiner kostbaren Zeit, um ihm Fragen zu stellen. Es wäre sehr nett, wenn er ...«

»Fragen?« Sie zog misstrauisch eine Augenbraue hoch. »Doch kein Verhör?« Ihre Stimme klang auf einmal sehr hoch und fast schnippisch. »Worum geht es denn?«

»Es geht um ein Mädchen. Ein Findelkind.«

Jetzt hatte Wittgenstein ihre Aufmerksamkeit. »Sie wissen, wo sie ist?« Sie sprach die Worte so schnell aus, dass er überrascht schwieg.

Dann fragte er: »Wer?«

»Miss Blackheath.«

»Ist das ihr Name?«

»Ja«, sagte sie, überlegte. »In der Stadt kennt man sie unter einem anderen Namen.« Sie rollte mit den Augen. »Piccadilly Mayfair«, sagte sie abfällig. »Wie albern.«

»Albern?«

»Ja.«

Wittgenstein begutachtete sie. Sie kam ihm schlau vor. Eine Gouvernante, rechte Hand des Duke, linke Hand des Duke. Sie war selbstbewusst, und Anubis war, für einen Gott, recht unterwürfig in ihrer Gegenwart.

»Ist das Ihre Ratte?«, fragte Miss Magwitch und beugte sich vor, lächelte Mina zu.

»Sie ist meine Schwester.«

»Oh, Ihre Schwester. Wie kann ...«

»Fragen Sie nicht«, sagte Wittgenstein.

Mina schwieg. Ihre Aufgabe war es zu beobachten. Zu lauschen und zu beobachten, und das so unauffällig wie möglich.

»Es geht um das Kind«, kam Wittgenstein zum Thema zurück. »Piccadilly Mayfair. Bei dem Namen haben wir sie gerufen. Sie hat behauptet, dass dies ihr Name sei.«

»Wir?«

»Ich ... und andere.«

Miss Magwitch spielte gedankenverloren am Knauf ihres Regenschirms herum. Sie trug schwarze Handschuhe, aus einem feinen Stoff, sehr elegant. »Sie haben meine Frage nicht beantwortet. Warum möchten Sie in dieser Angelegenheit mit dem Duke sprechen?«

»Sie haben angedeutet, dass er etwas mit dem Mädchen zu tun hat.«

»Was Sie vorhin noch nicht wussten«, sagte sie.

Der Lordkanzler schaute von einem zum anderen.

»Der Duke zieht, so sagt man, die Fäden«, entgegnete Wittgenstein.

»Sagt man das?«

»Das ist, was mir zu Ohren kam.«

»So, so.« Sie wartete ab.

»Es ist immer gut, jemandem, der die Fäden zieht, Fragen zu stellen.«

»In der Tat, das ist es.« Sie rückte sich den Hut zurecht. »Sie sind jemand, der sich ungern in die Karten schauen lässt, Master Wittgenstein. Habe ich recht?«

Für einen Augenblick herrschte Stille.

»Sie wurde entführt«, sagte Wittgenstein dann.

»Entführt? Das wird den Duke nicht erfreuen.«

»Mir sagt es ebenso wenig zu. Die Kleine gibt uns Rätsel auf. Sie scheint für jemanden in der uralten Metropole von sehr großem Interesse zu sein.« Er erwähnte die Schneewölfe, den Augenmann und das Waisenhaus. »Es ist ein Rätsel«, sagte er, »und ein Rätsel kann man nur lösen, wenn man den Spuren folgt.«

Miss Magwitch kam ihm auf einmal sehr beunruhigt vor.

Sie nickte, schnippte mit den Fingern. »Folgen Sie mir!« Sie erinnerte Wittgenstein an eine düstere Mary Poppins, aber er vermied es, diesen Vergleich auszusprechen. »In diesem Falle wird der Duke, da bin ich mir sicher, darauf brennen, mit Ihnen zu reden.« Sie wandte sich eilig um, schritt rasch zur Tür. »Die Dinge erwecken den Anschein, kompliziert zu werden.«

Wittgenstein und Mina verneigten sich vor dem Lordkanzler. Ein knappes Wort des Abschieds, und dann hatten sie, der gestrengen Miss Magwitch folgend, das ägyptische Dachgewölbe der Royal Albert Hall auch schon verlassen.

Miss Magwitch führte Wittgenstein und Mina bis hinab in den Keller der Royal Albert Hall und von dort aus noch weiter in die Tiefe. Geräusche kamen ihnen entgegen, die sich anhörten, als führen Züge in Tunneln unter ihnen, doch das konnte eigentlich nicht sein. Die Royal Albert Hall hatte laut Netzplan keine eigene U-Bahn-Haltestelle; die nächsten U-Bahnhöfe, nur überirdisch und zu Fuß zu erreichen, waren Gloucester Road, South Kensington, High Street Kensington und Knightsbridge.

»Der Duke, müssen Sie wissen, ist immer unterwegs«,

erklärte Miss Magwitch. »Eingedenk der Geschichte seiner Familie erscheint es ihm ratsam, sich nicht an einen Ort zu binden.« Sie gingen jetzt an schmutzigen gefliesten Wänden vorbei, an denen Plakate vor den Luftangriffen der Deutschen warnten. »Es gibt hier unten noch eine weitere Linie, die sich in den unteren Ebenen befindet, weit unterhalb der Circle Line.«

Wittgenstein warf Mina aus dem Augenwinkel einen vielsagenden Blick zu. Überall gab es noch verborgene Wege und Tunnel. Die uralte Metropole war in ständiger Bewegung, und nur wenige kannten die meisten ihrer Geheimnisse, aber eben doch nicht alle. Niemand tat das. Und so folgten sie der Dame auf Pfaden, die weder Wittgenstein noch die Rättin je zuvor beschritten hatten.

Schließlich erreichten sie einen kleinen Bahnhof, der mit rotem Teppichboden ausgelegt war. Dort wartete ein Zug. Ein altes Modell, eine Dampflokomotive aus den frühen Tagen der Eisenbahn, seltsam geschrumpft, wie es den Anschein hatte. Dazu die Wagen, elegant und uralt, aber gänzlich schwarz, selbst die Fenster. Grimmig aussehende Männer mit runden verspiegelten Sonnenbrillen standen dort Wache. Ihre Bewegungen waren – wenn sie sich denn bewegten – ruckartig, und sie tickten leise, so wie alte Uhrwerke, nur verhuschter. Sie trugen breite Hüte und lange Mäntel und sahen aus wie Agenten in den alten Filmen, die Emily Laing überhaupt nicht mochte, weil sie schwarz-weiß waren, und die anzuschauen sie sich beharrlich weigerte, obwohl Wittgenstein ihr selbiges mehrmals ans Herz gelegt hatte.

Miss Magwitch schnippte mit den Fingern, und mit einem lauten Zischen öffneten sich zwei Türen.

Die Männer, die tickten, schienen mit ihren Blicken jeder Bewegung zu folgen, die Wittgenstein machte.

»Kommen Sie.« Miss Magwitch ging voraus.

Das Innere des Zuges war geräumig und ausgestattet wie ein viktorianischer Salon, allerdings mit Fernseher. Im hinteren Teil befanden sich einige seltsame Gerätschaften, Schläuche und Zahnräder, die sich unablässig bewegten. Sessel und Tische sahen sehr einladend aus. Auf den Tischen standen Tassen, Tee und Gebäck.

»Der Zug, in dem wir uns befinden«, sagte ein Mann, der Wittgenstein den Rücken zugekehrt hielt, »fuhr früher auf der Strecke des Orient Express. Doch dann, im Lauf der Jahre, ist er kleiner geworden. Keiner weiß, warum. Eine Krankheit vielleicht, und je kleiner der Zug äußerlich wurde, desto weitläufiger wurde er in seinem Innern.« Der Mann drehte sich um. Er war kahlköpfig, hager. Statt des rechten Auges trug er eine Art Monokel, das in der Haut steckte. Das andere Auge war wachsam und dunkel. »Ich habe ihn herbringen lassen, vor Jahren schon. Dinge wie diese muss man hüten. Jetzt ist er mein Zuhause. Verkehrt auf allen Linien. Und dazwischen, auf den Strecken, die niemand kennt, auch.« Er lächelte geheimnisvoll. »Ich bin der Duke«, stellte er sich vor. Er sah aus, als wäre er gerade aus Ascott gekommen. Elegant, Zylinder, Fliege. Seine rechte Hand, wie womöglich der gesamte Arm, war rein mechanisch, ein technisches Wunderflickwerk aus Drähten und Metall, filigran, und machte ein ähnliches Geräusch wie die Männer draußen auf dem Bahnsteig. »Der Duke von Blackheath.«

Ein Telefon klingelte, doch er ignorierte es. Miss Magwitch ging zu dem altmodischen Apparat, hob den Hörer ab und legte ihn sogleich wieder auf die Gabel, ohne etwas zu sagen.

»Ihr seid Master Wittgenstein. Oh, ich habe bereits von Euch gehört.« Der Duke bot dem Alchemisten einen Platz an. »Warum seid Ihr hier?« Dampf quoll ihm in kleinen Wölkchen aus der Schulter.

»Ich bin wegen eines Mädchens hier. Eines Findelkindes, das entführt wurde.«

»Piccadilly Mayfair«, sagte Miss Magwitch schnell, sich der Bedeutung dieser Tatsache wohl bewusst.

»Dieser unglaublich verrückte Name«, sagte der Duke. »Sie ist meine Tochter.«

Wittgenstein verlor keine Zeit. »Ihr sucht nach ihr?«

»Natürlich. Hättet Ihr eine Tochter, der es nicht gut geht und die fortlaufen würde, dann würdet Ihr auch nach ihr suchen.«

Wittgenstein sah ihn fragend an. Die Zusammenhänge erschlossen sich ihm noch in keiner Weise.

»Ihr seid misstrauisch«, sagte der Duke und kam, leicht hinkend, auf den Alchemisten zu.

»Ich bin vorsichtig.«

»Das ist gut. In diesen Tagen kann man nicht vorsichtig genug sein.« Der Duke sah die Rättin, lächelte. »Sie gehört zu Euch?«

»Sie ist seine Schwester«, erklärte Miss Magwitch.

»Das ist ...«

Wittgenstein sagte: »Fragt nicht.«

Der Duke nickte. Das Monokel war eine Art Objektiv mit einer matten Linse, das ihm im Gesicht steckte. Es bewegte sich wie ein Auge, obschon surrend und mit einem leisen Klicken.

»Wer seid Ihr?«, fragte Wittgenstein geradeheraus.

Der Duke musterte ihn. »Ich dachte, Ihr wüsstet es.« Er seufzte. »Die Regentin hat nicht alle meines Blutes getötet.« Er sprach es aus, als sei es eine Banalität. »Ich entstamme dem mächtigen Haus aus Blackheath. Um die alten Zeiten ruhen zu lassen, habe ich den ursprünglichen Namen meiner Familie abgelegt.«

Wittgenstein kannte den Namen. Er war nicht länger von Belang.

»Blackheath war der Ort, an dem wir gelebt haben. Jetzt ist Blackheath ein Bestandteil meines Titels.«

»Und was wollt Ihr?«

»Was alle Politiker wollen.«

»Einfluss, Macht.«

»Die Geschicke der Stadt zu bestimmen ist nicht verwerflich, wenn man das Wohl der Menschen im Auge behält.«

»In der Tat.«

»Doch im Moment«, sagte er, »bin ich auf der Suche nach meiner Tochter. Das ist alles, was mich interessiert. Meine Männer durchsuchen die Stadt nach ihr, doch bisher leider ohne Erfolg.« Er beugte sich vor, und die Gelenke seines versehrten Arms knackten mechanisch. »Ich dachte, Ihr könntet mir sagen, wo ich sie finde.« Er zwinkerte ihm mit dem gesunden Auge zu. »Deswegen, Master Wittgenstein, seid Ihr doch hier.«

»Ich muss Euch enttäuschen«, sagte Wittgenstein.

»Das habe ich befürchtet.« Der Duke stieß vernehmlich die Luft aus. »Enttäuschung ist dieser Tage eine Gefährtin, der wir alle die Hand reichen müssen.«

Wittgenstein beschloss, die Karten auf den Tisch zu

legen. »Die Kleine wurde entführt. Um ehrlich zu sein, hatte ich gemutmaßt, dass Ihr etwas damit zu tun hättet. Mir war allerdings nicht bekannt, dass sie Eure Tochter ist. In der Tat ging ich davon aus, dass Ihr sie aus Gründen, die nichts mit dem gerade Geäußerten zu tun haben, in Eure Gewalt zu bringen versucht.« Er berichtete von den Schneewölfen, dem Augenmann, dem Arachniden in der Sphäre.

»Ich schicke keine Wölfe aus, um kleine Kinder zu entführen«, entgegnete der Duke brüskiert. »Und diese Gestalt, die Ihr als Augenmann bezeichnet, klingt mir eher nach verderbter Magie. Nein, nein, diejenigen, die mir folgen, sind reinen Blutes. Und Menschen. Und, nun ja, Miss Magwitch hier, die meine rechte Hand ist. Sozusagen. Sie hat sich immer liebevoll um die Kleine gekümmert, bis ...« Er verstummte, ging rastlos im Wagen auf und ab.

»Ich habe sie heute Vormittag verzweifelt am Piccadilly Circus gesucht«, erklärte die Dame, »nachdem uns zu Ohren gekommen war, dass sie dort aufgetaucht sei.«

Wittgenstein erinnerte sich an Emilys Bericht. Die Frau, die dort aufgetaucht war, in der Sphäre, das war also Miss Magwitch.

»Ihre Mutter«, sagte der Duke, »verstarb leider, müsst Ihr wissen. Plötzlich, letzten Monat. Sie war eine so wunderbare Frau, doch ihr armes Herz war nicht so stark, wie jeder gedacht hatte. Es hörte auf zu schlagen. Einfach so, ohne Grund. Ohne Ankündigung.«

Dinge wie diese, dachte Wittgenstein traurig, *passieren.* »Das tut mir leid.«

»Die Kleine war untröstlich. Etwas in ihr zerbrach, als wir ihre Mutter zu Grabe trugen.« Das Räderwerk, das den rechten Arm des Duke bewegte, knackte. Kalter Dampf entwich zischend aus seiner Schulter.

»Sie wurde krank. Immer verwirrter«, schaltete sich Miss Magwitch ein, »und vor zwei Tagen schließlich lief sie davon.«

»Sie hat uns eine andere Geschichte erzählt«, sagte Wittgenstein, unterließ es jedoch, diese Geschichte wiederzugeben.

»Wie Miss Magwitch bereits sagte: Sie ist verwirrt. Wir müssen sie finden, bevor ihr noch mehr zustößt. Die uralte Metropole ist kein Ort, an dem Kinder sich frei und allein bewegen sollten, und eine Entführung ist kein Spaß.«

Wittgenstein zuckte leicht die Achseln. »Es tut mir leid, Euch heute keine besseren Neuigkeiten bringen zu können.«

Der Duke nickte. »Und dennoch bin ich Euch zu Dank verpflichtet.«

Wittgenstein dachte an die Sitzung des Parlaments der Heuchler. Wenn die Regentin unauffindbar blieb, dann war der Duke – vorausgesetzt, dass das, was er soeben erzählt hatte, der Wahrheit entsprach – ein Anwärter auf die Regentschaft der Metropole. Er, oder aber seine Tochter. Wie immer man es drehte, es machte Sinn. Es erklärte einen Teil des Aufhebens, das alle um das Kind machten. Und wüsste die Gegenpartei – wer immer diese auch sein mochte – von all diesen Verstrickungen, dann würde das sogar erklären, warum jemand so beharrlich versuchte, die Kleine in seine Gewalt zu bringen. Es war wie ein Schachspiel. Zwei Seiten, eine wichtige Figur.

Und trotzdem. Etwas fehlte in diesem Puzzle, ein entscheidendes Stück, so schien es.

»Wir fanden, wie gesagt, Spuren von Schneewölfen in meinem Anwesen«, setzte Wittgenstein vorsichtig noch einmal an. »Wir glauben, dass sie Piccadilly ...«

»Ich mag keine Wölfe«, unterbrach der Duke ihn. »Wisst Ihr, warum?« Er wartete die Antwort nicht ab. »Ihr richtiger Name lautet außerdem Beatrice Blackheath.« Er sah durchs Fenster nach draußen auf den Bahnsteig. »Wisst Ihr, was damals geschah?«

Wittgenstein neigte den Kopf, blickte fragend. »Ihr meint, in dem Anwesen?«

»In jener Nacht, als sie den Plan der Regentin umsetzten.«

Wittgenstein wartete ab.

»Es war ein Blutbad. Sie drangen in menschlicher Gestalt ins Haus ein, und dann verwandelten sie sich. Es waren viele.« Der Duke schlug plötzlich mit der Hand gegen die Wand des Zuges. »Nie zuvor habe ich so viele Wölfe gesehen. Es müssen mehrere Rudel gewesen sein. Sie ließen keinen am Leben.« Die Mechanik in seinem Körper lief schneller, so aufgeregt schien er zu sein. »Es waren Kinder in Blackheath. Alte. Die ganze Familie. Sie wurden alle getötet.« Er atmete schwer. »Manche von ihnen«, er stockte, »wurden sogar gefressen.«

Miss Magwitch senkte den Blick, wirkte wie erstarrt.

»Ich hatte Glück, wisst Ihr?« Er funkelte den Alchemisten wütend an, als trüge der die Schuld an dem, was geschehen war. »Wisst Ihr, was es bedeutet, in einer solchen Situation Glück zu haben?« Heißer Dampf zischte aus seiner Schulter. Er hob den Arm, bewegte mechanisch die Finger seiner Hand. »Ich habe überlebt, weil es Ärzte gab, die Dampf zur Heilung einsetzten, wie in den alten Zeiten.«

»Ihr seid untergetaucht«, mutmaßte Wittgenstein. Er selbst hätte vermutlich genauso gehandelt.

»Mir war klar, dass jemand meine ganze Familie hatte auslöschen wollen. Hätte man erfahren, dass einer aus Blackheath überlebt hat, wie sicher wäre derjenige wohl noch gewesen?«

»Es war eine schlimme Nacht«, sagte Wittgenstein leise. »Eine maßlose Ungerechtigkeit.«

»Niemand«, zischte der Duke, »konnte die Spuren bis zur Regentin verfolgen. Aber ich weiß, was damals passiert ist. Ich war dabei. In Blackheath. Ich bin durch das Blut meiner Angehörigen gewatet und über die Leichname gestiegen.«

Der Duke nickte vor sich hin. »Und jetzt suche ich meine Tochter.«

Wittgenstein nahm das alles zur Kenntnis, sagte: »Das Schicksal ist grausam.«

Nichts von alldem erklärte indes, weshalb das Mädchen auf den alten Fotografien zu sehen war. Wittgenstein beschloss, diese Ungereimtheit erst einmal für sich zu behalten. Fragte stattdessen: »Hat Miss Blackheath die Whitehall-Schule besucht?«

Der Duke sah überrascht auf. »Warum fragt Ihr?«

»Es könnte sein, dass sie Orte, die sie kennt, erneut aufsucht.«

»Sie wurde von Miss Magwitch unterrichtet. Von ihr und anderen. Hier im Zug.«

»Ihr lebt in diesem Zug?«

»Ich ziehe es vor, in Bewegung zu bleiben. Stillstand führt ins Verderben. Ich war in Blackheath, als die Wölfe kamen. Ich hatte Glück. Aber Glück, da werdet Ihr mir zustimmen, ist keine zuverlässige Sache.« Er ballte die Hände zu Fäusten, als er das sagte. »Jemand, der sich fortwährend bewegt, ist schwer zu finden. Ich will nicht, dass man mich findet.« Er verschränkte die Arme hinter dem Rücken. »Niemand konnte der Regentin etwas nachweisen, aber ich weiß, dass sie dahintersteckte. Ich weiß, dass sie es war.« Traurig sah er Wittgenstein mit dem gesunden Auge an. »Am Ende hat sie sich aus dem Staub gemacht.«

Wittgenstein nickte.

Der Duke schaute hinaus auf den Bahnsteig. »Die Stadt verändert sich«, sinnierte er, »und ohne Regentin … Jemand muss dafür sorgen, dass alles seine Ordnung behält. Das versteht Ihr doch?«

»Sie wollen die Fäden ziehen.«

»Ich will nur das Beste für die Stadt.«

Wittgenstein nickte. Hier gab es nichts mehr für ihn zu tun. »Ich werde Euch in Kenntnis setzen, wenn wir eine Spur von dem Kind haben. Wenn wir die Kleine finden, dann bringen wir sie her.«

»Dafür danke ich Euch. Der Lordkanzler wird mich verständigen und herrufen können, wo auch immer ich dann gerade bin.«

Wittgenstein faltete ruhig die Hände, wartete ab. Er spürte die Schnauze der Rättin an seinem Hals.

Miss Magwitch sagte, an den Duke gewandt: »Ihr habt einen Termin in Westminster.« Sie deutete auf die Uhr. Dann schnippte sie mit den Fingern. Die tickenden Männer mit den Sonnenbrillen, die draußen auf dem Bahnsteig standen, stiegen in den Zug ein.

»Sie hören es, Master Wittgenstein. Unser Gespräch ist beendet. Ich danke Euch, für alles, für Euer Herkommen.«

Der Duke kam auf Wittgenstein zu, blieb dicht vor ihm stehen. »Helft mir, meine Tochter zu finden. Ihr werdet es nicht bereuen.« Hinter der Besorgnis in seinen Augen lag etwas anderes. Etwas, was Wittgenstein nicht so recht erkennen konnte. Etwas, was zum Parlament der Heuchler passte.

Wittgenstein dachte an die alten Fotos, die das Mädchen, das sich Piccadilly Mayfair nannte, zeigten, und verließ mit einem letzten Nicken den Zug.

Die Türen schlossen sich, dann setzte sich das alte Gefährt in Bewegung. Der Bahnsteig war verwaist, Stille trat ein, ein Rest von Fahrtwind drang aus dem Tunnel vor ihnen.

»Nun, Mina«, murmelte Wittgenstein, »sind wir jetzt schlauer?«

Die Rättin drückte ihre Schnauze an seinen Hals, sanft und vertraut. Während sie den verborgenen Bahnhof, der nicht einmal einen Namen hatte, verließen, berichtete sie dem Alchemisten von all den Dingen, die ihr aufgefallen waren – und so kehrten sie hinauf nach London zurück, in jene weiße Stadt, die immer mehr verwehte.

10. Kapitel

Schneegestöber

Emily Laing atmete tief ein, als sie die verschneite Welt, in die London sich verwandelt hatte, wieder betrat. Der Nachthimmel war voller Wolken und die eisig kalte Luft ein nahezu undurchdringliches Gewimmel aus festen Schneeflocken. Hinter ihr erklang das einschläfernde Rattern der Rolltreppe, die sie nach oben gebracht hatte. Vor ihr lag die Gloucester Road mit ihrem nächtlichen Verkehr, den Lichtern, Geräuschen, die Stadt, als sei es niemals anders gewesen.

Jeeva Smith stand neben ihr.

Der Zug der Royal Line hatte sie bis zur großen Zisterne unter der Gloucester Road gebracht. Dort waren sie ausgestiegen und hatten die gewundene Treppe hinauf zum U-Bahnhof erklommen. Dinsdale war in der uralten Metropole geblieben, um sich, wie er ihr versprochen hatte, auf den Märkten, in den Tavernen und Grafschaften umzuhören. Der Gentleman, der Emily nun schon zum zweiten Mal aus der Klemme geholfen hatte, gab ihr Rätsel auf. Sie traute ihm nicht, wenngleich er bisher nichts getan hatte, was zu ihrem Nachteil gewesen wäre.

Auf den Bildschirmen des U-Bahnsteigs hatten sie die Spätnachrichten der BBC gezeigt. Stark pixelige Bilder vom Blutbad in der U-Bahn. Augenzeugen, die Schauergeschichten erzählten. Sanitäter, Polizisten, Chaos. Plastiksäcke, dunkles Blut, gelbschwarze Bänder, die alles absperrten. Emily fragte sich, ob der U-Bahn-Wagen, in dem sie und Jeeva gewesen waren, überhaupt gefunden worden war oder ob er als verschollen galt, mitsamt allen Fahrgästen, die in ihm getötet worden waren.

Jeeva hatte sie bei der Hand genommen, als sie unter den Bildschirmen standen, und sie mit sich gezogen, bis sie endlich oben waren. In London. Im Schneegestöber.

Jetzt sah er sie offen an mit seinen tiefbraunen Augen. »Das alles …«, sagte er. »Ich meine, das, was wir erlebt haben, vorhin …« Er betrachtete seine Hände. »Das ist wirklich passiert.« Er hob neuerlich den Blick. »Das haben wir wirklich erlebt.«

»Ja.«

Er zog den Reißverschluss seiner Lederjacke hoch, schüttelte sich, als liefe ihm ein Schauer über den Rücken oder als wolle er sich von den Erinnerungen befreien, sagte: »Es tut gut, wieder hier zu sein. Ich dachte schon, dass ich das nie mehr tun würde – die frische Luft atmen, den Himmel sehen.« Er breitete die Arme aus. »Die Schneeflocken spüren.« Er drehte sich im Kreis, wie zu unhörbarer Musik. »Das Leben«, sagte er, blieb stehen, sah Emily an, »ist schon verrückt.«

»Ja«, sagte die nur.

Sie sahen einander an.

Jeeva flüsterte: »Ist das jetzt ein Abschied?«

»Fragen Sie nicht«, flüsterte Emily zurück.

»Ich habe Sie vor einem Werwolf gerettet«, gab er zu bedenken. »Sie schulden mir was.«

»Und woran denken Sie da?«

»Ein Abendessen vielleicht?«

Emily seufzte. »Vielleicht.« Sie wusste nicht recht, was sie sagen sollte.

»Tut mir leid«, sagte Jeeva schnell. »Ich bin nicht gut im Abschiednehmen.« Er sah gedankenverloren zu, wie sich ein paar Schneeflocken auf seinen Handrücken setzten. »Das alles war so unwirklich.«

»Vielleicht sollten Sie die Hilfe eines Therapeuten in Anspruch nehmen«, schlug Emily schmunzelnd vor.

»Ja«, antwortete er, »Medikamente könnten in der Tat die Lösung sein.« Er deutete die Straße entlang. »Ich begleite Sie noch ein Stück, wenn es Ihnen recht ist.«

Emily lächelte, das sollte Antwort genug sein.

So gingen sie in Richtung Royal Albert Hall. Schneeflocken verfingen sich in ihren Haaren, hafteten an ihrer Kleidung.

»Wie ist Ihr Leben sonst so?«, fragte Emily.

»Ruhiger.«

Sie nickte, schlenderte neben ihm her.

»Gewöhnlicher. Assistenzlehrer zu sein ist nicht gerade sonderlich abenteuerlich.«

»Mathematik, meine Güte.« Das war fast so gut wie Magie. Emily stapfte neben ihm durch den Schnee.

»Was hatten Sie ursprünglich heute Abend vor?«

»Nach Hause kommen. Im Restaurant vorbeischauen. Meiner Schwester Chaaru etwas vorlesen. Sie beherrscht zwar Blindenschrift und kann alles selbst lesen, aber einmal in der Woche bin ich bei ihr. Wir essen, reden. Dann lese ich ihr aus einem Buch vor, und danach gehe ich nach Hause.«

»Wo wohnen Sie?«

»Notting Hill.«

»Dann haben Sie es ja nicht mehr so weit.«

»Ich lebe in einer winzigen Wohnung in Drayson Mews. Eigentlich habe ich dort nur ein Zimmer. Das Bad teile ich mir mit anderen.« Er schlug den Kragen seiner Lederjacke hoch. »Das Leben eines Assistenzlehrers ist langweilig«, meinte er.

»Wie viele Lehrer haben erlebt, was Sie heute erlebt haben?«

Die Furcht von vorhin leuchtete wieder in den dunklen Augen auf. »Ich habe noch nie so viele tote Menschen gesehen.« Seine Stimme brach. »Ich habe noch nie zuvor auch nur einen einzigen toten Menschen gesehen.« Er schwieg. »Und vorhin, in den Nachrichten ...«

»Wir hatten Glück«, sagte Emily.

»Ja«, erwiderte er leise.

Beide blieben unter einer Straßenlaterne stehen, und die Schneeflocken tanzten im Schein des Lichts ihren Walzer.

»Wie wahrscheinlich ist es«, sinnierte Jeeva, »dass zwei Schneeflocken aufeinandertreffen und gemeinsam weiterschweben?«

Emily, die wusste, dass sie darauf nicht antworten musste, tat es auch nicht.

»Ich habe immer noch Angst«, gab Jeeva zu. »Das klingt nicht wirklich nach einem Abenteurer, nicht wahr? Ich habe London immer positiv gesehen. Jetzt weiß ich, dass hinter jeder Ecke etwas völlig anderes lauern kann. Das ist so verdammt ...«

»Ja«, fiel Emily ihm ins Wort, »daran gewöhnt man sich.«

Sie verließen die Cromwell Road. »Queen's Gate« stand auf dem Straßenschild an der Häuserwand. Jeeva schaute die Straße entlang. »Es ist noch ein Stück bis zur Royal Albert Hall. Ich begleite Sie gern. Es liegt, sozusagen, auf meinem Weg.« Er schüttelte sich den Schnee von der Jacke. »Wir könnten reden.«

»Ja, könnten wir.«

»Wir können auch einfach nur schweigen.«

Sie berührte ihn flüchtig am Arm. »Das wäre mir lieber.«

Schweigend also gingen sie den Bürgersteig entlang, die Blicke geradeaus gerichtet, die Worte nur denkend wie Farben, die man mit geschlossenen Augen lediglich erahnt. Als sie die Royal Albert Hall erreichten, blieben sie erneut stehen. Dies war das Ende des Weges, das Ende des Schweigens. Vor ihnen erhob sich das imposante Gebäude aus dem Schneegestöber.

»Was werden Sie jetzt tun?«

»Nach Hause gehen«, sagte er.

»Den ganzen Weg nach Notting Hill zu Fuß?«

»Heute nehme ich jedenfalls keine U-Bahn mehr«, sagte er. »Außerdem muss ich mir überlegen, was ich Chaaru sage. Sie wird sich gesorgt haben.«

Emily griff in ihre Manteltasche, da ihr Sony brummte.

»Das ist Wittgenstein«, meinte sie entschuldigend.

»Ihr Freund?«

Sie lachte laut auf. »Nein, nicht wirklich.«

Jeeva sah verlegen aus. Vielleicht ein wenig neugierig.

»Er ist Lehrer, wie Sie. Er ...« Sie fragte sich, wie sie

ihm den Alchemisten am besten beschrieb. »Er ist ... ziemlich speziell.«

»Das sind viele.«

»Er ist es ganz besonders speziell. Ich treffe ihn.« Sie las die SMS. »Gleich dort vorn.« Sie deutete zur Royal Albert Hall. »Er wartet auf mich.«

Jeeva nickte, stand vor ihr. »Leben Sie wohl, Emily Laing. Es war gut, Ihnen über den Weg zu laufen.«

»Ja«, antwortete Emily schlicht.

Es gab viele Dinge, die sie jetzt hätten tun können, doch taten sie nichts davon.

Jeeva lächelte, drehte sich um.

»Es gibt keine Zufälle«, sagte Emily rasch.

Er sah sie noch einmal an. »Wissen Sie, ich würde gern bei Ihnen bleiben. Auf Sie aufpassen.«

Sie lächelte, ließ ihn dabei nicht aus den Augen.

»Aber ich muss los.«

»Ich weiß.«

Wieder standen sie da, länger, als es sein musste.

»Es ist ganz schön kalt.«

»Ja.«

»Ich schlage vor, dass ich jetzt einfach gehe.«

»Gute Idee«, sagte Emily.

Dann drehte er sich endgültig um und ging in Richtung Kensington Road. Emily sah ihm hinterher, bis er sich im Schneegestöber verlor. Sie war durcheinander, und ihr war kalt. Sie ging auf die Royal Albert Hall zu und wollte die Gedanken, die ihr durch den Kopf schwirrten, nicht denken, keinen einzigen davon. Doch genauso wie die Schneeflocken, die sich manchmal fanden, verbanden sich auch die Gedanken, die nicht gedacht werden wollten, und in der Gewissheit, dass oft alles anders kam, als man dachte, ging Emily schnellen Schrittes auf die schattenhafte Gestalt zu, die sie dort am Haupteingang schon erwartete.

»Das dauerte ja ewig«, sagte Wittgenstein in der ihm eigenen ruhigen, netten Art, wobei Emily das Gefühl hatte, dass seine ohnehin tiefe Stimme mit jedem Wort, das er betont langsam aussprach, noch tiefer wurde. Den Schal, der ihm bis zu den Stiefeln reichte, hatte er eng um den Hals geschlungen. Schnee glänzte fast schwarz in seinem Haar.

»Schön, Sie zu hier sehen«, begrüßte ihn Emily. »Wie lange haben Sie uns schon zugeschaut?«

Er verdrehte die Augen und schwieg.

Wie nett er doch sein konnte.

Er ging an ihr vorbei, in Richtung Straße. »Kommen Sie, Miss Laing, es gibt einiges zu bereden.« Typisch. Er lief die Treppenstufen hinunter, ohne überhaupt auch nur abzuwarten, was sie wollte. Wie früher. Sie machte auf dem Absatz kehrt, folgte ihm. Als sei kein Tag vergangen seit damals. »Wer war das?«, wollte er wissen.

Ihm ist kalt, sagte Mina, die es sich in dem Schal bequem gemacht hatte. *Außerdem wartet er nicht gern.*

»Jeeva Smith«, sagte Emily.

»Und?«

»Er unterrichtet Mathematik an der St. James' School.«

Wittgenstein warf ihr einen mürrischen Blick zu. »Warum gehen Sie ausgerechnet in einer Nacht wie dieser mit einem Mathematiklehrer spazieren?«

Oh, Mann!

Sie verkniff sich einen Kommentar, und dann berichtete sie ihm in aller Ausführlichkeit, was ihr in den vergangenen Stunden widerfahren war.

Während sie zur nächstgelegenen U-Bahn-Station zurückeilten, hörte Wittgenstein ihr geduldig und aufmerksam zu. Hin und wieder nickte er, insgesamt aber sah er so aus wie jemand, dessen Rätsel soeben um einiges komplizierter geworden war. »Micklewhite ist schon wieder im Museum. Auch er hat Neuigkeiten.«

Emily fragte sich, wohin das alles führen sollte. Sie dachte an Jeeva Smith. Ob sie ihn wiedersehen würde, war unsicher. Vielleicht würde er alles, was sie erlebt hatten, schnell vergessen. Es als Illusion abtun. Als Einbildung, was auch immer. Sie wünschte ihm, dass es ihm gelänge. Aber sie glaubte nicht daran. Die uralte Metropole war wie ein Gedanke, der einen nicht mehr losließ, sobald man angefangen hatte, ihn zu denken.

»Während ich auf Sie gewartet habe«, sagte Wittgenstein, »habe ich mir die Zeit damit vertrieben, mich in Konversation zu üben.« Er lächelte kurz, weil er wusste, was sie wusste, nämlich dass ihm nichts so zuwider war wie Small Talk. »Wie Sie wissen«, fuhr er fort, »befragt man am besten diejenigen, die still danebenstehen, während andere die Aufmerksamkeit auf sich ziehen, Reden schwingen und ehrgeizig darauf achten, im Mittelpunkt zu bleiben.« Er zwinkerte Mina zu, die schweigend auf seiner Schulter saß und dem Gespräch folgte. »Die Dame an der Garderobe in der Royal Albert Hall war nett und geschwätzig. Sie bot mir einen Tee an und berichtete von dem, was die Boroughs untereinander getuschelt haben.«

»Die Bürgermeister der Distrikte?«

»Sie waren alle da, vorhin. Haben die Ränge gefüllt, schwadroniert.«

»Ein Parlament der Heuchler?«, fragte Emily.

Er nickte gallig. »Ja, ich habe es genossen.«

»Das glaube ich Ihnen.«

»Wie auch immer«, kam er zurück zum Thema, »es häufen sich die Befürchtungen, dass ganze Stadtteile verschwinden.« Er hatte es skeptisch formuliert, aber Emily spürte die Wahrheit hinter den Worten.

Besorgt fragte sie: »Wie meinen Sie das?«

»Genau so, wie ich es sage. Sie verschwinden. Sind auf einmal fort, wie die Boroughs behaupten, oder zumindest einige von ihnen, wohlgemerkt.«

»So, wie London angeblich verschwunden war.« Dass sie erst gestern Abend auf dem Bahnhof in Cambridge gestanden und nicht mehr nach London zurückgekonnt hatte, kam Emily mittlerweile völlig surreal vor.

»Die Ähnlichkeit, das muss ich zugeben, liegt auf der Hand. Mit dem Unterschied, dass man sich hier an die Stadtteile erinnert. Niemand glaubt, sie hätten niemals existiert.«

Das war allerdings ein entscheidender Unterschied, fand Emily.

»Bedenklich, wie sehr das alles zu dem Vorfall mit dem verschwundenen Zug der Central Line passt«, sagte Wittgenstein. »In Snaresbrook hat er zum letzten Mal angehalten, doch in South Woodford ist er niemals angekommen.«

Sie stapften durch den Schnee zurück zum U-Bahnhof in der Gloucester Road, und Emily stellte bedauernd fest, dass die Fußspuren, die Jeeva und sie hinterlassen hatten, bereits vom Schnee verschluckt waren. »Glauben Sie, dass es stimmt?«

Wittgenstein zuckte die Achseln. »Wir müssen der Sache nachgehen. Die Boroughs sind äußerst besorgt. Es sind vorläufig nur Gerüchte, will ich meinen. Niemand weiß mit Sicherheit, ob das, was man sich erzählt, auch der Wahrheit entspricht.« Er warf ihr einen langen Blick zu, klopfte sich den Schnee aus dem Schal. »Wie sieht es aus, wenn ein Stadtteil verschwindet, Miss Laing? Ist dort dann nichts? Oder was ist dort, wo der Stadtteil vorher war?«

»Ich habe keine Ahnung.« Sie dachte an die Landkarte, die sie im Bahnhof von Cambridge gesehen hatte. Anstelle der großen Metropole am dunklen Fluss waren dort nur Natur, Wald und grüne Flächen gewesen. Aber eben keine Stadt mehr, die London hieß. So, als habe jemand sie ausradiert.

»Man hat natürlich sofort Nachforschungen angestellt«, sagte Wittgenstein.

»Und?«

»Es wurden einige Boten ausgesandt«, erinnerte er sich der aufgeregten Diskussion im Parlament, »um sich nach dem Verbleib der angeblich verschwundenen Stadtteile zu erkundigen. Die Boroughs sind vernünftig denkende Menschen, Miss Laing. Niemand, der hört, dass sich ein ganzer Stadtteil angeblich in Luft aufgelöst hat, ist üblicherweise geneigt, dem uneingeschränkt und sofort zu glauben.«

»Sie tun es aber trotzdem.«

Wittgenstein nickte.

Vor ihnen tauchte der U-Bahnhof auf. Eilig verließen sie das Schneegestöber, fuhren die Rolltreppe hinab. Die warme, abgestandene Luft hier unten tat gut nach der Kälte. In der Ferne kündigte der Fahrtwind, der durch die Gänge wehte, den nächsten Zug an.

»Was haben die Boten herausgefunden?«, fragte Emily.

»Keiner von ihnen ist zurückgekehrt.«

Warum hatte sie sich nur gedacht, dass genau das die Antwort sein würde? »Um welche Stadtteile handelt es sich?«

Wittgenstein löste seinen Schal ein wenig. Lady Mina blinzelte Emily müde an. Er zählte auf: »Stanmore, Edgware, High Barnet, Clockfosters und Theydon Bois. Vorhin, als das Parlament tagte, wurde noch Chesham erwähnt. Darüber hinaus, angeblich seit heute Morgen, Beckton, South Wimbledon und Richmond. Und seit gestern Buckhurst Hill.«

Buckhurst Hill lag an der Central Line, gleich hinter South Woodford.

Emily sagte: »Das sind alles Bezirke, die am Rande der Stadt liegen.«

»Die Außenbezirke, ja.« Wittgenstein lief neben ihr die schmalen Treppenstufen zum Bahnsteig hinab. »Wohlgemerkt, es sind nur unbestätigte Gerüchte, vorerst. Nicht mehr.« Er war beunruhigt, das konnte er nicht abstreiten.

»Aber?«

»Wir sollten die Sache ernst nehmen.« Er hielt kurz an. »Nun, ich nehme die Sache ernst.«

Weiter vor ihnen hörten sie den Zug einfahren. Der Fahrtwind schlug ihnen lauwarm ins Gesicht.

»Kommen Sie!«

Emily, die hinter ihrem Mentor herhetzte, gab zu bedenken: »Was ist denn, wenn London wirklich verschwunden ist und die Stadt sich langsam auflöst?« Sie erreichten den Bahnsteig. Die Menschen strömten in Massen aus dem Zug, andere hinein.

Wittgenstein bahnte sich seinen Weg durch die Menschenmenge. »Das, Miss Laing«, murmelte er, »klingt wirklich außerordentlich beunruhigend.«

»Was, wenn es so ist?«

Sie schlüpften in den Zug, suchten sich Stehplätze, obwohl es nicht voll war.

»Wenn dem so ist«, murmelte Wittgenstein, »dann müssen wir uns fragen, weshalb es passiert.«

»Und was man dagegen tun kann.«

Der Zug fuhr los. »Wenn dies alles hier«, er schaute sich im Zug um, »wirklich London ist, die Stadt am dunklen Fluss, die Wirklichkeit, so, wie wir sie kennen, die Stadt aber nicht dort ist, wo sie immer war, nicht dort, wo sie sein soll, dann wirft dies unweigerlich eine ganz andere Frage auf, nämlich: Wo genau befindet sich die Stadt, in der wir uns gerade befinden?«

Emily war, so in Wittgensteins Nähe, nicht bereit, sich von der Angst, die sie erneut zu befallen drohte, lähmen zu lassen. »Wir sollten«, schlug sie vor, »einen der angeblich verlorenen Stadtteile aufsuchen.«

Wittgenstein nickte. »Zuerst aber wollen wir Maurice Micklewhite treffen.« Der Zug schaukelte jedes Mal, wenn die Gleise eine Kurve beschrieben, wie ein Schiff auf hoher See. »Außerdem gibt es noch weitere Gerüchte.«

Emily seufzte. »Noch mehr Beunruhigendes?«

Der Alchemist betrachtete die anderen Fahrgäste. »In einigen Gegenden, so erzählt man sich, ist es zu Übergriffen gekommen.«

»Das heißt?«

»Prügeleien. Harmlose Zwiste sind zu Handgreiflichkeiten ausgeartet.«

»Ist das nicht normal?« Das war die Stadt. So war es in jeder Stadt.

»Nicht, wenn es so viele Menschen betrifft.«

»Von wie vielen Menschen reden Sie?«

»Stellen Sie sich vor, dass draußen auf dem Bahnsteig ein Streit entsteht und plötzlich alle übereinander herfallen.«

»Ist das denn irgendwo passiert?«

In Leytonstone und Gunnersbury, sagte Mina.

»Auch sie hat sich umgehört.«

Während Mortimer mit der Garderobiere gesprochen hat, bin ich zu den Ratten im Orchestergraben gelaufen.

»Noch so ein Ort, an dem sich Gerüchte und Informationen sammeln.«

Es gab richtige Schlägereien. Die Polizei musste eingreifen.

»Die BBC hat vorhin darüber berichtet«, erklärte Wittgenstein. »Sie erwähnten nur Unruhen, die womöglich etwas mit Bandenkriegen in den Vororten zu tun haben.«

Die Ratten im Orchestergraben, sagte Mina, *teilten mir mit, dass niemand wüsste, wie es zu den Unruhen gekommen war. Es sei einfach passiert. Als wären die Menschen dort plötzlich aggressiv geworden.*

»Leytonstone liegt an der Central Line im Norden«, sagte Emily nachdenklich, »Gunnersbury im Süden der District Line.«

Wittgenstein nickte. »Beide Vorkommnisse fanden an Orten statt, in deren Nähe angeblich Stadtteile verschwunden sind.«

Emily starrte nun ihrerseits die Fahrgäste an und fragte sich, wie schnell eine normale, friedliche Situation wie diese wohl umschlagen und eskalieren konnte. »Was«, flüsterte sie, »geht hier nur vor?«

Wittgenstein gab ihr keine Antwort darauf, aber sein Gesichtsausdruck beunruhigte sie noch mehr. Was immer hier passierte, sie steckten mittendrin, und der Zug raste unaufhaltsam durch die Finsternis.

Kurz darauf trafen sie sich alle im Britischen Museum. Das ehrwürdige, mächtige Bauwerk hatte so viele ihrer Gespräche beherbergt, dass Emily jedes Mal ein Déjà-vu-Erlebnis hatte, wenn sie durch die weiten Hallen und langen Korridore schritt. Jetzt waren alle diese Räumlichkeiten nur spärlich beleuchtet. Nachtwächter wandelten durch die Gänge, es war still. Ein Museum des Nachts war ein seltsamer Ort, an dem alles möglich zu sein schien. Die Vergangenheit wirkte auf einmal lebendig, die Ausstellungsstücke magisch entrückt, die Luft selbst geheimnisvoll.

Sie trafen sich, wo sie, sofern sie nicht die Bibliothek dafür genutzt hatten, immer schon ihre Treffen abgehalten hatten: in Maurice Micklewhites Büro mit der Aufschrift »Kurator« an der Tür, ein Stockwerk über den Ausstellungsräumen. Überall an den Wänden hingen gerahmte Bilder aus Ägypten von den Ausgrabungen Howard Carters im Tal der Könige in den 1920er-Jahren: Sand und Sarkophage.

Die Tatsache, dass der Elf hier war, verunsicherte Emily ein weiteres Mal. Er war gestorben, sollte eigentlich tot sein, doch das war etwas, was sie für sich behalten musste. Maurice Micklewhite gehörte nicht hierher, aber er war da und noch dazu in allerbester Laune, so wie damals, als sie ihn kennengelernt hatte. Also akzeptierte sie es, zumal es das einzige der Rätsel dieser Tage war, das sie im Grunde als durch und durch erfreulich empfand. Er war hier, bei ihnen, an ihrer Seite, und nur das zählte.

»Die Stadt«, sagte er, »versinkt geradezu im Schneegestöber.«

Draußen vor dem Fenster war die Welt ein einziges Gewimmel dicht wirbelnder Schneeflocken. »Und das«, ergänzte Wittgenstein, »ist beileibe nicht das Einzige, was ungewöhnlich ist.«

Maurice Micklewhite stand am Fenster und schaute nachdenklich in die Nacht über London.

Wittgenstein und Emily legten ihre Mäntel ab und nahmen an dem runden Tisch, der in der Mitte des Raumes stand, Platz. Micklewhite verließ seinen Posten am Fenster, ging ins Nebenzimmer und servierte ihnen kurz darauf Tee, heiß und angenehm würzig.

»Folgendes«, begann Emily, »ist passiert.«

Nachdem jeder von ihnen seine Neuigkeiten vorgetragen hatte, trat Stille ein. Ein nachdenkliches Schweigen.

Wittgenstein nippte an seinem Tee. Lady Mina saß auf dem Fensterbrett und starrte nach draußen.

»Glaubst du dem Duke?«, fragte Micklewhite den Alchemisten. Dass Piccadilly Mayfair die Tochter des Duke sein und auf den Namen Beatrice Blackheath hören sollte, war eine nur allzu überraschende Neuigkeit gewesen.

»Ich neige dazu, skeptisch zu sein«, antwortete Wittgenstein.

Micklewhite schaute zu der Rättin hinüber. »Was sagt Mina dazu?«

Der Duke hat etwas verschwiegen, sagte sie. *Ich konnte es riechen.*

Ratten, dachte Emily, *können seltsam sein.* Sie kannte Mina jetzt schon so lange, doch immer wieder überraschte die Rättin sie aufs Neue. »Wie kann man das riechen?«

Ich kann das, beharrte Mina nur. *Er hat etwas verschwiegen.*

»Der Duke, so hat es den Anschein, ist jedenfalls derjenige, der hier die Fäden zieht«, sagte Wittgestein.

»Ist das überhaupt wichtig?«, warf Emily ein.

Die beiden Herren sahen sie überrascht an.

»Wie meinen Sie das?«, fragte Wittgenstein.

»So, wie es aussieht, sind doch einfach alle hinter Picca her. Der Duke möchte sie finden und schickt seine Automaten in Menschengestalt, diese Ticktackmänner, los. Derjenige, der über die Wölfe gebietet, sucht sie genauso wie der mysteriöse Gentleman, der sie, wenn das, was Master Micklewhite herausgefunden hat, wirklich stimmt, entführt hat. Wobei der Begriff ›entführt‹ nicht so recht passen will, weil Picca und Peggotty dem Gentleman ja anscheinend freiwillig gefolgt sind.«

»Peggotty würde so etwas nur tun, wenn es einen guten Grund dafür gäbe. Er muss ihr etwas gesagt haben, was sie dazu bewogen hat, ihm zu folgen.« Wittgenstein kannte Peggotty gut. Sie war schon so lange bei ihm und mehr als nur eine Haushälterin. »Soweit ich das beurteilen kann, hat der Gentleman die seltsame, wenn auch aus unserer Sicht bisher zumeist willkommene Angewohnheit, plötzlich in für uns ausgesprochen brenzligen Situationen aufzutauchen und zu unseren Gunsten ins Geschehen einzugreifen. Was er damit bezweckt, ist mir allerdings unklar.

Und ob sein Untertauchen samt Peggoty und Picca als hilfreich zu bewerten ist, muss vorerst dahingestellt bleiben.«

»Seine Beweggründe müssen jedenfalls nicht zwangsläufig edler Natur sein«, gab der Elf zu bedenken. Er ließ sich am Tisch nieder. Tonlos trommelten seine Finger unruhig eine Melodie.

»Der Feind meines Feindes ist mein Freund?« Wittgenstein sah skeptisch aus. »Du meinst also, er benutzt uns?«

»Ohne jeden Zweifel, ja, er benutzt uns.« Micklewhite nickte nachdrücklich. »Wir gehen davon aus, dass es drei Parteien sind, die alle darauf aus sind, Piccadilly Mayfair in ihre Gewalt zu bringen.«

»Und der Gentleman hatte dabei allem Anschein nach Erfolg.« Emily war verunsichert. Der Gentleman wirkte höflich, entgegenkommend, doch zugleich unstet und verschlagen, abwartend und überheblich. Sie mochte sein Lächeln nicht, mochte seine spöttische Haltung nicht.

Wittgenstein sagte: »Vielleicht schützt er sie nur vor den anderen, wer auch immer diese anderen sein mögen.«

»Warum sollte er nicht wollen, dass der Duke seine Tochter wiederfindet?«

Mina gab zu bedenken: *Ist sie das denn wirklich? Seine Tochter?*

»Stopp!« Wittgenstein hob die Hände. »Das führt doch alles zu nichts. Wir haben keinerlei Gewissheit, ob der Duke uns die Wahrheit gesagt hat. Er schien ehrlich zu sein, aber, wie Mina anmerkte, er hat etwas verschwiegen. Dabei kommt mir eine andere Frage in den Sinn: Wann genau ist der Duke in diesem Spiel aufgetaucht?«

»Was möchtest du damit andeuten, Mortimer?«

»Vielleicht ist der Duke doch gar nicht derjenige, der die Fäden zieht.«

»Sondern?«

Wittgenstein lehnte sich zurück, seufzte. »Wir alle kennen den Lordkanzler von Kensington. Er war schon immer undurchschaubar.«

»Du glaubst, dass Anubis die Fäden zieht.«

»Der Totengott ist ein Stratege. Schon immer gewesen.« Er hatte sich in den letzten Jahren mit vielen verbündet, oft die Seiten gewechselt. Er war ein Schakal, ein Gott in der Fremde, jemand, dem man nicht blind vertrauen durfte.

Emily beugte sich vor. »Tatsache ist, dass Picca verschwunden ist.« Sie schaute in die Runde. »Wie auch die Regentin.«

»Glauben Sie, dass es zwischen dem Verschwinden der Regentin und Piccas Verschwinden einen Zusammenhang gibt?«, fragte Wittgenstein.

Micklewhite hörte auf, die tonlose Melodie zu trommeln. »Glaube allein hilft uns nicht weiter. Alles ist möglich.«

»Aber warum?«, fragte Emily. »Warum passiert das alles?« Sie dachte an die Unruhen, die verschwundenen Stadtteile, den Schneefall dort draußen, den Angriff des Werwolfs, den Augenmann.

»Ja, das ist die entscheidende Frage. Miss Laing hat recht, wenn sie behauptet, dass es vorerst irrelevant ist, wer Picca ist.« Wittgenstein konnte sich ein Grinsen nicht verkneifen. »Ob sie nun die Tochter des Duke ist oder nicht, was macht das für einen Unterschied? Von

Bedeutung ist nur eines: Piccadilly Mayfair ist wichtig.« Er pochte mit dem Zeigefinger auf den Tisch. »Warum sie wichtig ist, wissen wir nicht. Aber die Tatsache, dass alle hinter ihr her sind, legt genau diese Schlussfolgerung nahe.« Er schaute in die Runde. »Und weil sie wichtig ist, sollten wir alles daransetzen, sie zu finden.«

Emily war der gleichen Meinung. »Glauben Sie, dass Picca etwas mit dem mysteriösen Verschwinden der Stadtteile zu tun haben könnte?«

Wittgenstein zuckte die Achseln. »Möglich«, war alles, was er sich abrang. »Alles ist möglich.«

»Was hat es mit den verschwindenden Stadtteilen und diesen Unruhen auf sich?«, hakte der Elf nach.

Wittgenstein seufzte. »Es gibt keine Zufälle. Wenn das stimmt, dann hängt alles zusammen.« Er machte ein ratloses Gesicht. »Irgendwie. Es muss einfach einen Zusammenhang geben. Zu viele seltsame Dinge geschehen gleichzeitig.«

»Außerdem ist vielleicht ganz London verschwunden«, rief Emily den anderen ins Gedächtnis zurück. *Und Sie, Master Micklewhite, sind eigentlich seit Jahren tot*, dachte sie bei sich. Nichts stimmte hier.

Micklewhite nickte, sinnierte vor sich hin: »Es gibt Berichte über Städte, die verschwunden sind.« Er stand auf und ging zu seinem Schreibtisch, kramte eine Pfeife aus der Schublade hervor, stopfte sie behutsam, zündete sie an, paffte. »Ich hatte Zeit, ein wenig in den Büchern zu stöbern.« Er tätschelte den Stapel, der sich auf dem Schreibtisch türmte.

»Wie kann es Berichte geben, wenn niemand sich an sie erinnert?«, fragte Emily.

»Das«, sagte der Elf, »ist das Interessante daran.«

Er sog an der Pfeife, wanderte im Raum umher, während er redete.

»Sie, Miss Laing, behaupten, dass keine Menschenseele in Cambridge, als Sie gestern dort waren, je von einer Stadt namens London gehört hatte. Die Stadt habe aus Sicht aller anderen nie existiert. Für Sie selbst war unterdessen klar, dass es London gibt.«

Sie nickte. »Natürlich, ich habe mein Leben hier verbracht.«

Ein Lächeln breitete sich auf Micklewhites Gesicht aus. »Sie sind jemand, der mit London verbunden ist. Jemand, der hier lebt. Der immer schon hier gelebt hat. Aber: Sie waren nicht in London, als es passierte.«

Emily fragte sich, worauf er hinauswollte.

»Zu dem Zeitpunkt, als die Stadt angeblich verschwand, Miss Laing, da waren Sie nicht hier.«

»Ja.« Sie war in Cambridge. Auf dem Bahnhof. Das Schneegestöber hatte erneut eingesetzt.

»Was wäre also«, überlegte Micklewhite laut, »wenn es allen so gegangen wäre. Wenn jeder, der nach London gehörte, geradeso wie Sie, Miss Laing, sich aber auf Reisen befand, plötzlich festgestellt hätte, dass die Stadt verschwunden war.« Er hob die Hand. »Oder, wie in Ihrem Fall, noch schlimmer: Wenn sie festgestellt hätten, dass die Stadt London angeblich niemals existierte.«

»Sie meinen, es gab noch mehr Menschen, denen es so ging wie mir?« Warum war ihr der Gedanke bisher noch nicht gekommen? *Weil er absurd ist*, dachte sie.

»Es ist möglich.« Maurice Micklewhite war sich seiner Sache sicher.

»Sogar wahrscheinlich«, stimmte Wittgenstein zu.

»Was, Miss Laing, würde passieren, wenn dem so wäre?« Der Elf beobachtete sie mit seinen hellen, wachsamen Augen.

Emily schlug vor: »Sie würden versuchen, die Angelegenheit zu klären. London wiederzufinden.«

»Genau«, meinte der Elf. »Sie werden vermutlich Jahre damit verbringen und nichts unversucht lassen, um herauszufinden, was geschehen ist.«

Wittgenstein stand auf und ging zum Fenster, kraulte Lady Mina gedankenverloren den Rücken. »Und dann«, führte er den Gedanken des Kurators weiter, »wenn sie keine Antworten gefunden haben, werden sie sich mit der neuen Realität abfinden. Sie werden schweigen, weil sie begriffen haben, dass niemand ihnen Glauben schenkt. Vielleicht werden sie vergessen, was einst war, vielleicht nicht.« Er tat ein paar Schritte zu den Bildern an den Wänden. »Was also wird bleiben?« Er gab sich die Antwort selbst: »Gerüchte. Geschichten. Hinweise darauf, dass bestimmte Personen nach einem Ort gesucht haben, den es niemals gab.«

Micklewhite tippte auf die Bücher, die vor ihm lagen. »Und das sind die Hinweise, auf die ich gestoßen bin.«

»Warum glauben Sie, dass nur Menschen, die in den Städten gelebt haben, sich an sie erinnern?«

»Reine Mutmaßung. Bei Ihnen, Miss Laing, war das offenbar so, und in jedem Fall war es das, was mir durch den Kopf ging.«

Er tippte erneut auf die Werke, die sich vor ihm stapelten, darunter staubige Wälzer wie *Strange Travels* von Jonathan Gulliver und Jules Aronnax *Maps and Legends*.

»In einigen dieser Bücher finden sich gewisse Hinweise auf dubiose Behauptungen von Menschen, die sich, meist verwirrt, auf der Suche nach Städten befanden, die niemals existiert hatten. In manchen dieser Berichte werden die Städte beim Namen genannt, in anderen nicht.«

»Sind die Namen denn von Bedeutung, wenn sie gar nicht existiert haben?«, fragte Wittgenstein.

»Nein, aber ich habe etwas anderes herausgefunden. Die Städte, die verschwunden sind und angeblich existiert haben – wofür es, das sei hier erneut ausdrücklich angemerkt, nicht einen einzigen stichhaltigen Beweis gibt, sieht man einmal von den wilden Behauptungen der Erzähler ab –, jene Städte also, um die es geht, waren ausnahmslos sehr große Städte. Und sie existierten – angeblich – in den Zentren alter Hochkulturen. Im römischen Reich, im antiken Griechenland, China, Mesopotamien. Ja, glaubt man den Erzählungen, dann muss es sich um große Städte gehandelt haben.«

»Wie London.«

»Ja«, Micklewhite nickte. »Und dann ist etwas passiert. Etwas, weshalb sie verschwanden.«

Wittgenstein fragte mürrisch: »Bringt uns das in irgendeiner Form weiter?«

»Wir können davon ausgehen, dass sich das, was jetzt hier passiert, bereits früher auf ähnliche Weise zugetragen hat.« Micklewhite betrachtete die Rauchkringel, die vor ihm durch die Luft schwebten. »Die Geschichten all jener Städte wurden nicht einmal zu Legenden. Sie versickerten, einfach so, im Strom der Zeit. Es kam vor, dass sie in Werken von Gelehrten wie Aristoteles oder Chronisten wie Edgar Rice Burroughs und Jules Verne Erwähnung fanden, aber zu mehr als einer Randnotiz taugten sie nicht. Wer will schon etwas über Städte lesen, die nie existiert haben?«

Emily fragte sich, was sie mit dieser Erkenntnis anfangen sollte. »Das erklärt aber noch nicht, warum die Städte verschwunden sind.«

Micklewhite seufzte. »Zu meinem Bedauern, nein, eine Erklärung bleiben uns alle diese Berichte schuldig.«

»Ebenso wenig wissen wir, wie und warum Miss Laing aus Cambridge hierher nach London zurückgekehrt ist.«

»Die beiden alten Damen, die mich – auf welche Weise auch immer – aus Cambridge herbrachten, Miss Pecksniff und Miss Pumblechook, wollten, dass ich Picca finde«, beharrte Emily auf ihrer früheren These. »Sie haben auch Picca in der Zirkuswelt abgeholt, nachdem sie dort aufgetaucht war, und anschließend zum Waisenhaus von Dr. Cruikshanks gebracht.« Sie entsann sich der Geschichte, die sie bei den Zirkusleuten gehört hatte. Die passte ganz und gar nicht zu dem, was der Duke behauptet hatte. »Warum aber hätte Picca, wenn sie denn die Tochter des Duke wäre, von zu Hause fortlaufen und dann inmitten eines Zaubertricks auftauchen sollen?«

Wittgenstein war der gleichen Meinung. »Außerdem hat sie Ähnlichkeit mit all den Mädchen auf den alten Fotografien.«

»Die aus einem Buch stammen, dessen Ursprung ungeklärt ist.« Micklewhite legte die Pfeife beiseite. Keiner von ihnen wusste, wer das Buch in der Bibliothek so auf dem Tisch platziert hatte, dass es mit Sicherheit von ihnen gefunden werden würde. Da hatte ihnen jemand den entscheidenden Hinweis geben oder aber sie alle auf die falsche Fährte führen und auf die Weise geschickt verwirren wollen.

Emily seufzte. Das Gespräch drehte sich im Kreis. Sie traten auf der Stelle.

»Und welche Rolle spielt der Gentleman? Glauben Sie, dass die beiden alten Damen mit ihm im Bunde sind?«

»Mutmaßungen«, murmelte Wittgenstein.

»›Genießen Sie die Stille‹«, erinnerte sich Emily, »das hat der Gentleman gesagt.« Es hatte keinen Sinn ergeben. Nicht den geringsten.

»›Die Stille befiehlt, wir gehorchen‹«, zitierte Micklewhite die Mittelsmänner, die sich am Ravenscourt das Leben genommen hatten. »Was hat es mit ›der Stille‹ auf sich? Ist ›die Stille‹ etwas, was im Zusammenhang mit dem Gentleman steht?«

Wittgenstein nippte an seinem Tee, faltete die Hände, atmete tief durch. »Die einzige Frage, die wir uns jetzt stellen müssen, ist Folgende: Wohin wurde Piccadilly Mayfair gebracht? Wir müssen das Mädchen finden. Das ist der nächste Schritt. Er wird uns in die richtige Richtung führen.«

Emily stimmte dem zu. Piccadilly Mayfair, davon war auch sie überzeugt, war der Schlüssel zu allem, was hier vorging.

Micklewhite schaute Emily an, und plötzlich ahnte sie, was er von ihr wollte. »Nein«, sagte sie energisch, »fragen Sie gar nicht erst.« *Nein, nein, nein!* Sie wollte das nicht tun. Nicht nach dem, was in ihrer Wohnung geschehen war.

»Miss Laing, es ist wichtig.«

»Es wird nicht funktionieren.«

»Sie können es tun«, köderte Micklewhite sie geduldig.

»Ich hätte es doch längst getan, würde ich glauben, dass es funktionieren könnte.« Zugegeben, sie war eine Trickster, und sie konnte den Kindern helfen. Aber sie war nur sehr wenige Male aus der Ferne in den Verstand eines Menschen eingedrungen, und sie wollte es nicht noch einmal versuchen.

»Wo ist Piccadilly Mayfair? Gibt es eine Möglichkeit, das herauszufinden? Miss Laing?« Der Elf ließ nicht locker.

Emily seufzte erneut. Sie schaute Wittgenstein an, doch der war keine Hilfe.

Bei Mara hatte es funktioniert, damals.

Emily sprang auf, lief zum Fenster, schlug wütend mit der Hand gegen die Wand. »Ja, verdammt«, fluchte sie. »Aber ich glaube nicht, dass ...« Sie holte tief Luft, stieß frustriert den Atem aus. »Ich habe es bei Picca bereits versucht, als sie bei mir war, letzte Nacht.« Die Flut von Bildern und Gefühlen war verwirrend gewesen. Etwas stimmte nicht mit Picca. Sie war anders als alle Kinder, bei denen es Emily jemals gelungen war.

»Da hat es nicht geklappt«, sagte Wittgenstein, dem sie davon erzählt hatte.

Emily presste die Lippen zusammen, fühlte sich elend.

Micklewhite schwieg. Er zündete die Pfeife erneut an, paffte, ließ Emily dabei nicht aus den Augen.

Wittgenstein wechselte Blicke mit Mina.

»Ich weiß nicht, ob ich es kann«, stieß Emily schließlich hervor. Sie fürchtete sich davor, es zu tun. Wenn es schiefging ...

»Aber Sie könnten es versuchen.«

Sie schloss einen Moment die Augen.

»Ja«, sagte sie dann geradeheraus, »ja, das könnte ich.« Die beiden würden nicht lockerlassen. Warum das Ganze also hinauszögern?

Wittgenstein und Micklewhite hatten ja recht: Sie mussten Picca finden. Wie sollte ihnen das sonst gelingen? Emily fühlte sich unwohl und bedrängt, doch zugleich war ihr klar, dass dies die einzige Möglichkeit war, einen Hinweis auf den Verbleib Piccas und Peggottys zu erhalten.

»Ich möchte es in der Bibliothek tun«, sagte sie und leerte ihre Tasse. Nun, da es beschlossene Sache war, brachte es nichts mehr, noch länger zu warten. Sie war müde und erschöpft. Zu viel war an diesem Tag passiert. Sie wollte es hinter sich bringen und nach Seven Dials zurückkehren, schlafen, ausruhen.

So gingen sie alle gemeinsam in die Bibliothek.

Der Lesesaal lag im Dämmerlicht, die Kuppel hoch über ihren Köpfen konnte man nur erahnen. Die Regalreihen waren schattenhaft, unwirklich. Der Geruch tat gut, jenes Gefühl, inmitten der vielen Bücher zu sein, schenkte Emily ein wenig von der Zuversicht, die sie brauchte.

Sie gingen zu einem der Tische. Maurice Micklewhite schaltete nur eine einzige Leselampe an.

Emily nahm am Tisch daneben Platz. Sie wollte im Dunkeln sitzen, in den Schatten der Wirklichkeit.

»Bleiben Sie beide hinter mir«, bat sie. Zu wissen, dass jemand bei ihr war, sollte genügen.

Sie konzentrierte sich auf das Mädchen. Stellte sie sich so vor, wie sie ihr begegnet war. Die Augen schön wie die Themse in der Mittagssonne. Das ganze Kind bunt wie ein Herbsttag in Hampstead Heath. Emily schloss die Augen, und die Bibliothek und alles, was um sie herum war, verschwand. Sie spürte die Stadt, die Dächer, den Schnee, und in all diesem Gestöber suchte sie nach dem Mädchen.

Dann, mit einem Mal, stürzte sie in die Tiefe eines fremden Bewusstseins, so klar und kühl wie die Furcht, die Kinder des Nachts befällt. Sie öffnete die Augen und sah in eine Höhle hinein, eine Höhle, die unermesslich groß zu sein schien. Darin ein Dschungel. Ja, was sie sah, war ein Dschungel. Lianen, satt grünes Blattwerk, Gekreische von Tieren, die sie nicht kannte. Es war hell, doch da war keine Sonne, nur etwas, was wie die Decke einer Höhle anmutete. Stein, mit Fresken. Fratzen, die bedrohlich aufgerissene Augen und gefährliche Zähne hatten, überwuchert vom Dickicht.

»Ein Dschungel«, murmelte sie.

Die anderen beiden musterten sie überrascht.

»Sie ist in einem Dschungel. Unter der Erde.«

Es schneite, selbst dort unten. Das ergab überhaupt keinen Sinn, aber es war das, was Emily durch die Augen des Mädchens sah: ein Dschungel im Schneegestöber.

Männer, die keine Geräusche machten, liefen umher. Da war etwas, was wie ein Luftschiff aussah. Eine Art Zeppelin. Emily hatte solche Gebilde in alten Filmen gesehen. Das Luftschiff war am Boden, dicke Taue hielten es fest. Die Männer beluden es emsig mit Kisten.

»Ein Luftschiff.«

Durch die fremden Augen sah sie eine rundliche Frau, die mit einem Mann sprach, der wie ein Kapitän aussah.

»Peggotty«, flüsterte Emily. »Es geht ihr gut.«

Dann plötzlich huschte etwas nicht Identifizierbares am Rande ihres Blickfeldes durch das undurchdringliche

Dickicht des Dschungels. Sie spürte Furcht, Entsetzen. Sah den weißen Schnee, den eisigen Frost auf dem grünen Blattwerk. Die tonlosen Männer packten sie. Sie wurde von starken Händen eine Rampe hinaufgeschoben. Sie drehte sich um, schnell, voller Angst. Die Männer verständigten sich, aber nicht mit Worten, nein, und auch nicht mit Geräuschen. Alles war stumm. Sie hielten Gewehre im Anschlag, Schüsse waren zu hören. Die Rampe wurde eingefahren, eine Luke schloss sich. Der Boden begann sich zu bewegen. Eine spinnenartige Kreatur, vor der alle flüchteten, brach aus dem Dickicht hervor, fiel über die tonlosen Männer her, die zurückgeblieben waren. Ein lauter Schrei erklang. Nicht aus den Kehlen der tonlosen Männer, nein, aus dem Mund des Mädchens. Kleine Hände rieben die Augen, durch die Emily alles sah. Peggotty war bei ihr. Picca wurde sich bewusst, dass da jemand in ihrem Bewusstsein war. Schrie in Gedanken: *Lass mich in Ruhe!* Danach sah Emily rasch wechselnde Bilder. Schiefe Dächer, den Himmel über London, Straßen, Schmutz, Augen, die sich teilten, einen Riss, ehe aus einem zwei Gesichter wurden, Blut und dann …

Emily atmete schwer.

»Es ist vorbei«, stieß sie hervor.

Sie schluckte, hielt sich an der Tischplatte fest. In ihren Schläfen pochte es. Blut lief ihr aus der Nase.

Wittgenstein reichte ihr ein Taschentuch. »Wie geht es Ihnen?«

Emily winkte ab. »Sie hat sich gewehrt, als sie bemerkte, dass jemand in ihr war.«

»Was haben Sie gesehen?«, wollte Micklewhite wissen.

Nekir, dachte Emily und zitterte am ganzen Leib. »Picca«,

flüsterte sie, »ist in der Hölle.« Sie drehte sich zu den anderen um. »Peggotty ist bei ihr.«

Es war auffällig still gewesen, dort, wo sie hingeschaut hatte. ›*Genießen sie die Stille*‹, erinnerte sie sich. ›*Wir gehorchen der Stille.*‹

Emily fürchtete sich vor der Stille, denn insgeheim, tief in ihrem Innern, da spürte sie, wie gierig und boshaft die Stille sein konnte.

»Wenn Piccadilly Mayfair dort ist«, hörte sie Wittgenstein wie aus weiter Ferne sagen, »dann sollten auch wir dorthin gehen.«

Emily, die zu erschöpft war, um zu weinen, schlug die Hände vors Gesicht. Das Schneegestöber, das in ihr tobte, war auf einmal so kalt wie die Erinnerung, die nach all den Jahren wieder in ihr aufstieg, und kein Gedanke, kein Gefühl hätte schlimmer sein können.

Zwischenspiel

Die Stadt aus Worten

Ein Federkiel, tiefschwarze Tinte, Worte, die auf die leeren Stellen einer Landkarte gemalt werden, die noch lange nicht fertig ist. Pergament, grob und fest, eine Karte, die in den Jahren, die kommen werden, erst vervollständigt werden muss, weil die Stadt, die noch jung ist, in Windeseile wächst, wild und ungezügelt wie eine Idee im Kopf des Dichters. Jene Stadt, die liebt und atmet. Die ein Wesen aus Fleisch und Blut ist, beseelt von Träumen und Hoffnungen. Ein Ort, der mit geschlossenen Augen den Worten lauscht, die sich leise, fast geflüstert, aus ihr selbst erheben, hervorgebracht vom der Schaffenskraft verpflichteten Willen der Menschen, die in ihr leben, vergleichsweise klein, unscheinbar, verletzlich, doch nimmer müde und voll der Größe. Der Menschen, die in den Jahrzehnten, die vergehen wie die Jahreszeiten, Blättern gleich bunt fallend auf Dezembertage, Geschichte schreiben werden, ja, sogar Unsterblichkeit erlangen, genau wie die Worte, die ihren Anfang in der Tinte und dem Federkiel genommen haben.

Jene Worte des Dichters, dem die erste Regentin voll Inbrunst huldigte, sind es, die sich in die Lüfte erheben, die emporschweben mit dem dichten Rauch aus den schiefen Schornsteinen, deren Zahl noch wachsen wird, wie die Straßen und Gassen es tun werden, die sich um den dunklen Fluss legen wie Adern. Diese Worte, lebendig wie die Gedanken, die sie ausdrücken, sie sind Zeugen der Geschehnisse, von denen sie künden, sich erinnernd, beobachtend, richtend, das Wesen der Welt verändernd. Genau deswegen folgen wir diesen Worten. Wie einen schönen Vogel, so könnten wir sie uns vorstellen, diese Worte. Wie einen Vogel, der mal Taube, mal Krähe, mal Habicht ist, der seine Schwingen ausbreitet und durch die Jahre fliegt. Der Dinge sieht, die dem Auge manch eines Menschen verborgen bleiben. Magische Dinge. Engel. Aber auch Verbannung, Verfolgung, Krieg, Flucht, Feuer und Pestilenz. Große Macht. Könige, deren Köpfe blutig auf Speeren zur Schau gestellt werden.

Die Zeiten, das wissen die Worte, weil sie sich erinnern, waren nicht immer gut. Doch die Worte fliegen weiter, über Gegenden mit klingenden Namen – Kensington und Chelsea, Bloomsbury und Soho, Southwark, Holborn und Westminster, Greenwich, Covent Garden und noch viele mehr, und sie sehen Häuser, die einander bekämpfen. Liebende, die an Gräbern weinen. Kinder, die gierig verschlungen werden von Gewächsen, die tief unter der Erde leben, wo das Herz der Stadt schlägt. An einem Ort, der die Zeit selbst auf die Probe stellt, der Pfade und Wege kennt, die zu Wüsteneien, Ozeanen, ja, selbst in die Hölle führen. Wo die alten Himmel zerfallen, weil Engel, von ewiger Lichtgestalt und schwarzer Nachtmahrseele, einander mit Flammenzungen bekämpfen, bis Lieder die Asche besingen, zu der sie in Leid zerfallen.

Die Worte aber fliegen weiter. Erblicken uralte Wesen, die übereinander herfallen, weil es jene, die ihnen gebieten, nach Macht gelüstet. Und so fließt Blut in den Straßen. Es sickert in die Tiefe, benetzt die Träume der Stadt, sodass sie schreiend, weinend und zitternd erwacht in manchen Jahrzehnten. Jene Stadt, die jetzt eine Metropole ist. Erwachsen und doch Kind. Sich allein fühlt, weil alles in ihr sich in Schmerz verwandelt. Und dann, in Jahrzehnten, in denen es ein lautes Sterben gibt, wenn Bomben wie Hagel niedergehen, wenn Fleisch zerreißt und Träume splittern, in Jahrzehnten, die so schrecklich sind wie die Worte, die der Dichter einst für die schlimmsten Momente in den Stücken, die seinem Geist entsprangen, benutzte, entsinnt sich die Stadt, dass sie einst selbst durch die Straßen wandelte und dass es einst anders war. Ja, daran erinnert sie sich. Daran und an die Worte, wie sie in Gedichten eine Geliebte umkreisen, in Versprechungen an der Hoffnung festhalten, an die Worte, die wie ein Heilmittel sind.

Doch die Welt, wie wir wissen, kann gierig sein, und so kann es geschehen, dass die süßen Erinnerungen verschwinden. Jene kostbaren Erinnerungen an die Jahrzehnte, die voller Licht waren, voller Hoffnung und Liebe. Und wenn das geschieht, dann wird es kälter überall, auf den Plätzen, in den Parks und in den Labyrinthen tief unter der Erde, wo das Herz der Stadt schlägt, an jenem Ort, den man die uralte Metropole nennt. Und so gerät aus den Fugen, was einst wohlgeordnet war, erkrankt, was einst gesund war. Der Körper der Stadt wird von Fieber geschüttelt, und die Nebel, die dicht wabern, reinigen die dünnen Adern der Straßen nicht mehr. Die Parks verlernen zu atmen, und wenn die Pflastersteine sich blutig kratzen, dann wälzt sich die Stadt in ihrem Bewusstsein aus all den Jahrzehnten und weint, sogar im Schlaf.

Ja, London wird frieren, und wenn der Mantel aus Schnee erst über allem liegt, wenn Weiß bedeckt, was früher grün und bunt war, dann bleibt nur die Stille in den Worten des Dichters. Jene Stille, die dem nahe kommt, was Tod, Verderben, ja, womöglich das Ende ist.

Zweites Buch

1. Kapitel

Die Kunst, Gedanken nicht zu denken

London war so tief verschneit wie nie zuvor, und die Gedanken, die Emily im Kopf herumschwirrten, waren es auch. Sie hatte unruhig geschlafen und von früher geträumt, im Schlaf geweint und war dann viel zu früh am Morgen aufgewacht, mit einem Gefühl der Reue, das sie am liebsten ignoriert hätte.

Nach dem Treffen im Britischen Museum war sie direkt nach Hause gegangen. Die Nacht war ihr dunkler vorgekommen als je zuvor, und das, obwohl der Schnee alles heller erscheinen ließ. Die Lichter der Straßenlaternen illuminierten die Straßen, brachen sich in den Schneekristallen, fluteten die hintersten Winkel der schmalen Gassen, die zu begehen man sich normalerweise zu diesen späten Nachtstunden allein nicht traute, sodass alles weniger bedrohlich erschien. Gerade das aber hatte sie geängstigt.

Sie fühlte sich noch schwach. Die Vision hatte ihre Kräfte aufgezehrt. Die Übelkeit war nur langsam verschwunden.

Lady Mina hatte sie ein Stück weit auf dem Weg nach Seven Dials begleitet, doch am Leicester Square hatte sie sich noch unten in der U-Bahn-Station empfohlen. Sie wollte nach Hidden Holborn und »die Nase ein wenig in den Wind stecken«. Die Tunnelstreicher, die dort lebten, das wusste Emily, waren meist freundlich und mitteilsam. Es galt, Neuigkeiten zu erfahren über den Duke, den seltsamen Gentleman und natürlich über die Hölle selbst.

Nun denn, Mina war ihres Weges gegangen, wie schon unzählige Male zuvor, und Emily hatte den Rest ihres Heimwegs allein zurückgelegt. Niemand hatte sie verfolgt, niemand ihr aufgelauert, und das war gut so.

Zu Hause in der Monmouth Street war sie, nachdem sie die Tür hinter sich verriegelt hatte, nur so ins Bett gefallen und augenblicklich eingeschlafen, so müde war sie gewesen. Doch dann waren die Träume gekommen, von der Hölle, Aurora und dem Baby, Tristan, dummerweise immer wieder Tristan Marlowe, ja, und von Jeeva Smith und all den vielen anderen Personen und Ereignissen, die sie während der vergangenen Jahre so inständig zu vergessen versucht hatte, auch.

Sie erwachte, weil sie geweint hatte. Die Tränen benetzten ihr noch das Gesicht, als sie zum Fenster schlurfte und nach draußen sah, wo der Winter die Stadt im Griff hatte wie nie zuvor.

So früh am Morgen waren kaum Leute unterwegs. Lieferanten parkten vor den Läden, entluden, fluchend durch den Schnee stapfend, ihre Ware, und es schneite noch immer. Dicke, feste Flocken, wie kleine, weiße Welten, Kristalle, klar und sternengleich.

»Verrückt«, murmelte Emily und raufte sich müde die Haare, gähnte laut, streckte sich.

Sie stellte sich unter die Dusche. Zog sich an. Ganz in Schwarz: Rollkragenpullover, Hose, hohe Schuhe. Sie spürte, dass ihr Körper nach mehr Schlaf verlangte, aber zugleich war ihr bewusst, dass sie etwas zu erledigen hatte. Sie wollte Mina treffen und später dann Wittgenstein, der, soweit sie wusste, ebenfalls nach Hause gegangen war. Sie schlang sich einen Schal um den Hals, schlüpfte in den dunkelblauen Mantel, welcher der Jacke, die sie damals als Kind während der Flucht aus dem Waisenhaus in Rotherhithe getragen hatte, nachempfunden war, und setzte ihre Brille auf, die sie strenger wirken ließ. Sie wollte heute distanziert wirken; ihr war nicht nach Gesprächen zumute. Niemand sollte sie unterwegs ansprechen. Sie musste nachdenken, wollte ihre Ruhe. Menschen konnten, das wusste sie, sehr lästig sein.

Als sie in die Kälte hinaustrat, war sie mit einem Schlag richtig wach. Sie hatte in der Wohnung nichts gefrühstückt – das gedachte sie in dem *Starbucks* am Charing Cross nachzuholen. Von ihrem Tisch in dem Café aus beobachtete sie den Verkehr, der sich zäh durch den hohen Schnee quälte, woran auch die Schneepflüge nichts wirklich zu ändern vermochten. Die Menschen in dem Café sprachen, sofern sie *überhaupt* miteinander redeten und nicht stumm mit ihren Smartphones beschäftigt waren, über das Blutbad in der U-Bahn und den Schnee.

Emily vermochte nicht zu schätzen, wie hoch der Schnee auf den Gehwegen lag, aber er lag verdammt hoch. So hoch, dass im Radio die Nachricht kam, dass die Schulen aufgrund der Wetterlage vorerst geschlossen blieben. Auch für die Pendler war es noch beschwerlicher als ohnehin schon, aus den Vororten in die Stadt zu kommen. Die Busse steckten hier und da fest, einige Züge waren ausgefallen. Die Stadt hielt den Atem an.

Emily trank ihren Kaffee und aß ein Stück Käsekuchen. Sie liebte Käsekuchen zum Frühstück. Tristan hatte sich oft darüber lustig gemacht, ihr dann aber doch ein Stück besorgt. Sie seufzte. An ihn zu denken, bei diesem Wetter, tat gut und zugleich auch wieder nicht. Sie wusste nicht so recht, was sie diesbezüglich empfinden sollte. Er lebte in New York, sie war hier. Sie fragte sich, ob ihm aufgefallen war, dass London fort war. Was würde er in dem Fall tun? Schon komisch, dass ihr der Gedanke bisher noch nicht gekommen war. Würde er Nachforschungen anstellen?

Sie schaute aus dem Fenster. Die Stadt war ungewohnt geräuscharm, still und weiß, und irgendwo da draußen war Jeeva Smith und zerbrach sich vermutlich den Kopf über die Dinge, die ihm gestern widerfahren waren.

Emily gestand sich ein, dass sie Jeeva mochte. Seine Schwester konnte sich glücklich schätzen, ihn zum Bruder zu haben, davon war sie überzeugt. Es hatte gutgetan, ihn bei sich zu haben.

Emily aß die letzten Krümel Käsekuchen auf; die Krümel vom Rand hob sie sich immer bis zum Schluss auf. Dann, frisch gestärkt, brach sie auf.

Kälte, sofort, überall, als sie nach draußen trat, und sie beschloss, statt Lady Mina zu suchen, ein wenig ziellos in der Gegend herumzulaufen. Das half ihr normalerweise, wenn sie durcheinander war, so wie jetzt. Wittgenstein hatte ihr, als er damit begonnen hatte, sie als Trickster zu schulen, geraten, in Situationen wie dieser zuallererst den Kopf klarzubekommen.

»Befreien Sie sich von allem, was Sie belastet«, hatte er ihr geraten. »Vergessen Sie die Gedanken, die Sie nicht denken wollen. Denken Sie an gar nichts.«

»Wie kann ich Gedanken *nicht* denken?«, hatte sie gefragt. »Immer, wenn ich einen Gedanken *nicht* denken will, denke ich ihn umso mehr.«

Wittgenstein, in der ihm eigenen sachlichen Art, hatte ihr geantwortet: »Sie werden wissen, wie es funktioniert, wenn es Ihnen gelingt.«

»Toll«, hatte sie erwidert, »das hilft mir wirklich weiter«, doch später hatte sie es tatsächlich herausgefunden. Denn jeder entwickelte eine eigene Methode, um bestimmte Gedanken *nicht* mehr denken zu müssen.

An diesem Morgen nun wollte Emily nicht mehr an Jeeva oder an Tristan Marlowe denken und auch nicht an Aurora und Neil, nicht an die Hölle und noch viel weniger an die Verschwörer in den Schatten und all die Geheimnisse. Sie lief bis hinüber nach Covent Garden, und von dort aus nahm sie die U-Bahn, suchte sich einen Sitzplatz in der Nähe der Türen, schloss die Augen, hörte das Rattern des Zuges, nahm sein Schaukeln wahr. Als sie die Lider wieder öffnete, hielt der Zug gerade in Green Park, und Emily beschloss, einer Laune des Augenblicks gehorchend, dort auszusteigen. Sie ging nach oben, schlug irgendeinen Weg ein, denn einer war so gut wie jeder andere, wenn man nicht die Absicht verfolgte, an einen bestimmten Ort zu gelangen, und dann ließ sie sich von dem dichten Schneegestöber durch die Straßen treiben.

Irgendwann strandete sie vor einem Buchladen, dessen Name auf sie sehr verlockend wirkte: *Books & Wonders*. In dem Schaufenster, das nicht sonderlich groß war, erkannte sie Bücher, die im Innern voller Nebel, Schatten, Zauber und Geheimnissen waren. Es war ein kleiner Laden, und glaubte man den Fußspuren im Schnee vor dem Eingang, so war an diesem Morgen bisher nur ein einziger Kunde eingetreten oder womöglich auch nur der Besitzer.

Emily musste lächeln, weil der Gedanke daran, dass die Vorsehung sie hierhergeführt hatte, irgendwie beruhigend war. Sie beschloss, sich eines der Bücher aus dem Schaufenster zu kaufen: *The Box of Delights* von John Masefield. Es war so klein wie ein Taschenbuch, aber fest gebunden, mit einem schönen Umschlag, der einen Schlitten mit Kindern zeigte.

Also betrat sie leise den Buchladen, weil sie Buchläden wie diesen immer nur möglichst unaufdringlich betrat. Außer ihr war tatsächlich nur ein einziger Kunde im Laden, ein Mann in einer dunklen Jacke. Die Mütze, die nass vom Schnee war, hielt er in der einen Hand, mit der anderen blätterte er in einem Buch, das vor ihm auf dem Tisch lag.

Emily schaute sich nach dem Besitzer oder der Besitzerin des Ladens um, doch es war niemand zu sehen. Es war still, angenehm warm, und es roch so, wie es riechen sollte, heimelig, wie nur Buchhandlungen riechen konnten.

Emily betrachtete den Mann und stellte sich vor, wie es wäre, Jeeva erneut zu treffen. Er musste irgendwo hier wohnen; Notting Hill sei seine Gegend, hatte er gesagt, und heute fiel, wie die BBC vorhin im Radio verkündet hatte, der Unterricht überall in der Stadt aus.

Natürlich war der Mann dort drüben nicht Jeeva Smith, aber das war unwichtig. Emily fragte nur, was wäre, wenn, und fand sich unvermittelt in einem Tagtraum wieder.

»Emily Laing?« Der Mann, der in das Buch vertieft gewesen war, drehte sich um.

»Jeeva?« Emily starrte ihn an. »Was tun Sie hier?« Blöde Frage, dachte sie sofort.

»Ich brauche ein neues Buch«, sagte er. »Meine jüngste Lektüre habe ich doch in der U-Bahn verloren.«

Sie musste grinsen.

»Mit Brille sehen Sie anders aus.«

»Ich weiß.«

Er war unrasiert, was ihn lässiger und cooler erscheinen ließ. Er deutete auf das Buch in seiner Hand.

»Underground London«, las Emily laut, »Travels Beneath the City Streets.«

»Ich dachte, ich mach mich ein wenig schlau«, sagte er.

Leicht ratlos stand Emily da. »Das ist gut«, bemerkte sie. »Ich meine, es ist gut, dass Sie sich schlau machen.«

»Ja.«

»Sie denken darüber nach.« Es war keine Frage. Natürlich tat er das.

»Ich denke seit gestern an nichts anderes mehr.«

Sie nickte.

Jeeva betrachtete sie. »Das war gestern ein seltsamer Tag.«

»Ja, für mich auch.«

»Es kam den ganzen Abend über in den Nachrichten. Meine Schwester und meine Eltern sind fast wahnsinnig geworden vor Angst. Sie wussten, auf welcher Strecke ich unterwegs sein würde. Und da ich mich nicht gemeldet hatte ...« Er zuckte die Achseln.

»Was haben Sie ihnen gesagt?«

»Ich habe ihnen erklärt, dass sich einer der Fahrgäste in einen Werwolf verwandelt hat, ich eine junge hübsche Frau vor dem sicheren Tod retten musste, dass es unter London eine riesige Stadt gibt, in der alles ein wenig seltsam ist.« Er hielt das

Buch erneut hoch. »Underground London.« Er seufzte. »Und dass alles, was ich bisher zu wissen glaubte, nun infrage gestellt ist.«

»Es tut mir leid«, sagt Emily.

»Dinge passieren, so ist das Leben«, erwiderte er lakonisch und schwieg einen Moment. »Und jetzt haben wir uns schon wieder zufällig getroffen«, meinte er. »Was wollen wir also tun?«

»Ich kaufe das Buch.« Sie schnappte es sich aus dem Schaufenster.

»John Masefield. The Box of Delights«, las Jeeva.

»Eigentlich kenne ich es auswendig.«

»Es war eines der ersten Bücher, aus denen ich meiner Schwester vorgelesen habe.« Er betrachtete das Taschenbuch über die U-Bahn in seiner Hand. »Aus diesem hier werde ich ihr wohl nicht vorlesen.«

»Ist es das, was passieren wird?«, fragte Emily. »Jeder kauft sein Buch, und dann trennen sich unsere Wege?«

»Wir sind uns zufällig begegnet. Zwei Mal. Vielleicht begegnen wir uns zufällig ein weiteres Mal.«

»Es gibt keine Zufälle«, erwiderte Emily automatisch.

Jeeva Smith nickte. »Was ist mit dem Mädchen, hinter dem alle her sind?«

»Wir werden sie finden.«

»Ich könnte Ihnen dabei helfen«, schlug er vor.

»Warum sollten Sie das tun?«

Er sah sie verwirrt an. »Ich habe gesehen, wie ein Werwolf um mich herum ein Blutbad in der U-Bahn angerichtet hat. Ich glaube nicht an Werwölfe. Aber gestern, ohne Zweifel, da habe ich einen gesehen. Wissen Sie, wie verstörend das ist? Ich kann an nichts anderes mehr denken.« Emily erkannte die Entschlossenheit in seinen Augen. »Etwas stimmt nicht, und das«, be-

tonte er, »macht mir Angst.« Er lachte laut auf. »Diese Welt, die ich gestern gesehen habe, ist für Leute wie Sie vielleicht die normale Wirklichkeit. Für mich ist sie das nicht. Aber etwas stimmt nicht mit dieser Welt, habe ich recht? Etwas ist außer Kontrolle. Ich habe es Ihnen angesehen. Sie waren schon so oft dort unten, und trotzdem hatten Sie Angst.«

Emily zog es vor zu schweigen.

»Das, was hier nicht stimmt«, mutmaßte er, »kann auch diejenigen bedrohen, die nichts davon wissen. So lange will ich nicht warten. Ich will nicht warten, bis eine der Kreaturen, die es da unten zu geben scheint, meine Schwester bedroht.« Er rieb sich die Augen, blinzelte, schaute sie an. »Ich will Ihnen helfen, und ich habe keine Ahnung, warum ich das will. Vielleicht glaube ich ja, dass es das Richtige ist.« Er senkte den Blick. »Vielleicht hilft es mir auch nur, damit klarzukommen, dass ich alle diese Dinge überlebt habe.«

»Was wir vorhaben, ist gefährlich«, gab Emily zu bedenken. »Es gibt schlimmere Orte dort unten als die Knightsbridge.«

»Kein Ort der Welt ist so schlimm wie ein Klassenzimmer«, sagte er.

Emily musste plötzlich lachen.

Jeeva auch.

»Ich vergesse immer, dass Sie Lehrer sind.«

»Assistenzlehrer«, korrigierte er sie.

»Gut, Assistenzlehrer.«

Er klatschte in die Hände. »Nun?«

»Was, nun?«

»Nehmen Sie meine Hilfe an?«

Emily zögerte noch immer. »Wir sind unverabredet in dem Buchladen hier gelandet«, gab sie zu bedenken. »Was hätten

Sie denn getan, wenn wir uns nicht hier über den Weg gelaufen wären?«

»Ich hätte Sie gesucht.«

»Ernsthaft?«

Er nickte. »Ja. Ich kenne doch Ihren Namen, Emily Laing. Dies ist London. Irgendwie hätte ich Sie schon gefunden.«

»Und dann?«

Er lächelte, und sie hatte das Gefühl, sich stundenlang an diesem Lächeln wärmen zu können.

»John Masefield«, sagte eine Stimme wie Zeitungsrascheln, »ist eine gute Wahl.«

Emily zuckte zusammen.

Der Buchhändler, ein Mann mit grauer Strickweste, Fliege, Brille und Schnauzbart, stand hinter der Kasse. Der Mann mit der Jacke, der nicht Jeeva Smith war, verließ den Laden mit einer Büchertüte in der Hand. Sie selbst hatte offenbar den von ihr ausgewählten Titel auf den Kassentresen gelegt und war jetzt dran.

»Ich habe diese Geschichte früher oft gelesen«, gestand sie. »Dies ist eine sehr schöne Ausgabe.«

»Es gibt viele schöne Ausgaben alter Bücher«, sagte der Buchhändler. »Man muss nur nach ihnen suchen, dann findet man sie auch.«

Emily bezahlte das Buch, sah dem Buchhändler dabei zu, wie er es sorgfältig in ein Stück braunes Papier einwickelte und dann in eine Tüte steckte. »Wegen des Wetters«, sagte er und reichte ihr die Tüte. »Und haben Sie Dank, dass Sie in den Laden gekommen sind. Zu viele Menschen meiden wirkliche Läden und gehen einen Pakt mit der Welt ein, die man *online* nennt.«

Emily lächelte. »Ich mag richtige Läden.« *Das Internet,*

dachte sie, *duftet einfach nicht so gut. Man kann nichts anfassen, und es ist nicht halb so inspirierend.*

Dann wünschte sie dem Buchhändler einen guten Tag, ging nach draußen und fand sich im dichten Schneegestöber wieder. Sie steckte die Tüte mit dem Buch in ihre Tasche und presste diese eng an ihren Körper. Bücher, das wusste sie, waren die Kunst, Gedanken *nicht* zu denken.

Manchmal konnte das Leben einfach sein, wenn man sich bewusst machte, was wirklich zählte, und so machte sie sich auf den Weg nach Hampstead Manor, wo sie Wittgenstein anzutreffen hoffte.

Die mächtige Tür, das Läuten, der Efeu an den Wänden, bis hoch hinauf zum Dach – Hampstead Manor kam für sie noch immer, nach all den Jahren, vom Gefühl her einem Zuhause am nächsten. Hier, in diesen Räumlichkeiten, hatte Wittgenstein sie in die Welt der uralten Metropole eingeführt, hier hatte er sie in dem, was eine Trickster ausmachte, geschult. Jetzt wartete sie in dem Schneegestöber, das sich langsam zu einem richtigen Schneesturm auswuchs, darauf, dass ihr jemand öffnete. Die Kälte, die ihr in die Glieder gekrochen war, seit sie die Buchhandlung verlassen hatte, war immer beißender und unerbittlicher geworden. *Die Hölle*, dachte sie, *war einst ein Eispalast.* So hatte sie selbige in Erinnerung, doch so würde sie, das wusste sie, nicht mehr sein.

Sie seufzte, rieb sich die Hände, klingelte erneut. Wartete. Dann endlich hörte sie, wie sich der Schlüssel im Schloss drehte.

Wittgenstein öffnete ihr persönlich, was eigentlich gar nicht seine Art war, aber in Anbetracht der Abwesenheit

Peggottys blieb ihm nichts anderes übrig. »Sie sind spät dran«, kommentierte er ihr Eintreffen. Dann blickte er ihr über die Schulter. »Kalt und weiß. Der Winter, will ich meinen, ist bei uns angekommen.« Er trug den Hausmantel, einen Schal und fingerlose Handschuhe.

»Ich habe versucht, bestimmte Gedanken *nicht* zu denken«, sagte Emily und trat ein.

Wittgenstein schloss die Tür hinter ihr. »Sie sind herumgelaufen«, stellte er fest.

»Ich hatte schlecht geschlafen.«

Er grummelte etwas.

»Und Sie?«

»Gar nicht«, murmelte er. »Also auch nicht schlecht.«

Emily musste schmunzeln. »Sie sind ja ein richtiger Optimist.«

»Immer schon gewesen.«

Sie folgte ihm die Treppe hinauf in den ersten Stock.

»Hat es funktioniert?«

»Was meinen Sie?«

»Den Gedanken, den Sie *nicht* denken wollten, nicht zu denken?«

»Ich habe ein Buch gekauft.«

Er schaute sie an, lächelte. »Sie und Ihre Bücher.«

»*The Box of Delights.*«

»Eine gute Wahl für Zeiten wie diese.«

Sie erreichten den Salon mit dem großen Kamin und der Aussicht auf den Regent's Park. Ein leise knisterndes Feuer wärmte wohlig den Raum, und Emily fragte sich, ob sie diesen Ort jemals wieder würde verlassen wollen. Mit der hohen Decke und den alten Möbeln war er wie eine behagliche Höhle in der winterlichen Stadt.

Wittgenstein ließ sich in seinem Sessel nieder, faltete gedankenverloren die Hände, schaute ins Kaminfeuer. Er wirkte konzentriert. Auf dem kleinen runden Tisch neben dem Sessel ruhte ein Stein, ein grauer Bilderjaspis von der Größe eines Hühnereis. »Ich habe nachgedacht«, sagte Wittgenstein leise, »und einige der alten Stadtpläne durchforstet.« Er deutete auf den Stapel benutzt und vergilbt aussehender Pergamentrollen, die am Fuß des hölzernen Globus mit all den seltsamen Ländern, die sonst nirgendwo verzeichnet waren, lagen. »Wissen Sie, Miss Laing, wir haben ein neues Problem.« Er seufzte bedeutungsschwanger. »Die Zugänge zur Hölle, die wir kannten, existieren nicht mehr.«

Emily zog den Mantel aus, breitete ihn über den Globus, damit er trocknen konnte, betrachtete die alten Karten, ließ sich Zeit.

»Nun ja«, fuhr er fort, »zumindest glauben wir, dass sie nicht mehr existieren.«

»Sie sprechen in Rätseln.«

Er schaute auf, ließ den Bilderjaspis vor seinem Gesicht schweben, betrachtete die Muster, die sich in dem Stein gebildet hatten. Dinge zu bewegen, ohne sie anzufassen, war das, was Wittgenstein zu tun vermochte. Jeder von ihnen hatte ein anderes Talent, alle Trickster waren verschieden. »Lady Mina ist am frühen Morgen aus Hidden Holborn zurückgekehrt«, erklärte er. »Sie schläft jetzt irgendwo da oben auf dem Dachboden, wo all die Kisten herumstehen.« Der Bilderjaspis drehte sich in der Luft um die eigene Achse und bewegte sich vor Wittgensteins Gesicht langsam hin und her.

»Sie war viel unterwegs«, stellte Emily fest. Kein Wunder, dass sie schlafen wollte.

»Ja, sie ist erschöpft.«

Die Nase in den Wind zu stecken, das wusste Emily, konnte wahrhaft anstrengend sein. »Was hat sie in Holborn herausgefunden?« *Der Dachboden*, dachte sie, *ist ein wunderbarer Ort, um richtig auszuschlafen.*

»Die Tunnelstreicher, so Mina, behaupten, dass es keine Zugänge zur Hölle mehr gibt. Sie seien vor zwei Tagen verschwunden, einfach so, ohne Grund.« Nicht, dass es besonders viele Wege dorthin gegeben hätte. Die Hölle war ein seltsamer Ort und dabei so real wie vieles andere auch, was die Menschen fürchteten.

»Woher wollen sie das wissen?«

»Sie hatten ein Auge auf sie.«

Emily fragte sich, was das zu bedeuten hatte. »Aber irgendwo muss es eine Pforte geben.«

»Die Tunnelstreicher haben die Existenz eines Weges, der dorthin führt, auch nicht verneint. Sie teilten Mina nur mit, dass alle Pforten, die ihnen *bekannt* waren, nun nicht mehr da sind.«

»Was heißt das, ›nicht mehr da‹?«

»Verschwunden«, präzisierte Wittgenstein. »Als seien sie nie dort gewesen, wo man sie einst finden konnte.«

Emily ging zum Fenster, berührte die Pflanzen, die dort standen. »Das heißt«, dachte sie laut nach, »wir müssen erst einmal einen Weg finden, der uns hinab in die Hölle führt.« Als wäre das alles nicht schon kompliziert genug!

Nun gut, sie hatte befürchtet, dass es nicht einfach sein würde. Die Vision selbst war schmerzhaft gewesen. Nicht nur, dass sie, wie früher so oft, wenn die Person, durch deren Augen sie zu sehen versuchte, sich gegen den Eindringling sträubte, aus der Nase geblutet hatte, nein, es hatte vor allem wehgetan, weil sie hatte spüren müssen, was Picca *empfand*. Die Verwirrung, Furcht und Ungewissheit. Jenes Gefühl, allein in der Fremde zu sein, umgeben von Menschen, die zwar vorgaben, ihr Gutes zu wollen, aber deren Augen zu selten beim Lächeln glänzten. All das hatte Emily gespürt in jenem kurzen Augenblick letzte Nacht in der Bibliothek.

»Maurice Micklewhite«, teilte ihr Wittgenstein mit, »versucht, Licht in das seltsame Auftauchen des Mädchen zu bringen.«

»Was meinen Sie?«

»Er will die Arachnidenkolonie in der City von Southwark aufsuchen«, erklärte er. Dort, wo die Millennium Bridge die Stadtteile verband, über dem dunklen Fluss. »Er ist davon überzeugt, so herausfinden zu können, was die Spinnen mit der Ermordung des Zauberers in der Zirkuswelt zu tun haben. Nun ja, womöglich hat er recht. Vielleicht gewinnen wir neue Erkenntnisse, wenn wir wissen, *woher* Picca an jenem Abend kam, als sie während der Vorstellung des Zauberers so plötzlich auf der Bühne auftauchte.«

Mit Schaudern erinnerte sich Emily der Spinnenkreatur, die den armen Septimus auf dem Gewissen hatte. »Inwiefern?«

»Er glaubt, dass jemand die Spinnen manipuliert hat.« Wittgenstein ließ den Bilderjaspis wieder auf den Tisch sinken. »Die Arachniden leben seit Jahren friedlich unter uns. Warum sollten sie einen Budenzauberer töten, wenn nicht jemand sie dazu bewogen hat?« Er stand auf, um sich neuen Tee einzuschenken. »Earl Grey«, sagte er. »Möchten Sie auch?«

»Gern.«

»Der Augenmann«, fuhr er fort, reichte Emily die Tasse, setzte sich wieder, »diese seltsame Gestalt, der Sie begegnet sind, läuft noch immer da draußen herum. So, wie Sie es geschildert haben, ist er dazu in der Lage, Menschen zu manipulieren. Warum also nicht auch Arachniden?«

»Keine Ahnung.«

»Wir wissen weder, was er im Schilde führt, noch, in wessen Dienst er steht. Wesen wie der Augenmann handeln selten aus eigenem Antrieb. Vielleicht hat ihn jemand erschaffen.«

»Sie meinen, wie damals den Golem?«

Wittgenstein nickte. »Ja, der Golem von Whitechapel.«

Wieder so eine Geschichte, mit der man Kindern Angst einjagen kann, dachte Emily.

»Der Duke ist jemand, der sich mit Technik und auch mit Magie gut auskennt.« Die Automaten-Männer, die Prothesen, die er selbst trug – womöglich war der Augenmann sein Geschöpf. »Er ist auf der Suche nach Picca, will sie unter allen Umständen in seine Gewalt bringen. Seine Leute suchen nach ihr, seit zwei Tagen. Miss Magwitch ist sogar in der Zirkuswelt aufgetaucht, um nach dem Mädchen Ausschau zu halten. Der Duke, das lässt sich nicht leugnen, hat im Augenblick überall seine Finger im Spiel.« Emily hatte so einen Verdacht, dass alle Spuren, die sie verfolgten, auf die eine oder andere Art beim Duke von Blackheath endeten.

»Seien Sie nicht voreilig«, ermahnte Wittgenstein sie.

Emily nahm ihm gegenüber Platz, nippte an ihrem Tee.

»Wir sehen nur den kleinen Ausschnitt eines sehr, sehr großen Bildes, und das, Miss Laing, ist äußerst gefährlich.« Er warf ihr einen eindringlichen Blick zu. »Das verleitet zu falschen Schlussfolgerungen. Und, noch weitaus fataler, zu falschen Schritten. Genau daran ist irgendwem gelegen. Wir sollen die falschen Schlussfolgerungen ziehen und in die falsche Richtung gehen.«

»Und was *werden* wir tun?«, fragte Emily. Wie sie Wittgenstein kannte, hatte er bereits einen Plan.

»Wir sollten Miss Holland und ihren Gefährten aufsuchen«, schlug er vor.

Emily wusste, warum. Ihnen beiden war klar, dass dieser Schritt, so schwer er ihnen auch fiel, wohl unausweichlich war. »Glauben Sie, dass er uns hilft?«

»John?«

Emily nickte.

Wittgenstein verzog das Gesicht und senkte den Blick.

John Milton war Eliza Hollands Gefährte. Die beiden verband eine Geschichte, die so unglaublich war, dass Emily noch immer Mühe hatte, in den beiden, die seit ein paar Jahren ein Antiquitätengeschäft betrieben, jene zu sehen, die sie tatsächlich waren. Jahrhunderte hatten ihrer Liebe nichts von dem Feuer geraubt, das von Anfang an zwischen ihnen gelodert hatte, und jetzt, da sie sich entschlossen hatten, ein unauffälliges Leben zu führen, waren sie einander so nah, wie Emily es nie auch nur irgendjemandem gewesen war. Sie beneidete die beiden und mochte sie trotz allem, was damals passiert war.

Doch auch das waren Gedanken, die Emily nicht denken wollte.

»Das ist also unser nächster Schritt«, sagte sie schließlich. »Wir müssen einen Weg finden, der uns in die Hölle bringt.«

Wittgenstein nickte nachdenklich.

Emily fragte sich, warum die Zugänge zur Hölle so plötzlich verschwunden waren. Früher war sie ein paarmal dort unten gewesen, sogar in der Wüstenei, die weit und unermesslich und nichts als ein fürchterlicher Glutofen aus Sand, Fieber und Stein gewesen war. Dort hatte Maurice Micklewhite den Tod gefunden. Doch nun, nach all den Jahren, war er, warum auch immer, wieder da.

Sie betrachtete ihren einstigen Mentor und fragte sich, ob sie mit ihm über diese Sache sprechen sollte. Wie würde er reagieren? Zuerst kam sie in seinen Salon geschneit und verkündete, dass London eigentlich verschwunden sei, und dann würde sie nachlegen und behaupten, dass Maurice Micklewhite eigentlich schon tot war.

»Woran denken Sie?«, fragte er, geradeso, als ahnte er, dass sie ein Geheimnis vor ihm hatte.

»An etwas, woran ich eigentlich nicht denken will.« Sie seufzte, beschloss, nichts zu sagen.

»Sie denken an den jungen Mann.«

»Jeeva Smith? Nein.« Sie begegnete dem Blick ihres Mentors. »Ich dachte an die Spinnen.«

»Sie sorgen sich um Micklewhite?«

»Tun Sie das nicht?«

»Er geht in Begleitung eines Tunnelstreichers dorthin«, sagte Wittgenstein. »Das ist sicherer.«

»Ja«, meinte Emily. Die Spinnen sollte man niemals allein aufsuchen. Sie mochte die Arachniden wirklich nicht. Sie machten ihr Angst und waren in der Vergangenheit viel zu oft unberechenbar gewesen. Man wusste nie, woran man bei ihnen war.

»Warum, glauben Sie, sind die Zugänge zur Hölle verschwunden?«

Der Alchemist stellte eine Gegenfrage: »Warum, Miss Laing, fließen alle Flüsse Londons, mit Ausnahme der Themse, in die falsche Richtung? Es ergibt keinen Sinn. Aber sie tun es trotzdem.«

Er betrachtete den Stein, der auf dem Tisch lag, so konzentriert, als wäre in seiner filigranen Musterung die Antwort auf all das verborgen, was sie bewegte. Erneut hob sich der Stein, schwebte ihm vor dem Gesicht, drehte sich langsam, sank nieder, stieg empor, allzeit in Bewegung, wie Wittgensteins Gedanken.

Er nahm den Stein in die Hand, betrachtete ihn. »Wir fischen immer noch im Trüben«, sinnierte er. »Es fehlen uns die Fakten.« Er wirkte ungeduldig. »Ohne die Fakten ist alles, was wir uns ausdenken, reine Spekulation. Deswegen«, betonte er, »müssen auch wir uns auf den Weg machen. Wir müssen Piccadilly Mayfair finden. Sie ist der Schlüssel zu dem Geheimnis, das zu lösen wir uns zur Aufgabe gemacht haben.« Er schürzte die Lippen und nickte vor sich hin. »Außerdem ist Peggotty bei ihr, und, ganz ehrlich, ich weiß nicht, wie ich noch länger ohne sie auskommen soll.«

Das war ebenso verständlich wie irrsinnig. Der Notwendigkeit gehorchend, rief Emily sich ins Gedächtnis zurück, was sie durch Piccas Augen wahrgenommen hatte. Sie hatte einen Zeppelin gesehen. Picca und Peggotty waren beide an Bord gegangen, und er hatte sich in die Luft erhoben. Da war ein Nekir aus dem Dickicht des Dschungels hervorgebrochen.

Sie schüttelte den Kopf. »Die Hölle ist unermesslich«, gab sie zu bedenken. »Selbst wenn wir dorthin gelangen würden – wie sollten wir sie finden?«

»Wenn sie mit dem Luftschiff unterwegs sind«, sagte Wittgenstein, »dann wird es Hinweise auf sie geben. Luftschiffe fliegen nicht in großer Höhe. Jedermann kann sie sehen. Und die Hölle ist voller Wesen, die wir fragen können.«

Emily zog ein Gesicht. Das war das Letzte, was sie hatte hören wollen. Sie war alles andere als begeistert von dem Gedanken, dort hinabzusteigen und sich bei frei umherlaufenden Höllenwesen nach dem Verbleib des Luftschiffs zu erkundigen. Nein, das war nicht ihr Ding, nie und nimmer. Dennoch war ihr klar, dass es keine Alternative zu diesem Vorschlag gab. Sie würden es tun, und vorher, auch das war klar, würden sie herausfinden müssen, welchem Pfad es zu folgen galt.

»Wir werden schon einen Weg finden«, versprach Wittgenstein. Offenbar war er diesbezüglich guter Dinge.

Emily nickte stumm, versank im Anblick des Kaminfeuers. Eine Weile saßen sie so da, schweigend, ruhend, den Tee trinkend, während die Zeit verging.

Dann vernahm Emily ein leises Klingeln, stetig und aus weiter Ferne. Jemand läutete unten an der Tür. Das Geräusch war, hier oben im Salon, kaum zu vernehmen.

Wittgenstein blickte entnervt auf. »Wer, in aller Welt, kann das denn sein?« Er erhob sich widerwillig. »Oh, ich vermisse Peggotty«, grummelte er. »Entschuldigen Sie, ich bin gleich wieder da.«

Damit verließ er den Salon, ging nach unten und ließ Emily mit ihren Gedanken und Mutmaßungen allein.

Die innere Unruhe und Rastlosigkeit, die sie zuvor bei ihrem Mentor verspürt hatte, ergriffen nun auch von ihr Besitz. Nicht zu wissen, was hier vor sich ging, war frustrierend. Sie musste an Aurora und Neil denken, daran, wie sehr die beiden doch zu wissen schienen, was sie vom Leben erwarteten.

Sie stand auf, ging erneut zum Fenster, schaute nach draußen in den Park, betrachtete die Bäume. Auf den kahlen Ästen lag dick der Schnee. Menschen waren im Park keine mehr zu sehen; zu hoch häufte sich das eisige Weiß, und niemand hielt es für nötig, die Wege frei zu schaufeln. Der Himmel barst förmlich vor Schnee; immer neue Flocken fielen hernieder.

Bald ist Weihnachten, dachte Emily, atmete tief durch und nippte an ihrem Earl Grey.

Sie würden sich also gleich ins *Havisham's* begeben, Elizas und Johns Antiquitätengeschäft. Eliza würde nicht erfreut sein, sie unter diesen Umständen wiederzusehen, und John würde ihr vor Augen halten, dass er endgültig mit der Hölle abgeschlossen hatte und nicht die Absicht hegte, *jemals* wieder dorthin zurückzukehren.

Emily versuchte, Ruhe im Anblick des Parks zu finden, doch irgendwie kam ihr alles da draußen nur kalt und feindlich vor.

Dann kehrte Wittgenstein auch schon wieder zurück. Er hielt ein recht großes Paket in den Händen. »Die Post«, verkündete er.

»Für wen ist es?«

Er hielt es hoch. »Für Sie. *Emily Laing*«, las er. »Ihr Name, eindeutig.«

Sie stutzte. »Und von wem?«

»Nun, von *Amazon* ist es nicht.«

Emily warf ihm einen strafenden Blick zu.

»Kein Absender«, sagte er.

Das war in der Tat seltsam. Wer schickte ihr ein Paket nach Hampstead Manor? Sie ertappte sich dabei, an Tristan Marlowe zu denken, aber das war Blödsinn. Tristan lebte in New York, und sie hatten keinen Kontakt mehr. Weshalb sollte er ihr etwas schicken? Doch wer wusste sonst noch, dass ein Paket, das man hier in Marylebone abgab, sie auch tatsächlich erreichte? »Es ist ziemlich schwer«, konstatierte Wittgenstein, dann stellte er es auf den runden Tisch.

Emily schaute sich das Paket an.

Quadratisch, eingewickelt in Packpapier, mit einer Kordel zusammengeschnürt. Die Adresse, deutlich lesbar in einer geschwungenen Handschrift, oben auf dem Paket. Kein Absender.

»War es ein Postbote?«

»Royal Mail, wer sonst?«

Was mochte darin sein?

»Es ist nicht gestempelt. Die Royal Mail versendet nichts ohne Stempel.« Sie schüttelte es vorsichtig. Etwas Großes befand sich darin, ganz sicher.

»Vielleicht ist es ein Weihnachtsgeschenk?«

»Wohl kaum«, grummelte Emily. Ihre Finger nestelten an der Kordel, lösten die Knoten, und dann entfernte sie das braune Packpapier und erblickte eine Holzkiste. Ein weißer Briefumschlag, ganz ohne Beschriftung, war der Sendung beigelegt. Emily öffnete den Umschlag und zog eine Postkarte heraus, auf der das Parlament mit Big Ben abgebildet war, darüber der Vollmond, der die nächtliche Szenerie beleuchtete. Emily drehte die Postkarte um und las, was auf der Rückseite geschrieben stand:

Geht nicht in die Hölle!
Schlimme Dinge können auch anderen widerfahren!

»Seltsam«, sagte sie leise. Doch dann durchfuhr sie der Schreck, völlig unerwartet: Jemand wusste von dem, was gestern Abend in der Bibliothek passiert war. Mit Sicherheit hatte niemand dieses Paket bei der Royal Mail aufgegeben. Wer auch immer es eben unten an der Tür abgegeben hatte oder es hatte abgeben lassen, führte etwas im Schilde. Irgendjemand musste sie dort belauscht haben, in der Bibliothek. Jemand, der nun wusste, dass sie vorhatten, in die Hölle zu gehen, um das Mädchen zu finden.

»Sie sehen blass aus«, stellte Wittgenstein fest.

Emily hielt ihm die Karte hin.

Geht nicht in die Hölle!

»Das ist nicht gut.« Wittgenstein sah sie beunruhigt an.

Schlimme Dinge können auch anderen widerfahren.

Emily dachte an Aurora und Neil. Und an …

»Möchten Sie das Paket öffnen?«

Emily war sich auf einmal nicht mehr sicher. »Ich habe nicht die geringste Ahnung, was es sein könnte.« Das stimmte, sie hatte keine Ahnung, aber sie hatte auf einmal ein ganz mieses Gefühl im Magen, fühlte sich haltlos, verletzlich, überrumpelt.

Dennoch würde sie es öffnen. *Natürlich* würde sie die Holzkiste öffnen. Sie mussten wissen, was man ihnen da schickte.

Geht nicht in die Hölle!

War das eine gut gemeinte Warnung oder eine üble Drohung?

Emily fand eine Verriegelung, die leicht zu öffnen war,

klappte den Deckel der Kiste auf, schaute hinein. Etwas, was in einem durchsichtigen Plastikbeutel steckte, lag darin. Der Plastikbeutel sah irgendwie *fleckig* aus. Sie hob den Beutel vorsichtig an. Dann, als sie sah, was in dem Plastikbeutel war, schrie sie auf. So laut, dass Wittgenstein die Tasse Tee fallen ließ.

Geht nicht in die Hölle ...
Oh, nein.
Schlimme Dinge können auch anderen widerfahren.
Emily hustete, verschluckte sich.
Schlimme Dinge.
Nein, nein, nein!
Anderen ...
Was sie gerade aus der Kiste genommen hatte, fiel zu Boden. Der Schock lähmte Emily. Sie schnappte nach Luft, ihr Herz raste, als würde es zerspringen. *Nein, nein, nein, das kann nicht sein!*, schrie eine Stimme tief in ihrem Innern. Tränen, heiß und salzig, schossen ihr in die Augen. Sie fiel auf die Knie und riss den Plastikbeutel auf und sah das Foto, das jemand der Sendung beigelegt hatte, berührte den Inhalt des Plastikbeutels.

Selbst der Geruch war seiner.
»Miss Laing?«
Ihr war ganz schwach zumute.
Wittgenstein trat neben sie, half ihr auf die Beine, stützte sie mit beiden Armen. Doch das war kein Trost. Nein, es konnte sie nicht von dem ablenken, was da gerade von der Royal Mail oder wem auch immer überbracht worden war.

Emily schrie sich die Seele aus dem Leib, wie wahnsinnig und von Sinnen. Verzweifelt, völlig verängstigt, hilflos. So verdammt, verdammt hilflos.

Sie starrte auf das Bündel, das ihr jemand geschickt hatte.
Geht nicht in die Hölle! Schlimme Dinge können auch anderen widerfahren!

Ja, es war eine fürchterliche Warnung und eine Drohung zugleich. Gemeint war: *Das passiert, wenn ihr nicht auf mich hört! Das passiert auch anderen, wenn ihr in die Hölle geht.* Anderen, die sie gern hatte. Anderen, um die sie sich sorgte. Anderen, ohne die zu leben die Hölle sein würde.

Emily hörte die versteckte Botschaft so laut wie ihre eigene Verzweiflung. Sie schrie, heulte hysterisch. Nicht einmal Wittgenstein konnte ihr helfen, nein, nicht bei dem, was gerade geschehen war. Sie ging erneut in die Knie, zitterte am ganzen Leib. Sie konnte den Blick nicht abwenden von dem, was sich da vor ihr auf dem Boden befand, starrte auf das Foto, das sie hatte fallen lassen, auf das Gesicht auf dem Foto, in die leeren Augen, die sie kannte. Jeeva Smith war tot. Seine braune Lederjacke lag vor ihr, mit frischem Blut behaftet.

Jegliche Kunst, auch nur einen einzigen Gedanken *nicht* mehr zu denken, war tiefstem Schmerz gewichen. Ihr wurde schwarz vor Augen, und die Welt, die gierig war, verschlang sie ohne Erbarmen.

2. Kapitel

The City & Southwark

Maurice Micklewhite traf die zwei Tunnelstreicher, die ihn zur *Wobbly Bridge*, der Wackelbrücke, wie die Millennium Bridge von vielen genannt wurde, begleiten sollten, vor dem mächtigen Gebäude der ehrwürdigen Bank of England. Lady Mina war in Hidden Holborn Miéville über den Weg gelaufen, den Maurice Micklewhite noch von früheren Abenteuern kannte und der, nach einer Phase der rastlosen Wanderschaft, seit einiger Zeit wieder in London weilte. Er hatte sich bereit erklärt, den Elfen zu begleiten. Denn den Arachniden war nicht uneingeschränkt zu trauen, und es empfahl sich seit jeher, ihre Netzstädte nicht allein aufzusuchen.

»Die perfekte Tarnung«, begrüßte ihn Miéville, als Micklewhite aus dem Schatten des riesigen Bankgebäudes trat. Es war noch früh am Morgen, und kaum jemand war unterwegs. Selbst die Wertpapierhändler, die mit ihrem Blut und ihren Seelen den Gottheiten in Canary Wharf huldigten, würden sich erst in ein paar Stunden auf den Weg zu ihren Büros machen.

In der Tat war der lange schneeweiße Mantel mit dem

Pelzkragen – das hartnäckige Gerücht, es könne sich hierbei um das Fell mittlerweile ausgestorbener Laborratten aus dem frühen 19. Jahrhundert handeln, war von Maurice Micklewhite niemals in irgendeiner Form bestätigt worden – überaus gut geeignet, um eins zu werden mit der weißen Schneelandschaft, in die London sich immer mehr verwandelte.

Miéville indes erinnerte an einen Gaukler aus dem Mittelalter, einen kecken Spielmann, an dessen Hut eine Feder steckte und in dessen langes Haar bunte Bänder geflochten waren. »Erlaubt mir, Euch Treswithian vorzustellen.«

»Ebenfalls Streicher aus Holborn«, sagte dieser. Er war noch jung, und Micklewhite fragte sich, welche Schicksalsschläge ihn wohl in die Gemeinschaft der Tunnelstreicher getrieben hatten; er trug die Bänder eines Neulings ins Haar geflochten. Mantel und Mütze hatte er, wie es aussah, auf den Müllmärkten unterhalb der Great Portland Street erstanden.

Micklewhite nickte ihm zu, verneigte sich, und nachdem die Höflichkeiten nun ausgetauscht waren, konnten sie sich auf den Weg machen. Miéville wusste Bescheid, und er hatte Treswithian informiert. Gut so. Nach dem Gespräch letzte Nacht wollte der Elf endlich Klarheit schaffen, wo man Klarheit schaffen konnte. Zu viele Fragen standen im Raum, und die Zeit rannte ihnen davon, das spürte er. London veränderte sich an allen Ecken und Enden, und das, ohne dass sie es richtig zu deuten vermochten.

Von der City war es jetzt ein Katzensprung bis zum dunklen Fluss und zur Brücke, die auch heute so flach erschien, dass man den Eindruck hatte, dass dort ein gerader Weg über den Fluss führte.

»Ein weiterer Stadtteil, munkelt man, ist letzte Nacht verschwunden«, sagte Treswithian fast beiläufig. »Tooting Bec, im Süden.«

Micklewhite nahm das nur nickend zur Kenntnis. Er dachte an das, was vor ihnen lag. Auf die Spinnen und die Brücke musste er sich konzentrieren, alles andere würde sich hoffentlich später klären lassen.

So erreichten sie die *Wobbly Bridge*, die heute, im Schneesturm, der über dem Fluss noch heftiger tobte als in den Straßen, so ruhig dalag wie selten sonst, vollkommen unbenutzt und nicht geräumt.

Die Millennium Bridge war eine breite Fußgängerbrücke, die sich erst seit einigen Jahren über die Themse spannte und Southwark im Süden mit der City im Norden verband. Auf der einen Seite, am Nordufer, erhob sich ehrwürdig die St. Paul's Cathedral, im Süden, am anderen Ufer, die Tate Gallery of Modern Art und das Globe Theatre, in dessen berühmtem Vorbild Master Shakespeare einst seine Stücke aufführte, von denen so manch eines von den staubigen Geheimnissen der uralten Metropole beeinflusst worden war.

Als die Brücke, die auf zwei Pfeilern stand und von mächtigen Tragseilen gehalten wurde, erstmals für die Öffentlichkeit freigegeben wurde, waren unerwartet Probleme aufgetreten. Die Brücke schwang plötzlich hin und her, wenn sich zu viele Personen gleichzeitig auf ihr befanden. Man fand heraus, dass die Fußgänger, wenn die Brücke leicht zu schwingen begann, diese Schwingungen mit ihren Schritten und Bewegungen auszugleichen versuchten, was am Ende dazu führte, dass sich alle Fußgänger unbewusst im gleichen Rhythmus bewegten, was die Schwingungen noch verstärkte. Das Problem war, dass es keine Lösung für dieses Problem gab, und so hatten die Boroughs der City und Southwarks beschlossen, die Spinnen um Rat zu fragen. Keiner konnte besser mit Schwingungen, Netzen, Stahlseilen, Hängebrücken und dergleichen umgehen als die Arachniden. In Menschengestalt fanden sie in Windeseile eine Lösung für das Problem. Als Gegenleistung verlangten sie nur, als Spinnen in den beiden Pfeilern, die nach unten hin breiter wurden und deren Sockel weitläufig waren, ihr neues Nest errichten zu dürfen, nachdem die alte Arachnidenkolonie während der Unruhen im Zuge der Manderley-Krise zugrunde gegangen war und die Überlebenden seither auf Wanderschaft durch die Metropole gewesen waren.

Jetzt lebten die Spinnen also seit ein paar Jahren dort unten, in den mächtigen Pfeilern, die größtenteils unter der Wasseroberfläche lagen. Sie verhielten sich ruhig, machten kein Aufhebens, fügten sich in das Leben, das in der Stadt unter der Stadt pulsierte, und erst der Mord an Septimus, dem Zauberer, ließ befürchten, dass die Arachniden ihre alten Verhaltensmuster wiederaufleben ließen.

»Mit den Spinnen zu verhandeln kann sehr kompliziert sein«, warnte Miéville, als sie die Brücke betraten. »Am besten, Ihr überlasst das mir.«

Micklewhite hatte nichts dagegen einzuwenden. »Deswegen, Miéville, habe ich um Eure Begleitung gebeten«, sagte er.

Mit gesenkten Häuptern überquerten sie die tief verschneite Brücke, die trotz des Sturms nur ganz leicht schaukelte.

Dicke Flocken wirbelten über dem grauen Fluss, und Maurice Micklewhite musste mit Besorgnis sehen, dass die Themse schon fast zugefroren war. Schnee sammelte sich auf dem Eis, und es hatte den Anschein, als erstreckte sich dort, wo vor Tagen noch der rastlose dunkle Fluss gewesen war, nun eine weitläufige Ebene, an deren Rändern sich die Gebäude der City und jene Southwarks erhoben.

»Dort drüben!« Miéville deutete nach vorn, wo für Micklewhite absolut nichts zu erkennen war.

»Dort drüben, neben dem Pfeiler, befindet sich der Eingang.«

Erst als sie dort ankamen und die beiden Tunnelstreicher mit den Stiefeln eine Luke im Boden freilegten, wusste Micklewhite, dass sie am Ziel angekommen waren.

Miéville bückte sich, öffnete die Falltür. Darunter befand sich eine weitere Tür, schneeweiß schimmernd. Erst beim näheren Hinsehen erkannte Micklewhite, dass es gar keine weitere Falltür aus Stahl war, sondern ein filigranes Gebilde aus Spinnennetzen, kunstvoll gewoben von Abertausenden winziger Tiere, die irgendwo in dem mächtigen Bauwerk, auf dem sie gerade standen, leben mussten. Miéville legte die Hand flach auf das Spinnengewebe und erzeugte mit Zunge und Kehlkopf Klick- und Klacklaute. Es klang befremdlich, als träte jemand auf Popcorn.

Das Klicken und Klacken wurde aus der Dunkelheit, die hinter der Falltür lag, wie es schien, von Abertausenden von Wesen erwidert.

Miéville ließ die aufbrausend wuselnden Geräusche, die anschließend aus dem Inneren des Pfeilers nach draußen drangen, ein wenig verebben. Erst dann durchstieß er das Kunstwerk, schob die Netze vorsichtig beiseite und öffnete den Zugang zu der verborgenen Kolonie der Arachniden im Inneren der Brücke.

»Hereinspaziert«, sagte er und verschwand schnell wie ein Schatten in der Dunkelheit.

Maurice Micklewhite und Treswithian blieb gar nichts anderes übrig, als ihm zu folgen.

Sie schalteten ihre Taschenlampen an.

Drinnen befand sich ein Treppenhaus, das in die Tiefe führte. Die Finsternis und der Hall der Stimmen ließen einen großen Raum erahnen. Die Schritte echoten von den Wänden wider, als befände man sich in einer Höhle.

»Es geht abwärts«, murmelte Micklewhite. Ihm war nicht besonders wohl bei dem Gedanken an das, was sie vorhatten. Etwas Weiches schwebte unsichtbar irgendwo in der Luft und legte sich auf sein Gesicht.

Er erschrak.

»Spinnenfäden«, hörte er Treswithian sagen.

Ja, darum musste es sich handeln.

Feine Fäden!

Der Streicher ging dicht vor ihm her und wischte sich angewidert die Spinnenfäden aus dem Gesicht. Überall waren sie, winzige Teile klebriger Netze. Sie schwebten unendlich fein durch das Dunkel innerhalb des Pfeilers wie durch einen riesigen Keller. Es roch von tief, tief unten nach den Fluten der Themse, modrig und nach Fäule, eisig und grau. Maurice Micklewhite musste unwillkürlich an alte Gräber und an die unterirdischen Hügel von Moorgate denken.

»Wir sollten wirklich vorsichtiger sein«, murmelte er.

Treswithian flüsterte nur. »Miéville weiß, was er tut.« Besorgt wirkte er dennoch.

»Na, hoffentlich.«

Es war ein gemauertes Gewölbe, in das Miéville sie führte. Es gab keine Fenster und nur eine schmale Stahltreppe, die wie eine Spirale in die Tiefe führte. Wenn dies eine Falle war, dann wäre der einzige Weg, der hinausführte, derjenige, auf dem sie jetzt herkamen.

Maurice Micklewhite hatte kein gutes Gefühl bei der Sache. Seine Besorgnis wurde immer ausgeprägter, je tiefer sie sich in den Brückenpfeiler vorwagten.

Überall an den feuchten Wänden, das erkannte er jetzt, befanden sich Zeichnungen. Er erkannte große Kräne auf Schiffen und Gerüste, auf denen sich Menschen befanden. Dann veränderten sich die Darstellungen. Je tiefer sie hinabstiegen, desto andersartiger, *spinnengeprägter* wurden die Bilder. Netze waren auf ihnen zwischen den Drahtseilkonstruktionen gespannt. Spinnen krabbelten im gleißenden Licht der Sonne auf den Netzen herum, erbauten, was von Menschenhand nicht zu erschaffen gewesen wäre. Ja, die Brücke sah auf diesen Bildern wie ein einziges riesiges Spinnennetz aus. Ein Spinnennetz, hinter dem sich die St. Paul's Cathedral und die City erhoben und im gleißenden Sonnenlicht glänzten.

Dass die Arachniden den Menschen bei der Errichtung und Stabilisierung der Brücke geholfen hatten, stand außer Frage.

»Sie sind da«, flüsterte Miéville und blieb stehen.

Maurice Micklewhite schaute auf.

Ja, er spürte es.

Dann *sah* er es.

Er sah es, weil es Lichter gab. Lichter, die lebendig schienen.

Schemenhafte Wesen schwebten zwischen den Spinnenfäden in der Nähe der Treppe umher, und eine sanfte, stille Leuchtkraft ging von ihnen allen aus.

»Was, in aller Welt, ist das?«, fragte er.

Erst jetzt, da die Lichter in Scharen durch die Finsternis schwebten, fiel ihm auf, dass es hier unten keine Lampen gab, nicht eine einzige, und dass die Taschenlampen bisher die einzigen Lichtquellen gewesen waren. Und er vernahm ein leises Summen.

»Sind die Lichter etwa Glühwürmchen?«, erkundigte sich der Elf, dem diese Wesen hier völlig fremd waren. Die Arachnidenkolonie, die er gekannt hatte, vor Jahren, war anders gewesen. Dunkler.

»Keine Glühwürmchen. Das sind die Geister der Spinnen, die starben, als die Brücke erbaut wurde«, flüsterte Miéville. »Sie sind jetzt Geisterlichter.«

Treswithian sagte nichts, staunte nur.

Das Schöne an der Jugend, dachte der Elf, *ist, dass man so viele Dinge zum ersten Mal erlebt und alles naiv bestaunen kann.*

Er starrte die hellen Schemen an und erkannte an den Lichtwesen die vielen dünnen Beine, fast unsichtbar, immer acht an der Zahl.

Das also steckte hinter den Geisterlichtern.

Verlorene Seelen.

Manchmal verlor man die Fähigkeit zu staunen auch nicht, wenn man wirklich sehr, sehr alt war: Fasziniert folgte er jeder ihrer Bewegungen, die auf ihn anmutig wirkten und fein.

Und dann, im Schein dieser Geisterlichter, erkannte Maurice Micklewhite ein geradezu monströs überdimensionales Spinnennetz, das ihn frösteln ließ.

»Das Netz ist gewaltig«, murmelte Treswithian und blieb wie angewurzelt stehen.

Micklewhite war beeindruckt. Niemals hätte er gedacht, dass er je ein derart großes Spinnennetz zu sehen bekäme. Er war in Karnak gewesen, in Zinj und Rom und an vielen anderen Orten, an denen Getier die Herrschaft übernommen hatte, doch … Nein, es war nicht nur ein einziges Spinnennetz. Es sah nur so aus. Ähnlich wie Häuser in einer großen Stadt waren hier Tausende und Abertausende von einzelnen kleinen und großen Spinnennetzen miteinander verbunden. Sie schufen Wege, und Spinnenleiber krabbelten an ihnen entlang. Kokons waren überall in die Netze verwoben. Sie pulsierten, schienen zu leben und zu atmen. Auch Skelette von Menschen und Tieren baumelten in den Netzen. Wenn ein Luftzug sie berührte, dann streckten sie sich, als sei in ihnen ebenfalls noch Leben.

Über die Netze krabbelten Millionen von kleinen Leibern, die jetzt, da sie die Neuankömmlinge bemerkten, in Bewegung gerieten, sich teils abseilten.

»Wir müssen ruhig bleiben«, riet ihnen Miéville, »und freundlich sein.«

Treswithian war wie erstarrt. Er konnte den Blick nicht von den menschlichen Skeletten lösen. Damit hatte er wohl nicht gerechnet. »Den Ratschlag hätten unsere Vorgänger auch berücksichtigen sollen«, murmelte er. Waren das etwa auch Tunnelstreicher, die mit einem Anliegen hierhergekommen waren? Oder hatten sie sich nur verirrt?

»Die Arachniden sind höflich, wenn man sie nicht reizt.« Miéville senkte den Kopf und wartete, produzierte ein paar klickende und klackende Geräusche, schwieg.

»Was tut er da?«, presste Treswithian, an den Elfen gewandt, zwischen den Zähnen hervor.

»Er ist höflich«, flüsterte Micklewhite zurück und trat dicht neben den jungen Tunnelstreicher.

Beiden war nicht gerade wohl zumute.

Die Spinnen bewegten sich unglaublich schnell auf ihren acht Beinen. Näherten sich ihnen. Manche schwebten wie schwarze Sterne mitten in dem bodenlosen Nichts aus Nacht, andere krabbelten über die allgegenwärtigen Fäden.

Da waren dürre Weberknechte und fette Kellerspinnen mit pechschwarzen Leibern, behaarte Wolfsspinnen und schwarze Witwen, Spinnen, die durchsichtig wirkten, nass glänzende Wasserspinnen und mit spitzen Stacheln bewehrte Sarazenenspinnen, riesenhafte Kamelspinnen und sogar einige Arten, die man nur selten in diesen Breiten zu Gesicht bekam.

Es war eine Flut von Leibern, die aus der Finsternis kamen, von überallher. Sie krabbelten emsig übereinander, plumpsten auf die Treppenstufen und begannen sich zu Klumpen zu formen. Mehr und mehr wuchsen diese Klumpen nach oben.

Maurice Micklewhite musste an die Geschichte von der einsamen Spinne, dem arglosen Träumer und dem hungrigen Wolf denken.

»Sie formen einen Körper«, entfuhr es ihm.

Es ging schnell, unglaublich schnell.

Es war einmal ein junger Mann, der zu müde war, um das

Haus aufzuräumen. Er versäumte es, die giftige Spinne zu töten, die an der Decke in ihrem Netz saß. Er schlief ein, und in seiner Nachlässigkeit vergaß er auch, die Tür zu verriegeln. Die Spinne, die einsam war, rief aus dem Wald, der das Haus umgab, den Wolf herbei, und so kam der hungrige Wolf und fraß den Träumer, der auf dem Boden der Küche eingeschlafen war. Satt und zufrieden ruhte sich der Wolf anschließend aus, doch noch in derselben Nacht bat ihn die Spinne, sie zum Dank für ihren Dienst zum nächsten Haus zu tragen, in dem andere Spinnen lebten, denn die Spinne wollte nicht länger allein sein. So lief der Wolf mit ihr los, doch waren sie noch nicht weit gekommen, da stach die Spinne den Wolf. Der Wolf sagte sterbend, dass dies ihrer beider Tod sein würde. Die Spinne, die wusste, dass sie nun einsam im Wald erfrieren würde, erwiderte bedauernd, dass es nun mal ihre Natur sei zu stechen.

Micklewhite hatte diese Geschichte nie gemocht. Die Moral war zu nah an der Wirklichkeit.

Und ausgerechnet jetzt, hier unten, fiel sie ihm wieder ein.

Es gibt keine Zufälle, hätte Wittgenstein dazu wohl gesagt.

Der Elf starrte den Klumpen wuselnder Leiber an, ließ ihn nicht aus den Augen. Nein, er wollte nicht so enden wie der Wolf. Niemals.

»Es sind erstaunlich viele«, hörte er Miéville sagen.

Binnen Sekunden flossen all die kleinen Spinnen nun zu zwei Körpern zusammen, die, jeder für sich genommen, größer als Micklewhite waren. Sie besaßen Arme und Beine, einen Kopf, einen Hals. Das Ergebnis war eine Art Mensch, an dem alles fortwährend in Bewegung war, bestehend aus Hunderten kleiner Spinnen, die mit ihren

Leibern den großen Körper formten. Sie bewegten sich wuselnd, krabbelten übereinander, hielten einander fest, agierten gemeinsam wie ein einziges Wesen. Sie imitierten ein Gesicht, tief liegende Augen, einen Mund und sogar eine Nase, Kinn und Wangen. Doch alles blieb eben ständig in Bewegung, sodass die Erscheinung irgendwie *unscharf* wirkte.

Hunderte von Mandibeln bewegten sich gleichzeitig. Sie machten Geräusche, die dem Klicken und Klacken des Tunnelstreichers von vorhin sehr nahe kamen.

»Wir grüßen euch«, sagte Miéville und verneigte sich.

Er bedeutete Treswithian und Maurice Micklewhite, seinem Beispiel zu folgen, und beide verloren keine Zeit, dieser Aufforderung nachzukommen.

»Was führt euch her, Streicher?«, knackte es aus den vielen Mündern wie Feuer. Die Laute aus den Kiefern wurden zu richtigen Worten.

Der erste Spinnenmann trat näher an Miéville heran, und sein wuselndes Gesicht zerfloss ständig zu neuen Ausdrücken, die losgelöst waren von dem, was er sagte. »Warum kommt ihr zu uns in die Kolonie, obwohl ihr doch genau wisst, dass wir immerzu hungrig sind?«

Maurice Micklewhite warf Miéville einen besorgten Blick zu. Hungrig? Das hörte sich nicht gut an.

Treswithian sah so aus, als denke er genau das Gleiche.

»Wir erbitten eure Hilfe«, sagte Micklewhite daher rasch und stellte sich vor.

»Warum sollten wir euch helfen?«

»Man sagt, dass jemand euch manipuliert hat«, behauptete Micklewhite dreist. Er wusste, dass es nicht ungefährlich war, die Spinnen derart zu provozieren, doch war ein direktes, offenes Wort meist besser als langsame Diplomatie.

»Wer behauptet das?«, wollte der Spinnenmann wissen. Dicke Kreuzspinnen fielen ihm aus den Augenhöhlen, seilten sich ab, baumelten kurz am Kinn hinab, wurden dann ein Teil der Wangen.

»Ich bin ein Tunnelstreicher«, unterstützte Miéville des Elfen Spiel. »Ich streiche durch die uralte Metropole und lausche dem, was geredet wird. Ein Arachnide hat einen Mord begangen, an einem Zauberkünstler namens Septimus, drüben in der Sphäre, der Zirkuswelt, am Piccadilly Circus.«

Die beiden Arachniden kamen näher. Sie wuchsen noch immer, waren riesengroß.

»Das«, fauchte der eine, »erzählt man sich also, Tunnelstreicher?«

Miéville schaute in das schnell zerfließende und neu entstehende Gesicht aus winzigen Leibern.

»Man sagt, dass die Spinnen einen neuen Herrn haben«, erwiderte Maurice Micklewhite und beobachtete, wie die große Gestalt leicht vibrierte. Es sah aus, als würde sie erzittern. Ob sie erzürnt war, vermochte er indes nicht zu beurteilen.

»Keinen neuen Herrn«, sagte der Spinnenmann. »Wir sind viele. Es ist eine Stimme, die wir hören.«

Eine Stimme?

»Dann gebt ihr es zu?«

»Etwas ist in unser Bewusstsein eingedrungen und flüstert uns zu.« Sie dachten nur im Kollektiv. »Dieses Etwas hat uns gezwungen, den Menschen zu töten.«

Maurice Micklewhite erinnerte sich an das, was Emily

berichtet hatte. Die Spinnen hatten den Körper ihres Opfers von innen her getötet. Sie waren alle *in seinem Innern* gewesen.

»Habt ihr ihn auf die traditionelle Art getötet?«

»Nein«, sagte der Spinnenmann. »Wir sollten in Erfahrung bringen, was er gesehen hat.«

Nun, das war interessant, eine Neuigkeit. Jemand hatte also nicht nur den Zeugen beseitigen, sondern zuvor auch erfahren wollen, was genau er gesehen hatte. Was implizierte, dass der Auftraggeber – wer immer dieser auch sein mochte – selbst nicht wusste, was sich dort exakt zugetragen hatte.

»Ihr könntet uns helfen, indem ihr uns mitteilt, was ihr wisst«, bat der Elf.

»Was seid ihr für diesen Dienst im Gegenzug zu tun bereit?«, fragte der Spinnenmann.

Micklewhite dachte nach, die anderen ebenso. Ein Tauschgeschäft? Damit hatte er nicht gerechnet.

»Ihr könnt uns nähren. Wir sind so durstig«, sagte der zweite Spinnenmann. »Es ist kalt und Winterzeit.« Der Mund in seinem Gesicht wurde groß und breit, reichte von einem Ohr bis zum anderen.

Maurice Micklewhite fragte sich insgeheim, ob er ein Lächeln imitieren wollte oder ob es sich bei der Fratze um eine Drohgebärde handelte. Ihm fielen die Überreste von Menschen und Tieren wieder ein, die überall in den Netzen hingen, und mit einem Mal fühlte er sich nicht mehr ganz so zuversichtlich wie noch zuvor.

»Wenn ihr uns jetzt tötet«, sagte Miéville schnell, »dann werdet ihr nicht erfahren, wer euch manipuliert hat.«

Die Spinnenleute schwiegen.

»Wir können euch helfen herauszufinden, zu wem die Stimme gehört.« Es war wie Poker, nur gefährlicher.

»Könnt ihr das?«, fragten die Spinnenleute gleichzeitig.

Sie traten aufeinander zu und berührten sich mit den Händen, tauschten Spinnen aus. Es wirkte, als flössen die beiden Leiber zusammen, als würden Finger eins, um sich kurz darauf wieder zu trennen.

Der Spinnenmann schwieg, dann sagte er mit leisen Klackgeräuschen: »Die Spinnen erinnern sich nicht mehr an alles. Wir sind krank.«

»Was heißt das?«

»Wenn wir schwach sind, dann verändert sich unser Bewusstsein.«

Keiner ihrer drei Besucher wusste, was sie damit meinten.

»Die Spinnen schlafen nicht mehr. Sie müssen wach bleiben.«

Maurice Micklewhite fragte sich, ob Spinnen überhaupt jemals schliefen. Bisher war er immer davon ausgegangen, dass Spinnentiere niemals schliefen, sondern sich nur ausruhten, wenn sie so regungslos in ihren Verstecken lauerten.

»*Warum* schlafen die Spinnen nicht mehr?«, fragte Miéville.

»Diejenigen von uns«, antwortete der Spinnenmann mit einem Schnalzen in der rauen Stimme, »die schlafen, erinnern sich nicht mehr an das, was sie geträumt haben. Die Spinnen, die am Piccadilly Circus getötet haben, sind eingeschlafen, und dann haben sie diese neue Stimme vernommen, die nicht unser aller Stimme war.«

Miéville nickte nur. »Ihr glaubt, dass ihr nicht beeinflusst werdet, wenn ihr wach bleibt?«

»Die fremde Stimme, für die wir keinen Namen haben«, erklärte der Spinnenmann, »schleicht sich an uns heran, wenn wir träumen. Sie flüstert Befehle, und wir gehorchen ihr.« Er klickte, klackte. »Ich sehe euch eure Verwirrung an.« Die Spinnen in seinem Gesicht formten ernste Züge. »Wir hatten die Fähigkeit zu träumen vor langer Zeit geschenkt bekommen. Ihr kennt doch die Geschichte von Spinne, Stachel und Stern.« Es war keine Frage. »Wer ein Bewusstsein hat, der vermag auch zu träumen. Es ist eigentlich ganz einfach. Wenn wir in dieser Gestalt leben, wenn aus vielen einer wird, dann können wir träumen. Wir haben es gern getan, weil es etwas war, was uns gefallen hat. Träume haben unsere Welt größer gemacht. So haben wir auch all das hier erschaffen können. Arup, Foster & Caro, die diese Brücke entworfen haben, haben uns um Hilfe gebeten. Wir flossen zusammen und dachten alle nur einen einzigen Gedanken. Wir halfen ihnen mit der Brücke. Zuvor schon träumten wir einen gemeinsamen Traum, noch viel schöner als der andere, und erblickten das größte Spinnennetz, das London je gesehen hat.«

Micklewhite wusste, dass sie das Riesenrad meinten. »Das London Eye.«

»Ja, denn wir waren eine Stimme, und wir konnten Welten erschaffen. Welten, die uns sonst verschlossen geblieben wären.« Die kleinen Mandibeln machten ein wehmütiges Seufzen nach. »Doch jetzt richten sich die Träume gegen uns.«

Der andere Spinnenmann, der sich bisher zurückgehalten hatte, fuhr fort: »Wir können nichts dagegen tun. Wir bleiben wach, wenn wir menschliche Gestalt angenommen haben, und wenn wir das tun, dann kann es sein, dass jemand über uns gebietet.«

»Weil ihr dann schwach seid? Müde infolge des Schlafmangels?« Es war ein Dilemma. Wenn sie schliefen, dann waren sie anfällig für die geheimnisvolle Stimme; mieden sie aber den Schlaf, dann waren sie in wachem Zustand schwach und ebenfalls anfällig für das Wispern der fremden Stimme.

»Aber ihr könntet doch schlafen, wenn ihr nur einzelne Spinnen seid«, sagte der Elf. Zugleich fragte er sich, wem genau diese geheimnisvolle Stimme gehören mochte, und natürlich dachte er dabei an den Augenmann.

»Einzeln und allein vermögen wir nicht zu träumen, nur gemeinsam gelingt es uns.« Der Arachnide imitierte neuerlich ein Seufzen. »Wer einmal in seinem Leben geträumt hat, der will dies wieder und wieder tun. Es ist wie Opium, wie alle diese Substanzen, die Menschen benutzen, um ihr Bewusstsein zu erweitern. Wir können auf die Träume nicht verzichten. Zu lange haben wir in ihnen gelebt, Tag für Tag, Zeitalter um Zeitalter.«

»Ihr meint, ihr seid süchtig danach?« Sie wollten nicht allein schlafen, weil sie dann keine Träume hatten?

Der Spinnenmann nickte. Viele Spinnentiere fielen ihm aus dem Körper, sammelten sich wuselnd am Boden und wurden erneut Teil seiner Gliedmaßen. »Ja, das sind wir.«

»Doch jetzt«, betonte der andere Spinnenmann, »können wir nicht mehr träumen.«

»Wenn wir es tun, dann sind wir schwach.«

»Und wenn wir es nicht tun, dann sind wir auch schwach.«

Maurice Micklewhite und Miéville wechselten Blicke. Fragen über Fragen. Und immer noch keine richtigen Antworten.

»Ihr seht es jetzt. Das ist das Leid, das uns befallen hat«, beendete der Spinnenmann seine Rede.

»Und ihr habt ein Mittel dagegen?«, wollte nun der zweite Spinnenmann wissen.

»Nein.« Miéville straffte sich und trat auf den Arachniden zu. »Aber wir können euch trotzdem helfen.«

»Wenn ihr wisst, wem die Stimme gehört«, sagte Micklewhite, »dann könnt ihr ihn ausfindig machen und töten.« Er ließ sein Gegenüber nicht aus den Augen. »Er wird euch in Ruhe lassen, wenn er nicht mehr lebt. Oder, auch das ist möglich, wir übernehmen das. Ihn zu töten, meine ich. Was am Ende wohl auf das Gleiche herauskommt.«

Die Spinnenwesen schwiegen, dachten nach, *lauerten*.

Maurice Micklewhite wartete. Er hatte wirklich kein gutes Gefühl bei der Sache, nein, ganz und gar nicht. Die Spinnen in den Gestalten wuselten immer aufgeregter hin und her. Es sah aus, als hielten sie Zwiesprache miteinander.

»Wenn ihr uns nicht helfen könnt«, sagte schließlich der erste Spinnenmann.

»Dann seid ihr nutzlos«, fuhr der zweite Spinnenmann fort.

Beide näherten sich dem Tunnelstreicher, wirkten mit einem Mal noch bedrohlicher.

»Haltet ein!« Miéville hob die Hand.

»Wir können euch helfen!« Hatten sie denn nicht richtig zugehört? »Wenn ihr uns sagt, was wir wissen wollen, dann finden wir denjenigen, dessen Stimme euch krank macht.« Maurice Micklewhite erwähnte den Augenmann und was er mit den Fahrgästen in der U-Bahn-Station Tottenham Court Road gemacht hatte.

»Augenmann?«, zischte der Arachnide, der Miéville am nächsten war.

»So wird er genannt«, antwortete der.

»Weil er keine Augen hat«, erklärte Micklewhite.

»Was kann man gegen ihn tun?«, wollte der Spinnenmann wissen.

»Das vermögen wir noch nicht zu sagen. Aber wir versuchen, ein Rätsel zu lösen. Und des Rätsels Lösung bringt uns der Antwort näher, wer dieser Augenmann ist und was man gegen ihn unternehmen kann. Und eure Befreiung, will ich meinen, hängt mit unserem Rätsel zusammen.«

»Wie können wir euch helfen?«, fragte der Arachnide. Die Spinnen in seinen Augen drängten sich dicht an dicht zusammen, sodass sein Blick dunkel wurde. Es sah aus, als runzlte er die Stirn und grübelte.

»Schildert uns die Erinnerungen des Zauberers«, erwiderte Micklewhite. Es war Zeit, die Katze aus dem Sack zu lassen. »Wenn ihr *in ihm* wart, dann wisst ihr, was er gesehen hat.«

Die Wesen hielten argwöhnisch inne. Ihre Gesichter veränderten sich jetzt immer schneller.

»Während der abendlichen Vorstellung«, sagte der Elf, »ist ein Kind am Piccadilly Circus aufgetaucht. Septimus war Zeuge dessen, was geschah. Und wir würden es ebenfalls gern wissen.«

Oben in den Netzen erwachten weitere Spinnen zum Leben.

Sie näherten sich der Stelle, an der Maurice Micklewhite, Treswithian und Miéville standen. Ihre kleinen Leiber ließen die feinen Fäden erbeben. Die ganze Kolonie schien jetzt alarmiert.

»Nun gut«, klickte und klackte die Spinnenstimme, »hört zu, wir erinnern uns.« Der Mund des Arachniden zuckte, und die unzähligen Spinnen, aus denen er bestand, erzeugten die Worte. »Wir verzehrten seine Gedanken, als wir in seinem Kopf waren.«

Maurice Micklewhite erschauderte bei der bloßen Vorstellung, was diese Wesen zu tun vermochten. »Was ist passiert?«

»Er vollführte einen Zaubertrick auf der Bühne, die schwebte. Da war ein Gemälde, das die Stadt zeigte. London. Ein Bild von früher. Dann kam eine Frau auf die Bühne, stellte sich vor das Bild, und Meister Septimus breitete ein großes Tuch über ihr und dem Bild aus. Er rezitierte seine Zaubersprüche, und als er das Tuch zur Seite zog, war die hübsche Frau nicht mehr da. Normalerweise stand die Frau dann irgendwo in dem Bild, und man konnte sie erkennen, wenn man näher heranging. Aber an diesem Abend war alles anders: Als er das Tuch fortzog, war seine Gehilfin zwar verschwunden, doch an ihrer Stelle stand dort jemand, der noch nicht ganz fertig war. Septimus war verblüfft. Ja, wir spürten seine Verwirrung. Selbst als er starb, war er noch völlig verwirrt und glaubte, dass es etwas mit dem Mädchen zu tun hatte, dass er sterben musste.«

Maurice Micklewhite fragte sich, was genau der Spinnenmann damit meinte.

»Die Gestalt, die anstelle des Gemäldes und der Frau auftauchte«, fuhr der Arachnide klickend und klackend fort, »war klein, dann groß, mal Frau, mal Kind, plötzlich wieder älter, mit anderen Gesichtern, aber ähnlich. Es ging so schnell, dass Septimus es nur tatenlos registrierte, aber am Ende stand da ein kleines Mädchen. Das Bild blieb verschwunden. Das Mädchen wusste seinen Namen nicht.«

Der Spinnenmann brach ab, verlor für einen kurzen Moment seine Form, stellte diese wieder her.

Maurice Micklewhite versuchte unterdessen, aus dem, was er gerade gehört hatte, schlau zu werden. Nichts davon ließ jedenfalls darauf schließen, dass Picadilly Mayfair die Tochter des Duke war.

»Etwas stimmt da nicht«, warnte Miéville.

Der Elf starrte den Spinnenmann an.

»Die Stimme ist wieder da«, sagte der nur.

»Was ist mit euch?«, fragte Miéville, und jetzt hatte Micklewhite ein ganz mieses Gefühl.

»Ihr stellt zu viele Fragen«, sagte der Spinnenmann, und das war der Moment, in dem Bewegung in die Spinnenleiber kam: Ohne Vorwarnung fielen die beiden Arachniden über den jungen Tunnelstreicher, der ihnen am nächsten stand, her.

Treswithian schrie auf, aber dann füllten die kleinen Leiber schon seinen Mund, strömten in ihn hinein, erstickten, was immer er noch hatte äußern wollen, schnell und hungrig.

Maurice Micklewhite war wie gelähmt, Miéville ebenso.

Der Elf hatte das Gefühl, als würde die Dunkelheit auf

einmal in Bewegung geraten. Die Fäden, die den Raum durchzogen, begannen zu schwingen, als Abertausende von Spinnen aufgeregt an ihnen hinabkletterten.

Die Stimme ist wieder da.
Ihr stellt zu viele Fragen.

Eigentlich hätte Micklewhite schon viel eher darauf kommen müssen. Warum war er so naiv gewesen? Dabei lag es auf der Hand: Die Spinnen waren müde, schlaflos, eine leichte Beute für den Augenmann. Er brauchte nur die Gewalt über einige von ihnen zu erlangen, und schon wisperte seine Stimme im ganzen Kollektiv. Die Kolonie gehörte jetzt ihm allein; er war die einzige Stimme, auf die sie hörten.

»Raus hier«, zischte Miéville.

Treswithian war inzwischen unter einem Berg von Spinnen begraben. Ihm würde keiner mehr helfen können.

Miéville taumelte ein paar Schritte zurück. Weberknechte fielen von oben auf ihn herab, krochen ihm in den Mantel.

»Wir müssen es bis oben auf die Brücke schaffen!«

»Sehe ich genauso«, antwortete Micklewhite. Dort oben war es kalt. In den Schnee würden ihnen die Arachniden kaum folgen.

Der zweite Spinnenmann formte sich erneut aus der Masse. Er sprang den älteren Tunnelstreicher an, und in dem Moment, als er gegen Miéville prallte, da zerfiel sein Körper in Tausende von winzigen Spinnen, die sich über den panisch kreischenden Tunnelstreicher hermachten. Die Tiere begannen augenblicklich, ihre Netze zu spinnen. Miéville schrie, dann fing er an zu würgen, als die Spinnen in seinen Mund hineinkrabbelten. Feine Fäden wurden um ihn gesponnen, bis er sich nicht mehr bewegen konnte.

Der Angriff hatte so schnell stattgefunden, dass Maurice Micklewhite kaum seinen Augen traute. Und aus dem Spinnenleiberhaufen, der den Tunnelstreicher unter sich begraben hatte, entstand sofort wieder ein Spinnenmann. Zuerst ragte nur der Oberkörper aus dem Gewusel auf, dann formte sich der Rest, bis der Arachnide vor dem Elfen stand, der seinerseits wie gelähmt war.

Plötzlich spürte Maurice Micklewhite, wie ihn etwas stach. Er senkte den Blick, sah eine Kreuzspinne auf seiner Hand, schlug nach dem Tier, fegte es zu Boden.

Was ging hier nur vor?

Ihm blieb keine Zeit mehr, darüber nachzudenken. Auch fragte er sich, wie er den Tunnelstreichern helfen sollte, aber so, wie es aussah, würde er nicht einmal mehr sich selbst helfen können.

Der einzige Ausweg, der ihm vielleicht noch blieb, war der Weg, den sie gekommen waren. Er musste all die Treppenstufen hinauf. Wirre Gedankenfetzen jagten ihm durch den Kopf. Würden die Spinnen ihm eventuell doch in die Kälte des Schnees folgen? Würde er von der Brücke fliehen können? Überleben? Den anderen mitteilen können, was er in Erfahrung gebracht hatte?

Maurice Micklewhite betrachtete seinen Handrücken. Ein schwarzer Fleck hatte sich dort gebildet. Die Stelle fühlte sich taub an.

Dann wurde es dunkler. Die Geisterlichter begannen zu erlöschen.

Maurice Micklewhite wusste, dass er es nicht schaffen konnte, wenn es dunkel war. Dunkelheit war für die Spinnen kein Hindernis. Für ihn schon. Er stöhnte, als ihm die ersten Spinnen ins Haar fielen. Panisch schlug er nach ihnen, zupfte sie sich aus den Haaren und warf sie weg. Sie fühlten sich pelzig an. Warm.

Es half nichts.

Immer mehr Spinnen strömten auf ihn zu. Sie waren überall. Es sah aus, als bewegte sich das Dunkel selbst.

Maurice Micklewhite spürte, wie das Gift der Kreuzspinne zu wirken begann. Müde warf er einen Blick zurück und erkannte, dass die Spinnen Treswithian und Miéville bereits eingesponnen hatten. Regungslos lagen sie auf der Treppe, eingewoben wie in Kokons. Er wusste nicht, ob die beiden tot waren oder nur betäubt.

Dann, plötzlich, gaben seine Beine nach, und er sackte in sich zusammen. Die Taschenlampe fiel ihm aus der Hand und weiter in die Tiefe, verschwand.

Die klebrigen Fäden ließen ihn nicht mehr los. Er spürte sie an den Händen, im Gesicht.

Maurice Micklewhite zerrte an den Fäden. Die Panik raubte ihm den Atem. Da waren nunmehr auch behaarte Vogelspinnen und riesige, boshaft zischende Kamelspinnen, hungrige Kreaturen mit riesigen Kiefern und langen Beinen, auf denen sie, das erkannte Maurice Micklewhite im matten Schein der letzten Geisterlichter, kleinere Artgenossen transportierten, die ihrerseits ausströmten, sobald sie die Beute erreicht hatten.

Es würde schnell vorbei sein.

Maurice Micklewhite schlug um sich, mehr konnte er nicht tun. Er traute sich nicht einmal zu schreien, obwohl ihm danach zumute war. Nein, er würde das nicht tun, nie und nimmer, denn er wusste, was dann geschehen würde.

Nein, seine Lippen würde er geschlossen halten. Die Tiere würden ihm nicht in den Mund kriechen, niemals! Auch musste er sich irgendwie befreien. Sonst würde alles hier unten enden, in diesem elenden Spinnennetz, und nichts von dem, was er erfahren hatte, würde Wittgenstein und Emily je zu Ohren kommen und ihnen helfen.

Doch dann verließen ihn die Kräfte, weil das Gift in seinem Körper alles auslöschte: die Angst, die Schmerzen, einfach alles, und er erkannte, dass er nicht entkommen würde. Es waren einfach zu viele Spinnen. Er spürte, wie die schnellen Beine über seinen Körper liefen. Spinnen wuselten ihm um den Hals, bedeckten sein Gesicht. Fäden wurden gesponnen, klebrig auf seiner Haut, vor seinen Augen, zwischen seinen Fingern. Er hatte keine Chance. Sie kamen von überallher, und sie waren wütend. Der Strom kleiner Leiber ebbte nicht ab.

Ein erschreckender Gedanke durchdrang seine Benommenheit: Die Spinnen hatten die Erinnerungen von Master Septimus lesen können und sie dem Augenmann übermittelt. Das Gleiche würden sie bei ihm tun. Der Augenmann und derjenige, der hinter dieser Kreatur stand, würden alles erfahren, was sie niemals herausbekommen durften. Sie würden wissen, was Wittgenstein und Emily vorhatten, wären sich im Klaren über jeden ihrer Schritte, ihre Gedanken und Mutmaßungen.

Nein. Er wollte nicht, dass die Spinnen in seinen Kopf eindrangen. Die Spinnen und mit ihnen die Stimme. Und so gab er sich alle Mühe, den Mund geschlossen zu halten. Obwohl er wusste, dass es auch andere Wege gab, in den Kopf einzudringen. Ja, die Arachniden würden einen Weg finden, auf die eine oder andere Art.

Ganz zuletzt, bevor es schließlich zu Ende war, fragte sich Maurice Micklewhite, ob dies hier eine Falle gewesen war, von Anfang an.

Wie dumm.

Er atmete flach.

Schloss die Augen.

Hunderte von Beinen krabbelten über ihn, berührten sein Gesicht. Er spürte Stiche am Hals, an den Händen. Er versuchte zu schlucken, doch nicht einmal das wollte ihm noch gelingen.

»*So viele Sterne*«, erinnerte er sich der Worte eines Dichters, »*und doch ist es dunkel.*«

Dann wurde die Welt wie Seide, und Maurice Micklewhite begann zu verzweifeln, während der Kokon ihn umschloss wie eine schützende Hülle, so einlullend, warm und weich, wie es schöner doch nicht hätte sein können.

3. Kapitel

Zeilen und Zeichen

Emily fühlte nichts, nur Leid und Leere. Jeeva Smith war unschuldig gewesen, er hatte nichts zu schaffen gehabt mit dem, was die Stadt erfrieren ließ. Und doch hatte die Welt, die gierig war, ihn verschlungen, brutal und blutig, fern jeder falschen Romantik, die der Tod in der Literatur oder im Kino hat. Kein Pathos, nur Schweigen in toten, leeren Augen. Keine letzten Worte, keine Zeilen, in denen er Abschied genommen hatte.

Gab es einen Grund?

Wenn ja, blieb er ihr verborgen. Hatte er nur deswegen sterben müssen, weil jemand ihr drohen wollte? *Geht nicht in die Hölle!* Sollte das wirklich das einzige Motiv gewesen sein?

Sie fühlte sich, als sei sie selbst gestorben.

Sie hatte lange geschlafen, nachdem Wittgenstein ihr einen Tee gegeben hatte, der tiefen Schlaf und all die Gedanken, die laut und boshaft waren, zum Schweigen brachte. Emily hatte den bitteren Tee getrunken, eine ganze Kanne, und dann war sie augenblicklich eingeschlafen. Meine Güte, sie hatte vorher nicht einmal gefragt, was genau er ihr da zu trinken gab. Sie hatte die Tasse einfach entgegengenommen, leer getrunken, sie sich erneut füllen lassen, wieder und wieder, bis die ganze Kanne leer war. Bitter und nach Trauer, ja, genau so hatte der Tee geschmeckt, wie Schmerzen, die jemand erhitzt hatte, wie Feuer, das Lachen verbrennt.

»Anfangs werden Sie ein Gefühl der Übelkeit verspüren«, hatte Wittgenstein ihr mit leiser Stimme gesagt, »doch dann wird er Ihnen Ihre Kraft zurückgeben. Kraft, die Sie schon bald brauchen werden.«

Sie hatte nur genickt wie ein Kind, das nicht weiß, welche Medizin genau ihm da verabreicht wird. Dann war sie im Gästezimmer ins Bett gesunken, schwer, leblos, wie Träume manchmal auch sein können. Nicht einmal zum Weinen hatte sie noch die Kraft gehabt. Zu lange hatte sie geschrien, vorher, als sie die Lederjacke mit den Blutspuren darauf erkannt hatte. Verrückt vor Kummer, ja, so hatte sie geschrien, geschluchzt, verzweifelt vor Angst. Sie hatte die Jacke berührt und auch das Foto, hatte sie an sich gedrückt wie ein Baby, so, als könne das etwas ändern, doch es hatte sich nichts geändert, er war immer noch tot, er würde tot bleiben. Jetzt, Stunden später, nach dem Aufwachen, quälte sie sich aus dem Bett, ging in den Salon zurück. Sie fühlte sich wie erschlagen, hielt sich am Treppengeländer fest. Vor der Tür blieb sie stehen, holte tief Luft, überlegte, ob sie eintreten sollte, ob sie den Anblick dessen, was sich nicht einmal hier im Haus, sondern ganz woanders zugetragen hatte, überhaupt ertragen konnte.

Ihre Hand drückte die Klinke herunter, sie betrat den Raum.

»Wie geht es Ihnen?« Wittgenstein saß in einem der Sessel, legte seine Lektüre beiseite.

»Nicht gut.« Sie blieb an der Stelle stehen, an der die Jacke gelegen hatte.

»Ich habe Angst«, sagte sie, weil das stimmte. »Ich wäre am liebsten tot«, sagte sie, doch sie wusste, dass es eine Lüge war. Sie fühlte sich schrecklich leer und schuldig. Jeeva war durch sie in diese Welt hineingezogen worden. Wäre sie nicht mit der U-Bahn gefahren, gestern, dann wären sie einander nie begegnet, alles wäre ganz anders gekommen. Sie wären nie in Knightsbridge gewesen. Kein Werwolf, keine Flucht. Ja, und kein Tod.

Es gibt keine Zufälle.

Wie sie dieses Mantra hasste!

Jeeva Smith würde nie wieder eine Geschichte aussuchen, um sie seiner Schwester vorzulesen. Er würde nie wieder tun, wofür die Menschen, die sein Leben geteilt hatten, ihn geliebt hatten. Jemand hatte ihn aus dem Leben gerissen, und niemand konnte daran mehr etwas ändern. Emily nicht, Wittgenstein nicht, niemand. Das war das Schlimmste daran, diese dunkle Gewissheit, dass niemand etwas dagegen ausrichten konnte. Es war geschehen, das war alles.

»Wer wird es seiner Familie sagen?«

»Ein alter Freund von Scotland Yard war hier«, erklärte Wittgenstein. »Lestrade. Sie kennen ihn nicht.«

Emily nickte nur.

»Ein Inspektor, ein guter Mann.«

Sie musste all ihren Mut zusammennehmen, um die Frage auszusprechen: »Hat er die Jacke und das Foto mitgenommen?«

»Ja.«

Sie rang um Fassung. »Was passiert jetzt?«

»Lestrade wird die Familie aufsuchen.«

Emily wusste nicht, ob sie das hören wollte. Sie kannte Jeevas Familie nicht. Seine Eltern, die Schwester, sie alle existierten nur in ihrer Vorstellung. Wie würden sie reagieren? Mit welcher erfundenen Geschichte würde Mr. Lestrade versuchen, ihrer tiefen Trauer einen Sinn zu geben? Emily wusste nicht einmal, ob er gelitten hatte oder ob der Tod schnell eingetreten war. Sie musste nur immer wieder an das Blut auf der Jacke denken und an die Leere in seinen Augen.

Er würde seiner Schwester nie wieder vorlesen. Das war es, woran Emily die ganze Zeit denken musste. Sie stellte sich vor, wie er, vielleicht sogar erst vorgestern, gerade ein neu begonnenes Kapitel beendet hatte. Dort, an dieser Stelle, würde das Buch enden. Für alle Zeiten wäre dies die Stelle, an der Jeeva gestorben war. Chaaru Smith würde in den Jahren, die kommen würden, das Buch aus dem Regal ziehen und nur bis zu jener Stelle blättern, an der ihr Bruder aufgehört hatte zu lesen. Dies würde die Stelle sein, an der sich ein Grabstein befinden würde, unsichtbar für alle, doch deutlich zu sehen für die Schwester, die ihren Bruder für den Rest ihres Lebens vermissen würde.

Emily ging in die Hocke, berührte den Boden dort neben dem Globus, wo die Jacke gelegen hatte. Sie räusperte sich, stand auf, hielt sich am Globus fest.

»Wer auch immer diese abscheuliche Tat begangen hat«, sagte Wittgenstein, »glaubt fest daran, dass wir ihm auf der Spur sind.«

»Und er wusste, dass ich hier bin«, brachte Emily mühsam hervor.

Der Alchemist nickte. »Jeder unserer Schritte wird verfolgt.«

»Wer kann das getan haben?« Der Duke? Das ergab keinen Sinn. Der mysteriöse Gentleman? Niemand wusste, was er bezweckte. Die beiden seltsamen alten Damen, die sie nach London zurückgebracht hatten? Emily stieß den Globus an, ließ ihn sich drehen.

»Jedenfalls fürchtet er, dass wir seine Pläne durchkreuzen könnten.«

»Nichts davon ergibt einen Sinn«, seufzte sie, ging zum Fenster, berührte die Scheibe. Dinge zu berühren half. Nicht viel, aber ein wenig.

»Nein, leider nicht.« Nach einer Pause ergänzte er: »Noch nicht. Dennoch muss es einen Sinn geben.«

Ja, schon klar.

Emily seufzte tief.

Sie schwiegen. Draußen fiel weiter der Schnee.

Emily fragte sich, wie lange sie geschlafen hatte.

»Es ist Nachmittag«, sagte Wittgenstein, als habe er ihren Gedanken erraten. »Tea Time.« Er hielt die Tasse fragend hoch.

»Gern«, sagte Emily erschöpft.

Der Alchemist erhob sich, schenkte ihr einen Tee ein und reichte ihr die Tasse. Sie nahm ihn dankend an und trank ihn so heiß, dass er ihr in der Kehle brannte, aber der Schmerz war besser als die lethargische Hilflosigkeit, die sie verspürte.

»Wir werden in die Hölle gehen«, sagte Emily trotzig, »und wir werden Piccadilly Mayfair finden.«

Wittgenstein nickte zufrieden. »Nichts anderes habe ich von Ihnen erwartet.«

»Lassen Sie uns gleich aufbrechen«, schlug Emily vor. Sie hatte das Gefühl, hier in Hampstead Manor verrückt zu werden. Untätig zu sein war das Letzte, wonach ihr jetzt der Sinn stand. »Doch vorher«, sie ging zu ihrem Mantel und schnappte sich das Sony, »muss ich noch jemanden anrufen.« Sie tippte auf den Kontakt, und Wittgenstein verließ mit einem kurzen Nicken den Salon, um sich für die Kälte und den Schnee angemessen zu kleiden.

Derweil sprach Emily mit ihrer Freundin, die sich, immerhin, sofort meldete. »Neil und du und das Baby, ihr müsst euch verstecken.« Eindringlich berichtete sie Aurora, was geschehen war. »Ich habe keine Ahnung, wer das getan hat, aber ich weiß jetzt, dass er vor nichts zurückschrecken wird.« Hätte Aurora sich nicht gemeldet, wäre Emily auf der Stelle zum Buchladen aufgebrochen. »Der Gedanke, dass euch etwas passieren könnte ...«, sagte sie und ließ den Satz verklingen, ohne ihn zu beenden. »Du weißt, was ich meine.«

»Verschwiegene Verschwörerinnen?«, fragte Aurora, geradeso wie früher.

Emily musste lächeln.

»Aber wir können uns nicht einfach verstecken«, sagte Aurora. »Doch ich verspreche dir, dass wir auf uns aufpassen.« Sie betonte, dass sie den Laden nicht schließen wollten.

»Aurora, du ...« Emily wusste, dass Aurora und Neil an die Zukunft dachten. Die Zukunft, in der sie für ihr Kind würden sorgen müssen. Aurora redete seit einiger Zeit viel öfter als früher über die Angst, kein Geld mehr zu verdienen, den Laden aufgeben zu müssen. Sie war insgesamt ängstlicher geworden, seit sie das Baby in sich trug. Jetzt sagte sie zuversichtlich: »Hey, vertrau mir. Neil ist bei mir. Ich spüre das Baby. Alles wird gut, Emmy, du weißt das.«

Manchmal, das wusste Emily, konnte eine Lüge verdammt guttun. »Ja«, sagte sie, und nachdem Aurora ihr von den heftigen Tritten kleiner Füßchen und der Angst erzählt hatte – jener Angst, die immer da war, jeden Tag und jede Nacht, der Angst, die werdende Mütter beschlich, wenn die Geburt nahte; nachdem sie ihr also von dem erzählt hatte, was sie derzeit bewegte, beendeten sie das Gespräch.

»Pass auf dich auf«, bat Aurora und meinte es ernst, nicht als Floskel.

Emily antwortete: »Mach ich doch immer.« Fast wehmütig dachte sie an die Jahre, da sie Seite an Seite in die uralte Metropole hinabgestiegen waren und die sie jetzt verklärte, weil die Zeit das Leben, das man kannte, so unwiederbringlich veränderte, dass man nichts, aber auch wirklich gar nichts wiedererkannte, was einem einst so vertraut und lieb gewesen war.

Aurora Fitzrovia und Neil Trent würden schon bald eine richtige Familie haben. Und Emily? Sie würde allein sein. Oh, wie sie diesen Gedanken hasste! Sie wollte sich jetzt nicht bemitleiden. Aber sie spürte es, dieses dumpfe Gefühl, jetzt, in diesem Augenblick, so viel deutlicher als jemals zuvor.

Sie dachte an Tristan Marlowe, den sie in New York zurückgelassen hatte. Meine Güte, Jeeva Smith, dem sie gestern noch in die tiefdunklen Augen geschaut und es genossen hatte, war tot, und sie musste an Tristan denken.

Warum nur?

Weil man im Leben viel zu viele Chancen ungenutzt

ließ? Weil die Liebe ein Schmetterling war, der wankelmütig in der Sonne flatterte?

»Ich weiß nicht, warum es nicht funktioniert hat.« So hatte sie es damals Aurora umschrieben. »Es funktioniert einfach nicht, das ist alles.« Sie hatte sorgsam darauf geachtet, souverän zu wirken, wie jemand, der allzeit die Kontrolle behält. Dabei war in New York so viel mehr passiert, als sie Aurora gestanden hatte.

»Vielleicht habt ihr beide euch nicht genug Mühe gegeben«, hatte Aurora kleinlaut gemutmaßt.

Und Emily? Sie war sauer gewesen. »Nein, es hat einfach nicht gepasst.« Natürlich war sie ruhig und sachlich geblieben. Sie hatte Aurora nicht verletzen wollen. Neil Trent und Aurora waren einfach anders als sie. »Tristan und ich haben am Ende immer nur gestritten.« Es waren nur Kleinigkeiten gewesen, immer nur Banalitäten, doch tief, ganz tief in ihr drin, war Emily klar gewesen, dass es nie um diese Kleinigkeiten gegangen war. Sie hatte sich das gewünscht, was Waisenkindern am meisten am Herzen liegt: Sie hatte sich gewünscht, eine Familie zu haben. Eine richtige Familie. Doch Tristan hatte sich in dieser Angelegenheit immer äußerst reserviert gezeigt und ...

Seufzend schüttelte sie den Gedanken ab.

Manchmal ließ man so viele Chancen im Leben ungenutzt, dass man am Ende nur noch bereuen konnte, was man einst *nicht* getan hatte. Jetzt, da ihr der Tod so boshaft ins Gesicht geschrien hatte, war sie sich erneut bewusst, wie kostbar das Leben war, wie fragil, wie zart, und wie schnell es vorbei sein konnte. Es kam ihr falsch vor, so sehr um Jeeva zu trauern, weil sie Jeeva eigentlich gar nicht gekannt hatte. Sein Leben hatte ihres nur an einem einzigen Abend berührt, was nicht viel war. Aber für Chaaru, seine Schwester, würde die ganze Welt untergehen.

Nein, dachte Emily traurig, *es steht mir nicht zu, die Trauernde zu spielen und mich hängen zu lassen.*

Die Tür öffnete sich. »Wir können nichts daran ändern«, sagte Wittgenstein, als könnte er ihre Gedanken lesen. »Aber wir können tun, wovon uns dieser feige Mord abhalten sollte. Auf diese Weise ehren wir Jeeva Smith.«

Emily schaute auf.

»Ja, das klingt gut.«

So oft hatte sie Wittgenstein an ihrem Innenleben teilhaben lassen. Als sie klein war, da hatte seine Gegenwart ausgereicht, um ihm all die Bilder zu schicken, aus Gefühlen und Erlebtem gezeichnet, in denen sie ihr Inneres offenbart hatte. Emotionen und Worte waren es gewesen. Das, was sie jetzt tat, um den Kindern zu helfen, nur anders. Das war das, was sie als Trickster ausmachte.

»Als sie gestorben ist«, sagte er plötzlich mit brüchiger Stimme, »da war auf einmal alles anders.« Er sprach normalerweise nie darüber. Sie war seine Liebe gewesen, Rima Hawthorne, doch vor einigen Monaten hatte er sie eines Abends gefunden, hier, in der Bibliothek des Anwesens, auf dem Rücken liegend. »Der Tod ist ein stiller Räuber, viel zu leise, als dass man hört, wie er sich nähert.« Eine Gehirnblutung, plötzlich. Es war vorbei gewesen, noch bevor man hätte hoffen können. »Der Tod, Miss Laing, riecht nach dem, wovor wir uns in den dunkelsten Nächten fürchten. Und er ist kalt.« Der Alchemist schaute nach draußen, wo der Schnee London bedeckte. »Er ist kalt, und er hält unsere Hände fest, wenn wir ihm einmal ins Gesicht geblickt haben.« Er knöpfte sich langsam den

Mantel zu. »Aber ich bin noch immer hier.« Er zwinkerte ihr zu. »Und Sie sind es auch.«

Emily Laing wusste in Augenblicken wie diesem, warum sie Wittgenstein vertraute. Immer schon hatte er sie angehalten, nach vorn zu schauen. Nichts anderes tat er auch jetzt.

Er nickte ihr zu, dann klatschte er in die Hände. »Das Spiel, Miss Laing, geht weiter.« Und wie immer machte er kehrt und ging voran, ohne abzuwarten, was sie tun würde.

Emily schnappte sich Mantel und Schal und folgte ihm, und das in der tröstlichen Gewissheit, dass er genau wusste, was sie tat.

»Micklewhite hat sich noch nicht gemeldet«, sagte Wittgenstein, als sie in die U-Bahn nach Chelsea einstiegen.

»Hoffentlich ist alles gut gegangen«, war alles, was Emily dazu einfiel. Sie wusste nicht, was der Elf im Schilde führte. *Eigentlich*, dachte sie erneut, *müsste er tot sein*. Doch das sprach sie nicht laut aus.

In dem Zug der Circle Line standen sie dicht gedrängt in der Massen der Pendler, die Tag für Tag die Stadt füllten. Emily fragte sich, ob die Gegenden, aus denen die Leute kamen, noch existierten. Zu vielen Stadtteilen war der Kontakt abgebrochen; eigentlich müssten viele Menschen ihr Zuhause vermissen. Dass hier etwas ganz und gar nicht stimmte, spürte sie, wenn sie darauf achtete. Es war, als hätte sich der Herzschlag der Stadt irgendwie verändert. Sie konnte es sich nicht erklären, aber so, wie Wittgenstein sie ansah, fühlte er es auch.

Unterwegs schwiegen sie; zu laut war es in der U-Bahn. Die Fahrgäste wirkten unruhig, entnervt, als hätte sich die schlechte Laune der letzten Wochen in ihnen aufgestaut, ja, als wartete sie nur darauf, sich zu entladen. Die Berichte, dass es zu Übergriffen und Unruhen gekommen sei, gewannen, drängte man sich mit all den Passagieren durch die Tunnel der U-Bahn, bedrohlich an Bedeutung. Menschenmassen waren Emily schon immer suspekt gewesen. Sie reagierten selten wie menschliche Wesen, eher instinktgeleitet, wie ein riesiger Schwarm, der vielleicht Gutes beabsichtigt, aber immer nur Böses verursacht.

Emily war erleichtert, als sie den Zug endlich verlassen konnte, doch auch draußen, im U-Bahnhof am Sloan Square, war die Stimmung kaum besser. Erst, als sie den eisigen Wind im Gesicht spürte und die Schneeflocken sah, die in den Schacht mit der Rolltreppe, die sie nach oben brachte, gewirbelt wurden, da ging es ihr ein wenig besser, fühlte sie sich wieder frei.

»Die Stadt ist anders geworden«, sagte sie zu Wittgenstein.

Alles, was er antwortete, war: »Ja.«

Emily seufzte. Typisch Wittgenstein!

Sie schaute sich um. Abgesehen davon, dass es auch hier immer noch in dichten Flocken schneite und ein eisiger Wind vom dunklen Fluss her wehte, konnte man auf den ersten Blick erkennen, dass Chelsea sich von den anderen Stadtteilen unterschied. Sie musste auf einmal an die Schüttelkugeln denken, die man überall in den Souvenirläden kaufen konnte. Man schüttelte sie, und es schneite auf die darin befindliche Sehenswürdigkeit. London in der Glaskugel. Unnötig zu betonen, dass ihr das Bild nicht gefiel. Sie dachte an Mara, die früher Glaskugeln wie diese gemocht hatte.

»Die Stadt«, grummelte Wittgenstein, »hat sich immer schon verändert.«

Emily wusste, dass er dieses Mal nur den Stadtteil meinte, den sie gerade betreten hatten.

»Es ist nach wie vor schön hier«, sagte sie.

Chelsea war früher einmal ein Viertel gewesen, in dem sich die Bohème getroffen hatte. Künstler hatten hier an jeder Ecke gelebt, der Ausblick am Cheyne Walk war eine Inspiration für Maler wie Turner, Whistler und Rossetti gewesen. Die Kurtisanen, die in den Parks zu finden gewesen waren, hatten die Bekanntschaft von Schriftstellern und Musikern und anderen Künstlern gemacht; die berüchtigten Bälle im Chelsea Arts Club waren Legende. Jetzt gab es hier teure Wohnungen und eine ganze Reihe von alten, ehrwürdigen Galerien und Antiquitätengeschäften. Die Gegend lag fast schon verborgen da – die District Line und die Circle Line musste man am Sloan Square verlassen, eine andere U-Bahn-Station gab es nicht, und dort musste man dann in einen Bus umsteigen, es sei denn, man wollte nichts anderes tun, als in der King's Road mit ihren schicken Boutiquen einzukaufen.

»In den Kanälen unter der King's Road«, hatte Wittgenstein ihr damals verkündet, »finden Sie Geschäfte, die tatsächlich von Königen geführt werden.« Emily war früher einmal dort gewesen. Es waren Läden auf Booten, die auf den Abwasserkanälen fuhren. Die Ladenbesitzer hatten Namen wie Charles, George und Edward, und anhand ihrer Narben und Verletzungen konnte man erahnen, wann sie das Königreich regiert hatten. Sie boten edle Schätze feil, Kleidung und Schmuckstücke, alles aus den tiefen Höhlen, die das Herz des Königshauses waren und auf denen der Palast Old Buckingham ruhte.

Doch heute hatten Emily und Wittgenstein ein ganz anderes Ziel: das Antiquitätengeschäft in der Oakley Street 56. In dem Gebäude hatte einst Robert Falcon Scott gelebt, ein inzwischen fast vergessener Polarforscher.

»Ich hoffe wirklich, dass er uns helfen wird«, sagte Wittgenstein.

»Ich habe ihn lange nicht mehr gesprochen«, erwiderte Emily wenig zuversichtlich. Sie wusste, wie seltsam John Milton sein konnte, und sie wusste, warum er so war. Doch wenn ihnen jemand in London einen Hinweis geben konnte, wie man in die Hölle zu gelangen vermochte, dann war es Eliza Hollands Gefährte.

Emily kämpfte sich neben dem Alchemisten durch das dichte Schneegestöber und dachte an die Geschichte, die jetzt, nach allem, was geschehen war, noch immer die Geschichte von Eliza Holland und John Milton war.

Ein wahres Märchen, nicht mehr, nicht weniger.

Denn einst gab es ein mächtiges Wesen, das die Engel als den Träumer bezeichneten. Der Träumer erschuf sich die Welt, die er erträumt hatte, um nicht mehr allein sein zu müssen. Die Engel waren ihm alle Untertan und lebten im Himmel, der in jenen Zeiten noch der Himmel des Träumers war. Dort gab es Gesetze, die die Gesetze des Träumers waren, und es gab eine Kaste von Engeln, die diese Gesetze mit Schwertern aus Flammen hüteten. Sie hießen Mala'ak ha-Mawet. Zu Beginn der Zeit waren alle Engel Brüder und Schwestern, doch es gab unter ihnen einen Engel, der die Macht der Liebe kostete: Lucifer. Er war ein Lichtengel, Anführer der Urieliten, und er hatte erkannt, dass er ein

Herz besaß, und dieses Herz, das schenkte er Lilith, der Schönen vom Roten Meer. Er wusste, dass diese Liebe seinem Leben Sinn gab, und fürchtete sich davor, diese Liebe zu verlieren. Doch diese Angst, die er in sich trug, war etwas, was es gar nicht geben durfte. Denn die Dinge waren so, wie der Träumer sie erschaffen hatte.

So begann Lucifer zu zweifeln. Wie konnte der Träumer allmächtig sein, wenn die Schöpfung fehlerhaft war? Wie konnte der Träumer weise sein, wenn er nicht einmal die Antworten auf die Fragen wusste, die er selbst seiner Schöpfung in den Mund gelegt hatte? Wie gerecht konnte ein Herrscher sein, wenn er die Gesetze, die er erlassen hatte, von einer Kaste in ihren Seelen boshafter und kriegerischer Engel durchsetzen lassen musste?

Lucifer erkannte, wie ungerecht die Gesetze des Träumers waren. So ging er zu seinem Herrn und stellte ihm Fragen. Niemals zuvor hatte es ein Engel gewagt, Fragen zu formulieren. Und das Wort, das schließlich den Himmel zerstörte, war so einfacher Natur, dass selbst Kinder es zu nutzen vermögen: *Warum?* Das war das Wort, das Engel niemals hätten aussprechen dürfen. Das war das Wort, das alles zu Fall brachte.

Aber Lucifer sprach es nicht nur aus, laut und klar, nein, er schrie es hinaus in die Welt und in alle Himmel, sodass alle Engel es vernahmen. Wie ein Lauffeuer verbreitete es sich. Es war das erste Wort, das nicht mehr allein dem allmächtigen Träumer gehörte. Es gehörte den Geschöpfen, die er sich erträumt hatte. Es gehörte den Engeln, und es gehörte den Menschen.

Der Träumer, der nicht mehr allein und dennoch verlassen war, fühlte, dass etwas in ihm erwacht war, was noch keinen Namen hatte, aber den Himmel, den er sich geschaffen hatte, zerstörte, noch bevor die Aufrührer zu solchen geworden waren. Eifersucht und Neid waren es, die des Träumers Blick trübten und verwirrten. Denn wie war es möglich, dass seine Schöpfung geschlechtliche Liebe empfand und er selbst dies nicht zu tun vermochte?

Die anderen Engel stellten ebenfalls Fragen. Doch statt ihnen Antworten zu geben, rief der Träumer die Mala'ak ha-Mawet, dunkle Engel, deren Tätowierungen ihnen wie eisiges Wasser in den Gesichtern brannten und in deren schwarze Haare Bänder geflochten waren, so rot wie das Blut der Sünde, die existierte und doch niemals hätte geboren werden dürfen.

Der Träumer trug den Mala'ak ha-Mawet auf, sein Wort zu verbreiten, wenn nötig, sogar mit Gewalt. Und die dunklen Engel verfolgten Lilith, die mit ihren Töchtern nach Zmargad geflohen war. Lucifer sollte die Liebe, die er nie hätte erfahren dürfen, niemals wiederfinden. Er sollte um sie trauern und daran zerbrechen. Und wenn er zerbrochen wäre, dann würde das Chaos aufhören zu existieren, und die Engel würden keine Fragen mehr stellen.

Doch es kam, wie so oft, alles ganz anders. Die Mala'ak ha-Mawet zerstörten die Stadt Zmargad, doch Lilith konnte entkommen. Lucifer, der das Totenfeld erst nach der Schlacht erreichte, suchte nach Lilith, und als er sie tot glaubte, da formte er aus seinen bitteren Tränen und dem heißen Wüstensand eine gläserne Totenmaske nach dem Antlitz seiner Geliebten. Und Lilith sprach zu ihm, und alle Sorgen fielen von ihm ab, und er machte sich auf zu dem Ort, an dem sie sich versteckt hielt und wo er sie endlich wieder in die Arme schließen konnte.

Der Träumer erfuhr davon und schickte seine Heerscharen über die Erde aus.

Lucifer aber hatte derweil Verbündete um sich geschart. Andere Engel, die, wie er, zu lieben vermochten oder einfach nur Antworten suchten auf die Fragen, die ein Leben ausmachten. Eine Festung hatte er errichtet, tief in der Wüstenei der Hölle, die ein Kind des Paradieses gewesen war: *Pandaemonium*.

Die Engelsscharen, die dem Lichtlord folgten, wurden in einer Schlacht, die den Himmel in Wolken und Tränen hüllte, von den Scharen der wütenden Mala'ak ha-Mawet besiegt. Lucifer und seine Gefolgsleute wurden gerichtet. Sie waren schuldig. Das Urteil wurde schnell und harsch gesprochen: Verbannung. So kehrte Lucifer in die Wüstenei zurück, und von dort aus unternahm er lange Reisen, bis er am Ende in der Stadt der Schornsteine strandete. In London. Es gab viele Namen, unter denen er lebte: John Dee, John Milton, Master Lycidas. Am Ende dann: John Milton. Seine große Liebe aber fand er dort wieder, in den vom Gaslicht erhellten Straßen Londons. Sie tauchte unter vielen Namen auf, doch am Ende war sie Eliza Holland.

Wir haben sie immer nur Madame Snowhitepink genannt, dachte Emily, *damals, im Waisenhaus*. Doch das war, bevor sie zu Eliza Holland geworden war. Oder Eliza zu ihr. Die Dinge konnten seltsam sein, wenn Engel ins Spiel kamen. In der Tat, sehr, sehr seltsam.

Denn vor einigen Jahren verließen die Mala'ak ha-Mawet enttäuscht den Himmel des Träumers. Ihr Anführer, Lord Gabriel, begann zu hinterfragen, was bis zu diesem Tag seine Welt gewesen war. Er zweifelte daran, dass der Träumer allmächtig war. Er hatte Schwäche gezeigt, und die Mala'ak ha-Mawet waren eine kriegerische Kaste. Gabriel und die Seinen verließen den Himmel aus freien Stücken. Sie wollten sich an Lucifer rächen, weil dieser ihrer aller Leben zerstört hatte, als er die Frage nach dem Warum gestellt hatte. In London kam es zur großen Schlacht. Die Urieliten, mächtige, schöne Lichtengel, kämpften auf der zugefrorenen Themse gegen die Scharen der dunklen Mala'ak ha-Mawet, die am Ende geschlagen wurden.

Lucifer und Lilith opferten ihre Unsterblichkeit. Sie lebten fortan ein gewöhnliches Leben als gewöhnliche Menschen. Denn das war alles, was sie sich erträumt hatten. Sie wollten so leben, wie die Menschen es taten. John Milton und Eliza Holland, das waren die Namen, die sie jetzt trugen.

All das ging Emily durch den Kopf, während sie und Wittgenstein schweigend die King's Road entlanggingen. Trotz des dichten Schneefalls waren auch hier noch viele Fußgänger unterwegs. Auf der Straße indes kam der Verkehr immer mehr zum Erliegen.

»Es ist nicht mehr weit«, stellte Wittgenstein fest.

Emily sagte nur: »Ich weiß.« Sie hatte sich den Schal fest um den Mund gewickelt, stapfte missmutig durch die weiße Stadt, dachte: *Glaskugel*, und dabei stand ihr das Gestöber in der Schüttelkugel vor Augen.

Warum dachte sie diesen Gedanken?

Es gibt keine Zufälle.

Egal.

Sie erreichten die Oakley Street nur kurze Zeit später. Das Antiquitätengeschäft wurde noch immer unter dem Namen geführt, unter dem Eliza Holland es einst, vor

Jahren, eröffnet hatte. Ein altes Holzschild, bunt bemalt, hing an schweren gusseisernen Halterungen über dem Eingang, baumelte im Wind. Schnee bedeckte die Ränder, doch den Schriftzug, geschwungen und elegant, konnte man noch gut erkennen:

Havisham's
Antiquitäten & Raritäten

Früher war das Geschäft ganz in der Nähe von Seven Dials gewesen, doch nun bevorzugte Eliza das ruhigere Chelsea. Sie mochte die Spaziergänge an der nahen Themse und den Hauch von vergänglicher Bohème, der noch immer durch die Straßen wehte. Warmes Licht erhellte den Laden von innen, einladend und irgendwie weihnachtlich.

Die beiden klopften sich den Schnee von den Mänteln und traten ein.

Das moderne Atelier, in das sie kamen, war weitläufig. Alles war weiß, die Wände, abgesehen von einem Kamin, nackt. Überall standen Dinge herum, Kisten mit Sachen darin, Vitrinen mit Ausstellungsstücken, scheinbar wild durcheinander. Es gab einen weißen Schreibtisch mit einer Tischplatte aus Stein, schwer und mit Inschriften versehen, Hieroglyphen sowie babylonischen Schriftzeichen. Davor stand ein riesiger Sessel, plüschig und rot.

»Emily Laing«, rief Eliza Holland, die lesend in dem Sessel inmitten ägyptischer Statuen saß. »Wittgenstein. Wie lange ist es her, dass wir miteinander geredet haben?« Sie erhob sich, bewegte sich immer noch wie eine Katze, elegant und schnell. »Was führt euch an einem Tag wie heute hierher?« Die Augen waren so klar und tiefblau wie damals. Aber Eliza Holland war nicht mehr die junge Frau, die Emily vor Jahren kennengelernt hatte. Jene hübsche und elegante Frau, die so selbstsicher wirkte, dass es schwerfiel zu glauben, dass auch sie Schwächen haben konnte. Jene Frau, die so gern lachte.

»Du bist also Wittgensteins Lehrmädchen«, hatte sie Emily damals begrüßt, als diese das Antiquitätengeschäft betreten hatte, um einige der Raritäten für Master Wittgenstein zu erstehen.

»Emily Laing«, hatte sie sich höflich vorgestellt.

Eliza hatte Emily ihre mit verschnörkelten, höchst hieroglyphenartigen Symbolen tätowierte Hand gereicht, deren Finger mit filigranen Verzierungen versehene silberne Ringe zierten. »Ich bin Elizabeth Holland.« Ein Lächeln, entwaffnend und offen: »Eliza.«

So hatten sie sich kennengelernt. Und während sie in den hölzernen Kisten, die überall in dem kleinen Geschäft herumstanden, nach den Dingen gesucht hatte, derentwegen Emily gekommen war, hatte sie dem Mädchen von den alten Geschichten und Abenteuern erzählt, die all jene angestaubten Gegenstände einst erlebt hatten. Von bösartig verzauberten Prinzessinnen und wagemutigen Prinzen, die auf der Jagd nach magischen Skulpturen ganz unglaubliche Abenteuer zu bestehen hatten, ehe sie endlich ihre nunmehr von Flüchen und Elend erlöste Prinzessin in die Arme schließen konnten. Von Malern und Poeten, die – unglücklich und dem Tode nahe – Landschaften und Verse von solcher Schönheit zu Papier oder auf die Leinwand brachten, dass man dem Schicksal danken mochte, dass es sie an den Rand der Verzweiflung gebracht und so zu jener Erhabenheit befähigt hatte, die nun in dem Geschäft, das sich *Havisham's* nannte, auf Kundschaft wartete.

»Überall in den Kisten verstecken sich geflüsterte Geschichten und Anspielungen auf Geschichten«, hatte Eliza Holland ihr damals gesagt, »man muss nur danach Ausschau halten.« Dann hatte sie dem Mädchen einen süßen Tee angeboten. »Es sind nicht bloß Gegenstände. Jedes Ding hat seine eigene Geschichte zu erzählen. Es ist die vergessene Vergangenheit, die noch immer unser Leben bestimmt. Man muss nur Augen und Ohren öffnen, um es sehen und hören zu können.« Dann hatten sie geredet, und am Ende hatte Eliza sie mit den Worten verabschiedet: »Du bist jederzeit willkommen.«

Und Emily Laing, die schon damals ein sehr gesundes Misstrauen allem und jedem gegenüber pflegte, hatte der jungen Frau aus dem Antiquitätengeschäft nicht einen Augenblick lang misstraut.

Ja, als Emily das *Havisham's* verlassen hatte, da hatte sie zum ersten Mal seit Jahren das Gefühl, einer echten neuen Freundin begegnet zu sein. Während der folgenden Wochen hatte Emily, sofern es ihre Zeit zuließ, dem *Havisham's* Besuche abgestattet. Von der Kindheit im fernen Salisbury berichtete ihr Eliza Holland, die auf Emily, sah man von den vielen Ringen an ihren Fingern und den ägyptisch anmutenden Tätowierungen auf dem Rücken ihrer rechten Hand ab, wie eine der Film-Schönheiten wirkte, die geheimnisvoll in den alten Schwarz-Weiß-Filmen lebten, die manchmal spätnachts von der BBC gesendet wurden. »Damals, als ich nach London kam, war ich neunzehn Jahre alt.« Von ihren ersten Besuchen in der uralten Metropole hatte sie erzählt und betont: »Dennoch bevorzuge ich das Leben hier oben.« Sie hatte davon geschwärmt, welch überbordenden Reichtum London zu bieten hatte. Eine neue Welt begann sich Emily damals zu erschließen, wenngleich nur aus den Erzählungen der jungen Frau, die gekonnt im Nachtleben der Metropole unterzutauchen vermochte, die sich in den Bars und Clubs im West End auskannte und die klassische Poetry-Performances in den alten Pubs nahe der Fleet Street darbot. Die am Trinity College in Oxford Altertumsgeschichte studiert und ihre Stelle im Britischen Museum gekündigt hatte, weil sie schon als kleines Mädchen ein Antiquitätengeschäft hatte eröffnen wollen.

Und dann, eines Tages, hatte Emily festgestellt, dass Eliza Holland eigentlich viel älter war. »Menschen verändern sich«, hatte Eliza ihr erklärt, »und ich bin, wie ich bin. So war ich schon immer.« Ein Leben konnte lang und kompliziert sein. Den Namen Lilith hatte sie jedenfalls abgelegt, ähnlich wie ihr Gefährte, der für die Kunden des Ladens nur ein grimmig wirkender älterer Herr war, der auf den Namen John Milton hörte. »Wie der Dichter?«, pflegten neue Kunden zu fragen, und wenn sie das taten, dann erwiderte er freundlich: »Ja, genau wie der Dichter.« Hätten sie gewusst, dass er jener John Milton war, der einst *Das verlorene Paradies* verfasst hatte, sie wären zweifelsohne höchst überrascht gewesen.

»Lucifer«, hatte er Emily gegenüber betont, »klingt so übertrieben in London.«

Jetzt lebten die beiden hier, in Chelsea, und sie waren gealtert, wie Menschen es taten, denn sie waren ja Menschen geworden.

»Was führt euch her?«, fragte Eliza und umarmte Emily. In der Vitrine hinter ihr erkannte Emily die Maske aus

Sand, die sie noch immer nicht fortgegeben hatte. Jene Maske, die sie ins Leben zurückgeholt hatte. »Emily Laing, du siehst unglücklich aus.«

»Wir müssen in die Hölle hinab«, sagte Wittgenstein ohne Umschweife, »doch wie es den Anschein hat, sind alle Zugänge, die dorthin führen, verschwunden.«

Eliza Holland, die jetzt eine Dame war mit Gesichtszügen, die keinen Widerspruch duldeten, sah ihn ernst an. Keine Umarmung, nur ein Kopfnicken, von beiden. »Ihr seid nur hier, weil ihr John um Hilfe bitten wollt? Wegen der alten Sache?« Sie trug einen Hosenanzug, wie damals, ein weißes Hemd mit Krawatte.

Es als »alte Sache« zu bezeichnen erschien Emily unangemessen, und dennoch antwortete sie: »Ja.«

»Er lebt jetzt hier«, sagte Eliza. »Die Hölle ist nicht länger sein Platz. Wir handeln mit Altertumsschätzen und Kuriositäten.«

»Wie Sandmasken und Spiegelscherben?«, fragte Wittgenstein.

Eliza Holland musterte ihn streng. »Fragen Sie nicht.«

»Sie hat recht.« John Milton betrat den Laden. Er trug einen Hausmantel aus Seide, dunkles Rot, darunter eine einfache schwarze Hose und ein schwarzes Hemd, feine Hausschuhe, und er hielt eine Pfeife in der Hand. »Die Hölle ist nicht länger meine Heimat.« Sein tiefschwarzes Haar war ergraut, das Gesicht markant wie eh und je. In seinen Augen loderten noch die Erinnerungen an die Feuer, die einst dort gebrannt hatten. »Ich bin nicht mehr das, was ihr früher in mir gesehen habt. Ich bin kein Lichtengel mehr.« Er berührte das Tuch, das er um den Hals trug, lockerte es ein wenig.

»Das wissen wir«, antwortete Wittgenstein betont höflich. »Dennoch sind Sie unsere letzte Hoffnung.«

Der einstige Lichtengel seufzte tief. »Warum wollt ihr dorthin? Die Hölle ist kein guter Ort mehr.«

»War sie das jemals?«, fragte Eliza, schlenderte herum, berührte die ägyptischen Skulpturen.

John ging zu ihr, legte ihr zärtlich und vertraut eine Hand auf die Schulter. »Sie ist das, was wir aus ihr machen. So wie jeder Ort nur das ist, was jemand aus ihm macht.« Seine Stimme war wie jenes Lied, das einst jemand für ihn allein gesungen hatte. Emily erinnerte sich an die Melodie, an St. Paul's, an alles.

»Es geschehen seltsame Dinge in London«, begann Wittgenstein. In den Minuten, die folgten, schilderte er alles, was ihnen widerfahren war. Danach berichtete Emily, und auch sie ließ nichts aus.

»Ich spüre die Hölle nicht mehr«, sagte John Milton. Er sah verwirrt aus. »Sie sind doch dort gewesen, Wittgenstein«, begann er, »und Sie wissen, was Sie dort gesehen haben. Die Hölle, müssen Sie wissen, ist kein Ort, an den ich mich geflüchtet habe. Die Hölle war immer ein Teil von mir. Ich habe sie gespürt und in mir getragen, so wie die Menschen auch ihre Höllen in sich tragen.«

»Nur war die Hölle, die du in dir getragen hast, mächtiger«, gab Eliza zu bedenken. Sie warf einen Blick auf die Sandmaske und sah für einen kurzen Moment einsam, alt und müde aus.

»Ja, sie war ein mächtiger Ort, in der Tat, das war sie.« John Milton nickte. »Doch nun spüre ich sie einfach nicht mehr. Es ist, als würde man seinen Herzschlag nicht mehr spüren. Dieses seltsame Gefühl, ein Stück meiner selbst unwiederbringlich verloren zu haben, kannte ich nicht.« Er ging zur Tür, schloss ab, drehte das Schild, das dort hing, um, sodass der potenzielle Kunde, der sich draußen gerade dem Laden näherte, mit einem kurzen, knappen »Geschlossen« abgespeist wurde.

»Seit wann haben Sie dieses Gefühl?«, wollte Wittgenstein wissen.

John Milton gab die Antwort, die auch Emily erwartet hatte: »Vor zwei Tagen, am Nachmittag, kam es über mich. Es fühlte sich leer an, als sei etwas, was mir gehörte, nun endgültig entschwunden.«

»Kann es sein, dass die Hölle verschwunden ist?«, fragte Emily bang und dachte wieder an ihre Reise nach Cambridge. Daran, wie London verschwunden schien, als sie dort war.

»Wie kann etwas wie die Hölle einfach verschwinden?« Eliza schien ebenso ratlos wie alle anderen auch. »Orte verschwinden nicht einfach so.« Sie wirkte strenger als vor Jahren, wie Madame Snowhitepink. »Wir glaubten, es sei nur ein Gefühl«, sagte sie. »Eine Art Sinnestäuschung.« Sie zuckte die Achseln, augenscheinlich beherrscht wütend, weil sie das, was da passierte, nicht verstand.

»Ich habe sie jedenfalls gestern am späten Abend noch gesehen«, erinnerte sich Emily und schilderte noch einmal die Vision, in der sie die verschneite Hölle erblickt hatte. »Ein Nekir war dort.« Die Kreatur, die aus dem Dickicht hervorgebrochen war.

Eliza stand still da. »Ein Zeppelin?«

»Ein Luftschiff. Es sah vielleicht nur aus wie ein Zeppelin«, stellte Emily klar.

John Milton musterte sie nachdenklich. »Die Hölle«, sinnierte er leise, »war immer ein Eispalast.« Fast sehnsüchtig flüsterte er: »*Pandaemonium*. Mein Zuhause.«

Eliza ging zu ihm und ergriff seine Hand, sah ihm fest in die Augen. »Das hier ist jetzt unser Zuhause«, sagte sie bestimmt. »Du weißt, warum wir uns zu diesem Leben hier entschlossen haben. Du weißt, dass wir beschlossen haben, nicht zurückzuschauen.«

»Wer die Ewigkeit geschmeckt hat«, antwortete John Milton, »der weiß, dass die Vergänglichkeit der Himmel sein kann.«

Eliza lächelte, dann küsste sie ihn zärtlich.

John Milton ging zum Kamin, streckte die Hand nach dem Feuer aus. »Früher habe ich es oft berührt«, sagte er, »doch heute tut es weh.« Er starrte in die Flammen, dann drehte er sich um, fixierte Wittgenstein. »Aber, um auf Ihre Frage zurückzukommen: Es gibt einen Weg, der in die Hölle führt.« Er sah wehmütig aus. »Oder vielmehr: Es sollte ihn noch geben, weil es der Weg war, der immer da war.«

Eliza stand mit vor der Brust verschränkten Armen da und schaukelte im Takt einer stummen Melodie. »Der alte Weg«, flüsterte sie. Emily hatte keine Ahnung, wovon sie sprach.

»Nicht jeder kann ihn gehen«, sagte John Milton, »aber jene, die ihn gehen, werden die Hölle erreichen.« Dann offenbarte er ihnen, was zu tun sei. »Lest die Zeilen, seht die Zeichen«, trug der gealterte Lichtengel ihnen auf, »dann wird euch nichts geschehen.«

Wittgenstein bedankte sich. Eliza Holland umarmte Emily zum Abschied erst herzlich, dann kühl und distanziert. »Sei vorsichtig«, hauchte sie ihr ins Ohr. »Die Welt ist nicht mehr, wie sie einst war.« Dann schob sie Emily von sich, nahm wieder Haltung an. »Geht jetzt«, sagte sie.

John Milton öffnete die Tür und ließ den Schneesturm in den Raum wirbeln. Er sagte kein Wort des Abschieds, nickte nur kurz, sah ihnen hinterher.

Emily dachte an die Zeilen und Zeichen, die ihnen den Weg weisen würden. Wittgenstein stapfte grimmig durch den Schnee, sagte kein einziges Wort. Die Nacht legte sich wie ein Tuch über die Stadt, als sie Chelsea verließen, und hoch oben am Firmament leuchtete nicht ein einziger Stern.

4. Kapitel

Die Stille vergessener Orte

Maurice Micklewhite schaute aus dem alten Taxi, das ihn durch die Dunkelheit gefahren hatte, und fand sich vor einem riesigen Backsteinhaus wieder, dessen Fassade schon bröckelte und das, wie er unweigerlich wusste, früher einmal ein Waisenhaus gewesen war. Jetzt war es fast schon eine Ruine, ein dunkler Ort, wie es viele in einer Stadt wie London gab, zerfallen, vergessen. Der Elf hatte keine Ahnung, warum er hier war. Er hatte nicht einmal eine Vermutung, weshalb er noch lebte. Seine Erinnerungen endeten in der Tiefe eines der Pfeiler, auf denen die Millennium Bridge ruhte. Eben erst hatte er seine Augen geöffnet und überrascht festgestellt, dass er in einem Taxi saß, und zwar zwischen zwei älteren Damen, die beide, zu seiner grenzenlosen Verwirrung, völlig gleich aussahen, so wie Zwillingsschwestern, nur anders. Er war also nicht tot und auch nicht mehr in der Gewalt der Arachniden.

»Erlauben Sie, dass wir uns vorstellen«, sagte die eine Dame, »ich bin Mrs. Pumblechook, und dies ist Mrs. Pecksniff.«

»Was ist passiert?«, fragte er, zu verdattert, um sich höflicher zu geben. Seine letzten Erinnerungen waren versponnen wie die Seide, mit der Hunderte von Spinnen ihn umgarnt hatten.

»Oh, wir haben Sie gerettet«, erklärte Mrs. Pumblechook.

Maurice Micklewhite versuchte sich zu erinnern, doch da waren nur Bilder wie hinter Milchglas, verschwommene Eindrücke. Die Angst zu sterben. Die Befürchtung, die Spinnentiere könnten in seine Gedanken eindringen. Wie hatten die alten Damen es geschafft, ihn aus der Tiefe des Brückenpfeilers zu befreien? Wie hatten sie es geschafft, den Spinnen zu entkommen und ihn in dieses Taxi zu bugsieren?

»Wir haben Feuer gelegt«, sagte Mrs. Pecksniff. »Überall in der Kolonie.« Das war, immerhin, eine erste Erklärung.

»Und in dem Chaos ...«

»... haben wir Sie gerettet.«

Mrs. Pumblechook lächelte gütig. »Ist das nicht nett von uns?«

Das Taxi hatte angehalten.

»Wir sind da«, sagte Mrs. Pumblechook und öffnete die Tür.

»Das ging ja schnell«, sagte Mrs. Pecksniff, mehr zu sich selbst als zu irgendwem anders.

Maurice Micklewhite folgte Mrs. Pumblechook nach draußen in den Schnee und die Kälte. Mrs. Pecksniff stieg ebenfalls aus, und schon fuhr das Taxi weiter, ohne dass der Elf gesehen hatte, wer der Fahrer war.

Unwichtig, dachte er nur. Noch immer fühlte er sich ein wenig durcheinander und matt. Nur die Kälte machte ihm nichts aus; der schwere weiße Mantel hielt ihn warm.

»Erinnern Sie sich an diesen Ort?«, wollte Mrs. Pumblechook wissen. Sie sah lustig aus auf eine Art, die einem das Lachen im Halse stecken bleiben ließ. »Wissen Sie noch, wie es einst war?«

Micklewhite nickte. Er kannte dieses Haus, natürlich. Emily Laing hatte hier gelebt, und in einer finsteren Nacht, damals, war sie aus dem *Dombey & Son* geflohen, nur um Wittgenstein geradewegs in die Arme zu laufen. Am nächsten Tag war Micklewhite hergekommen, um Emilys Freundin, Aurora Fitzrovia, mit sich zu nehmen. Das war jetzt mehr als zwölf Jahre her. Das Schild aus morschem Holz, das seit jeher klapprig den düsteren Eingang geziert hatte, war nun verschwunden, und viele der schmutzigen Fensterscheiben waren mit dicken, fleckigen Brettern vernagelt oder dermaßen kaputt, dass der Wind, der von der Themse wehte, seinen Weg ins Innere des Gebäudes ohne Mühe fand. Graffiti bedeckten die Wände, mal grässlich, mal so bunt wie die Hoffnungen der Kinder, die hier aufgewachsen waren. Ein seltsamer Ort war dies, noch immer, alles eiskalt, schäbig, sogar die Erinnerungen.

Maurice Micklewhite betrachtete die Fensterhöhlen des Gebäudes, die wie tote Augen in das unendliche Winterdunkel starrten. »Warum?« Ein von Rost zerfressenes Schloss prangte an der Tür.

Mrs. Pumblechook machte ein ratloses Gesicht. »Warum?«

»Warum ... was?«, fragte Mrs. Pecksniff.

Maurice Micklewhite schaute durch eines der kaputten Fenster nach drinnen. »Warum haben Sie mich gerettet? Und warum haben Sie mich hierhergebracht?« Mit dem Stiefelabsatz trat er fest gegen das altersschwache Metall des Schlosses, das sofort nachgab. Die alte Tür schwang mit einem Ächzen auf. »Ich denke doch, wir beabsichtigen einzutreten?« Er fühlte sich erschöpft und ungeduldig. »Deswegen sind wir doch hier?« Der eisige Wind wehte eine ganze Wolke von Schneeflocken in das dunkle Loch, das sich mit einem Mal im Türrahmen aufgetan hatte. Das spärliche Licht der Straßenlaterne schien in den großen Raum dahinter und skizzierte Schatten zwischen den von Schmutz und Staub überzogenen Gegenständen.

»Ja, genau«, erwiderte Mrs. Pumblechook.

Und Mrs. Pecksniff murmelte: »Deswegen sind wir hier.«

Ohne auf die alten Damen zu warten, trat Maurice Micklewhite ein und sah sich um. Hier im Waisenhaus, erinnerte er sich, hatte Emily damals ihr linkes Auge verloren, weil einem ungeschickten Jungen ein Missgeschick passiert war und sie es hatte ausbaden müssen. »Dies ist eigentlich ein vergessener Ort«, stellte er fest. »Warum haben Sie mich hergebracht?«

»Sie sind neugierig«, sagte Mrs. Pumblechook.

»Und Sie stellen viele Fragen.«

»Fangen wir doch mit der ersten Antwort an«, schlug er vor. »Warum haben Sie mir in der Kolonie der Spinnen geholfen?« Er erkannte das riesige Treppenhaus, in dem die Schneeflocken wirbelten. Weiter oben befand sich der Schlafsaal für die Neuzugänge, wie die ganz kleinen Kinder genannt worden waren. Emily hatte ihm das alles erklärt. Charles Dombeys Büro war ebenfalls dort oben gewesen. Damals hatte der Elf eine kurze Unterredung mit dem Leiter dieser Einrichtung gehabt, und dann war Aurora Fitzrovia ihm gefolgt und nie mehr zurückgekehrt in diese

Gegend. Er hatte sie zu Emily Laing in die Bibliothek im Britischen Museum gebracht, und dann, später, waren die Kinder nach Hampstead Heath zu ihren Pflegeeltern gezogen. »*Wie* haben Sie mir geholfen?«

»Es liegt in unserer Natur, Menschen zu helfen«, säuselte Mrs. Pecksniff.

Und Mrs. Pumblechook ergänzte: »Gegengift und Feuer, so einfach war das.«

Immerhin war beides hilfreich gewesen. Warum also noch nachhaken? »Was ist mit Miéville und dem jungen Streicher passiert?«

»Wir haben nur Sie gerettet«, sagte Mrs. Pecksniff ohne einen Funken Reue in ihrer Stimme. »Die anderen beiden sind in den Arachniden ertrunken.«

»Drei waren zwei zu viel. Wir mussten uns entscheiden.«

»Nicht, dass uns die Wahl schwergefallen wäre.«

Micklewhite seufzte. Er hatte Miéville gemocht. Gemeinsam waren sie viele Male durch die Tiefen der uralten Metropole gestreift. Und Treswithian war viel zu jung gewesen zum Sterben.

Micklewhite starrte die beiden Damen an. »Sie haben Miss Laing in Cambridge besucht.«

»Das haben wir«, sagte die eine.

»Und sie dann hergebracht«, sagte die andere.

»Denn das ist es, was wir tun.«

»Wir sorgen für ein Gleichgewicht.«

Micklewhite sah von der einen zur anderen und dann zurück. Sie sahen wirklich gleich aus und doch auch wieder nicht. Wie ein Spiegelbild, wenn der Spiegel nicht richtig spiegelt.

»Das verstehe ich nicht«, sagte er, denn er verstand es wirklich nicht.

Mrs. Pecksniff lächelte gütig. »Das müssen Sie auch nicht.«

»Nein«, ergänzte Mrs. Pumblechook, »das müssen Sie ganz und gar nicht. Manche Dinge bleiben besser im Verborgenen. Glauben Sie mir.« Sie schaltete eine Taschenlampe an.

Micklewhite erkannte in ihr seine eigene, sagte aber nichts. Die beiden Damen gaben ihm wahrlich Rätsel auf.

Mrs. Pumblechook ließ den Strahl der Taschenlampe durch die Dunkelheit, die in dem verfallenen Gebäude herrschte, wandern. Er streifte Stühle, Kommoden, Tische. Eine dünne Schneeschicht lag hier drinnen auf allem, selbst auf den Laken, mit denen irgendjemand halbherzig die Möbel zu schützen versucht hatte.

»Vergessene Orte«, sagte Mrs. Pumblechook, »sind nie das, was sie einmal waren.«

Micklewhite fragte sich erneut, welches Spiel die beiden spielten. Sie hätten ihn an jedem Ort in der Stadt absetzen können, doch sie hatten ihn hierhergebracht. Nach Rotherhithe, zum alten Waisenhaus.

»Orte sind wie die Menschen, die dort leben«, begann Mrs. Pumblechook.

»Oder die Wesen«, korrigierte Mrs. Pecksniff.

»Ja, genau, meine Liebe, oder die Wesen«, wiederholte Mrs. Pumblechook. »Doch wenn man sie vergisst, dann verändern sie sich. Sie sehen äußerlich noch genauso aus wie jene Orte, die man in Erinnerung hat. Doch tief in ihnen lebt nun etwas anderes. Etwas, was unversöhnlich ist, hungrig, still.«

Mrs. Pecksniff hob die Hand, streckte den Zeigefinger in die Luft. »Hören Sie das, Master Micklewhite?«

Er lauschte angestrengt. Doch außer den Geräuschen, die von der Straße hereindrangen, fiel ihm nichts auf. Alle Geräusche, die er hörte, kamen von draußen. Hier drinnen, im Haus, wo der Schnee alles bedeckte, war es leise. So leise, dass der eigene Atem zu laut anmutete.

»Stille«, sagte Mrs. Pecksniff flüsternd, als wolle sie die Stille nicht stören. »Stille«, wiederholte sie fast ehrfürchtig. »Dieser Ort ist still, so still, weil er seit Jahren schon vergessen ist.«

»Sehen Sie sich um«, forderte ihn Mrs. Pumblechook auf. »Erkennen Sie diesen Ort *wirklich* wieder?«

»Ja, natürlich.«

Die beiden alten Damen sahen einander lange an, seufzten, als hätten sie es mit einem begriffsstutzigen Kind zu tun.

»Lassen Sie sich nicht täuschen«, warnte Mrs. Pumblechook. »Dies ist nicht mehr das Waisenhaus *Dombey & Son*. Es ist jetzt ein anderer Ort. Ein fremder Ort.«

»Ein Ort, den Sie nicht kennen, auch wenn Sie glauben, es zu tun«, ergänzte Mrs. Pecksniff. »Wir geben uns viel zu oft einer Illusion hin. Wir mögen Illusionen. Sie sind so *intensiv*.«

Mrs. Pumblechook ließ den Lichtstrahl der Taschenlampe kreisen. »Sie glauben diesen Ort zu kennen, Master Micklewhite. Ja, aber das tun Sie nicht. Die Stille hat ihn vereinnahmt. Er ist anders geworden. Das, was Ihnen bekannt vorkommt, sind nur diese Äußerlichkeiten.« Sie klopfte laut auf die Tischplatte, sagte: »Tock, tock.«

»Alles ist staubig, verschneit, das sehen wir auch, aber dies ist nicht mehr *Dombey & Son*.«

»Was ist dieser Ort dann?«, wollte Maurice Micklewhite wissen.

»Er ist gefährlich«, sagte Mrs. Pumblechook.

Mrs. Pecksniff flüsterte: »Weil er so still ist.«

Sie sahen einander verschwörerisch an.

Dann sagte Mrs. Pecksniff: »So still wie die Hölle.«

Maurice Micklewhite horchte auf. »Was meinen Sie?« Wussten sie von den Plänen, die sie alle verfolgten?

»Die Hölle war ein Ort wie dieser hier. Jene, die dort lebten, gaben der Hölle lange Zeit ihr Gesicht.«

»Doch dann, wie wir alle wissen, wurde auch jener Ort, den sie so gern als Hölle bezeichnen, verlassen. Und die Stille zog ein.«

Maurice Micklewhite gefiel nicht, wie sehr die beiden die Stille ins Spiel brachten. Es erinnerte ihn an seinen Abstecher zum Ravenscourt. »Was hat es mit der Stille auf sich?«

Mrs. Pumblechook malte mit dem Finger ein Muster in den Schnee auf einem der Stühle. »Die Stille, müssen Sie wissen, verändert das Wesen der Dinge. Lauschen Sie nur. Die Stille gibt selbst verlassenen Orten wie diesem eine ganz neue Stimme. Sie wispert von den Zeiten, die nie wiederkehren werden.«

»Die Stille«, sagte Mrs. Pecksniff, »ist mächtiger als der Lärm.«

»Das war sie schon immer.«

»Das wird sie immer sein.«

»Glauben Sie uns.«

»Ja, schenken Sie uns Glauben.«

Maurice Micklewhite hörte die Stille, in der Tat, sie war auf einmal viel lauter als die vielen anderen Geräusche, die von draußen in das Haus eindrangen. London selbst, das fiel ihm auf, war stiller geworden. Es war der Schnee, auf dessen leisen Schwingen die Stille in die Straßen gekommen war. Kaum merklich, wie auf Samtpfoten, wandelte sie durch die Stadt der Schornsteine, berührte alles und jeden.

»Warum haben Sie mich gerettet?«, fragte Maurice Micklewhite erneut.

»Sie müssen Emily Laing aufsuchen und sie von dem, was sie vorhat, abhalten.«

Sie wussten es. Doch woher?

»Es ist eine Falle«, sagte Mrs. Pecksniff.

Und Mrs. Pumblechook betonte: »Emily Laing darf nicht in die Hölle gehen. Sagen Sie ihr das. Tragen Sie Sorge, dass sie die Hölle niemals betritt.«

»Denn die Hölle«, sagte Mrs. Pecksniff, »ist seit Tagen schon ein Ort der Stille.«

Es schneite sanft im Inneren des Waisenhauses. Die dicken Schneeflocken fanden ihren Weg durch die kaputten Fenster und wirbelten durch das alte Gebäude, und dabei brachten sie die Stille mit. Jene Stille, die überall in der Stadt anzutreffen war, die niemand kommen hörte.

Der junge Mann wartete schon eine ganze Weile in der wohligen Wärme von *Chesterton's Perfect Brew*. Er mochte die Teestube. Erst recht, da es draußen schneite, denn die Gerüche nach fernen Ländern, das Klappern der Tassen, die leise Musik aus dem Radio, das alles erweckte den Eindruck, dass man sehr lange an diesem Ort verweilen konnte. Doch nichts lag ihm ferner. Er war hier, weil er jemanden ausfindig machen wollte. Und so beobachtete er das

Treiben draußen in der Monmouth Street, doch die junge Frau, derentwegen er hier war, kam nicht.

Er wusste nicht, wo er sie finden würde. London war groß, und im Britischen Museum, wo er vorhin gewesen war, hatte man ihm keine Auskunft geben können. Ebenfalls unbeantwortet geblieben waren seine Anrufe. Und in Hampstead Manor hatte ihm niemand geöffnet; das Anwesen hatte mit seinen dunklen Fenstern verlassen gewirkt. Also war er hierhergekommen, wo sie wohnte. Er hatte bei ihr geläutet.

Ohne Erfolg.

Sofort in die Wohnung einzudringen erschien ihm unhöflich, also hatte er in der Teestube gewartet.

Doch nun, nach einer geschlagenen Stunde, die ihm wie ein Tag vorkam, beschloss er, nicht länger zu warten. Er zahlte den Tee, dann verließ er die warme Stube, um nach oben in die Wohnung zu gehen. Die Haustür unten zu öffnen war kein Problem; mit einem Draht und Geschick verschaffte er sich Zutritt zu dem Gebäude. In dem engen Treppenhaus roch es nach Holz und Teppichboden; das passte zu ihr. Er stellte sich vor, wie sie jeden Tag dieses Treppenhaus benutzte, womöglich beim Hinablaufen mit den Fingerspitzen die Wände berührte. Die Stufen knackten leise bei jedem Schritt.

»Hier hast du dich also versteckt«, flüsterte er, als er oben im dritten Stock vor ihrer Wohnungstür angekommen war. Alles sah unscheinbar aus. *Unauffällig.* Eine Holztür, eine Fußmatte, ein Blecheimer, in dem ein klassisch schwarzer Regenschirm stand. Die Tür war auch dieses Mal kein Problem. Mit geübtem Griff verschaffte er sich auch hier Zutritt, trat ein wie ein Dieb in der Nacht, nur eleganter, vorsichtiger.

Er schaute sich um, prüfte jeden Raum. Die Einrichtung war spärlich, in jedem der drei Räume bedeckte ein Teppich ohne Muster den Dielenboden, im Schlafzimmer lag eine Matratze auf dem Boden, daneben stand eine altmodische Stehlampe. Drei alte Schrankkoffer standen sauber aufgereiht an den Wänden; in ihnen befand sich offenbar nach wie vor alles, was Emily an Kleidung besaß. Auf den Schrankkoffern lagen Bücher oder standen Kerzen, Blumentöpfe mit Pflanzen. Drüben, im Wohnzimmer dann, ein flacher Tisch, darum herum Sitzkissen. Große Kerzen auf dem Boden. Draußen, vor der Glastür, ein Dachgarten, winterlich. Der Schnee lag hoch, bedeckte alles.

Der Mann stand ruhig da, mitten im Wohnzimmer. Er trug einen Mantel, dazu den Gehstock, den er selten aus der Hand gab. Er wirkte so distanziert wie ein Gentleman aus einer BBC-Serie über das England der 20er-Jahre und genoss es, altmodisch zu sein. In den Fensterscheiben spiegelte sich sein Gesicht, blass, mit schmalen Augen, die selbst im Spiegelbild einen stahlblauen Glanz kaum verbergen konnten.

Wo, verdammt noch mal, steckte sie nur? Er dachte gar nicht daran zu gehen, bevor er sie gefunden hatte.

Draußen schneite es unaufhörlich. Und es war still. Ja, die Stadt der Schornsteine war still geworden. Er machte kehrt, und sein Blick fiel auf die Geige. Er ging zu ihr, berührte das dunkle Holz, lächelte leise vor sich hin.

Er schaute auf die Uhr. Es war spät, bald würde es Nacht werden. Er zögerte. Sollte er hier auf sie warten? Welche Alternative hatte er? Die Welt war voller Zeilen und Zeichen. Entnervt und ungeduldig glitt sein Blick über die Bücher, die überall herumlagen. Er pochte mit dem Gehstock auf den Boden. Die Zeit verging, jeden Augenblick ein wenig mehr.

Er schaute erneut nach draußen, lauschte. Da waren keine Schritte im Treppenhaus. Nur Schnee, unaufhörlich; die Stadt ertrank in dem Weiß. Schnee und Stille. Er nahm auf der Couch Platz, schlug den Mantel zurück, wartete. Er verschmolz mit den Schatten, die das Licht von draußen in die Wohnung zauberte. Emily Laing würde ihm bestimmt kein weiteres Mal entwischen.

Das, was die beiden alten Damen ihm offenbart hatten, beunruhigte ihn sehr. Ob man den beiden trauen konnte und ob das, was sie ihm gesagt hatten, tatsächlich der Wahrheit entsprach, würde sich zeigen. In jedem Fall war Maurice Micklewhite niemand, der leichtfertig Fremden vertraute, und erst recht nicht zwei älteren Damen, die ihn zu sehr an zwei Herren erinnerten, deren Gesellschaft, wenn sie denn einmal höchst überraschend aufgetaucht waren, nicht immer erfreulich gewesen war.

Mrs. Pecksniff und Mrs. Pumblechook hatten ihm eine ganze Reihe von Hinweisen gegeben und, das wusste er, vermutlich ebenso viele verschwiegen. Die Beweggründe der beiden Damen waren ihm noch immer unklar. Er war Mrs. Pecksniff und Mrs. Pumblechook natürlich dankbar dafür, dass sie ihm, kein Zweifel, in der Millennium Bridge das Leben gerettet hatten, doch hatten sie dies bestimmt nur getan, weil es ihren eigenen Interessen zugutekam. Interessen, über die sie sich beharrlich ausgeschwiegen hatten.

Nachdem sie geplaudert hatten – das Wort *Plaudern* hatte Mrs. Pecksniff benutzt –, war Maurice Micklewhite in dem einstigen Waisenhaus namens *Dombey & Son* allein zurückgeblieben. Die alten Damen hatten sich empfohlen und waren gegangen, wie sie gekommen waren: unverhofft, schnell, ohne Spuren zu hinterlassen.

Die Stille in den verlassenen und vergessenen Räumlichkeiten hatte jetzt in der Tat etwas höchst Gespenstisches. Die Stille, das wusste Maurice Micklewhite nun, war mehr, als sie alle vermutet hatten. Schnee brachte Stille. Vergessen brachte Stille. Die Stille war das, was niemand hörte.

»Manches«, hatte Mrs. Pumblechook gesagt, »wird erst dann konkret vorstellbar, wenn man ihm einen Namen gibt.«

Und Mrs. Pecksniff hatte hinzugefügt: »Also geben Sie dem, was Sie nicht kennen, einen Namen.«

Genau das hatte Maurice Micklewhite getan. »Mr. Silence«, hatte er gesagt. Die Stille im Waisenhaus hatte ihn an den Gentleman denken lassen, von dem Emily Laing berichtet hatte. Er erinnerte sich an das, was die Männer vor ihrem Freitod gesagt hatten: *Die Stille befiehlt, wir folgen.* »Mr. Silence.«

Die beiden Damen hatten zufrieden genickt.

»Sehen Sie.«

»Es geht doch.«

»Wenn man nur nachdenkt …«

»… dann weiß man genau, was man meint.«

»Manchmal muss man einfach …«

»… seiner Intuition folgen.«

Der Gentleman, der still und leise auftauchte, um zu helfen. Der Piccadilly Mayfair und Peggotty entführte? War *er* Mr. Silence? Maurice Micklewhite hatte keine Ahnung, ob der Gentleman sich selbst diesen Namen gegeben hatte, aber irgendwie hatte er das Gefühl, dass er die Stille war. Doch was führte er im Schilde? Warum half er Piccadilly und Emily; und warum tat er anscheinend alles, um die Pläne des Duke von Blackheath zu vereiteln?

Fragen über Fragen.

Bevor er eine von ihnen hätte stellen können, hatten die beiden alten Damen das Waisenhaus und ihn verlassen, und nun galt es erst einmal, Schlimmeres zu vermeiden. Er musste Wittgenstein und Emily davon abhalten, dorthin zu gehen, wo, wie sie wohl noch immer glaubten, die Hölle war. Keiner von ihnen hatte auch nur im Entferntesten eine Ahnung von dem, was sie dort erwarten würde.

Alles, das wusste der Elf jetzt, veränderte sich, und nichts war mehr das, was es zu sein schien.

So verließ er also Rotherhithe, und nach einer ganzen Reihe von fehlgeschlagenen Versuchen, Emily Laing und Wittgenstein telefonisch zu erreichen, rief er in dem Antiquitätengeschäft in Chelsea an. Eliza Holland teilte ihm nur mit, was er nicht hatte hören wollen, nämlich, dass die beiden schon vor geraumer Zeit aufgebrochen waren, um in die Hölle hinabzusteigen. John Milton hatte ihnen den Weg gewiesen.

Na, wunderbar!

Micklewhite seufzte. Er konnte sie nicht mehr aufhalten, das stand fest. Also musste er hier oben in London versuchen, etwas für sie zu tun. Doch was? Erneut mit dem Duke von Blackheath sprechen? Dem Lordkanzler von Kensington? Wussten die beiden womöglich, wer sich hinter der Stille verbarg?

Maurice Micklewhite verließ die U-Bahn am Trafalgar Square und stapfte durch den tiefen Schnee auf die Löwen zu, die ihn missmutig musterten. Er wusste nicht recht, wo ihm der Kopf stand. Außerdem wusste er immer noch nicht, ob die Spinnen, als sie sich seiner bemächtigt hatten, etwas in Erfahrung gebracht hatten, bevor die beiden alten Damen ihn gerettet hatten. Er nickte den Löwen zu, die steinig und so leise knurrten, dass es im eisig wehenden Wind unterging. Dann schaute er an der Säule empor, die in das Schneegestöber ragte, ohne dass man ein Ende erkennen konnte.

Ein alter Mann, dürr und in eine schäbige Admiralsuniform gekleidet, stand am Fuße der Säule und fütterte die Tauben, die sich heute kaum vom Schneetreiben unterschieden. Traurige Augen in einem faltigen Gesicht mit breiter Nase, alles in einem matten Clownsweiß geschminkt. Auf dem Kopf trug er einen Admiralshut, breit und uralt, vielleicht sogar echt. Der Drehorgelwagen, der abgedeckt neben ihm stand, sah eingefroren aus.

»Lord Nelson«, begrüßte Maurice Micklewhite den alten Clown.

»Micklewhite, alter Elf, was führt dich zu dieser Stunde her?«, krächzte der Alte.

»Was wohl? Ich brauche deine Hilfe.« Er kramte ein Croissant hervor, das er unten am Kiosk in der U-Bahn erstanden hatte. »Deine Tauben haben ihre Augen überall.« Lord Nelson gebot über eine ganze Armada fliegender Ratten, der Trafalgar Square war sozusagen das Flaggschiff der ganzen Flotte. »Lass uns zum Haymarket gehen und einen Tee trinken.«

»So wie früher?«

»Ja, wie in den guten alten Zeiten«, sagte Maurice Micklewhite. Er fühlte sich noch immer unruhig.

Lord Nelson musste nicht lange überlegen und willigte ein. Er trug den Löwen auf, den Drehorgelwagen zu bewachen. Die Tauben ließen sich im Schnee nieder, gurrten, ruckten mit den Köpfen.

Der alte Mann folgte dem Elfen in das auch so spät noch geöffnete Café am Haymarket, wo sie bei Tee, Kleingebäck und Kuchen über alles redeten, was Maurice Micklewhite am Herzen lag.

»Emily Laing und Wittgenstein laufen in ihr Verderben«, sagte der Elf, »aber es gibt wohl nichts, was wir direkt für sie tun können.«

»Das ist schlecht«, sagte Lord Nelson.

»Die Hoffnung stirbt immer zuletzt«, meinte der Elf daraufhin. »Wir können nur unseren Teil leisten und fest daran glauben, dass sie den Weg zurück finden.«

Das traurige Clownsgesicht des Admirals stimmte dem vorbehaltlos zu.

»Meine Tauben sollen hier oben die Augen offen halten.«

»Du sagst es.«

»Es fällt ihnen immer schwerer zu fliegen, bei der Kälte«, klagte der Admiral. »Sie erfrieren. Viele von ihnen sind schon tot aus der Luft gefallen. Eis in den Flügeln. Du meine Güte, wann hatten wir jemals solche Winter?« Er schlürfte vernehmlich seinen Tee. »Nach wem sollen sie Ausschau halten?«

Maurice Micklewhite erklärte ihm die Situation. Er erwähnte den Duke und jenen Gentleman, der vielleicht auf den Namen Mr. Silence hörte. »Emily Laing sprach außerdem von jemandem, den das Mädchen, Piccadilly Mayfair, als den Augenmann bezeichnet hat. Wir glauben, dass er ein Handlanger des Duke ist. Aber sicher ist das nicht. Er ist in der Lage, anderen seinen Willen aufzuzwingen.«

»Meine Kinder haben von ihm berichtet.« Lord Nelson schaute auf. »Die Tauben haben ihn gesehen. Ja, ja, vor zwei Tagen, drüben in Walthamstow.«

»Dort liegt das Waisenhaus, in dem Piccadilly Mayfair war. Wurde er noch anderswo gesehen?«

Lord Nelson schüttelte den Kopf. »Vielleicht bewegt er sich unterirdisch, in der uralten Metropole. Du solltest die Ratten fragen. Oder die Tunnelstreicher.«

»Hab ich schon«, sagte Maurice Micklewhite. Er berichtete von den Spinnen in der Millennium Bridge und dem Tod der beiden Streicher. »Die Lage ist ernst.«

»Ja, das ist sie. Es gibt Unruhen in der Stadt. Die Tauben berichten davon. Überall. Die Menschen werden aggressiv, sie verlieren die Kontrolle. Kleinigkeiten schon führen zu niederträchtigen Auseinandersetzungen. Es gibt Stadtteile, die niemand mehr findet. Tauben, die dorthin fliegen wollten, sind verschwunden. Wurden einfach nicht mehr gesehen. Angst macht sich breit unter denen, die zu sehen vermögen. Diejenigen, die blind sind, sehen trotz offener Augen nichts.«

»Bis es zu spät ist«, sagte der Elf.

Der Admiral nickte. »Ja, bis es zu spät ist.«

Beide erinnerten sich noch gut an die Whitechapel-Aufstände, die Manderley-Krise, all diese Geschehnisse, die London seiner Seele beraubt hatten. Keiner von ihnen wollte, dass Ähnliches noch einmal passierte.

»Lass deine Tauben den Augenmann finden«, bat Maurice Micklewhite. »Er wird uns zu seinem Auftraggeber führen.«

Lord Nelson leerte seine Tasse, schniefte laut. »Dann lass uns mal keine Zeit verlieren. Der Winter ist schon da.«

Der junge Mann, der seit Stunden in der Monmouth Street darauf gewartet hatte, die junge Frau namens Emily Laing zu treffen, wurde langsam ungeduldig. Die Zeit verging zu langsam, nichts passierte. Er ging ruhelos in den Räumen auf und ab, berührte hier und da einen Gegenstand, schaute sich nachdenklich um, wartete erneut. So lange, bis er des Wartens überdrüssig wurde. Emily Laing würde nicht kommen, nicht heute Abend. Er würde also Aurora Fitzrovia einen kurzen Besuch abstatten. Womöglich wüsste sie, wo Emily Laing zu finden war. Es war doch wirklich stets das Gleiche. Irgendjemand wusste immer Bescheid, und die Kunst war nur, denjenigen zu finden.

Der Mann verließ leise die Wohnung in Seven Dials. Still und unauffällig trat er nach draußen in die eisig angebrochene Winternacht, die so voller Schnee und Rätsel war. Er atmete tief ein, suchte Klarheit in seinen Gedanken, fand aber nur die Ungeduld. Emily Laing, das wusste er, war eine Trickster, und womöglich war sie wieder mit Master Wittgenstein unterwegs. Er schlug den Kragen seines Mantels hoch, zog den Schal enger um den Hals. Seine unruhigen Finger, die in schwarzen Handschuhen steckten, umspielten den Griff seines Gehstocks. Raschen Schrittes und ohne einen Gedanken an die Zweckmäßigkeit seines Tuns zu verlieren, kehrte er zu der U-Bahn-Station zurück, von der er gekommen war, und betrat dort den

Untergrund. Wie ein Schatten glitt er durch die Tunnel von Covent Garden.

Die Stadt der Schornsteine, dachte er, *ist wirklich einzigartig.* Aber etwas stimmte in ihr nicht, man konnte es spüren. Es lag eine Aura von aufgestautem Zorn in der Luft.

Der Mann schritt leise durch die Gänge, blieb unauffällig. Die Leute, die ihn sahen, dachten bestimmt, er sei ein *Gentleman*, aber er wusste, dass sie das nur dachten, weil er so gekleidet war, wie sie sich einen Gentleman *vorstellten*. Er selbst hätte sich nie als Gentleman bezeichnet, dafür waren seine Beweggründe viel zu oft egoistischer Natur, seine Gedanken zu verhangen.

Das Leben indes konnte einfach sein: Emily Laing zu finden war sein einziges Ziel. Es war ein Fehler gewesen, sie bei ihrer letzten Begegnung gehen zu lassen. Er hätte ihr seine Beweggründe offenbaren sollen. Dann wäre sie jetzt nicht mit Wittgenstein unterwegs, irgendwo da unten in der uralten Metropole.

Er ging mit schnellen Schritten zum Bahnsteig.

Der Zug fuhr ein, die Piccadilly Line. Zischend öffneten sich die Türen. Er stieg ein.

Mind the Gap.

Es kam ihm vor, als sei die Luft im Wagen stickiger als sonst, als seien die Fahrgäste wie lauernde Raubtiere. Es war nur ein Gefühl, aber der Mann wusste, dass man seinen Gefühlen trauen sollte.

Der Zug fuhr an, polterte durch die unterirdische Nacht. Signallichter rauschten draußen an den Fenstern vorbei.

Da, plötzlich, gerieten im hinteren Teil des Wagens zwei Männer in Streit. Zuerst waren die Worte, die sie wechselten, kaum mehr als gezischte Beschuldigungen, Unflätigkeiten, doch dann, mit einem Mal, wurden sie lauter, so laut und aggressiv, dass andere Fahrgäste aufmerksam wurden. Köpfe wurden gereckt, weitere Stimmen erhoben sich, fielen ein in die Streiterei. Es war ein Chor, dessen schneidende Melodie abrupt anschwoll, drängend, laut, wütend, zu allem bereit.

Irritiert verfolgte der junge Mann aus der Distanz die Aggressionen, die plötzlich auflebten, als hätten sie nur auf diesen Augenblick gewartet. Er hatte keine Ahnung, worum es da ging, aber wie so oft in Fällen wie diesem war der Grund auch nicht wichtig. *Wer Streit sucht, der findet ihn*, dachte er. *Ich bin eindeutig im falschen Zug.* Erste Handgreiflichkeiten deuteten sich an.

Mind the Gap.

Der elegant gekleidete junge Mann, der kein Interesse daran hatte aufzufallen, verließ den Zug an der nächsten Haltestelle.

Im Wagen begannen sich die Handgreiflichkeiten nun auszuweiten. Die beiden Männer, die den Streit vom Zaun gebrochen hatten, prügelten sich hinten im Wagen. Von ihren Schlägen und torkelnden Bewegungen gingen Impulse aus, die sich wie in Wellen auf die anderen Fahrgäste übertrugen.

Wohlwollend bemerkte der junge Mann, dass um diese Uhrzeit wenigstens keine Kinder mehr in der U-Bahn waren.

Mind the Gap.

Er sah sich um. Er war der einzige Fahrgast, der hier ausgestiegen war.

Aldwych.

Eigentlich lag diese Station weder direkt auf der Strecke,

noch wurde sie überhaupt noch angefahren. Sie war seit Jahren geschlossen.

The Gap inside.

Der Zug fuhr an, und dann, plötzlich, verschwand er in der Tunnelöffnung.

Der junge Gentleman stand wie vom Donner gerührt da. Denn der Zug war nicht auf die übliche Weise im Tunnel verschwunden, sondern vollkommen wortwörtlich. Was blieb, war eine Stille wie ein Schlag ins Gesicht. In einem Augenblick hatte das laute Tosen des Zuges den Bahnsteig erfüllt, und dann war es abrupt still. Der Zug war einfach verschwunden und mit ihm die Geräusche, der Fahrtwind.

Der junge Mann schaute sich um.

Mind the Aldwych Gap.

Außer ihm war niemand auf dem Bahnsteig. Nicht einmal die alte Hexe, die hier seit Hunderten von Jahren ihre Blumen verkaufte – die letzte der drei Schwestern, die der gute alte Shakespeare in seinem Stück dem schottischen Despoten zur Seite gestellt hatte –, war hier.

Er trat vor bis zum Bahnsteigrand, spähte vorsichtig in den Tunnel hinein. Sah nur allertiefste Rabenschwärze, sonst gar nichts, und es herrschte eine Stille, wie man sie nie hier unten vernahm. Weder in London noch in der uralten Metropole.

The Gap!

Nichts. Ja, bei genauerem Hinsehen sah es ganz genau so aus: wie *Nichts*.

Der wie ein Gentleman aussehende junge Mann stand regungslos da und fragte sich, was genau er da gerade sah. Blickte er wirklich ins *Nichts*? Was war mit dem Zug geschehen?

Er schaute nach unten.

Die Gleise liefen in den Tunnel hinein, und dort, wo sie die Dunkelheit berührten – oder die Dunkelheit *sie* berührte –, da waren sie wie abgeschnitten. Sie wurden nicht, wie es normal gewesen wäre, nach und nach ein wenig unschärfer, nein, sie waren auf einmal nicht mehr da.

Er holte tief Luft, beugte sich vor, spähte in die Finsternis. Dann hob er den Gehstock, hielt ihn behutsam in die Tunnelöffnung – und wollte seinen Augen nicht trauen.

Was er sah, war schlichtweg unmöglich.

Der Gehstock verschwand dort, wo er die Dunkelheit berührte, als hätte er ihn in pechschwarze Tinte getaucht.

Der junge Gentleman wollte sich gerade darüber wundern und nach einem rationalen Grund dafür suchen, denn für alles gab es schließlich einen vernünftigen Grund, als er ein stetes Ziehen verspürte. Es war anfangs nur leicht, so, als zöge jemand an dem Stock, doch dann wurde das Ziehen stärker und stärker. Er versuchte, den Gehstock aus der Dunkelheit herauszuziehen, aber der wurde immer weiter in den Tunnel hineingezogen. Er wollte den Gehstock loslassen, aber selbst das gelang ihm nicht mehr. Seine Finger lösten sich nicht mehr von dem Knauf, und was immer dort in dem Tunnel war, zerrte mit aller Macht an ihm.

Dann machte die Dunkelheit, die Nichts und Ende in einem war, einen Sprung nach vorn und verschlang den jungen Mann, der aussah wie ein Gentleman, mitsamt dem Bahnsteig.

Was blieb, war Stille.

Nicht mehr, nicht weniger.

5. Kapitel

Lycidas

Das Barbican Centre lag im Osten der City, in einer Gegend, deren ursprüngliche Bebauung in dem großen Krieg weitgehend zerstört worden war. Inzwischen erhob sich an dieser Stelle ein moderner Gebäudekomplex, der fast schon ein eigenes Viertel war. Stahl, Beton, Fenster, Treppen, labyrinthisch und vielfältig, mit einer Konzerthalle, einem großen Theater, einer Kunstgalerie, Kinos und Konferenzräumen. Früher gab es hier eine Kirche, *St. Giles-without-Cripplegate*, und diese Kirche gab es immer noch. Sie befand sich unverändert dort, wo sie einst erbaut wurde, nahe dem uralten Cripplegate, das den Knochenhändlern gehörte und den Ruf besaß, besser gemieden zu werden, und sie war der Ort, an dem Wittgenstein und Emily Laing das letzte verbliebene Tor zur Hölle zu finden gedachten.

»Im Barbican Centre gibt es eine Kirche«, hatte John Milton ihnen gesagt, »und in der Kirche gibt es ein Grab.«

Unverzüglich hatten sie sich dorthin begeben, nicht ahnend, wohin der Weg sie von dort aus führen würde.

»Es wächst eine Rose auf dem Grab«, waren John Miltons Worte gewesen, »sie ist durstig. Gebt ihr zu trinken, und esst von ihren Früchten.« Rätselhafte Anweisungen, die er ihnen genauer dargelegt hatte: Die Rose war keine richtige Rose, nein, sie war ein Abkömmling von *Pairidaezas Stock*, einem uralten Gewächs, das vor langer Zeit in der Hölle verwurzelt gewesen war und seine ganz eigene Geschichte hatte. Und wie immer im Leben war der Preis, den man zahlen musste, kein geringer.

Dennoch waren Wittgenstein und Emily Laing noch immer entschlossen, Piccadilly Mayfair samt Peggotty nach London zurückzuholen. Und wenn es keinen anderen Weg gab als diesen, so war ihnen damit die Entscheidung aus der Hand genommen. Jetzt waren sie hier, in der alten Kirche, die still und verlassen war zu dieser Uhrzeit am Abend. Die Beleuchtung war spärlich, die Säulen warfen Schatten, vor den Kreuzen brannten Kerzen. Vor einer Stunde noch hatte hier eine Messe stattgefunden, doch nun war der letzte Kirchenbesucher gegangen.

Emily und Wittgenstein mussten nicht lange suchen, um zu finden, weshalb sie hier waren. Die Grabstätte befand sich an einer Seite des Hauptschiffs. Eine Büste ragte dort, wo angeblich der Lichtlord seine ewige Ruhe gefunden hatte, aus der Wand, und darunter war eine Inschrift zu lesen:

John Milton
Autor von »Das verlorene Paradies«
geboren im Dezember 1608
gestorben im November 1674

»Inhaber des *Havisham's* in Chelsea«, murmelte Emily.

»Lichtlord, Engel, was auch immer«, ergänzte Wittgenstein und schaute zu der Büste hinauf.

»Er sieht sich ähnlich«, stellte Emily fest. Das herrische, stolze Antlitz, das die Büste zeigte, war zweifelsohne das Gesicht John Miltons, den sie vorhin noch gesprochen hatten. Trotzdem bezweifelte Emily, dass ihn, stünde er an genau dieser Stelle, irgendjemand als den erkennen würde, der er war. Die Menschen neigten dazu, das Offensichtliche nicht zu sehen. Die Tatsache, dass er nach all den Jahren den alten Namen gewählt hatte, sprach in dieser Hinsicht Bände.

»Es gibt nicht wenige, die diesen Namen tragen«, hatte Wittgenstein nur bemerkt. »Das Offensichtliche ist manchmal eben die beste Tarnung.«

Emily trat vor. Sie lockerte den Schal. In der Kirche war es warm. »Das ist also die Rose.« Sie betrachtete das Gewächs, das aus der Wand ragte. Es waren dornenbewehrte Ranken mit ausgedörrten Blättern und einer einzigen Blüte, die fahl und leblos wirkte. Die Beeren, welche das Gewächs trug, waren grau und trocken wie alte Rosinen. Emily fragte sich, ob die Kirchenbesucher, die normalerweise hier verkehrten, diese Rose jemals entdeckt hatten. »Wir sehen sie nur, weil wir nach ihr gesucht haben«, mutmaßte sie.

»Viele Dinge sieht man nur, wenn man nach ihnen Ausschau hält.« Wittgenstein stand ruhig da.

Die Rose schwieg.

»Glauben Sie, dass es funktionieren wird?«

Er zuckte die Achseln. »Es gibt nur einen Weg, es herauszufinden.« Die schwarzen Handschuhe hatte er ausgezogen und in die Manteltaschen gesteckt. Er zögerte, seufzte. »Eine unserer Erinnerungen wird verschwinden.«

Emily nickte. Ja, das hatte Milton ihnen gesagt. Eine

schöne Erinnerung würde man verlieren. Das war ein Teil des Preises, den zu zahlen man bereit sein musste.

Sie trat vor, streckte die Hand aus. Dann zitierte sie aus dem Gedicht *Lycidas*, wie John Milton es ihnen aufgetragen hatte: »›I come to pluck your berries harsh and crude, and with forc'd fingers rude shatter your leaves before the mellowing year.‹« Sie berührte einen Dorn, der lang und spitz war, und stach sich an ihm, bis ihr Blut aus dem Finger quoll.

Emily verzog das Gesicht vor Schmerz und Schreck, als die Rose gierig von dem Blut trank, das sie ihr angeboten hatte. Sie dachte an das, was John Milton ihnen gesagt hatte: dass man eine Erinnerung, die einem lieb war, für immer verlor. Man wusste nicht, welche Erinnerung es war, weil man sie vergaß, doch man spürte, wie sie schwand.

Genau das war es, was Emily jetzt empfand. Es war nur das dumpfe Gefühl, dass ihr etwas fehlte, was vorher noch da gewesen war. Sie fühlte sich leer und traurig, weil ihr ein schöner Gedanke, eine kostbare Erinnerung, an der ihr Herz gehangen hatte, für alle Zeit genommen worden war.

Die Rose nährte sich von dem, was sie ihr gegeben hatte, und die Blätter wurden teilweise grün und die Beeren schwarz und prall, saftig vom Glück, das die Pflanze gierig aufgesogen hatte.

»Es fühlt sich nicht gut an«, sagte Emily. Sie fühlte sich mit einem Mal verwundbar, haltlos. »Es tut weh, obwohl es kein physischer Schmerz ist.« Sie wusste nicht, *was* es war, aber es machte ihr zu schaffen.

Wittgenstein nickte. Dann war es an ihm vorzutreten, die Hand auszustrecken, es Emily gleichzutun. Auch sein

Blut wurde gierig von der Rose getrunken, die Blätter wurden noch grüner, saftiger, lebendiger. Die Pflanze schien leise zu atmen, die Ranken waren wie die Körper kleiner Schlangen. Wittgenstein sah gequält aus, resigniert, dann kehrte der mürrische Gesichtsausdruck zurück. »Es ist kalt geworden«, sagte er, selbst für seine Verhältnisse sehr leise. »Kälter noch als draußen.« Er fröstelte, schaute sich um.

Außer ihnen war niemand hier. Nicht einmal der Küster, der ihnen Einlass gewährt hatte.

Emily zögerte, dann folgte sie der zweiten Anweisung des einstigen Lichtlords und pflückte eine der schwarzen Beeren. »Kosten Sie, nachdem Ihre Erinnerung fort ist, eine der Beeren«, hatte er sie angewiesen, »nur eine, nicht mehr. Das ist wichtig, vergessen Sie das nie.« Sie betrachtete die Beere, drehte sie zwischen den Fingern hin und her, sah, wie sie sich bewegte, geradeso, als sei sie ein lebendiges Wesen; dann aß sie die Beere. Sie war hart und schmeckte bitter, erinnerte sie an das Geräusch langer spitzer Fingernägel, die über Glas kratzen, und bei dem Geschmack überfiel sie eine Erinnerung, von der sie tatsächlich befreit gewesen war.

Meine Güte, wie konnte es sein, dass sie den Keller unter dem Keller in Rotherhithe je vergessen hatte?

Sie war auf einmal wieder das kleine Mädchen von einst. Sie lebte im Waisenhaus in Rotherhithe, und alles, was sie damals gefühlt hatte, strömte ihr entgegen, mit der Wucht einer Naturkatastrophe. Sie war nur Emily, ohne Nachnamen. Nummer Neun für Reverend Dombey, den Leiter des Waisenhauses, einen feurigen Protestanten, der unehelich gezeugte Kinder als eine Ausgeburt der Sünde betrachtete. Dass alle Kinder im Waisenhaus aus seiner Sicht sündig waren, verstand sich da von selbst. Charles Dombey hatte einen Sohn gleichen Namens, Charles Dombey junior, der ihm zur Seite stand und nicht minder verrückt und bösartig war.

»Der Reverend hasst Kinder«, hatte Emily Aurora verkündet, als sie sich zum ersten Mal getroffen hatten. Das war lange nachdem sie das Vergessene erlebt hatte. »Er kennt viele Strafen.«

Emily war vier Jahre alt, als sie zur Strafe für ein Vergehen in den Keller unter dem Keller musste. Für schwere Vergehen wurde man dort unten eingesperrt, ein paar Tage, die wie eine Ewigkeit anmuteten.

»Man sagt, dass manche Kinder da unten verschwunden sind«, munkelten die ängstlichen Stimmen im Schlafsaal. Jeder wusste, dass es ein Leichtes war, sich ein schlimmes Vergehen zuschulden kommen zu lassen. Niemand war dagegen gefeit, alle fürchteten sich vor der Strafe des Reverends.

Der Keller unter dem Keller war ein Verlies, ein Gewölbe, tief unten, mit feuchten Wänden, die das graue Wasser der Themse ausschwitzten, dunkel wie die Kanalisation. Nicht mal Ratten gab es dort unten, nur Kreaturen der feuchten Finsternis, große Kakerlaken, Wesen mit weißer Haut, die im Dunkeln leuchtete, dicke Spinnen, die im Dreck lebten.

In diesen Keller musste man, wenn der Reverend es bestimmte. Hierher brachte Mr. Meeks auch Emily, als sie klein war.

Sie besaß ihr Augenlicht noch vollständig – erst zwei Jahre später sollte ihr der Rohrstock das linke Auge nehmen –, doch hier unten, in der Finsternis, war Augenlicht ohnehin nicht von Nutzen. Die Tür schloss sich mit einem Krachen hinter ihr, und sie war allein. Hörte nur den eigenen Atem, das Tropfen von Wasser irgendwo in der Dunkelheit. Sie tastete sich durch den Raum, suchte nach einer Matratze, fand eine irgendwo am anderen Ende der Kammer auf dem Boden, feucht wie alles hier unten, stinkend, mit Löchern, dazu eine Decke voller Wanzen und anderem Ungeziefer. Sie konnte spüren, wie es sich bewegte, als sie in die Decke eingehüllt dalag. Doch die Kälte war schlimmer als das Getier und der Gestank, also blieb sie in die Decke eingewickelt. Sie weinte lange Zeit, bis sie keine Kraft mehr dazu hatte. Sie schmeckte die eigenen Tränen auf ihren Lippen und fühlte sich leer und kalt. Dreimal am Tag öffnete sich eine Klappe in der Tür, und Mr. Meeks – sie *glaubte*, dass es Mr. Meeks war; sicher war sie sich nicht – schob eine Schüssel mit Porridge hindurch. Dann schloss sich die Klappe wieder, und sie war allein. Das Porridge war fast kalt und pampig, doch sie aß es, mit den Fingern. Es gab nichts anderes, immer wieder nur Porridge.

»Du hast gesündigt, deshalb bist du nicht besser als ein Tier«, hatte der Reverend sie getadelt. »Deswegen wirst du zur Strafe auch leben wie ein Tier. Danach wirst du geläutert sein und wissen, wie schön dein Leben doch ist.« Er hatte sie in das Büro im zweiten Stock bestellt, an dessen Wänden die Regale standen, aus denen staubige Aktenordner quollen, die Aufschriften wie »Aufwendungen« und »Einnahmen«, »Belege« und »Steuerbescheide« trugen, säuberlich geordnet nach Jahreszahlen, die zurückreichten bis ins frühe neunzehnte Jahrhundert. »Mr. Meeks wird dich hinunterführen«, hatte er gesagt und ihr erklärt: »Schreien wird dir nicht helfen. Niemand wird dich dort unten hören. Du kannst dir den Atem also sparen, Nummer neun.«

So war Emily also in dem Kellerloch gelandet. In dem Keller, der unter dem Keller lag. Die Blicke der anderen Kinder waren ihr gefolgt, verhuscht und niedergeschlagen, als Mr. Meeks sie nach unten gebracht hatte. Er hatte sie vorwärts gestoßen, sodass sie Mühe gehabt hatte, nicht die Treppe hinunterzufallen, und dann, im Keller, hatte er die Tür im Boden geöffnet, jene Tür, die in den Keller unter dem Keller führte, dorthin, wo hin und wieder der Reverend in Begleitung jener seltsamen Besucherin verschwand, die alle nur Madame Snowhitepink nannten.

»Und jetzt«, hatte sich Mr. Meeks von ihr verabschiedet, »sei ruhig.« Dann war die Tür zugefallen, und es wurde Nacht.

Die ersten Stunden waren am schlimmsten. Emily hatte versucht zu erkennen, wo sie war, aber es war zu finster. Da waren nur Geräusche, Geraschel, Gerüche, viele Eindrücke, aus denen ihr Verstand Bilder formte. Die Mauer, den Boden, die Tiere, die in der endlosen Nacht des Kellers unter dem Keller lebten. Sie spürte die kleinen Viecher in ihren Haaren, wenn sie schlief, und in der Decke. Manche krochen ihr über die Haut, andere in die Ärmel und Hosenbeine hinein. Sie schlug nach ihnen, zappelte, aber es nützte nicht viel. Also lernte sie, die Schreie zu unterdrücken. Die Schreie hörte schließlich niemand, und vielleicht weckten sie sogar andere Tiere, solche, die Emily sich nicht einmal vorstellen konnte. Sie versuchte, ganz still zu sein. Ihre Tage waren die Stunden zwischen den Schüsseln mit dem Porridge, die Nächte jene Zeit, in der sie schlief. Sie erkundete den Raum nicht, hatte nicht wirklich eine Ahnung, wie groß er war. Sie hoffte nur, möglichst bald wieder hinauf ins Waisenhaus zu dürfen. Der Schlafsaal, sonst eisig und unwirtlich, kam ihr wie ein verlorenes Paradies vor. Ja, sie lebte wie ein Tier, sie stank wie ein Tier, und sie machte Geräusche wie ein Tier. Es gab keine Toilette, und so kroch sie auf allen vieren in eine Ecke, die sie nach kurzer Zeit an dem beißenden Gestank erkannte. Dann, eines Nachts, glaubte sie, ein Tier zu hören. Anders als die Insekten, die leise wuselten, schien dieses hier größer zu sein und Fell zu haben. Es atmete. Jedenfalls bildete Emily sich ein, es atmen zu hören. Ob das wirklich so war, konnte sie nicht sagen. Sie flüchtete jedenfalls vor dem Atem des Tieres, das sich nicht zu erkennen gab und auch danach nicht mehr auftauchte, und so stieß sie auf den Jungen. Es waren ihre Hände, die ihn zuerst fanden, den löchrigen Jeansstoff ertasteten, ein dünnes, zerrissenes T-Shirt, etwas, was ein Schal gewesen sein könnte. Schlimmer aber war seine Haut, die eisig kalt war und an manchen Stellen glitschig. Sie zitterte, doch ihre Hände ertasteten den Jungen weiter. Er war tot, denn er atmete nicht. Panik erfüllte ihre Gedanken. Sie wusste, dass es ein Junge war, weil alle im Waisenhaus die Geschichte des Jungen kannten. Des Jungen, der im Keller unter dem Keller verschwunden war. Er hatte sich etwas ganz und gar Verwerfliches zuschulden kommen lassen: Er hatte Kaffee, den er dem Reverend bringen musste, über die Bibel verschüttet, die, so munkelte man, ein Erbstück vom Vater des Reverends, dem uralten Mr. Dombey, war. Der Reverend hatte ihn daraufhin im Schlafsaal mit dem Rohstock gezüchtigt, direkt vor dem Einschlafen, als eine Warnung an alle – in der Gewissheit, dass jene Dinge, die

Kinder vor dem Einschlafen sahen und hörten, ihnen am besten im Gedächtnis blieben. Dann hatte Mr. Meeks den Jungen hinunter in den Keller unter dem Keller gebracht, wo er fortan leben sollte wie ein Tier. Doch anders als viele vor ihm war der Junge nie wieder zurückgekehrt. Brian Townson war sein Name gewesen. Mr. Meeks und der Reverend hatten den anderen Kindern nach drei Wochen verkündet, er sei mit Madame Snowhitepink verreist, in die schönen Cotswolds, wo er Pflegeeltern gefunden habe. Doch in diesem Moment, allein in der Finsternis, wusste Emily, dass Brian Townson nirgendwo hingegangen war.

»Townson?« Ihre Stimme klang fremd, brüchig, kaputt. Alle hatten ihn immer nur Townson genannt, niemals Brian. »Bist du das?« Er antwortete nicht, und Emily spürte an manchen Stellen, wie weiches, fauliges Fleisch die Knochen freigab.

Sie schrie und weinte und kroch fort von ihm, so weit weg wie nur möglich. Der Keller unter dem Keller war schlimm genug, aber einen toten Jungen zu finden war mehr, als sie ertragen konnte. Sie wimmerte, schluchzte, doch niemand kam ihr zu Hilfe. Sie weinte und schluchzte und schrie, bis ihre Kräfte sie verließen. Die Angst, so zu enden wie der Junge, war in ihr geboren. Sie träumte vom Sterben, vom Hungern, von dem Licht der Sonne, das sie vielleicht nie wiedersehen würde. Sie malte sich aus, dass die anderen Kinder sich Geschichten über sie erzählen würden. Emily Laing, die mit Madame Snowhitepink an einen fernen Ort gereist war, um dort ihre Pflegeeltern zu treffen. Alle würden die Lügen glauben, obwohl sie vielleicht die Wahrheit ahnten, aber manchmal hatte man keine Wahl, und man musste sich an den Lügen festhalten, um nicht in Wahnsinn und Hoffnungslosigkeit zu versinken.

Dann, irgendwann, nach einer Zeit, für die sie das Gefühl verloren hatte, kam der Hausmeister und brachte sie hinauf zum Reverend. »Du hast gelebt wie ein Tier«, stellte der fest. »Du siehst aus wie ein Tier. Und du riechst wie ein Tier. Sag, Nummer neun, wirst du es zu schätzen wissen, nicht wie ein Tier leben zu müssen?« Emily hatte nur genickt. »Geh und wasch dich. Miss Philbrick wird dir frische Kleidung geben. Das, was du trägst, verbrennen wir. Du darfst dich heute ausruhen. Morgen wird gearbeitet.« Emily hatte immer nur genickt. Dann hatte sie ihn angeschaut und unterwürfig »Danke« gesagt, denn das war es, was man sagen musste, wenn man im Keller unter dem Keller gewesen war und wieder zu den anderen durfte. Ja, so war sie ins Leben zurückgekehrt.

Niemand sprach sie danach auf das, was sie erlebt hatte, an. *Wenn man nicht darüber spricht, dann ist es nicht wirklich.* Jedes Kind kannte diese einfache Weisheit. Die Geschichte von Brian Townson änderte sich nicht. Er war mit Madame Snowhitepink in die Cotswolds gefahren und lebte dort glücklich bei einer Familie, die ihn liebte, in einem Cottage wie aus den Bilderbüchern, die alt und zerfleddert waren und zwischen deren Seiten man manchmal Mäusedreck fand.

Erst zwei Jahre später, als ein Junge namens Paul die räudige Katze des Hausmeisters mit heißem Wasser verbrühte, verschwand die Erinnerung an den Jungen im Keller unter dem Keller. Mr. Meeks züchtigte den armen Paul mit dem Rohrstock, und dabei traf er Emilys linkes Auge, das nicht mehr zu retten war. Als die Wunde verheilt war, bekam Emily ein Glasauge, und Mrs. Philbrick, die ein gutes Herz besaß, schenkte ihr einen alten Stoffbären, dem das rechte Knopfauge fehlte. »Made by D. B. Laing, Singapore« stand auf dem Etikett. Emily hielt den Stoffbären fest im Arm, und so bekam sie im Alter von sechs Jahren nicht nur ein Glasauge, sondern auch ihren ersten richtigen Namen: *Emily Laing*.

Wie hatte sie den Jungen im Keller unter dem Keller nur vergessen können?

Sie wusste es wirklich nicht. Vielleicht waren die Schrecken, die diesem folgten, noch schlimmer gewesen?

»Ich hatte es vergessen«, stammelte sie.

»Wir alle«, antwortete Wittgenstein, »vergessen die wirklich schlimmen Dinge im Leben. Nur so können wir weiterleben.« Er hatte Tränen in den Augen. »Oft sind es die Details, die am meisten verletzen.«

Sie standen da, schwiegen. Draußen fiel Schnee, die Kirche war von Stille erfüllt, die Nacht begann.

»Ich weiß jetzt, was in Rotherhithe passiert ist.«

Wittgenstein nickte nur. »Ich weiß wieder, wie es war, Rima zu finden.«

Emily, der klar war, dass er nicht getröstet werden wollte, sagte nichts. Sie wusste, dass er Rima Hawthorne, die er sein ganzes Leben lang geliebt hatte, eines Abends auf dem Boden liegend vorgefunden hatte. Niemand hatte ihr helfen können, kein Arzt und keine Alchemie. Die plötzliche Blutung im Gehirn hatte sie aus der Welt gerissen, halb lebendig, mit offenen Augen, röchelndem Atem, bleicher Haut.

»Es sind die Details, die ich vergessen hatte«, sagte er mit erstickter Stimme. Dann holte er tief Luft, rang um Fassung, sah seine einstige Schutzbefohlene an.

Die Hölle, das wusste Emily, hatten sie beide schon betreten. Allein und gemeinsam.

Jetzt fielen die Blätter von den Ranken der Rose, die keine richtige Rose war, und wirbelten um sie herum wie Schmetterlinge, wild und tosend. Immer dichter wurde die Wolke, bis Emily weder Wittgenstein noch die Kirche mehr sehen konnte. Sie schloss die Augen und hörte nur das Rascheln der Blätter, fühlte sich in einem Wirbelsturm aus Grün gefangen.

Dann war es vorbei, so plötzlich, wie es begonnen hatte. Die Blätter fielen welk zu Boden, und Emily öffnete die Augen. Sie fühlte sich, als träte sie aus dem Auge eines Sturms heraus. Wittgenstein stand neben ihr, alles war anders. Sie waren nun nicht mehr in der Kirche, nein, *St. Giles-without-Cripplegate* war irgendwo anders.

Alles war still geworden.

Sie waren – auch räumlich – in der Hölle angekommen.

Die Kirche war, zumindest an diesem Abend und zu dieser Stunde, da sie schon geschlossen war, ein verlassener Ort inmitten der quirligen, rastlosen Metropole. Für Maurice Micklewhite war das Schloss kein Problem gewesen. Wie ein Geist in der Winternacht hatte er das ehrwürdige Gebäude betreten. Draußen, vor den hohen Fenstern, fiel weiterhin dicht der Schnee. Von hier drinnen wirkte das Weiß, das sich an den Rändern der Fenster sammelte, wie Watte, federleicht und entrückt magisch. Wundersame Dinge lagen in den Kleinigkeiten verborgen, das war schon immer so gewesen. Jeder wusste das, und diejenigen, die es nicht wussten, ahnten es.

Maurice Micklewhite knöpfte den Mantel auf, durchquerte mit behutsamen, aber schnellen Schritten das leere Kirchenschiff. Nachdem er nichts Neues hatte in Erfahrung bringen können über den Augenmann, war er, einer seltsamen Laune des Augenblicks folgend, zum Barbican Center gegangen. Warum er sich ausgerechnet jetzt dazu entschlossen hatte hierherzukommen, war ihm selbst ein Rätsel. Glaubte er Eliza Holland, so hatte John Milton Emily Laing und Wittgenstein an diesen Ort geschickt, damit sie das Portal fanden, das womöglich das letzte seiner Art war. Doch die beiden waren wohl schon hindurchgegangen, geradewegs in die Hölle hinein.

Nein, Micklewhite hatte nicht die Hoffnung gehabt, die beiden von ihrem Tun abhalten zu können. Dafür, das hatte er gewusst, war es bereits zu spät.

Er schaute sich um. Das Licht, das von draußen durch die Fenster in die Kirche fiel und alles mit Schatten und Leuchten überzog, war voller Winter. Die Ruhe war einfach betörend, der Lärm draußen geblieben. Der Elf hielt sich gern in Kirchen auf, das hatte er schon immer getan. Waren sie alt, war die Zeit in ihnen greifbar, so wie hier. All die steinernen Figuren, all die grauen Gesichter, Porträts von Menschen, die einmal die Seele der Stadt gewesen waren und jetzt kaum mehr als Staub in den Erinnerungen jener, die nicht verlernt hatten zu lesen.

Er seufzte.

Jetzt war niemand mehr hier.

Aber womöglich fand er hier einen Hinweis darauf, welchen Weg die beiden genommen hatten, und für den Fall, dass sie Hilfe benötigten, war es gewiss nicht unklug zu wissen, wo dieser Weg begonnen hatte.

Eliza Holland hatte ihm nur mitgeteilt, dass John Milton

sie zur Kirche *St. Giles-without-Cripplegate* geschickt hatte. Üblicherweise fand man Zugänge zur Hölle in Grabstätten, das war schon immer so gewesen. Und nach dem Gespräch mit Lord Nelson hatte er den Entschluss gefasst, den beiden doch noch zu folgen. Sollte er das Portal nun finden und sollte es sich für ihn öffnen, dann würde er dorthin gehen, wohin die beiden vor ihm gegangen waren. Und wenn nicht, dann … nun ja, dann würde es einen anderen Weg für ihn geben. Er war früher schon einmal hier gewesen, vor Jahren. Damals hatte er nicht geahnt, dass er einmal einen gefallenen Engel treffen würde, der sich Master Lycidas nannte und die Kinder der Stadt stahl, um sich an ihrem Leben gütlich zu tun. Doch das war vorüber, der Engel von einst war nur noch ein Schatten seiner selbst, und es genügte ihm, altes Zeug in Chelsea zu verkaufen.

»Nichts«, murmelte der Elf, »stirbt jemals für immer.« Er zwinkerte dem steinernen Kopf zu, der hoch oben aus der Wand ragte. Irgendwie jedoch hatten diese Worte für ihn einen seltsamen Beigeschmack. Er wusste nicht, warum dies so war. Die Worte fühlten sich falsch an, bedrohlich. Und er wurde das Gefühl nicht los, dass sie etwas mit ihm selbst zu tun hatten.

Er schaute sich um. Nichts. Kein einziger Hinweis darauf, dass sich ein Tor irgendwohin geöffnet hatte. Auf dem Boden lagen vereinzelt ein paar Rosenblätter verstreut, aber das war auch schon alles. Hier war nichts, was einen Rückschluss darauf erlaubt hätte, welchen Weg Wittgenstein und seine Schutzbefohlene – für Micklewhite würde sie das immer bleiben – genommen hatten.

Er betrachtete die Rosenblätter, die verwelkt waren. Keine Spur von der Rose, die sie einst geschmückt hatten.

Maurice Micklewhite fühlte sich ungeduldig, und er *hasste* es, wenn er sich so fühlte. Dass er nicht wusste, *was genau* er tun würde, wenn er den Zugang zur Hölle finden würde, machte die Sache nicht besser.

Also verharrte er vor dem Grab und betrachtete die Inschrift auf der Grabtafel. Wie viele Besucher blieben hier wohl stehen? Nicht viele, mutmaßte er. Die Menschen in London waren oberflächlich geworden. Die alten Götter bedeuteten ihnen nichts mehr. Sie feierten Weihnachten und glaubten, dass es um Geschenke ginge, und dabei hatten sie keine Ahnung, wie viel schwieriger es von Jahr zu Jahr wurde, das blutige Unheil zu vermeiden.

Maurice Micklewhite schüttelte den Kopf bei dem Gedanken an all die Dinge, die noch immer so tief im Verborgenen schlummerten, dass kein Mensch sie je ergründen würde.

»Kann ich Ihnen helfen?« Eine gebeugte Gestalt trat aus den Schatten, dürr wie ein Streichholz.

Der Elf schrak auf. »Vielleicht«, sagte er schnell und ärgerte sich, weil er die Gestalt nicht bemerkt hatte. War das nur Unachtsamkeit? Oder, weitaus schlimmer, das Alter?

Die Gestalt trat näher, wirkte harmlos. Ein älterer Herr, der schlurfte. »Das Schloss an der Tür«, sinnierte der Alte, »scheint immer weniger ein Hindernis zu sein, die Kirche zu betreten.«

»Maurice Micklewhite«, stellte sich der Elf vor, denn wenn er schon spätabends in eine Kirche eindrang, wollte er wenigstens die Umgangsformen wahren. »Ihr seid, wie ich annehme, der Küster von *St. Giles.*«

Der Mann nickte. »Griffin«, stellte er sich vor. Er hatte ruhige, geduldige Augen. In ihnen spiegelte sich die tiefe

Gelassenheit eines Menschen, der fast den ganzen Tag in einer Kirche lebte.

»Mr. Griffin«, begann Micklewhite, »es ist gut möglich, dass Ihr mir helfen könnt. Ich bin auf der Suche nach jemandem, der, wie ich glaube, heute Abend hier war.« Er ließ eine Beschreibung der beiden folgen, und der Küster lauschte aufmerksam. »Es ist mir sehr wichtig, herauszufinden, wo die beiden abgeblieben sind.«

»Bedaure«, erwiderte Mr. Griffin, »an diese Besucher kann ich mich nicht erinnern. Aber ich bin auch eben erst wieder hereingekommen. Ich muss noch die Lichter ausschalten, bis auf die Nachtbeleuchtung, die eingeschaltet bleibt, weil es von draußen so schön aussieht, wenn in der Kirche Licht brennt. Gerade jetzt, so kurz vor Weihnachten.«

Micklewhite nickte.

»Aber Sie, mein Herr«, sagte Mr. Griffin, nachdem er ihn eindringlich betrachtet hatte, »erinnern mich an jemanden. Ja, ganz sicher.«

Micklewhite blickte ihn ebenso überrascht wie neugierig an.

»Ja, wie Sie so da stehen. Vor dem Grab des Poeten.« Der alte Küster lächelte, weil er sich seiner Sache wohl sehr sicher war.

»Ach, ja?«

Der Küster nickte. »Vor ein paar Tagen habe ich die Kerzen am Altar erneuert, spät am Abend, und da stand an genau der Stelle, an der Sie gerade stehen, eine Frau. Sie stand völlig regungslos da, aber sie betete nicht. Sie stand nur still da, und als sie mich bemerkte, da lächelte sie.«

»Sie erinnerte Euch doch wohl nicht an mich, weil sie lächelte?«

»Nein, aber ihre Haltung war Ihrer sehr ähnlich«, sagte er. »Sie stand vor dem Grab des Poeten, als würde sie dort nach etwas suchen.« Der Küster schien in die Erinnerung versunken. »Ja, und außerdem war sie, geradeso wie Sie, mein Herr, in die Kirche gekommen, obwohl die Türen abgeschlossen waren.«

Micklewhite trat auf ihn zu. »Hat sie ihren Namen genannt?«

»Ich habe sie nicht nach ihrem Namen gefragt.«

»Aber Ihr sagt, es sei spät am Abend gewesen.« Wie normal war es, dass hier am Abend Eindringlinge ein und aus gingen?

Der Küster blickte versonnen vor sich hin. »Ja, das stimmt schon, ja, ja. Sie hätte nicht hier sein dürfen, aber sie lächelte und …«

»Und?«

»Sie war sehr charmant.«

»Wie überaus angenehm.«

Der Küster beschrieb sie wie ein Zeichner, der eine Skizze anfertigt: Eine Dame mittleren Alters, streng und distanziert, aber mit einem Lächeln, das einen die Nacht und die Gedanken, die man vor dem Einschlafen und nach dem Aufwachen hatte, vergessen ließ. Eine gebildete Frau mit Hut, einem langen Mantel und hellgrünen Augen. »Ich habe sie gefragt, ob ich ihr helfen könne.«

»Was hat sie erwidert?«

»Es war seltsam, was sie geantwortet hat«, sagte der Küster. »Aber es klang schön, irgendwie. Es klang so … *wahr*.«

Micklewhite starrte ihn an. »Nun?«

»›Manche Wege‹«, erinnerte sich der Küster, »›muss man allein gehen. Besonders die steinigen.‹« Er schaute den Elfen an. »Ja, das waren ihre Worte. Seltsam, nicht wahr? Aber auch poetisch.«

Maurice Micklewhite spürte, wie sein Herz schneller zu schlagen begann. Konnte das sein? Ihm wurde plötzlich warm, dann heiß. »Das hat sie gesagt?« Er musste die Frage stellen. »Waren es genau diese Worte?«

Der Küster nickte. »Ja, ich bin mir sicher. Zuerst dachte ich, es sei ein Zitat. Aus einem Gedicht. Von John Milton. Na ja, oder jemand anderem.« Er zuckte die Achseln. »John Milton hätte gepasst, aber dafür klang es zu … modern.« Er räusperte sich. »Nun ja, jedenfalls habe ich sie dann allein gelassen, weil ich noch zu tun hatte. Ich bot ihr an, die Tür erst später zu schließen. Sie sollte tun, weshalb sie hergekommen war.«

»Sie haben sich nicht gewundert, wie sie in die Kirche gelangt ist?«

»Das tue ich bei Ihnen doch auch nicht«, sagte er, als sei diese Einstellung normal für jemanden, der sich um diese Kirche zu kümmern hatte.

Micklewhite sah ihn verdutzt an.

»Ich bin Küster, kein Nachtwächter. Wenn jemand hierherkommt, weil er die Nähe des Herrn braucht, dann sollten ihn auch geschlossene Türen nicht daran hindern.«

Das, dachte Micklewhite, *ist eine noble Einstellung.*

»Die Frau war eine Dame, wie Sie ein Gentleman sind. Manche Dinge sind einfach offensichtlich.« Mr. Griffin machte eine wegwerfende Handbewegung. »Jugendliche Rabauken, die Schabernack treiben wollen, haben hier nichts zu suchen. Manchmal tauchen sie auf und fühlen sich stark, aber die Steinfiguren hier können ungemütlich werden, wenn man sie nicht mit Respekt behandelt.«

Maurice Micklewhite verkniff sich die Frage, ob Mr. Griffin jemals von einem Ort gehört hatte, den man die uralte Metropole nannte. »Was hat sie dann getan?«, fragte er stattdessen. »Die Dame?«

Der Küster zuckte die Achseln. »Nichts.«

»Nichts?«

»Sie stand weiter vor dem Grab. So, wie Sie vorhin dort gestanden haben, die Hände gefaltet, den Blick zu dem Kopf des Poeten erhoben.«

»Und dann?«

»Ich ging nach hinten in die Sakristei, und als ich zurückkam, da war sie fort.«

»Einfach so.«

»Vermutlich war sie gegangen.«

Maurice Micklewhite fühlte sich seltsam. Er hatte einst jemanden gekannt, eine junge Dame, damals, bevor er nach Karnak gegangen war. Sie hatte ihn aufrichtig geliebt, genauso wie er sie, aber die Liebe eines Elfen konnte trügerisch sein, und die junge Frau von damals musste längst tot sein.

Doch nichts, dachte er, *stirbt jemals für immer.*

Dummes Zeug! Warum sollte sie in dieser Kirche auftauchen, nach all den Jahren, und vor dem Grab John Miltons verharren?

Nein, nein, nein, das alles ergab überhaupt keinen Sinn.

»Ist alles in Ordnung?«

Maurice Micklewhite hob die Brauen und sagte: »Ja, alles bestens.« Das Letzte, was er jetzt tun würde, wäre, sich mit dem Küster von *St. Giles* darüber auszutauschen, was ihm im Kopf herumschwirrte. Die Vergangenheit, so weit entrückt, war auf einmal wieder lebendig geworden. Er hörte ihr süßes Lachen und ertrank in den grünen Augen, die so voller Witz und Neugierde waren.

Sylvia Finchley, ja, das war ihr Name gewesen. Er hatte sie bei einem Pferderennen in Ascot kennengelernt, bei einem der eleganten gesellschaftlichen Anlässe, die er damals noch gern und durchaus auch regelmäßig aufsuchte, nicht zuletzt wegen der Damen. Die Kleine aber war weder reich noch angesehen gewesen, nur die junge und unerfahrene Gesellschafterin einer alleinstehenden Erbin aus Hampstead. Sie hatte zum ersten Mal das Rennen von Ascot besucht und mochte den schillernden Glanz der Upperclass, weil Mädchen und junge Damen immer schon von Dingen wie diesen begeistert waren.

Du liebe Güte, und nach all den Jahren konnte er sich wirklich immer noch an ihre Augen erinnern, diese Seen, die so schön gewesen waren wie die Wasser von Kensington, wenn sich die Sonne in ihnen brach. Seit Jahren – nein, seit Jahr*zehnten* – hatte er nicht mehr an sie gedacht. Aber jetzt war ihm, als sei die Erinnerung nie ganz fort gewesen. Er und Sylvia Finchley waren ein Liebespaar gewesen, den ganzen Sommer lang.

Es war ein schöner Sommer gewesen, voller Licht und Wärme, doch gab es keine Jahreszeit, die nicht bald schon von einer anderen abgelöst wurde. Maurice Micklewhite hatte von Anfang an gewusst, wie sich leidenschaftliche Affären wie diese entwickelten. Sylvia Finchley, das war unschwer zu übersehen gewesen, hatte an das große glückliche Ende geglaubt, daran, dass die Zukunft ein Groschenroman sein würde, doch kam es, wie es kommen musste.

Als der Herbst sich einstellte, waren sie im Regent's Park spazieren gegangen, und dort, inmitten der güldenen Blätter und sanften Farben, hatte er ihr mitgeteilt, dass er kein Mann war, mit dem man eine Familie gründete, ja, dass er noch nicht einmal ein Mann war, mit dem man den Winter verbringen konnte, wenn man den Sommer gemeinsam erlebt hatte. Er wolle nach Ägypten gehen, nach Karnak, ins Tal der Könige, um einem Freund namens Howard Carter bei seinen Grabungen zu helfen.

Sie war in Tränen ausgebrochen, die arme *Finchy*, doch dann hatte sie die Fassung wiedergefunden. Die grünen Augen waren kalt und hart geworden.

»Manche Wege«, hatte sie schließlich gesagt, »muss man allein gehen. Besonders die steinigen«, und ihre Augen waren nicht mehr die gleichen gewesen.

Dass er ausgerechnet jetzt an Finchy denken musste, war höchst eigenartig. Er neigte dazu zu vergessen, denn manche Affären konnten einem sonst Gewissensbisse der übelsten Art machen.

Maurice Micklewhite wusste noch, wie er sie geküsst hatte. Es war ein letzter Kuss zum Abschied gewesen, bei dem er, wie es seine Art war, schon an eine andere Frau gedacht hatte. Eine Gräfin aus Wales, wohlhabend, von elfischem Adel, so gänzlich anders als die kleine Finchy. Erfahren, wo sie unerfahren gewesen war, eine Herausforderung, wo die Kleine romantisch gewesen war. Ja, er war seinen Freunden ein wirklich guter Gefährte, aber nicht ein einziges Mal in seinem langen Leben war er ein zuverlässiger Liebhaber gewesen.

Und jetzt?

Eine Frau war hier gewesen, in der Kirche von St. Giles,

und hatte zu dem Küster genau jene Worte gesagt, die Finchy damals ihm gegenüber geäußert hatte:

Manche Wege muss man allein gehen. Besonders die steinigen.

Sie hatte am Grab von John Milton gestanden, und plötzlich war sie verschwunden gewesen.

Er hasste es, das zuzugeben, aber etwas stimmte hier nicht, und es hatte mit ihm zu tun. Dabei hatte nichts in dieser ganzen Angelegenheit, die ihn hergeführt hatte, mit ihm zu tun.

»Wann genau war die Dame hier?«, fragte er den Küster.

Mr. Griffin nannte den Tag und die ungefähre Uhrzeit.

Micklewhite stutzte. Das war der Zeitpunkt, zu dem Emily Laing angeblich nach ihrem Besuch in Cambridge wieder in London angekommen war und das rätselhafte Mädchen getroffen und mit zu sich nach Hause genommen hatte.

Maurice Micklewhite fühlte sich leicht benommen. Es war schlichtweg ausgeschlossen, dass Finchy hier in London war. Die Kleine, die damals seinen Sommer versüßt hatte, musste schon längst verstorben sein. Andererseits … wie wahrscheinlich war es, dass jemand Wort für Wort sagte, was Finchy damals zu ihm gesagt hatte? Noch dazu hier, am Grab John Miltons.

»Geht es Ihnen wirklich gut?«, fragte der Küster.

»Ja«, antwortete Micklewhite.

Beide schwiegen.

Er würde keine Pforte finden, jetzt wusste er es. Aber das Schicksal hatte ihn nach *St. Giles-without-Cripplegate* geführt, damit er erfuhr, was der alte Küster ihm da soeben mitgeteilt hatte.

Wie die schlechte Erinnerung von jemand anderem, so fühlte der Elf sich in diesem Moment. Er wusste nicht, warum, aber genau so war es, und zum ersten Mal in all den Jahren und Jahrzehnten hatte er Gewissensbisse.

»Ich danke Euch für die Auskunft«, sagte er zu Mr. Griffin und hoffte, dass es nicht übereilt klang.

»Sie wollen gehen?«

»Das, weswegen ich hergekommen bin, gibt es nicht«, sagte Micklewhite und fragte sich, ob das stimmte, aber am Ende, das wusste er, war es auch egal. Wittgenstein und Emily Laing waren, wo immer sie sich jetzt aufhielten, auf sich allein gestellt. Etwas in London war nicht richtig. Dass er hierhergekommen war und sich an *Finchy* erinnerte, dass die beiden alten Damen, Mrs. Pumblechook und Mrs. Pecksniff, ihn aus dem Pfeiler der Millennium Bridge gerettet und zu dem ehemaligen Waisenhaus nach Rotherhithe gebracht hatten, dass der Schnee immer weiter fiel und manche Stadtteile in den letzten beiden Tagen verschwunden waren – das alles gehörte zusammen. Und es musste einen Grund dafür geben, und zwar einen, der alle diese mysteriösen Dinge in nur einem Satz erklärte.

»Warten Sie, ich schließe Ihnen die Tür auf.« Der Küster ging langsamen Schrittes voran, und Maurice Micklewhite folgte ihm schweigend. Dass er, wenn er sich an Finchy erinnerte, zugleich an Piccadilly Mayfair denken musste, verwirrte ihn.

Mit dem Gefühl, nichts erreicht zu haben, verließ er *St. Giles-without-Cripplegate*, und als er draußen den Schnee im Gesicht spürte, ging er in Richtung Westen und schaute kein einziges Mal zurück.

6. Kapitel

Die unmögliche Hölle

Emily brauchte einen Moment, um ihr Umfeld wahrzunehmen. Gerade eben noch war sie in der Kirche *St. Giles-without-Cripplegate* gewesen, und dann hatte sie der Rosenblätterwirbel geradewegs an diesen Ort befördert, an dem irgendwie alles *falsch* zu sein schien. Das zumindest war ihr erster Eindruck. Denn nichts sah so aus, wie sie es erwartet hatte. Die Hölle sollte ein Eispalast sein, das war sie immer gewesen, doch der Ort, an dem sie jetzt war, sah völlig anders aus. So *normal*, als hätte sie die Stadt gar nicht verlassen. Eisig kalt war es zwar, doch die Höhlenlandschaft, die Emily ihrer Vision gemäß erwartet hatte, war nicht da. Nein, etwas war hier einfach nicht richtig, obwohl Emily nicht sagen konnte, was genau. Es lag nicht nur an der Tatsache, dass sie sich in einer normalen Straße wiederfand, nein, es war ein *Gefühl*. Ein Gefühl, das stark war und dem sie traute.

Wittgenstein stand neben ihr und tat, was auch sie tat: Er versuchte, sich zurechtzufinden.

»Langford Crescent« stand auf dem Straßenschild vor ihr, und alles sah aus wie in einer normalen englischen

Kleinstadt oder einem Londoner Vorort. Die schmalen Wohnhäuser, die Laternen, die am Straßenrand parkenden Autos, und auch hier lag Schnee. Es war Nacht und der Himmel hoch über ihr sternenlos und finster. – Aber auch das war völlig *falsch*. Emily wusste, dass dort oben eine Decke sein müsste, massives Felsgestein, grob und schwarz und mancherorts mit Fresken geschmückt.

War es am Ende möglich, dass sie gar nicht in die Hölle gelangt waren? Hatte John Milton sie getäuscht? Oder war es einfach ein Missgeschick beim Transport gewesen?

»Wittgenstein?«

Er hatte ihr den Rücken zugedreht, schwieg, schaute sich die Straße und die Häuser an.

Er spürt es auch, dachte Emily. Er wirkte angespannt, und er hatte die Hände hinter dem Rücken verschränkt – das tat er immer, wenn etwas nicht so lief, wie er es sich gedacht hatte, und er sich beruhigen und nachdenken musste.

»Es wäre nett, wenn Sie mit mir reden würden.«

Wittgenstein reagierte wieder nicht.

Sie hasste es, wenn er so war.

Aber immerhin drehte er sich jetzt zu ihr um.

»Wo sind wir?«, fragte sie ihn.

Und dann sah sie, wie er die Lippen bewegte, aber sie konnte ihn nicht verstehen. Er sagte offenkundig etwas zu ihr, aber sie hörte ihn nicht. Da bemerkte sie, und es war ein plötzlicher Schock, dass sie gar nichts hörte. Keinen einzigen Ton hörte sie, nichts, kein Geräusch, und sei es auch noch so leise.

Wie konnte das sein? War sie mit einem Mal taub geworden? Oder war dies eine Nachwirkung der Reise hierher? Man konnte nie wissen, wie sich diese Dinge, die Magie und vermutlich uralt waren, auf einen auswirkten.

Andererseits hatte sie ihre eigene Stimme deutlich vernommen.

»Etwas stimmt hier nicht.«

Wittgenstein erwiderte augenscheinlich etwas. Tonlos, nur die Mundbewegungen eindeutig.

»Ich kann Sie nicht hören.«

Er bemerkte ihren aufgeregten Gesichtsausdruck, sagte neuerlich etwas und musterte sie dabei aufmerksam.

Lippen lesen kann ich leider nicht, dachte sie entnervt, sagte noch einmal: »Ich kann Sie nicht verstehen.« Sie sprach betont langsam, viel lauter als gewöhnlich. »Wittgenstein?« Ja, sie hörte ihre eigene Stimme, deutlich und klar. Aber sonst? »Ich höre nichts mehr.« *Außer mich selbst*. Sie tippte sich mit den Handflächen auf beide Ohren und machte ein ratloses Gesicht.

Wittgenstein runzelte die Brauen. Dann versuchte er es erneut.

Sie schüttelte den Kopf. Er verstand wohl nicht, was sie ihm zu sagen versuchte.

Oder doch?

Er hob den Finger und deutete auf die Gegend um sie herum.

Keine Geräusche, so sah es aus.

»Kann es sein, dass ...« Sie winkte ab, dachte laut nach: »Natürlich, jeder versteht nur sich selbst.« Ja, das machte Sinn, und das bedeutete, dass sie beide *nicht* taub waren. Okay. Also stimmte etwas anderes nicht. Waren sie also doch nicht in irgendeiner Wohngegend, sondern in der Hölle angekommen?

»Das ist schräg«, entfuhr es ihr, und Wittgenstein nickte. Ja, natürlich. Ihm ging es genauso. Er hörte sich reden, aber außer ihm selbst war alles still.

Ein Auto tauchte am Ende der Straße auf, fuhr an ihnen vorbei und entfernte sich ohne ein einziges Geräusch. Es war, als schaute man einen Film und habe den Ton abgestellt. Eine Frau kam den Gehweg entlang. Sie hatte offenbar geweint, die Spuren der Tränen waren noch erkennbar. Sie hielt vor Emily inne, sagte etwas, aber Emily konnte sie nicht verstehen. – Doch selbst wenn sie etwas gesagt und Emily es verstanden hätte, wären die Augen der Frau alles gewesen, was Emily beachtet hätte. Du meine Güte! Die Augen der Frau schienen aus Spiegelglas zu bestehen. Es waren keine Spiegelscherben, sondern die Augen selbst waren zu Spiegeln geworden. Emily konnte sich darin erkennen, klein und verloren.

Die Frau wartete nicht ab, bis Emily ihr etwas erwiderte. Sie rannte die Straße entlang und verschwand um die nächste Ecke.

Emily erinnerte sich an ihren ersten Besuch in der Hölle. An all die Kinder, die hier unten in Gefangenschaft gelebt und in deren trostlos leeren Gesichtern Spiegelscherben gesteckt hatten anstelle der Augen.

Und dann erst sah Emily die Netze. Sie waren überall, weiter oben, an den Häusern. Man musste genau hinschauen, um sie zu bemerken. Sie waren sehr dünn und spannten sich von Hauswand zu Hauswand, von Dach zu Dach. Wie unsichtbare Stromleitungen sahen sie aus, wenn man nur beiläufig hinschaute, kaum mehr als ein Flirren in der Luft, hoch oben, ein Flirren, das die Augen täuschte.

Wittgenstein hatte sie nun ebenfalls bemerkt.

Sie sahen wie Spinnweben aus, nur waren sie viel größer als Spinnennetze.

Wittgenstein berührte Emily an der Schulter, tippte sich mit dem Finger an den Kopf und nickte ihr zu, deutete auf Mund und Augen. Er sah sie auffordernd und abwartend an. Dann trat er noch näher an sie heran und umfasste ihren Kopf. Sanft legten sich seine Hände auf ihre Schläfen. Sein Blick suchte ihren. Er berührte ihre Stirn mit seiner, nickte, lächelte dünn. *Kapiert?* Dann ließ er sie los, trat zurück, machte eine auffordernde Handbewegung. *Nun?*

Konnte das die Lösung sein?

Es gab nur einen einzigen Weg, es herauszufinden.

Emily konzentrierte sich und suchte, ohne Zeit zu verlieren, den Zugang zu Wittgensteins Bewusstsein. Es fiel ihr leicht, ihn aufzuspüren, weil sie Wittgenstein gut kannte. Genau das schon unzählige Male gemacht hatte.

»Nun, Miss Laing?« Es tat gut, die tiefe Stimme in ihrem Kopf zu hören.

»Ich kann Sie gut verstehen«, sagte sie in Gedanken erleichtert. »Klar und deutlich.« Es kam ihr vor, als habe jemand den Ton eingeschaltet. Nur die anderen Geräusche, die eigentlich auch da sein sollten, fehlten leider noch immer. Für einen kurzen Moment glaubte sie zwar, eine Art Echo zu vernehmen, aber dann war der Eindruck verflogen, und sie vergaß ihn einfach und hörte wirklich nur ihre eigene Stimme und auch die Wittgensteins.

»Aber warum gibt es hier keine Geräusche?«, fragte sie.

Wittgenstein schaute sich um, war auf der Hut. Nichts machte Geräusche, rein gar nichts.

Die Stille.

Ein Hund lief geräuschlos die Straße entlang, blieb stehen, bellte sie an, was nur an seiner Bewegung zu erkennen war. Nicht einmal das knirschende Geräusch, das seine Pfoten auf dem Schnee hätte machen sollen, war zu hören. Eine kleine Schneelawine rutschte ein paar Schritte weiter von einem Dach und traf, ohne irgendein Geräusch zu verursachen, auf den Gehweg vor ihnen. Der Wind, der ihnen ins Gesicht blies, pfiff nicht; die Nacht schwieg still.

»Entweder es gibt Geräusche«, sagte Wittgenstein, »doch wir hören sie nicht, oder …« Er sah sie ernst an.

»Oder?«

»Es gibt eben keine Geräusche mehr.«

Emily rollte mit den Augen. »Bringt uns das weiter?«

»Nein, es war nur eine Feststellung.«

Emily hatte ein ungutes Gefühl bei der Sache. »Was ist das hier für ein Ort?«

Wittgenstein sagte bedeutungsschwanger: »Ich habe da so eine Vermutung.« Dann ging er los, mit schnellen Schritten, und Emily blieb nichts anderes übrig, als ihm zu folgen. Er lief die Straße entlang und blieb erst stehen, als sie an einem Zaun anlangten, der die Sträucher eines Parks vom Gehweg trennten. Dort verharrte er, betrachtete die Parklandschaft, die sich vor ihm erstreckte.

»Die Bäume tragen ihre Blätter noch, das ist seltsam«, bemerkte Emily.

»Das sind keine Blätter, sondern etwas anderes.«

Sie erkannte, dass er recht hatte.

Wittgenstein wandte sich von dem Park ab und betrachtete die an den Langford Crescent angrenzende Straße, die den Park an einer Seite säumte. Dort war ein Pub, hell erleuchtet, mit einem Schild über dem Eingang. »The Cock & Dragon Pub« stand darauf geschrieben. Dazu der Zusatz »Seit 1798«. Er schaute sich den Rest der Straße prüfend an: Ganz normale Häuser, Mülltonnen, ein roter Briefkasten, Bänke, parkende Autos, Bäume, hier und da ein Geschäft, Weihnachtsdekoration in den Schaufenstern. Ein Straßenschild: »Cale Street«.

Der Alchemist nickte, als habe er soeben etwas Wichtiges erkannt. Dann schaute er den Schnee zu seinen Füßen an. Ein Stück Papier steckte dort. Wittgenstein hob es auf, strich es glatt. »Ein Flyer der *Chickenshed Theatre Company*«, stellte er fest. »Hm, das ist wahrlich merkwürdig.« Er reichte Emily den Flyer.

»Sie führen *Peter Pan* auf, was ist daran so merkwürdig?«

»Alles«, sagte Wittgenstein. »Alles ist hier merkwürdig.« Erneut schaute er hinüber zum Park, wo nur ein paar Laternen leuchteten. »Die Spinnweben an den Häusern machen, will ich anmerken, gar keinen guten Eindruck, und auch diese Abwesenheit der Geräusche ist bedenklich«, fuhr er fort. »Es wird uns schwerfallen, etwas nahen zu hören.«

Etwas nahen zu hören? Meine Güte! »Was meinen Sie?«

»Sie haben die Spinnennetze gesehen«, war alles, was er dazu sagte. »Wir sollten wachsam sein.«

Etwas also.

»Spinnen?«

Er zuckte die Achseln. »Sie sehen aus wie Spinnennetze, oder?«

Emily seufzte. »Und wo sind wir?«

Wittgenstein warf ihr einen ernsten Blick zu und sagte dann: »Cockfosters.«

Emily stutzte. Das war jetzt alles? »Cockfosters?«

»Ja, Cockfosters«, bestätigte er, als sei dies die normalste Antwort auf der Welt.

»Was ist Cockfosters?«

»Ein kleiner Vorort im Norden. Muss man nicht kennen.«

»Und dort sind wir.«

Er nickte. »Sehen Sie, das hier ist der Trent Park. Die *Chickenshed Theatre Company*, die, wie Sie trefflich bemerkt haben, vor Weihnachten *Peter Pan* aufführt, befindet sich in Cockfosters. Und der *The Cock & Dragon Pub* gehört ebenfalls nach Cockfosters.« Er räusperte sich. »Nun ja, seltsamerweise nicht gerade genau hierher. Der *The Cock & Dragon Pub* befindet sich eigentlich nicht in der Cale Street.« Er deutete auf die Umgebung. »Er befindet sich überhaupt nicht in der Nähe des Parks, und auch die Kirche dort drüben – sehen Sie den Turm – sollte eigentlich anderswo sein. Die Straßennamen sind falsch, und vom Langford Crescent dürften gar nicht so viele Querstraßen abgehen. Alles wirkt wie zufällig neu zusammengesetzt, und nichts ist hier mehr an der richtigen Stelle.«

»Und warum sind wir überhaupt in Cockfosters?«, fragte Emily.

Wittgenstein blickte sie mit gehobener Braue an und korrigierte sie: »Die Frage, Miss Laing, ist eine andere: Warum ist Cockfosters *hier*?«

»In der Hölle, meinen Sie?«

Er nickte.

»Was sollte dieser Ort sonst sein. Und Cockfosters«, erklärte er, »ist einer der verschwundenen Stadtteile.«

Das war allerdings höchst alarmierend. Warum sollte sich einer der verschwundenen Stadtteile in der Hölle befinden?

Wittgenstein äußerte eine Vermutung: »Cockfosters ist vor zwei Tagen verschwunden. Im Parlament der Heuchler wurde darüber gesprochen. Stellen Sie sich vor, wie es für seine Einwohner sein muss, seit zwei Tagen hier zu sein, in ihrem durcheinandergewirbelten Vorort, und nichts als die eigene Stimme zu hören.«

Emily konnte sich lebhaft vorstellen, wie sich das anfühlen würde. Es wäre zum Verrücktwerden. Jeder in seiner eigenen Stille gefangen.

»Die Frau eben hatte auch keine normalen Augen mehr.«

»Das ist mir nicht entgangen«, erwiderte Wittgenstein.

»Und?«

»Fragen Sie nicht.«

»Na, toll.« Manchmal konnte ein Gespräch mit ihm wirklich anstrengend sein.

»Sie werden ungeduldig, Miss Laing.«

Emily schnaubte. »Ja, verdammt, ich werde ungeduldig.«

Wittgenstein dachte laut nach: »Was liegt wohl hinter diesem Park?« Er zwinkerte ihr zu. »Sollen wir es herausfinden?«

Emily dachte an die Bilder, die sie gesehen hatte, als sie nach Picca gesucht hatte. Der große Zeppelin, die Männer, die spinnenartige Gestalt, die aus dem Dickicht hervorgebrochen war ...

Da veränderte sich etwas. Und es passierte schnell.

Vögel stoben aus dem nächtlichen Park auf und flogen

lautlos über ihre Köpfe davon; Menschen mit Spiegelaugen tauchten am Ende der Cale Street auf, liefen, als würden sie vor etwas fliehen, die Straße entlang und schauten sich dabei angstvoll um; hinten im Park begannen sich die Bäume zu bewegen.

»Kann es sein, dass diese Leute etwas hören, was wir nicht hören können?«, fragte Wittgenstein interessiert.

»Klingt nett, wie Sie das sagen«, kommentierte Emily trocken. Sie wollte gar nicht erst wissen, was ein solches Geräusch, das keiner von ihnen beiden hören konnte, das aber die Leute offenbar in Panik versetzte, verursacht haben mochte.

»Da, schauen Sie!«

Sie folgte dem Fingerzeig des Alchemisten.

Ein Baum im Park stürzte um.

»Wir sollten nicht warten, bis das, was den Baum entwurzelt hat, hier ist«, schlug Wittgenstein vor.

Emily stimmte dem wortlos zu. »Zurück in die Straße, aus der wir gekommen sind?«

Er nickte, und sie folgten den Menschen, die allesamt in die Richtung liefen, für die auch sie sich entschieden hatten, obschon Emily sich nicht sicher war, ob sich diese Entscheidung als richtig erweisen würde. Mit einem mulmigen Gefühl schaute sie sich noch einmal um und wurde einer schnellen Bewegung gewahr: Etwas huschte zwischen den Bäumen im Park umher. Sie konnte nicht erkennen, was es war, wohl aber, dass es groß war. Und schnell.

»Miss Laing«, sagte Wittgenstein und blieb stehen. »Das ist nicht gut.«

Die Straße vor ihnen war plötzlich voller Menschen.

Panisch kamen sie aus den angrenzenden Straßen oder aus ihren Häusern heraus und stürzten kopflos in alle Richtungen. Jeder rannte um sein Leben, oder zumindest sah es so aus, als würden sie das tun, doch es war nicht klar ersichtlich, was eigentlich ihr Ziel war. Manche, so schien es, flüchteten *aus* den Häusern nach draußen, andere versuchten, *in* die Häuser hineinzugelangen, und wiederum andere rannten nahezu blind die Straße entlang, um einfach *irgendwo anders* hinzugelangen.

Und dann sah Emily, wovor sie flohen: Ein sechsbeiniges Wesen tauchte aus der Dunkelheit auf, groß wie eine Giraffe, schnell wie ein Insekt.

»Ein Nekir!« Emily erinnerte sich erschaudernd an die Kreaturen, die auch früher schon in der Hölle gelebt hatten. Sie waren dem Lichtlord Untertan gewesen, doch jetzt, nachdem er der Hölle den Rücken zugekehrt hatte, waren sie offenbar nur noch tödlich: Die Kreatur stürzte sich mit einer unglaublichen Schnelligkeit auf die fliehenden Menschen, schnappte sich einen nach dem anderen. Manche tötete sie mit ihren langen Gliedmaßen, andere durchbohrte sie mit dem Stachel, der ihr aus dem Hinterleib wuchs, wieder andere riss sie mit ihren wild schnappenden Mundwerkzeugen in Stücke.

»Wir sollten von hier verschwinden«, schlug Wittgenstein vor und deutete zum Park, wo gerade zwei Nekir über den Zaun stiegen.

Emily schaute auf der Suche nach einem Fluchtweg von einem Haus zum anderen.

»Miss Laing!«

Ein Schatten senkte sich auf sie, noch bevor sie etwas unternehmen konnten. Emily hob den Blick, schrie auf.

An einer der Häuserwände kam ein Nekir auf sie zu. Er kroch schnell die Wand hinab, wie eine riesige Spinne oder ein Skorpion, und etwas zischte durch die Luft, verfehlte Emily nur knapp.

»Giftige Fäden«, rief ihr Wittgenstein zu.

Emily wich einem der Fäden aus, die das Tier spie. Ein weiterer trennte sie von ihrem Mentor:

Sie stolperte instinktiv nach hinten, rückwärts in den nächstbesten Hauseingang hinein. Wittgenstein indes wich zur anderen Straßenseite aus; eine andere Möglichkeit blieb ihm nicht.

Der Nekir löste sich von der Wand und sprang, landete genau dort, wo sie beide vor wenigen Augenblicken noch gestanden hatten. Er riss das Maul auf, entließ einen tonlosen Schrei, und Emily erinnerte sich daran, wie die Nekir sich damals angehört hatten: Es war ein Kreischen und Knacken gewesen, ein Geräusch voller Wildheit und Hunger, den Eingeweiden der Ewigkeit entrissen.

Sie drückte sich tief in den Eingang, stand mit dem Rücken zur Tür, fingerte automatisch am Türknauf herum.

Verschlossen, natürlich!

Sie sah, wie einer der Flüchtenden von dem Nekir gestochen wurde. Es passierte so schnell, dass es dem Opfer gar nicht bewusst zu sein schien. Dann zog die Kreatur ihren Stachel aus dem Mann heraus, drehte sich um und fixierte Emily.

Mist!

Mit aller Kraft warf sich Emily gegen die Haustür und fluchte, weil nichts passierte, außer dass ihr die Schulter schmerzte.

Verdammt! In Filmen ging so was immer viel einfacher.

Ein erneuter Versuch. Kein Erfolg.

Der Nekir kam auf sie zu. Emily starrte ihn an wie gelähmt, registrierte beiläufig die flüchtenden Menschen mit den im Laternenlicht aufblitzenden Spiegelaugen und andere Nekir, die ebenso wie dieser hier auf Beute aus waren.

Sie warf sich panisch erneut gegen die Tür. Aus dem Augenwinkel sah sie Wittgenstein, der auf der anderen Straßenseite durch ein Fenster, das er eingeschlagen hatte, ins nächstbeste Haus einbrach. Ein kleinerer Nekir hatte es auf ihn abgesehen.

Wir sind getrennt, dachte Emily, doch zu weiteren Gedanken fehlte ihr die Zeit. Schon nahm ihr der Körper des Nekir die Sicht auf die Straße, und die Kreatur versuchte, sie zu packen. Emily duckte sich, und die Vordergliedmaßen der Kreatur stießen gegen die Tür. Emily spürte die Wucht des Aufpralls, sah, wie die Tür zersplitterte, plötzlich schräg in den Angeln hing, und noch bevor der Nekir erneut zuschlagen konnte, zwängte sie sich ins Haus.

Drinnen war es dunkel. Und wärmer als draußen.

Der Nekir versuchte noch, sie mit zwei seiner Klauen zu packen, doch das Tier war zu groß, um ihr weiter ins Haus hinein zu folgen. Emily stolperte unbeholfen weiter, ihre Beine zitterten. Es war finster in dem Haus. Sie schaltete das Licht an und rannte im Treppenhaus nach oben, so schnell es ihr möglich war.

Unterdessen zertrümmerte der Nekir offenbar das Mauerwerk, um sich einen Weg ins Innere des Hauses zu bahnen, und wenngleich Emily davon absolut nichts hörte, so spürte sie doch in aller Heftigkeit die Erschütterungen, bis der Nekir – ohne einen für Emily wahrnehmbaren Grund – von seinem Tun abließ.

Inzwischen war sie im zweiten Stock angelangt und atmete erst einmal durch. Es gab hier nur eine Wohnung, die Tür war verschlossen. Emily klopfte und klingelte instinktiv und für den Fall, dass jemand es spüren würde, aber es öffnete ihr niemand. Also schnappte sie sich den Feuerlöscher, der seitlich von der Tür an der Wand hing, und schlug damit auf das Türschloss ein, bis es nachgab und die Tür offen war. Sie betrat die fremde Wohnung, ohne zu zögern, knipste das Licht an. Ihr Herz klopfte. Die Wohnung war augenscheinlich verlassen; ein Elternpaar mit zwei Kindern hatte hier, den Schuhen am Boden und der Kleidung an der Garderobe nach zu urteilen, gewohnt.

Emily fragte sich gar nicht erst, wo die vier jetzt waren. Sie lief ins Wohnzimmer, weil dort, wie sie glaubte, das nächste Fenster zur Straße hin lag. Vorsichtig näherte sie sich dem Fenster, lugte nach draußen – und konnte kaum fassen, was sie da sah.

Unten in der Straße tobte das Chaos.

Die Menschen mit den Spiegelaugen wurden einer nach dem anderen von den wild jagenden Nekir überwältigt, blieben an den giftigen Fäden hängen, wurden gefressen, angenagt, aufgeschlitzt. Jene aber, die nur gestochen wurden, begannen sich in Windeseile zu verwandeln. Krämpfe schüttelten die Körper, die im Schnee lagen. Dürre schwarze Gliedmaßen brachen durch die Kleidung, bewegten sich wie Insektenbeine, und kurz darauf rannten diese Mischwesen in unnatürlich verrenkter Haltung durch die Straßen.

Angeekelt wollte Emily sich abwenden, als ihr ein beunruhigender Gedanke kam.

Die Nekir-Menschen waren klein genug, um in die Häuser einzudringen. War dies womöglich die Art der Nekir zu jagen?

Emily wollte es nicht herausfinden. Nein, sie wollte auch nicht wissen, warum diese Kreaturen die Jagd eröffnet hatten. Später würde sie dem vielleicht nachgehen. Später, wenn sie dann noch am Leben wäre.

Sie schnappte nach Luft. Dann suchte sie das Backsteinhaus auf der anderen Straßenseite mit raschem Blick nach ihrem Mentor ab.

Nichts!

Von Wittgenstein war nichts zu sehen.

Sie verfluchte sich, nicht bei ihm geblieben zu sein, horchte in sein Bewusstsein hinein, konnte aber außer panischen Gedanken und Bildern, die nur dafür sprachen, dass auch er hektisch auf der Flucht war, nichts erkennen.

Okay, denk nach. Du musst hier raus.

Sie lauschte instinktiv, hielt den Atem an, doch dann wurde ihr bewusst, dass sie die Nekir-Menschen, sollten sie durch das Treppenhaus nach oben kommen, ja gar nicht hören konnte, weil nichts an diesem verfluchten Ort irgendein Geräusch machte.

Nein, hier bleiben durfte sie nicht. Die Nekir-Menschen würden sie finden, wenn sie nicht in Bewegung blieb. Wohin also? Der Weg zurück war ihr versperrt. Sie musste nach oben aufs Dach gelangen, und zwar, ohne Licht zu machen.

Toll. Aber eine bessere Idee hatte sie nun einmal nicht.

Sie lief zurück zur Wohnungstür, öffnete sie vorsichtig ein Stück weit, spähte angespannt in das dunkle Treppenhaus, wagte sich schließlich hinaus, wobei sie die Tür hinter sich leicht angelehnt ließ. Doch kaum hatte sie die ersten Treppenstufen nach oben erklommen, packte sie plötzlich etwas am Fußgelenk, zog ruckartig an ihrem Bein, und Emily fiel nach vorn, fing sich gerade noch mit den Händen ab.

Dann erst sah sie in dem Licht, das aus dem Türspalt hinter ihr fiel, wer oder was sie zu Fall gebracht hatte:

Der Menschen-Nekir, den sie nicht hatte kommen hören, war ein Kind, ein Mädchen von vielleicht neun Jahren, aus dessen Gesicht zwei dürre schwarze Spinnebeine ragten. Die anderen dürren Beine wuchsen dem Mädchen aus dem Rücken, sodass die Kreatur auf sechs Beinen lief. Das Rückgrad des Mädchens schien völlig verdreht zu sein, die leeren Spiegelaugen blickten nirgendwo hin, und das Gesicht war zu einer gehässigen, hungrigen Fratze entstellt.

Emily kam hoch, trat nach der Kreatur, mit aller Kraft, und stürmte weiter die Treppe hinauf, da wickelte sich etwas um ihren Knöchel. Sie stürzte, schlug unsanft auf den Stufen auf, fluchte, biss die Zähne zusammen. Es brannte wie Feuer. Ein Nekirfaden hatte sie erwischt.

Sie schaute zurück.

Der Menschen-Nekir kam auf sie zu, und schon war das Spinnending dicht vor ihr.

Emily keuchte vor Angst. Ohne zu zögern, trat sie mit dem Absatz gegen den Kopf des Monstrums, ganz fest, immer und immer wieder, bis die Kreatur von ihr abließ.

Die Hölle, dachte Emily, *ist immer noch die Hölle.*

Mit bloßen Händen zerrte sie an dem Nekirfaden. Er brannte ihr auf der Haut, aber er lockerte sich, bis sie ihn schließlich abzustreifen vermochte.

Sie rappelte sich auf und lief weiter nach oben, die Treppe hinauf. Sie hoffte, dass Wittgenstein es auf der anderen Straßenseite ebenfalls schaffen würde. Daran, was sie hier tun sollte, wäre er nicht mehr bei ihr, wollte sie gar nicht denken. Sie erreichte das Ende der Treppe. Die Tür, die sie dort erwartete, war nicht verriegelt und führte auf den Dachboden des Hauses. Emily knallte sie hinter sich zu, machte Licht, schaute sich rasch um und entdeckte eine große Truhe, die sie, so schnell sie konnte, gegen die Tür schob.

Nur Sekunden, nachdem ihr das gelungen war, prallte etwas von außen gegen die Tür. Dann kratzte der Menschen-Nekir da draußen im Treppenhaus an dem Holz, aber Emily war zuversichtlich, dass die Tür dem vorerst standhalten würde.

Sie sah sich um.

Eine Dachluke! Womöglich könnte sie über das Dach zum nächsten Haus gelangen und von dort ... Nun ja, eins nach dem anderen. Sie öffnete die Luke und zwängte sich hindurch. Ein kalter Wind wehte ihr schneidend und stumm ins Gesicht. Das Dach war hier oben, in der Mitte, ganz flach. Aus zwei dicken Schornsteinen stieg Rauch in die Nacht. Doch Emily hatte nur Augen für den Ausblick, der sich ihr bot, und der raubte ihr schier den Atem.

Cockfosters war hier in der Hölle ein kleiner Ort, jenseits dessen sich anscheinend nichts befand außer tiefschwarzer Nacht. Cockfosters selbst aber war wie eine beleuchtete Insel in diesem Nichts aus stiller Finsternis. Es schneite, und die Laternen, die aus der Winternacht ragten wie leuchtende Nadeln, gaben alldem die Aura eines gespenstischen Traums.

Eines Albtraums der allerübelsten Art: Emily sah, wie Nekir in allen Größen überall Jagd auf Menschen mit Spiegelaugen machten, und viele Menschen-Nekir hatten sich ihnen angeschlossen. Sie drangen in Häuser ein, krabbelten Wände hoch, und hier und da gab es auch Nekir mit Flügeln.

Dann sah Emily Wittgenstein. Er befand sich auf dem Dach des gegenüberliegenden Hauses auf der anderen Straßenseite. Sein Mantel wehte im Wind, sodass er selbst wie eine Fledermaus aussah. Drei kleine Nekir krabbelten flink außen an der Hauswand hinauf. Doch immerhin hatte er sie bemerkt.

Trotzdem keine gute Situation.

»Was jetzt?«, fragte sie ihn.

Seltsamerweise hörte sie seine Stimme so klar und deutlich in ihren Gedanken, als stünde er direkt neben ihr: »Fragen Sie nicht.«

Dann bemerkte sie, dass etwas anderes Wittgensteins Aufmerksamkeit in Anspruch nahm. Etwas, was ganz in ihrer Nähe sein musste.

Plötzlich fiel ein Schatten auf sie.

Emily hob erschrocken den Blick, und als sie sah, was da auf sie herniederschwebte, stockte ihr der Atem.

Manche Wege musste man allein gehen, besonders die steinigen, und manche Worte gingen einem einfach nicht mehr aus dem Kopf. Finchy, immer wieder Finchy, an die er so lange nicht mehr gedacht hatte.

Maurice Micklewhite stapfte durch den tiefen Schnee und kam sich vor wie der alte Scrooge in der bekannten Geistergeschichte. Ausgeschlossen vom weihnachtlichen

Glück der anderen in den geselligen Wohnungen hinter den Fenstern, das Herz verhärtet nach einem Leben im Zeichen anderer Interessen.

Aber darüber nachzusinnen war müßig.

Es gab jetzt Wichtigeres zu erledigen, und er sollte sich nicht ablenken lassen. Die Tatsache, dass Wittgenstein und Emily Laing, wie es den Anschein hatte, den falschen Weg eingeschlagen hatten, beunruhigte den Elfen.

Was sollte er also tun? Was konnte er tun?

Tief in Gedanken wanderte er durch Smithfield, ohne wirklich ein Ziel vor Augen zu haben. Die Pforten des Fleischmarkts in der Charterhouse Street waren heute geöffnet für jene, die des Nachts zu sehen vermochten, und die Sarazenen trafen sich wie seit den alten Zeiten in dem Pub am Snow Hill und schimpften auf den Tag, an dem der Holborn Viaduct in diese Gegend gewandert war und sich alles verändert hatte. Nachts, wenn das Licht so war wie jetzt, zerflossen die Grenzen zwischen dem London, das jedermann kannte, und der uralten Metropole, die normalerweise im Verborgenen lag. Man konnte es sehen, wenn man die Augen öffnete.

In Anbetracht der Kälte beschloss Maurice Micklewhite, eine kleine Pause einzulegen, und zwar im *Aldersgate's Head*, einem alten Pub in der Nähe von *St. Bartholomew-the-Great*. Sich unter die Leute zu mischen war nie schlecht. Man hörte so einiges, und in Zeiten wie diesen war es nicht das Schlechteste, die Ohren aufzuhalten. Außerdem war der Wirt kein Unbekannter für Micklewhite. Mr. Rory Rahere war Hofnarr unter König Henry I. gewesen, jedenfalls bis ein Traum, in dem ihn der heilige Bartholomäus vor einem geflügelten Untier mit Klauen,

Zähnen und mächtigen Flughäuten gerettet hatte, dazu bewogen hatte, Mönch zu werden. Da sich die Zeiten jedoch änderten und er sich irgendwann nach einem anderen Leben gesehnt hatte, war er schließlich Schankwirt geworden – ein Beruf, in dem sich Hofnarr und Mönchsdasein vortrefflich vereinigten. Er führte den Pub namens *Aldersgate's Head* nun schon lange, und man munkelte bezüglich des Namens beharrlich, dass Henry VIII. Rahere zum Dank für ein eigens für den König gebrautes Bier namens *Virgin Ale* den Kopf des damaligen Vorsitzenden der Schankzunft, Roderick Aldersgate, zum Geschenk gemacht hatte, wobei es sich bei dieser Version der Geschichte entweder um eine Variante der Wahrheit oder auch nur um ein bloßes Tresengespinst handeln konnte.

Micklewhite jedenfalls mochte den Pub. Die rauchige Atmosphäre empfing ihn wie immer; dazu gab es heute orientalische Musik, bunt und elegant getragen von der alten Duduk eines hochgewachsenen Tunnelstreichers, der hier seine Kunst darbot.

Der *Aldersgate's Head* war noch so eine Schnittstelle, ein Schattenbereich, wo die eine Welt die andere küsste und nichts versprach außer dem Moment. Die Gäste waren ein Sammelsurium aus kuriosen Gestalten, scheuem Nachtvolk und Händlern aus den angrenzenden Grafschaften jenseits der bekannten U-Bahn-Schächte. Man unterhielt sich, verbreitete Gerüchte, trank Bier und aß Steaks mit Kartoffeln und Kräutern, eine Spezialität des Hauses und überdies das einzige Gericht auf der nicht existenten Speisekarte.

Micklewhite steuerte einen Tisch am Fenster an, von wo er die Straße gut im Blick hatte – man konnte schließlich nie wissen, wie sich die Dinge entwickeln würden.

Dort ließ er sich nieder und warf den Mantel über den Stuhl neben sich, sodass niemand sich zu ihm setzen würde, denn er wollte allein bleiben, lauschen und nachdenken.

Es dauerte nicht lange, und er wurde von Mr. Rory Rahere persönlich begrüßt und bestellte ein Pint des hauseigenen Ales. Rahere rief die Bestellung quer durch den Raum, und ein großer Ire am Tresen nahm sich ihrer an.

»Wie geht es Euch?« Mr. Rahere war so hemdsärmelig laut wie seine Stimme. »Alter Elf!«

»Gut«, antwortete Maurice Micklewhite. »Wie immer, wenn ich hier bin.«

»Freut mich zu hören«, dröhnte der Wirt. »Ist alles beim Alten bei uns.« Pubs wie dieser, das wusste Micklewhite, waren Inseln im Strom der Zeit. »Da draußen«, fuhr Rahere fort, »drehen die Leute, wie man so hört, wohl langsam durch.« Er nickte zum Fenster hin. »Liegt vielleicht am Schnee und der Dunkelheit, vielleicht aber auch nicht.«

»Es ist bald Weihnachten«, sagte der Elf, »da drehen die Leute immer durch.«

»Nee, diesmal ist es anders.«

»Was meint Ihr?«

Verwundert schaute der Wirt zu seinem Gast herab. »Habt Ihr nichts gehört?«

»Ich war unterwegs.«

Der Wirt nickte. »In der York Road kam es zu Ausschreitungen.«

Micklewhite merkte auf. Das war in der Nähe des Bahnhofs Waterloo, drüben, auf der anderen Seite des Flusses. Er kannte die Gegend. »Was ist passiert?« Eigentlich war es dort ruhig.

Der große Ire brachte das Ale und verschwand wieder im Gemurmel aus Gerüchten und rauchigem Kerzenlicht.

Rahere blieb. »Na ja, wenn das alles stimmt, was man sich so berichtet …« Er beugte sich vor und flüsterte: »Ihr wisst, hier wird ja viel erzählt.« Dann zog er einen Stuhl an den Tisch und ließ sich nieder. »Die Menschen da draußen sind gereizt. Die Lage ist angespannt. Angeblich hat ein Autofahrer beim Einparken ein anderes Auto gestreift, mehr nicht. Wurde nur leicht beschädigt, die Kiste, doch der Fahrer des Wagens mit dem Kratzer, der das alles wohl beobachtet hatte, kam aus dem Bahnhof gerannt, hat den unglücklichen Fahrer aus seinem Wagen gezerrt und ihn mit einem Messer in den Hals gestochen. Daraufhin haben Passanten den Täter überwältigt und gerichtet.« Die rote Nase des Wirts leuchtete.

»Gerichtet?«

Mr. Rahere nickte. »Bevor die Polizei vor Ort war, haben sie den Mann an einer Straßenlaterne erhängt. Ganz im Ernst, ich kenne jemanden, der dort war.« Er schaute sich um, fügte leise hinzu: »Einen, der abgehauen ist, bevor es richtig schlimm wurde.« Er nickte bedeutungsschwer.

Micklewhite starrte ihn an. »Richtig schlimm?« Das hörte sich fast so an, als kehrten die alten Zeiten zurück.

»Ja, richtig schlimm«, bestätigte der Wirt. »Wisst Ihr, die Passanten, die Zeugen dieser Missetat wurden, sind nämlich daraufhin über die Gruppe der Täter, die den Autofahrer aufgeknüpft hatten, hergefallen. Ja, Ihr habt mich recht verstanden, einfach so. Sie haben sie angegriffen mit allem, was sie zur Verfügung hatten. So erzählt man es sich. Mit Nagelfeilen, Messern, Bleistiften.«

»Bleistiften?«

Mr. Rahere ließ einen tiefen Seufzer vernehmen. »Jedermann sollte sich vor spitzen Bleistiften fürchten.«

Micklewhite nickte. Dem war nichts hinzuzufügen.

»Nach diesem Gemetzel jedenfalls haben diejenigen, die noch am Leben waren, überall Feuer gelegt. Sie zündeten wahllos an, was sie nur konnten.« Er erhob sich. »In diesem Augenblick«, sagte er, »brennen Autos und Häuser am Bahnhof Waterloo und in den angrenzenden Straßen. Ja, ja, es sieht wohl so aus, als seien die Menschen wahnsinnig geworden.« Er hob den Zeigefinger. »Im Ernst, Micklewhite. Genau so meine ich das. Regelrecht wahnsinnig, wie in den alten Geschichten.«

Micklewhite war sprachlos. »Und die Metropolitan Police?«

»Sie haben die Polizeiautos angegriffen, als diese eintrafen.«

Micklewhite trank die Hälfte seines Ales. »Ich kann Euch an der Nase ansehen, dass das nicht alles ist.«

Rahere schaute ihn an. »In der Canary Wharf«, sagte er, »wurden mehrere Sprengsätze gezündet, heute Abend. Drüben in Whitechapel sind überall Horden Jugendlicher auf der Jagd nach Restefressern. Sie sind mit Stöcken und Werkzeugen bewaffnet. Tja, mein Freund, etwas stimmt ganz und gar nicht mehr in London. Die Stadt hat ihre Seele verloren, so sieht es doch aus. All diese verrückten Sachen ... machen einem richtig Angst.«

Micklewhite schwieg. Rahere war keiner, der grundlos Panik schürte. Er war bodenständig, kritisch, hatte ein offenes Ohr.

»Ähnliche Neuigkeiten wie diese«, fuhr der Wirt fort,

»hört man von überallher. Die Menschen scheinen sehr wütend aufeinander zu sein, und der kleinste Funke genügt, um es zu Ausschreitungen kommen zu lassen.« Er seufzte. »Hier sind alle so friedlich wie seit Jahren, wenn sie nur ihr Bier kriegen. Aber so war das schon immer. Das Leben im Pub ist einfacher als das Leben da draußen.«

Maurice Micklewhite leerte sein Glas und grübelte.

Alles hing dieser Tage zusammen, aber er sah die Verbindung einfach nicht.

»Völlig bescheuert«, knurrte Mr. Rahere, »das alles. Die Menschen geraten bei den kleinsten Differenzen aneinander. Der eine nimmt dem anderen den Parkplatz vor der Nase weg, schon gibt es einen Toten. Die Schlange an der Kasse im Supermarkt ist jemandem zu lang, schon zückt er ein Messer, das er eigentlich für seine Küche hatte kaufen wollen, und arbeitet sich blutig in der Schlange nach vorn.« Er sah den Elfen fragend an. »Wo soll das noch hinführen?«

Maurice Micklewhite zuckte nur die Achseln, da spürte er, dass sich mit einem Mal die Atmosphäre in dem gemütlichen Pub veränderte. Die Luft wirkte plötzlich kälter, die Gäste irgendwie anders. Dann, mit einem lauten Rucken ihrer Stühle, standen die Männer vom Nebentisch auf, wandten sich dem Elfen zu und blieben einfach so stehen. Alle anderen Gäste des Pubs taten es den beiden gleich: Sie hielten inne, standen auf, schauten zu dem Elfen hinüber.

»Was ist das?«, fragte Maurice Micklewhite.

Mr. Rahere sagte: »Ist noch niemals zuvor passiert. Ehrenwort.«

Alle Gäste, die sich im *Aldersgate's Head* befanden, hatten sich aus einem Grund, der weder dem Elfen noch dem Wirt klar war, erhoben, und alle standen jetzt so, dass sie Maurice Micklewhite aus leeren Augen ansahen. Keiner bewegte sich, sie warteten ab, jedenfalls schien es so.

»Leute«, dröhnte die tiefe Stimme des Wirts in die Runde, »was soll das?«

Niemand antwortete.

Alle standen nur da und starrten Micklewhite an.

Der Elf sagte: »Weihnachten ist in der Tat eine seltsame Zeit«, und Mr. Rahere, der schon viele Weihnachten erlebt hatte, nickte.

Da öffnete sich die Tür, und aus dem dichten Schneegestöber betrat ein neuer Gast den Pub.

Maurice Micklewhite erkannte den Mann sofort, weil Emily Laing von ihm berichtet hatte. Er war derjenige, der Piccadilly Mayfair verfolgt hatte, drüben in der U-Bahn-Station Tottenham Court Road und im Waisenhaus in Walthamstow: Der Augenmann war nach Smithfield gekommen, und er war, daran bestand wahrlich nicht der geringste Zweifel, Maurice Micklewhites wegen hier.

7. Kapitel

In Stille und Finsternis

Emily konnte einfach nicht fassen, was sie sah. Das Ding schwebte über dem Dach des Hauses, auf dem sie stand, und senkte sich rasch herab. Es war ein Heißluftballon, wie sie ihn bisher nur in den alten Abenteuerfilmen, die Wittgenstein mochte, gesehen hatte. Ein großer Korb hing unter einem riesigen Ballon, der aus lauter Flickenfetzen zu bestehen schien, braun und grau, wild und grob miteinander vernäht. Dicke Stoffsäcke hingen an den Seiten des Korbs.

Emily konnte nicht anders, als hinzustarren, zumal, als sie den Fahrer des Ballons erblickte: Er trug einen schwarzen Mantel mit silbernen Knöpfen, dazu einen langen Schal, keinen Hut, natürlich nicht, und seine dunkle Gestalt raubte ihr den Atem, weil er unmöglich hier sein konnte. Sie stand auf dem Dach eines Hauses in Cockfosters, irgendwo in der Hölle, und war einfach nur fassungslos. Der Ballonfahrer war eindeutig ein Geist aus einer anderen Welt jenseits des Ozeans. Das schulterlange pechschwarze Haar, noch immer durchzogen von blauen Strähnen, die sich mittlerweile mit ein wenig Grau vermischten. Das bleiche Gesicht. Die markante Nase. Der leicht blasierte Ausdruck in den hellen Augen, in denen sie einst so gern versunken war.

»Tristan«, flüsterte sie, obwohl sie wusste, dass er sie nicht hören konnte.

Der Ballon sank weiter, bis der Korb auf dem Dach aufsetzte.

»Emily!«, rief Tristan Marlowe ihr zu.

Sie konnte ihn verstehen!

»Tristan«, erwiderte sie laut, überrascht, und er lächelte.

Das bedeutete, er konnte sie ebenfalls verstehen. Aber warum konnte er das? Tausend Erinnerungen waren plötzlich wieder da, ungefragt und schmerzhaft. Nun ja, nicht gerade tausend, aber dennoch so viele, dass sie alle das Gewicht von abertausend Augenblicken besaßen. Ihre erste Begegnung im Britischen Museum, als der junge Alchemist die Stelle des verstorbenen Maurice Micklewhite übernommen hatte. All die Tage, die folgten. Die Geheimnisse, die sie gemeinsam ergründet, die Gefahren, denen sie getrotzt hatten. Die lange Reise in die uralte Metropole der goldenen Stadt Prag, die sie unternommen hatten, und dann, in Prag, jene Kirche, *Maria Schnee*, in der sie sich versteckt hatten und in der sie einander nähergekommen waren, zögerlich nur und behutsam, allein mit Worten. Ja, verdammt, immer wieder Prag, wo er heimlich die Geige für sie erstanden hatte, im Laden des Papiermundmannes, und wo er ihr von seinen Tricksterfähigkeiten, seinem Leben und seiner Vergangenheit erzählt hatte. Dann das glückliche Ende in London, sein Hausboot auf dem Regent's Kanal, der erste echte Kuss im wilden Schneegestöber vor dem *Cheshire Cheese*, wo sie Geige gespielt hatte, als die Unruhen endlich vorbei waren.

Sie seufzte, und innerlich zerriss sie dieser Laut, den allein ihre Seele zu deuten vermochte.

»Ich bin nicht zu früh hergekommen«, sagte er, lächelte, streckte seine Hand nach ihr aus. »Steig ein. Die Nekir sind überall. Wir müssen von hier verschwinden. Alles löst sich auf.« Seine Stimme war ihr so vertraut, fast schon in Vergessenheit geraten, doch ihr Klang noch immer der alte.

Ich kann ihn tatsächlich verstehen, dachte Emily verwirrt, und dann fragte sie sich, wie, in aller Welt, er hergekommen war und warum. Und was, in aller Welt, meint er mit »Alles löst sich auf«? Die Hölle? Oder Cockfosters?

Fragen über Fragen, doch Emily wusste, dass die Nekir bald auf dem Dach sein würden und dass nichts und niemand sie würde aufhalten können. Also rannte sie zu dem Ballon, Tristan warf eine kurze Strickleiter über den Rand, und über die kletterte Emily in den rettenden Korb.

»Du bist es wirklich«, sagte sie außer Atem. Sie stand vor Tristan Marlowe und hätte ihn stundenlang anstarren können. »Niemand anders«, keuchte sie erleichtert.

»Niemand anders«, bestätigte er. »Nur ich.« Dann, unverhofft, ergriff er ihre Hand, zog sie zu sich und küsste sie, kurz, aber ehrlich, so wie damals, nachdem die letzten Takte eines Liedes namens *Hungry Heart* im *Cheshire Cheese* verklungen waren und Emily nach draußen ins Schneetreiben gegangen war, um zu finden, wovon sie geglaubt hatte, es sei das Licht ihres Lebens.

»Du hast dich wieder in Schwierigkeiten gebracht«, sagte er, und sie dachte an den Kuss, der heiß und voller Gefühl gewesen war, damals, als sie sich füreinander entschieden hatten, und an die anderen Küsse, später, in New York. Küsse, die bemüht und pflichtschuldig gewesen waren, kaum mehr, und an den Kuss vor ein paar Sekunden, der irgendwas irgendwie dazwischen gewesen war.

Sie war wahrhaft durcheinander, und Tristan Marlowe schenkte ihr ein schiefes Lächeln, das womöglich nur seine Unsicherheit verbergen sollte und dennoch verwegen wirkte – Tristan beherrschte diese Manierismen noch immer perfekt. »Einer muss dich ja retten.« Er ließ ihre Hand los und überprüfte eilig den Flüsterbrenner. Eine Flamme schoss hervor, flimmernde Wärme, die nach oben stieg, in den Ballon hinein, der daraufhin aufstieg.

Emily atmete auf.

Schaute nach unten.

Sie gewannen an Höhe, was gut war, denn unten, auf dem Dach, waren jetzt die ersten Nekir angekommen. Große Tiere waren es, mit Scherenklauen. Flink und gierig suchten sie mit ihren Facettenaugen nach Beute.

»Keine Sekunde zu früh«, stellte Emily fest und suchte Halt an dem Korb, der stärker schaukelte, als sie erwartet hatte. »Wie kommst du hierher?« Sie musste ihn einfach wieder anstarren. »Tristan Marlowe«, sprach sie seinen Namen aus, als habe der Klang etwas Magisches.

»Das ist eine lange Geschichte. Eine seltsame Geschichte.« Er schaute nach unten, wo die Nekir über das Dach liefen. »Aber wir sollten zuerst Wittgenstein einsammeln.« Er deutete auf die andere Straßenseite, wo der Alchemist auf dem Dach des Hauses, in das er sich geflüchtet hatte, festsaß. Nekir krochen die Hauswände hinauf, brachen durch die Fenster.

Tristan Marlowe steuerte den Ballon zu dem Haus hinüber, während Emily fassungslos in die Tiefe starrte, wo tonlos das Chaos tobte. In der Straße unter ihr verwandelten sich Menschen in monströse Nekir. Blutroter Schnee bedeckte den Boden, wohin man nur blickte.

»Das ist doch der pure Wahnsinn«, murmelte sie. Sie sah Gesichter, die zu Schreien verzerrt waren, aber kein einziges Geräusch war zu hören. Die Nekir fielen über die Menschen her, in absoluter Stille. Menschen verwandelten sich in Nekir, und Nekir verspeisten Menschen bei lebendigem Leib. Die Hölle war wieder ganz sie selbst geworden.

Emily bemerkte, wie fest sie den Rand des Korbs umfasste. Der Boden unter ihren Füßen schwankte stark. Sie hasste es zu fliegen. Schon die Reise nach New York – oder Gotham, wie alle dort die Stadt genannt hatten – war eine Tortur gewesen.

Doch manchmal, das wusste sie, hatte man einfach nicht die Wahl. Manchmal war man gezwungen, zu nehmen, was einem das Schicksal anbot.

Immerhin erreichten sie jetzt das große Haus auf der anderen Straßenseite. Wittgenstein stand am Rand des Daches und schaute nach unten, wo die Nekir in die Fenster krochen und sich noch nicht um ihn scherten – was sich aber sicher bald ändern würde.

»Beeilen Sie sich!«, rief Tristan ihm zu.

Wittgenstein, der augenscheinlich genauso überrascht war wie Emily, den jungen Mann zu sehen, kletterte eilig in den Korb des Ballons. »Tristan Marlowe?« Er nickte ihm dankbar zu.

»Ich bin ebenso erstaunt, hier zu sein, das dürfen Sie mir glauben«, sagte Tristan nur. »Nebenbei gefragt: Wo bin ich hier eigentlich?«

»Sie können uns verstehen?«, fragte Wittgenstein.

»Sie können mich doch auch verstehen.«

»Ich verbinde uns irgendwie«, sagte Emily und fügte ein wenig unsicher hinzu: »Glaube ich jedenfalls.«

Tristan Marlowe nickte nur. Manchmal konnte man das, was passierte, nicht mit dem Verstand erklären.

»Wir sind in der Hölle«, sagte Wittgenstein.

Emily nickte, als Tristan sie fragend ansah. »Wir suchen jemanden.«

Der junge Mann, der aussah wie ein Gentleman, dachte kurz nach. »Nein.« Er schüttelte den Kopf. »Dies ist nicht die Hölle. Es muss etwas anderes sein«, sagte er energisch und ließ den Ballon wieder aufsteigen.

»Was soll es sonst sein?«

Sie konnte noch immer nicht fassen, dass er wirklich hier war. Als sie ihn das letzte Mal gesehen hatte, waren sie beide in Gotham gewesen, einer Stadt, die so erdrückend männlich wirkte, dass es kein Wunder war, dass Tristan sich dort wohlfühlte. London indes hatte eine weibliche Seele, davon war Emily überzeugt. Wie oft hatten sie darüber gesprochen, über das Wesen der Städte, über all jene Metropolen, die lebendiger waren als all der Stein und Asphalt, aus dem sie bestanden, und über das Wesen, das sie ausmachte.

Tristan Marlowe. Meine Güte! Jetzt war er hier. Und sie wusste nicht einmal, was genau sie ihm gegenüber empfand. In ihre Gedanken mischte sich die Erinnerung an die Augenblicke, die sie mit Jeeva Smith in der uralten Metropole verbracht hatte, und ihre Gefühle waren ein einziges Durcheinander.

Andererseits war Jeeva Smith tot, während Tristan jetzt bei ihr war und dafür sorgte, dass der Ballon an Höhe gewann.

»Ehrlich gesagt, ich habe nicht die geringste Ahnung, was dies für ein Ort ist«, sagte er jetzt. »Ich glaube nicht, dass es die Hölle ist. Die Hölle löst sich nicht auf. Und wenn dies nicht die Hölle ist, dann sollten wir uns alle nur eine einzige Frage stellen.« Er wandte sich an Wittgenstein. »Wo sind wir?«

»In einem Ballon«, sagte Wittgenstein und zog ein Gesicht.

Emily, die wusste, wie Wittgensteins Logik funktionierte, unterließ es, seine Aussage zu kommentieren, und kam stattdessen auf Tristans Bemerkung zurück. »Die Gegend hier löst sich auf?«

»Ja.«

»Was bedeutet das?«

»Das alles hier«, sagte Tristan Marlowe, »wird sich auflösen.«

»Du meinst Cockfosters?«

»Ist das da unten Cockfosters?«

»Sieht so aus«, sagte Wittgenstein. »Wir glauben, dass es Cockfosters ist. Nur ein wenig *falsch*.«

Tristan nickte. »Da, wo ich herkomme, hat sich auch alles aufgelöst.« Er überprüfte die Seile, die den Korb hielten. »Ihr werdet es sehen.«

Emily und Wittgenstein tauschten Blicke.

Dann sahen sie es tatsächlich.

Tiefe, zackige Risse öffneten sich in den Straßen und

wanderten an den Wänden der Häuser empor. Etwas, was wie flüssige Nacht aussah, quoll aus den Rissen, machte alles unscharf. Die armen Menschen, die in der Nähe dieser Risse standen, wurden von ihnen verschluckt. Die Häuser erbebten, Wände brachen weg, ganze Gebäude stürzten geräuschlos ein. Und dann geschah etwas Seltsames: Selbst die Nekir schienen sich vor den Rissen zu fürchten. Sie gerieten in Panik und wurden gleichsam in die flüssige Nacht, die Schnee und Straßen bedeckte, hineingezogen. Stille und Finsternis fraßen die Welt dort unten auf.

Es fiel Emily schwer, länger hinzuschauen, weil es eigentlich große Löcher aus nichts waren, die sich dort auftaten.

»Niemand kann lange in nichts schauen«, sagte Tristan, »ich habe es versucht. Es geht nicht.«

»Du hast das hier schon einmal erlebt?«

»Ist noch gar nicht lange her«, antwortete er. »Vielleicht eine Stunde oder ein bisschen mehr. Der Ballon hat mir das Leben gerettet.«

»Wie kommst du dazu, einen Ballon zu fliegen?« Sie schwebten über den Trent Park hinweg, fort von der Stadt, die sich langsam auflöste.

»Zu *fahren*«, korrigierte Tristan sie – sie hasste es, wenn er das tat. »Ich habe ihn geliehen, könnte man sagen.«

Wittgenstein warf ihm einen skeptischen Blick zu.

»Wo?«

»In South Wimbledon«, erklärte Tristan, als sei es eine Selbstverständlichkeit, mit einem Ballon aus South Wimbledon durch die Hölle – oder eine vergleichbare Region – zu fahren.

»South Wimbledon«, sagte Wittgenstein, »ist einer der verschwundenen Stadtteile.«

»Ich war dort«, erwiderte Tristan Marlowe. Er überprüfte erneut den Ballon, ließ Sand aus einem der Säcke. »Wir sollten noch mehr an Höhe gewinnen. Manche dieser Kreaturen können fliegen.« Er schaute nach unten. Sie ließen Cockfosters jetzt hinter sich. »Das Meer ist unruhig.« Er spähte in die finstere Nacht, die sich unter ihnen auftat. Die Baumwipfel des Trent Parks waren fort, und jetzt war da nichts außer tiefschwarzer Nacht.

»Welches Meer?«

»Es gibt ein Meer dort unten. Es ist gefroren. Ein Eismeer.«

»Gleich hinter Cockfosters?«

»Cockfosters ist eine Insel.« Er hielt inne. »Oder *war* bald eine Insel«, korrigierte er sich. »So wie South Wimbledon eine war. Zwischen diesen Orten gab es ein Meer.« Er strich sich eine Strähne seines Haars aus dem Gesicht. »Unter dem Eis habe ich lebendige Schemen gesehen. Glaub mir, Emily, keiner von uns möchte die Kreaturen zu Gesicht bekommen, die dort in der Tiefe lauern.«

Wittgenstein schaute ebenfalls nach unten. »Man kann nichts erkennen.«

»Glauben Sie mir einfach«, schlug Tristan vor.

Sie schwebten weiter. »Cockfosters wird sich auflösen. Es wird bald ganz fort sein. Es wird versinken.«

»Worin?«, fragte Wittgenstein. »*Worin* versinkt es?«

»Woher soll ich das wissen? Es wird fort sein! Im Meer versunken, *diesem* Meer da unten. Im Nichts.«

Emily war mehr als nur verwirrt. »Warum bist du hier? Oder vielmehr überhaupt in London?« Sie wusste, wie sich das anhörte: misstrauisch und ein wenig schnippisch.

Tristan überprüfte ein weiteres Mal den Ballon und schien beruhigt. »Nun, das ist eine merkwürdige Geschichte, und ich hatte im Grunde gar keine andere Wahl.«

»Was meinst du damit?«

Er sah sie an, fast so wie früher. »Wir haben uns lange nicht gesehen, und was ich zu berichten habe, klingt sehr seltsam, und, ehrlich gesagt, weiß ich gar nicht, wo ich anfangen soll …«

»Fang einfach überhaupt an«, schlug Emily vor.

»Du hast dich nicht verändert.«

Sie lächelte. »Doch, habe ich.«

Wittgenstein schwieg, schaute demonstrativ nach unten in die Dunkelheit.

»Ich bin zufällig nach London zurückgekehrt. Und als ich dort war, habe ich dich gesucht. Hampstead Manor war verlassen. Also bin nach Seven Dials gegangen, dorthin, wo du, wie du mir geschrieben hattest, wohnst, in die Monmouth Street. Aber du bist nicht nach Hause gekommen. Also bin ich zur U-Bahn-Station zurückgegangen, habe den nächsten Zug genommen und bin auf wundersame Weise in Aldwych gelandet«, sagte Tristan. »Doch damit nicht genug: Ich habe dem Zug nachgesehen, als er weiterfuhr, und er ist in den Tunnel hineingefahren und war plötzlich fort, einfach so.« Jetzt wirkte Tristan so ratlos wie in dem Moment, als Emily ihm damals die für sie wichtigste Frage gestellt hatte. »Der Zug hatte sich in Luft aufgelöst.« Er schnippte mit den Fingern, wiederholte: »Einfach so.«

Wittgenstein schaute auf.

»Ich meine das wörtlich«, betonte Tristan. »Er war von jetzt auf gleich verschwunden.«

»Das dachte ich mir«, murmelte Wittgenstein. »Wie die anderen Züge.«

»Es sind noch mehr Züge verschwunden?«

»Ja.«

Emily musste plötzlich wieder an damals denken, an New York und ihre Frage und seine Antwort, an das Mondlicht und das Schweigen, das sie danach nicht wieder losgeworden waren.

Tristan indes schien das Damals vergessen zu haben.

»Ich schaute mir die Tunnelöffnung an«, fuhr er fort, »und etwas zog mich hinein. Ich stolperte in die Dunkelheit, fiel kopfüber, und dann war ich auf einmal auf dem Bahnsteig der Northern Line in South Wimbledon.«

»Was hast du in London gemacht?«

»Wie ich bereits sagte, ich habe nach dir gesucht.«

»Warum?«

»Ich habe mir Sorgen gemacht.«

Sie musterte ihn streng.

Er senkte den Blick. »Das, was ich jetzt sage, mag in deinen Ohren verrückt klingen.« Er sah Wittgenstein an. »Sie wissen, dass ich normalerweise nicht gerade zu Übertreibungen neige.« Wieder an Emily gerichtet, bat er: »Aber, du musst mir glauben, genau so ist es passiert.«

»Nun?«

»London«, sagte er, »gab es plötzlich nicht mehr.«

Sie starrte ihn an. Wittgenstein starrte ihn auch an.

Tristan hob beschwichtigend die Hände. »Ja, ich weiß, wie sich das anhört.«

Wittgenstein sagte nur: »Das hört sich verrückt an.«

Tristan nickte schnell. »Ja, ja, Sie sagen es.« Er seufzte tief. »Eigentlich fing alles harmlos an. Ich kam nach Hause und wollte ein Buch lesen.«

»Du sprichst von New York«, stellte Emily klar.

»Ja.«

»Wohnst du noch immer in der King Street?« Dorthin war er gezogen, nachdem sie sich getrennt hatten.

»Nein, ich habe eine neue Wohnung in der Thompson Street.«

Emily ging nicht weiter darauf ein. Greenwich Village war so weit fort, dass es auf einem anderen Planeten hätte liegen können.

Tristan Marlowe entging Emilys Reaktion keineswegs. »Ich wollte nur lesen«, kam er schnell aufs Wesentliche zurück. »Diese Weihnachts-Geistergeschichte ...«

»Du hast Dickens nie gemocht.«

»Ja, aber ich war irgendwie gerade in der Stimmung, diese Geschichte zu lesen.« Er warf ihr einen strengen Blick zu, hasste es also noch immer, unterbrochen zu werden, wenn er sprach. »Doch dann«, fuhr er fort, »stellte ich zu meinem Erstaunen fest, dass Scrooge und all die anderen nicht in London lebten, sondern in Oxford. Mehr noch, Oxford war, zumindest in dieser Geschichte, die Hauptstadt des alten Empire.« Er suchte den Himmel nach etwas ab. »Du wirst verstehen, dass ich überrascht war.« Er presste, die Stirn leicht gefurcht, die Lippen zusammen. »Und was tut man, wenn man auf ein Rätsel stößt?«

»Man googelt«, sagte Wittgenstein trocken.

Das, was ich auch getan habe, dachte Emily.

»Genau«, sagte Tristan Marlowe. »Ich habe also nachgeschaut, was es mit dieser Sache auf sich hat. Natürlich bin ich, wie jeder halbwegs vernunftbegabte Mensch, davon ausgegangen, eine falsche Ausgabe der Geschichte in Händen zu halten.« Er hielt sich an einem der Seile fest, die zum Ballon hinaufführten. »Doch alles, was ich gelesen habe, schien ebenso verändert. Es gab kein London. Ich suchte nach Oxford und bekam ausschließlich Treffer, die mit der Hauptstadt des Vereinigten Königreichs zu tun hatten. Dann suchte ich erneut nach London und fand wieder nichts.«

»London existierte nicht«, sagte Wittgenstein.

Tristan Marlowe nickte zerknirscht. »Ja, Sie sagen es. London hatte, zumindest was meine Quellen anging, nie existiert. Nun ja, ich wunderte mich so sehr, dass ich in der Bibliothek anrief.« Tristan hatte, nachdem sie beide den Buchladen aufgegeben hatten, in der New York Public Library eine Anstellung gefunden. Christo Shakespeare, den Emily vor Jahren kennengelernt hatte, war sein Kollege. »Keiner dort hatte jemals von einer Stadt namens London gehört. Niemand kannte eine Stadt namens London. Christo überprüfte eine Reihe von Büchern, aber nirgendwo tauchte London auf.« Tristan machte eine kurze Pause, holte tief Luft. »Ich wollte Mistress Atwood in Brooklyn aufsuchen, um mit ihr über diese Angelegenheit zu reden, aber auf dem Weg dorthin traf ich zwei ältere Damen, die mich in der U-Bahn in ein Gespräch verwickelten und mich dann betäubten. Ich verlor das Bewusstsein, und als ich wieder zu mir kam, befand ich mich hier in London, auf einer Bank in der U-Bahn-Station King's Cross.«

Wittgenstein und Emily tauschten Blicke, und der Alchemist wandte sich Tristan zu. »Hießen die beiden Miss Pumblechook und Miss Pecksniff?«

Tristan nickte. »Ja, so hatten sie sich mir vorgestellt.«

»Was haben sie dir gesagt?«, drängte Emily.

»Sie haben mir gesagt, dass sie mir eine Nachricht überbringen wollten.«

»Von wem?«

»Von dir.«

»Und?«

»Sie haben mir einen Brief überreicht. Als ich ihn öffnete, verlor ich das Bewusstsein.«

»Papyruskörner«, sagte Wittgenstein. »Wirken, sobald sie die Haut berühren.«

Emily nickte. Sie hatte von der Pflanze und ihren Blüten gehört.

»So jedenfalls kam ich nach London. Und wunderte mich aufs Neue, denn London war ja, ganz augenscheinlich, nicht im Geringsten verschwunden. Trotzdem, und das musst du mir glauben, war in Gotham jeder davon überzeugt gewesen, dass es eine Stadt namens London noch nie gegeben hatte.«

»Oh, ich glaube dir«, sagte Emily erleichtert. »Ich bin froh, dass es nicht nur mir so ergangen ist.« Sie berichtete von Cambridge und dem, was sie erlebt hatte. »Die beiden alten Damen erinnern mich an ...«

»Ich weiß«, sagte Tristan. »Aber das hilft uns nicht weiter.«

»Warum hast du mich nicht angerufen?«

»Hat nicht funktioniert.«

»Dann bist du nach Seven Dials gefahren.«

»Ja. Ich habe gewartet und gehofft, dass du nach Hause kommst.«

Wittgenstein, der die ganze Zeit über geschwiegen hatte, sagte: »Sie sprachen eben von South Wimbledon.«

»Ich verließ die U-Bahn-Station und musste feststellen, dass South Wimbledon eine Insel war«, erklärte Tristan. »Genauso wie Cockfosters. Manche Straßen endeten an einer Art Küstenlinie. Wobei das Meer eine unregelmäßig gewellte Eisfläche war, unter deren Oberfläche etwas lebte. Ich hatte keine Ahnung, was jenseits dieser Eisfläche lag.« Er deutete dorthin, wo Cockfosters lag und sie alle vor Kurzem noch gewesen waren. »South Wimbledon lag dort drüben, hinter Cockfosters.«

»Die verschwundenen Stadtteile sind jetzt also Inseln«, stellte Wittgenstein nachdenklich fest.

Tristan Marlowe zuckte die Achseln. »Ich weiß nicht, wovon Sie reden. Was hat es mit den verschwundenen Stadtteilen auf sich?«

»South Wimbledon ist nur einer von vielen Stadtteilen, die verschwunden sind«, antwortete der Alchemist und erklärte Tristan Marlowe, was er wusste. Er erwähnte das Parlament der Heuchler und alles andere auch.

»Und wie hast du mich dann gefunden?«, wollte Emily schließlich wissen.

»Alles hier ist still«, sagte Tristan, »aber ich habe deine Stimme gehört.«

Er ist auch ein Trickster, dachte Emily. Ja, womöglich war dies der einzig wahre Zusammenhang in dieser Welt der fehlenden Logik: Sie selbst verband die Trickster mittels ihres Bewusstseins, ihrer Fähigkeiten, und so konnten sie miteinander kommunizieren.

»Es war eindeutig deine Stimme, aber sie hat nicht zu mir gesprochen.«

Sie nickte. »Woher hast du den Ballon?«

»Noch eine lange Geschichte«, sagte er.

»Erzähl sie kurz.«

»In South Wimbledon ist das Gleiche passiert wie eben in Cockfosters«, begann er. »Die Menschen wurden aber nicht von Nekir gejagt, sondern voneinander. Sie sind übereinander hergefallen, als hätten sie den Verstand verloren. Sie waren wie wilde Tiere, die in Rudeln andere Rudel jagten.«

»Und der Ballon?«

»Ich habe einen großen Zeppelin gesehen, der über South Wimbledon flog. Der Ballon, in dem wir uns befinden, war an einer Laterne festgebunden. Ein Mann, der keinen Mund hatte, machte den Ballon gerade fertig für den Abflug.« Tristan grinste schelmisch. »Ich konnte ihn davon überzeugen, mir den Ballon zu überlassen.« Er deutete auf den Gehstock, der an die Korbwand gelehnt war. Emily wusste, dass sich eine Klinge in dem eleganten Stock befand.

Sie lächelte. Typisch Tristan!

Nur noch wenige Lichter von Cockfosters leuchteten jetzt in der Ferne, kaum mehr als sterbende Nadelstiche im Mantel der tiefen Nacht.

»South Wimbledon hat sich jedenfalls aufgelöst«, sagte Tristan Marlowe. »Ich hatte Glück, den Ballon zu haben. Ich bin keine Sekunde zu früh aufgebrochen. Und etwas hat mich in diese Richtung geweht. Es war nur ein Zufall, dass ich in Cockfosters vorbeikam.«

»Es gibt keine Zufälle«, sagte Emily.

»Es gibt gerade auch keinen Wind«, stellte Wittgenstein fest, »aber wir bewegen uns dennoch.«

»Das liegt an der Strömung.«

Emily spürte es jetzt auch. Es gab keinen Wind. »Welcher Strömung?«

»Ich nenne das so. Der Zeppelin, den ich gesehen habe, ist der Strömung gefolgt, einige andere Ballons, die hier unten über dem gefrorenen Meer kreuzen, ebenso. Sie flogen alle in eine Richtung, so als flösse all die Stille geradewegs in diese Richtung und alles, was hier ist, folge ihr.«

»Wie ein Strudel?«, fragte Wittgenstein.

Emily sah ihn an. »Sie können einem Mut machen.«

Nichtsdestotrotz schien diese Theorie plausibel.

Emily schaute zurück, wo die letzten Lichter von Cockfosters jetzt endgültig erloschen waren.

»Es ist fort«, sagte Tristan Marlowe. »Wie South Wimbledon.«

»Wie die anderen verschwundenen Stadtteile folglich mutmaßlich auch«, murmelte Wittgenstein.

Schweigend schauten sie in das Dunkel. Jeder hing seinen Gedanken nach, und so ließen sie sich von der Strömung treiben. Dorthin, wo in der Finsternis das Herz der Stille liegen mochte oder vielleicht noch Schlimmeres am Werke war.

Selbst die Schneeflocken wirkten verschreckt, als sie durch die Tür ins *Aldersgate's Head* hineinwehten und den Augenmann wie eine Wolke aus wildem Weiß umgaben.

Maurice Micklewhite wusste aus Emilys Berichten, wozu diese Gestalt in der Lage war, und ein Blick in die leeren Augen der anderen Gäste bewies ihm, wie rasch man dieser Gestalt zum Opfer fallen konnte, selbst aus der Distanz und durch Mauern hindurch. Sogleich ahnte er, was gleich passieren würde. Dass er nicht wusste, *warum* es passieren würde, tat nichts zur Sache. Manchmal, das wusste der Elf, musste man schnell handeln, denn nur schnelles Handeln bewahrte einen davor, selbst Geschichte zu werden. Dass der Augenmann – so hatte Piccadilly Mayfair ihn genannt – seinetwegen hier war, stand für ihn außer Zweifel. Wer auch immer diese Gestalt losgeschickt hatte, wollte, dass er, Maurice Micklewhite, aus dem Verkehr gezogen wurde. Was eigentlich gut war, bedeutete es doch, dass er womöglich der richtigen Spur folgte.

»Seine Augen«, sagte Mr. Rahere, »sind nur gezeichnet.«

Die Gestalt trug einen Mantel und einen Hut, und dort, wo die Augen hätten sein sollen, bedeckten helle Stofffetzen das Gesicht, auf die Augen aufgemalt waren, wie von Kinderhand.

»Das, was hinter den Augen liegt«, sinnierte der Wirt, »können keine Augen sein.«

Mr. Rahere, auch das wusste Micklewhite, war schon alt, und er hatte in den letzten Jahrhunderten gewiss viele Dinge gesehen, über die er ganz bestimmt noch nie mit jemandem geredet hatte, so befremdlich würden sie anmuten. Wenn also jemand wie Rahere so etwas sagte wie das, was er gerade gesagt hatte, dann musste dies, so folgerte Micklewhite, auf Wissen basieren, dem man, gerade in einer Situation wie dieser, durchaus Glauben schenken konnte.

»Was auch immer er sieht«, flüsterte Micklewhite, »kann er nicht durch diese Augen sehen.«

Einleuchtend. Sie waren ja nur gezeichnet.

Mr. Rahere nickte.

Dann ging ein Ruck durch die Gäste. Sie alle traten gleichzeitig einen Schritt in die Richtung des Tisches, an dem Maurice Micklewhite saß. Sowohl der Elf als auch der Wirt schraken auf. Ein weiterer Schritt brachte die Männer vom Nebentisch bedrohlich nah an ihren heran. Zudem streckten alle ihre Arme aus, die Hände bereit zuzupacken.

Maurice Micklewhite dachte nicht daran abzuwarten, was als Nächstes passieren würde. Er sprang auf, wirbelte zwischen den Tischen hindurch und war bereits bei der Gestalt an der Tür, bevor auch nur irgendjemand darauf reagierte. Die Gäste, so viel schien klar, waren kaum mehr als Marionetten des Augenmannes. Folglich musste er diesen, die Quelle der Beeinflussung der Masse, eliminieren. Das hieß ... entweder den Augenmann selbst oder das, was ihn ausmachte.

Was immer er sieht – er kann nicht durch diese Augen sehen, überlegte der Elf.

Mr. Rahere, dessen wurde er aus den Augenwinkeln gewahr, stand noch immer neben dem Tisch, rührte sich nicht, und sein verdutztes Gesicht ließ darauf schließen, dass er den schnellen Bewegungen des Elfen nicht hatte folgen können.

Der Augenmann indes drehte den Kopf in Micklewhites Richtung, doch zu spät. Der Elf packte die beiden Stofffetzen mit den aufgemalten Augen, riss sie mit einem festen Ruck vom Gesicht des Augenmanns und sah die leeren Höhlen dahinter – beziehungsweise das, was in diesen Augenhöhlen steckte: altes Pergament, zusammengerollt und vergilbt.

Micklewhite zog das Pergament aus der rechten Augenhöhle heraus, und sofort kam Leben in die eine Hälfte der Gäste. Gemurmel erhob sich.

Der Augenmann stöhnte laut auf, seine linke Hand schnellte nach vorn und packte den Elfen an der Schulter, doch Micklewhite zog behände das zweite Stück Pergament aus der anderen Augenhöhle. Sobald er dies getan hatte, kehrte Leben in die noch erstarrten Gäste zurück. Alle waren so wie zuvor.

Der Augenmann stand regungslos da, die linke Hand noch immer an der Schulter des Elfen.

Mr. Rahere bahnte sich einen Weg durch die Gäste. »Das«, sagte er bewundernd, »war schnell.«

Maurice Micklewhite nahm das Kompliment zur Kenntnis. »Was ist das für eine Kreatur?« Er entrollte das erste Stück Pergament und begutachtete es verwundert. Es war eine abgerissene Ecke eines Straßenplans von London, hundert Jahre alt oder älter.

Der Augenmann rührte sich nicht.

»Manch einer in den uralten Zeiten«, sagte Mr. Rahere leise, »konnte Totes erneut zum Leben erwecken.«

Ja, dachte Maurice Micklewhite, *und manch einer konnte sich fremde Wesen untertan machen, indem er die Magie in Worte fasste und diese Worte niederschrieb und den Zettel, einem Befehl gleich, jenen Wesen in den Mund legte, die von nun an Aufträge zu erfüllen hatten.* »Aber das hier sind nur herausgerissene Stücke alter Stadtpläne«, stellte er fest. »Keine Magie.« Auch das andere Pergament zeigte nichts anderes als die Straßen und engen Gassen des viktorianischen London. Micklewhite hatte Zaubersprüche erwartet, niedergeschrieben in den fremden Sprachen ferner Länder, doch keineswegs etwas so Banales wie dies hier.

»Jetzt ist er jedenfalls still«, stellte Mr. Rahere fest und besah sich den Augenmann aus der Nähe.

»Vermutlich ein armer Restefresser, den sich jemand von der Straße geholt hat.« Dabei an das Haus Blackheath zu denken lag auf der Hand, hatte sich die Familie des Duke doch schon früher Golems bedient, um unauffällig Morde an ihren Gegnern begehen zu lassen.

Warum dieser Augenmann aber die Fähigkeit besessen hatte, Menschen zu steuern, würden sie indes vermutlich niemals erfahren.

»In jedem Fall«, zischte Mr. Rahere, »will ich so was wie den hier nicht noch mal in meinem Pub sehen.« Er winkte den großen Iren zu sich und trug ihm auf, den seltsam ausgestopft wirkenden Gast nach draußen zu befördern. »Von all den anderen«, sagte er und meinte die Gäste, »scheint sich keiner an den Vorfall zu erinnern.«

Dem hatte Maurice Micklewhite nichts hinzuzufügen. »Ich mache mich auch auf den Weg«, sagte er, zahlte sein Ale und ging zurück zu seinem Tisch, um den Mantel zu holen.

»Passt auf Euch auf, da draußen«, riet ihm Mr. Rahere.

»Das werde ich«, versprach Maurice Micklewhite. Dann verließ er den Pub.

Er wusste jetzt, wen er aufsuchen würde, und es galt wieder einmal, keine Zeit zu verlieren.

Emily hatte jedes Gefühl für Zeit verloren. Sie mochten seit Stunden schon in dem Ballon sein oder auch nicht. Sie hatte ein wenig gedöst, während Tristan Marlowe kein Auge zugetan hatte. Sie hatte von Jeeva und seiner Schwester, die sie gar nicht kannte, geträumt und hatte zwischendurch an Picca und die arme Peggotty denken müssen, an den großen Zeppelin und die geringe Aussicht, hier unten auch nur eine von ihnen zu finden. Jetzt fühlte sie sich hilflos und leer und zornig. Sie hasste es, untätig zu sein, und verabscheute es, nicht den Funken eines Plans zu haben.

Behutsam stand sie auf und ging zum Rand des Korbs, um nach unten zu schauen.

»Du hast dich nicht verändert«, sagte Tristan leise. »Du bist noch immer so ernst.«

Sie sah ihn nicht an. »Hast du dich jemals gefragt, ob es richtig war?« Mit einem Mal waren sie wieder mitten in einem der Gespräche, die sie doch hatte vergessen wollen.

»Was meinst du?«

»Ich meine uns«, erwiderte sie leicht entnervt.

Er sagte nichts. Sie sagte auch nichts mehr. Sie waren in der Hölle, und das, was es zu sagen gab, hatten sie einander schon so oft an den Kopf geworfen. In dem kleinen Ballon waren sie aufeinander angewiesen, doch Emily wünschte sich sehnlichst, dem wäre nicht so. Sie sah den jungen Alchemisten, der ihr einst so nah gewesen war, von der Seite an und schwieg. Tristan stand direkt neben ihr, hätte weiter aber nicht weg sein können.

»Ich kann Menschen heilen, wenn sie krank sind.« So hatte er es ihr damals erklärt. In der verlassenen Kirche *Maria Schnee* in Prag hatte er ihr seine Geschichte offenbart, und Emily hatte seinen Worten gelauscht und erkannt, dass es noch andere Trickster gab, denen die Welt unbarmherzig entgegentrat.

»Du musst mir nicht davon erzählen«, hatte sie gesagt.

»Doch«, war seine Antwort gewesen, »ich muss das

tun.« Und dann hatte er ihr von London erzählt, von seinen Eltern, die arme Leute gewesen waren. Es gab Schulden, die sein Vater leichtfertig gemacht hatte und die er dann nicht zurückzahlen konnte, und Arbeit, die hart und schmutzig war. Tristan Marlowes Familie lebte in den brüchigen Baracken von Southwark, in der Nähe der Clink Street, und als er klein war, da schämte er sich für das, was er war. »Manchmal«, erinnerte er sich, »schickte mich mein Vater zur Themse, damit ich nach Sachen Ausschau hielt. Dingen, die andere weggeworfen hatten. Sie einzusammeln war nicht gerade das Schlechteste.« Tristan war recht verschwiegen gewesen, seit sie einander begegnet waren, und sie hatte sich sehr gewundert, wie bereitwillig er ihr plötzlich von seiner Vergangenheit erzählte. »Wir waren kaum besser als die Restefresser, denen alle Welt nur mit Abscheu entgegentritt.« Als seine Mutter erkrankte, da dachte er, dass alles vorbei sei. Sie hustete Blut, siechte immer mehr dahin. Tristans Vater hatte sich nie wirklich um seinen Sohn und seine Frau gekümmert. »Er war ein einfacher Mann, der schrie, ehe er zuhörte, und zuschlug, ehe er redete.« So war die Welt, in der Tristan lebte. Sie war einfach und hart. Und als seine Mutter erkrankte, da war er so verzweifelt wie niemals zuvor. »Sie würde sterben, so viel war gewiss. Sie würde sterben und mich mit meinem Vater zurücklassen.« Eines Abends lag sie da, und Tristan trat an ihr Bett und legte ihr die Hand auf die Stirn. Er spürte, wie sie zitterte. Er sah, wie sie die Tränen zurückhielt. Und dann fühlte er die Krankheit selbst. Das, was ihr zu schaffen machte seit nunmehr drei Jahren. Er konnte mit der bloßen Hand danach greifen. Fest und unnachgiebig zerrte er daran, und dann hielt er das schwarze Ding, das an ihr gefressen hatte, in der Hand. »Ich habe es nicht gesehen, aber es war da. Ich habe es gefühlt.« Tristan Marlowe wusste nicht, was genau er da getan hatte, aber das Leben kehrte in den Körper seiner Mutter zurück. »Damals wusste ich noch nicht, dass man für alles einen Preis zu zahlen hat.« Als sein Vater nach Hause kam und die Mutter wieder am Tisch sitzen sah, zog er den Gürtel aus seiner Hose und begann, damit auf sie einzuschlagen. Er tobte und schrie, weil er glaubte, dass sie die Kranke lediglich gespielt und sich in Wirklichkeit die ganze Zeit über vor der Arbeit gedrückt hatte. Er war außer sich vor Zorn und betrunken dazu. Immer und immer wieder schlug er sie, und als der Junge dazwischenging, weil der Vater gar nicht aufhörte, die Mutter zu prügeln, da schlug er auch auf Tristan ein. Er packte ihn, und als sich Tristan von ihm losreißen wollte und seinen Arm berührte, da spürte Tristan, dass etwas passierte. »Das, was in meiner Mutter gewesen war; das, was ich ihrem Körper entrissen hatte … hielt ich in meiner Hand, und als ich den Arm meines Vaters anfasste, da kroch es in ihn hinein.« Der alte Marlowe hatte keine Stunde mehr gelebt. Er begann Blut zu spucken und sank zu Boden, und das war das Ende der Geschichte und der Anfang von Tristan Marlowes Leben als Trickster. »Das ist der Preis, den ich zahlen muss für das, was ich bewirke.«

Die Welt, dachte Emily auch damals schon, *ist gierig und ungerecht.*

»Ich kann die Menschen heilen, doch ich muss das, was ich ihnen nehme, so schnell wie möglich an andere weitergeben. Die Krankheit muss anderswo leben können. Nur so funktioniert es.«

Damals hatte seine Mutter ihn einen Vatermörder geschimpft und den alten Herrn, der sie Zeit ihres Lebens tyrannisiert hatte, beweint. Sie hatte ihren einzigen Sohn der Metropolitan gemeldet, und die Polizisten kamen noch am selben Tag, um Tristan ins berüchtigte Gefängnis von Newgate zu bringen. Von dort wurde er schließlich von Magister McDiarmid, einem Alchemisten, fortgebracht und einer Pflegefamilie übergeben. So hatte es begonnen; der Rest war Geschichte.

Emily hatte damals, als er ihr all das gebeichtet hatte, zum ersten Mal seine Hand berührt.

Ihrer Liebe zu Tristan war sie sich aber erst später bewusst geworden.

»Lass uns fortgehen und ein neues Leben beginnen«, hatte sie ihn gebeten. »Ein gewöhnliches Leben. So wie auch andere es führen.« Ohne auch nur einen Augenblick zu zögern, hatte er eingewilligt. So waren sie nach New York gegangen, weit, weit fort von London. Sie hatten einen Buchladen eröffnet und versucht, ein richtiges Paar zu sein. Keine Trickster, nur Menschen, die einander hatten. Doch alle Bücher, die sie kannte, alle Filme und alle Geschichten hatten etwas gemeinsam: Sie endeten nicht wirklich mit ihrem Ende, denn das Leben, wie auch die Gedanken, ging weiter, unaufhörlich, nach dem schönen Ende. Ja, nach jener Szene, in der man sich küsste und einander ewige Liebe schwor, da ging das Leben einfach weiter. Und nicht immer verbarg das wirkliche Leben vor einem, was die Bücher verbergen konnten. Nicht immer blieb die Welt weiß wie Schnee, nein, manchmal wurde sie rot wie Blut.

»Ich habe das nicht gewollt«, hatte er damals gesagt. Er

hatte geweint, als er sie in seinen Armen gehalten hatte. Aber Emily war zu kraftlos gewesen, um auch nur einen einzigen klaren Gedanken zu fassen. Sie hatte sich so gefreut, als sie es gesehen hatte, so sehr wie niemals zuvor in ihrem Leben. Sie wusste noch genau, wo sie den Test erstanden hatte – in einer kleinen Apotheke namens *Kitteridge* in der Walker Street, Ecke West Broadway –, und sie erinnerte sich noch an die Farben der Verpackung und den Namen. Sie war ins nächste Café gegangen, und dort auf der Toilette hing ein Bild von Edward Hopper, das einen hellen Strand und ein weißes Haus zeigte. Ja, sie sah es auch jetzt noch vor sich, als sei sie gerade erst dort gewesen. Auf der Toilette mit dem Edward-Hopper-Bild hatte sie es erfahren, und als sie es Tristan mitteilte, da war es bereits später Abend gewesen, und er hatte geweint vor Freude, so wie sie, und er hatte sie an sich gedrückt, und sie hatten sich die Zukunft ausgemalt, so, wie sie nun sein würde. Doch dann war alles anders gekommen, weil die Welt gierig war, und so, wie sie vor Freude geweint hatten an jenem sonnigen Herbsttag, so weinten sie nur zwei Wochen darauf, als Emily das Blut zwischen ihren Beinen gespürt hatte, noch bevor sie es sah, noch bevor sie verstand, was passiert war. Ihr Arzt klärte sie auf, dass Dinge wie diese passierten und es nichts zu bedeuten hatte und sie jung war und Tristan gesund und alles irgendwann vergessen sein würde, weil sie dann ein Kind haben und nicht mehr zurückschauen würden.

Doch das Leben war gierig und nicht gerecht. Sie bekamen kein Kind, weil Tristan sich ihr seit diesem Tag verweigerte. »Wir sind nicht *gewöhnlich*«, sagte er ihr immer, wenn sie ihn überzeugen wollte, es erneut zu wagen. »Wir sind Trickster, das ist nun mal so.« Für Tristan stand außer Zweifel, dass diese Besonderheit für das Unglück verantwortlich war.

Immer öfter hatte er ihre Gegenwart unter billigen Vorwänden gemieden, war ihr ausgewichen, wenn sie sich ihm zu nähern versuchte.

Schließlich, nach all den Diskussionen und Beteuerungen und falschen Hoffnungen, war Emily Laing nach London zurückgekehrt und hatte damit begonnen zu vergessen. Bis Aurora ihr von ihrem Glück erzählte und Emily weinend allein in ihrer Wohnung eingeschlafen war.

Die Zeit, das wusste sie, heilte keine Wunden. Die Zeit war das Salz in den Wunden, die sich nie hatten schließen können.

Jetzt war er wieder hier, Tristan Marlowe, ungefragt, wegen dieser beiden Damen, und Emily wusste nicht, was sie nun tun sollte. Sie musste an Jeeva Smith denken, und dann sah sie Tristan und wünschte sich nur, alle Gedanken, die im Dunkeln lauerten, für immer abschalten zu können.

»Du siehst nachdenklich aus«, sagte er zu ihr. Der Ballon schaukelte sanft.

»Du wolltest ein Kind, ich nicht«, hatte Tristan ihr am Telefon gesagt, als sie schon in London gewesen war. So einfach war das gewesen. Damit lag, zumindest aus seiner Sicht, die Schuld am Scheitern ihrer Beziehung eindeutig bei ihr. Wenn sie es nur geschafft hätte, die Beziehung auch ohne ein Kind weiterzuführen, wäre alles gut gewesen.

»Warum, glaubst du, haben die alten Damen dich nach London gebracht?«, fragte sie Tristan.

»Ich habe keine Ahnung.« Er sah sie an.

Emily berichtete ihm von dem, was sie wusste. Das war nicht besonders viel, aber besser als nichts. Und es vertrieb die Zeit, ließ sie das Ungesagte umschiffen.

Unter ihnen war nichts außer einem wilden Meer aus Eis. Hohe Wellen, die in ihrer Bewegung erstarrt waren, tiefe Täler, in denen sich Schnee ansammelte. Hier und da sah man die Überreste von Schiffen, deren Planken wie zersplitterte Gerippe aus der gefrorenen Landschaft herausragten, stummen Hilferufen gleich. Emily fragte sich, wer diese Gewässer wohl bereist hatte.

Der fahle Mond erleuchtete die Gegend unter ihnen recht dürftig – wobei Emily sich nicht sicher war, dass dies der Mond war, aber es sah zumindest aus wie der Mond, den sie kannte, und da sie keine bessere Erklärung für die Erscheinung hatte, blieb sie bei der Bezeichnung.

»Was passiert wohl, wenn wir hier landen?«, fragte Wittgenstein. Die ganze Zeit über hatte er still meditierend in einer Ecke des Korbs gesessen, die Augen geschlossen, die Gedanken sonst wo. Jetzt stand er auf und trat zu den beiden.

»Da lebt wirklich etwas unter dem Eis«, stellte Emily fest.

Es waren riesige Schemen, die sich dort unten seltsam verschwommen bewegten, die ineinanderflossen, fern dessen, was der menschliche Verstand sich erklären konnte, bizarre Formen, die mit keinem Lebewesen, das je gesehen worden war, in Einklang gebracht werden konnten.

»Hoffen wir, dass es dort unten bleibt«, bemerkte Wittgenstein nur, nachdem er einen Blick riskiert hatte.

Tristan stimmte dem zu.

»Da vorn ist etwas«, sagte Wittgenstein.

Emily schaute in die angedeutete Richtung. Es war nur ein Ballon, aber der Ballon war nicht wichtig, sondern das, was weit, weit dahinter zu sehen war. Allen dreien stockte der Atem, denn keiner von ihnen hatte erwartet, ausgerechnet den hier unten zu finden. Sie sahen nur seine Silhouette, aber die war so riesig, dass sie ihn alle erkannten.

»Wie kann das sein?«, fragte Emily.

»Womöglich ist auch Westminster verschwunden«, spekulierte Wittgenstein, schien sich seiner Sache aber nicht sonderlich sicher.

Das, worauf sie da zusteuerten, war der Uhrturm, dessen Spitze allen bekannt und ein Wahrzeichen der Stadt London war. Die riesige Uhr mit den güldenen Ziffernblättern strahlte ein helles Licht aus, das auf die starr gefrorene See fiel. Es gab kein Parlamentsgebäude, keine Westminster Bridge, nur den Uhrturm.

»Aber dieser Uhrturm«, mutmaßte Wittgenstein, »ist doppelt so hoch wie jener, den wir kennen.« Sie näherten sich dem Gebilde recht schnell. Emily hatte das Gefühl, als nähme der Ballon an Fahrt auf, je näher er dem Gebäude kam.

»Sie meinen, das ist nicht *Big Ben*?«, fragte Emily.

»*Big Ben*«, korrigierte Tristan Marlowe sie gedankenverloren, »ist nur der Name der schwersten der fünf Glocken.«

Wittgenstein und Emily tauschten Blicke.

»Warum ist er also hier?«

»Und warum«, ergänzte Wittgenstein, »steht die Uhr still?« Die Zeiger auf dem riesigen Ziffernblatt, auf das sie sahen, waren bei Mitternacht stehen geblieben.

Sie schwebten, schneller und schneller werdend, auf den Uhrturm zu, der sich ebenso grotesk wie unheimlich aus den gefrorenen Wellen erhob.

Emily streckte die Hand aus. »Da! Schaut! Was ist das?«

An allen einsehbaren Seiten des Turms befanden sich Ballons. Sie schienen befestigt zu sein, an Landestegen, die wie Stacheln aus dem Turm herausragten. Der riesige Zeppelin, der leicht unterhalb des Uhrwerks vor Anker gegangen war, dominierte eine ganze Ansammlung von skurrilen Fluggeräten. Eine breite Planke führte vom Zeppelin zum Turm.

»Was ist das für ein Ort?«, fragte sich Emily laut. Sie glaubte nicht daran, dass dies der Elizabeth Tower aus London war. Das Gebäude *sah aus* wie der Elizabeth Tower, ja, aber der konnte es unmöglich sein.

Wittgenstein schwieg, in das Bild, das sich ihm bot, vertieft.

»Alles bewegt sich auf den Turm zu«, stellte Tristan fest. Er deutete auf andere Fluggeräte, die sich dem Turm aus allen Richtungen näherten. »Es ist fast so, als zöge er sie an.«

Emily nickte.

»Können Sie den Kurs ändern?«, wollte Wittgenstein wissen.

Tristan Marlowe schüttelte energisch den Kopf. »Wir fahren in einem Ballon. Wir haben kaum Einfluss auf die Richtung, in die wir fliegen. Normalerweise bestimmt der Wind, wohin es uns weht. Doch hier sind andere Kräfte am Werk.«

»Und die führen uns geradewegs auf diesen Turm zu«, brachte Wittgenstein es auf den Punkt.

»Sie sagen es.«

Bleibt nur eine einzige Frage, die entscheidend ist, dachte Emily. »Was werden wir tun, wenn wir dort sind?«

Wittgenstein sagte: »Fragen Sie nicht.«

Tristan indes schlug vor: »Wir schauen uns um.«

Die Eisfläche, die einmal ein Meer gewesen war, sah unter ihnen aus wie ein riesiger Strudel, wie ein Wirbel erstarrter Wellen, in dessen Mitte der Elizabeth Tower in die Nacht ragte. Der Ballon bewegte sich ohne ihr Zutun stetig auf den Uhrturm zu, der aus der Nähe aussah wie ein Hafen für Luftschiffe aller Art, wie sie keiner an Bord ihres Ballons jemals zuvor zu Gesicht bekommen hatte, und Tristan ließ den Ballon ein wenig sinken, sodass sie an einem der Fenster vor Anker gehen konnten. Er befestigte den Ballon mit zwei Tauen an den Halterungen in der Kalksteinwand, die vermutlich eigens dafür vorgesehen waren. Einer nach dem anderen kletterten sie aus dem Korb auf die Landeplattform und sahen sich um, nicht ahnend, dass sie das Herz der Stille und Finsternis erreicht hatten.

8. Kapitel

Das Glockenspiel vertreibt den Winter

Maurice Micklewhite eilte durch London. Die Begegnung mit dem Augenmann im *Aldersgate's Head* hatte ihm vor Augen geführt, was er vermutet hatte, nämlich dass sie alle, wie es den Anschein hatte, die richtige Spur verfolgten. Irgendjemandem passte das ganz und gar nicht, und dieser *Irgendjemand* hatte den Augenmann nach Smithfield geschickt. Nach wie vor wusste der Elf jedoch nicht, was genau der Augenmann oder all die Gäste, die er für sich instrumentalisiert hatte, mit ihm gemacht hätten. Wäre er getötet oder nur verschleppt worden? Wie wichtig war er in diesem Spiel?

Wie auch immer, jedenfalls zeigte ihm die Begegnung, dass ihr Gegner über die notwendigen Informationen verfügte. Er hatte Kenntnis davon gehabt, dass sich der Elf in Smithfield aufhielt, und es war anzunehmen, dass besagter Gegner auch wusste, dass Micklewhite bei John Milton in dem Antiquitätengeschäft in Chelsea gewesen war und danach die Kirche im Barbican Center aufgesucht hatte. Etwas an alldem hatte ihm missfallen, und genau deswegen hatte Maurice Micklewhite eben die Bekanntschaft des seltsamen Augenmannes gemacht. So viel war klar.

Der nächste logische Gedanke war, dass außer ihnen womöglich auch noch andere Personen in Gefahr waren, nämlich all jene, über die man Druck auf sie, das heißt Mortimer Wittgenstein, Emily Laing oder aber ihn selbst, ausüben konnte. Mit denen man sie erpressen konnte.

Das alte Spiel, dachte Micklewhite. *Manche Regeln ändern sich nie.*

Genau deswegen eilte er durch die verschneite Stadt, nur deswegen war er jetzt auf dem Weg zu Aurora Fitzrovia und Neil Trent. Er musste ein Auge auf sie haben.

Er betrat die U-Bahn-Station der Circle Line, beäugte wachsam alles und jeden. Er hatte Glück, denn der nächste Zug in Richtung Embankment ließ nicht lange auf sich warten. Micklewhite sprang hinein und atmete auf, als die Türen sich schlossen.

Hier unten beschlich einen oft das Gefühl, dass sich nichts änderte. Aber das war, wie jeder wusste, ein Trugschluss. Die Jahre flogen nur so an einem vorbei, selbst an ihm, und wenn er zurückblickte, dann fragte er sich, wie er das hatte übersehen können. Das Gefühl, dass etwas fehlte, beschlich ihn immer öfter, und er wusste nicht, warum das so war. Zuerst dieses Gefühl, dann die Sache mit Finchey.

Er seufzte.

Damals, als Mortimer Wittgenstein sich Emily Laings angenommen hatte, war Wittgenstein zu ihm gekommen, am nächsten Tag, und Maurice Micklewhite hatte sich umgehend nach Rotherhithe aufgemacht, um das kleine Mädchen namens Aurora Fitzrovia Reverend Dombeys Klauen zu entreißen. Als er im Waisenhaus eintraf, kauerte das

Mädchen in einem Kellerloch, in dem die unartigen Kinder des Öfteren einige Tage und Nächte verbringen mussten. Mr. Meeks, der Hausmeister des Waisenhauses, hatte den Elfen in die Tiefe geführt, in der Annahme, dass Micklewhite das Mädchen für kleinere Dienste haben wollte.

»Reverend Dombey hat dich vermietet, du kleines schwarzes Luder«, hatte der übel riechende Kerl das verängstigte Mädchen angeherrscht. Maurice Micklewhite hatte daraufhin kurzen Prozess mit ihm gemacht, ihn an der Gurgel gepackt, seinen dreckigen Körper gegen die Wand gedrückt, ihm Schmerzen zugefügt, damit er diesen Moment nicht so schnell wieder vergaß.

»Sie sollten sich bei Miss Fitzrovia entschuldigen!«, hatte Micklewhite von Mr. Meeks verlangt, und mit verzerrtem Gesicht war dieser der Aufforderung nachgekommen. Micklewhite indes hatte sich höflich dem Mädchen vorgestellt, genau wie die Ratte, die ihn begleitet hatte, Lord Brewster.

»Muss ich mit Ihnen kommen?«, hatte Aurora schüchtern gefragt.

Er hatte ihr erklärt, dass er im Namen von Miss Emily Laing dort sei, und sofort hatten die dunklen Augen vor Freude geleuchtet.

Micklewhite hatte ihr lächelnd zugewinkert. »Packen Sie hurtig Ihre Sachen, und dann lassen Sie uns von hier verschwinden.« Mr. Meeks hatte mittels eines gezielten Schlags auf den Kopf eine Portion rabenschwarze Nacht erhalten, und so waren sie aus Rotherhithe verschwunden.

In den darauffolgenden Jahren hatte Maurice Micklewhite verfolgen können, wie Aurora Fitzrovia zu einer hübschen jungen Frau heranwuchs, die alle Blicke auf sich zog. Sie verliebte sich, und diese Liebe wurde erwidert. Neil Trent war ein guter Mensch und nach all den Jahren, die er auf der *Cutty Sark* zur See gefahren war, nun endlich in seinem Hafen angekommen. Irgendwie hatte sich Maurice Micklewhite immer als eine Art entfernten Onkel gesehen. Natürlich war er in keiner Weise mit Miss Fitzrovia verwandt – er hatte keine Kinder, keine jedenfalls, von denen er Kenntnis hatte –, aber er hatte die kleine Beschützerrolle genossen. »Irgendjemand«, hatte er Aurora Fitzrovia gesagt, »muss sich ja um Sie kümmern.« Und heute, in diesem höllisch eisigen Schneetreiben, war es genau diese Empfindung, die ihn jetzt Aurora zu Hilfe eilen ließ. Er würde in dem kleinen Buchladen verweilen, bis keine Gefahr mehr drohte.

Dergestalt in Gedanken versunken, wurde der Elf zu spät seiner Umgebung gewahr, verpasste die richtige Haltestelle, und so nahm er die U-Bahn bis nach Westminster. Den Rest des Weges beschloss er von dort aus zu Fuß zurückzulegen. Die frische Luft würde ihn wach halten, und außerdem war es an der Oberfläche, fern der uralten Metropole, vermutlich einfacher, einer drohenden Gefahr zu entkommen.

Als er aus dem U-Bahn-Aufgang Westminster trat, bot sich ihm das gleiche Bild wie unzählige Male zuvor: Big Ben, die hochgewachsene Berühmtheit der Stadt, in all seiner Pracht, hell erleuchtet.

Aber etwas stimmte nicht, Micklewhite konnte es spüren.

Und er war nicht der Einzige. Zu so später Stunde trieben sich normalerweise nicht mehr viele Leute im Viertel herum, und erst recht nicht bei einem solchen Wetter, doch auf der Straße vor dem Uhrturm und dem Parlamentsgebäude hatte sich eine kleine Menschenmenge versammelt, die wie gebannt nach oben schaute.

Zuerst fiel es dem Elfen nicht einmal auf, doch dann erfuhr er, was die Leute so in Erstaunen versetzte:

»Die Uhr«, sagte jemand neben ihm, »ist stehen geblieben.«

Micklewhite stutzte. Sah es jetzt auch.

Die Uhr stand auf Mitternacht, keiner der Zeiger regte sich.

»Das Glockenspiel vertreibt den Winter«, hatte er Aurora damals erklärt, um sie zu beruhigen. Es war eine schöne Weisheit. *Das Glockenspiel vertreibt den Winter.* Jeder in London wusste das. *Das Glockenspiel vertreibt die Nacht. Das Glockenspiel ist wie des Tages Licht, es singt sein Lied, gibt auf dich Acht.*

Die Melodie erklang viertelstündlich, jeden Tag, war ein mächtiger Fels in der Brandung der Zeit.

Micklewhite hob den Blick, betrachtete den Turm.

Schneeflocken trieben wie Sterne in dieser sonst sternenlosen Nacht.

Der Uhrturm.

Elizabeth Tower.

Micklewhite kannte sich dort oben aus. George Airy und Edmund Denison, die das Uhrwerk 1848 entwickelt hatten, hatte er regelmäßig in den Salons des West End getroffen. Er hatte sie mit Edward Dent bekannt gemacht, dem Uhrmacher, der die riesige Uhr schließlich herstellte. Die Zeiger maßen knapp drei Meter beziehungsweise etwas mehr als vier Meter. Unter den Zifferblättern wurde, zu Ehren der damaligen Regentin, die Inschrift *Domine sal-*

vam fac reginam nostram Victoriam primam eingraviert. Die Glockenmelodie wurde sogar von der BBC übertragen, und nur ganz wenige Male war es vorgekommen, dass die Melodie verstummt war. Einmal kam es zu einer Störung, weil sich Stare auf den Zeigern der Uhr niedergelassen hatten, und in der Neujahrsnacht 1962 blockierte Eis die Mechanik. Dass die Uhr jetzt stehen geblieben war, mochte ein der alten Mechanik geschuldeter Zufall sein, aber daran glaubte Micklewhite nicht. Er hatte kein gutes Gefühl bei der Sache.

»Weiß jemand, warum sie steht?«, fragte er den Mann neben sich.

»Nein.«

Ein anderer sagte: »Ist einfach passiert.«

Nichts, dachte Micklewhite, *passiert einfach so.*

Er schaute zum Fluss, der eine einzige Eisfläche war; weiß und weit erstreckte er sich zu beiden Seiten der Westminster Bridge. Erst dann fiel ihm das seltsame Muster auf. Es sah aus, als wehe der Wind in Richtung der großen Uhr. Ja, genau so sahen die Verwehungen im Schnee, der auf dem Eis lag, aus.

Micklewhite schüttelte den Kopf, beschloss, später darüber nachzusinnen, und schlug den Weg in Richtung Whitehall ein. Es würden sich schon noch Antworten auf alles finden.

Das Glockenspiel vertreibt die Nacht ... es singt sein Lied, gib auf dich Acht.

Gedankenverloren begann er den Kinderreim zu summen, der ihm seit so langer Zeit wieder in den Sinn gekommen war, und ging schnellen Schrittes die Parliament Street hinauf.

Er war gerade auf der Höhe des Kriegsdenkmals angelangt, da zerschnitt ein lautes Heulen die Luft, und er dachte sofort, dass es ihm galt. Der Wind trug die schrillen Töne durch die Straßen und weit über die Dächer von Whitehall. Das Heulen erinnerte ihn an Wölfe im tiefsten Winter. Dann erklang es erneut, diesmal schon näher.

Nein, das waren keine Wölfe. Es war etwas anderes. Es hörte sich an wie ein Sturm aus lebendigem Eis.

Micklewhite beschleunigte seine Schritte, stapfte durch den tiefen Schnee, vorbei an den Menschen, die zu dieser Stunde noch unterwegs waren und ihre Köpfe hoben, als das sturmgepeitschte Heulen erneut erklang. Dann, als er die Downing Street passierte, sah er den Schemen: finster, kristallklar, kaum mehr als eine vom Schneesturm verwehte Andeutung aus den Albträumen, die in Kinderherzen ruhten. Es war wie eine Wolke, oder zumindest kam *Wolke* dem, was es war, am nächsten, und das Heulen kam aus dieser Wolke, die aus Schnee und Dunkelheit und noch etwas anderem zu bestehen schien.

Micklewhite begann zu laufen, so schnell Schnee und Eis es zuließen. Er folgte seinem Instinkt. Was auch immer er dort hinten in der Downing Street gesehen hatte, näherte sich schnell.

Das Heulen, schriller als jeder Schneesturm, war auf einmal überall. Es war, als sei der Winter selbst zum Leben erwacht und hungrig auf die Jagd gegangen. Micklewhite musste an den Schneefall denken, der seit Tagen nicht mehr aufhörte, an die Nacht, die finster und sternenlos war und kein Ende zu finden schien.

Das Glockenspiel vertreibt den Winter …

Auch an die zweite Strophe des Reims hatte Micklewhite lange Zeit nicht mehr gedacht. Jetzt ahnte er, warum nicht: *Verstummt das Glockenspiel am großen Turm, beginnt des Unheils lange Wacht.*

Nein, nein, nur nicht nervös werden.

Er warf einen Blick zurück.

Zwei junge Leute, die durch den Schnee stapften und einander im Arm hielten, wurden von etwas Schattenhaftem zu Boden geworfen, und schon hüllte ein Schneewirbel sie ein. Ihre Schreie drangen durch die Nacht. Andere Passanten, die den Schneewirbel sahen, rannten davon, so schnell ihre Beine sie trugen. Dann legte sich das Gewirbel aus Schnee und Schatten, und niemand war mehr dort. Von Neuem erklang jenes Heulen, das Wind und Wut in einem war.

Der Schattenwind frischte auf, wirbelte weiter, schien unentschlossen, brauste hoch hinauf zu den Dächern, dann stürzte er erneut in die Tiefe und schnappte sich einen Autofahrer, der sein Fahrzeug verließ, weil es tief im Schnee feststeckte. Auch dieser Mann verschwand kreischend.

Der Winter ist hier, dachte Maurice Micklewhite, *und er wird London nicht mehr verlassen.*

Maurice Micklewhite rannte nordwärts, ohne anzuhalten, ja, er rannte, bis ihm der Atem in der Kehle brannte. Er lief um sein Leben.

Verstummt das Glockenspiel am großen Turm …

Er fühlte einen Wind aufkommen, kälter als Eis.

… beginnt des Unheils lange Wacht.

Schneeflocken wehten durch die Dunkelheit.

Das Heulen war dicht hinter ihm.

Maurice Micklewhite wusste, dass er, sähe er sich um, nur

weitere Menschen in dem winterlichen Wirbelwind würde verschwinden sehen. Er versuchte, sich an Geschichten zu erinnern, in denen der Winter leibhaftig über die Menschen herfiel und sie aus ihren Häusern zerrte, denn irgendwie kam ihm das alles bekannt vor, aber jetzt, da er selbst das nächste Opfer sein konnte, war es ihm nicht möglich, auch nur einen einzigen klaren Gedanken zu fassen.

Hinter ihm wurde ein weiterer Passant vom Winter verschlungen, dann noch einer. Micklewhite sah mit einem raschen Blick über die Schulter, wie die Körper zu Eiskristallen wurden, die sich glitzernd und klirrend in dem Wirbelsturm auflösten.

Der Winter, dachte er erneut, *ist nach London gekommen.*

Ohne recht zu verstehen, was das bedeutete, lief er weiter. Der Winter, das spürte er allmählich, hatte es nicht auf ihn persönlich abgesehen. Nein, der Winter schnappte sich wahllos all jene, deren er habhaft werden konnte.

Aber warum?

Womöglich hatte es damit zu tun, dass die Zeit stillstand. Big Ben schlug nicht mehr. Das Glockenspiel schwieg.

Endlich erreichte Maurice Micklewhite den Trafalgar Square und blieb wie angewurzelt stehen, konnte kaum fassen, was er da sah. Der Winter war auch hier. Er fraß die Stadt auf, ja, genau so sah es aus.

Aber die Stadt wehrte sich.

Die vier Löwen Londons hatten die Sockel am Brunnen verlassen. Sie griffen den Winter an, der in Form zweier Wirbelstürme über den Platz fegte und sich all jene einverleibte, die nicht schnell genug davonlaufen konnten. Die Löwen sprangen diese tödlichen Wirbel an und gruben ihre Zähne tief in deren Kälte. Eine Schneewolke nach der anderen umgab die majestätischen Wesen und verbarg einen Großteil des Kampfes vor den Augen der Welt.

Maurice Micklewhite wartete das Ende des Kampfes nicht ab. Er eilte hinab in die U-Bahn, wo er die Pfade neben den Gleisen nutzte, um den Trafalgar Square schnellstmöglich hinter sich zu lassen. London wehrte sich gegen den Winter, und es hatte den Anschein, als bäumte sich die Stadt ein letztes Mal verzweifelt auf. Was das zu bedeuten hatte, konnte Micklewhite nicht sagen. Er wusste nur, dass er schon bald sein Ziel erreicht haben würde. Dort, in Gesellschaft der vielen Bücher, würde er nachdenken über all das hier. Über den leibhaftigen Winter und das verstummte Glockenspiel.

Emily schritt über die Landeplattform und schaute nach unten, wo das Eismeer regungslos in wild gezackten Formen gegen die hohen Mauern brandete, ein Stillleben aus Frost und Schnee, harsch und stumm. Die dunklen Schemen, die sich tief unter dem Eis bewegten, machten ihr Angst, und sie fragte sich, was wohl geschehen würde, wenn diese Kreaturen das Eis durchbrächen und sich ihrer bewusst würden.

Aber nein, daran wollte sie nicht denken. Also konzentrierte sie sich wieder auf die eisüberzogene Landeplattform im hier plötzlich eisig wehenden Wind und auf den Turm.

Es war schon seltsam, ihn ganz ohne die angrenzenden Gebäude des Parlaments zu sehen. Emily war schon oft in Westminster gewesen, natürlich, und der Anblick der leuchtenden Uhr, verließ man die U-Bahn mit der Rolltreppe, hatte sie schon immer fasziniert. Doch hier, von der Landeplattform aus, wirkte er verzerrt und unwirklich. Im Waisenhaus von Rotherhithe hatten sie oft die Melodie der Uhr vernommen, wenn sie leise aus der Ferne über den dunklen Fluss wehte.

»Sehen Sie das Muster dort unten im Eis?« Wittgenstein, der vor ihr ging, blieb auf der Landeplattform stehen und drehte sich zu ihr um.

»Als wäre ein Mahlstrom zu Eis erstarrt.« Ein Mahlstrom, in dessen Zentrum sich der Uhrturm befand.

Auch Tristan sagte: »Ja, als würde sich alles um diesen Uhrturm drehen.«

»Es sieht aus wie Umlaufbahnen von Planeten, die um eine Sonne kreisen«, dachte Emily laut.

»Als ginge eine unsichtbare Kraft von dem Turm aus.« Wittgenstein starrte nach unten, grübelte. »Ich bin mir nicht sicher«, sagte er, »aber die Flüsse, die in London verkehrt herum fließen ...«

Emily ahnte es. »Sie glauben, dass die Flüsse, die verkehrt herum fließen, alle auf Westminster zuströmen? Auf Big Ben und das Parlament?«

Er nickte. »Könnte sein.«

»Aber warum?«

Er schaute nachdenklich vom Eis tief unter ihnen hinauf zu der großen Uhr, die stillstand, suchte augenscheinlich nach Zusammenhängen. »Es muss damit eine Bewandtnis haben«, sagte er schließlich, »aber lassen Sie uns gehen, es ist kalt.« Und mit diesen Worten setzte er sich wieder in Bewegung.

Emily betrachtete die Uhr, die riesig war und, auch hier, leuchtete wie ein großes Schmuckstück.

Das Glockenspiel vertreibt den Winter.

Es war ein alter Kinderreim, der ihr plötzlich wieder einfiel. Das Glockenspiel war allerdings verstummt. Was auch immer das bedeuten mochte …

Tristan Marlowe warf einen allerletzten Blick auf den Ballon, der hinter ihnen in der Luft schwebte, vertäut an den eisernen Halterungen in der Wand. Dann stieg er durch das mannshohe Fenster am Ende der Landeplattform und betrat den Uhrturm als Erster. Wittgenstein und Emily folgten ihm.

Drinnen empfing sie ein gewaltiges Treppenhaus, das kein Ende zu haben schien. Gaslicht aus Laternen, die aus den Wänden ragten, erhellte alles mehr schemenhaft als deutlich. Der Gasgeruch war unverkennbar, leicht und eindringlich wie ein flüchtiger Traum der grünen Fee. Ein leiser Wind wehte auch hier drinnen, und Emily erschrak, weil sie das leise Heulen und Pfeifen des Windes *hörte*.

Sie stieg ein paar Treppenstufen hinauf und … ja, sie hörte auch ihre Schritte, jeden Einzelnen. Sie hallten von den Wänden wider wie ihre Stimme. Wie alles, was Geräusche machte.

Es funktionierte wieder.

Sie *hörte*.

Die Stille war draußen geblieben.

»Die Geräusche sind wieder da«, sagte sie verblüfft und fragte sich, wie das sein konnte. Seltsam laut kam ihr alles vor, aber dieser Effekt war wohl der langen Stille geschuldet. Sie hörte die Stimmen Tristans und Wittgensteins nicht mehr nur in ihrem Bewusstsein, sondern wahrhaftig.

»Hier drinnen«, bemerkte Tristan überrascht, »scheint alles so zu sein, wie es auch sein soll.« Hinter ihnen, jenseits des hohen Fensters, durch das sie in den Turm eingestiegen waren, herrschte nach wie vor Stille. Wenn man dorthin schaute, dann kam es einem vor, als lausche man in ein Vakuum hinein.

»Wir sollten vorsichtig sein«, murmelte Wittgenstein.

Dem pflichtete Emily wortlos bei.

Sie sah sich angespannt um, rechnete damit, jeden Moment auf einen Gegner zu stoßen, obwohl sie nicht einmal genau wusste, wie sie sich diesen Gegner überhaupt vorzustellen hatte.

»Lassen Sie uns nach oben gehen«, sagte Wittgenstein.

»Vielleicht sollten wir uns trennen«, schlug Tristan vor.

»Nein, keine gute Idee«, erwiderte Wittgenstein. »Wir wissen nicht, was es mit dem Uhrturm auf sich hat.«

»Außerdem«, fügte Emily hinzu, »hast du mich gerade erst wiedergefunden.«

Tristan schenkte ihr ein Lächeln.

Dann machten sie sich alle drei an den Aufstieg.

Die Treppenstufen waren schmal und sehr steil, und in den Wänden befanden sich runde Türen, die wie Zahnräder aussahen und Emily an das Innere von Schiffen denken ließen, an die Luken in den Erfindungen von Professor Pierre Aronnax in dem Buch mit den wunderbaren Illustrationen, das in Wittgensteins Salon im Regal stand. Wittgenstein prüfte jede Einzelne von ihnen, doch die Türen waren allesamt verschlossen.

»Glauben Sie, dass Picca und Peggotty hier sind?«, fragte Emily.

»Da draußen liegt ein Zeppelin vor Anker«, war alles, was Wittgenstein dazu sagte.

»Ich bin mir nicht sicher, ob das der Zeppelin war, den ich gesehen habe«, gab Emily zu bedenken.

»Wir werden es herausfinden«, meinte Tristan.

Und Wittgenstein sagte: »Wie viele Zeppeline mag es hier wohl geben, hm?«

So stiegen sie weiter empor, Stufe um Stufe.

Emily hatte gar kein gutes Gefühl bei dieser Sache. »Was ist das für ein Ort?« Hinter den Türen konnte eigentlich weder genug Platz sein für irgendwelche Räume, noch konnten sie nach draußen führen, da man sie ja von außen sonst hätte erkennen können müssen, was eindeutig nicht der Fall gewesen war. Durch die Fenster, die zwischen den Türen lagen, hatte man freie Sicht auf das Eismeer, und Emily erkannte, dass die Mauern so dünn waren, dass die Türen eigentlich nirgendwo hinführen konnten.

»Der Uhrturm scheint mir seinen ganz eigenen Gesetzen zu folgen«, sagte Wittgenstein.

»Und das bedeutet?«

Er warf ihr einen vielsagenden Blick zu und schwieg.

»Es gibt seltsame Gebäude, die wie Lebewesen sind«, erläuterte Tristan.

»Ist das dein Ernst?«

»Sie sind wie wir Menschen«, erklärte er. »Die Gedanken machen uns von innen her größer, als wir von außen erscheinen mögen.« Er sah Emily so an, als wolle er noch etwas anderes damit sagen. »Mit manchen Gebäuden kann es sich ähnlich verhalten.«

»Das klingt schräg«, meinte Emily.

»Ja, das ist es.«

Emily blieb stehen, beugte sich über das Geländer, schaute in die Tiefe, wo einfach kein Boden zu erkennen war. Die Treppenstufen verschwanden weit, weit, weit unten in einer unscharfen Dunkelheit. Es war sehr unangenehm, dort hinunterzuschauen, weil es einen schon nach kürzester Zeit schwindelte. »Der Turm muss doch irgendwo da unten aufhören«, meinte sie und blickte in die Höhe. »Und dort oben auch.« Wenn man nach oben schaute, sah man ebenfalls kein Ende.

»Wartet.« Tristan hob etwas vom Boden auf, eine dicke Schraube, die auf einer der Stufen gelegen hatte. Dann streckte er den Arm aus und ließ sie fallen.

Alle drei hielten lauschend inne und warteten auf den Aufprall, der aber nicht kam.

»Ziemlich tief, wie es aussieht«, meinte Tristan trocken.

»Sie sagen es.« Wittgenstein ging weiter voran, bis sie schließlich ein Stockwerk erreichten. Sechs Türen befanden sich dort, alle zahnradartig rund. Er prüfte sie, eine nach der anderen. »Alle verschlossen«, stellte er fest, da öffnete sich die allerletzte Tür, an deren kreuzförmiger Vorrichtung er drehte, mit einem leisen Zischen. Die Tür rollte zur Seite und gab den Blick frei auf den Raum dahinter.

»Neugierig?« Wittgenstein wandte sich zu den anderen um. Seine Augen funkelten unternehmungslustig.

Emily trat vor.

Tristan, der hinter ihr stand, hatte die Hand auf den Knauf seines Gehstocks gelegt. Er schaute sich wachsam um, und Emily wurde bewusst, dass die Mannschaften all der Luftfahrzeuge, die draußen vor Anker lagen, ja irgendwo sein mussten. Dabei hatte keiner von ihnen eine Vorstellung davon, wer die Luftschiffe benutzt haben könnte. Waren es womöglich ähnliche Gestalten wie jene, von der Tristan sich den Ballon »geliehen« hatte?

»Das«, meinte Wittgenstein, »sieht doch sehr interessant aus.«

Hinter der Tür erwartete sie ein großer runder Raum, an dessen hohen fensterlosen Wänden überall Fernsehgeräte hingen, alte Modelle mit gerundeten Bildschirmen, alle mit Kabeln verbunden, alle eingeschaltet. Weiter hinten öffnete sich eine weitere Tür in einen sehr langen Korridor, der, eingedenk der Außenmaße des Uhrturms, gar nicht hätte dort sein dürfen.

Als Emily ihrem Mentor folgte und den Raum betrat, bemerkte sie, dass die Fernsehgeräte alte Schwarz-Weiß-Fernseher waren. Sie zeigten so viele Räume, dass Emily sich fragte, ob dies alles Räume im Uhrturm waren. Da waren auch Teile des riesigen Treppenhauses zu sehen, ja, auf einem der Fernseher erkannte sie Tristan, der vorsichtig nach oben und dann wieder nach unten spähte.

»Sieht aus wie ein Kontrollraum«, meinte Emily.

Wittgenstein machte nur »Hm«, was alles bedeuten konnte.

Dann, bevor Emily verstand, was genau geschah, passierte es.

Sie trat auf eine Platte am Boden, und augenblicklich schloss sich die Zahnradtür hinter ihr mit einem lauten Zischen. Es geschah so schnell, dass keiner von ihnen Zeit fand, angemessen zu reagieren; am allerwenigsten Tristan Marlowe, der draußen im Treppenhaus zurückgeblieben war. Dampf zischte aus einem Ventil neben der Tür, dann war es ruhig. Etwas im Boden unter Emilys Stiefeln ratterte mechanisch – vermutlich die Vorrichtung, welche die Tür geschlossen hatte –, dann war es vorbei.

»Tristan!« Emily rannte zur Tür und versuchte sie zu öffnen, aber es gelang ihr nicht. Sie zerrte mit aller Kraft innen an dem Drehkreuz, doch ohne Erfolg. Verdammt,

Tristan war jetzt allein da draußen im Treppenhaus. Emily trommelte wütend mit den Fäusten gegen die Tür, als könne das etwas bewirken.

»Bleiben Sie ruhig«, sagte Wittgenstein.

Emily atmete tief durch. Sie hatte Jeeva verloren. Sie würde es nicht ertragen, wenn auch Tristan etwas zustoßen würde. Trotzdem riss sie sich zusammen und zwang sich zur Ruhe. In Panik zu verfallen half niemandem.

»Tristan?«, rief sie erneut.

Sie lauschte.

Aber von Tristan Marlowe war kein Laut zu hören. Sie legte ihr Ohr an die Tür und klopfte einen kurzen Rhythmus, wartete. Nichts geschah. Doch dann hörte sie ein leises Klopfen von der anderen Seite: Er imitierte ihren Klopfrhythmus. Es war eindeutig eine Antwort. Ja, er war noch da.

Sie atmete auf.

»Miss Laing, hier, sehen Sie!«

Emily entfernte sich von der Tür und trat vor den Fernseher, auf dem der Teil des Treppenhauses zu sehen war, in dem Tristan sich gerade befand. Er tat das Gleiche wie sie eben, klopfte tatsächlich von draußen gegen die Tür, wartete. Dann schaute er sich um, erstarrte, als habe er etwas gehört, entfernte sich von der Tür und prüfte die Umgebung, ehe er zur Tür zurückkam.

Emily versuchte, sein Bewusstsein mit ihrem zu erreichen, aber aus einem Grund, den sie nicht kannte, funktionierte das jetzt nicht.

Erneut lief sie zur Tür und klopfte dagegen, schaute zum Bildschirm und registrierte, dass Tristan das Gleiche tat.

Emily seufzte. »Oh, Tristan.« Er wäre besser in Gotham

geblieben. Sie verfluchte die alten Damen, die ihn hergebracht hatten. »Was passiert hier?« Sie legte beide Hände flach auf die Tür, schloss die Augen und versuchte noch einmal, in sein Bewusstsein einzudringen. Doch wieder ohne Erfolg.

»Miss Laing!«

Sie öffnete die Augen. Wittgenstein deutete auf den Fernseher an der Wand.

Auf dem Bildschirm sahen sie, wie Tristan seinen Gehstock mit der eingearbeiteten Klinge mit beiden Händen umfasste, bereit, ihn als Waffe zu benutzen. Sonst aber war nichts zu erkennen. Tristan entfernte sich von der Tür und schaute zu den anderen Türen, doch es war nicht auszumachen, warum er das tat.

Emilys Blick fiel beiläufig auf die anderen Fernseher, die alle leicht flimmerten, als hätten sie mit einer Bildstörung zu kämpfen.

Dann war sie wieder bei Tristan Marlowe, der so vieles falsch gemacht hatte in den letzten Jahren, sie am Ende aber doch gesucht hatte. Jetzt war er da draußen, getrennt von ihr durch diese Tür, die verriegelt war. Er ging in dem Stockwerk umher, sah von einer Tür zur anderen, drehte sich um die eigene Achse, als wolle er keiner Tür den Rücken zudrehen.

Plötzlich öffneten sich die anderen Türen alle gleichzeitig. Emily erschrak. Tristan, das konnte sie erkennen, ebenso.

»Wittgenstein, was passiert da?« Sie wusste, dass sie jetzt panisch klang, aber es war ihr egal.

Wittgenstein antwortete mit der ihm eigenen sachlichen Ruhe: »Die Türen haben sich geöffnet.«

Dann wurde der Bildschirm schwarz.

»Haben Sie das gesehen?«

»Was meinen Sie?«

»Da standen Männer.«

»Ich habe nichts dergleichen gesehen«, antwortete der Alchemist.

»In jeder Tür einer«, sagte sie aufgeregt. Warum war der Bildschirm gerade jetzt ausgefallen? »Sie hatten keine Gesichter.« Oder zumindest keinen Mund.

»Ich habe nichts gesehen«, wiederholte Wittgenstein.

Bevor Emily darauf antworten konnte, schalteten sich mit einem Mal auch alle anderen Fernseher ab.

»Was jetzt?«, herrschte Emily ihren Mentor an, als trüge der die Schuld an dem Schlamassel.

»Wir denken nach.«

Emily ging mit schnellen Schritten zur Tür und trat dagegen. »Ich weiß, dass das nicht hilft«, schrie sie wütend und trat noch einmal gegen das Metall. Oh, diese blöde Tür! »Ich bin mir ganz sicher, dass dort Männer standen. Was waren das für Männer?«

»Ich habe wirklich niemanden gesehen, Miss Laing. Womöglich haben Sie sich ...«

»Geirrt? Vergessen Sie das. Nein, Wittgenstein, da waren Männer.« Sie zeigte auf die Tür. »Sie hatten alle keinen Mund.«

Abrupt kam Wittgenstein auf sie zu. »Wenn die da draußen sind, dann wissen sie vermutlich, dass wir hier sind. Alles, was uns von ihnen trennt, ist diese Tür dort.« Er sah Emily eindringlich an. »Wir sollten nicht so lange warten, bis sich die Tür wieder öffnet. Was meinen Sie, hm?«

»Was ist mit Tristan?«

»Er kann auf sich selbst aufpassen«, sagte der Alchemist. »Wir helfen ihm nicht, indem wir hier herumstehen und darauf warten, ebenfalls die Bekanntschaft dieser Männer zu machen, die Sie gesehen zu haben glauben.«

»Das haben Sie schön gesagt.« Dass er ihr nicht glaubte, ärgerte sie. Sie hatte Jeeva Smith im Stich gelassen, sie würde nicht auch noch Tristan Marlowe im Stich lassen. Er war zu ihr gekommen, und vielleicht hatte das etwas zu bedeuten.

»Miss Laing«, sagte Wittgenstein eindringlich.

Sie schaute zu ihm auf. »Sie haben recht.«

»Ich weiß, dass ich recht habe«, sagte er. »Kommen Sie.«

Emily trat wütend mit dem Fuß auf den Boden, wo sie vorhin den Mechanismus der Tür in Gang gesetzt hatte. Sie wollte Tristan nicht zurücklassen. Doch jetzt passierte nichts.

»Kommen Sie schon«, drängte Wittgenstein.

Emily blickte ein letztes Mal zu der Tür, die sie von Tristan Marlowe trennte. Dann folgte sie Wittgenstein durch die einzige andere Tür, und sie liefen durch den Korridor, der sich jenseits des Raums erstreckte, weiter und weiter.

Als sie aber hinter sich, in der Ferne, ein Zischen hörte, laut und hydraulisch, da wusste Emily, dass sich gerade die Tür zum Treppenhaus des Uhrturms geöffnet hatte und dass, was immer da draußen im Treppenhaus gewesen war, nun hinter ihnen her war.

Er war schon lange nicht mehr hier gewesen. Die Tür war abgeschlossen. Erst auf sein Klopfen hin öffnete Neil Trent sie ihm jetzt.

Maurice Micklewhite trat eilig ein. Wieder hier zu sein tat gut. Die langen Regalreihen waren voll gestopft mit Büchern aller Art und jeglichen Alters, und es duftete nach dem schweren Papier, nach brüchigem Leder und gebeiztem Holz.

»Master Micklewhite«, begrüßte ihn Aurora Fitzrovia. »Zu so später Stunde.«

Maurice Micklewhite schloss die Tür hinter sich, warf einen letzten Blick hinaus auf die Straße. »Sie sollten nicht mehr hier sein«, sagte er.

Aurora Fitzrovia legte das Buch, in dem sie gelesen hatte, beiseite und schickte sich an, sich von dem mit grünlichem Plüschpolster bezogenen Stuhl neben dem Tresen zu erheben. »Wo sollten wir denn hin?«, fragte sie ihn. »Der Laden ist unsere Welt. Niemand, der bei Verstand ist, gibt die Welt, an der sein Herz hängt, auf.«

»Emily wollte auch, dass wir aus London verschwinden.« Neil wirkte angespannt. »Aber wir wohnen doch hier, gleich über dem Laden. Wir wissen zwar nicht, was da draußen passiert, doch ich denke, dass wir hier sicherer sind als irgendwo anders.«

»Deswegen«, sagte Micklewhite, »bin ich hergekommen. Londons Straßen sind nicht mehr sicher. Ich habe es nur mit Mühe bis hierher geschafft.« *Der Winter*, dachte er, *ist nach London gekommen.* »Miss Laing hatte wirklich recht.« Er musterte die Tür, dann die Fenster. »Wenn wir dicke Bretter hätten«, dachte er laut nach, »dann könnten wir uns hier drinnen schützen.«

»Es gibt Rollläden«, meinte Neil.

»Die sind besser als nichts, wenn wir sie sofort nutzen«, erwiderte der Elf, und Neil ließ, aus seinen Zeiten auf hoher

See an widerspruchslosen Gehorsam in Notsituationen gewöhnt, die Rollläden herunter.

Dann erst entschuldigte der Elf sich für den unangekündigten Besuch zu dieser späten Nachtstunde, zog den Mantel aus, hängte ihn an den Kleiderständer, der neben den Regalen mit den Klassikern stand, und lehnte sich gegen den Kassentresen mit der großen alten Registrierkasse.

Neil ging nach hinten ins Kabuff und kehrte mit einer Teekanne und einer Tasse zurück. Er schenkte dem nächtlichen Besucher Kräutertee ein, und Micklewhite nahm ihn dankend an.

»Warum sind Sie beide noch wach? Es ist schon spät.«

Neil konnte die Besorgnis nicht verbergen. »Aurora spürt, dass etwas *falsch* ist. Das Baby spürt es.«

Aurora nickte schweigend.

Die alte Heizung klapperte laut.

Der Elf nippte an dem heißen Tee. Die Hitze und die Kräuter taten gut nach der Eiseskälte von Westminster, und er holte tief Luft und begann zu erzählen, was er in den letzten achtundzwanzig Stunden erlebt und erfahren hatte.

Der Korridor endete abrupt an einem hohen Bogenfenster, hinter dem es Hunderte von Metern in die Tiefe zu gehen schien. Emily und Wittgenstein, die bestimmt zehn Minuten den verwirrenden Windungen des Korridors gefolgt waren, hielten inne. Es hatte keine Abzweigung gegeben, keine Luken, keine Türen, nichts. Da war nur der lange Korridor gewesen. Und jetzt, nach der letzten Biegung, waren sie an seinem Ende angekommen.

»Das gibt's doch nicht.« Emily fluchte laut.

Vor ihnen erstreckte sich das Eismeer, und zu ihrem Erschrecken bemerkte Emily, dass es lange, tiefe Risse in der Eisschicht gab. Die Schemen unter dem Eis bewegten sich dort, wo die Risse waren, schnell und hektisch.

»Es kann unmöglich sein, dass wir uns in dieser Höhe befinden.« So viele Treppen waren sie nach ihrer Landung gar nicht hinaufgestiegen, und in dem Korridor, den sie bis hierher entlanggelaufen waren, war kein Anstieg spürbar gewesen.

»Der Turm hier ist eben etwas Lebendiges«, konstatierte Wittgenstein lapidar.

Emily fragte sich, was für Konsequenzen das noch für sie haben mochte, beschloss dann aber, jetzt besser nicht nachzuhaken. »Sehen Sie das Eis?«, fragte sie stattdessen.

»Es bricht.«

Der Winter ist hungrig. Sie hatte keine Ahnung, warum ihr das einfiel. »Und was bedeutet das?« *Der Winter ist hungrig, und bald bricht er aus.*

»Nichts Gutes.«

Emily schaute zurück, wo ihre Verfolger ihnen hinterherkamen. »Was machen wir jetzt?« Sie konnte sie spüren. Es war eine Aura der stillen Furcht, die ihnen vorauseilte, wie ein leises Wispern, das Gänsehaut und düstere Vorahnungen heraufbeschwor. Sie hatte ihre Verfolger nur im Bruchteil einer Sekunde auf dem Bildschirm des Schwarz-Weiß-Fernsehers erblickt, aber das hatte ausgereicht, um ihr Schauer über den Rücken zu jagen. Sie wollte gar nicht daran denken, dass Tristan womöglich in ihrer Gewalt war. Oder war Tristan ihnen entkommen? Er hatte von einem Mann ohne Mund gesprochen, dem er in South Wimbledon den Ballon abgenommen hatte.

Waren diejenigen, die ihnen folgten, ähnliche Wesen? Männer ohne Mund, mit dunklen Augen, die Spuren lesen konnten? *Die Agitatoren*, so wurden die Handlanger des Duke, die in der Stadt aufgetaucht waren, genannt. Handelte es sich bei ihnen um die gleichen Gestalten? Sie wusste es nicht. »Es wird nicht mehr lange dauern, und sie werden hier sein.«

Wittgenstein sah sie ratlos an. »Wir könnten mit ihnen reden.«

»Mit wem?«

»Unseren Verfolgern.«

»Meinen Sie das ernst?«

»Natürlich nicht«, knurrte er.

Der einzige Weg, der ihnen blieb, war der Weg zurück. Beide wussten sie das. Aber sie wussten nicht, wie viele Verfolger ihnen entgegenkamen und wie sie ihnen gegenübertreten sollten. Konnte man mit den mundlosen Gestalten reden? Oder musste man sie bekämpfen und, wenn ja, womit und wie?

Plötzlich loderte eine Flamme vor ihnen aus dem Boden, mitten im Korridor, und versperrte ihnen den Weg zurück. Sie reichte bis zur Decke hinauf, und die Hitze schlug Emily wütend ins Gesicht.

Dann stürzte sich die Flamme auf die beiden, packte sie bei ihrer Kleidung, ihren Haaren und erstickte ihre Schreie.

Emily schloss instinktiv die Augen, als das Feuer sie umschloss. Sie spürte Kälte statt Hitze. Einen Schwindel, als würde sie in die Luft hochgehoben. Und dann, als sie die Augen wieder öffnete, stand sie in einem Raum voller Maschinen, und Wittgenstein, offenbar ebenso verwirrt wie sie, stand neben ihr. Feuer war keines mehr zu sehen. Die Luft war warm, aber nicht heiß. Die kalte Hitze, die sie umschlossen und emporgehoben hatte, war nur mehr eine Erinnerung.

Emily strauchelte, hielt sich an der Maschine zu ihrer Rechten fest, um nicht das Gleichgewicht zu verlieren. Alles drehte sich ihr vor Augen. Wittgenstein erging es, wie es aussah, genauso; er stützte sich an einem Geländer ab, das zu einer stählernen Treppe gehörte.

Dann, langsam, wurden die Eindrücke dichter. Sie befanden sich in einem großen Raum voll von seltsamen Maschinen. Überall rumpelte und zischte es so laut, dass es schon unangenehm war. Wittgenstein und sie selbst standen vor einer Art Schaltpult mit einem Bildschirm, zahlreichen Tasten und einer Ablagefläche, auf der ein Buch lag: *The Mind Palace* von Dr. Dariusz. Dazu ein Notizbuch samt Stift. Davor befand sich ein Stuhl. Die Maschinen waren alle, so hatte es den Anschein, um diesen Kontrollbereich herum angeordnet und liefen auf Hochtouren.

Dann erst sah Emily den Mann.

Er stand vor ihnen, neben dem Tisch, altmodisch gekleidet in Hose und Rock, mit bis über die Knie reichenden Stiefeln aus Leder, die oben umgeschlagen waren. Dazu trug er einen hohen Hut aus Filz mit einer breiten Krempe, der zu schäbig war, um wirklich elegant zu wirken. Der Mann erinnerte Emily an die Männer auf manchen Gemälden, die sie in der Tate Gallery gesehen hatte. *Aus der Zeit gefallen*, ja, genau, so sah er aus. Der Mann selbst roch irgendwie nach kalter Asche. Sein blasses Gesicht schmückte ein Kinnbart, wie ihn die Männer Ende des 16. Jahrhunderts wohl getragen hatten, glaubte man den Gemälden in dem Museum. Sie schaute genauer hin. Helle Asche klebte überall an seiner Kleidung.

Seltsam.

»Wo ist der Korridor hin?«, fragte Emily und schaute sich um. Hier gab es nur diese großen Maschinen, die allesamt Feuer schluckten und heißen Dampf atmeten, Gefäße mit dicken Bäuchen, alle miteinander verbunden durch Schläuche und Rohre, die bis hinauf zur hohen Decke liefen. »Was sind das für Maschinen?« Sie wirkten wie Relikte aus einer vergangenen Zeit, die noch immer taten, wofür sie erschaffen worden waren.

»Ihr seid vorerst in Sicherheit«, sagte der Mann, »aber sie werden Euch finden. Der Turm ist kein Ort, an dem man Geheimnisse bewahren kann.« Seine Stimme klang rau, aber jung, und war voller Tatendrang.

»Warum sind wir nicht verbrannt?«

»Ihr seid in den Resten meines Feuers gereist. Es hat Euch selbstverständlich kein Haar gekrümmt, wie Ihr womöglich bereits bemerkt habt.« Er wirkte erschöpft. »Ich kann diese Feuer lenken, wenn ich kürzlich wiedergeboren wurde. Danach nicht mehr. Entschuldigt.«

Emily wusste nicht, was sie mit dieser Bemerkung anfangen sollte. Der Mann war schon älter, vielleicht Ende dreißig. Er war nicht gerade irgendwie geboren worden.

»Warum helft Ihr uns?«, fragte Wittgenstein. Er knöpfte sich den Mantel auf; hier drinnen war es deutlich wärmer als eben in dem Korridor.

»Ihr benötigt Hilfe. Und es gibt nicht oft Wanderer, die sich hierherverirren.«

Wir sind keine Wanderer, dachte Emily. »Was ist das für ein Ort?«

»Wenn die Stille ein Zentrum besitzt, einen Mittelpunkt«, sagte der Mann, »dann ist es dieser Ort.«

Tolle Antwort, dachte sie mürrisch. »Ein Uhrturm?«

»Das Herz der Stille ist für jeden anders«, sagte der Mann. »Jetzt ist es ein Uhrturm, doch lasst Euch nicht von der äußeren Form täuschen.«

Emily fand nicht, dass das ermutigend klang. »Wer seid Ihr?«, fragte sie.

»Mein Name ist Guy«, sagte der Mann. »In meinem früheren Leben habe ich oft mit *Guido* unterzeichnet, weil es modern klang.« Er verbeugte sich galant, schnippte sich ein paar Aschefetzen von der Schulter und lächelte müde. »Guy Fawkes«, sagte er. »Das ist der Name, unter dem man mich kennt. Ich bin schon so lange hier. Ich bin ein Gefangener.«

»Wer hält Euch gefangen?«

»Mr. Silence.«

Das war immerhin eine klare Antwort. »Wer ist das?«

»Das wisst Ihr nicht?«

Emily dachte an den Gentleman, der ihr so oft geholfen hatte, sagte aber nichts.

»Lord Silence, so nannte er sich früher, als ich ihn zum ersten Mal traf. Doch heute ist er schlicht und einfach Mr. Silence.«

»Was hat es mit ihm auf sich?«

»Er ist das Ende des Weges. Er ist die ewige letzte Stille«, sagte Guy Fawkes. »Derjenige, der die Fäden zieht. Ihr seid seinetwegen hier. So wie ich. Deswegen helfe ich Euch. Ihr seid auf der Suche nach dem Mädchen, der Frau und dem jungen Mann.«

Er wusste also von Piccadilly, Peggotty und Tristan.

»Vielleicht kamt Ihr auch wegen der anderen? Es sind viele hier.«

Andere? Viele?

Emily wurde unruhig. »Warum sieht dieser Ort aus wie Big Ben?«

»Weil Mr. Silence sich für London interessiert.«

»Das verstehe ich nicht.«

»Es ist kompliziert.«

»Guy Fawkes«, hakte Wittgenstein nach, »Ihr tragt den gleichen Namen wie der Attentäter.«

Der Mann schaute auf. »Ihr kennt mich demnach?«

»Also seid Ihr es.«

Er nickte ein wenig stolz.

»Jedes Kind kennt Euch«, sagte Emily. *Sie zünden Puppen an, die aussehen wie Ihr, und feiern das vereitelte Attentat auf das Parlament und nennen es Bonfire Night, und es gibt Leute, die behaupten, dass Ihr der einzige Mann seid, der jemals mit ehrlichen Absichten ins Parlament gegangen ist.*

»Ja, ich bin Guy Fawkes«, wiederholte der Mann. »Derjenige, der versucht hat, das Parlament zu sprengen.«

Emily und Wittgenstein sahen einander verdutzt an.

»Es wundert Euch, mich hier zu treffen.«

Wittgenstein sagte nur: »Merkt man uns das an?«

Guy Fawkes trat vor das Pult, betrachtete die Anzeigen. »Alles hier arbeitet für ihn. Mr. Silence, wisst Ihr?« Er drückte einen Knopf. »Seht Ihr die Asche, die an mir klebt?« Er schnaubte. »Ich werde diesen verfluchten Geruch nicht los. Er haftet mir an wie Schuld.« Er ließ sich auf dem Stuhl nieder. »Deswegen lese ich. Es gibt sonst nicht viel zu tun. Manchmal haben die Gäste, die Mr. Silence zu einem längeren Aufenthalt überreden kann, ein

Buch dabei.« Er tippte auf das Exemplar auf dem Pult. »Manche sind interessant, andere nicht.« Er seufzte. »Nun ja, es ist ein Fluch, müsst Ihr wissen, meine Strafe, deswegen die Asche. In der Nacht eines jeden fünften November verbrenne ich bei lebendigem Leibe und leide Schmerzen, Jahr für Jahr.

Am Morgen des sechsten November erhebe ich mich dann aus der Asche und bin innerhalb von wenigen Minuten wieder der Mann, der kurz zuvor verbrannt ist, und fortan lebe ich hier in diesem Turm, ein ganzes Jahr lang, bis ich am fünften November erneut in Flammen aufgehe.«

»Warum?«

Er schaute Emily verwundert an. »Ihr kennt doch meine Geschichte?«

»Jeder kennt die Geschichte der Pulververschwörung«, sagte Wittgenstein.

Der Mann grinste. »Nein, ich bin sicher, Ihr kennt sie nicht wirklich.«

»Warum seid Ihr nicht von hier geflohen?«

»Es gibt kein Entrinnen. Nicht für mich. Vielleicht für andere, wer weiß das schon? Ich kann jedoch, wenn ich kürzlich wiedergeboren wurde, in Flammenform umherwandern, aber nur innerhalb der Grenzen dieses Ortes. Verlassen kann ich den Turm niemals mehr.«

Emily war sich durchaus bewusst, dass sie die Frage schon einmal gestellt hatte, aber die Antwort, die richtige Antwort, die war er ihr vorhin schuldig geblieben. »Was ist dies für ein Ort?«

»Dieser Ort«, sagte er, »ist so wie die Zeit selbst. Jeder weiß, was die Zeit ist. Aber bittet jemand einen darum, dass man ihm die Zeit erklärt, dann weiß man nicht mehr, wie man es tun soll.«

»Klingt einleuchtend«, meinte Wittgenstein.

Weiter bringt uns das dennoch nicht, dachte Emily.

»Wie ich schon erwähnte, hier endet alles«, fuhr Guy Fawkes fort, »und Mr. Silence hat das Sagen. Oh, das hatte er schon immer.« Er kicherte, und es hörte sich wie das Flüstern leisen Wahnsinns und resignierter Verzweiflung an. »Ihr kennt die Geschichte der Pulververschwörung nicht, wenn Ihr nicht Mr. Silence kennt. Oder *Lord* Silence. Seine Lordschaft, die Stille. Er war derjenige, der auch damals die Fäden gezogen hat, Anno 1605. Wie seither so oft. Er ist derjenige, der die Fäden noch immer zieht.«

»Wie meint Ihr das?«

»Er ist die Stille. Das, was nach dem Leben kommt. Er ist derjenige, der immer die Fäden zieht.«

»Der Tod?« Emily erschauderte. Hatten sie es mit dem leibhaftigen Tod zu tun?

»Er ist Mr. Silence«, sagte der Mann erneut. »So nennt er sich heute. *Mister*, nicht mehr *Lord*.«

»Was ist damals geschehen?«

Guy Fawkes lief zwischen den Maschinen umher und erinnerte sich: »Ich war jung und voller Tatendrang. Ich kämpfte unter den Habsburgern gegen die Protestanten und war sogar an der Belagerung von Calais beteiligt.« Er lachte schallend. »Meine Güte, wir haben die Stadt im Sturm und mit Geschick eingenommen, ja, wir waren gute und brave Soldaten. Wir glaubten, das Rechte zu tun.« Er schaute auf. »Gute Katholiken.«

Die Glaubensrichtung, das wusste Emily, war damals in Europa von großer Bedeutung gewesen.

»Jede Gesellschaft, die blind einer Religion folgt«, pflegte Wittgenstein zu sagen, »ist eine rückständige, eine dumme Gesellschaft.« Das war das große Leiden der Welt.

In England war es damals kaum anders gewesen.

»König Jacob I. regierte zu meiner Zeit«, erklärte Guy Fawkes, »und Jacob war Protestant. Das bedeutete, er verabscheute alle Katholiken, und wir, die wir diesem Glauben anhingen, hatten unter Verfolgung und Erniedrigung zu leiden.«

So entstehen Revolutionen, dachte Emily.

»Dann lernte ich Robert Catesby kennen«, erinnerte Guy Fawkes sich. »Robert hatte Kontakt zu einem Edelmann, der nicht einmal einen richtigen Namen besaß. Nun ja, jedenfalls keinen, den man kannte. Jedermann in London nannte ihn Lord Silence. Angeblich lebte er in London, aber nicht in einem Haus oder größeren Anwesen. Nein, er besaß, so erzählte man sich, ein Boot, und dieses Boot war mal hier und mal dort, und niemand wusste, wo man Lord Silence finden konnte. ›Wenn es an der Zeit ist und er einen finden will, dann wird man von Lord Silence gefunden‹, so hieß es.«

Emily lauschte. Sie rief sich den Gentleman, der ihr in der U-Bahn-Station Tottenham Court Road und später in Croxley Station beigestanden hatte, ins Gedächtnis. »Genießen Sie die Stille«, hatte er gesagt. Er hatte die Wölfe getötet und Emily und Jeeva verabschiedet mit den Worten: »Die Stille weiß alles.«

»Lord Silence hatte seltsame Gefolgsleute. Sie waren vermummt. Niemand sah ihre Gesichter, nur die Augen. Sie trugen Schwarz, waren wie Schatten oder Schemen. Man munkelte, dass sie alle keinen Mund hätten und deswegen niemals redeten. Blind befolgten sie Lord Silence' Befehle. Wir nannten sie *die Stillen*, weil sie genau das waren. Sie überbrachten jedem, der auserkoren war, etwas zu verändern, geheime Briefe mit Anweisungen, die nach der Übergabe vernichtet werden mussten.«

Das waren also ihre Verfolger. *Die Stillen*. Der Name passte zu den Männern, die sie auf den Bildschirmen erblickt hatte.

»Was verlangte Lord Silence von Euch?«, wollte Wittgenstein wissen.

Guy Fawkes lachte bitter. »Er wollte, dass wir einen Auftrag für ihn erledigten. Wir alle, versprach er leutselig, würden von dem, was er beabsichtigte, profitieren. England wäre danach ein anderes Land, London eine andere Stadt. Die Katholiken würden nicht länger verfolgt und alles im Land würde besser werden. *Gerechter*. Ja, genau dieses Wort benutzte er. Alles würde *gerechter* werden.«

Emily ahnte es. Keine Religion hatte jemals für sich in Anspruch nehmen können, in irgendeiner Weise *gerecht* zu sein. Es hätte ihm klar sein müssen, wie das Ganze enden würde.

»Im November würde wie immer das Parlament eröffnet. Alle würden sie dort sein. Der König mit seiner Familie, die Mitglieder des Parlaments, die Bischöfe und der Hochadel.« Er seufzte tief, als spürte er noch immer eine alte Wunde. »Lord Silence ließ uns über seine Mittelsmänner heimlich sechsunddreißig große Fässer, die an unterschiedlichen Stellen in London gelagert worden waren, zukommen, randvoll mit Schwarzpulver. Alles, was wir tun mussten, war, diese Fässer heimlich in die Keller unter dem Parlament zu bringen.«

Das war die Geschichte, die jedermann kannte. »Warum habt Ihr das getan?« Die Pulververschwörung galt als schlimmer Verrat.

»Wir dachten, dass wir die Guten seien. Mit einem einzigen Schlag wäre England ohne protestantische Führung gewesen. Nach Jacobs Tod hätten wir einen katholischen König eingesetzt, und alles hätte sich zum Besseren gewendet.« Er seufzte. »Das haben wir alle geglaubt. Deswegen haben wir es getan. Für eine bessere Welt. Für England und für unsere Kinder.«

»Aber so ist es nicht gekommen«, sagte Wittgenstein nüchtern. Jedes Kind kannte von klein auf den Reim: *Remember, remember the 5th of November, gunpowder treason and plot.* Jeder wusste, wie die Geschichte ausgegangen war. *I know of no reason why gunpowder treason should ever be forgot.* Ja, jeder kannte die Geschichte. Doch niemand hatte jemals von einer Persönlichkeit namens Lord Silence gehört oder von seinen Gefolgsleuten, die als *die Stillen* bekannt waren. »Ihr wurdet entdeckt und verhaftet«, brachte Wittgenstein es auf den Punkt.

Guy Fawkes nickte. »Wir wurden verraten.«

»Das Parlament wurde nicht gesprengt.«

»Einer meiner Mitverschwörer, Edward Monflathers, schrieb heimlich einen Brief an Lord Monteagle, einen Katholiken, und riet ihm, der Eröffnung des Parlaments fernzubleiben. Monteagle aber erhoffte sich Vorteile davon, dass er die protestantischen Behörden informierte, und so geschah es, dass sie mich stellten.« Guy Fawkes schlug wütend mit der Faust auf das Pult. »Ja, verdammt, nur mich allein.« Der Zorn färbte sein Gesicht rot. »Am Morgen des fünften November inspizierte der Friedensrichter Thomas Knyvet alle Keller unter dem Parlament. Ich war gerade dort unten bei den Fässern, um mich zu vergewissern, dass alles reibungslos ablaufen würde.« Er schüttelte resigniert den Kopf. »Den Rest der Geschichte kennt Ihr. Sie nahmen mich gefangen und folterten mich.« Er hielt inne. »Ich gestand.« Beschämt senkte er den Blick. »Sie wurden meiner Freunde habhaft, weil ich nicht stark genug war und ihre Namen genannt hatte.«

»Unter der Folter«, gab Emily zu bedenken. In gewisser Weise tat er ihr leid. Andererseits aber auch wieder nicht.

»Das macht keinen Unterschied. Sie alle wurden verurteilt. Weil ich nicht fähig war, die Schmerzen zu ertragen.« Die Erinnerung an diese Stunden war noch immer ein lodernder Schmerz in seinen hellen Augen. »Den Tod, so lautete das Urteil, sollten wir finden durch Erhängen, Ausweiden und Vierteilen. Knapp drei Monate später war es so weit.« Er grinste tief traurig. »Ich sprang mit der Schlinge um den Hals vom Galgenpodest und brach mir das Genick.« Er deutete um sich. »Als ich anschließend wieder zu mir kam, war ich hier, in diesem Uhrturm. Weiter oben im Turm gibt es Zellen. In einer dieser Zellen lebte ich die ersten Jahre. Jemand stellte mir jeden Tag Essen hin, und das war alles. Nach einem Jahr in der Gefangenschaft spürte ich dann eine schreckliche Hitze und wurde einer Flamme gewahr, die an meiner Hand züngelte. Ich erschrak. Die Flamme wurde größer, meine Haut rot, dann schwarz. Das Feuer erfasste meine Kleidung und meine Haare. Ich brannte, verdammt, ich brannte lichterloh. Die Schmerzen, die ich hatte, waren unbeschreiblich.«

»Aber Ihr lebt noch.« Wittgenstein betrachtete die großen Maschinen ringsumher.

»Ich starb in den Flammen, und dann öffnete ich erneut die Augen. Ein Mann war in meiner Zelle.«

»Wer?«

»Lord Silence.«

»Was wollte er?«

»Er sagte, ich hätte seinen Plan vereitelt.«

»Aber es war nicht Eure Schuld, dass man Euch erwischt hatte.«

»Ich hätte meine Mitverschwörer besser auswählen sollen. Das warf er mir vor. Ich hätte ihre Namen nicht preisgeben dürfen. Einer von ihnen wäre erfolgreich gewesen. Sie hätten andere Wege gefunden, um die Stadt ins Chaos zu stürzen.« Er betrachtete Emily und Wittgenstein. »Denn das war sein Ziel gewesen. Das hatte mir Edward Monflathers offenbart.«

Wittgenstein schaute neugierig auf. »Das hatte er Euch gesagt?«

»Er hat behauptet, dass Lord Silence die ganze Stadt vernichten wolle. London. Mit allen Menschen, die darin lebten. Er sei der Tod, der sich London holen wolle, ja, solche Dinge hat er behauptet.«

»Und Ihr?«

»Ich habe ihm nicht geglaubt. Hättet Ihr ihm geglaubt? Es war absurd, so etwas zu behaupten.«

»Wie hätte er das tun sollen?«, fragte Emily. »Ich meine, sich eine ganze Stadt wie London holen?« Allein das Parlament zu vernichten wäre keine Lösung gewesen. Sie dachte an die Pest, die in London gewütet hatte, an das große Feuer, die Whitechapel-Aufstände, das, was danach kam.

Guy Fawkes seufzte. »Edward hat behauptet, dass London lebt.«

Wittgenstein sagte nur: »Natürlich *lebt* London.«

»Nein, nein, nein, er meinte, dass London so etwas sei wie eine Person, die hin und wieder durch die Straßen wandelt. Und Lord Silence, so Edward, wollte die Stadt in den Wahnsinn treiben. Oder töten.«

»Das verstehe ich nicht.«

»Damals habe ich es auch nicht verstanden. Es gibt Regeln.«

»Was für Regeln?«

»Selbst der Tod kann nicht machen, was er will.«

Wittgenstein murmelte nur: »Hm.«

»Edward Monflathers behauptete, die Stadt getroffen zu haben.«

Wittgenstein verzog den Mund, rollte mit den Augen.

»Er meinte, London sei eine Frau, die zuweilen durch die Straßen wandelte. Er habe sogar mit ihr gesprochen. In der Fleet Street. Sie habe wunderschöne Augen gehabt, tief wie die Wasser der Themse und weit wie der Abendhimmel über Hampstead Heath. Edward Monflathers hatte schreckliche Angst, dass die Frau, die London war, sich womöglich im Parlament aufhalten würde, wenn die Sprengladungen explodierten. Wer diese Frau vernichten würde, so Monflathers, täte dies gleichsam der gesamten Stadt an. Er nannte sie seine Lady London. Ich glaube, dass sie ihm den Kopf verdreht hat. Deswegen, glaube ich, hat er auch den Brief an Lord Monteagle losgeschickt. Er wusste, dass der Schuft selbstsüchtig alles auffliegen lassen würde.«

Emily musste diese Neuigkeiten erst einmal überdenken.

Wittgenstein meinte nur: »Das klingt alles, ehrlich gesagt, sehr seltsam und, das muss ich zugeben, nicht durchweg logisch.«

»Es ist so passiert«, beharrte Guy Fawkes. »Edward Monflathers glaubte, dass wir das Parlament nur deswegen für Mr. Silence sprengen sollten. Weil Mr. Silence wollte, dass Lady London auf die Weise zu Tode käme.«

Damit die ganze Stadt unterging?

»Ihr wisst, wie sich das anhört?«

Emily kannte Wittgenstein gut genug, um zu sehen, dass er diese Version der Geschichte kritisch sah, aber nicht sofort als abwegig abtat. So verrückt das alles auch klang, man konnte nie wissen, wie viel Wahrheit in einer ehrlich erlogenen Geschichte steckte.

Guy Fawkes indes ließ nicht locker. »Er versuchte es erneut. Wieder und wieder. Er will die Stadt ins Chaos stürzen, weil sie dann im Wahnsinn versinkt. Der Wahnsinn, müsst Ihr wissen, ist immer die Stille. Und die Stille ist das, was am Ende bleibt.«

Und Mr. Silence, dachte Emily, *ist die Stille in Person.* Ein wirklich ungutes Gefühl beschlich sie. »Woher wisst Ihr das alles?«

»Hin und wieder kommen Menschen hierher.«

»In diesen Turm?«

»An diesen Ort.«

»Was für Menschen?«

»Personen, welche die Geschicke Londons bestimmen.«

»Die Regentin?«

»Und andere.«

Emily durchfuhr, als er das so beiläufig sagte, ein Schock. Hatte sie gerade richtig gehört? »Die Regentin ist hier?«

»Seit Monaten schon.«

Emily schaute zu Wittgenstein. Der war ebenso erstaunt.

»Mara!«, flüsterte sie.

»Mylady Manderlay.« Guy Fawkes wusste offenbar nicht, wer Emily war und was sie mit der Regentin verband. »So wird sie hier genannt.«

Plötzlich wusste Emily nicht mehr, wo ihr der Kopf stand. »Wo ist sie?« Meine Güte, Mara war hier! War das denn die Möglichkeit? War sie die ganze Zeit über an diesem Ort Mr. Silence' Gefangene gewesen? Und war Mr. Silence andererseits wirklich der mysteriöse Gentleman, der ihr, Emily, so oft geholfen hatte?

»Sie lebt in einer der Zellen. Er lässt sie nicht mehr gehen. Ihr Verschwinden war notwendig.«

»Notwendig wofür?«

»Um die Stadt zu verwirren.«

»Lady London?«

Guy Fawkes nickte nur.

»Das kann nicht sein.«

»Glaubt mir, Mylady Manderlay ist hier. Mr. Silence hat die Regentin durch *die Stillen* und andere Mittelsmänner in politischen Angelegenheit beraten lassen, sie still und leise beeinflusst, und schließlich hat er dafür gesorgt, dass sie verschwindet. So macht er das immer. Er agiert im Hintergrund. Die Regentin hat die beiden großen Häuser, die in London das Sagen hatten, eliminiert. Danach ist sie verschwunden und hat ein Vakuum hinterlassen.«

»Davon habt Ihr gehört?«

»Ich höre vieles«, sagte Guy Fawkes nur.

Emily versuchte, einen klaren Gedanken zu fassen. Mr. Silence steckte also hinter den Morden an den Mitgliedern der Familie aus dem Regent's Park und jener aus Blackheath?

»Aber warum?«

»Die Stadt soll ihr Gleichgewicht verlieren«, sagte Fawkes. »Es ist so wie damals, als ich versuchte, das Parlament in die Luft zu jagen. Unsicherheit und Unruhe bewirken Chaos. Dem Chaos folgt der Wahnsinn. Und Wahnsinn ist der Gefährte der Stille.«

Emily ahnte, worauf er hinauswollte, konnte sich aber noch immer keinen rechten Reim darauf machen.

»Warum ist London dann verschwunden?«, fragte sie.

Guy Fawkes sah überrascht aus. »London ist verschwunden?«

»Es ist kompliziert«, meinte Wittgenstein.

»Aber London ist doch hier«, sagte Guy Fawkes. »Es ist in der Stille. Und die Stadt verliert sich immer mehr. Stück für Stück.« Er breitete theatralisch die Arme aus. »Die Verzweiflung lässt die Maschinen laufen.«

Bevor Emily fragen konnte, was genau er damit meinte, tauchten die Männer ohne Mund auf. Weder sie noch Wittgenstein hatten sie nahen hören. Sie waren überall. Es machte keinen Sinn davonzulaufen. *Die Stillen* hatten sie gefunden.

9. Kapitel

Silence

Wenn die Stille eine Stimme hat, dachte Emily, *dann hört sie sich so an wie dieses Flüstern, das verklingt, bevor man weiß, dass es da war.* Es war ein Zischen wie von Schlangen und dann doch wieder wie Worte, die man nur erahnen konnte. Die Männer, die sich so anhörten, trugen Schwarz. Ihre Gesichter sahen unfertig aus, so wie die Gesichter großer Schaufensterpuppen, denen die Münder fehlten, bleich und wie Wachs, eine Haut aus Plastik, aber dennoch mit Regungen, die menschlich wirkten.

Emily konnte sich vorstellen, dass die Menschen in London und in der uralten Metropole das Auftauchen dieser Gestalten fürchteten. Sie waren auf einmal da und traten aus den Schatten, hielten Guy Fawkes fest, während sie Wittgenstein und Emily mit vagen Zeichen bedeuteten, ihnen zu folgen.

Guy Fawkes wollte etwas sagen, doch *die Stillen* legten den erhobenen Zeigefinger auf die Stelle ihres Gesichts, wo die Lippen hätten sein müssen, und der Novemberattentäter von einst öffnete den Mund, brachte jedoch keinen Ton hervor.

Emily und Wittgenstein tauschten Blicke. Es blieb ihnen nichts anderes übrig, als *den Stillen* zu folgen, hinaus ins Treppenhaus, während Guy Fawkes allein zurückblieb.

Die Stillen führten sie durch das Treppenhaus, weiter und weiter. Emily hatte das Gefühl, dass der Weg unendlich war. Wittgenstein ging dicht neben ihr und ließ ihre Bewacher nicht aus den Augen, bis sie das Uhrwerk oben im Turm erreichten, dessen Zahnräder riesig waren. Emily hatte das Gefühl, durch die Balken und kunstvollen Verstrebungen der hohen Decke fast bis zur Turmspitze blicken zu können, während alles hier in dem großen Raum darunter Teil des Uhrwerks zu sein schien. Es war eine Welt der Federn und Schrauben, Zahnräder und Mechanismen, die momentan allesamt ruhten. Die übrige Einrichtung war spärlich: Sessel, ein Tisch, Teppiche, Stehlampen als Beleuchtung.

Mitten im Raum, ihnen den Rücken zukehrend, ein Gentleman. Er hatte die Hände hinter dem Rücken verschränkt. Kerzengerade Haltung, dünn, in einem Anzug, elegant und dunkel, fast violett. Er drehte sich um, und Emily erkannte ihn wieder. Ja, dies war der Gentleman, der ihr in der U-Bahn-Station Tottenham Court Road geholfen hatte; jener Gentleman, der die Wölfe in Croxley Station getötet hatte. Seine stechend blauen Augen musterten sie, ohne auch nur einmal zu zwinkern, ein feines Lächeln umspielte seine schmalen Lippen, verführerisch, fast feminin. »Miss Emily Laing«, sagte er, »und Master Wittgenstein.« Eine angedeutete Verneigung, kaum mehr als ein flüchtiges Kopfnicken. »Ich heiße Sie willkommen.« Er gab *den Stillen* ein Zeichen, sich zurückzuziehen. »Ich glaube, Sie haben viele Fragen an mich. Ich bin

Mr. Silence.« Er schnippte mit den Fingern und schaute zur Seite, wo sich eine Tür öffnete und ein Mädchen und eine Frau den Raum betraten.

»Picca«, rief Emily erstaunt, »Peggotty!« Sie wusste gar nicht, wie ihr geschah. Die Freude, die beiden wiederzusehen, ließ alles andere für einen Augenblick in den Hintergrund treten.

Das Mädchen rannte auf Emily zu und fiel ihr in die Arme, und Emily drückte die Kleine an sich, ganz fest. Sie schloss dabei die Lider, wenn auch nur für einen kurzen Moment, und sie dachte an Jeeva Smith, an den Geruch seiner Lederjacke und an das Foto. Dann sah sie Picca in die leuchtenden Augen.

»Sie haben Ihr Wort gehalten«, sagte das Mädchen leise. »Sie haben mich nicht allein gelassen.«

Emily lächelte nur. Dann löste sie sich von Picca. »Peggotty!« Emily ließ sich umarmen und war auf einmal wieder zwölf Jahre alt und gerade erst in Hampstead Manor eingetroffen und hatte dank Peggotty das Gefühl, am richtigen Ort angekommen zu sein.

Dann war Wittgenstein dran. »Peggotty, meine Güte«, sagte er, »ich dachte schon, ich müsste mich in Zukunft allein um den Haushalt kümmern.« Er lachte, was für seine Verhältnisse einem überschwänglichen Gefühlsausbruch gleichkam.

»Ich habe Sie auch vermisst«, sagte Peggotty warmherzig.

Mr. Silence trat zu ihnen. »Ich hatte vermutet«, sagte er nur, »dass Sie beide es sich nicht nehmen lassen würden hierherzukommen, um die beiden zu suchen.« Seine leise Stimme war wie eine Melodie, der man stundenlang zuhören konnte. »Es ist schön, dass Sie den Weg gefunden haben.«

»Sie haben sie entführt«, sagte Emily vorwurfsvoll. »Wir haben uns solche Sorgen gemacht.« Sie stellte sich schützend vor Picca, und die Kleine ergriff ihre Hand, sanft und ruhig.

»Er hat uns nicht entführt«, stellte Peggotty richtig. »Nein, er hat uns geholfen. Das alles war so verwirrend. Und wir hatten Angst. Es musste schnell gehen, weil die Wölfe nach Marylebone unterwegs waren. Mr. Silence hat uns hierhergebracht.«

»In einem Luftschiff«, sagte Picca begeistert. »Wir sind in einem echten Luftschiff gereist.«

»Hier sind wir in Sicherheit«, beteuerte Peggotty. Ihre roten Wangen ließen sie gesund und munter wirken.

»Er hat gesagt, dass Sie mich finden werden«, sagte Picca zu Emily und lächelte.

Mr. Silence, der die Szene beobachtet hatte, lächelte ebenfalls. »Nun, da Sie hier sind«, begann er, »ist es wohl an der Zeit, Sie ins Bild zu setzen.« Er ging hinüber zu dem Tisch und bot allen an, Platz zu nehmen.

»Das«, sagte Wittgenstein, »würde uns sehr entgegenkommen.«

Sie alle folgten ihm zu dem Tisch, und Picca setzte sich zwischen Emily und Peggotty. Die rundliche Frau hatte das Herz des Mädchens gewonnen und ebenso ihr Vertrauen, das war klar zu sehen.

Wittgenstein blieb neben dem Tisch stehen, faltete die Hände, glich einer Fledermaus, die Wache hielt.

Mr. Silence ging langsam um den Tisch herum und begann zu reden. »Es ist eine seltsame Geschichte, in die wir da alle geraten sind. Glauben Sie mir, es ist bestimmt nicht einfach, dies alles zu erklären.« Er seufzte. »Dummerweise haben Sie bereits Fawkes' Bekanntschaft gemacht. Guy Fawkes, dieser Verräter.« Abschätzig sagte er: »Er wollte London schon vor langer Zeit zerstören, und wenn sein Plan aufgegangen wäre, dann hätte er Schlimmes angerichtet.« Die stechend klaren Augen richteten sich auf Emily. »Er war nahe dran, London zu zerstören. Doch die Stadt hatte Glück.«

»Er behauptete, dass Sie der Drahtzieher waren.« Wittgenstein war direkt, er mochte keine Versteckspiele. »Sie hätten die Pulververschwörung geplant.«

Mr. Silence lachte schallend, aber Wut funkelte in seinen Augen auf. »Ich soll derjenige gewesen sein, der die Pulverschwörung angezettelt hat? Warum hätte ich das tun sollen? Das Parlament sprengen?« Er schüttelte entrüstet den Kopf. »So ist er, der gute Fawkes.« Er faltete ruhig die Hände. »Er lügt.« Eine Pause trat ein. »Und deswegen muss ich Sie nun vom Gegenteil überzeugen, wenn ich das richtig sehe.«

»Das«, meinte Wittgenstein mürrisch, »wäre nur angemessen.« Er stand da wie in den Unterrichtsstunden früher, streng und aufmerksam. Abwartend.

»Was ist mit Guy Fawkes passiert?«, fragte Emily rasch.

»Guy Fawkes geht es gut«, erwiderte ihr Mr. Silence. »Glauben Sie mir, der Kerl ist unverwüstlich. Aber wir sind nicht hier, um über den Novembermann zu sprechen. Es geht um wichtigere Dinge. Es geht um London.«

»Was geschieht mit der Stadt?« Wittgenstein schaute Mr. Silence an.

Der nickte. »Jede Stadt«, begann er, »ist ein lebendiges

Wesen. Sie atmet, und sie besitzt einen eigenen Herzschlag, ja, eine richtige Seele, könnte man sagen.« Er warf Picca einen freundlichen, fast väterlich besorgten Blick zu. »Es gibt Städte, die sind sehr hübsch, und andere, die sind hässlich.« Er ging jetzt auf und ab, während er sprach. »London ist die Stadt der Schornsteine am dunklen Fluss. Ihre Schönheit ist die der breiten Straßen und engen Gassen, der Gerüche der Themse, der Magie der Tage und Nächte in den alten Parks und Häusern gleichermaßen. Eine Stadt, das müssen Sie wissen, ist wie eine schöne Frau, von der man sich wünscht, sie würde eine Freundin, eine Geliebte. Ihre Seele ist einzigartig, und wenn sie verletzt wird, dann … nun ja, passieren seltsame Dinge.« Er blieb einen Moment stehen. »Doch manchmal drängt es Menschen, diese Schönheit zu zerstören.« Er schaute Emily an.

Die murmelte nur: »Das behaupten Sie.«

Mr. Silence schenkte ihr den Anflug eines unschuldigen Lächelns. »Ich habe Ihnen geholfen, Miss Laing. Ich habe Piccadilly Mayfair und die werte Peggotty gerettet.« Er setzte sich wieder in Bewegung. »Dennoch ist diese Angelegenheit komplizierter, als es den Anschein hat. Darum lassen Sie mich mit meinen Ausführungen fortfahren.«

Emily nickte nur, Wittgenstein ebenfalls.

»Eine Stadt lebt. Sie ist das, was das Leben in ihr ausmacht.« Mr. Silence seufzte. »Sie ist mehr als die Ansammlung aller Hoffnungen, Gefühle und Ängste, die tief in ihr entstehen. Sie ist eine *Person*.« Er wartete ab, sah von Picca zu Peggotty, von Emily zu Wittgenstein. »Ja, manchmal schreitet sie sogar durch die eigenen Straßen. Dann lauscht sie ihrer eigenen Seele, dem, was sie ausmacht, und spürt sich selbst so intensiv wie sonst nie. Für eine Stadt ist dies wie Meditation. Es ist ein Innehalten, ein sanftes Atemschöpfen. Die Stadt spürt sich selbst, wenn sie in sich wandelt. Ja, sie nimmt menschliche Gestalt an und wandelt durch die Straßen und Gassen ihrer selbst, um Teil des Lebens zu sein, das sie spendet und das ihr auch umgekehrt Kraft gibt.«

Wittgenstein ließ ihn nicht aus den Augen.

»Ich sehe es Ihrem Blick an, Master Wittgenstein, dass Sie wissen, wovon ich rede. Ja, die Stadt ist eine Person, die manche von uns treffen können.«

Emily ahnte, worauf er hinauswollte. Sie spürte die kleine Hand des Mädchens, das alle Piccadilly Mayfair nannten, in ihrer. »Sie wollen sagen ...«

Mr. Silence schaute einem jeden der Anwesenden fest in die Augen. »Genau. Piccadilly Mayfair ist London.«

Sie alle starrten ihn an.

Mr. Silence ließ seine Worte wirken. Wartete.

Emily wandte sich dem Mädchen an ihrer Seite zu. Picca wirkte durcheinander. »Das hat er mir auch schon gesagt«, flüsterte sie, als wüsste sie nicht, was sie jetzt tun sollte.

»Sie ist eine Stadt?«, fragte Wittgenstein.

»Piccadilly Mayfair«, betonte Mr. Silence erneut, »ist nicht *irgendeine* Stadt. Sie ist London.«

Picca zuckte die Achseln, sah von Emily zu Wittgenstein, dann zu Peggotty. »Ich weiß nicht, wer ich bin. Aber irgendwie spüre ich, dass er recht hat.« Sie schluckte, senkte den Blick.

Emily dachte an das, was ihr der Katzenjongleur berichtet hatte, nämlich dass Piccadilly Mayfair einfach so aufgetaucht war, während der Zaubernummer in der Zirkuswelt. Sie war dem Bildnis der Stadt entstiegen, sozusagen. Aber konnte das sein?

»Ich spüre, dass es stimmt«, flüsterte Picca. Hilfesuchend schaute sie zu Emily.

Die ergriff ihre Hand und drückte sie sanft, sagte: »Wer auch immer du bist, wir werden dir beistehen.«

Picca lächelte schüchtern, und Peggotty strich ihr beruhigend über den Kopf und warf Mr. Silence einen warnenden Blick zu, als dächte sie: *Passen Sie auf, was Sie als Nächstes sagen!*

Wittgenstein schwieg. Er grübelte. »Warum erinnert sie sich nicht?«, fragte er nach einigen Augenblicken der Sprachlosigkeit.

»Sie ist von einer Krankheit befallen«, erklärte Mr. Silence. »Einer Krankheit, die tief in ihr wütet. Einer Krankheit des Herzens und des Geistes. Ihre Seele ist zerrüttet.«

Picca hörte nur zu, wie über sie gesprochen wurde.

»Was verleitet Sie zu dieser Annahme?«, hakte Wittgenstein nach.

»Sie wissen, was sich alles in London zugetragen hat. All die Jahre lang. Unruhen, Intrigen. Die schrecklichen Aufstände in Whitechapel, das Blutvergießen zwischen den großen Häusern, die Nebel, der Krieg der Engel.« Er nickte bedauernd. »Die Regentin hat dann den letzten Schritt gewagt und mit einer Konsequenz, die ihr keiner zugetraut hätte, die großen Häuser ausgelöscht. Sie hat es getan, um der Stadt Frieden zu geben, aber sie hat nur das Gegenteil bewirkt. Ja, sie war diejenige, die das Unglück, das London befallen hat, heraufbeschworen hat. Sie hat eine Leere geschaffen, in der neue Kräfte zum Leben erwacht sind.«

»Der Duke«, sagte Emily laut und deutlich.

»Ja, der Duke.«

Der Duke, der etwas im Schilde führte. Er war derjenige, der Jeeva Smith auf dem Gewissen hatte, davon war Emily jetzt überzeugt. Vermutlich zog er auch die Fäden im Hintergrund.

Mr. Silence seufzte vernehmlich. »Die Stadt London«, sagte er und zwinkerte Picca zu, »hat sich ihrer selbst entfremdet. Die Stadt wurde zu einem Kind, das hilflos durch das eigene Innere irrt. Das in den Straßen und Gassen seines Ichs verzweifelt seine Seele sucht.«

Emily fragte sich, was Picca in diesem Moment wohl dachte.

»Das ist eine mehr als nur kühne Vermutung.« Wittgenstein trat auf Mr. Silence zu. Der Alchemist war skeptisch, natürlich.

»Ich fühle den Schmerz in mir«, sagte Picca. »Er hat recht. Ich weiß nicht, was es ist, aber es tut weh. Es fühlt sich so leer an.« Sie sah verzweifelt aus. »Erinnern kann ich mich aber immer noch nicht.« Unvermittelt lachte sie, verlegen und unsicher. »Meine Güte, was ist, wenn ich wirklich London bin? Was passiert, wenn ich mich erinnere? Wird dann alles wieder gut?«

Das waren die Fragen eines Kindes, das keine Ahnung hatte, in welche Geschichte es da hineingezogen worden war. Emily spürte es.

Etwas stimmte hier nicht.

Wittgenstein spürte es auch. So war er. Immer so misstrauisch, dass er manchmal wirklich recht behielt.

Emily wandte sich an den Gentleman. »Woher wissen Sie, dass sie die Stadt ist?«

Mr. Silence sagte nur: »Ich kenne sie schon lange.«

»Wie das?«

»Ich bin alt«, sagte er. »Aber nein, das stimmt nicht ganz. Eigentlich bin ich eher zeitlos. Doch lassen Sie mich fortfahren, Miss Laing. Alles wird sich klären, glauben Sie mir nur. Denn alles hängt zusammen.«

Emily seufzte. Das alles überstieg ihr Vorstellungsvermögen. Aber manchmal trugen sich seltsame Dinge zu, und dann konnte es sinnvoll sein, als Tatsachen hinzunehmen, was einem unwahrscheinlich und befremdlich schien.

»Wenn jemand verwirrt ist«, erklärte Mr. Silence geduldig, »verliert er sich selbst. Seine Seele schwindet, sie versinkt in der Stille seines Wahnsinns.«

Emily musste an ihre Mutter denken, an Moorgate Asylum. Sie wusste, wie Irrsinn aussah, wenn man ihm gegenüberstand. Sie wusste, wie er sich anhörte und was er mit einem tun konnte.

»Dies hier ist die Stille«, sagte Mr. Silence. »Der Ort, der nach dem Leben kommt ...«

Wittgenstein unterbrach ihn unsanft in seinen Ausführungen. »Warum«, fragte er, »sagen Sie uns das alles?«

Mr. Silence ließ sich nicht aus der Ruhe bringen. »Weil ich auf Ihrer Seite bin. Und ich benötige Ihre Hilfe.«

»Wobei?«

»Der Duke«, kam er auf den Punkt, »ist der Drahtzieher all jener Geschehnisse. Was er erlangen möchte, ist so alt und so einfach wie die Menschheit: Macht. Das mächtige Haus von Blackheath will noch mächtiger werden. Die Familie des Duke hat seit Urzeiten versucht, die Stadt London tief ins Chaos zu stürzen.« Er wandte sich an den Alchemisten: »Sie, Master Wittgenstein, wissen das.«

»Was hat der Duke vor?« Wittgenstein sah jetzt ernst und angespannt aus. »Worum geht es hier?«

Mr. Silence umkreiste den Tisch, sagte: »Sie kennen die Wesen, die der Duke erschaffen hat: Augenmänner, Automaten-Menschen. Der Duke ist jemand, der alte Magie mit neuer Technologie zu verbinden vermag. Er will die Seele der Stadt. Er will sich die Macht der Stadt zu eigen machen.«

»Kann er das tun?«

»Er glaubt fest daran. Deswegen ist er hinter Piccadilly Mayfair her. Er hat jahrelang darauf hingearbeitet, London in den Wahnsinn zu treiben und der Stadt die Seele zu rauben. Dass sie nun ein Mädchen geworden ist, kommt ihm zupass. Sie ist jung und ahnungslos, unschuldig und verwirrt. Was, glauben Sie, würde er mit ihr tun, wenn er ihrer habhaft würde?« Er ließ diese Frage wie eine Drohung im Raum stehen. »Das bringt mich zu einem wichtigen Anliegen. Nur deshalb führen wir diese Unterhaltung hier: Piccadilly Mayfair darf nicht in die Hände des Duke geraten. Deswegen ist sie bei mir. Aus dem Grund bin ich nach Marylebone gegangen und habe ihr und der guten Peggotty angeboten, mit mir zu kommen. Aus freiem Willen, Master Wittgenstein. Niemand wurde gezwungen. Lady London in Gestalt Piccadilly Mayfairs ist hier sicher, an diesem Ort.«

Mr. Silence lachte überaus charmant.

»Aber Sie«, stieß Wittgenstein hervor, »sind der Tod!«

»Das, Master Wittgenstein, klingt so unversöhnlich.«

»Haben Sie Jeeva Smith getötet?«, fragte Emily unvermittelt.

»Den jungen Mann, mit dem Sie in Croxley waren?

Nein. Weswegen hätte ich das tun sollen? Er war einer der Guten.«

Sie starrte ihn an. Dachte an die Lederjacke, das Foto. Ja, Jeeva war einer der Guten gewesen. Es schnürte ihr die Kehle zu. Sie spürte Reue, Trauer, lähmende Hilflosigkeit. Wütend wischte sie sich eine Träne aus dem Gesicht.

»Es gibt Regeln, Miss Laing.« Mr. Silence funkelte sie jetzt an wie ein zum Sprung bereites Tier. »Ich bin die Stille, die am Ende jeden empfängt, ja, aber ich töte keine Menschen. Glauben Sie mir, es gibt Regeln. Regeln, die nicht einmal der Träumer, der die Welt einst träumte, erschaffen hat. Nein, ich bin jemand, der lediglich aufsammeln darf, was er findet.«

Der Tod als Sammler von Seelen? Emily wusste nicht, was sie davon halten sollte. »Das sind die Regeln?«

Mr. Silence antwortete nur: »Es ist kompliziert, glauben Sie mir.«

»Dann ist wohl der Duke verantwortlich für Jeevas Tod?«

Mr. Silence zeigte keine Regung. Kalt sagte er: »Der Duke hatte ein Interesse daran, dass Sie, Miss Laing, Piccadilly Mayfair nicht finden, denn von Anfang an haben Sie sich um sie gesorgt, sie beschützt und ihr geholfen. Er wollte, dass sich die Trickster, die ihm in die Quere gekommen war, aus der Sache heraushält.«

»Er hat Jeeva ermordet.«

Mr. Silence sah sie lange an. »Ich weiß«, sagte er schließlich. »Es war eine Warnung, mit den Nachforschungen aufzuhören.«

Emily traten Tränen in die Augen. Sie hasste es, wenn sie verletzlich wirkte. Aber sie hatte nicht geahnt, dass sie insgeheim wirklich noch geglaubt hatte, Jeeva wäre vielleicht noch am Leben. Nun jedoch, im Angesicht des Todes, war ihr klar, dass sie sich geirrt hatte.

Es gibt nichts Schmerzhafteres als falsche Hoffnungen, dachte sie und schluckte, blinzelte, spürte Piccas Hand in ihrer.

»Was ist mit der Stadt?« Wittgenstein ließ sich nicht ablenken. »Ist London wirklich verschwunden?«

»Die Stadt versinkt im Wahnsinn«, sagte Mr. Silence. »Deswegen ist sie hier, bei mir, in der Stille.«

»Die Stadt ist also wirklich verschwunden«, sagte Emily. *Dummes Zeug*, schrie es in ihr, *die Stadt sitzt neben mir am Tisch, trägt bunte Klamotten und lächelt. Sie hält meine Hand und hat wunderschöne Augen und Haare, so hell wie die Sonne, die sich im Wasser des Sees im Kensington Park bricht.*

»Ja, London existiert nicht mehr. Nicht dort, wo Sie alle gelebt haben. Nicht in der Wirklichkeit, deren Teil Sie alle waren.«

»Sie liegt also jetzt in der Stille?«

»Genau. Die Stille aber ist nur eine Rast, müssen Sie wissen. London wird zerfallen, Stück für Stück.«

Emily sah ihn misstrauisch an. »Das ist gut für Sie, denn dann bekommen Sie die Toten.« Sie dachte an ihre Erlebnisse in Cockfosters, an das grausame Gemetzel.

»Nein, Miss Laing, es ist nicht gut für mich.« Er wirkte ungeduldig. »Erwähnte ich die Regeln? Ja, das tat ich. Ich sammle die Toten auf, die Seelen, aber London hat viel zu viele Einwohner. Wenn sie alle auf einmal sterben, dann ist das zu viel. Es ist wider die Natur.«

»Warum erzählen Sie uns das alles?«, fragte Wittgenstein erneut.

Mr. Silence wandte sich dem Alchemisten zu. »Wie bereits gesagt, ich benötige Ihre Hilfe.«

»Was sollen wir tun?«, fragte Emily.

»Sie sollen nach London zurückkehren und den Duke töten.«

»Heißt das, Sie lassen uns gehen?«, wollte Wittgenstein wissen, während Emily trotzig sagte: »Wir sind keine Attentäter.«

Mr. Silence beachtete ihren Einwand gar nicht erst. »Piccadilly Mayfair aber muss hierbleiben. Die Gefahr, dass der Duke ihrer habhaft wird, ist zu groß«, erklärte Mr. Silence. »Der Duke ist die Ursache allen Übels. Wenn er nicht mehr ist, dann enden die Unruhen. Dann wird Piccadilly Mayfair wieder zu sich finden. Sie wird wieder wissen, wer sie ist.«

»Und wenn das geschieht …?«

»Ist London wieder die Stadt, die sie schon immer war.«

Emily und Wittgenstein sahen einander an.

Das alles klang einfach. *Viel zu* einfach.

»Der Duke hat behauptet, Picca sei seine Tochter«, sagte Wittgenstein.

Mr. Silence lächelte dünn. »Er ist ein schlechter Lügner, nicht wahr?«

»Und welche Rolle spielen Sie in diesem Spiel?«

»Ein Spiel, Miss Laing, ist es nicht.«

»Sie haben meine Frage nicht beantwortet.«

Mr. Silence seufzte. »Ich bin die Stille, die nach dem Leben kommt. Das zu leugnen wäre nicht sinnvoll. Aber, wie bereits gesagt, ich laufe nicht herum und nehme den Menschen das Leben. Es gibt Regeln. Komplizierte Regeln. Ich ernähre mich von dem, was von den Leben, die erlöschen, am Ende übrig bleibt. Aber mein Ziel ist es nicht, dass so viele Leute wie nur möglich ums Leben kommen. Wenn zu viele Menschen auf einmal aus dem Leben scheiden, dann werden Seelen verschwendet.«

Emily starrte ihn an.

»Verschwendung ist nicht gut. Nicht mal für den Tod.«

»Das klingt alles sehr schräg.«

»London ist eine wunderbare Stadt«, sagte Mr. Silence, »die jeden Tag so viele Tote hat, dass ich mich sehr gern hier aufhalte. Ich mag es eben, am Embankment im Sonnenschein zu sitzen und Kaffee zu trinken, den Fluss zu betrachten, die Menschen.« Er grinste. »Die Menschen, die alle irgendwann mir gehören werden.« Er wurde wieder ernst. »Wenn die Stadt vernichtet wird, wird es in Zukunft dort nichts mehr für mich geben.« Er lächelte charmant. »Sie sehen, ich bin nicht unbedingt selbstlos, dafür aber ehrlich. Helfen Sie mir, und alles wird gut.«

»Was ist mit der Regentin?«

Mr. Silence starrte sie an. »Was soll mit ihr sein?«

»Guy Fawkes sagte, sie sei hier.«

»O ja, das ist sie.«

Emily zögerte. »Sie ist meine Schwester.«

»Das weiß ich.«

»Ich möchte, dass Sie die Regentin freilassen. Sie kann mit uns kommen und …«

»Nein«, sagte Mr. Silence energisch. »Sie muss hierbleiben.«

Emily zögerte.

»Wir haben sie hierhergebracht, weil sie Schlimmes getan hat. Ihretwegen ist London gespalten. Sie hat ein Blutbad angerichtet.«

»Sie ist ein guter Mensch«, sagte Emily. »Sie wurde bestimmt falsch beraten.«

»Sie trägt die Schuld an dem, was gegenwärtig passiert.«

Emily bereute es, schon vor Maras Verschwinden den Kontakt zu ihrer Schwester gemieden zu haben. Sie hätte nicht einmal gewusst, wie sie ihrer Schwester gegenübertreten sollte, wäre diese jetzt in den Raum gekommen. Mara Manderley, die besser kennenzulernen Emily damals im Waisenhaus so sehr gehofft hatte, war am Ende von ihrer Großmutter höchstselbst erzogen worden, und die hatte ihr gezeigt, was man mit einem harten Herzen alles erreichen konnte. Oft hatten Emily und Mara in dunklen Nächten Bilder und Gefühle ausgetauscht. Allein in ihrer Dachkammer, damals bei den Quilps, hatte Emily ihre Gedanken auf die lange Reise geschickt, hinüber nach Cornwall, wo Mara einige Zeit in der Obhut eines Mannes namens Charles Dodgson verbracht hatte. Dort hatte die kleine Mara, damals acht Jahre alt, auf dem Landsitz am Meer in ihrem Bett gelegen und in ihren Träumen Besuch von der großen Schwester aus der fernen Stadt erhalten. Später war Mara nach London zurückgekehrt, in das Anwesen am Regent's Park, das Haus ihrer Familie, und Mylady Manderley, die hartherzige Großmutter, hatte Emily den Kontakt zu ihrer kleinen Schwester untersagt.

»Em'ly«, so hatte Mara sie genannt, als sie klein war.

Damals hatte Emily ihrer Schwester eine Schneekugel geschenkt, und einmal hatten sie einen richtigen Schneemann gebaut mit einer langen Möhrennase, Augen aus Kohlestücken und einem alten Zylinder, wie Kinder es taten, wenn sie noch Kinder waren und nicht ahnten, welch üble Überraschungen die Welt für sie bereithielt. Die Schneekugel, die eine Spieluhr war und in deren Innern sich ebenfalls ein Schneemann befand, hatten sie mit nach draußen genommen, weil Mara darauf bestanden hatte. Sie hatten die Kugel lachend geschüttelt und den winzigen Flocken darin beim Wirbeln zugeschaut. Dann hatten sie die Kugel dem großen Schneemann in die Hand gedrückt.

Es war ein Augenblick, der immer noch in Emilys Erinnerung lebte. Ein Moment, in dem sie beisammen gewesen waren. Die Spieluhr hatte ganz leise *Dream a little Dream* gespielt, und sie hatten getanzt, während die dichten Schneeflocken ihnen in die Haare fielen, weil sie die Mützen beim Herumtollen im Garten längst verloren hatten. Mara ließ sich von Emily hochheben, hielt sich an ihr fest und legte ihr Köpfchen an Emilys Schulter. Ein sanftes, glückliches Lächeln ließ das Kindergesicht erstrahlen, und so tanzten sie, als gäbe es kein Morgen, und Adam Stewart, der neben dem Schneemann stand, schaute ihnen dabei zu, und für einen kurzen Moment glaubte Emily jenes warme, glitzernde Glück greifen zu können, das einen umarmte, wenn man wusste, dass man eine Familie war.

Doch dann war Mara nicht mehr länger die kleine Mara Manderley gewesen, sondern Myrial Manderlay, die Regentin.

»Ich bin jetzt eine andere«, hatte sie gesagt, und sie hatte Dinge getan, die nicht richtig waren. Aber sie war eigentlich wirklich kein böser Mensch, und Emily wollte nicht, dass Mr. Silence sie bestrafte und sie hier in diesem seltsamen Uhrturm im Nichts aus Stille und Eis ihr Dasein fristen musste.

»Ohne meine Schwester werde ich diesen Ort nicht verlassen«, sagte Emily trotzig.

Wittgenstein starrte sie überrascht an, sagte aber nichts.

»Und Tristan Marlowe«, fügte sie hinzu, »muss uns ebenfalls begleiten.«

»Wer ist Tristan Marlowe?«, fragte Mr. Silence erstaunt.

Emily stutzte. Konnte es sein, dass Tristan *den Stillen* entkommen war? »Er ist ...« Gerade überlegte sie noch, ob sie Mr. Silence sagen sollte, wer Tristan Marlowe war, als eine grelle Flamme aus dem Tisch schlug. Peggotty schrie, und Picca klammerte sich instinktiv an Emily.

Wittgenstein sah nur erstaunt aus. Denn sowohl Emily als auch er ahnten, was dies für eine Flamme war: Noch bevor Mr. Silence etwas unternehmen konnte, loderte das Feuer auf und verschlang Peggotty, Wittgenstein, Piccadilly Mayfair und Emily.

Emily spürte die gleiche eisige Hitze, in der sie schon einmal gereist waren, und dann waren sie plötzlich wieder im Treppenhaus, vor ihnen Guy Fawkes und eine Tür.

»In wenigen Minuten«, sagte er keuchend, »wird die Uhr schlagen.« Er schien am Ende seiner Kräfte zu sein. »Und wenn sie schlägt, dann müsst Ihr durch diese Tür gehen.« Er rang nach Luft. »Mehr kann ich nicht für Euch tun.«

»Wohin führt diese Tür?«, fragte Emily.

Peggotty und Picca standen eng beieinander.

»Nach draußen«, sagte Wittgenstein. »Ich kenne diese Tür. Sie sieht in dem Turm, der in London steht, genauso aus. Sie führt nach draußen.«

»Sie führt nach Hause«, sagte Guy Fawkes.

»Tristan und Mara sind noch hier.« Nein, Emily wollte nicht gehen, nicht ohne sie. Es musste einen anderen Weg geben, den gab es doch immer.

»Ich kann nicht mit Euch kommen«, sagte Guy Fawkes.

»Haltet nach Tristan Marlowe Ausschau«, bat Emily ihn. »Und der Regentin.«

Er starrte sie an, ließ seinen Blick über ihre kleine Schar wandern. »Was immer Mr. Silence gesagt hat«, warnte er sie alle vier eindringlich, »Ihr dürft ihm kein Wort glauben. Er darf sein Ziel nicht erreichen.«

In diesem Moment begann die Uhr zu ticken. Der laute Hall erfüllte das Treppenhaus. Emily stellte sich vor, wie all die Zahnräder, all die eisernen Mechanismen dort oben, wie all die Federn und Spiralen in Bewegung gerieten, und sie stellte sich Mr. Silence vor, der sich wütend fragte, was gerade passierte.

»Geht«, drängte Guy Fawkes sie, als die erste Glocke ertönte.

Big Ben war erwacht, und die Glocken begannen zu singen, laut und deutlich, und von draußen, da klang es, als würde das Eis reißen.

Das Glockenspiel vertreibt den Winter. Das Glockenspiel vertreibt die Nacht.

Emily dachte an den Kinderreim, an die Jahre, die fort waren. Sie dachte an Mara, an Tristan und Jeeva.

»Geht«, sagte Guy Fawkes, »oder Ihr werdet diesen Ort nie mehr verlassen.«

Nein, dachte Emily, doch sie wusste, dass bald schon *die Stillen* hier sein würden. Sie wusste, was zu tun war, und sie spürte die Kinderhand, die ihre ergriff. Sie sah in die Augen Piccadilly Mayfairs, die hell und klar waren wie die Sonne, die sich in den Fenstern von St. Paul's spiegelte, und voller Hoffnung.

Wittgenstein öffnete die Tür, und Emily folgte ihm, zusammen mit Picca und Peggotty, hinaus in die Nacht.

ZWISCHENSPIEL

Die träumende Stadt

Die Stadt träumt.
Sie erinnert sich,
wie ihre Kindheit war.
An die Hütten aus Holz
und Lehm und Zuversicht,
damals, als sie zu wachsen begann
in der weiten Ebene,
an dem gewundenen Fluss.

Die Stadt träumt
von Menschen, die in ihr lebten,
von Göttern, die in ihr wandelten,
von leibhaftigen Engeln,
die in ihr kämpften.

Sie ist voller Zorn,
weil Glück an anderen Orten lebt,
weil Lieder nur in der Ferne atmen
und einzig Geld in ihr Wurzeln schlägt.
Missgunst fällt regengleich auf die Dächer,
und die Stadt ist verzweifelt.
Sie blickt sich selbst ins offene Herz
und erkennt, was ihr fehlt.

Die Stadt ist grausam
und schaut tatenlos zu.
Den Wölfen beim Fressen,
den Spinnen beim Trinken,
den Skorpionen beim Stechen,
den Menschen beim Sterben.
Hier und jetzt!

Die Stadt lauscht.
Dem Klagen, den Schreien, den Gebeten,
den hilflosen Versprechungen
aus schnell verstummenden Mündern,
und sie schläft ein.

Es ist ruhig, tief in ihr,
und auch darunter,
in den Abgründen und Schlünden.
Die Nacht umarmt alles, was ist,
und die Stadt träumt.

Von dem, was war,
und dem, was sein wird.
So war es schon immer.
So wird es immer sein.

Die Stadt träumt.

Drittes Buch

1. Kapitel

Des Winters kalte Klauen

Die Welt ist gierig, und manchmal geschieht es, dass des Winters kalte Klauen sich anschicken, eine ganze Stadt zu zerreißen, und jenen, die durch die Straßen irren, bleibt nichts anderes übrig, als dem Klang ihrer erstarrten Herzen zu lauschen, jenem kläglichen Pochen, das klirrend gefriert im dunklen Winterwind.

Das junge Mädchen kannte Geschichten, die von des Winters kalten Klauen erzählten, erinnerte sich aber nur sehr vage an sie wie an einen fernen Traum. In dieser eisig kalten Nacht stand ihr lediglich eine einzige Erinnerung klarer vor Augen, und diese war mit Gefühlen verbunden, die sie an den Herbst mit seinen bunten Blättern und Sonnenstrahlen sehnsuchtsvoll zurückdenken ließ und an Zeiten, die unendlich viel schöner gewesen waren als die Gegenwart: Sie hielt eine Schneekugel in der Hand. Eine schöne Kugel aus Glas, nicht sehr groß. Eine Kugel, die jemand geschüttelt hatte und in der es nun schneite.

Es war ein Bild, das sich kaum von der Wirklichkeit unterschied.

Das junge Mädchen, das man früher wohl in den Salons

der Stadt als junge Dame bezeichnet hätte, öffnete die Augen und sah auf den dunklen Fluss. Die Laternen auf der Westminster Bridge waren helle Inseln, Schnee wehte flockig durch die Nacht, weiß war die Welt, ertrunken in Winter.

Das junge Mädchen stand unter dem Uhrturm, bewegte sich kaum, das Gesicht von einer Kapuze verdeckt, die Schutz bot vor dem Winter, der Kälte, der Welt. Eine verwirrte junge Dame, ausgesetzt, alleingelassen.

Sie wusste nicht, wie sie hierhergekommen war. Und sie wusste nicht, wer sie war. Es war beängstigend. Sie konnte sich nurmehr an ein Feuer erinnern, eine Flamme, die sie umschlossen hatte. Kalt war sie gewesen, und dann, als die Flamme fort war, da hatte sie vor einer leicht geöffneten Tür gestanden. Sie war durch diese Tür gestolpert, ja, daran erinnerte sie sich, doch an kaum mehr. Ihr schwindelte, die kalte Luft schnitt ihr ins Bewusstsein.

Sie schüttelte den Schnee ab. Der umhangartige Mantel, den sie trug, schützte sie vor dem garstigen Winterwetter.

Das Gebäude, das sich hinter ihr erstreckte, kannte sie. Das Parlament mit Big Ben, ohne Zweifel. Sie war in London, in Westminster. Sie kannte diese Gegend gut, ja, sie war sich dessen sicher. Das alles wusste sie. An ihren Namen jedoch konnte sie sich nicht erinnern.

Warum nicht? Wer war sie?

Ihr Atem hing vor ihrem Gesicht wie Nebel. Sie blickte an dem altehrwürdigen Turm empor.

Vorhin war sie dort oben in dem Uhrturm gewesen. Das glaubte sie zumindest. Ja, lange Zeit war sie dort oben gewesen. Aber der Turm wirkte jetzt klein. Und er stand inmitten der Stadt. Dort, wo er hingehörte. Nicht dort, wo er vorhin noch gewesen war, umgeben von einem Eismeer aus schweigend tosenden erstarrten Wellen.

Sie schaute sich um.

Jetzt war sie hier, zurück in London, der Stadt der Schornsteine. *Ihrer* Stadt. Der Wind, der nach der fauligen Tiefe des dunklen Flusses roch, wehte ihr ins Gesicht, und ihr rotblondes Haar kitzelte ihre bleichen Wangen.

Sie musste an einen anderen Ort denken, nahe der See, einen Ort, der weit entfernt war, an ein Haus, hinter dessen Garten es schroffe Klippen gab. An einen Mann, der gut zu ihr gewesen war, damals. Wie lange war das her? Sie wusste es nicht. Sie wusste nicht, was es mit diesem Landsitz auf sich hatte, und sie hatte auch keine Ahnung, wo genau er sich befand. Sie sah nur die grauen Wolken, die sich auf der Wasseroberfläche spiegelten, denn daran erinnerte sie sich gut, weil sie oft zum Strand gegangen war und die See betrachtet hatte. Das Rauschen des Meeres hatte sie auch in den Schlaf gewiegt.

Damals.

Sie schloss die Augen, öffnete sie wieder. Sie war noch immer hier, in London. Nirgendwo anders.

Plötzlich zerschnitt ein Heulen die Luft, und sie wusste, dass es ihr galt. Ihre Angst war so dunkel, als sei sie niemals fort gewesen. Wie ein Schlag ins Gesicht traf sie das Gefühl, das ihre Seele eisern umschloss und sie erzittern ließ. Sie wusste nicht, welcherlei Wesen dieses Geräusch machten, aber sie wusste, dass sie sich ihr näherten. Der Wind trug die schrillen Töne durch die Straßen und über die Dächer, und ihnen folgte, was sie verursacht hatte.

Sie betrachtete ihre Umgebung.

Außer ihr war niemand hier. Vorhin, als sie aus dem Turm getreten war, hatte sie zwei junge Männer gesehen. Der eine, dunkel gekleidet, war ihr bekannt vorgekommen. Den anderen hatte sie noch nie zuvor gesehen. Der Mann in Schwarz hatte sie entdeckt und ihr zugewinkt, gerade so, als würde er sie kennen, doch sie hatte Angst gehabt und hatte sich abgewandt, und die beiden waren offenbar weiter ihres Weges gegangen und inzwischen längst in dem Schneegestöber verschwunden. Jetzt war sie die Einzige hier. Keine Menschenseele trieb sich bei diesem unseligen Wetter hier an diesem Ort herum.

Erneut fragte sie sich, was vorhin geschehen war. Doch außer verwirrenden Bildern, die sie nicht einordnen konnte, erkannte sie nichts.

Was war ihr nur widerfahren?

Da! Wieder dieses Heulen!

Es wurde lauter. Erinnerte sie an Wölfe.

Sie versuchte, einen klaren Gedanken zu fassen.

Wölfe?

Nein, dies hier waren keine Wölfe. Nein, ganz sicher nicht. Sie befand sich in der Stadt der Schornsteine. Es gab keine Wölfe mehr in London. Sie hatte dafür gesorgt, dass die Wölfe aus der Stadt der Schornsteine verschwanden. Sie hatte es ihnen befohlen, ihnen allen, und sie hatten ihr gehorcht. Sogar der Lordkanzler von Kensington mit der spitzen Schnauze, der natürlich kein Wolf und entsprechend auch nicht verschwunden war, hatte ihren Worten keinen Widerstand entgegengesetzt. Aber warum nicht?

Sie rieb sich die Augen. Sie wusste es beim besten Willen nicht. Aber sie wusste, dass es keine Wölfe mehr in London geben dürfte. Auch klang dieses Heulen gar nicht wirklich wie das Heulen vieler Wölfe. Nein, bestenfalls so ähnlich. Ja, eigentlich war es vom Gefühl her, das es in ihr hervorrief, durch und durch anders. Es war boshafter, schneidender, viel, viel kälter.

Doch was es auch war, das Heulen wurde lauter. Was auch immer diese Geräusche machte, näherte sich ihr eindeutig.

Das junge Mädchen blickte sich nervös um.

Erinnere dich!, schrie eine Stimme in ihr. *Erinnere dich!*

Sie betrachtete ihre Hände.

Sie hielten etwas fest.

»Das ist Euer Gift, Mylady.«

Wer hatte das gesagt? Der Mann mit dem spitzen Kinnbart und dem komischen Hut?

»Tragt es bei Euch, aber trinkt es nicht.«

Es war ein kleines gläsernes Röhrchen, gefüllt mit einer schimmernden Flüssigkeit.

»Geht«, hatte die Stimme des Mannes ihr aufgetragen. »Geht, und schaut nicht ein einziges Mal zurück.«

Verwirrt stellte sie fest, dass sich ihre Erinnerungen veränderten. Ja, als sie die Flamme verlassen hatte, war dieser Mann bei ihr gewesen. Sie hatte ihn schon vorher gesehen, aber sie wusste nicht mehr, wer er war. Sie dachte *Novembermann*, aber das ergab keinen Sinn. Oder doch?

Sie betrachtete das Röhrchen.

Tragt es bei Euch, aber trinkt es nicht.

Der Mann war die Flamme gewesen. Er hatte ihr das Röhrchen gegeben.

Ich bin Mara, dachte die junge Frau plötzlich, und dies war ein Gedanke klar wie Quellwasser. Ja, der Name kam ihr vertraut vor. Und da war noch ein Name, wie ein leises Echo. Ein Name, den sie *fühlte*, tief in ihrem Herzen.

Em'ly, dachte sie. Das war der vertraute Name. *Em'ly*.

Und sonst?

Nichts.

Das war alles.

An mehr konnte sie sich einfach nicht erinnern. Nur daran und an ...

Wut.

Tötet sie alle!

Sie erinnerte sich an den in einem Raum mit hohen Fenstern geflüsterten Befehl. An das grausame Sterben, Blut an Kinderhänden. Eine einzige Nacht, in der sich die Stadt verändert hatte.

Sie blinzelte, spürte Tränen, die auf ihren Wangen zu Eis wurden.

Wer ist Em'ly?

Eis auch auf dem Fluss.

Dies war die Wirklichkeit.

Ich bin allein, dachte sie. Die Tränen wurden heißer. *Ich bin allein.* Sie wusste, dass dieser Gedanke ein Schrei war, schmerzhafter als alles, was sie jemals empfunden hatte. *Ich bin allein.*

Wütend trat sie nach dem Schnee. Zuckte zusammen.

Das Heulen, da war es wieder!

Es wehte durch die Nacht wie ein hungriger Geist auf der Suche nach Beute.

Und ich bin die Beute, dachte Mara und setzte sich in Bewegung. Sie musste von hier fort. Sie begann zu rennen, das Heulen hinter sich, über sich. Was immer es war, es war in der Luft, es war überall.

Natürlich wusste sie, dass es töricht war, einfach drauflos zu laufen, aber sie wusste sich keinen anderen Rat, und immerhin kannte sie sich offenbar hier aus. Downing Street lag ganz in der Nähe. Sie kannte die Straße, durch die sie rannte. Sie war schon oft hier gewesen. Sie wusste, wohin ihre Schritte sie trugen, aber sie wusste nicht, *warum* sie es wusste. Sie wollte aber auf jeden Fall fort vom dunklen Fluss, denn das Eis dort hatte ihr Angst gemacht. Es gemahnte sie an die Schemen, die sich unter dem Eis abgezeichnet hatten, als sie aus dem Uhrturm auf das Eismeer in der Stille geblickt hatte. In der Stille, die sie alles hatte vergessen lassen, sogar sich selbst.

Doch das war jetzt egal.

Em'ly.

Sie dachte an ein Waisenhaus, an einen bösen Mann und seinen Sohn, eine Katze mit räudigem Fell, deren Name Mr. Biggles gewesen war. Ja, daran und an ein Mädchen mit nur einem Auge und dem anderen aus Glas. Nein, aus Stein. Mondstein. Oder doch aus Glas? Verwirrt hielt sie inne, lauschte bang mit angehaltenem Atem. Hinter ihr erklang das Heulen wie ein Echo der Dinge, die ihr bevorstanden. Sie spürte einen Wind aufkommen wie etwas Lebendiges, kälter als Eis, und lief rasch weiter durch den hohen Schnee, in zunehmender Panik. Sie nahm alle ihre Kräfte zusammen und lief um ihr Leben, jenes fremde, weit entfernte Leben, an das sie sich nicht mehr erinnern konnte.

Sie lief und lief und erreichte schließlich den St. James's Park, der um diese Uhrzeit verlassen dalag: die Bäume wie Gerippe, die Wege unter dem Weiß begraben, eine Landschaft fremd wie die Nacht, aus der sie sich erhob.

Mara erschauderte.

Das Heulen war dicht hinter ihr.

Geradezu kopflos stürzte sie durch den spärlich beleuchteten Park und hielt erst wieder an, als sie vor einer Voliere stand. Jenem Käfig, den Charles II. hatte errichten lassen. Sie war schon einmal hier gewesen, im Sommer, ja, sie erinnerte sich. Auf dem *Birdcage Walk* hatte sie mit Männern in dunklen Anzügen, weißen Hemden mit steifem Kragen und Krawatte über seltsame Angelegenheiten diskutiert.

Wann war das gewesen? Und worüber hatten sie gesprochen? Über die Wölfe? Die Schleiereulen, die in dem Käfig lebten? Die Stadt, die tief unter der Stadt pulsierte wie ein Geheimnis, ein Traum? Wie ein Flüstern, ein Fluch?

Das Heulen wurde laut wie berstender Stein.

Keine Schleiereulen. Nein, nein, es waren Schneeeulen. Sie starrten sie aus ihren großen Augen an, und Mara schnappte nach Luft. Der Käfig würde sie womöglich schützen. Ja, genau!

Ohne Zeit zu verlieren, lief sie zur Rückseite der großen Voliere und suchte nach der Tür. Ein Vorhängeschloss hing davor. Mara umfasste es mit der Hand, konzentrierte sich auf das Schloss, bis es sich von ihr öffnen ließ. Ja, es ging einfach auf, obwohl sie keinen Schlüssel besaß.

Wie hatte sie das gemacht? Wie hatte sie gewusst, dass sie *das* konnte?

Dass sie *was* konnte?

Sie öffnete die Tür, schlüpfte in die Voliere. Die Schneeeulen beobachteten sie dabei teilnahmslos.

Ein eisiger Wind begleitete das Heulen, und als Mara sich hinter die dicken Äste, auf welche die Bruthöhlen montiert waren, kauerte, war sie sich auf einmal sicher, dass dieser eisige Wind und die Ursache des Geräuschs eng miteinander verbunden waren. *Der Winter*, dachte sie, *ist nach London gekommen. Das sind des Winters kalte Klauen.* Sie spürte, wenngleich sie nicht wusste, warum, dass dieses oder diese Wesen, diese Kräfte, die ihr auf den Fersen waren, nur ihretwegen in die Stadt gekommen waren. Sie waren nicht hier, um sie zu fangen. Nein, sie waren hier, weil Mara es ihnen ermöglicht hatte.

Sie stutzte. Das ergab keinen Sinn. Warum hatte sie das gerade gedacht? Sie hatte den Winter nicht nach London gebracht. Unsinn!

Keuchend hockte sie da, hoffte inständig, dass die Eulen sie nicht verraten würden.

Der Winter, dachte sie, *ist meinetwegen nach London gekommen.*

Schon wieder dieser Gedanke! Aber *wie* sollte sie das bewerkstelligt haben? *Was* hatte sie denn getan? Wenn sie nicht einmal wusste, wer sie war, wie sollte sie da diese Fragen beantworten können?

Mara seufzte. Es war aussichtslos. Sie würde ihren Verfolgern nicht entrinnen. Sie würden gleich hier sein, und dann ...

Gift. Sie dachte an das gläserne Röhrchen in der Tasche ihres Umhangs. *Wenn ich es trinke, dann ist alles vorbei.*

Andererseits wusste sie nicht, ob es auch wirklich Gift war. Das hatte ihr nur der Mann mit dem seltsamen Hut gesagt.

Der *Novembermann*.

Sie zitterte.

Sie war hier, allein in der Winternacht, in einer Voliere. Und das würde also das Ende sein.

Das Eisheulen wirbelte jetzt durch die Luft vor dem Käfig wie ein greifbarer Schatten.

Bitte, flehte Mara tonlos in stummer Verzweiflung, *das darf einfach nicht geschehen. Ich will leben.*

Dann sah sie es, draußen vor der Voliere. Es war tatsächlich ein Schatten wie ein verletzter Manta-Rochen, der inmitten eines eisigen Windwirbels durch die Nacht glitt. Ein Fetzen Winterzeit. Dunkel, kalt und hungrig.

Mara versuchte sich nicht zu bewegen. Die Eulen starrten das flimmernde Winterphantom an, spreizten die Flügel und wurden unruhig.

Der Winterfetzen schwebte im Schneegestöber. Er hatte Klauen, das spürte Mara.

Eisige Klauen.

Mara kauerte in ihrem Versteck und wagte es kaum zu atmen. Die Luft schien noch kälter geworden zu sein.

Mara hörte ihren eigenen Herzschlag. Ihre Hand hielt das gläserne Röhrchen fest umklammert, als sei es die letzte Rettung, sollte der Winterfetzen sie entdecken.

Doch nichts passierte.

Draußen wurde der Schneesturm wilder. Die Schneeflocken, der eisige Wind, die Nacht – sie alle formten sich zu einer frostklirrenden Schattengestalt, groß und lebendig. Ein tiefer Atem grollte durch die Nacht vor der Voliere, und Mara erbebte vor Angst, aber der Winter schien sie nicht zu wittern. Er schwebte vor dem Käfig, und die Silhouette erinnerte an nichts, was Mara jemals gesehen hatte.

Warum nur ist mir der Winter feindlich gesonnen?

Sie konnte sich nicht bewegen. Die eisige Kälte berührte sie überall, und sie hatte Angst, dass der Schlag ihres Herzens oder die Wärme ihres Körpers sie verraten könnten. Sie atmete ganz flach in ihre Hände, damit ihr Atem nicht zu sehen war.

Da wandte sich der Winter um.

Da ist noch jemand, dachte Mara. Vorsichtig lugte sie hinter den Ästen hervor.

Ein Obdachloser, der einen Einkaufswagen durch den Park schob, stand dort, vor der Voliere, und starrte den Winter ungläubig an. Der entsetzliche Schatten schwebte auf ihn zu, und noch bevor der Ahnungslose überhaupt wusste, wie ihm geschah, war er von einem Schneesturm aus Finsternis umgeben, der ihn nicht mehr losließ. Seine Schreie gingen im Tosen des Sturms unter, und schon war es mit ihm vorbei.

Der Obdachlose, der seine Mütze verloren hatte, als er zu Boden gesunken war, und dessen verfilztes Haar ihm nun wie Eiszapfen vom Kopf abstand, lag erfroren am Boden.

Mara versuchte sich nicht zu bewegen.

Sie zitterte am ganzen Leib.

Die Schattengestalt des Winters aber löste sich wieder zu Schattenfetzen in dem Eissturm auf, zog weiter durch den Park, und schließlich wurde es still um die Voliere.

Mara atmete tief durch.

Sie betrachtete den Obdachlosen aus ihrem Versteck heraus. Er war jetzt nur noch ein Leichnam in einem schäbigen Mantel, und Mara begann zu weinen. Unerwartet heftig weinte sie um den Obdachlosen, dessen Gesicht sie nicht einmal richtig gesehen hatte. Sie weinte um das

Leben, das er einmal geführt hatte, und um das Leben, das ihm schon lange vor diesem Tag genommen worden war.

Die Welt, dachte sie, *ist einfach nicht fair*, und mit einem Mal wurde ihr bewusst, dass auch sie eine Obdachlose war. Sie wusste nicht, wohin sie gehen sollte. Sie wusste nicht, wohin sie gehörte. Sie wusste gar nichts, außer ihrem Vornamen. *Mara*.

Meine Güte! Sie wollte hierbleiben und einfach nur nichts tun. In der Voliere wäre sie sicher. Sie würde nur schlafen, so müde, wie sie war, schlafen und sich irgendwann vielleicht im Traum an alles erinnern.

Mara seufzte. Sie wusste, dass sie nichts von alledem tun konnte.

Sie würde erfrieren und wäre tot, bevor Big Ben erneut geschlagen hätte.

Nein, das Leben musste anders weitergehen, irgendwie, das tat es immer, selbst wenn man verzweifelt und ratlos war.

Also kroch Mara aus ihrem Versteck und verließ die Voliere. Mit großen Augen sahen die Eulen ihr nach.

Mara ging langsam zu dem Obdachlosen. Regungslos verharrte sie neben ihm und starrte ihn an. Er war alt. Eine Eisschicht bedeckte den Mantel, den er trug, und das faltige Gesicht sah überhaupt nicht friedlich aus. Ihn anzufassen traute sie sich nicht. Sie schaute ihn nur an und prägte sich sein Gesicht ein. Sie würde sich dieses Gesicht merken. Sie würde ihn nicht vergessen. Und wenn die ganze Welt diesen alten Mann vergessen würde, sie täte das nicht. Nein, niemals. Sie wusste nicht, was das ändern würde, aber sie spürte, dass es richtig war. Geradeso, wie sie spürte, dass sie viele Dinge getan hatte, die falsch gewesen waren. So viele Dinge, so viel Blut an fremden Händen.

Wer bin ich?, fragte sie sich erneut. *Was habe ich getan?*

Sie wusste keine Antwort auf diese Fragen. Es war zu kalt. Alles war falsch.

Sie verließ den Park und floh ohne Ziel weiter in die Nacht. Sie lief und lief, bis sie am St. James's Square ankam, wo die Kräfte sie verließen. Sie sank zu Boden und wusste, dass sie nicht überleben würde. Alle ihre Glieder fühlten sich schon kalt und starr an, jede Bewegung fiel ihr schwer. Sie wollte nur noch die Augen schließen und in der Stille versinken.

Das war der Moment, in dem sie plötzlich von Tauben umgeben war und ein alter Mann in einer Admiralsuniform sie ansprach. Sie wusste nicht, woher er kam, aber er war da. Er ging auf sie zu, und Mara, die um Atem rang, sah den alten Herrn in der schäbigen Admiralsuniform mit dem Admiralshut an, registrierte, dass er geschminkt war, und fühlte sich an einen Zirkus erinnert.

Er reichte ihr die Hand und schenkte ihr ein Lächeln. »Sie sehen aus wie jemand, der Hilfe benötigt«, stellte er fest. Seine Stimme klang salzig wie die See und war so ehrlich wie die eines Edelmanns.

Sie schüttelte den Kopf. »Nein«, murmelte sie. »Eigentlich nicht. Wer sind Sie?«

»Ich bin Lord Nelson«, stellte er sich vor. »Vom Trafalgar Square.«

»Sind das Ihre Tauben?«

Er nickte. »Sie sind meine Augen und Ohren.«

Ihre Stimme war kaum mehr als ein rasselndes Keuchen. »Ich heiße Mara.«

»Ich weiß, wer Sie sind. Sie waren lange fort«, sagte Lord Nelson.

»Sie wissen, wer ich bin?«

Statt ihr zu antworten, fragte er: »Was tun Sie hier, zu dieser Stunde?«

»Ich bin auf der Flucht.« Sie lachte laut und verzweifelt auf. »Der Winter ist hier.«

»Ich weiß. Sie sollten London verlassen. Hier sind Sie nicht sicher.«

Sie nickte langsam, obwohl sie nicht genau wusste, wovon er sprach. »Sie wollen mir helfen?«

»Manchmal helfen Menschen einander«, entgegnete er und half ihr auf die Beine. »Nicht sehr oft, das muss ich zugeben.« Er zwinkerte ihr aufmunternd zu. »Aber manchmal, ja, manchmal, da tun sie es einfach.« Er verneigte sich vor ihr auf eine sehr altmodische Weise. »Nennen Sie mich Lord Nelson oder aber Horatio Haythornthwaite – das ist mein eigentlicher Name.«

Ein lautes Heulen, das schlimmer als der Wind des Eismeeres klang, wehte durch die Nacht.

»Das ist er«, flüsterte Mara. »Der Winter.«

Der alte Mann nickte. »Sie sind überall. Eisig flirrende Schattenkreaturen in Schneesturmwirbeln. Ich habe sie gesehen. Sie sind der Winter, der über die Stadt herfällt.« Haythornthwaite alias Lord Nelson stand vor Mara und musterte sie mit einem Blick, den sie nicht deuten konnte. »Folgen Sie mir, Mylady Mara. Wir nehmen die U-Bahn.« Und ohne eine Antwort abzuwarten, führte er sie mit schnellen Schritten durch das Schneegestöber, und in Green Park stiegen sie in den Untergrund hinab. Es roch nach kaltem Tabak und getrocknetem Urin, dem Müll des Tages.

Mylady.
Von Ferne hörte Mara einen Zug in den Bahnhof einfahren.

Er hatte sie *Mylady* genannt. Was hatte das zu bedeuten? Der aufkommende lauwarme Wind wehte alte Zeitungen vor sich her. *Mylady* klang so, als sei sie jemand Besonderes. Aber so fühlte sie sich nicht.

Runde Belüftungsrotoren drehten sich in rostigen Röhren, die wie blinde Augen aus den mit Plakaten und Graffiti überzogenen Wänden ragten.

Blut an fremden Händen, dachte sie. *Blut, das sie in meinem Auftrag vergossen haben.*

»Wohin gehen wir?« Hier in der U-Bahn-Station war es warm, und der Winter war ihnen bisher glücklicherweise nicht gefolgt.

»Wir begeben uns nach Greenwich«, sagte Lord Nelson.

Sie kannte den Ortsnamen, hatte ihn schon einmal gehört. »Was ist in Greenwich?«

»Dort sind wir sicher. Dort ankert mein Schiff.«

Mit diesen Worten nahm er sich ihrer an, und Mara, die wieder in London war, ließ sich von ihm führen, auf Wegen, die sie in der Stille vergessen hatte, an einen Ort, der *Cutty Sark* hieß.

Anderswo, am Cecil Court, in der wohligen Wärme eines alten Raritätenladens mit Büchern in Regalen, die bis zur Decke reichten, war der Winter primär eine Bedrohung von außen. Die Rollläden waren heruntergelassen, und von innen hatten der Elf und Neil Trent Bretter vor den Glasfenstern angebracht. Außer ihnen und Aurora war niemand im Laden.

»Draußen ist es immer noch ruhig«, sagte Neil Trent. Er war oben gewesen, in der Wohnung, von wo aus man einen guten Ausblick auf die Straße hatte. Jetzt ging er zu Aurora, die in dem Sessel, ihrem Lieblingsplatz im Buchladen, seit sich das Baby ankündigte, eingeschlafen war. Neil zog die warme Decke, in die sie sich gewickelt hatte und die während ihres unruhigen Schlafs zu Boden gerutscht war, wieder bis zu ihrem Kinn hoch, richtete das Kissen, schob es behutsam unter ihren Kopf. Dann küsste er sie auf die Stirn und legte sanft die Hand auf ihren Bauch, wartete ruhig ab, nickte und lächelte schließlich.

»Glauben Sie, dass sie zurückkehren werden?«, fragte er seinen Gast.

Maurice Micklewhite, der gerade einen Kräutertee genossen hatte, antwortete: »Ich weiß es nicht. Die Stadt dürfte inzwischen voll von ihnen sein.« Sich ein Bild von der Lage zu machen war nicht einfach. Der Elf glaubte aber, dass sie längst überall in der Stadt zu finden sein müssten. Sie folgten dem Wind, so schien es, und sie jagten die Menschen. Wenn sie ihrer habhaft wurden, dann berührten sie die Menschen mit ihrer Kälte und machten ihresgleichen aus ihnen: Kreaturen, die weder Mensch noch Winter waren. *Winterstarre*, so nannte der Elf diese zombieartigen Wesen. Sie waren keine Menschen mehr, sondern etwas anderes. Kalte Körper, die sich der Winter untertan gemacht hatte. Wesen, die in Rudeln umherzogen und die Kälte, die sie in sich trugen, an andere weitergaben. So vermehrten sie sich. So nahm die Zahl der Winterstarren in London vermutlich rasant zu.

»Draußen schneit es noch immer.« Neil ging von einem

Fenster zum anderen und überprüfte die dicken Bretter, die er im Keller gefunden hatte. Nachdem der Elf ihnen berichtet hatte, wessen er in den Straßen und am Trafalgar Square Zeuge geworden war, war Neil nach unten in die Kellerräume gegangen und hatte alle Bretter, die er finden konnte, nach oben geschleppt. Mit ihnen hatten Micklewhite und er die Fenster und die Tür von innen verbarrikadiert.

»Das alles«, murmelte der Elf, »ergibt noch immer keinen Sinn.«

»Die Welt ist verrückt«, sagte Neil. »Deshalb leben Aurora und ich hier, inmitten von Büchern und Geschichten.«

»Das Böse wird sich aber nicht ewig damit begnügen, bloß dort draußen zu wüten.« »Hier drinnen sind wir trotzdem vorerst noch am ehesten sicher«, sagte Neil.

Maurice Micklewhite blickte ihn nur schweigend an. Hier drinnen, das stimmte wohl, konnte man sich durchaus sicher fühlen. Die hohen Regalreihen voller Bücher, der Staub, der im sanften Licht der wenigen Lampen schwebte wie Gold, das in der Luft tanzte, der Duft nach dem Tee, den Neil regelmäßig machte – all das strahlte Ruhe und Zuversicht aus.

»Ich dachte, wir hätten alle diese Wirrnisse und Schrecken hinter uns«, sagte Neil. Er meinte die Unruhen, die Bedrohungen, die Schatten der uralten Metropole. Er war lange Zeit zur See gefahren, hatte seltsame Dinge gesehen, verrückte Geschichten gehört. Er wusste, wie die Welt auch anderswo war.

»Was können wir nur tun?« Ihm setzte die Untätigkeit, der sie schon zu lange ausgeliefert waren, zu. Er sorgte sich um Aurora und das Baby. Das hier war alles nicht geplant gewesen.

»Nichts. Wir warten ab«, antwortete der Elf, denn keiner von ihnen wusste, was da draußen im Endeffekt wirklich vor sich ging. Was war nur mit London los?

Die Engel, die früher in London gelebt hatten, waren vor Jahren verschwunden. In der uralten Metropole zerfielen die Überreste der alten Himmel, selbst die Hölle schien sich von der Welt abgewendet zu haben. Maurice Micklewhite hatte versucht, drüben in Chelsea anzurufen, bei Eliza und John, aber die Telefone funktionierten nicht mehr. Zu gern hätte er Milton ein paar Fragen gestellt. Zu der Frau, die in der Kirche aufgetaucht war, die er für Sylvia Finchley hielt und die möglicherweise den gleichen Weg wie Miss Laing und Wittgenstein in die Hölle genommen hatte.

»Ich frage mich«, dachte Neil laut nach, »ob sich all die anderen Bewohner Londons auch in ihren Häusern verbergen und sich vor dem fürchten, was da draußen vor sich geht.« Er ging unruhig im Laden auf und ab.

»Diejenigen, die nach draußen gehen«, erwiderte Micklewhite, »sind jedenfalls früher oder später verloren. Es sind mittlerweile so viele von diesen Winterstarren unterwegs.«

Neil nickte ratlos. »Ich hoffe nur, Emily und Wittgenstein schaffen es wenigstens, Picca und Peggotty in der Hölle aufzuspüren und zu befreien«, sagte er.

Micklewhite schwieg. Wittgenstein und Emily waren nun schon so lange fort, und auch das verhieß nichts Gutes. Andererseits hatte Big Ben um Mitternacht aufgehört zu schlagen, ohne dass sie wussten, warum, und jetzt,

Stunden später, gerade eben, erst vor wenigen Minuten, war der Glockenschlag auf einmal wieder erklungen. Wie ein Lied, auf das die Stadt gewartet hatte. Wie ein Licht- und Hoffnungsschimmer.

»Warum geht eigentlich die Sonne nicht auf?«, fragte Neil unvermittelt und riss Micklewhite damit aus seinen Gedanken.

»Ich weiß es nicht.« In der Tat war dies etwas, was dem Elfen ebenfalls Kopfzerbrechen bereitete.

»Sie müsste vor ungefähr einer Stunde aufgegangen sein. Aber die Nacht bleibt. Wie der Schnee.«

Maurice Micklewhite überlegte, was das wohl bedeutete. Es schneite unablässig, und die Nacht hörte vielleicht nie wieder auf. Und dann? Nacht, Eiseskälte, Schnee. Was würde geschehen? Würden die Einwohner Londons nach und nach alle in solche *Winterstarren* verwandelt werden? Zombies, allesamt? Würde es so kommen?

»Ich bin nicht sehr optimistisch«, gab er zu. »Wir sitzen hier fest. Wir haben keine Ahnung, was da draußen los ist. Und, viel schlimmer noch, wir wissen nicht, was wir tun können, um das, was da draußen vor sich geht, zu stoppen. London ist verrückt geworden. Möglicherweise im wahrsten Sinne des Wortes. Ja«, sinnierte er – geradezu in Wittgensteinscher Manier – laut weiter, »ver-rückt, an eine andere Stelle *gerückt*, wenn Miss Laings Geschichte vom Verschwinden der Stadt stimmt. Es ist nicht mehr die Stadt, die wir kannten, und sie ist nicht mehr dort, wo sie sein sollte.«

»Ich habe jedenfalls Angst«, sagte Neil. »Was ist, wenn das Baby kommt? Was ist, wenn die Stadt dann noch immer so ist?«

In diesem Moment schlug Aurora die Augen auf. »Das Baby kommt noch nicht.« Sie lächelte müde.

Maurice Micklewhite lächelte, obwohl er wusste, dass es jemand anderen gab, der sich um sie kümmerte, geradezu väterlich zurück. »Neil sorgt sich eben um alles, das hat er schon immer getan.«

»So bin ich nun mal.«

Aurora gähnte. »Was gibt es Neues?«

»Bislang nichts. Die Winterstarren sind weiterhin dort draußen und ziehen durch die Straßen.« Neil ging zu ihr und küsste sie auf die Stirn. »Noch lassen sie die Häuser in Ruhe.« Aurora legte den Kopf schräg und lauschte. »Und was ist das?«

Auch Maurice Micklewhite und Neil horchten nun aufmerksam.

Aus der Ferne jenseits des Ladens erklang das Heulen des Windes, begleitet von stampfenden Schritten. Fast so, als vibriere die Wirklichkeit unter den Füßen der Winterstarren.

»Wartet hier! Ich schaue eben nach.« Neil rannte nach oben in die Wohnung, wo die Fenster nicht mit Brettern verbarrikadiert waren, weil sie davon ausgingen, dass niemand es schaffen würde, so hoch hinaufzuklettern.

Micklewhite trat neben Aurora, legte ihr einen Moment die Hand aufs Haupt, als wolle er ihr Schutz versprechen.

Neil kehrte zurück. »Es sind viel mehr als vorhin noch«, sagte er. »Winterstarre.«

»Wie viele?«

»Zu viele«, erwiderte er.

Maurice Micklewhite nickte. »Nun denn, lasst uns ...«

Da, plötzlich, prallte etwas von außen gegen den Rollladen vor der Tür. Laute Geräusche folgten: Ein mehrstimmiges Kreischen, schrill wie berstendes Eis. Fingernägel, die über das Holz schabten. Dumpfe Laute, jetzt auch von den Fenstern her, wie von Körpern, die draußen gegen die Rollläden drängten.

»Wir müssen leise sein«, flüsterte Micklewhite. »Vielleicht verlieren sie dann das Interesse und ziehen weiter.«

Neil starrte ihn an. Sein Blick verriet, dass er davon ausging, dass diese merkwürdigen Winterzombies *nicht* weiterziehen würden. »Sie sind schon in andere Häuser eingedrungen«, zischte er. »Ich habe es von oben gesehen. Verdammt.«

Aurora stand schwerfällig auf, stöhnte leise.

Neil, der noch einmal die Bretter vor den Fenstern überprüfte, warf ihr einen besorgten Blick zu, doch sie bedeutete ihm, ruhig zu bleiben. »Ich bin schwanger, nicht todkrank«, sagte sie, und das war wieder der alte Humor, den Micklewhite schon an ihr entdeckt hatte, als sie noch ein kleines Mädchen war.

Die Tür, die fest verschlossen war, erbebte. Aurora schrie auf, und Neil rannte zur Tür, prüfte, ob die Bretter dort noch fest genug saßen. Aurora ging langsam in den hinteren Teil des Ladens, wo keine Fenster waren. Sie wusste, dass ihr das nichts nützen würde, drängen die Winterstarren in den Buchladen ein, aber ein wenig besser fühlte sie sich dort trotzdem.

Micklewhite und Neil standen abwartend da, jetzt jeder mit einem schweren Brecheisen aus Neils Werkzeugkasten bewaffnet, bereit, Aurora und das Ungeborene nötigenfalls, so lange es ging, mit ihrem Leben zu schützen.

Etwas schlug von draußen gegen einen der Rollläden, rüttelte an ihm. Dann entstand eine Pause, bevor der Rollladen mit einem kräftigen Ruck hochgeschoben wurde und das Schaufenster mit einem ohrenbetäubenden Knall zerbarst. Es folgte das Geräusch des herabrieselnden Fensterglases, und schon prallte etwas gegen die Bretter, die erbebten. Kalte Luft drang durch die Ritzen zwischen den Brettern ins Ladeninnere.

Aurora wimmerte leise und zitterte vor Angst. Es gab keinen wirklichen Ausweg, eine Flucht in den Keller oder die Wohnung über dem Laden würde an ihrer grundsätzlichen Situation nichts ändern, und das, was dort draußen war, würde nicht mehr lange draußen bleiben. Die Bretter waren das Einzige, was sie noch von dem, was in den Straßen Londons und nun auch vor dem alten Raritätenladen wütete, trennte.

Erneut ertönte ein Schlag, der eines der Bretter spaltete. Beim nächsten Schlag flogen die ersten Splitter ins Ladeninnere.

Aurora verschränkte die Arme schützend und Halt suchend über ihrem Bauch.

Neil und Micklewhite warfen einander beunruhigte Blicke zu. Eine menschliche Hand schob sich durch die entstandene Lücke. Wild fuchtelte sie herum, die blutigen Finger wie Krallen gekrümmt.

»Was, wenn die Bretter nachgeben?«, fragte Aurora verzweifelt.

Der Hand folgte ein ganzer Arm. Wie ein Tentakel streckte er sich tastend ins Innere des Buchladens. Das Holz riss und splitterte weiter, das Loch wurde breiter und länger, die Bewegung des froststarren Arms schneller und drängender. Weitere Hände wurden sichtbar, tauchten in den Laden ein. Sie hielten Eiszapfen umklammert und hieben mit ihnen blind ins Leere. Ein mehrstimmiges Stöhnen, tief und animalisch, begleitete die ruckartigen Bewegungen.

Neil holte tief Luft, hob das Brecheisen und schlug auf die Arme ein. Deren Knochen brachen, doch die Bewegungen der Arme erstarben keineswegs.

Maurice Micklewhite schüttelte den Kopf. Nein, so würden sie die Wesen nicht aufhalten können.

Sie würden sich Einlass verschaffen. Nichts würde sie daran hindern. Einzig ...

Da vernahmen Micklewhite, Aurora und Neil plötzlich Schreie von draußen, die sich wie Eis anhörten, unmenschlich und verzerrt, und dazwischen erklang über dem sich jetzt rasch entfernenden Heulen des Windes ein Zischen wie von gefiederten Pfeilen, die durch die Luft schwirrten.

So plötzlich, wie die Arme der Winterzombies da gewesen waren, so eilig wurden sie auf einmal wieder zurückgezogen, ehe es so klang, als würden sich die Angreifer stampfend in alle Richtungen zerstreuen.

Dann war es mit einem Mal still.

»Das ist nicht gut«, flüsterte Aurora.

Neil starrte die Bretter vor dem zerstörten Fenster an, näherte sich vorsichtig dem Loch in dem Verhau, durch das nun Schneeflocken in den Laden wirbelten.

Maurice Micklewhite trat vor und bedeutete Neil zurückzubleiben. Es war wirklich still da draußen, auf der Straße. Außer dem nachlassenden Wind war nichts zu hören. Und einen Blick wollte er, wenn da jemand mit Pfeilen schoss, lieber nicht riskieren.

Doch, nein, da waren Schritte im Schnee. Knirschend näherten sie sich dem Haus. Micklewhite konnte sie jetzt immer deutlicher vernehmen.

»Was ist da draußen passiert?«, flüsterte Aurora.

Neil zuckte die Achseln. Er sah äußerst beunruhigt aus.

Micklewhite ahnte, warum. Er konnte nur hoffen, dass jene, welche die Winterstarren dazu bewogen hatten, den Buchladen in Ruhe zu lassen, ihnen freundlich gesonnen waren.

Da klopfte etwas oder jemand an den Rollladen vor der Tür. Die drei sahen einander an.

Es klopfte erneut. Diesmal lauter, dringlicher.

»Machen Sie uns auf!«, hörten sie eine Stimme sagen.

»Wir haben wenig Zeit«, drängte eine zweite Stimme.

Maurice Micklewhite seufzte.

Dann, ohne Neil Trents und Aurora Fitzrovias Meinung zu diesem Thema abzuwarten, ging er zum Eingang, entfernte, so rasch er konnte, die Bretter mit dem Brecheisen, zog den Rollladen hoch und öffnete den beiden Gästen, die draußen im Schnee inmitten der sterblichen Überreste so einiger Winterstarrer standen, die Tür. Die beiden sahen aus wie zwei alte Damen, die sich zum Tee verabredet hatten, nett, elegant, gesittet und schrullig. Einzig die Armbrüste und die Köcher, die sie trugen, passten nicht zu ihrem Erscheinungsbild. Sie klopften sich den Schnee von ihren Mänteln, ihren Pelzkragen, ihren Hüten und betraten den Buchladen.

»Kommen Sie rasch mit, und lassen Sie uns von hier verschwinden«, sagte Mrs. Pumblechook.

Aurora und Neil wussten nicht, was sie sagen sollten.

»Die Häscher des Duke«, ergänzte Mrs. Pecksniff, »sind auf dem Weg hierher.«

Dann klatschten beide in die Hände und sagten gleichzeitig: »Husch, husch!«

Keine fünf Minuten später saßen sie alle in einem Taxi, das durch die weiße Nacht schlitterte, die, wie es schien, niemals enden würde.

2. Kapitel

Westminster Station

Sie war wieder zurück in London, ohne Zweifel, doch irgendetwas war jetzt anders. Es war nur ein Gefühl, aber Emily wusste, dass man Gefühlen, zumindest in dieser Hinsicht, durchaus trauen konnte, ja, dass man ihnen sogar trauen *sollte*. Der Schnee, der eisige Wind, die finstere Nacht – all das war noch genauso wie gestern, als sie die Stadt durch das Portal am Grab des Poeten in St. Giles-without-Cripplegate verlassen hatten. Doch etwas hatte sich verändert, man konnte es spüren. Etwas war *falsch*, und dieses Gefühl rührte nicht nur daher, dass Mr. Silence ihnen enthüllt hatte, dass Piccadilly Mayfair eigentlich die personifizierte Stadt London war, die sich in sich selbst verirrt hatte und nun auf der Suche nach ihrer zerrütteten Seele war.

Zugegeben, die Geschichte klang viel verrückter als alles, was sie in ihrem bisherigen Leben erlebt hatte – die Sache mit den Engeln und dem Lichtlord eingeschlossen –, doch war sich Emily sicher, dass Mr. Silence sie, zumindest in dieser Hinsicht, nicht belogen hatte.

Sie entsann sich ihres Versuchs, in das Bewusstsein des

Mädchens einzudringen, um auf die Art herauszufinden, wie Piccas Vergangenheit wohl ausgesehen hatte, und die Bilder, die sie bestürmt hatten, entstammten, wenn sie es sich so überlegte, eindeutig der Vergangenheit der Stadt London – obgleich sie das zunächst nicht hatte erkennen können, da sie damit so ganz und gar nicht gerechnet hatte. Ja, sie hatte einen kurzen, wenn auch reichlich verworrenen Einblick in die Vergangenheit der Stadt London erhalten. Alles, was einen in den Wahnsinn treiben konnte, hatte sie gesehen. Die Unruhen, die Pest, das große Feuer, die Aufstände. So viel Blut, das vergossen worden war. Zu viel Leid, dem niemand Einhalt geboten hatte. Wenn die kleine Piccadilly Mayfair wirklich diese Stadt war, dann musste sie noch weitaus schwerer traumatisiert sein, als es den Anschein hatte.

»Geht es Ihnen gut?« Wittgenstein stand neben Emily, prüfte die Lage, schaute sich um.

»Ja, alles gut.«

Emily Laing fragte sich, wie lange genau sie fort gewesen waren. Es konnte doch kaum mehr als der Morgen des nächsten Tages sein, oder irrte sie sich da? Sie waren am späten Abend nach St. Giles-without-Cripplegate gegangen und durch die Pforte in die Stille gelangt. Die Ankunft in Cockfosters, dem verlorenen Stadtteil, die Reise mit dem Ballon, danach die Ankunft im Uhrturm, jenem riesigen Big Ben ... Ja, es musste der nächste Morgen sein. Aber warum war es dann noch so dunkel? Warum ging die Sonne nicht auf? Hatte Mr. Silence ihnen etwa die Wahrheit gesagt, und London war nun an einem anderen Ort? Nicht an seinem alten Platz und auch nicht in der Hölle, sondern irgendwo *dazwischen*? Emily schaute sich um und stellte erleichtert fest, dass sie wenigstens alle zusammen angekommen waren: Piccadilly Mayfair, Wittgenstein, die gute Peggotty und natürlich sie selbst waren durch die Tür, die sich ihnen geöffnet hatte, hindurchgegangen und auf der anderen Seite in London vor dem Parlamentsgebäude wieder herausgekommen. Die Tür, durch die sie gekommen waren, aber hatte sich hinter ihnen geschlossen und war dann verschwunden, einfach so. Dort, wo sie gewesen war, sah man jetzt nur ein Stück Mauerwerk, nichts weiter.

»Fragen Sie nicht«, sagte Wittgenstein, noch bevor Emily eine Frage gestellt hatte. Er sah zerknirscht aus. »Wir sind hier, das sollte ausreichen, und wir sollten keine Zeit verlieren.« Er schlug den Kragen seines Mantels hoch. »Mr. Silence wird nicht lange warten, bis er sich an unsere Fersen heftet.« Er schaute sich um, immer noch wachsam. »Er wird uns folgen, da bin ich mir ganz sicher.« Er deutete auf Picca. »Niemals wird er sie einfach so gehen lassen.«

Emily dachte nicht daran, ihm zu widersprechen.

Picca stand dicht neben Peggotty, die einen Arm um das Mädchen gelegt hatte und leise mit ihr sprach.

Sonst war niemand weit und breit zu sehen, der Schnee jungfräulich, bis auf die Spuren dreier Personen – und das mitten in der Stadt.

Emily kannte sich in der Gegend aus. Normalerweise konnte man von hier aus über den Parliament Square bis in die Great George Street schauen, doch jetzt wurde alles vom dichten Schneetreiben verschluckt, und man konnte nur erahnen, dass sich wohl Autos, die feststeckten, unter dem Schnee auf der Straße befanden, lange schon unter dem eisigen Weiß begraben.

»Wo sind die Leute alle hin?«, fragte Emily laut.

Wittgenstein antwortete: »Vielleicht hat sie etwas mit sich genommen.«

»Sie sind wieder so richtig ermutigend«, grummelte Emily.

»Das ist wohl meine positive Art, den Dingen zu begegnen.« Er schaute sie an. »Es ist nicht richtig. Nirgendwo eine Menschenseele.« Bei manchen Autos, die mitten auf den Straßen standen, brannten noch die Scheinwerfer, gedämpft durch den Schnee, der sie wie ein Leichentuch bedeckte. Von den Fahrern war nichts zu sehen. Auch führten keine Fußspuren von den Autos weg – und sollten sie das jemals getan haben, so hatte der Schneefall seinen Teil dazu beigetragen, sie auszulöschen.

»Der Schneefall will einfach nicht enden«, sagte Emily.

»Vielleicht hat der Winter sich die Menschen geholt«, mutmaßte Wittgenstein.

Emily zog ein Gesicht.

»Kam mir so in den Sinn«, murmelte er. »Vergessen Sie es einfach wieder.«

Emily seufzte.

Picca und Peggotty hatten seine Bemerkung gehört.

»Wie meint er das?«, wollte das Mädchen wissen.

»So, wie er es sagt«, antwortete Emily.

Peggotty warf ihr einen tadelnden Blick zu.

»Es ist, wie es ist«, verteidigte sich Emily.

Wittgenstein betrachtete derweil die noch sichtbaren Spuren im Schnee. »Drei Personen sind auf demselben Weg gekommen wie wir«, stellte er fest. »Und eingedenk des Schneefalls, kann das nicht lange her sein.« Die Spuren liefen auf die Straße zu.

»Zwei von ihnen«, sagte Emily, »sind dicht nebeneinander gegangen, und ihre Spuren sind schon ein bisschen mehr verweht als die der dritten Person.«

»An wen denken Sie bei den beiden?«

»Das wissen Sie doch genau.« Emily musste an Tristan Marlowe denken, natürlich. An ihn und an Mara. Ein dürftiger Hoffnungsschimmer kam in ihr auf, denn vielleicht hatte Guy Fawkes ja auch sie befreit.

Die Vorstellung, dass Mara nun eventuell nicht mehr in dem Uhrturm in der Stille war, ließ Emilys Herz ein wenig höher schlagen. Trotz all dessen, was Mara in den letzten Jahren angerichtet hatte, war sie doch immer noch ihre kleine Schwester, und keine große Schwester sollte ihre kleine Schwester je ganz im Stich lassen.

Emily seufzte, gab sich der Hoffnung hin, weil die Alternative einfach zu schmerzhaft war.

Wittgenstein indes äußerte noch eine weitere Vermutung: »Vielleicht waren es aber auch die beiden alten Damen.«

»Mrs. Pumblechook und Mrs. Pecksniff?«

Er nickte.

Emily warf ihm einen entnervten Blick zu. »Oder es waren Tweedledee und Tweedledum.« Nein, es musste Tristan Marlowe gewesen sein, und zwar mit ihrer Schwester. Ja, Emily wünschte sich so sehr, dass es Mara gewesen war. Tristan war womöglich im Uhrturm auf sie gestoßen, als *die Stillen* ihn, wovon Emily mittlerweile ausging, irgendwo eingesperrt hatten.

Wer die dritte Person war, ahnte sie nicht. Aber vielleicht war das ja auch nicht weiter wichtig. Guy Fawkes hatte schließlich von unzähligen Menschen gesprochen, die Mr. Silence seit ihrem Tod bei sich in der Stille gefangen hielt.

Sie atmete tief durch, wandte sich wieder dem Mädchen zu, um das sich alles drehte: Piccadilly Mayfair. Diese trug nur einen Pullover mit ein paar Flicken darauf, aber weder eine warme Jacke noch einen Mantel. Peggotty war ebenfalls nicht für das Wetter gerüstet. Bei Mr. Silence im großen Uhrturm war es warm gewesen, und auch Guy Fawkes hatte bei seiner Rettungsaktion offenbar nicht in Betracht gezogen, dass in London Winter herrschte.

»Ihr beide werdet erfrieren«, sagte Emily besorgt. Die Temperaturen waren eisig, der Wind schneidend.

»Mir ist nicht kalt«, sagte Picca nur.

Peggotty, die schon ganz rote Wangen hatte, erwiderte: »Mir schon.«

Wittgenstein deutete zur Bridge Street. »Die U-Bahn-Station Westminster ist der nächste Zugang zum Untergrund, der in die uralte Metropole führt«, sagte er. »Außerdem ist es dort wärmer als hier.« Er setzte sich in Bewegung, ohne Emilys Antwort abzuwarten. »Dort unten werden wir wohl auch die notwendigsten Kleidungsstücke beschaffen können.«

Westminster, das wusste Emily, war ein Ort, an dem manchmal bis zum frühen Morgen kleine Märkte stattfanden. Bretterbuden, Zelte, Kioske aus Autoteilen, die verrücktesten Dinge. Vielleicht hatten sie Glück, und es gab dort unten einige Stände mit Kleidungsstücken.

»Gleich dort drüben«, sagte Emily zuversichtlich zu Picca. »Dort unten wird uns keiner finden.«

»Ich hoffe, er hat einen Plan?«, fragte Peggotty und

deutete auf Wittgenstein, der mühsam vor ihnen durch den hohen Schnee stapfte.

»Hat er den nicht immer?«, erwiderte Emily.

Peggotty warf ihr einen skeptischen Blick zu. »Wenn es mir nicht zu kalt wäre, um mir ein paar Gedanken zu machen, dann würde ich es tun.«

Emily wusste, wie sie das meinte, und musste schmunzeln.

Wittgenstein blieb stehen und drehte sich zu ihnen um.

»Sie, Peggotty, könnten mit Picca an einem sicheren Ort in der uralten Metropole bleiben«, schlug er vor. »Und dann machen Miss Laing und ich uns auf den Weg nach Moorgate.«

Emily stutzte. »Zu Dr. Dariusz?«

»Wir sollten den Rat eines Psychologen einholen, finden Sie nicht auch?«

Emily nickte. Nach Moorgate zu gehen war nicht der Plan, der ihr am besten gefiel, aber Wittgenstein hatte recht. Sie mussten eine Möglichkeit finden, die Seele des Mädchens, welche die Seele Londons war, zu heilen. Nur so war das, was überall gerade passierte, aufzuhalten.

»Und was macht der dann mit mir?«, fragte Picca ängstlich.

Die beiden wandten sich dem Mädchen zu. »Erst einmal überhaupt nichts«, sagte Wittgenstein, und Emily lächelte in Gedanken.

»Du bist schließlich vor allem ein Mädchen, das wir beschützen müssen«, brachte es Peggotty in der ihr eigenen resoluten Art auf den Punkt. »Mehr ist vielleicht gar nicht nötig.«

Und mehr gab es dazu auch nicht zu sagen. Mehr war jetzt nicht wichtig.

»Wir sollten nicht länger herumtrödeln«, sagte Wittgenstein und setzte sich neuerlich in Bewegung. »Dort ist schon der Eingang zur U-Bahn-Station.«

»Da hat sich etwas bewegt.«

Emily blieb stehen.

Aus dem Schatten des Gebäudes auf der anderen Straßenseite traten ihnen zwei Männer entgegen. Die Männer hoben die Hände zum Gruß, schon aus der Entfernung, was seltsam anmutete. Sie trugen hohe Zylinder und lange Mäntel, und sie bewegten sich ruckartig wie Marionetten. Sie kamen auf sie zu und stellten sich ihnen in den Weg.

Gentlemen, dachte Emily. Oder zumindest sahen sie so aus, wie Gentlemen am Ende des 19. und zu Beginn des 20. Jahrhunderts wohl ausgesehen haben mochten und zum Teil auch noch später, zu besonderen Anlässen. Die bittere Kälte schien ihnen nichts auszumachen. Sie wirkten auf eine recht hölzerne Art vornehm.

»Begleitet uns«, sagte einer der beiden unumwunden. Es war keine Frage, sondern eine klare Aufforderung. Sein Gesicht war, bis auf die Augen, von einem Schal bedeckt, und etwas stimmte nicht mit diesen Augen. Etwas bewegte sich *in* ihnen. Emily konnte es nicht genau erkennen, aber es erfüllte sie mit Unwohlsein.

»Wer seid Ihr?«, herrschte Wittgenstein die beiden an.

Der Mann trat näher, zog den Schal zur Seite. »Der Duke schickt uns.« Kleine Teile seines Gesichts waren verschwunden. Statt der Haut erkannte man dort winzige Zahnräder und eine sich fortwährend bewegende Mechanik aus Kupfer und anderem Metall, die anscheinend für seine Mimik und seine Mundbewegungen sorgten. »Wir haben nach dem Mädchen gesucht, Miss Piccadilly Mayfair.« Der Mann nickte Picca zu. Er hatte sie also erkannt! »Wir sollten überall Ausschau nach ihr halten und sollen sie, wenn wir sie finden, zum Duke bringen.« Er verzog das Gesicht zu einem Lächeln, das wie eine Grimasse anmutete. »Wir haben sie gefunden, will ich meinen.« Etwas in seinem Kopf klickte. »Also begleitet uns!«

Vom Fluss her, aus Richtung der Westminster Bridge, kamen jetzt weitere Gentlemen mit hohen Zylindern auf sie zu, vier an der Zahl. Sie sahen aus wie die Diener des Duke, von denen Wittgenstein berichtet hatte, jene eigenartigen Automaten-Männer.

»Es ist zwecklos, die Flucht zu ergreifen«, fuhr der mechanische Gentleman vor ihnen fort. In seinen Augen, das sah Emily jetzt, bewegten sich winzige Zahnräder, wie in einer Uhr. Kabel liefen ihm wie Adern über die fahle Haut, größtenteils wohl durch den Schal verdeckt, aber hier und da dennoch sichtbar.

Die anderen Automaten-Männer waren im Nu bei ihnen und umringten die kleine Gruppe, die irgendwie ratlos im Schnee herumstand. Aus der Nähe sahen sie bleich und leblos aus wie Menschen, die erfroren waren und die man mit einer sonderbaren Mechanik am Leben hielt. Allein schon bei dem Gedanken lief Emily ein eisiger Schauer über den Rücken.

Wittgenstein sah die Sache offenbar weniger emotional. »Lasst uns unseres Weges ziehen!«, sagte er entschieden. »Der Duke überschreitet seine Kompetenzen.«

»Der Duke möchte, dass das Mädchen zu ihm kommt«, entgegnete der Anführer der Automaten-Männer, und dabei klang seine Stimme gleichgültig, monoton und fordernd. »Wir führen nur seine Befehle aus.«

»Sie ist nicht die Tochter des Duke«, sagte Emily. *Nein, verdammt,* dachte sie, *sie ist die Stadt, die ihr Gedächtnis verloren hat und deren Seele verwirrt ist, und deswegen schneit es jetzt andauernd, und genau deswegen geht hier alles vor die Hunde.* »Verschwindet, und lasst uns in Ruhe!«

Picca stand jetzt zwischen Wittgenstein und Emily. Sie zitterte und ergriff Emilys Hand.

»Wir werden euch zum Duke bringen«, beharrte der mechanische Gentleman, »so lautet die Order.«

Wittgenstein zögerte, schien zu überlegen.

Die Automaten-Männer trugen zwar keine sichtbaren Waffen, doch Emily war sich sicher, dass sie nicht gänzlich unbewaffnet waren. Sie standen ruhig da und warteten ab, nervtötend geduldig, geradeso, als hätten sie alle Zeit der Welt. »Nun gut, wir werden euch folgen«, sagte Wittgenstein.

Emily starrte ihn an. Dann erkannte sie seinen Plan. *Der Feind meines Feindes ist mein Freund.* Das hatte Wittgenstein ihr schon damals während ihrer ersten Lektionen beigebracht. Natürlich! Es war offensichtlich, was er vorhatte. Sie mussten schleunigst von hier verschwinden. Eine Auseinandersetzung mit den Männern des Duke würde jetzt niemandem nützen und sie nur unnötig Zeit kosten. Mr. Silence würde zudem bestimmt nicht mehr lange warten, um nach ihnen suchen zu lassen. Wenn er oder seine Handlanger hier am Parlament auftauchten, dann sollten sie längst verschwunden sein.

»Wir sollten uns nur beeilen, denn das Mädchen und Peggotty frieren sehr«, ergänzte Wittgenstein.

Die Gentlemen tauschten ruckartig Blicke.

Ihr Anführer sagte: »Folgt mir.«

»Wohin gehen wir?«

»Hinunter zur U-Bahn. Der Zug des Duke wird dort sein, wenn wir da sind.«

Also haben sie ihn bereits benachrichtigt, dachte Emily. Vermutlich hatte der Duke überall in der Stadt seine mechanischen Augen und Ohren und hatte nur darauf gewartet, dass Picca sich endlich irgendwo zeigte.

»In Ordnung. Wir folgen Ihnen«, sagte Wittgenstein und schickte sich an, genau das zu tun.

Da, mit einem Mal, zersplitterte die Mechanik im Gesicht des Automaten-Mannes. Er ging in die Knie, und etwas strömte ihm aus dem Mund. Er wurde durchsichtig, und dann war er verschwunden. Nur seine mechanischen Bestandteile blieben zurück und fielen in den Schnee, all die kleinen Zahnräder und Kabel und dazu auch noch größere Bauteile aus Metall, die zuvor nicht sichtbar gewesen waren.

Emily drehte sich erschrocken um, versuchte zu ergründen, was gerade geschehen war, als Picca und Peggotty plötzlich aufschrien, denn auch die anderen Automaten-Männer, die dicht neben ihnen standen, sanken nun einer nach dem anderen zu Boden.

Sie hatten ihre Münder weit zu Schreien geöffnet, doch kein Laut war zu hören. Lediglich Dampf drang lautlos aus ihnen hervor, und sie lösten sich auf, wurden in Windeseile unsichtbar und verschwanden. Alles, was von ihnen übrig blieb, waren die mechanischen Teile, die jetzt überall verstreut im Schnee lagen und langsam in dem Weiß versanken.

»Was war denn das?«, fragte Peggotty fassungslos. Sie rieb sich die Hände, so fror sie.

»*Stille*«, murmelte Picca ängstlich. »Sie sind hier. *Die Stillen.*« Sie deutete dorthin, wo sie vorhin hergekommen waren.

Alle folgten sie dem Fingerzeig und sahen hinüber zum Parlament und dem Uhrturm.

Gleich zwei Türen prangten jetzt in dessen Mauer, und aus ihnen traten dunkle Männer mit langen Umhängen und breiten Kapuzen hinaus in den Schnee wie schlimme Träume, deren Nahen man ahnt.

»*Die Stillen?*« Emily sah Wittgenstein fragend an. Wenn sie schnell genug rannten, dann würden sie es vielleicht bis hinunter in die U-Bahn-Station schaffen. Aber würde sie das retten? Die Stillen würden ihnen folgen. Andererseits hatte der Anführer der Automaten-Männer behauptet, dass der Zug des Duke gleich in Westminster eintreffen würde. Könnte das die Lösung sein? *Der Feind meines Feindes ist mein Freund.* Blieb die Frage, wer denn nun wirklich am Ende der Feind war. Der Duke? Oder Mr. Silence? Oder womöglich beide?

»Weglaufen wird nichts bringen.« Wittgensteins Stimme riss Emily aus ihren Überlegungen. »Da, sehen Sie!«

Sie folgte seinem Blick. Die Männer hielten große Pistolen in den Händen, schwere Geräte, uralt. Emily kannte Waffen wie diese aus Filmen, in denen Männer mit Dreispitz, Mänteln und Degen über die Moore ritten, Mörder verfolgten oder überaus üble Verschwörungen gegen die Krone ahndeten beziehungsweise zu verhindern versuchten. Dies hier waren indes weder Musketiere noch Levellers. Sie waren *die Stillen*, die für Mr. Silence die Arbeit erledigten. Acht von ihnen kamen jetzt schnellen Schrittes auf sie zu, und keiner von ihnen würde zögern zu schießen, davon war Emily überzeugt.

Wittgenstein stellte sich schützend vor das Mädchen, Emily ebenso.

Peggotty zitterte, und das nicht nur vor Kälte.

»Was wollt Ihr von uns?«, rief Wittgenstein *den Stillen* zu, noch bevor diese bei ihnen angelangt waren.

Emily fragte sich, worum es den Angreifern eigentlich ging. Mr. Silence hatte Wittgenstein und sie darum gebeten, den Duke zu töten. Sie waren geflohen, gut, das war nicht geplant gewesen, mit Piccadilly Mayfair im Schlepptau, und Mr. Silence wollte das Mädchen nun zurückhaben. Aber warum? Um sie zu schützen, wie er es behauptet hatte? Oder verfolgte er andere Pläne?

Und die Automaten-Männer des Duke? Sie hatten die Order, Picca zu ihrem Herrn zu bringen.

Es war wie so oft: Jeder erzählte seinen Teil der Geschichte, aber überall fehlten offenbar ganz entscheidende Informationen, und letzten Endes war daher keiner dieser Gedanken in der jetzigen Situation von Nutzen.

Die Stillen näherten sich ihnen mit wehenden Umhängen. Schnee fiel in dicken Flocken auf sie herab.

Ihr Anführer blieb vor Wittgenstein stehen. »Mr. Silence bittet Sie, uns das Mädchen anzuvertrauen und Ihrer Verpflichtung nachzugehen.« Es war nicht auszumachen, woher die Stimme kam. Sie war einfach da wie ein Flüstern, das man nicht ignorieren konnte. Im Schatten der Kapuze aber war kein Gesicht zu erkennen; da war einfach nur nichts.

»Wir werden weder den Duke umbringen«, sagte Wittgenstein, »noch werden wir Ihnen Piccadilly Mayfair ausliefern.«

»Ihr droht Gefahr«, wisperte die Gestalt. »Die Stadt ist nicht sicher.«

»Wir passen schon auf sie auf«, entgegnete Wittgenstein.

»Alles zerfällt.«

Picca flüsterte: »Ich will nicht mit ihnen gehen.«

»Keine Angst, du bleibst bei uns«, versprach Emily.

»Eile tut Not. Schon bald werden weitere Gefolgsleute des Duke hier eintreffen«, zischte die Gestalt.

Wittgenstein schüttelte den Kopf. Er betrachtete die Überreste der Automaten-Männer auf dem Boden zu seinen Füßen.

Die Gestalt richtete mit einem Mal die Pistole auf Emily. »Piccadilly Mayfair kommt mit uns, oder wir töten sie.«

Emily sah ihren Mentor Hilfe suchend an.

»Wir sorgen für Miss Mayfair«, versuchte es Wittgenstein erneut diplomatisch. »Richten Sie Mr. Silence aus, dass sie in Sicherheit ist.«

Die Gestalt spannte den Hahn der alten Waffe. Emily war sich ganz sicher, dass die Pistole keine übliche Munition verschoss.

»Übergeben Sie sic uns!«

Emily erschauderte.

»Wenn wir Ihnen Piccadilly Mayfair anvertrauen würden«, setzte Wittgenstein, nervenstark auf Zeit spielend, an, »dann müssten Sie …«

Bevor er den Satz beenden konnte, wurden sie alle des Heulens gewahr. Der Wind trug es von Norden her zu ihnen. Dann sahen sie die Werwölfe. Sie sprangen durch den tiefen Schnee, kamen von der Horse Guards Road her die Great George Street hinunter. Ihr schwarzes, zottiges Fell hob sich vom Schnee ab, ihre Reißzähne blitzten im Licht der Straßenlaternen auf. Das Rudel stürmte auf die Bridge Street zu.

Die Stillen zückten bedächtig ihre Pistolen und zielten auf die Wölfe.

»So viel zur Loyalität des Lordkanzlers«, murmelte Wittgenstein.

Emily wusste, was er meinte. Es stand außer Frage, dass der Lordkanzler mit dem Duke gemeinsame Sache machte. Die Automaten-Männer waren durch die Werwölfe ersetzt worden.

Da sah sie, dass die Pistolen tatsächlich keine herkömmliche Munition abfeuerten. Sondern etwas völlig anderes: Die ersten Werwölfe, die sich ihnen näherten, gingen vollkommen geräuschlos zu Boden. Die stummen Schreie der Tiere legten sich über sie wie unsichtbare Mäntel des Schweigens, und dann lösten die Wölfe sich auf, geradeso wie eben noch die Automaten-Männer, und verschwanden, wie von den Schneeböen davongetragen.

»Sie schießen also mit Stille«, mutmaßte Wittgenstein.

Picca drängte sich angstvoll an Peggotty.

»Ich sagte Ihnen doch, dass das Mädchen in Gefahr ist«, sagte *der Stille*, der bei ihnen stand, ehe er etwas wisperte, was offenbar seinen Gefolgsleuten galt.

»Da kommen noch mehr!«, rief Picca aufgeregt und zeigte mit ausgestrecktem Finger auf die andere Straßenseite der Bridge Street.

Emily sah es jetzt auch.

Aus dem Eingang zur U-Bahn-Station Westminster strömte nun eine ganze Horde mechanischer Gentlemen. Sie überquerten die Straße, und alle trugen sie seltsame Waffen, die sie munter einsetzten: dampfbetriebene Gerätschaften, die Pfeile verschossen. Wenn einer *der Stillen* von einem Pfeil getroffen wurde, erstarrte er an Ort und Stelle. – Der Duke war sich also seines Gegners bewusst, und er hatte Waffen, die er gegen *die Stillen* einsetzen konnte. *Die Stillen* ihrerseits schossen mit ihren Pistolen auf die Automaten-Männer, und schon bald war der Schnee auf der Bridge Street mit den mechanischen Überresten der altmodisch gekleideten Herrschaften übersät.

Emily stutzte, denn als wäre das nicht genug, tauchten am Himmel plötzlich Schattenwesen auf. Sie sahen aus wie fliegende, schwebende flirrende dunkle Fetzen, seltsam lebendig und außerordentlich bedrohlich. Ein ganzer Schwarm dieser Schattenkreaturen flog hoch über den Türmen von Westminster Abbey und stürzte sich dann auf alles, was sich bewegte, ohne einen Unterschied zwischen *den Stillen*, den Automaten-Männern und den verbliebenen Werwölfen zu machen.

»Wir müssen augenblicklich von hier fort«, sagte Wittgenstein.

Emily hatte dem nichts hinzuzufügen. Sie ergriff Piccas Hand, und gebeugt rannten sie weiter zur U-Bahn-Station. Sie wichen den Automaten-Männern aus, von denen immer neue aus der U-Bahn heraufkamen und nach Piccadilly Mayfair zu greifen versuchten, aber entweder der Stille oder den Schattenkreaturen aus den Lüften zum Opfer fielen.

»Was sind das für Kreaturen?«, schrie Emily Wittgenstein zu.

»Fragen Sie nicht mich«, entgegnete der nur und schleuderte mittels seiner Gedanken einen Automaten-Mann, der direkt auf sie zukam, beiseite. – Wittgensteins Trickster-Fähigkeit; nur setzte er sie selten ein.

»Sie fallen über alle her.«

Picca flüsterte: »Als sei der Winter über die Stadt gekommen.«

Emily starrte sie an. Sie wusste nicht, warum gerade diese Aussage sie mehr als alles andere beunruhigte. Die fliegenden Wesen ließen sie an die Schatten denken, die sich unter dem Eis bewegt hatten.

Sie duckten sich alle, wenn die Schattenfetzenwesen aus der Luft niederstießen und sich ihre Opfer holten. Es war ein einziges Chaos. Um sie herum fielen Automaten-Körper zu Boden, lösten sich die mechanischen Gentlemen in ihre Bauteile und nichts auf, wurden Wölfe von den seltsamen, allem Anschein nach von Sturmwirbeln umgebenen Winterwesen verschluckt.

Dann endlich erreichten sie die Treppe, die in die U-Bahn-Station hinabführte, und als Picca stolperte, half Emily ihr auf die Beine. »Wir schaffen das«, keuchte sie. »Lauf nach unten.«

Picca nickte, schnappte nach Luft.

Vor ihnen lag die große, offene Halle, die sich über mehrere Stockwerke erstreckte und mit all den Stahlverstrebungen, Aufzügen und Rohren wie der Innenraum eines Raumschiffs anmutete.

Emily und Picca folgten Wittgenstein die erstbeste Rolltreppe hinunter, dorthin, wo es zu den Bahnsteigen der

District Line und der Circle Line ging. Überall in der riesigen Halle waren Automaten-Männer positioniert. Sie überwachten den Bahnhof, hielten nach Picca Ausschau. Der Duke hatte wirklich ganze Arbeit geleistet.

»Lassen Sie mich das regeln«, schlug der Alchemist vor. Seelenruhig stand er auf der Rolltreppe und wartete, bis er unten ankam. Peggotty stand direkt hinter ihm, dann kamen Picca und Emily.

»Das sind ganz schön viele«, bemerkte Emily.

Wittgenstein antwortete nicht, sondern schleuderte stattdessen den mechanischen Gentleman, der ihnen am Fuß der Rolltreppe zu nahe kam, mittels seiner Gedanken gegen die Wand. Einem anderen gelang es, den Alchemisten am Kragen zu packen. Er zerrte sein Opfer zur Seite, und als er den Mund öffnete, schoss eine schmale Klinge daraus hervor. Wittgenstein hatte alle Mühe, dem Angreifer auszuweichen, ließ ihn dann aber gekonnt über ein Geländer stürzen.

»Miss Laing, wir sollten uns beeilen! Das hier könnte sonst sehr unschön enden.«

Trefflich gesprochen, dachte Emily nur.

So tauchten sie in das Labyrinth der U-Bahn-Station Westminster ein. Die Plakate an den Wänden, die neue Kinofilme ankündigten, und die Musik, die leise aus den Lautsprechern drang, erweckten den Eindruck, dass hier alles wieder normal war. Doch Emily wusste, dass dies täuschte. »Was tun wir jetzt?«

»Wir nehmen das Plakat mit dem Tiger auf dem Bahnsteig der District Line«, antwortete Wittgenstein entschieden. »Von dort aus geht es dann weiter.«

Emily sah noch, wie Picca weiterlief, hinter Wittgenstein und Peggotty her, als ein Automaten-Mann neben ihr auftauchte und sie zu packen bekam. Er zerrte an ihren Haaren, riss sie nach hinten, sodass sie beinah das Gleichgewicht verlor, drückte sie gegen die Wand. Sie schrie auf und schlug nach ihm, doch er hielt sie fest. Sie spürte, wie es in ihm tickte. Dann umfasste eine Hand ihre Kehle und drückte zu. Die Zahnräder in den Augen, die sie anstarrten, ließen ihn vollkommen leblos erscheinen. Emily wollte husten, keuchen, konnte es aber nicht, weil ihr die Luft fehlte. Ihr schwindelte, und dann veränderte sich etwas im Gesicht ihres Verfolgers. Es war ein Aufblitzen, silbrig glänzend und ach so leise. Dampf waberte ihm lautlos aus dem Mund, berührte seine Haut und löste sie im Bruchteil eines Augenblicks auf. Emily hörte, wie etwas kaputtging mit einem Geräusch, als fiele eine Uhr auf den Boden. Der Automaten-Mann riss den Mund auf, aber alles, was herauskam, war Stille. Und dann waren von ihm plötzlich nur noch die metallenen Teile übrig, darunter auch der Arm, der sie hielt. Emily packte die mechanische Hand, die ihre Kehle umklammerte, bog die Finger auseinander, löste sie von ihrem Hals, schnappte nach Luft – und blickte in die dunklen Augen ihres Retters.

»Jeeva?«

Ihr schwindelte erneut, ihr Herz raste. Die Zeit stand still.

Die Magie, die von seinem Namen ausging, umfing sie wie ein Traum.

»Jeeva Smith?«

Er half ihr auf die Beine. »Miss Laing«, sagte er, »Emily.« Er war außer Atem und sah nicht gut aus. Aber er lebte! Meine Güte, er war lebendig! Er war hier, bei ihr, in der

U-Bahn-Station. Er trug einen Mantel, und sein Haar war zerzaust.

Sie ergriff seine Hand und ließ sich von ihm auf die Beine ziehen. Sie spürte, wie ihr Tränen in die Augen schossen, süß und bitter zugleich, und ehe sie sich's versah, verpasste sie ihm eine Ohrfeige. »Haben Sie auch nur irgendeine Ahnung, wie ich mich gefühlt habe?« Sie sah ihn ebenso wütend wie verwirrt an und wusste nicht, was nun passieren würde. »Ich ...« Dann umarmte sie ihn stürmisch. »Ich dachte, Sie sind tot.« Sie war erleichtert und heilfroh, dass er die Umarmung erwiderte, und schloss, ganz kurz nur, die Augen. Für Sekundenbruchteile fühlte sie sich einfach wunderbar. Sie musste plötzlich laut lachen, und ein wenig trotzig wischte sie sich die Tränen aus dem Gesicht. »Ich dachte wirklich, Sie seien für immer tot.«

Er drückte sie an sich, so fest, dass sie glaubte, seinen Herzschlag spüren zu können, und Emily hatte das Gefühl, angekommen zu sein, obwohl sie das nicht fühlen wollte, nein, nicht hier, nicht jetzt.

»Ich sollte tot sein«, sagte Jeeva, »aber ich hatte Glück.« Er lachte. »Das ist alles so verrückt.« Er sah ihr tief in die Augen, sagte nur: »Emily Laing.«

»Was ist passiert?« Emily bemerkte die altmodische Pistole, die er in der Hand hielt.

»Das ist eine lange Geschichte«, sagte er, als er ihren Blick sah.

»Machen Sie es kurz«, schlug sie vor. Meine Güte, er war nicht tot! Sie rief sich das Foto in Erinnerung, die Lederjacke in dem Paket, die Botschaft auf der Postkarte.

»Diese Kerle da draußen«, begann Jeeva, »ich meine,

diese stillen Typen, die nicht reden, nicht die mechanischen mit den Zylindern. Sie haben mir aufgelauert und mich verschleppt, als ich auf dem Weg zu meiner Schwester war. Sie haben mich in einen Turm gebracht, und ein eleganter Herr, der sich Mr. Silence nannte, hat mich vergiftet. Doch dann wurde ich gerettet, weil ich ...«

»Pssst«, Emily legte ihm sanft den Finger auf die Lippen. »Sie sind hier.«

Er lächelte erschöpft.

»Miss Laing?«

Oh, das war Wittgenstein!

»Ist das ...«

»Jeeva Smith«, stellte sich Jeeva vor.

»Quicklebendig, wie schön.« Wittgenstein wirkte ungeduldig. »Wir wollen trotzdem von hier verschwinden.«

Emily wurde wieder in die Wirklichkeit zurückgeholt. Weiter oben, auf der Ebene, die sie vorhin verlassen hatten, sammelten sich Automaten-Männer wie zur Abwehr. Vermutlich hatten *die Stillen* jetzt auch die U-Bahn-Station Westminster betreten, und die Kämpfe, die draußen begonnen hatten, fanden hier unten nun ihre Fortsetzung.

»Also stehen Sie da nicht so herum, sondern kommen Sie!« Wittgenstein hielt kurz inne, fügte hinzu: »Alle beide!«

Picca und Peggotty, das registrierte Emily erst jetzt, waren schon in den Gang zu ihrer Rechten hineingelaufen, in den Wittgenstein jetzt auch einbog. Sie las das Schild: District Line. Dann die Richtung: *Embankment – Temple – Blackfirars – Mansion House* – und irgendwann *Upminster*, das, wie Emily vermutete, bestimmt gar nicht mehr existierte, weil es ein Vorort war und lange schon in der Stille versunken. Aber immerhin waren hier unten keine mechanischen Gentlemen mehr in Sicht. Die Leute des Duke hatten wohl genug mit der anderen Partei, die sich für Picca interessierte, zu tun.

Emily setzte sich in Bewegung, nahm ihr Gespräch mit Jeeva wieder auf, der neben ihr herlief, den langen, röhrenförmigen Tunnel entlang. »Lassen Sie mich einfach sehen, was Sie erlebt haben«, sagte sie zu ihm. »Ich habe Ihnen doch erzählt, was ich tun kann.« Jeeva wusste, was sie mit Tiny Tim in Cambridge gemacht hatte.

Er nickte. »Sie wollen wissen, was genau geschehen ist und wie es für mich war.« »So bin ich eben«, sagte sie halb entschuldigend. Einen schnelleren Weg, Erinnerungen und Erfahrungen auszutauschen, gab es nicht.

»Na gut. Tun Sie es von mir aus.«

Sie liefen beide weiter, nahmen die Treppen hinab zu den Bahnsteigen, folgten dem Tunnel. Emily konzentrierte sich und berührte Jeevas Bewusstsein. Sofort überfluteten sie Bilder wie Wellen, die sie von den Beinen zu reißen drohten.

Bilder, die voller Gefühle und Farben waren.

Stille.

Jeeva im Uhrturm.

Es ging los, und es machte Emily keine Mühe, die Wirklichkeit dabei im Auge zu behalten.

Eine Zelle. Jeeva Smith. Er schlug die Augen auf. Da war Mr. Silence, freundlich lächelnd, arrogant. Jeeva konnte sich nicht bewegen, und er hatte Angst, weil er nicht verstand, was da vor sich ging. »Sie sind da in etwas hineingeraten, was zu groß für Sie ist.« Die Kälte war überall in seinem Körper, Jeeva spürte sie, und er fürchtete sich. Er dachte an seine Schwester, die nie erfahren würde, was mit ihm passiert war, und er dachte an Emily, der er nichts von dem gesagt hatte, was er ihr hätte sagen sollen. »Wo ist der Duke?«, verlangte Mr. Silence zu wissen. »Das ist die einzige Frage, die Sie mir beantworten müssen. Wo ist der Duke?« Er kam Jeeva ganz nah. »Sie wissen doch, wer das ist? Der Duke?« Er lächelte süffisant. »Sie kennen London doch. Es ist Ihre Stadt.« Jeeva rührte sich nicht, weil er sich nicht rühren konnte. »Ein Gift fließt durch Ihre Adern, Jeeva Smith, ein Gift, das Sie langsam töten wird. Sehr langsam.« Mr. Silence schien seinen Monolog zu genießen. »Sollte Miss Laing bei mir auftauchen, werden Sie mir vielleicht noch von Nutzen sein, Jeeva Smith. Deswegen dieses Gift. Ja, womöglich habe ich noch Verwendung für Sie.«

Da! Ein Schatten, neben Mr. Silence. Ein Mann, der kein Gesicht hatte. »Meine Leute waren ein wenig grob zu Ihnen«, sagte Mr. Silence, »daher das frische Blut auf Ihrer Jacke.« Die gesichtslose Gestalt nahm Jeeva stumm die Lederjacke ab. »Die«, sagte Mr. Silence, »schicken wir Miss Laing.« Er grinste höhnisch. »So entstehen Geschichten, haben Sie das gewusst?« Jeeva spürte die Kälte, als man ihm die Jacke nahm. »So erschafft man eine neue Wirklichkeit.«

Dann war da eine Nadel, die ihm in den Arm stach. »Stille«, flüsterte Mr. Silence, »eine kleine Dosis.« Er fand das komisch. »Sie werden gleich schreien, Jeeva Smith, weil Sie Schmerzen haben werden. Unglaublich starke Schmerzen.« Er beugte sich wieder zu ihm. »Wo ist der Duke?« Jeeva spürte die Stille, die ihm durch die Adern floss. Dann begann er zu schreien, doch kein Laut kam ihm über die Lippen. Er weinte, und Mr. Silence fragte erneut: »Wo ist der Duke?«

Dann wurde es dunkel, eisig kalt …Sie erreichten den

Bahnsteig, der verlassen war. Wittgenstein blieb vor einem der Werbeplakate stehen.

... und Jeeva war allein in der Zelle.

Nein, nicht allein, jemand war bei ihm, fragte: »Wer sind Sie?«

Emily erkannte die Stimme. Es war Tristan Marlowe!

»*Ich kann Ihnen helfen.*« *Tristan berührte Jeeva, und die Lähmung schwand. Jeeva konnte sich wieder bewegen und aufrichten.* »*Ich habe Ihnen das Gift genommen*«*, sagte Tristan Marlowe und ...* Wittgenstein sprach mit den beiden Figuren auf dem Werbeplakat. Emily kannte die Werbung. Sie war das Portal, das zum Siding und zum Markt von Westminster führte. Ein Forscher, Dreitagebart, der im Dschungel stand. Daneben ein Geländewagen. Sonst nur Wildnis. Er rauchte lässig eine Zigarette, und das, obwohl vor ihm ein Tiger den Kopf aus dem Dickicht steckte.

... jemand betrat die Zelle, einer der Stillen, wie Marlowe diese Wesen nannte, und dann berührte Tristan Marlowe den Stillen, und der sank augenblicklich wie leblos zu Boden. »*Das ist es, was ich kann*«*, sagte Tristan Marlowe,* »*ich nehme die Krankheit, das Gift, und gebe sie an jemand anderen weiter.*« *Sie verließen die Zelle, standen in einem Treppenhaus. Die vielen Stufen nahmen kein Ende und ...*

Der Tiger lächelte, was seltsam aussah, aber es war wohl der Tiger, der in dem Plakat das Sagen hatte, und genau deswegen redete Wittgenstein jetzt mit dem Tiger, während Picca und Peggotty ihm fasziniert zusahen und zuhörten.

... dann war da Feuer. Ein gleißendes Feuer. Es umgab Jeeva und Tristan. Und plötzlich standen sie vor einer Tür. Da war ein Mann, der sie fortschickte. Guy Fawkes, so nannte er

sich, und Tristan Marlowe und Jeeva Smith traten hinaus in die Winterwelt, die ihre Heimat war, London, und …

Ein Portal öffnete sich zwischen dem grünen Gestrüpp, und der Raucher ging zu Seite und ließ sie eintreten.

… dort trennten sich ihre Wege, denn …

Der Tiger, welcher der Torwächter war, hatte es erlaubt – und vermutlich hatte Wittgenstein diesen Weg schon einmal genommen, denn er und der Tiger schienen sich jedenfalls zu kennen.

»Miss Laing!« Wittgenstein schaute sie ungeduldig an und bedeutete ihr, das Portal endlich zu betreten. Peggotty und Picca waren bereits in dem Dschungelgestrüpp verschwunden.

Emilys direkte Verbindung zu Jeeva brach ab.

»Kommen Sie! Wir gehen hinein«, forderte sie ihn auf, nahm ihn bei der Hand und zog ihn hinter sich her, ohne seine Antwort abzuwarten. Sie spürte die Wärme des Dschungels und die Blätter in ihrem Gesicht, und dann waren sie auch schon in der uralten Metropole angekommen, wo die Händler gerade ihre Stände abbauten, weil der Markt, der in den Tunnelgewölben hinter dem Plakat stattgefunden hatte, nun wohl vorüber war.

»Tristan Marlowe wollte ins Britische Museum, und ich hatte vor, die U-Bahn zu nehmen«, erklärte Jeeva.

»Deswegen waren Sie hier.«

»Ja, aber es kam kein Zug. Ich habe bloß jemanden gefunden, dem ich für viel Geld den Mantel abkaufen konnte.«

Die Marktstände, große wie kleine, schmiegten sich eng an die Wände eines alten Versorgungstunnels, der dicht neben den Gleisen verlief.

»Was heißt das, es kam kein Zug?«

»Es kam keine U-Bahn. Keine Ahnung, warum nicht.«

Emily wechselte einen Blick mit Wittgenstein, dem Jeevas Bemerkung nicht entgangen war.

»Zu viele Stadtteile sind verschwunden«, sagte der Alchemist. Das sollte Erklärung genug sein.

»Weil keine Züge kamen, wollte ich es zu Fuß versuchen.« »Und so sind wir uns über den Weg gelaufen?« Emily sah ihn an und dachte an all das, was er erlebt hatte.

»Aber wohin wollten Sie?«

»Ich muss zu Chaaru. Sie wird sich Sorgen machen.«

Emily bemühte noch einmal ihre Trickster-Fähigkeiten und sandte ihm nun ihrerseits einige der Bilder, die sich ihr ins Bewusstsein eingebrannt hatten. *Sie in Tränen aufgelöst, in Hampstead Manor, in Wittgensteins Salon. In ihren Händen das Foto, die blutbefleckte Jacke. Lestrade, der versprach, die Familie des Toten zu informieren. Winter. Stille.*

Jeeva starrte sie an. »Sie glauben, ich sei tot?«

Emily nickte. »Ja, ich fürchte, das tun sie.«

Jeeva schnappte nach Luft. »Ein Grund mehr, zu ihr zu gehen. Sie wird verzweifelt sein.« Er schluckte. »Meine Eltern auch.« Er warf einen Blick zurück. »Ich weiß nicht, was in London passiert, aber ...«

Wittgenstein trat zu ihnen. »Sie sind der Lehrer, der mit Büchern nach Werwölfen wirft.«

»Mit nur einem Buch«, korrigierte Jeeva ihn.

Emily musste grinsen.

Wittgenstein überging die Bemerkung schlichtweg. »Wir gehen nach Clerkenwell. Dort ist es sicher, hoffe ich. Sie können uns begleiten.«

»Mortimer Wittgenstein, mein Mentor«, stellte Emily ihn vor. »Das da drüben sind Picca und Peggotty.«

»Ist sie das Mädchen, um das es geht?«

»Ja.«

Wittgenstein lächelte kurz, dann machte er auf dem Absatz kehrt, ging zu Picca und Peggotty und mit den beiden zu einem Marktstand mit Secondhand-Kleidung, der noch nicht geschlossen hatte.

»Ich kann eigentlich nicht mitkommen«, sagte Jeeva zu Emily. »Ich muss zu Chaaru. Sie ist ganz allein. Sie kann nicht sehen. Wenn sie nach draußen geht, ist das ihr Tod.«

Emily nickte, obwohl sie nicht wollte, dass er sie schon wieder verließ. »Ich würde das auch für meine Schwester tun.« »Ihrer Schwester geht es gut«, sagte Jeeva plötzlich.

Emily starrte ihn an. »Wie meinen Sie das?«

»Wir haben sie gesehen.«

»Wo?« Emilys Herz tat einen Sprung.

»Sie stand plötzlich vor Big Ben, als wir im dichten Schneegestöber bereits ein Stück von Uhrturm entfernt waren. Tristan Marlowe glaubte, sie erkannt zu haben, aber sie hat den Blick abgewandt, wollte keinen Kontakt, und gleich darauf wurden wir auch schon von einem merkwürdigen Schattenwesen angegriffen, das in der Luft schwebte, und wir haben uns getrennt und uns, jeder für sich, zu retten versucht.« Er deutete auf die Pistole. »Die Stille lähmt diese fliegenden Wesen, wenn auch nur kurz. Sie fallen vom Himmel und erheben sich kurz darauf wieder. Keine Ahnung, warum. Ich glaube, man kann sie nicht töten.« Er rieb sich die Augen, und Emily fiel auf, wie mitgenommen er aussah. Aber Mara, die für sie irgendwie noch immer die kleine Mara aus dem Waisenhaus war, lebte und war nicht mehr im Uhrturm gefangen! Sie war frei! Doch irrte sie nun vermutlich irgendwo durch London, durch diese Stadt, die sich langsam, aber sicher auflöste …

»Miss Laing!« Wittgenstein kehrte zurück und bedeutete Emily, ihm zu folgen. »Wir sollten keine weitere Zeit verlieren.« Er schickte sich an, den Markt zu verlassen. »Mr. Smith«, schlug er vor, »kann uns, um den Kämpfen oben in London zu entgehen, durch die uralte Metropole begleiten, wenn er möchte.«

Jeeva nahm das Angebot dankend an. »Aber nur bis Clerkenwell. Von dort aus muss ich zu meiner Schwester.«

Wittgenstein nickte ihm zu. »Dann los«, sagte er.

So machten sie sich auf den Weg und folgten den dunklen Pfaden der uralten Metropole. Sie ließen Westminster hinter sich, und Emily Laing, die dicht neben Jeeva ging, wusste schon jetzt, dass sie den Abschied, der ihr in Clerkenwell bevorstand, ganz und gar nicht mögen würde.

3. Kapitel

Jenseits von Clerkenwell

Sie folgten den alten Routen, die bereits von den Römern genutzt worden waren, grob behauenen Gängen, die fernab der U-Bahn-Linien verliefen. Sie überquerten einen See und einen Viadukt, wichen Kakerlakenscharen aus, die vor irgendetwas flüchteten, rasteten kein einziges Mal und waren guter Dinge, weil niemand ihnen zu folgen schien. Die Automaten-Männer wie auch *die Stillen* waren anscheinend in der U-Bahn-Station Westminster zurückgeblieben, und die fliegenden Winterschattenwesen lebten wohl nur an der Oberfläche.

Emily versuchte unterwegs mehrmals, ihre Schwester zu finden, Maras Bewusstsein zu erreichen, so wie es ihr früher oft gelungen war, doch diesmal scheiterten alle ihre Bemühungen, und so lief Emily enttäuscht und müde ihrem Mentor hinterher.

Wittgenstein schien den Weg nach Clerkenwell zu kennen, alle vertrauten ihm. Sicheren Schrittes ging er voran, die größte der Taschenlampen, die sie für jeden von ihnen an einem der Stände auf dem Markt in Westminster gekauft hatten, stets im Einsatz.

Picca, die ihre Taschenlampe bald ausgemacht hatte und sich stattdessen an Peggotty hielt, schwieg die ganze Zeit über. Vermutlich dachte sie über das nach, was Mr. Silence gesagt hatte.

Sie trug jetzt einen bunten Flickenmantel. »Der ist so wie ich«, hatte sie gesagt, als Emily ihr lächelnd ein Kompliment zu ihrer Kleidungswahl gemacht hatte:

Sie hatte sich etwas durch und durch Buntes ausgesucht, weil sie durch und durch bunt *war*.

Ja, London war immer schon auch eine bunte Stadt gewesen, und womöglich war Piccadilly Mayfair gerade deswegen eine so bunte kleine Persönlichkeit. Warum sie sich allerdings an nichts erinnern konnte, erklärte sich damit nicht.

Am Anfang des Weges hatte Emily Jeeva Smith von ihrem Besuch bei Mr. Silence erzählt und von dem, was sie in dem sich auflösenden Cockfosters erlebt hatten, von der Reise in dem Ballon und von Tristan Marlowe, dem Jeeva sein Leben verdankte.

»Ist er ihr Freund?«, hatte Jeeva sie gefragt.

Ohne Jeeva anzuschauen, hatte Emily erwidert: »Nein, ist er nicht.« Sie hatte sich geräuspert. »Nicht ... so. Er war ... Wir sind noch befreundet.« Ja, irgendwie waren sie das ja auch noch. Wenngleich sehr viel geschehen war.

Aber war das nicht egal?

»Was ist mit Ihnen?«, hatte sie sich erkundigt.

Jeeva sah seltsam aus in dem Mantel. Er war eher der Jacken-Typ, fand Emily.

»Gibt es jemanden, der auf Sie wartet, wenn das alles hier vorbei ist?«

»Nur Chaaru.«

Natürlich! Sie war sich dumm vorgekommen, gefragt zu haben, aber trotzdem hatte sie sich anschließend besser gefühlt. Es geschahen wahrlich noch verrückte Dinge! Sie war froh, dass er bei ihr war. Sie wusste, dass das alles keine Perspektive hatte, weil sie ihn gar nicht kannte und extreme Situationen wie die, in der sie sich kennengelernt hatten, niemals zu etwas führten, und trotzdem fühlte sie sich in gewisser Weise *glücklich*.

Sie durchquerte die Tunnel der Royal Mail in Richtung Norden, als Jeeva Emily plötzlich fragte: »Was ist eigentlich aus dem Licht geworden?«

»Dinsdale?«

»Ja.«

»Er ist ein Irrlicht.«

»Wo ist er?«

»Irrlichter sind Wanderer in der Dunkelheit. Er wird irgendwo sein.« Sie musste lachen. »Er wird irgendwen durch die uralte Metropole führen.«

»Warum tut er das?«

»Sie sind neugierig.«

»Ich versuche nach wie vor, das alles hier zu verstehen«, gab er zu.

»Warum führt ein Irrlicht Menschen durch die uralte Metropole?«

»Ich habe nicht gesagt, dass es Menschen sind.«

Jeeva sah sie aus seinen dunklen Augen an und sagte nichts.

»Es ist das, was ein Irrlicht tut. Irrlichter sind meistens Pfadfinder.«

Das schien ihm als Antwort zu genügen.

Eine Weile gingen sie schweigend nebeneinander her.

Sie passierten einen kleinen Wasserfall, unter dem sie einer Zisterne gewahr wurden. In den Fluten tummelten sich allerlei Fischwesen, blind und bleich, wie Wesen, die nie das Tageslicht erblickten, nun einmal waren. Sie gingen weiter, und hin und wieder schauten sie zurück, wenn auch nur, um sich zu vergewissern, dass ihnen nichts in der Finsternis folgte.

»Was ist, wenn Sie sich alle irren?«, dachte Jeeva irgendwann laut nach.

»Wie meinen Sie das?«

»Na ja, was ist, wenn alles ganz anders ist?«

»Anders als was?«

Er zog den Kopf ein, um nicht gegen ein Wasserrohr zu stoßen. »Anders als das, was Sie glauben.«

Emily sah ihn neugierig an.

»Bei vielen Problemen verhält es sich so«, sagte er, »dass diejenigen, die sich zu lange mit dem Problem beschäftigen, das Offensichtliche nicht mehr sehen. Sie glauben, dass Piccadilly Mayfair die Stadt ist.« Er zog ein Gesicht, weil er sich bewusst war, wie verrückt sich das anhörte. »Sie glauben es, weil Mr. Silence es Ihnen mitgeteilt hat. Sie glauben, dass sie ihr Gedächtnis verloren hat, weil sie verrückt geworden ist. Es ist aber doch so, dass Sie nur *glauben*, dass dies die Wahrheit ist, weil jemand es Ihnen suggeriert hat.« Er gestikulierte mit der freien Hand in der Luft herum, während er seine Gedanken ausführte. »Sie glauben, dass der Duke sie töten möchte, weil sie die Stadt ist.«

Emily nickte. »Das hat Mr. Silence behauptet.«

»Was aber wäre, wenn Picca gar nicht die Stadt ist?«

Emily starrte ihn an. »Sie meinen, das Mädchen ist gar nicht …«

Jeeva schüttelte energisch den Kopf. »Nein, ich meine, was wäre, wenn nicht sie, sondern jemand anders die Stadt wäre?«

»Wer sollte das sein?«

»Ich weiß es nicht.«

»Der Duke?«

Er zuckte die Achseln. »Keine Ahnung. Warum nicht?«

»Und welche Rolle würde Picca dann spielen?«

»Darüber habe ich noch nicht nachgedacht.«

Sie starrte ihn an. »Ist das alles?« Sie wusste, dass sie genervt klang. Sie war müde, und das alles hier führte doch zu nichts. Emily beobachtete die Kleine, die vor ihr her ging. Peggotty, die jetzt eine Jacke der Air Force und einen langen bunten Schal trug, achtete auf sie wie eine Gouvernante.

»Ja, ich fürchte, das ist alles. Es war nur so eine Idee.«

Emily machte leise: »Hm, hm.«

»Manchmal hilft es, im Kopf die verrücktesten Theorien durchzuspielen.«

»Mathematiklehrer tun das normalerweise nicht«, sagte Emily.

»Doch, tun wir.« Er lachte. »Na ja, einige von uns zumindest.«

Sie musterte ihn skeptisch.

»Hören Sie«, begann er. »Gestern dachte ich noch, das Schlimmste, was mir passieren könnte, wäre so ein Überraschungsbesuch aus dem Ministerium während meines Unterrichts. Doch dann habe ich Sie getroffen und einem Werwolf ein Taschenbuch an den Kopf geworfen.« Er klatschte in die Hände. »Wumm! Nichts ist mehr so, wie es war. Sie haben mir all diese Sachen erzählt, und ich glaube, dass es stimmt. Es gibt eine uralte Metropole, es gibt all diese Wesen. Es gibt Engel und eine Hölle und Mr. Silence und vermutlich noch so verdammt vieles mehr, dass ich mir nicht einmal in meinen wildesten Träumen ausmalen kann, was da draußen los ist. Ich habe keine Ahnung von Ihrer Welt, so viel ist auch klar. Aber jede Welt, so verrückt sie auch sein mag, ist ein lebendiges System.«

Emily hörte ihm fasziniert zu.

»Lebendige Systeme, das ist nun mal so, funktionieren nach Regeln.« Bevor Emily einen Einwand vorbringen konnte, sagte er schnell: »Ja, es gibt diese Regeln. Die gibt es immer. Und wissen Sie was? Lebendige Systeme hören nur dann auf zu funktionieren, wenn die Teile, aus denen sie bestehen, nicht mehr zueinander passen.« Er schaute sich um. »Das alles hier fällt auseinander, weil etwas, was vorher funktioniert hat, dies nun nicht mehr tut. Und wenn die Stadt einmal eine Einheit war, dann ist sie das jetzt nicht mehr.«

Er wandte sich wieder Emily zu. »Mr. Silence sagte Ihnen, dass Piccadilly Mayfair die Stadt sei. Was aber wäre, wenn das Mädchen nur ein Teil der Stadt wäre? Wenn es einen anderen Teil der Stadt gäbe, der auch eine richtige Person ist, und zwar eine, die sich an alles erinnert. Die weiß, wer sie ist. Die weiß, dass Piccadilly Mayfair ihr fehlt.«

Emily hielt an, holte tief Luft. »Wittgenstein«, rief sie nach vorn in den Tunnel, »Sie sollten sich das hier mal anhören!«

Jeeva Smith lächelte zufrieden.

Wittgenstein kam zu ihnen, lauschte Jeevas Theorie

geduldig und murmelte schließlich gedankenverloren: »Und warum haben wir das nicht in Erwägung gezogen?«

»Weil das immer passiert. Man übersieht Dinge, die eigentlich offensichtlich sind.«

»Sie meinen, dass die Lösung immer ganz einfach ist?«

»In der Mathematik ist die Lösung immer einfach.«

»Dies hier ist die uralte Metropole«, gab Wittgenstein zu bedenken. »Es gibt hier Magie und Monster.«

»Gleichungen und Ungleichungen«, sagte Jeeva. »Magie und Monster.«

Wittgenstein schaute Emily an. »Ist das nicht der Humor, den Sie mögen?«

Emily zog es vor zu schweigen.

Es gab keinen Beweis für das, was Jeeva Smith gesagt hatte. Aber es gab auch nichts, was das Gegenteil bewies. Es war eine Möglichkeit. Eine von vielen. Am Ende waren sie so schlau wie zuvor. Jeevas Gedankenspiel war zwar als solches durchaus faszinierend, aber keine unmittelbare Hilfe.

Den Rest des Weges legten sie schweigend zurück. Emily dachte an Mara und sah zufrieden, dass Picca und Peggotty sich so nahestanden. Das erinnerte sie an damals, als Peggotty sich um sie und Aurora gekümmert hatte, und sie fragte sich, wo Aurora und Neil jetzt wohl waren, was aus Maurice Micklewhite geworden war und ob es dem Baby gut ging.

So folgte sie dem Pfad, den Wittgenstein sie alle führte, und schließlich erreichten sie ihr Ziel: ein Tunnelsystem, das voller Leben war, mit unterschiedlich großen Alkoven und einigen deutlich größeren Räumen, die wie die etwas verstaubten Schlafzimmer einer Herberge hergerichtet waren. Es gab unglaublich viele Betten hier und dazwischen freie Stellen, an denen Feuer in Metalltonnen brannten, Koffer sich stapelten, Taschen herumlagen.

»Was ist dies für ein Ort?«, erkundigte Jeeva sich.

»Dies«, antwortete Wittgenstein, »sind die Schutztunnel von Clerkenwell.«

Emily hatte zwar schon von ihnen gehört, war aber noch nie zuvor hier gewesen, gab es hier doch normalerweise nur leer stehende Tunnel mit verwaisten Betten zu sehen. Die Schutztunnel waren ein Relikt aus Kriegszeiten, als es Bomben auf London gehagelt hatte. Jetzt waren sie auch ohne Krieg dicht bevölkert. Gekrümmte Pfeifen rauchende Tunnelstreicher und mit den Köpfen zuckende Rabenmenschen hatten sich ebenso hierhergeflüchtet wie Heathrow-Menschen, die mit ihren Laptops verzweifelt versuchten, irgendwo WLAN zu finden, Tagesmütter aus Dagenham East und St.-Pancras-Buchhalter mit ihren mechanischen Rechengeräten. Familien mit Kindern gesellten sich zu Pyro-Punks aus Haggerton, Restefresser unterhielten sich mit reichen Fuchspelzern aus Hampstead Down Heath. Der Winter hatte sie in die Tiefen getrieben, und auch wenn niemand verstand, was die Stadt so veränderte, waren sie doch alle froh, nun hier unten zu sein. Es war warm, und es gab sogar Händler, die Getränke und Essen feilboten.

»Peggotty und Picca werden hier nicht weiter auffallen«, meinte Wittgenstein zuversichtlich, nachdem sie ein Stück durch einen der Schutztunnel gegangen waren. Der Winter war in Gestalt der Schattenkreaturen über die Stadt gekommen, und jene, die nicht mit ihrem Stadtteil in der Stille versunken waren, hatten sich vermutlich entweder in ihren Häusern verbarrikadiert oder waren hierhergekommen. Ein Gewirr aus geflüsterten und gemurmelten Gesprächen erfüllte die Räumlichkeiten, vorsichtige Blicke wurden den Neuankömmlingen zugeworfen, denn jeder war auf der Hut. Wer hier unten war, hatte erlebt, was dort oben vor sich ging.

Lange Neonröhren flackerten an der Decke des Tunnels. An den Wänden hingen noch immer Blechschilder, die vor den Blitzattacken der deutschen Luftwaffe warnten und Ratschläge erteilten, wie sich in Notfällen zu verhalten war. Gasmasken baumelten in Trauben an Haken, viele so alt, dass das Material spröde und porös war und keine Hilfe mehr sein würde, dränge Gas in den Tunnel ein.

Sie fanden ein freies Etagenbett aus leicht rostigem Stahl. Peggotty nahm die untere Matratze, Picca die obere.

»Ich bin zu alt zum Klettern«, gestand Wittgensteins Haushälterin und ließ sich seufzend nieder.

Ein beleibter Mann mit Backenbart und Latzhose, der auf dem Bett gegenüber saß, zwinkerte ihr zu. »Das glaube ich nicht, junge Frau«, sagte er zu Peggotty, woraufhin diese errötete. »Sie sehen so frisch aus.«

»Wir gehen nur kurz nach Moorgate«, sagte Wittgenstein zu ihr, »später holen wir Sie beide wieder ab.« Er musterte den Mann auf dem Bett gegenüber. »Wären Sie so freundlich, ein Auge auf sie zu haben, mein Herr?«

»Gerne aber doch«, sagte der Mann. »Ich heiße Barkis.«

»Mr. Barkis«, sagte Wittgenstein, »ich wäre Ihnen sehr verbunden.«

»Nee, einfach nur Barkis.«

Wittgenstein warf Peggotty einen langen Blick zu, den sie belustigt erwiderte. »Sie können losziehen, ich kümmere mich um das Mädchen.«

»Ich bin so müde«, sagte Picca, »dass ich wohl gleich einschlafen werde.«

Emily fragte sich, was an ihr anders war. Sie kam ihr *anders* vor, aber ihr fiel nicht auf, *was* sich verändert haben sollte. »Wir kommen wieder hierher, und dann sehen wir weiter.«

Picca lächelte dankbar und ließ sich auf die Matratze zurückfallen, schloss die Augen und atmete tief ein und aus.

»Uns passiert schon nichts«, sagte Peggotty frohen Mutes.

»Seien Sie trotzdem vorsichtig«, riet Wittgenstein ihr.

»In einem Buch wäre ich nur eine von denjenigen, die den Helden beistehen. Ich bin zu unwichtig, um zu sterben.«

»*Sie* ist das aber nicht«, sagte Wittgenstein und zeigte auf Picca.

Peggotty lächelte sanftmütig. »Sie sind ein netter Mensch. Nicht immer, aber oft.«

»Ich weiß.«

»Darum arbeite ich auch so gern für Sie.«

»Und daran soll sich auch nichts ändern.« Wittgenstein sah sie eindringlich an. Er scherzte nicht.

Peggotty, die das wusste, deutete nur zum Ausgang des Tunnels. »Nun gehen Sie schon.«

Und Mr. Barkis fügte hinzu: »Ich pass auf die beiden Mädels auf.«

Auch er wirkte verlegen, und Emily fragte sich, ob es in extremen Situationen wie diesen Momente gab, in denen, verrückt oder nicht, Liebe auf den ersten Blick entstand. Peggotty war für sie seit ihrer ersten Begegnung immer nur die gutmütige Haushälterin von Hampstead

Manor gewesen. Sie nun *so* zu sehen war, gelinde ausgedrückt, *überraschend*.

Wie auch immer, sich von Piccadilly Mayfair und Peggotty zu verabschieden war nicht schwierig, zumal es ja gewiss schien, dass sie die beiden bald wiedersehen würden. Bei Jeeva Smith sah das ein wenig anders aus.

Er begleitete Wittgenstein und Emily bis zum Ende des Tunnels, wo sie an einer Weggabelung innehielten.

»Sie folgen den Treppen«, wies Wittgenstein ihn an, »und werden in Farringdon die U-Bahn verlassen.« Er nickte ihm zu. »Seien Sie vorsichtig. London verändert sich von Stunde zu Stunde mehr.«

»Danke«, sagte Jeeva.

Wittgenstein ging ein Stück voran, prüfte die Gegend oder gab zumindest vor, dies zu tun.

Emily stand mit Jeeva an der Weggabelung.

»Wie er schon sagte«, begann sie. »Passen Sie auf sich auf, Jeeva Smith.«

»Das werde ich.«

»Wir sind keine Katzen. Wir haben nur ein Leben.«

Sie standen ein wenig unschlüssig herum. Sahen einander an.

»Wenn die Welt wieder so ist, wie sie sein sollte«, schlug Jeeva vor, »dann könnten wir einander noch einmal treffen.«

»Ja.« Der Gedanke gefiel ihr. »Vielleicht könnten wir dann auch mal in Ruhe miteinander reden.«

»Ja, das ist gut.« Er trat vor, umarmte sie fest, und die Umarmung dauerte länger als nur einen Augenblick. Er küsste sie auf die Stirn, wie ein Versprechen, und dann drehte er sich um und ging zur Treppe.

Kurz darauf war er nicht mehr zu sehen, und Emily fragte sich, was wohl der Sinn von Einsamkeit sein mochte.

Schweren Herzens atmete sie tief durch und ging zu Wittgenstein.

»Kommen Sie«, sagte sie. »Lassen Sie uns Dr. Dariusz aufsuchen.«

Unterhalb der City of London befand sich eine alte Wegkreuzung, an der sich die U-Bahn-Linien der East London und Hammersmith, Bakerloo und Central Line trafen, und unterhalb dieser Kreuzung existierte ein schon seit Urzeiten als Moor bezeichneter Sumpf, entstanden aus den Abwässern der City, eine brackige Landschaft, die kaum jemand je lebend durchschritten hatte. Es rankten sich düstere Legenden um diese Gegend, natürlich, und um die Wesen, die angeblich hier lebten zu jener Zeit, da London noch Londinium hieß.

»Ich hätte nicht erwartet, je wieder hierherzukommen«, gestand Emily. Sie mochte die Gegend nicht. *Niemand* mochte diesen Landstrich. Denn die Bewohner von Moorgate waren wie die Gegend, in der sie lebten. Bärtige Gesichter mit breiten Mündern, aus deren Winkeln dunkler Kautabak troff, beobachteten Wittgenstein und Emily Laing, verfolgten jeden ihrer Schritte. Frauen, deren gegerbte Gesichter im Schatten der Kopftücher aus grobem Stoff verborgen lagen, hoben die Köpfe, als die beiden, wie Jahre zuvor schon einmal, die schmalen Pfade durch das Moor wählten.

»Ich weiß, woran Sie denken«, sagte Wittgenstein.

»Ist nicht schwer zu erraten«, antwortete Emily. Sie wollte nicht an ihre Mutter erinnert werden.

»Da vorn ist es.«

Emily spürte es, bevor sie es sah.

Von all den mächtigen Bauwerken, die einst in der Stadt der Schornsteine lebten, war ausgerechnet die alte London Bridge an diesem Ort gelandet, um hier ihr weiteres Dasein zu fristen. Es befanden sich Häuser auf der Brücke, die sich über den Morast spannte, unter ihnen Moorgate Asylum, ein Sanatorium, eine Anstalt. Wahnsinn, der hier ein Heim gefunden hatte, und die Fallwinde aus den U-Bahn-Schächten hoch oben trugen die Schreie der Kranken über das Moor.

Einmal die Woche war Emily hierhergekommen, um ihre Mutter zu besuchen, die in einer Zelle des nördlichen Turms hauste, und hatte dann meist nur eine Stunde vor der Zellentür gesessen und die auf dem Boden hockende Frau beobachtet, die ihren Körper in einem Takt wiegte, den nur sie selbst zu hören vermochte. Das Gesicht, das sich ihr nur selten zuwandte, war das Gesicht, das Emily haben würde, irgendwann. So ähnlich sahen sich Mädchen und Patientin, dass jegliche Zweifel daran, dass es sich um Tochter und Mutter handelte, ausgeschlossen waren.

Emily seufzte.

Mia Manderley war hier gestorben. Nach ihrem Tod hatte Emily sich geschworen, diesen Ort nie wieder zu betreten. So viel also dazu.

»Wenn uns einer helfen kann, dann er.«

Wittgenstein hatte, zu allem Übel, leider recht.

Denn Dr. Dariusz, der Leiter der Anstalt, der das ehemalige Seward Sanatorium aus dem nordöstlichen Londoner Vorort Purfleet in die uralte Metropole verlegt hatte, kannte sich bestens mit Wahnsinn aus.

Emily fühlte sich unwohl. Die Brücke, welche die tiefsten und gefahrvollsten Stellen des Moors überspannte, schien unter dem Gewicht der alten Häuser, die beinahe die Höhlendecke berührten, zu ächzen. Das mittlere Teilstück der Brücke, das man einst hatte hochklappen können, um größeren Schiffen und Lastkähnen die Durchfahrt zu ermöglichen, war damals dem mächtigsten und bedrohlichsten Gemäuer von allen gewichen: Moorgate Asylum.

Es war ein Haus der Erker und Winkel, der vergitterten Fenster und spitzen Türme, dessen hohe Mauern von wucherndem Stacheldraht gekrönt wurden. Wasser tropfte von der Höhlendecke herab, und schäbiges schwarzes Moos bedeckte die Dächer des Hauses wie Zahnbelag.

Sie näherten sich der mächtigen Brückenkonstruktion, die umso riesiger erschien, je tiefer man sich in ihren Schatten begab. Ein steinernes Gesicht bildete den Eingang. Gemeißelt in dunklen Basalt, bildete es die Front des einstigen Zollhauses – mit riesigen Augen, die wie irre verdreht waren, einem Mund, aus dem eine dicke Zunge hing, die mit fetten Schnecken übersät war, Falten, die das Antlitz in eine Fratze verwandelten, und Haaren, die zerzaust vom Kopf abstanden und deren Ausläufer bis zu den Ziegeln des Dachs reichten. *Mund des Wahnsinns*, so nannten die Bewohner von Moorgate das Tor.

Der greise Wärter war noch derselbe wie damals. Vielleicht sah er aber auch nur so aus, weil alles, was hier unten lebte, die Farbe des Moors und der Steine annahm.

»Ihr wollt zum Doktor?«

»Wir kennen den Weg«, sagte Wittgenstein.

Hinter der Fratze lag zwischen den Häusern gleichsam der Schlund. Früher hatte man an dieser Stelle die aufgespießten Köpfe von Verrätern und Verbrechern der Sensationsgier des Pöbels preisgegeben, als die London Bridge sich noch unter freiem Himmel befand. Heute hing ein einfaches Schild mit dem Schriftzug des Sanatoriums an dieser Stelle.

Sie schritten durch den *Mund des Wahnsinns* hindurch und betraten Moorgate Asylum nach all den Jahren erneut.

Dr. Dariusz, der stets bestens informiert war über alles, was sich in seinem Sanatorium zutrug, erwartete sie bereits. Die skurril anmutenden medizinischen Gerätschaften, die in seinem Arbeitszimmer ausgestellt waren, hatten Emily schon damals Angst eingeflößt. Die lauten, kläglichen Schreie der Patienten indes, in denen man die Elektrizität geradezu zischen hören konnte, wenn man aufmerksam lauschte, zeugten von einem regen Einsatz späterer Technologien.

»Master Wittgenstein«, säuselte Dr. Dariusz, »und Miss Laing.«

Emily nickte nur.

Wittgenstein sagte: »Doktor!«

Dr. Dariusz hatte sich nicht verändert:

Ein langer hochgeschlossener weißer Kittel, der so steril war wie das Lächeln, das den schmalen Mund umgab. Finger, die ein penibel gestutztes Bärtchen kraulten. Eine runde spiegelnde Sonnenbrille, in der sich seine eingeschüchterten Besucher allenfalls selbst zu erkennen vermochten. Feuerrotes langes Haar, das ihm, zu einem Zopf gebunden, bis über die Schultern fiel.

Er sprach langsam. Bedächtig. Jetzt an Emily gewandt. »Sie sehen Ihrer Mutter immer ähnlicher, wenn ich das anmerken darf.« Mit der Stimme eines Verführers. »Hübsch, selbstbewusst. Sagen Sie, geht es Ihnen gut?«

»Fragen Sie nicht«, erwiderte Emily in Wittgensteinscher Manier.

Dr. Dariusz schritt in dem Büro mit den hohen Fenstern und den Spiegeln, die in allen Größen und Formen die weißen Wände anstelle von Bildern bedeckten, auf und ab, einem Tier im Käfig gleich, und strahlte doch eine abwartende Ruhe aus. Elegant ließ er sich auf der Couch nieder und lehnte sich mit übereinandergeschlagenen Beinen zurück. Emily sah, dass er noch immer links einen spitzen roten Lackschuh trug, wohingegen der rechte Fuß in einem klobigen Schuh aus schwarzem Leder steckte.

Er bedeutete seinen Gästen, in den beiden Sesseln Platz zu nehmen.

»Ich hatte nicht erwartet, Sie beide jemals wiederzusehen«, gestand er.

»Wir kommen in einer äußerst dringlichen Angelegenheit«, kam Wittgenstein auf den Punkt, »und ersuchen Sie als Experten um Ihren Rat.«

Dr. Dariusz legte den Kopf ein wenig schräg, wartete.

Wittgenstein schilderte ihm den Fall, und der Doktor hörte aufmerksam zu.

»Sie erbitten also meinen Rat im Hinblick auf eine Persönlichkeitsstörung bei …« Er sah von einem zum anderen. »Bei einer Stadt.« Er faltete die Hände, dachte nach. »Das ist, muss ich gestehen, eine überaus seltsame Angelegenheit. Wenngleich ich von dem, was sich da oben in London zuträgt, gehört habe.« Er schüttelte den Kopf. »Ich heiße es nicht gut. Es klingt bedrohlich.«

»Es *ist* bedrohlich«, betonte Emily.

Dr. Dariusz nickte, summte eine kleine Melodie. »Womit haben wir es hier also zu tun?« Seine Finger trommelten einen Takt auf die Armlehne der Couch. »Es scheint mir eine klare Diagnose möglich zu sein. Im Rahmen der seltsamen Umstände, versteht sich. Sie glauben also, die Stadt sei verwirrt. Das Mädchen, Piccadilly Mayfair, sagten Sie, habe keine Erinnerung an ihr eigentliches Ich. Tja, das ist bedauerlich, aber nicht ungewöhnlich. Dissoziative Identitätsstörung nennt man ihr Leiden. Diese Störung führt dazu, dass bei dem Patienten die Wahrnehmung wie auch seine Erinnerungen und das Erleben der eigenen Identität massiv gestört sind. Der Patient bildet meist mehrere Persönlichkeiten, die sehr unterschiedlich sind. Das Problem ist, dass sich die eine Person nicht an das erinnern kann, was die andere Person tut.« Er runzelte die Stirn. »So etwas an einer ganzen Stadt zu diagnostizieren ist ... gewagt.« Er blickte wieder vom einen zum anderen.

Wittgenstein sagte: »Ich möchte Sie nicht unterbrechen.«

Der Doktor lächelte eitel. »Nehmen wir an«, fuhr er fort, »dass es so ist, wie Sie es mir schilderten. Was kann man dagegen tun? Wie kann man den Patienten heilen?« Er stand auf und ging langsam im Raum umher. »Sie erinnern sich sicherlich an die Geschichte des Arztes, die der Journalist Robert Louis Stevenson niedergeschrieben hat. Sie basiert auf einem Fall, der sich in Edinburgh zugetragen hat, anno 1881. Ein Mediziner namens Henry Jekyll, dessen Ehefrau dem Wahnsinn anheimgefallen war, suchte nach einem Heilmittel, um die Störung, an der seine Frau litt, rückgängig zu machen. Das, was er entwickelte, war indes eine Medizin, welche irrtümlicherweise und, das will ich doch anmerken, unbeabsichtigt die Persönlichkeit eines Menschen spaltete. Sie fügte nicht zusammen, was gespalten war. Nein, sie spaltete, was ursprünglich gesund war.« Der Doktor blieb vor dem Fenster stehen und schaute aufs Moor hinaus. »Jekyll unterzog sich einem Selbstversuch, und die Angst, seine Frau zu verlieren, all die Ohnmacht und der Zorn, die sein Innerstes zerrissen, manifestierten sich in einer anderen Person, die er selbst als Edward Hyde bezeichnete.« Dr. Dariusz machte eine Pause. »Lange Zeit war unklar, ob Edward Hyde dieselbe *physische* Person wie Henry Jekyll war oder ob es sich um zwei Personen handelte.«

»Ich dachte, das wäre nur eine Geschichte«, warf Emily ein.

»Richard Poole, ein Anwalt und Freund des Doktors«, erklärte Dr. Dariusz, »berichtete später dem Schriftsteller Stevenson von dem Fall. Das war, nachdem die Mordserie, die man Edward Hyde angelastet hatte, bereits fast vergessen war. Stevenson schrieb im Folgenden eine Geschichte, in der die wichtigsten Geschehnisse wiedergegeben wurden. Aber das war eben nur eine Geschichte.«

»Was ist wirklich geschehen?«, wollte Emily wissen.

»Es stellte sich heraus, dass Henry Jekyll und Edward Hyde zwei Personen waren. Mr. Hyde wurde gefangen genommen und der Verbrechen überführt, die er begangen hatte, und Henry Jekyll trat vor Gericht als Zeuge der Gräueltaten auf. Doch während des Prozesses wurde sein Wahnsinn offenbar. Er verstrickte sich in Widersprüche und verlor die Kontrolle über sich.«

Wittgenstein zeigte sich höchst interessiert. »Was ist daraufhin passiert?«

»Professor Bradshaw, der damals das Renfield Sanatorium in Whitby leitete, nahm sich der beiden Patienten an. Er suchte nach einem Weg, die beiden Persönlichkeiten zu heilen.«

»Er hat versucht, sie wieder zusammenzuführen?« Wittgenstein schien ebenso wie Emily von dieser Wendung der Ereignisse überrascht.

»Ja, das hat er, doch leider waren seine Bemühungen nicht von Erfolg gekrönt. Professor Bradshaw ging so vor, wie man üblicherweise bei Fällen dieser Art verfuhr. Er führte eine Traumtherapie mit Wells-Würmern durch, die aber ebenso fehlschlug wie die Langzeitbehandlung mit der tiefenpsychologischen Zwillingssektion. Die Persönlichkeiten wuchsen nicht wieder zusammen, nein, das taten sie nicht.« Dr. Dariusz kraulte sein Kinnbärtchen, drehte sich zu seinen Gästen um, sodass diese, als er sich ihnen näherte, ihre eigenen Spiegelbilder in seinen Brillengläsern sehen konnten. »Nein, selbst die modernsten Behandlungsmethoden wie die Therapie mit Elektroschocks und einige operative Eingriffe an den offenen Gehirnen führten zu keinem Ergebnis. Beide Patienten verstarben lediglich an den Folgen der Behandlung.« Er setzte einen bedauernden Gesichtsausdruck auf und sagte: »Tja.«

»Was hat das mit unserem Fall zu tun?«, fragte Wittgenstein.

»Ganz einfach«, erwiderte der Doktor. »Alles in allem war dies der einzige Fall einer Persönlichkeitsspaltung, die sich in zwei Körpern manifestiert hat.«

»Es gibt keine weiteren?«

»Keine, die mir bekannt sind.« Er ließ sich wieder auf der Couch nieder. »Normalerweise manifestieren sich die verschiedenen Persönlichkeiten in ein und demselben Körper.«

»Was bedeutet das für uns?«, fragte Emily.

Dr. Dariusz sagte: »Wenn die Stadt London eine eigene Persönlichkeit hat …«

»… wovon wir ausgehen …«

»… und es zu einer Spaltung dieser Persönlichkeit gekommen ist«, fuhr er fort, »und wir unterstellen, dass ein Teil dieser Persönlichkeit sich in dem Mädchen, das sich Piccadilly Mayfair nennt, manifestiert hat, das Mädchen selbst aber keine unterschiedlichen Persönlichkeiten erkennen lässt … dann kann das nur eines bedeuten.« Er kraulte sein Kinnbärtchen nun heftiger, schaute zur Decke hinauf. »Dann muss es noch einen anderen Teil dieser Persönlichkeit anderswo geben. Einen Teil, der sich in einer anderen *physischen* Person, einem anderen Körper manifestiert hat.« Er sah Emily und Wittgenstein an. »Das wiederum könnte auch erklären, warum sich das Mädchen an nichts mehr erinnern kann.«

»Sie meinen«, hakte Emily nach, »dass diese andere *physische* Person, sollte es sie wirklich geben, dazu in der Lage sein müsste, sich zu erinnern?«

»Ich bin mir ziemlich sicher, dass dem so wäre.«

Emily starrte Wittgestein an. »Das hieße, wir müssten diese andere Person ausfindig machen.«

»Das wäre ein Anfang«, stimmte Dr. Dariusz ihr zu.

»Und dann?«

»Nun ja, dann müssten diese beiden Persönlichkeiten einander anerkennen und, das ist der schwierige Teil der Therapie, miteinander verbunden werden.«

Aus zwei Personen, dachte Emily, *wird wieder eine.* »Wie kann man das bewerkstelligen?«

Der Doktor seufzte theatralisch. »Im Fall der Persönlichkeiten Jekyll und Hyde hat es nicht funktioniert. Um konkret zu werden: Ich weiß es nicht. Es sind keine Fälle wie dieser bekannt. Erst recht nicht bei einem Patienten, der, wie Sie behaupten, eine ganze Stadt ist.«

»Wodurch kann es zur Teilung der Persönlichkeiten gekommen sein?«

»Im Falle Londons?«

Emily nickte.

»Traumatische Ereignisse. Die Seele versucht zu verarbeiten, was nicht verarbeitet werden kann. Schuldgefühle, Ängste, Verzweiflung. Die Seele schützt sich, indem sie zerfällt. In einen Teil, der sich seiner bewusst ist, und einen anderen Teil, der unwissend ist.«

Emily zögerte einen Augenblick, ehe sie fragte: »Könnte es sein, dass der Duke der andere Teil der Persönlichkeit ist?«

»Piccadilly Mayfair und der Duke von Blackheath?« Dr. Dariusz nickte. »Eine weibliche und eine männliche Persönlichkeit. Das wäre sozusagen klassisch.«

»Bei Jekyll und Hyde aber waren es nur zwei männliche Persönlichkeiten.«

»Vielleicht gab es noch eine dritte, die niemand kannte«, gab Dr. Dariusz zu bedenken. »Es ist nur eine Vermutung, die manche Fachleute, allen voran Mansfield und Sullivan, gelegentlich geäußert haben.«

»Sie meinen, es gab außer den beiden Männern noch eine Frau?«

»Ich sage, dass niemand weiß, was geschehen ist. Maggie Reilly, die Haushälterin des Doktors, verstarb, bevor man sie befragen konnte.« Er faltete die Hände. »Nein, Vermutungen anzustellen bringt uns nichts. Nicht nach so langer Zeit. Allerdings wurde von manchen Gelehrten vorgebracht, dass das Fehlen der dritten Person der Grund gewesen sein könnte, warum die Zusammenführung niemals gelang. Ein Teil der einst gesunden Persönlichkeit war verloren, eine Heilung folglich ausgeschlossen.«

»Klingt einleuchtend«, murmelte Emily.

Wittgenstein schlussfolgerte: »Wir müssten also den Duke und Piccadilly Mayfair zusammenbringen.«

»Mutmaßlich ja.«

Emily blieb misstrauisch. »Gibt es einen Grund, weshalb der Duke, sollte er wirklich der andere Teil der Persönlichkeit Londons sein, das Mädchen Picca in seine Gewalt bringen möchte?«

Der Doktor beugte sich vor. »Soll ich eine Hypothese aufstellen?«

»Ja, bitte, tun Sie das.«

»Er könnte sich seiner so sehr bewusst sein, dass er eine Heilung beziehungsweise eine Zusammenführung der beiden Persönlichkeiten nicht anstrebt. Wenn dem so wäre, dann würde er sie wohl in seine Gewalt bringen wollen, um sie von sich fernzuhalten. Und wenn der Duke seine Machtstellung festigen möchte, darf er nicht angreifbar sein. Bedenken Sie: Für seine Gegenspieler könnte Piccadilly Mayfair eine Waffe gegen den Duke sein.«

»Glauben Sie, er will sie töten?«

»Nein.«

»Was macht Sie da so sicher?«

»Sie ist ein Teil von ihm. Wie immer er es dreht und wendet, sie gehört zu ihm und er zu ihr.«

Konnte es sein, dass Mr. Silence in dieser Hinsicht gelogen hatte?

»Und was würde passieren, wenn er sie doch tötet?«

»Er würde augenblicklich dem Wahnsinn verfallen.«

»Und das würde bedeuten, dass London endgültig verloren wäre.«

Der Doktor nickte.

»Dann muss Mr. Silence der Drahtzieher sein«, sagte Emily leise. »Ihm ist daran gelegen, dass London im Wahnsinn versinkt. Er ist der Herr der Stille. Er ist der Einzige, der von all dem profitiert.«

»Er hat das bestritten«, gab Wittgenstein zu bedenken.

»Sie glauben ihm?«

»Natürlich nicht.«

Dr. Dariusz erhob sich von der Couch. »Lassen Sie mich wissen«, bat er, »wie der Fall ausgegangen ist.«

Wittgenstein stand ebenfalls auf und verneigte sich knapp. »Wenn Sie morgen noch leben«, sagte er, »dann wurde London geheilt.«

Emily fragte sich, ob der Doktor ein wenig bleich wurde, aber das konnte täuschen. Sie folgte Wittgenstein zur Tür.

»Miss Laing«, sagte Dr. Dariusz. »Sie sind Ihrer Mutter wirklich ähnlich.«

Dreckskerl, dachte Emily wütend, sagte aber: »Ich weiß.« Mehr nicht.

Dann empfahlen sie sich dem Doktor. Sie verließen Moorgate Asylum, und Emily, die wusste, wie tief Worte verletzen konnten, schaute kein einziges Mal zurück.

4. Kapitel

Bloomsbury, Great Russell Street

Der Weg zurück nach Clerkenwell verlief ohne Zwischenfälle; selbst die Wege in der uralten Metropole kamen Emily jetzt verlassener vor als sonst. Sie wollte gar nicht darüber nachdenken, wo all die Menschen, die normalerweise diese Pfade bevölkerten, abgeblieben waren. Da keine U-Bahnen mehr fuhren, ging sie davon aus, dass noch weitere Stadtteile verschwunden waren. London, so viel war klar, zerfiel mehr und mehr, und die Zeit, die ihnen blieb, um das Schlimmste zu verhindern, wurde knapp.

Während sie wie in den alten Zeiten schweigend neben Wittgenstein herlief, fragte sie sich, inwiefern sie beide nach dem Besuch in Moorgate nun schlauer waren. Wie so oft war der eigentliche Plan, den sie nun verfolgten, ganz einfach, aber waren Pläne das am Ende nicht immer? Sie mussten nur Piccadilly Mayfair und den Duke von Blackheath zusammenbringen, und dann wäre London theoretisch gerettet. Was dann allerdings tatsächlich passieren würde, stand in den Sternen.

Emily musste plötzlich wieder an das Buch denken, A *History of London in Photography*, das sie in der Bibliothek gefunden hatten, vor wenigen Tagen, die ihr jetzt wie eine Ewigkeit vorkamen. An jene Fotos, auf denen Picca zu sehen gewesen war, in verschiedenen Epochen. Meine Güte, Piccadilly Mayfair war wirklich auch Schülerin in Whitehall gewesen! Ja, nach allem, was sie nun wussten, waren die Bilder im Schuljahrbuch keinesfalls nachträglich gefälscht worden. Und alle anderen Fotos ebenso wenig:

Das kleine Mädchen auf den Aufnahmen war die Stadt, die in sich selbst wandelte, von Zeit zu Zeit.

Das Leben hätte verrückter nicht sein können – und als sie wieder in Clerkenwell ankamen, erwartete sie bereits die nächste Neuigkeit:

»Master Micklewhite«, verkündete Peggotty, »erwartet Sie im Britischen Museum.«

»Woher wissen Sie das?«

»Er hat einen Brief geschickt.«

Wittgenstein nahm das Schriftstück entgegen.

»Eine Ratte hat ihn überbracht.«

»Mina?«, wollte Emily wissen.

Peggotty verneinte. »Eine fremde Ratte, aber sie sah nett aus.«

Na, immerhin.

Wittgenstein las die Mitteilung.

Kommt in die Bibliothek.
Aurora und Neil sind da.
Nehmt den beleuchteten Weg.

»Er hat sich eingeschlossen«, kommentierte Wittgenstein das Geschriebene. »Er hat die Nationalbibliothek versiegelt. Elfenzauber. Niemand kann dort hinein, niemand hinaus. Der beleuchtete Weg führt direkt in den Lesesaal.«

»Von welcher Art Hintereingang sprechen Sie?«, fragte Emily.

»Sie werden schon sehen. Man benutzt ihn nur, wenn die Bibliothek versiegelt ist.«

Peggotty sah müde aus. »Picca und ich bleiben hier«, sagte sie.

»Picca muss mitkommen«, widersprach Wittgenstein. »Wir brauchen sie.« Er erklärte dem Mädchen, worum es ging.

Erwartungsgemäß waren weder Picca noch die gute Peggotty begeistert von ihrem Vorhaben.

»Dann bleibe ich allein hier.«

Wittgenstein schaute zum Bett gegenüber. »Bei Mr. Barkis?«

»Barkis«, sagte Barkis. »Ich passe schon auf sie auf.«

Wittgenstein warf ihm einen misstrauischen Blick zu.

»Ganz sicher, ich würde ihr niemals was zuleide tun, mein Herr. Sie ist ein nettes Mädchen, Ihre Peggotty.«

»Ich bin nicht *seine* Peggotty«, stellte Peggotty klar.

Sogar Picca musste schmunzeln.

Wittgenstein, dem dieses Gespräch offenbar zu viel war, nickte nur. »Passen Sie aufeinander auf«, sagte er. »Peggotty, wenn das alles hier vorbei ist, dann benötige ich wieder Ihre Hilfe in Hampstead Manor. Ich meine das ernst!«

Emily und Peggotty kannten ihn gut genug, um zu wissen, dass er *netter* nicht werden würde.

Sie verabschiedeten sich voneinander; dann zogen Emily, Picca und Wittgenstein los und verließen die Schutzräume von Clerkenwell.

Es war ein großer Brunnen, dem diese Gegend ihren Namen verdankte, und sie stiegen die steile Treppe in dem Brunnen hinab und später auf der anderen Seite des Brunnengrunds wieder hinauf. Sie durchquerten Tavernen, die einst von den Kelten betrieben wurden, und mieden Wege, die von Magie und Schlimmerem befallen waren. Emily fiel auf, dass dieser Teil der uralten Metropole von durchsichtigen Röhren durchzogen war, die weder Stromkabel schützten noch Wasser transportierten. Sie kannte solcherlei Röhren von früher. Damals war sie durch ein ähnliches Röhrensystem nach Blackheath gereist, aber wie es aussah, führten sie auch noch an andere Orte.

Kurz darauf erreichten sie eine riesige Halle, deren Inneres wie der Maschinenraum eines alten ausgemusterten Dampfschiffes aussah.

»Wo sind wir hier?«, fragte Picca. Es waren die ersten Worte, die sie seit dem Aufbruch aus Clerkenwell gesprochen hatte. Sie wirkte nachdenklich und in sich gekehrt, erschöpft.

Gigantische Kompressorenanlagen schlummerten vor ihnen im Dämmerlicht.

»Dies«, sagte Wittgenstein, »ist eine Cable Junction.«

Eine dicke Staubschicht bedeckte alles. Schon lange war anscheinend niemand mehr hier unten gewesen.

»Komprimierte Luft«, erklärte Wittgenstein dem Mädchen und klopfte gegen das nächstbeste Maschinenteil, »war früher einmal die Technologie der Zukunft. Nun ja, das nahm man jedenfalls an. Ein Ingenieur namens Jules Aronnax glaubte seinerzeit, das war im Jahre 1848, dass diese Kraftquelle hier die Lösung aller gesellschaftlichen Probleme darstellte.«

Pneumatische Gerätschaften aller Art waren überall in der uralten Metropole installiert worden und sollten auch oben in London Anwendung finden. Die Idee, die jenen Plänen zugrunde lag, war denkbar einfach: Druckluft sollte in großen Mengen über ausgedehnte Rohrleitungsnetze im Untergrund die Antriebskraft für die Maschinen in den großen Fabriken der Stadt liefern, und durch die damit einhergehenden Kosteneinsparungen im Bereich der Energie sollten die Arbeiter und Arbeiterinnen deutlich besser bezahlt werden können und damit alles in allem wohlhabender werden, die soziale Kluft zwischen Arm und Reich weniger spürbar, der Grund für soziale Unruhen und Konflikte eliminiert.

Doch Elektrizität löste die Druckluft als Antriebskraft schnell ab. Alles, was sich hier unten befand, geriet in Vergessenheit. Was von Jules Aronnax' schöner Idee überlebt hatte, lag jetzt vor ihnen: Eine riesige Anlage mit Hunderten von Kompressoren.

Die Druckluft hatte für kurze Zeit auch eine neue Art von Untergrundbahn ins Leben gerufen, die ähnlich wie die auch viele Jahrzehnte später noch gern genutzte Rohrpost funktionierte: Zylinder mit jeweils nur einem einzigen Passagier wurden torpedogleich mit Hochdruck durch ein eigenes Röhrensystem blitzschnell an ihren Bestimmungsort geschossen.

Nur einmal in ihrem Leben war Emily mit dieser PneumoRail gereist. So wie es aussah, würde sie es heute erneut tun.

Wittgenstein legte einen Schalter um, und mit einem Beben, das den Staub von den Maschinen aufwirbelte, erwachten die riesigen Kompressoren aus ihrem jahrelangen Schlaf. Luft wurde durch Leitungen gepumpt, Kontrolllampen begannen zu flackern, Gebläse ächzten laut. Die Rohre an den Wänden vibrierten mit einem Mal, und an manchen Stellen quollen heiße Dampfschwaden hervor. Die ganze Halle schien sich in eine überdimensionale Mischung aus Dampfmaschine und Druckluftregler verwandelt zu haben. Es zischte und stampfte an allen Ecken und Enden, und das alles wirkte, fand Emily, noch immer wenig vertrauenerweckend.

Auf einem Bahnsteig am Rande der Halle stand ein zylinderförmiger Zug in einer Röhre, die nur dort, wo sich die Einstiegsluke für den Zylinder befand, eine Öffnung hatte. Der Zug selbst sah aus wie eine kleine Rakete. Emily hatte diese Technik schon damals nicht übermäßig gemocht, aber es gab wohl keinen anderen Weg.

»Wir werden damit bis nach Bloomsbury reisen«, sagte Wittgenstein. »Und von dort aus den beleuchteten Weg zur Bibliothek nehmen.«

»Was passiert, wenn die Röhre durch einen Stadtteil führt, der verschwunden ist?«

Würden sie dann geradewegs in die Stille katapultiert?

»Manche Dinge«, sagte Wittgenstein nur, »sollte man besser nicht vorher klären.«

Picca ergriff ängstlich Emilys Hand. »Muss ich da allein rein?«

»Es ist ganz einfach«, beruhigte Emily sie. »Und es geht schnell. Sehr schnell.«

Emily kletterte in das Gefährt, und Wittgenstein bedeutete ihr, den Startknopf im Inneren zu betätigten. Sie schoss durch die Dunkelheit. Hinter ihr, das wusste sie, würde Picca die Nächste sein, die durch die Unterwelt geschossen wurde. Wittgenstein würde als Letzter nachkommen.

Sie schloss die Augen.

Die pneumatische Untergrundbahn führte mitten durch die breiten Fundamente des Britischen Museums bis in einen Raum, der einmal als Haltestelle angelegt worden war, nun jedoch offenbar als Abstellkammer innerhalb des Magazins diente. Allerlei Krimskrams befand sich hier unten: Große Kisten voll mit Tonscherben aus dem Altertum, mumifizierten Tieren aus fernen Ländern, beschädigten Schiffsmodellen, dazu Bücherkisten. Ja, jede Menge Bücherkisten gab es hier. Ein Regal mit ausgedienten Landkarten befand sich direkt neben einer Fahrplananzeige. Und das Schaltbrett für die PneumoRail, über dem eine defekte Wasserleitung tropfte, war übersät mit Mäusedreck. Weiter hinten erkannte Emily eine Reihe von großen Leselampen, die ebenso alt zu sein schienen wie die PneumoRail.

Sie kletterte aus dem Zylinder.

Augenblicke später schoss Picca in den Bahnhof; ihr folgte, wenige Sekunden später, Wittgensteins Gefährt.

Der Alchemist kletterte aus dem Ding heraus und streckte sich. »Es gibt wahrlich bequemere Arten zu reisen«, grummelte er. Dann, ohne auf Picca und Emily zu achten, bahnte er sich eilig einen Weg durch das Gerümpel zu den Leselampen.

»Liegt dort der Hintereingang?«, fragte Emily. »Hinter den Lampen?«

»Die Lampen«, erklärte Wittgenstein lapidar, »*sind* der Hintereingang.«

Picca betrachtete alles neugierig.

Wittgenstein schaltete zwei Lampen an, brachte sie in Position. »Es kommt darauf an, dass die beiden Lichtkegel sich überschneiden.«

Emily trat näher, während Wittgenstein Kabel und Standfestigkeit der Lampen prüfte. »Jetzt ist es gut«, murmelte er sodann. »Müsste funktionieren.«

»Was haben Sie vor?«

Er winkte sie zu sich. »Treten Sie ins Licht, das ist alles.«

»Das ist alles?«

Emily tat wie geheißen. Das Licht war warm und blendete sie ein wenig, sodass sie die Augen zusammenkniff. Als sie die Augen wieder öffnete, befand sie sich im großen Lesesaal, ebenfalls angeleuchtet von zwei vergleichbar positionierten Leselampen. Sie trat aus dem Licht, und Picca und Wittgenstein folgten ihr in kurzen Abständen.

Schon damals, als ihr Mentor sie zum ersten Mal an diesen Ort geführt hatte, war Emily beeindruckt gewesen, nicht nur von der Architektur, sondern mindestens ebenso sehr von dem Wissen, dass sie sich nun in diesen weltberühmten Räumlichkeiten befand.

Der Lesesaal war jetzt allerdings nur spärlich beleuchtet, und auch von draußen drang kaum Licht herein. In den Schatten ringsum deuteten sich die endlosen Bücherreihen an. Wo die Leselampen eingeschaltet waren, wirkten die Tische wie kleine erleuchtete Inseln in dem riesigen Raum. Auf den Tischen lagen Bücher, manche aufgeschlagen, andere gestapelt, doch reguläre Besucher waren keine zu sehen. Auf einer Couch, die normalerweise nicht dort neben der *Information* stand, lag Aurora. Sie erhob sich, als sie Emily und die beiden anderen erblickte. Neil Trent und Maurice Micklewhite saßen an einem der Tische und tranken Tee, und zwischen ihnen hockte Lady Mina, die erstaunt die Schnauze in die Luft reckte, als die Neuankömmlinge aus dem Licht der Lampen traten.

»Mortimer, was in aller Welt führt dich hierher?« Micklewhite sprang erfreut auf.

»Emily!«

Die Angesprochene rannte zu Aurora, umarmte sie und flüsterte: »Alles gut bei euch beiden?«

Aurora nickte. »Dem Baby geht es gut. Aber ich habe solche Angst. Hast du diese Winterwesen gesehen, die da draußen sind?«

Emily bejahte.

»Manchmal, wenn sie dicht genug an die Fenster der Kuppel herankommen«, sagte Neil, »können wir sie sehen. Wenn sie über der Bibliothek am Nachthimmel kreisen, sieht es regelrecht so aus, als bewegte sich die Dunkelheit.«

Emily ging zu ihm und umarmte auch ihn.

»Sie sind überall«, sagte Maurice Micklewhite, »wir hatten Glück, es bis hierher zu schaffen.«

»Die beiden alten Damen haben uns geführt«, erläuterte Neil.

»Mrs. Pumblechook und Mrs. Pecksniff?«

»Ja.«

»Sind sie auch hier?«

Micklewhite verneinte. »Sie hatten, wie sie behaupteten, noch etwas zu erledigen.«

Ja, Emily konnte sich gut vorstellen, dass sie immer etwas zu erledigen hatten.

Dann trat Tristan Marlowe auf sie zu. »Wir sind wieder alle vereint«, sagte er lächelnd.

»Du hast Jeeva gerettet«, erwiderte Emily und schloss ihn in die Arme.

»Dann hast du ihn getroffen?«

Sie erzählte rasch, was passiert war, und im Anschluss daran berichtete Wittgenstein den Anwesenden, was sie bei Mr. Silence und in Moorgate in Erfahrung gebracht hatten. Maurice Micklewhite und Neil Trent beschrieben ihrerseits den Angriff der Winterstarren auf den Buchladen und ihren abenteuerlichen Weg von Cecil Court bis hierher, und der Elf schilderte seine Erlebnisse in St. Giles-without-Cripplegate und wie er erfahren hatte, dass *Finchy* möglicherweise schon Tage vor Emily und Wittgenstein das Portal zur Hölle durchschritten hatte – was immer das auch bedeuten mochte.

»Es ist jedenfalls schön, wieder mit euch vereint zu sein«, sagte er abschließend. »Wir hätten nie gedacht, euch so schnell wiederzusehen.«

Emily stutzte. Wittgenstein ebenso.

»Aber«, begann sie, »wir sind doch hergekommen, weil wir die Nachricht erhalten haben.«

»Welche Nachricht?«, fragte Micklewhite.

Plötzlich beschlich Emily ein ganz mieses Gefühl. Die Schatten überall in der Bibliothek wirkten auf einmal noch dunkler. »Eine Ratte hatte Ihre Nachricht nach Clerkenwell gebracht.«

»Ich habe keine Nachricht verschickt«, sagte Micklewhite überrascht. »Ich wusste ja nicht mal, dass ihr alle noch lebt. Wir ahnten ja nicht, ob ihr überhaupt aus der Stille zurückgekehrt wart.« Er deutete hinüber zu Tristan. »Er hat uns nur erzählt, was er wusste.«

»Du hast Mara gesehen«, entfuhr es Emily.

»Nur kurz«, gestand Tristan.
»Aber es war Mara.«
»Ja, sie war es.«
Picca schaltete sich ein: »Aber wenn keiner von euch die Nachricht geschrieben hat, wer war es dann?«
»Jemand, der wollte, dass wir hierherkommen«, schlussfolgerte Wittgenstein. »Jemand, der wollte, dass wir alle zusammen sind.«
Emily schluckte. Oh, nein, das klang nicht gut. Das hörte sich nach einer Falle an.
Sie glaubte, Schritte zu vernehmen, ein leises Ticken wie von vielen kleinen Uhren, die jemand zu verbergen versuchte.
Das Geräusch wurde greifbarer. Von überallher hallte es ihnen aus den Schatten entgegen. Automaten-Männer traten aus der Dunkelheit hervor und blieben abwartend vor den Regalen ringsum stehen.
Und dann sahen sie alle ihn: den Duke von Blackheath.
Ausgesprochen elegant gekleidet, mit Fliege und Zylinder, kam er auf sie zu, ergriff das Wort: »Die Nachricht stammte von mir. Ich dachte, dass dies ein schöner Platz sei, um sich zu treffen. Ein Ort, an dem man vortrefflich zusammenkommen kann.« Er deutete zu den Türen. »Die Tatsache, dass Ihr, mein lieber Micklewhite, den ganzen Raum mit einem Zauber belegt habt, stellt sicher, dass wir uns bis zum Sonnenaufgang hier aufhalten werden und keiner von Euch den Lesesaal vorzeitig verlassen wird.«
Jetzt, da sie ihm gegenüberstand, fragte sich Emily, ob er tatsächlich, wie Picca, ein Teil der Persönlichkeit Londons war. Die Mechanik, die ihn entstellte, passte nicht ganz ins Bild. Andererseits ... Wer konnte schon sagen, ob und

wie sich die Verletzungen, die London im Lauf der Jahre erlitten hatte, physisch manifestierten.

»Verzeiht mir, aber ich kam leider nicht umhin, mir alles, was Ihr vorhin sagtet, anzuhören.« Er lächelte Picca zu. »Du bist also am Ende doch noch zu mir gekommen. Ich bin der Duke von Blackheath.«

»Sind Sie ...« Picca zögerte. »Sind Sie ein Teil von mir?«

Er blieb vor der kleinen Gruppe um Emily stehen. Er hatte keine Scheu, keine Angst, dass sie ihm etwas zuleide tun könnten. Die Automaten-Männer wachten über ihn; sie kontrollierten nun die Bibliothek. »Ich bin der Duke«, wiederholte er. »Ich bin ich und niemand sonst, sieht man von diesen Ersatzteilen ab, mit denen ich mich arrangieren muss.« Er wandte sich Wittgenstein zu. »Ihr kennt meine Geschichte.«

Der Alchemist nickte nur.

Emily sagte: »Wenn Sie gehört haben, worüber wir gesprochen haben, dann wissen Sie, dass nur Ihre Aussöhnung mit Picca die Stadt London und ihre Bewohner noch retten kann.«

»Piccadilly Mayfair und ich sollen eins werden?« Er sah sie alle abschätzig an. »Glaubt Ihr wirklich, Miss Laing, dass ausgerechnet das die Lösung aller Probleme wäre?«

Emily sagte: »Dann stimmt es also. Sie sind nicht der Erbe von Blackheath. Sie sind London. Oder vielmehr ein Teil davon.«

Er schlenderte durch ihre Mitte. »Sind wir nicht alle ein Teil von London?«

»Die Stadt da draußen versinkt immer mehr in der Stille«, hielt ihm Micklewhite vor Augen, »das alles wird sich schon bald auflösen. Die Menschen werden sterben. Ihr, verehrter Duke, und Eure mechanischen Diener ebenso.«

»Ich weiß«, sagte der Duke. »Ich habe es nicht geglaubt, aber jetzt, nun ja, jetzt weiß ich es.«

»Was werdet Ihr jetzt tun?«

Er zuckte die Achseln. Dampf zischte aus seiner Schulter. »Ich weiß es nicht.«

»Aber *warum* sind wir alle hier?«

»Ihr seid hier, weil Ihr glaubt, die Stadt retten zu können.« Er blieb stehen, wirkte wütend. »Ihr seid hier, weil Ihr Euch gegen mich verbündet habt. Oder etwa nicht?«

Die Automaten-Männer traten alle ein Stück vor. Ein Ruck ging durch ihre Reihen, und ihre Schritte hallten durch den Saal.

»Warum tun Sie das?«, fragte Emily geradeheraus.

»Was meint Ihr?«

»Warum wollten Sie Picca in Ihre Gewalt bringen?«

Der Duke sah sie an. »Ich wollte und will nicht, dass *andere* sie in *ihre* Gewalt bringen.«

»Mr. Silence?«

»Ist das der Gentleman, der meine Pläne so oft durchkreuzt hat?«

Sie nickte.

Der Duke zwinkerte Tristan zu. »Ich weiß, dass Euer Gehstock eine Waffe ist. Aber Ihr werdet sie nicht benötigen.«

Tristan legte den Gehstock mit dem silbernen Knauf, nach dem er angesichts der Bedrohung reflexartig gegriffen hatte, wieder ab.

Lady Mina saß auf dem Lesetisch inmitten der aufgeschlagenen Bücher und sah höchst beunruhigt aus.

»Es wird zu keinem Kampf zwischen uns kommen«, sagte der Duke. »Dies ist kein Film, den man sich an einem kalten, regnerischen Nachmittag am Leicester Square im Lichtspielhaus anschaut. Es werden keine Armeen aufmarschieren und einander dezimieren, nein, so funktioniert das wirkliche Leben nicht.«

»Ihr habt Euch mit dem Lordkanzler von Kensington verbündet«, stellte Maurice Micklewhite fest, »weil Ihr die Lücke, die durch das Verschwinden der Regentin in der Stadt entstanden war, zu füllen gedachtet. Ihr wolltet Macht erlangen und diese anschließend festigen und schützen.«

»Wollen wir das nicht alle?«, entgegnete der Duke.

»Was habe ich damit zu tun?«, fragte Picca.

»Meine Gegner hätten mein Geheimnis aufdecken können, und dann hätten sie dich gegen mich eingesetzt.«

Emily versuchte es noch einmal: »Wenn Sie sich mit Picca verbinden, wird alles gut werden.«

»Das hätten meine Gegner im Sinn gehabt.«

Emily ahnte, worauf er hinauswollte. »Sie meinen, das hätte Sie wieder zu dem werden lassen, was Sie waren? Aber Sie wollen lieber der Duke bleiben? Mächtig? Ein Herrscher?«

»Genau das will ich, Miss Laing.«

»Aber die Stadt wird sterben. *Sie* werden sterben. Picca wird sterben. Es wird keine Stadt mehr geben, über die Sie herrschen können. *Sie sind* die Stadt!«

»Ich bin der Duke«, sagte der Duke.

Aurora saß auf der Couch, und ihre Hände ruhten auf ihrem Bauch. Emily fragte sich, was es wohl für ein Gefühl sein mochte, das neue Leben in sich zu spüren und dabei solchen Diskussionen zu lauschen.

Tristan indes ließ den Duke nicht aus den Augen. Er konnte so beherrscht sein, so rational. Nie, nein, niemals hätte er so neben ihr, Emily, gestanden, wie Neil jetzt bei Aurora stand.

»Was machen wir nun?«, fragte Maurice Micklewhite. »Ich meine, wir sind hier alle versammelt, als sei dies ein Stück von Agatha Christie, und wir reden und reden, und dabei wissen wir doch alle, worum es geht.« Er bewegte sich mit sorgfältig abgezirkelten Schritten auf den Duke zu, untermalte seine Worte mit theatralisch anmutenden Gesten. »Da draußen zerfällt die Stadt, in der wir gelebt haben. Sie ist schon fort, ist längst nicht mehr dort, wo sie immer war. Die Welt hat sie vergessen, Miss Laing und Master Marlowe hier haben es erlebt. Die Stadt wird sich ganz und gar auflösen, und es wird sein, als hätte sie niemals existiert.«

Emily dachte an das, was sie in Cambridge gehört hatte: dass Oxford die Hauptstadt des Königreichs war, dass es niemals eine Stadt namens London gegeben hatte.

»Wir reden also und reden«, fuhr Micklewhite fort, »und dabei wissen wir alle, wie man die Stadt retten kann: Ihr, verehrter Duke, seid die Stadt. Piccadilly Mayfair ist die Stadt. Nur wenn Ihr Euch mit Picca verbindet, wird diese Geschichte gut ausgehen.«

Alle schwiegen betroffen.

»Ja«, sagte der Duke, »da könntet Ihr recht haben.«

Der Elf stutzte.

Emily ebenso. Das sollte alles gewesen sein?

Der Duke seufzte, Dampf entwich aus seiner Schulter, als er seinen mechanischen Arm bewegte. »Aber die Dinge sind oft nicht so, wie sie scheinen.«

Picca ging nun auf ihn zu, aus freien Stücken. Wieder kam sie Emily verändert vor, aber Emily wusste nicht, woran das lag. Wie vorhin in Clerkenwell beschlich Emily das Gefühl, dass Picca nun *erwachsener* aussah. Aber inwiefern?

Das Mädchen stand vor dem Duke, und die beiden sahen einander an.

»Du hast Angst vor mir«, sagte der Duke.

Picca schüttelte den Kopf.

Mutig, dachte Emily.

Alle warteten gespannt.

Der Duke streckte die Hand aus. »Weißt du, was jetzt passieren wird?«

Picca schüttelte erneut den Kopf.

Er berührte ihre Hand.

Genau das war der Augenblick, in dem Emily bemerkte, *warum* Picca erwachsener aussah: Das Mädchen trug einen Ring. Ja, dort am kleinen Finger der rechten Hand. Einen silbernen Ring mit einem Stein, einem Amethyst.

»Siehst du«, sagte der Duke, »es passiert gar nichts.«

Woher, fragte sich Emily, *hat sie den Ring*? Picca hatte keinen Ring getragen, als Emily ihr in der U-Bahn-Station Tottenham Court Road begegnet war, und von Peggotty stammte er ganz bestimmt nicht. Nein, Emily fiel nur einer ein, der Picca einen Ring mit einem solchen Stein hätte schenken können: Mr. Silence. Ihr schwindelte, weil sie ahnte, warum Mr. Silence das getan haben könnte.

»Was haben Sie?«, fragte Picca.

Auch die anderen bemerkten jetzt, dass etwas nicht stimmte.

Picca starrte den Ring an. »Der schöne Stein hat einen Riss!«

Ein Riss in einem Stein, das wusste Emily, war ein Symbol für den Tod.

Jetzt sah der Duke den Ring an. Er begann schwer zu atmen, keuchte, dann verstummte das Räderwerk in seinem Innern, das leise Ticken erstarb. Er starrte Picca voller Unverständnis an, und Picca starrte den Ring an, den sie trug. »Das habe ich nicht gewollt«, stammelte sie und suchte den Blick der anderen. »Es ist doch nur ein Ring.« Sie zog ihn von ihrem Finger und ließ ihn fallen. Der Ring fiel auf den Boden, aber er machte kein einziges Geräusch, als er auftraf und noch ein Stück weiterrollte, nicht einmal das leiseste, denn Stille war in dem Ring gewesen und durch den Riss entwichen.

Emily erstarrte. *Es gibt keine Zufälle.*

Sie alle hatten sich hier versammelt. Sie waren aus dem Uhrturm entkommen. Ja, verdammt, Mr. Silence hatte sie laufen lassen. Sie hatten den Duke treffen und ihn töten sollen, und genau das hatten sie, völlig unbeabsichtigt, getan. London würde nie mehr geheilt werden, und alles, alles würde Mr. Silence gehören. Er hatte sie belogen, und jetzt waren sie hier, und die Falle war zugeschnappt.

Der Duke sank auf die Knie, schaute zu Picca auf. Er hatte Schmerzen. Sein Gesicht war zu einem Schrei verzerrt, doch alles, was man hörte, war Stille. Eine Stille, die sich über ihn legte wie ein Leichentuch, unter dem sich seine Haut, sein ganzer Körper auflöste.

»Mr. Silence hat mir den Ring geschenkt, als er mich trösten wollte. Ich habe mich so allein gefühlt.« Picca weinte. Vor ihr auf dem Boden lagen nur noch die mechanischen Bestandteile des kürzlich noch so mächtigen Duke – mehr war von ihm nicht übrig geblieben.

Emily ging zu Picca und legte einen Arm um sie.

Der Duke war tot, und alle Hoffnung auf Rettung, die London je gehabt hatte, war mit ihm gestorben.

Picca weinte, und Emily drückte sie an sich, weil ihr nichts Besseres einfiel, als sie zu trösten.

Hoch über ihnen fegte der eisige Winterwind mit einem Heulen über die Kuppel des Lesesaals.

Alle Anwesenden waren sprachlos.

»Es ist geschafft«, hörten sie plötzlich eine Stimme sagen. »London ist auf ewig entzweit, und nichts und niemandem auf dieser Welt wird es mehr gelingen, die Stadt zu heilen.« Mit einem vornehmen und höchst zufriedenen Lächeln trat Mr. Silence aus den Schatten hinter ihnen allen. Keiner der Automaten-Männer rührte sich, um ihn aufzuhalten. »Sie folgten nur seinem Willen«, erklärte Mr. Silence und deutete auf die Stelle, an der sich vor wenigen Minuten noch der Duke befunden hatte. »Aber damit ist es nun vorbei.«

Emily stellte sich schützend vor Picca. »Sie werden ihr nichts zuleide tun!«

Mr. Silence lächelte noch immer. »Aber, aber, Miss Laing, ich brauche Piccadilly Mayfair doch gar nichts zuleide zu tun.« Er schaute sich um, verzog spöttisch den Mund. »Spüren Sie es?«, fragte er und lauschte. »Spüren Sie, wie die Stadt nun vollends im Wahnsinn versinkt?« Er lachte. »London ist nicht mehr zu retten. Die Stadt gehört mir. Mit allem, was in ihr lebt.« Er fuhr sich genüsslich mit der Zunge über die Lippen, als könnte er all die Toten bereits schmecken. »O ja«, er faltete die Hände, »sie stirbt. Jetzt ist es so weit.«

»Sie haben uns belogen«, sagte Wittgenstein.

Mr. Silence machte ein unschuldiges Kindergesicht. »Natürlich«, sagte er leutselig. »Natürlich habe ich Sie alle belogen. Und wissen Sie auch, warum? Es ist nun mal meine Natur. Tja, so ist das. Ich lüge. Na und? Es gibt schlimmere Dinge. Und ahnen Sie auch, inwiefern? Weil man Lügen erkennen kann, wenn man sie erkennen will.« Er ging auf Wittgenstein zu. »Aber die meisten Leute möchten sich täuschen lassen.« Er nickte in Richtung des Elfen. »Sie hören nicht auf das, was sie hören.« Er schüttelte bedauernd den Kopf mit Blick auf Tristan Marlowe. »Sie glauben das, was sie glauben möchten.« Er fixierte Aurora und Neil.

Emily hasste ihn. »Sie haben das von Anfang an geplant.«

»Planung, Miss Laing, ist der Schlüssel zum Erfolg.«

»Sie hatten Misserfolge«, warf Wittgenstein ein.

»Nicht wenige«, gab Mr. Silence zu. »Aber, seien wir doch ehrlich: Man wächst bekanntlich mit den Herausforderungen, und jede Niederlage, die einen nicht umbringt, macht einen stärker.« Er grinste. »Besser. Erfolgreicher.« Er nahm an einem der Lesetische Platz, legte die Füße hoch. »Ihre Schwester, Miss Laing, hat mir dabei geholfen. Natürlich ahnungslos. Intrigen sind so schön und so leicht zu spinnen, weil die Menschen ahnungslos sein wollen. Ja, sie lieben das. Weil es ihnen immer die Möglichkeit gibt, alle Schuld von sich zu weisen.« Er sprang unvermittelt auf, schlenderte siegessicher umher. »McDiarmid, die Engel, Ratten, selbst der Träumer. Die Whitechapel-Aufstände, der Mord an Nicodemus Manderley – bei allem, allem, was jemals in dieser Stadt schiefgelaufen ist, glauben Sie mir, hatte ich meine Finger im Spiel. Doch der

Mord an den Angehörigen der beiden großen Häuser, den Ihre Schwester befohlen hat, war am Ende ausschlaggebend: Die Seele Londons wurde dadurch entscheidend geschwächt, und nach all der Zeit, all den langen Jahrhunderten mühevoller Vorbereitung, kam es dann endlich zur Spaltung.« Er klatschte in die Hände. »Alles, was ich tun musste, war, dafür zu sorgen, dass es so bleibt.« Er zwinkerte Picca verschwörerisch zu und dann Emily.

»Sie haben also dafür gesorgt, dass die Persönlichkeiten getrennt blieben«, fasste es der Alchemist zusammen.

»Ich konnte nur gewinnen«, stellte Mr. Silence fest, »von Anfang an.«

»Hochmut ...«, sagte Wittgenstein zähneknirschend, ohne das Sprichwort zu vollenden.

»Ich hätte den Duke natürlich von meinen Männern töten lassen können«, meinte Mr. Silence nonchalant, bückte sich, hob den Ring vom Boden auf und betrachtete ihn. »Aber ist es nicht viel interessanter, wenn sich eine Persönlichkeit selbst zerstört? Sehen Sie das nicht auch so? Picca, *Kleines*, du hast das sehr, sehr gut gemacht, wirklich.« Er warf den Ring in die Luft, fing ihn wieder auf.

»Werden wir jetzt sterben?«, fragte Picca ängstlich.

»Nein«, sagte Mr. Silence. »Ihr seid schon alle tot.«

Emily bemerkte, wie verstört selbst Mina aussah. Sie saß verloren zwischen zwei Bücherstapeln auf dem Tisch neben Tristan Marlowes Gehstock.

»Tja, die Zeit ist um.«

Mr. Silence lachte zufrieden.

»Da irren Sie sich«, sagte jemand schnippisch.

Und Mr. Silence hielt inne.

Eine Dame trat aus den Schatten hinter Emily und Picca.

Sie war ganz in Schwarz gekleidet, trug einen Hut und einen kleinen Regenschirm. Sie lächelte ziemlich irre, war hochgewachsen, wirkte streng und energisch. Sehr viktorianisch, sehr distinguiert. »Miss Magwitch«, stellte sie sich vor. »Die rechte Hand des Duke.« Ihre Lippen waren tiefrot, ihre Haut blass. »Und seine linke Hand«, sagte sie, »die war ich auch.« Sie verneigte sich flüchtig, grinste süffisant. Ihre Augen waren grün und hellwach. Sie sahen aus wie die Themse bei Nacht, wenn sich die Lichter der Straßenlaternen in den Wellen brachen. »Und Sie, mein Herr, sind ...« Sie hob spöttisch die Brauen. »Mr. Silence?«

Der Angesprochene wollte etwas sagen, aber Miss Magwitch fuhr ihm dazwischen: »Still!«

Keiner gab auch nur einen Mucks von sich.

Dann, mit einem Mal, kicherte sie wie wahnsinnig. »Ist das nicht herrlich! *Still!*«

Mr. Silence wirkte verunsichert, aber er war nicht der Einzige.

Maurice Micklewhite ging einen Schritt auf die seltsame Frau zu. »Nein, das kann nicht sein«, stammelte er, bleich im Gesicht, wie Emily ihn selten zuvor gesehen hatte.

Miss Magwitch lächelte. »Maurice Micklewhite, nach all den Jahren, wer hätte das gedacht?«

»*Finchy*«, stammelte der Elf.

»Was geht hier vor?«, wollte Mr. Silence wissen. Die seltsame Frau machte ihm die Bühne streitig.

Doch Emily begann zu verstehen. Maurice Micklewhite ebenfalls.

»Du bist durch das Portal in St. Giles-without-Cripplegate gegangen.«

Sie seufzte, ihr eigenes Leid auskostend. »Ja, und ich habe den Preis gezahlt, den jeder zahlen muss, der dort hindurch will.«

Eine schlimme Erinnerung, die man verdrängt hatte, erwachte zu neuem Leben. Ja, Emily konnte es kaum fassen. Miss Magwitch war auf der Suche nach dem Mädchen gewesen, und um in die Hölle zu gelangen, hatte sie den Preis gezahlt. Sie hatte sich an jemanden erinnert, an den sie sich niemals mehr hatte erinnern wollen. Weil sie ihn geliebt hatte, vor langer, langer Zeit, als sie ein junges Ding war, empfindsam und leicht zu beeindrucken.

»Ich war deine schlimme Erinnerung?«, fragte Maurice Micklewhite fassungslos.

Ja, jetzt verstand Emily endlich. Deswegen lebte er! Miss Magwich hatte ihn zum Leben erweckt, indem sie sich an ihn erinnert hatte. Er war ihre schlimmste Erinnerung, da er an ihrer Liebe Verrat begangen hatte.

Aber warum lebte er seither wieder als richtige Person?

Weil sie London war? Weil er nicht irgendjemandes schlimmste Erinnerung war, sondern die größte Enttäuschung einer jungen Frau, die er *Finchy* genannt hatte, die aber in Wirklichkeit die Stadt London gewesen war. Ja, die Stadt, die sich selbst erkundet hatte während all der gemeinsamen Spaziergänge und Gespräche.

Emily verstand, was Wittgenstein und Maurice Micklewhite womöglich ahnten, Mr. Silence indes noch nicht.

Londons Seele war gespalten, aber nicht in Piccadilly Mayfair und den Duke von Blackheath. Der Duke war nur eine Tarnung gewesen. Ein Bauernopfer. Nein, Londons Persönlichkeit hatte sich in Piccadilly Mayfair und Miss Magwitch geteilt. Unwissende Unschuld und machthungriges Wissen um das, was die Welt ausmachte. Und weil eine der schlimmsten persönlichen Erinnerungen der Stadt zum Leben erwacht war, stand Maurice Micklewhite nun quicklebendig hier vor ihnen. Und außer Emily wusste niemand, dass er eigentlich tot sein müsste, und niemand wusste, wessen Vater er war. Er war einfach da, weil *Finchy* an ihn gedacht hatte, als sie durch das Portal am Grab des Poeten gegangen war.

Ja, Emily verstand.

Und Mr. Silence war verwirrt.

»Sie müssen sich selbst heilen«, sagte Emily, »denn keiner sonst kann das tun.«

Miss Magwitch nickte. Sie sah aus wie Picca, nur viel älter. Wie die Themse bei Tag, wenn sich die Sonne in ihren Fluten brach, wie Hampstead Heath im Herbst und Kensington im Sommer.

Miss Magwitch berührte das Mädchen sanft an den Schultern. »Sieh mich an, Piccadilly Mayfair«, flüsterte sie leise, doch hörbar für alle, »sieh mich an. Sieh dich in mir, so wie es immer war.«

Piccadilly weinte. Miss Magwitch nahm sie in die Arme, suchte Mr. Silence' Blick und sagte spöttisch, siegessicher und endgültig nur ein einziges Wort: »*Supercalifragilisticexpialigetisch!*«

Was getrennt war, wuchs zusammen.

Und Mr. Silence verstand.

Er schnaubte wütend, als die beiden Körper verschmolzen.

Dann war es vorbei, ganz unspektakulär, und dort, wo Miss Magwitch und Piccadilly Mayfair gerade eben noch gestanden hatten, war nun niemand mehr. Sie waren fort, aufgelöst in Luft, ihr Lachen, ihr Weinen, ihre Verwirrung, ihre Reue.

Mr. Silence aber stand noch genau dort, wo er die ganze Zeit über gestanden hatte, die Fäuste geballt, das Gesicht zu einer Grimasse verzerrt: einer, der die Fäden im Hintergrund zog und den man soeben in seinem eigenen Spiel geschlagen hatte.

Emily, die allein dastand, fragte sich, was er jetzt tun würde.

Mr. Silence schwieg. Sagte: »Tja.« Sonst nichts.

Alle schienen vor Angst den Atem anzuhalten.

»Ich bin leider ein schlechter Verlierer«, flüsterte er schließlich und schaute in die Runde. Er ging an Emily vorbei, dann an den anderen, nach und nach. »Sie hat mich getäuscht, diese Stadt. Sie hat auch Sie alle getäuscht, aber vor allem mich.« Er holte tief und vernehmlich Luft, stieß sie mit äußerster Beherrschung nur ganz langsam wieder aus. »Ich bin wütend, aber ich bin auch ein Gentleman. Das heißt, ich werde Haltung bewahren. Doch meine Rache wird Sie alle treffen.« Er schnalzte mit der Zunge. »Ja, sie wird sehr dezent sein und mein Abgang durch und durch stilvoll.« Jetzt lächelte er wieder.

»Manchmal«, sagte er schneidend leise und zugleich klar vernehmlich, »stirbt jemand, bevor er geboren wird.«

Er zwinkerte Aurora zu, dann verneigte er sich knapp, trat rückwärts in die Schatten zurück und war nicht mehr zu sehen.

Was von ihm blieb, war Stille. Leere, nichts weiter sonst.

Alle waren wie erstarrt.

Erst dann begann Aurora zu schreien.

Neil war sofort bei ihr.

Sie umklammerte ihren Bauch, und Emily wusste, was geschehen war. Sie alle wussten, dass Mr. Silence ein mächtiger Drahtzieher war und dass es zwar Regeln gab und er nicht einfach tun und lassen konnte, was er wollte, dass er deswegen aber etwas getan hatte, was durchaus in seiner Macht lag und was alle Anwesenden zutiefst traf.

Emily stürzte zu ihrer Freundin, wohl wissend, dass sie ihr nicht würde helfen können. Sie hörte Auroras Schreie, wie auch Neil es tat, und die Angst vor dem Blut und den Schmerzen und dem, was sie selbst einst in unendlich viel schwächerer Form erlebt und doch nie verwunden hatte, lähmte sie so sehr, so sehr, wie nichts anderes sie hätte lähmen können. Ja, ihr war, als wäre es ihr eigenes Kind, das Mr. Silence mit seiner Stille berührt hatte.

Emily spürte, wie Aurora sich an sie klammerte, an sie und an Neil, und sie spürte, wie hilflos sie alle waren, und dann sah sie Tristan Marlowe. Tristan, der neben Aurora kniete und ihr beide Hände auf den Bauch legte und die Augen schloss und tat, was er auch bei Emily gemacht hatte, damals in Prag, und was er bei Jeeva gemacht hatte, in dem Uhrturm. Er berührte das Kind und atmete tief durch, und da plötzlich hörte Aurora auf, so entsetzlich herzzerreißend zu schreien.

»Es ist vorbei«, sagte Tristan und lächelte ihr aufmunternd zu, doch Emily wusste, dass es noch nicht vorbei war.

Sie weinte. Auch Neil weinte. Sie wussten, was Tristan Marlowe zu tun in der Lage war. Und sie kannten den Preis.

»Die Türen sind alle verschlossen«, sagte Maurice Micklewhite. Sie konnten den Lesesaal nicht verlassen. Die Magie, die sie hatte schützen sollen, war nun ihrer aller Verderben.

Tristan hatte das, was Mr. Silence dem ungeborenen Leben gegeben hatte, in sich aufgenommen, und er musste es schnell an jemanden weitergeben, wollte er nicht selbst daran zugrunde gehen.

Das war Mr. Silence' Rache.

Hier waren sie nun. Maurice Micklewhite, Wittgenstein, Emily, Aurora und Neil sowie Lady Mina.

Die Bibliothek war verschlossen.

An wen sollte Tristan das Übel weiterreichen?

Die Entscheidung lag bei ihm ebenso wie bei ihnen allen. Und die Zeit drängte.

Emily sah, wie er aufstand und sich von ihnen allen entfernte.

»Nein«, sagte er entschlossen.

Sie kannte dieses *Nein*. Es war ein *Nein*, das nichts anderes bedeutete. Er würde keine Diskussion darüber dulden, wer sich freiwillig bereit erklärte zu sterben. Er würde keinen von ihnen berühren. Keinem von ihnen den Tod bringen. Nicht Maurice Micklewhite, der eigentlich tot sein müsste, es aber nicht war; nicht Neil, weil der bald Vater sein sollte; nicht Wittgenstein, obwohl der seit Rimas Ableben so manches Mal seinen Tod herbeigesehnt hatte; nicht Emily, weil er sie dafür zu sehr geliebt hatte.

Was blieb also als Alternative?

Tristan lächelte sie an. Sah Emily in die Augen. Lange, ach, und doch viel zu kurz. Emily hatte sich in ihn verliebt, und später hatte sie ihn gehasst. Jetzt war er hier, und niemals mehr würde er anderswo sein.

»Lasst mich allein«, bat er.

Er ging zu einem der für die Öffentlichkeit gesperrten Aufgänge, stieg die Stufen bis zu dem Sims vor den hohen

Fenstern empor, als hätte er das früher, als er noch hier arbeitete, schon öfter getan, und blickte nach draußen.

Der Schneefall hatte aufgehört.

Emily wollte zu ihm, aber Wittgenstein legte ihr sanft die Hand auf die Schulter und schüttelte den Kopf.

Emily schluchzte.

Sie wusste, was geschehen würde.

Tristan Marlowe stand allein dort vor dem Fenster, mit dem Rücken zu ihnen allen, und er betrachtete die Stadt, die wieder eins war. Die Stadt, die bunt sein würde, voller Leben.

Und plötzlich wankte er, wandte sich zu ihnen um, als wolle er noch etwas sagen, beugte sich über die viel zu niedrige Brüstung und stürzte in die Tiefe. Er traf auf dem Boden auf und rührte sich nicht mehr.

Emily rannte zu ihm, kniete sich neben ihn und weinte bitterlich. Sie weinte um alles. Um ihn und um sich selbst. Um das Leben, das sie gehabt, und das Leben, das sie nie geführt hatten; die Dinge, die sie gesagt und all die Dinge, die sie einander verschwiegen hatten. Sie weinte um jeden, den sie hatte sterben sehen, und ob der Einsamkeit, die sie spürte, Tag für Tag. Sie weinte, bis Wittgenstein ihr auf die Beine half, bis Aurora sie in die Arme nahm und die Sonne auf den Kreis derer, die übrig geblieben waren, schien, als gäbe es nur diesen einen Morgen und keinen einzigen weiteren mehr.

5. Kapitel

Kein richtiges Ende

So endete es: nicht richtig.

Das Leben ging weiter, denn London war wieder da. Die Sonne ging auf, und der Schnee hatte aufgehört zu fallen. Die Stadt war wieder bunt und lebendig, und all die Dinge, die geschehen waren, waren für die meisten Menschen wohl kaum mehr als ein Traum, eine unsanfte Erinnerung, die einen kurz nach dem Erwachen zittern ließ, die man dann aber vergaß, sobald man die erste Musik aus dem Radio hörte.

Emily wusste nicht, was aus Piccadilly Mayfair und Miss Magwitch geworden war. Vielleicht streifte eine junge Frau, die wieder wie *Finchy* aussah, durch Notting Hill, um zu sehen, wie es war; um sich selbst kennenzulernen, immer und immer wieder aufs Neue, weil die Zeiten sich änderten wie die Menschen, die einzeln und mehr noch in ihrer Gesamtheit die Stadt ausmachten. Die Stille war fort und die Geräusche des Lebens allgegenwärtig. Fitzrovia, Bloomsbury und Marylebone erholten sich von dem klirrend kalten Winter, der wie ein Albtraum über alle und alles gekommen war. Weihnachten stand vor der Tür, und die Menschen konnten schon immer gut vergessen, woran sie nicht erinnert werden wollten.

»Es gibt keine Zufälle«, hatte Wittgenstein so oft gesagt. Doch was war der Sinn von alledem?

Sie hatten Tristan Marlowe zu Grabe getragen, an einem Nachmittag, auf dem Highgate Cemetery. Als die Tränen versiegt waren, hatte Emily irgendwann wieder schlafen können. Maurice Micklewhite lebte und arbeitete im Britischen Museum. Mina durchstreifte die uralte Metropole. Mortimer Wittgenstein tat, was er immer getan hatte: Er war Lehrer, und er war seltsam, und beides zusammen ergab eine Mischung, die Emily Laing seit Jahren vertraut war, so sehr, dass sie sich ein Leben ohne ihn gar nicht mehr vorstellen konnte: Letzten Endes, das wusste sie, hatte sie doch noch eine Familie gefunden.

Peggotty und Barkis wollten heiraten, weil die Liebe einen auch in Schutztunneln fand, und Aurora und Neil warteten auf den Tag, der ihr Leben verändern würde. Sie freuten sich darauf, und sie fürchteten sich davor, und Emily besuchte den Buchladen mit der alten, laut scheppernden Registrierkasse wieder regelmäßig, und zwischen ihr und ihrer Freundin war es geradeso wie früher, als Aurora und sie verschwiegene Verschwörerinnen in dem Haus in Hampstead Heath waren.

Die Menschen in London erinnerten sich nicht mehr an die grauenhaften Geschehnisse dieser seltsamen stillen Tage. Vielleicht war es die Stadt selbst, die ihnen half, mit den Verlusten und Erinnerungen fertigzuwerden, vielleicht schafften sie es aus eigener Kraft.

»Die Welt«, hatte Wittgenstein einmal gesagt, »ist gierig. Und sie verschlingt uns, wenn wir nicht aufpassen.«

»Ich weiß«, war Emilys Antwort gewesen.

Die Zeit verging.

Emily streifte noch immer gern durch die Stadt, die vor Weihnachten von einem gar seltsamen Zauber erfüllt war. Von Smithfield bis Chelsea, von South Kensington bis nach Southwark, von Marylebone bis nach Hause, nach Seven Dials – London, das wusste Emily, war ihre Stadt, ihre Heimat, und ein Teil von ihr war mit all diesen Straßen und Gassen verwoben, spiegelte sich in der Themse, den Kanälen im Regent's Park, flog mit den Blättern im Herbst durch den Hyde Park und sang an Sommertagen mit den Straßenkünstlern in der City.

Einmal, in der Woche vor Weihnachten, sah sie zwei alte Damen am Piccadilly Circus vor einem Schaufenster stehen. Die beiden sahen Mrs. Pumblechook und Mrs. Pecksniff ähnlich, gemahnten an einen Fuchs und einen Wolf und ließen Emily kurz aufschrecken, doch als sie sich umdrehten, waren es zwei völlig andere Personen.

Emily wusste, dass es keine Zufälle gab, und richtige Enden, dessen war sie sich sicher, gab es ebenso wenig.

Das Leben ging weiter.

Es stupste einen jeden Tag aufs Neue an, und die Welt, die manchmal gierig war, konnte auch voller Wunder sein. Man musste nur die Augen aufhalten, man musste sie nur sehen.

»Gestern«, gestand ihr Wittgenstein am selben Nachmittag, »habe ich mit Lord Nelson gesprochen.« Sie standen gedankenverloren nebeneinander auf dem Highgate Cemetery vor Tristans Grab. »Er weiß, was mit Mara geschehen ist.«

So erfuhr Emily, dass Mara, die schon lange nicht mehr die kleine Mara war, nach Cornwall gegangen war, dorthin, wo sie früher schon gelebt hatte.

»Schicken Sie ihr Bilder. Sie wartet bestimmt darauf«, meinte Wittgenstein.

»So wie früher?«, fragte Emily.

»Ja, so wie früher«, erwiderte er.

Genau das, dachte Emily und berührte Tristans Grabstein, *werde ich tun. Ich werde ihr Bilder schicken, so lange, bis sie mich wieder Em'ly nennt.*

Doch auch das war kein richtiges Ende.

Zwei Tage vor Weihnachten schneite es erneut. Emily lief mehr oder weniger ziellos durch die Straßen, weil es nach wie vor zu viele Gedanken gab, die sie nicht denken wollte. In der Tottenham Court Road nahm sie die U-Bahn, ließ sich treiben, schloss die Augen, hörte nur das Rattern des Zuges und spürte sein Schaukeln. Als sie die Lider wieder öffnete, hielt der Zug gerade in Notting Hill Gate, und Emily beschloss, einer Laune des Augenblicks folgend, genau dort auszusteigen. Sie ging nach oben, schlug irgendeinen Weg ein, denn ein Weg war so gut wie jeder andere, wenn man nicht die Absicht hatte, an einen bestimmten Ort zu gelangen, und irgendwann fand sie sich vor einem Buchladen wieder, dessen warmes Licht ebenso einladend wirkte wie sein Name: *Books & Wonders*.

Emily musste lächeln, weil ihr der Gedanke, dass sie kürzlich schon einmal hier gewesen war, irgendwie beruhigend vorkam, und sie beschloss, noch einmal hineinzugehen. Außer ihr war nur ein einziger anderer Kunde im Laden: ein Mann in einem Mantel, der mit einer Hand in einem Buch blätterte, das vor ihm auf dem Tisch lag.

Emily schaute sich nach dem Besitzer des Ladens um, doch er war nirgends zu sehen. Es war still im Laden, angenehm warm, und es roch so, wie es in einem Buchladen riechen sollte: alt und heimelig.

Emily betrachtete den jungen Mann. Notting Hill war eine schöne Gegend für jemanden, der Bücher liebte und eine Schwester hatte, der er gern vorlas.

Es gab keine Zufälle, ja, und es konnte sein, dass einem das Leben nicht nur eine zweite, sondern sogar eine dritte, vierte oder fünfte Chance einräumte.

Sie wartete noch einen Moment, und endlich räusperte sie sich.

Der Mann schaute auf. »Emily Laing!« Er strahlte vor Freude.

»Jeeva Smith!« Emily sah ihn an. »Was tun Sie hier?«

»Ich brauche mal wieder ein neues Buch«, sagte er. »Eins habe ich doch kürzlich in der U-Bahn verloren.«

Sie musste grinsen. »Mit Brille sehen Sie anders aus.«

»Ich weiß.« Er war unrasiert, was ihn verwegen erscheinen ließ. »Und wie geht es Ihnen?«, erkundigte er sich.

»Gut«, log sie.

Beide schwiegen, weil sie wussten, dass es Dinge gab, die man mit sich allein ausmachen musste.

»Was passiert jetzt?«, fragte er schließlich.

»Wie meinen Sie das?«

»Wir haben uns zufällig getroffen«, sagte er. »Was hielten Sie von einem Tee?«

Emily sah ihn an. Nickte. Jeeva Smith ging zur Kasse,

bezahlte sein Buch, und gemeinsam verließen sie den Buchladen.

Draußen standen sie im Schnee. »Ich habe Sie vermisst«, sagte Jeeva.

»Wirklich?«

Er lächelte. »Lassen Sie uns so tun, als wären wir uns soeben zum ersten Mal begegnet. So, als sei die Stadt kein magischer Ort.«

»London«, widersprach Emily, »war immer schon ein magischer Ort.« *Vielleicht der magischste von allen*, dachte sie. Doch dann besann sie sich, dass er damit vielleicht etwas anderes gemeint hatte, und verfolgte den Gedanken nicht weiter.

»Na los«, forderte sie ihn auf, »zeigen Sie mir, wo es guten Tee gibt.«

Er reichte ihr den Arm, und sie hakte sich bei ihm ein. Es tat gut, ihm nahe zu sein. Es tat gut, einfach nur ganz normal zu sein.

Später, nach dem Tee, gingen sie in Richtung Piccadilly Circus. Eine Frau kam ihnen entgegen und lächelte, als sie die beiden sah. Sie hatte wunderschöne Augen, hell wie die Themse, wenn sich das Licht in ihren Fluten spiegelte.

»Jeeva«, sagte Emily leise, »sag mir eins: Was ist der Sinn von Einsamkeit?«

Er blieb stehen und sagte es ihr, und Emily weinte Tränen des Glücks, weil noch nie zuvor jemand in ihr Ohr geflüstert hatte, was er gerade gesagt hatte, und weil ein Ende, das kein richtiges Ende war, nur ein gutes Ende sein konnte.

Nachwort

Am Ende bin ich doch wieder dorthin zurückgekehrt, nach London, in die Stadt der Schornsteine, in jene Welt, die ich vor vielen Jahren zum ersten Mal betreten habe. Emily Laing erneut zu treffen hat gutgetan. Eigentlich war sie nie wirklich fort, und ich frage mich, ob ich sie erneut aufsuchen werde, in ein paar Jahren, um nachzusehen, was sich in der Zwischenzeit zugetragen hat. Es gibt keine Zufälle. Warten wir es also ab und üben uns in Geduld – oder, um es mit Wittgensteins Worten zu sagen: Fragen Sie nicht.

Jene, die sich in London auskennen, werden feststellen, dass ich mir hier und da einige Freiheiten genommen habe, was die Beschreibung von Örtlichkeiten und Gebäuden und deren gegenwärtige Nutzung angeht. Sollte also jemand auf die Idee kommen, auf Emilys Pfaden wandeln zu wollen, dann könnte es sein, dass er oder sie nicht alles so vorfindet, wie ich es geschildert habe. In diesem Sinne: *Mind the Gap!*

Die Musik, die mich begleitet hat, war, wie immer, der Herzschlag der Geschichte. Ein Dank an John Williams, Bruce Broughton und Alexandre Desplat – nicht zu vergessen Anna Ternheim und Tori Amos.

Ein weiterer Dank geht an meine Lektorinnen Tina Vogl und Uta Dahnke (beide wissen ganz genau, warum). Nicht zu vergessen all jene, die Emily Laing seit Jahren folgen und geduldig ausgeharrt haben, bis die Geschichte endlich weiterging. Ohne sie würde es dieses Buch nicht geben, so viel ist sicher.

Meine Familie war, wie immer, sehr geduldig, wenn ich in der uralten Metropole weilte: Tamara, Catharina, Lucia, Stella und Mateo (geboren am Guy Fawkes Day 2014). Sie alle sind meine Inspiration und mein Herzschlag und jede Melodie, die mir jemals in den Sinn kam.

Carolin Wahl

»Carolin Wahl besitzt die seltene Gabe
Träume in Worte zu weben.«
Bernhard Hennen

978-3-453-31647-8

Leseprobe unter **www.heyne.de**

HEYNE